Simon Jaspersen, geboren in Hamburg, studierte Soziologie und Literaturwissenschaft in seiner Heimatstadt. Danach war er als freier Autor und Regisseur für den NDR im Bereich Hörspiel tätig, arbeitete als Lektor beim D›A‹V und betreute später den Bereich Eigenproduktionen bei audible.de.

Seit 2012 arbeitet Simon Jaspersen als freier Übersetzer und Lektor. *Bevor die Nacht kommt* ist der erste Roman des Autors wie auch der erste Fall für die Ermittler Dalus und Mohrfels.

SIMON JASPERSEN

BEVOR DIE NACHT KOMMT

KRIMINALROMAN

Rowohlt Taschenbuch Verlag

Originalausgabe
Veröffentlicht im Rowohlt Taschenbuch Verlag,
Reinbek bei Hamburg, November 2014

Redaktion Katharina Rottenbacher
Umschlaggestaltung Hafen Werbeagentur, Hamburg
Abbildung Hulton Collection/Getty Images
Satz Minion PostScript, InDesign
Gesamtherstellung CPI books GmbH, Leck, Germany
ISBN 978 3 499 26853 3

Für meine Großmutter Ulla

PROLOG

6. Juni 1920. Ein heißer Sommertag. Dämmerung über Berlin.

Ein Mann im Ulstermantel rennt über den Hinterhof. Er ist auf der Flucht. Die Gestalt versucht, sich im Schatten zu verstecken. Läuft dann doch weiter. Durchquert eine Häuserschlucht. Erreicht einen Fußweg und biegt in die Hauptstraße ein.

Sein Hemd ist verschwitzt. Er hält sich die Seite. Reiht sich in die Fußgänger ein. Lässt sich mit dem Verkehr treiben. Autos knattern großäugig an ihm vorüber. Die Straßenlaternen wurden entzündet. Es herrscht Ausgehstimmung. Von überall kommt Musik. Charleston und Swing. Die Leute spazieren, hinken, tänzeln, schreiten. Abendkleider, Anzüge, Lumpen und Sakkos. Schiebermützen, Pickelhauben, Hüte und Offizierskappen. An der Ecke sitzt ein Mann ohne Beine. Ein Mann ohne Gesicht. Orden blinken an seiner Uniform.

Der Mann mit dem Ulstermantel ächzt. Er hält sich die Rippen. Unter seinem Sakko sammelt sich rote Flüssigkeit. Rot an seinen Händen.

Eine Frau mit Pailletten lächelt mit vollen Lippen. Ein Dienstmädchen schaut bestürzt.

Der Mann torkelt durch eine Herrengesellschaft. Weiße Handschuhe und Zylinder. Ein Nationaler, ein Industrieller und ein Spekulant. Jemand macht einen Witz, und alle lachen.

Neonröhren und Gaslichter flackern.

Der Körper des Mannes zittert, und vor ihm verschwimmt alles.

Autobusse, Straßenbahnen, ein Fuhrwerk – hätte ihn fast getroffen.

Sie sind hinter ihm. Von irgendwo müssen sie kommen.

Der Mann biegt in eine Seitengasse. Eine Frau im Halbdunkel hebt ihr Kleid. Man hört ein Kichern. Rotlicht und Blaulicht.

Der Mann starrt auf seine Seite. Der rote Fleck breitet sich aus. Wird immer größer, formt eine Figur. Sie bewegt sich. Der Mann glaubt seinen Augen nicht, blinzelt und blinzelt. Sein Atem geht schwer. Er sieht den roten Himmel über den Dächern.

Eine Alarmglocke geht los, irgendwo. Der Mann rennt. Und rennt.

Plötzlich steht er wieder in einer Menge. Sie tragen Fackeln diesmal. Hier war er schon. Von hier wollte er fliehen. Sie kommen auf ihn zu.

Trillerpfeifen. Die Polizei greift nicht ein. Ein Mann hebt eine Stange. Ein Mädchen hebt einen Stein.

Der Mann schleppt sich weg, nur weg. Zur Brücke.

Die gelben Vögel schwärmen aus, rote Ameisen wandern über den Himmel. Dunkel ächzt der Kanal.

Sie sind jetzt dicht hinter ihm.

Der Blutdruck steigt. Blut rinnt. Blut will fließen.

Am Ende der Brücke sinkt der Mann ein.

Jetzt sind sie bei ihm. Sie sind zu viele. Sie sind zu fünft.

Sie treffen seine Hoden. Treffen sein Gesicht. Treffen Zähne und Augen.

Klappmesser, Bleirohre, Absätze.

Sein Gesicht zerplatzt. Knochen brechen. Ein Zahn splittert.

Etwas fällt über die Mauer.

Etwas platscht.

Etwas schwimmt schwer im Spreekanal.

Menschen strömen über die Straße.

Darüber leuchtend, der Abendhimmel.

TEIL I

IN BÖSER ABSICHT

ERSTER TAG

Berlin / Montag, 31. Mai 1920 / 3 Uhr 07 morgens

Als Dalus aufwachte, war er schweißüberströmt.

Er wusste nicht, wo er war.

Schreckensstarr blinzelte er in die Dunkelheit.

Es war jemand hier!

Ein kalter Schauer durchfuhr ihn. Sein Puls hämmerte viel zu laut. Er blinzelte.

Da waren Konturen. Eine Wand oder eine Schräge? Das Dunkel schien in Bewegung.

Was hatte ihn geweckt? Da war etwas Lautes gewesen. Er lag schreckensstarr in einem Bett, musste sich in einem Zimmer befinden. War jemand hereingekommen? Er hatte wieder vom Laufen geträumt – und, dass man ihn verfolgte.

Und plötzlich wusste er auch wieder, dass er sich in seiner Wohnung in der Kreuzbergstraße befand. Nummer 20, ein Zimmer, direkt unter dem Dach. Es hämmerte an die Tür.

«Machen Sie endlich auf, Dr. Dalus.»

Er ächzte, während sich sein Herzschlag beruhigte und er sich aufrichtete. Niemand war in der Wohnung. Alles war in Ordnung.

Wer zum Teufel war das, mitten in der Nacht?

Dalus schwang die Beine aus dem Bett, befreite sich vom Laken und bemerkte, dass sein Kopf brummte. Er schaltete eine Lampe an, fand etwas zum Überziehen, das sich als Kimono herausstellte, wischte sich schnaufend über das Gesicht und schob den Riegel zurück.

Der Anblick im Türspalt war weniger freundlich als vorgestellt. Das rundliche Gesicht mit dem Schnurrbart war bleich und kam Dalus vage bekannt vor. Der Mann sah aus, als hätte er seit Wochen nicht geschlafen.

«Ich wusste, dass Sie wach sind», sagte der Alte. «Ich könnte Kaffee gebrauchen.»

Schon lag seine Hand an der Tür und drückte.

«Sie sind von der Mordkommission, richtig?», sagte Dalus und stellte den Fuß dagegen.

«Mohrfels, Reichskriminalpolizei. Sie sollten mich noch von unserem letzten Treffen kennen.»

«Um diese Uhrzeit mache ich keine Aussagen.»

«Es geht um Ihren Patienten Legner», erwiderte der Mann und schob sich viel zu dicht an ihm vorbei. «Das interessiert Sie doch, Herr Doktor?»

«Nennen Sie mich Dalus.»

«Wie Sie wollen», erwiderte der Kommissar, durchquerte den einzigen Raum der Dachwohnung und ließ sich schnaufend am Küchentisch nieder.

«Ist es nicht ein furchtbarer Sommer? Bei der Hitze kann kein Mensch schlafen.»

«Man sollte nicht von sich auf andere schließen», meinte Dalus.

«Es ist zum Mäusemelken», fuhr der ältere Mann ungerührt fort und legte seine Parabellum auf den Tisch. «Entschuldigen Sie, die stört mich immer beim Sitzen.»

Das Licht der Tischlampe ließ seine Gestalt noch breiter erscheinen. Trotz der anhaltenden Wärme trug er einen schwarzen Anzug, Hut und Schlips. Er hatte einen Spazierstock bei sich.

«Jeden Tag ein neuer Hitzerekord. Die Stadt ist kurz vorm Kollaps, so viel sage ich Ihnen. Mord und Totschlag, wobei mir persönlich Mord lieber ist. Da weiß man zumindest, woran man ist.»

«Womit wir wohl beim Thema wären?», fragte Dalus.

Die Uhr über dem Samowar zeigte kurz nach drei.

Mohrfels schaute ihn verständnislos an. Dann zog er die Stirn in Falten.

«Wir haben eine weitere Entführung. Daria Laurenz, neunzehn Jahre alt. Die Presse hat noch keinen Wind bekommen.»

Mohrfels warf einen durchdringenden Blick auf Dalus.

«Sie ist seit achtundvierzig Stunden verschwunden.»

Jeder in Berlin wusste, was das bedeutete. Insgesamt waren bereits vier junge Mädchen verschwunden und später ermordet wieder aufgetaucht, Marja Patrinzki erst vor wenigen Wochen. Ihr Körper war grauenhaft zugerichtet gewesen.

«Wir haben einen Verdächtigen. Unsere Indizien deuten auf Ihren ehemaligen Patienten Wilhelm Legner. Aber wir können ihn aus Mangel an Beweisen nicht länger festhalten. Ich dachte, Sie könnten uns helfen.»

«Wieso kommen Sie damit zu mir?»

Mohrfels hob das Kinn.

«Sie könnten ihn sofort einweisen lassen. Er ist das letzte Mal wegen Ihrer Einschätzung freigekommen.» Dalus musste Mohrfels nicht anschauen, um zu erahnen, was er für ein Gesicht machte. «Das können Sie jetzt wiedergutmachen, Dalus. Legner hat für die Zeit der Entführung kein Alibi. Sie wissen, dass er gewaltbereit ist. Wir brauchen bloß ein Gutachten. Ein paar Seiten, das müsste genügen.»

Seine massigen Hände ruhten jetzt auf dem schwarzen Spazierstock, den er vor sich auf den Boden gestellt hatte.

«Und Sie erwarten jetzt von mir, dass ich in die Klinik fahre, um einen Bericht zu schreiben?»

Mohrfels sah ihn ausdruckslos an.

«Einen Bericht, der nichts mit Tatsachen zu tun hat», führte Dalus fort.

«Wann kann man in unserem Beruf schon von Tatsachen sprechen?»

«Ich kann Ihnen nicht helfen.»

«Bloß ein paar Worte. Demente Idiotie, Suizidgefahr, etwas in der Art. Damit wir ihn einweisen können und wissen, wo er sich aufhält.»

Der selbstgerechte Ton des Kommissars ging Dalus zunehmend auf den Geist. «Ich bin für jeden Spaß zu haben, aber die Sache gefällt mir nicht. Ich habe Verantwortung gegenüber meinen Patienten. Das nennt man Persönlichkeitsrechte. Selbst wenn ich könnte, würde ich so etwas nicht tun.»

Der Kommissar wandte seinen Blick keine Sekunde von ihm ab.

«Ich bin zu Ihnen gekommen, weil ich dachte, Sie könnten helfen. Sie müssen mir vertrauen», sagte er mit ernstem Gesicht.

«Wer hat heutzutage noch Vertrauen?», antwortete Dalus.

«Hören Sie mir doch zu! Wenn Legner wirklich der Mörder ist und wir ihn nicht festhalten ...»

Dalus verschränkte die Arme vor der Brust. Der Polizist starrte ihn an.

«Was ist, wenn das Mädchen noch lebt?», fragte Mohrfels dann.

«Ich kenne Legner und glaube nicht, dass er ein Mörder ist. Ich weiß nicht, was ich mit einer Einweisung lostreten würde.»

«Würden Sie das Leben einer Neunzehnjährigen darauf verwetten?»

«Sie haben sicher noch andere Gutachter, die Ihnen vertrauen.»

Mohrfels verzog das Gesicht und schaute ihn an.

«Sie wollen bloß keinen Ärger haben, stimmt's? Sich aus der Sache raushalten, damit Ihnen nichts in die Quere kommt.»

«Es ist Ihr Fall, Kommissar Mohrfels! Aus Patientensicht habe ich keine Veranlassung.»

«Mein lieber Mann ...», zischte der Kommissar.

«Ich wünsche noch eine angenehme Nachtruhe», sagte Dalus.

Die Probleme begannen erst, wenn das Opfer tot war. Dann kamen die Widrigkeiten. Ein Toter war schwer, schlaff und unhandlich. Schreckliches Geschleppe. Schweißtreibend, selbst bei guter Vorbereitung. Nichts war so anstrengend, wie an vier grauen Fingern zu ziehen und zu zerren, bis der Kadaver sich endlich bewegte. Dann auch noch im Gras und im Dunkeln. Er rutschte ihm aus den Händen wie ein nasser Fisch. Er hielt inne und schöpfte Atem.

Starr waren sie besser zu transportieren, fand er. Auch wurden die fleckigen Hände zunehmend rutschig. Als würde die Haut leicht zu schwitzen beginnen, direkt nach dem Tod, wie ein Käse. Schnelle Form der Fäulnis, aber vielleicht war es auch nur der Rasen, dachte er.

Der Mann bückte sich, packte die kalten Finger und zog.

Er hatte bei der Beobachtung einen Brunnen ausgemacht. Da würde er hineinpassen, wenn er ihn zusammenklappte. Mindestens noch eine halbe Stunde. Mindestens.

Jemanden zu töten, war kein Problem. Aber er hasste Tote. Er hatte häufig versucht zu verstehen, woran es lag. Viele Nebenwirkungen des Todes waren ihm gleichgültig: der Gestank, die Verfärbung, das Ungeziefer. Sogar die Fäulnis machte ihm nichts, wenn sich der Bauch blähte und Saft aus den Nasenlöchern trat.

Er hatte es erst nach einer gewissen Zeit herausgefunden: Was er an Toten wirklich abstoßend fand, war ihre Hilflosigkeit. Wie sie einfach nur da lagen, wie sie Blut, Pisse und Scheiße verloren, ohne es aufhalten zu können, nur noch schlaff und schwer waren – zu nichts in der Lage, außer Dreck zu machen. Sie waren Dreck. Abfall. Wie dieser Mann hier im weißen Anzug, dem sein Monokel schon lange aus dem Auge gerutscht war. Es war erbärmlich. Und es war abstoßend. Es war ein starkes Gefühl, das wie Hass sein konnte, ein sehr großer Widerwille, der ihn sich schütteln ließ.

Er zerrte den Körper ein Stück weiter über den Rasen und schnaufte. In wenigen Metern würde er den Brunnen erreicht haben. Dann konnte er ihn endlich liegen lassen, ihm noch eine Ladung Urin verpassen und zurück ins Hotel. Würde heute Abend drei Kreuze machen, beim Bier.

Dabei war der Anfang gut gewesen. Hatte sogar Spaß gemacht.

Er hatte das Haus für eine Zeit beobachtet. Kein schlechter Kasten, hatte er noch bei sich gedacht. Drei Stockwerke mit eigenem Garten. Um auf der Straße nicht aufzufallen, war er über den Zaun geklettert, hatte gelassen in der Dunkelheit gestanden und durch das große Seitenfenster das Arbeitszimmer beobachtet. Der Mann hatte an seinem Schreibtisch gesessen und gearbeitet. Der Judas, der Verräter. Der lausige Schmutzfink. Saß an seinem Schreibtisch und ahnte nichts von seinem Glück. Hatte gesessen und geschrieben, während es draußen Nacht wurde. Das Licht der Schreibtischlampe spiegelte sich im Monokel des dürren Mannes. Seine Haare streng frisiert und in Schale geworfen, Taschenuhr und gestärkter Kragen. Wollte wohl heute noch ausgehen?

Dann hatte er sich im Garten umgeschaut. Längliches Grundstück zum Bach. Er hatte den Brunnen gesehen. Es war ideal gewesen.

Im Haus saß der Mann immer noch still. Als wenn er über den Brief oder was immer er schrieb angestrengt nachdachte. Ihm war sein faltiger, dürrer Hals aufgefallen.

Er hatte die Metallschlinge überprüft, die er dabeihatte.

Dann war es an der Zeit gewesen, hineinzugehen.

Berlin / Montag, 31. Mai 1920 / 5 Uhr 57 morgens

Über dem Sportplatz türmten sich die Wolken wie eine dunkle Maske. Als thronte etwas Übellauniges über der Stadt. Dalus war wegen des nächtlichen Besuchs vom Kommissar übermüdet. Was war nur los im Moment? Als ob die Arbeit in der Klinik und der bevorstehende Besuch seiner Schwester nicht schon genug wären. Jetzt stand auch noch ein dicklicher Kommissar auf seiner Matte.

Dalus hatte seinen Problemen Nummern gegeben, damit er sie besser im Blick behalten konnte.

1. Mohrfels

2. Schwester kommt zu Besuch

3. Unheimlicher Verfolger

Fest stand, dass ihm die Nummer 3 am wenigsten von der Seite wich.

Rauchend marschierte er über den Rasen und fragte sich, womit er das verdient hatte. Und das bei der Hitze. Also noch ein Problem, notierte er gedanklich:

4. Hitzewelle

Sein Glück nahm kein Ende.

Er schaute hinüber zur Tribüne, hinter der die Kuppeln und Dächer von Neukölln die Sonne nur noch für Minuten verdecken würden. Hatte er dort einen Mann stehen sehen? Eigentlich war er sich ziemlich sicher.

Seit Wochen plagte ihn das Gefühl, verfolgt zu werden. Er spürte Blicke in seinem Rücken auf dem Weg zur Arbeit, ein Wagen parkte vor seinem Haus und fuhr in dem Moment, wenn er kam. Außerdem hatte er häufig das Gefühl, dass jemand während seiner Abwesenheit in seiner Wohnung gewesen war – wie in dem Traum heute Nacht.

Man hätte es Verfolgungswahn nennen können, wenn sich Dalus nicht sicher gewesen wäre, dass er sich nicht irrte. Jemand beobachtete sein Leben. Es war ein absurdes Gefühl. So schaute er jetzt öfter aus der Dachluke auf den schattigen Viktoriapark hinab und hatte sich einen Türspion eingebaut.

Dalus wusste nicht recht, was er mit der Sache anfangen sollte. Er hatte einen Krieg mitgemacht. Er hatte ihn nicht gemocht wie einige seiner Kollegen beim Militär. Aber er war hindurchgegangen und hatte seinen Dienst getan, auf eine gewisse Art gleichgültig, wie er im Rückblick dachte. Ohne nennenswerte Ausfälle. Er hatte die Einschläge näher kommen hören und nicht gewusst, ob der nächste das Zelt zerriss. Er hatte im Lazarett gestanden und den Verwundeten mit Schafsgarn den Bauch zugenäht, während Querschläger durch die Zeltwand kamen. Die Angst hatte nie aufgehört. Aber man hatte sich an sie gewöhnt. Er hatte aufgepasst, die Angst hingenommen und seine Arbeit gemacht. Und er hatte gewusst, woran er war.

Jetzt lagen die Dinge anders. Der Kern seines Problems Nummer 3 war es nämlich, dass er anders als an der Front seinen unheimlichen Verfolger bisher nicht zu sehen bekommen hatte. Er hatte noch keinen Beweis für seine Theorie gefunden. Das machte ihm zu schaffen. Das Gefühl tauchte auf wie die Flamme auf einem Gasherd, brannte für eine Zeit auf hoher Hitze (während er versuchte, den Verfolger auszumachen) – und verschwand wieder. Es war ein unausstehliches Gefühl.

Bei seinen Patienten in der Klinik hätte er von *Paranoia* ausgehen müssen. Verfolgungswahn. Vorstufe zur Psychose.

Er hatte diese Phänomene an ihnen studiert, hatte gesehen, wie sie nicht schlafen konnten, wie sie den Blick auf die Tür gerichtet hielten, an Fenstern vorbeischlichen und nachts flüsternd nach ihren Häschern lauschten.

Bei ihm war es selbstverständlich etwas anderes. Er war schließlich Arzt. Um der Sache auf die Schliche zu kommen, ging er manchmal andere Wege zur Arbeit oder blieb plötzlich mitten auf dem Trottoir stehen und schaute sich um. Bisher ohne Erfolg.

Dalus warf seinen Glimmstängel auf die Aschenbahn und

murmelte etwas zwischen Fluch und Selbstbeschwichtigung. Er hatte keine Lust mehr, darüber nachzudenken. Zeit, sich den anderen Problemen zu widmen. Er spürte den nebligen Schmerz in seinem Kopf fast freudig. Zumindest ein Lebenszeichen. Er hatte einen bestialischen Geschmack im Mund, und seine Taschenuhr zeigte ihm sechs Uhr, was er gelinde gesagt für eine Frechheit hielt. Er horchte im Gehen an dem hellgoldenen Gehäuse, konnte aber solides Ticken vernehmen und steckte sie wieder zurück in die Sporthose, wo er sie während des Laufens zum Stoppen aufbewahrte.

Die Hitze lag über der Stadt wie ein Ziegelstein. Es würde ein zermürbender Lauf werden. Dabei hatte er heute nach dem Klinikdienst noch einiges zu tun. Was ihn zu seinem zweiten Problem führte:

2. Schwester kommt zu Besuch

Hedwig hatte ihr Kommen angekündigt. Es war eine Misere. In ihrer gestochenen Handschrift hatte sie einen wie üblich knappen Brief geschrieben, in dem sie die Eckdaten nannte. Und dem sie ein Kinderbild von ihm beigelegt hatte. Das Schreiben hatte Befehlston. Militärische Zeitzählung hätte gut hineingepasst. Dalus hatte seine Schwester seit sieben Jahren nicht gesehen und keinen Schimmer, was sie von ihm wollte. Eine große Aussprache? Er hoffte, es war einfach gar nichts.

Dalus zog den ledernen Sportschuh an seinem Fuß fest und lief los.

Das Problem war überschaubar: Quartier aufräumen. Er war gestern spät heimgekommen, hatte noch den alten Haudegen Kerst in der Bar getroffen, wo die Verbindungsleute sich einen ansoffen. Er hatte mit dem rotbärtigen Doktor, der ein guter Freund seines Vaters war und ihm eine Empfehlung für seine Anstellung in der Klinik besorgt hatte, ein paar Gläser getrunken. Anschließend war er nach Hause und hatte Oxycodon genommen, kurz bevor Mohrfels ihn wiederum geweckt hatte. (Dalus testete alle Medikamente, bevor er sie an Patienten einsetzte.) Phiolen und

Spritzetui aufräumen. Er wusste, wie seine Schwester, die immer mal wieder von Prohibition faselte, auf so etwas reagieren würde. Kein Damenbesuch. Flaschen runterbringen. Alles bis morgen. Er konnte heute früh nach Haus, da er am Wochenende gearbeitet hatte.

Bereits vor Sonnenaufgang bildete sich zwischen seinen Schulterblättern und den Trägern des Sporthemds eine Schweißschicht. Langsam ging über den Bäumen die Sonne auf, und schon bald würde sie den Sportplatz in eine Staubwüste verwandelt haben. Er lief ein paar Runden, konzentrierte sich aufs Atmen. Spürte den Schweiß auf seiner Brust und wie die Luft die Gedanken klärte. In seinem Kopf kehrte Stille ein. Eine erholsame Reaktion eines Areals, dessen Lage man sicher schon bald im Hirnatlas würde bestimmen können.

Es war angenehm, aber er wusste, was jetzt kommen würde. Es war unvermeidlich. Schon zogen sich die Wolken vor seinem geistigen Auge wieder zusammen, um ein schweres Gesicht zu formen.

Sein eigentliches Hauptproblem:

1. Mohrfels

Die Macht der Verdrängung, dachte Dalus. *Den wichtigsten Konflikt bis zuletzt aufheben.* Die Sache mit Wilhelm Legner und dem Kommissar schlug ihm, wenn er ehrlich war, aufs Gemüt. Mohrfels. Was für ein Walross. Was bildete er sich ein?

Dennoch fragte sich Dalus, ob er Mohrfels hatte abweisen dürfen. Seine selbstgenügsame Art hatte ihn einfach auf die Palme gebracht.

Was, wenn Dalus mit seiner Einschätzung falsch lag und Legner wirklich der «Schlitzer» war und das Mädchen in seiner Gewalt hatte?

Wilhelm Legner war vor einem Jahr das erste Mal bei ihm eingeliefert worden. Ein hochgewachsener Mann mit unrasiertem Kinn, der mit einem abgebrochenen Stuhlbein bewaffnet in eine Schlägerei verwickelt worden war. Er war nicht nüchtern gewesen und wurde blutverschmiert eingeliefert – ein Großteil davon war sein eigenes. Er hatte es letztlich mit der gesamten Bar aufgenommen. Als ihn die Schutzpolizei holte, hatte er in einer Ecke des zerstörten Lokals gestanden und ihnen zugeraunt, sie sollten kommen und ihn holen, die elenden Husaren.

Dalus hatte ihn in Behandlung genommen und ihn, nachdem sie ihn von dem Blut gereinigt hatten, in eine Zelle gesperrt. Dabei hatte der Mann einen Gutteil der Zeit vor sich hingestarrt und mit sich selbst gesprochen, als müsse er ein wichtiges Problem lösen.

Wie sich herausstellte, hatte Legner nur wenige Bekannte und kaum Familie und war schon häufig mit der Polizei, vor allem mit der Sitte, in Konflikt geraten. Dalus sprach mit einer ehemaligen Geliebten, Ada Pfarr, die einen verbindlichen Eindruck machte und Legner als einen soliden Menschen beschrieb, der sie und ihre kleine Tochter mit allem, was er hatte, finanziell unterstützte.

Dalus sah die Halluzinationen ohne starke Medikation abklingen und diagnostizierte einen wahnhaften Schub ohne Irrsinn. Nach drei Wochen konnte der Patient wieder in sein Leben entlassen werden.

Ein halbes Jahr später wurde Dalus von einem gewissen Kommissar Mohrfels zu einer Gerichtsverhandlung gerufen. Wilhelm Legner war mit einem Rasiermesser aufgegriffen worden, an dem fremdes Blut klebte. Er wurde festgenommen und gestand den Mord an einem jungen Mädchen, das vor wenigen Tagen tot aufgefunden worden war. Es hatte in allen Zeitungen gestanden.

Die Meinung im Klinik-Kollegium war eindeutig gewesen. Man sah in Legner die Idealbesetzung für einen Mädchenmörder, auch als er seine Aussage nach Abklingen des Schubes widerrief.

Dalus hatte die zwanzigste Runde erreicht. Sein Puls hämmerte. Ein guter Lauf. Leichtes Stechen in der Wade. Eine gute Zeit.

Er ging in die Kurve.

Dalus hatte den wirren Mann mit der hohen Stirn auf der Bank im Gerichtssaal sitzen und auf das Urteil warten sehen. In Moabit wurden Mörder mit Enthauptung bestraft. Er erinnerte sich an den Patienten, den er mit großer Stirnfalte und leerem Gesicht aufgenommen hatte. Und er wusste, dass Legner kein Mörder war.

An diesem Tag hatte er für den Prozess ein Gutachten geschrieben, was vollkommen unüblich war. Die Richter hatten ihm geglaubt.

Seine Beine glühten. Er versuchte, locker zu bleiben.

Aber was, wenn Mohrfels doch recht hatte? Wenn Dalus mit seiner Diagnose falsch lag oder der Patient einen Rückfall erlitten hatte? Wenn Dalus mit seiner Weigerung verhindert hatte, dass ein Entführer und mehrfacher Mörder in Verwahrung genommen wurde? Mohrfels hatte Mittel und Wege, um das zu erreichen, was er haben wollte. Warum war er ausgerechnet zu ihm gekommen? Dalus hatte genug zu tun. In der Klinik ging es drunter und drüber. Die Suizidrate war bei der Hitze gestiegen, und die Patienten brüteten vor sich hin. Zwei Pfleger waren krankgeschrieben. Er machte seit Wochen Doppelschichten …

Plötzlich knickte sein Fuß um, und der Boden kam auf ihn zu. Schmerz flammte auf, und er schlug auf roten Sand.

Er war über etwas gestolpert. Eine leere Flasche, die auf dem Sand lag. Er war darauf getreten. Sein Knöchel brannte. Er hatte den Lauf nicht zu Ende gebracht. Etwas war ihm in die Quere gekommen.

Als er verspätet aus dem Umkleideraum trat, war ihm klar, dass er es nicht darauf beruhen lassen konnte.

Er musste Wilhelm Legner aufsuchen. Er würde sonst keine Ruhe haben.

Berlin / Montag, 31. Mai 1920 / 2 Uhr 15 nachmittags

Es war ein hundskalter Frühlingsabend vor einem Jahr gewesen, an dem Mohrfels bei seinem Vorgesetzten an der Tür geklopft hatte, um ihn um ein Gespräch zu bitten. Er hatte zwei Akten dabeigehabt, die er im fahlen Licht der Schreibtischlampe auf den Tisch legte, und Fuchau hatte nur widerwillig das Manuskript zur Seite gelegt, an dem er in den späten Abendstunden bei einer Tasse Tee zu schreiben pflegte. Mohrfels war nie ein Mensch gewesen, dem man seine Verfassung aus dem Gesicht lesen konnte, aber sein leises Auftreten bewog Fuchau dazu, die Tasse zur Seite zu schieben.

Als er die Akten aufschlug, sah Fuchau Fotos von zwei Mädchenleichen in verschiedenen Verwesungsstadien. Eine Unbekannte hatte man nahe Berlin in einer Höhle im Wald gefunden. Gerda Holz hatte man aus dem Tegeler See gefischt.

Wenn man die Berichte verglich, gab es auf den ersten Blick kaum Verbindungen. Die Mädchen waren an unterschiedlichen Orten und zu verschiedenen Zeiten umgebracht worden. Der Tod der Unbekannten lag bereits Monate zurück, und es war noch nicht einmal sicher, dass es sich überhaupt um ein Delikt handelte.

Dann begann Mohrfels mit der ihm eigenen Kurzsilbigkeit über die Fälle zu sprechen. Er störte sich daran, dass man bei keiner der jungen Frauen eine Todesursache feststellen konnte. Zwar hatte man bei Gerda Holz Einschnitte an Armen und Oberkörper gefunden, aber dennoch waren beide Leichen auf unheimliche Art und Weise unversehrt.

«Ich glaube, es ist derselbe Täter», beendete Mohrfels den Vortrag.

Fuchau hatte nichts gesagt.

Mohrfels war an dem Abend mit dem Automobil nach Hause gefahren und hatte beim Abschalten des Wagens das erste Mal das Gefühl gehabt, dass seine Beine schmerzten.

Mohrfels schreckte hoch.

Er war in Gedanken gewesen.

Der braune Aktenordner lag vor ihm auf dem Tisch, wie unberührt.

Daria Laurenz. Neunzehn Jahre alt. Vermisst.

Mohrfels hatte am Schreibtisch gesessen und auf die Rohrpost mit der Einweisung für den Verdächtigen Wilhelm Legner gewartet. Er hatte wieder über dem Fall gebrütet. Wie viel Zeit war inzwischen vergangen?

Vor seinem Bürofenster lag der Alexanderplatz im Sonnenlicht. Menschen gingen über das Pflaster und warfen Schatten.

Verärgert drückte er sich aus dem Sessel. Er hatte genug Zeit vertrödelt. Jetzt würde er in die Charité fahren, der Assistentin von Dr. Eckels eine Standpauke halten und das Schreiben persönlich abholen.

Dieser ganze elende Tag verhielt sich im Großen und Ganzen nicht anders als sein Fall, an dem er seit einem Jahr arbeitete: eine Reihe von Tragödien, Hindernissen und Verzögerungen. Tote Mädchen, die wie aus dem Nichts auftauchten. Eine nicht enden wollende Phalanx aus Misserfolg und Warten. Ein Mörder, der keine Spuren hinterließ. Sie waren darauf angewiesen, dass er wieder tötete – und einen Fehler machte. Ein perfides Spiel, das die Polizei nur verlieren konnte. Jetzt war wieder ein Mädchen verschwunden, vor genau 60 Stunden. Gott wusste, wo sie sich aufhielt. Vielleicht war sie irgendwo an einen Stuhl gefesselt und wurde mit dem Messer zerschnitten – und Mohrfels konnte nichts tun, als in seinem Zimmer zu sitzen und auf ein Gutachten für seinen einzigen Verdächtigen zu warten. Das Gutachten, das der junge Arzt Dalus ihm nicht hatte geben wollen.

Mohrfels streckte sich. Schmerz schoss durch seine Kniegelenke. Er humpelte durchs Zimmer, nahm den Mantel vom Haken und hängte ihn sich über den Arm.

Sein Blick schweifte über die ordentlich aufgereihten Auszeichnungen an der Wand neben der Gardine. Draußen herrschte nach wie vor brütende Hitze. Er sah eine Gruppe von Straßenjungen über den Platz zur dicken Statue der Berolina ziehen und mit Steinen werfen, bis ein Schupo mit gezogenem Stock hinter ihnen herlief und sie verscheuchte. Die Passanten auf ihrem Weg nach Hause nahmen davon kaum Notiz. Die Hitze in dieser Stadt war wie eine tropische Krankheit. Man würde sich mit ihr abfinden müssen.

Im Vorzimmer saß Fräulein Wörl.

«Rufen Sie Habig an, wir treffen uns beim Dienstwagen», brummte Mohrfels, ohne aufzusehen.

Im Nebenzimmer schaute Winterberg über die Lesebrille. Seine tiefliegenden Augen unter den buschigen Brauen drückten Besorgnis aus.

Daria Laurenz. Neunzehn Jahre alt. Noch immer vermisst.

«Ich gehe jetzt und verpasse Dr. Eckels einen Tritt in den Allerwertesten», brummte Mohrfels.

«Wie lange kann es dauern, ein Papier mit medizinischen Begriffen vollzuschreiben?», fragte Winterberg.

«Er ist Ende siebzig», erwiderte Mohrfels.

Sie arbeiteten schon länger mit ihm zusammen, wenn sie eine Handhabe brauchten, aber keine Beweise hatten. Eine Einweisung gab es schneller als einen Haftbefehl.

«Legner kann nicht türmen, wir überwachen ihn seit Tagen», fügte Mohrfels hinzu.

Winterberg zog die Stirn kraus.

«Ein Trupp von unseren Männern, und die Sache wäre erledigt gewesen!», sagte er.

«Wir leben jetzt in einer Demokratie», sagte Mohrfels.

«Schlimm genug», erwiderte Winterberg und zeigte die Zähne.

Mohrfels zog sich aus der Tür zurück und wandte sich zum Gehen. Vielleicht hätte er gleich zu Dr. Eckels gehen sollen. Er hatte gehofft, dass der junge Arzt Dalus ihm helfen würde, wenn möglich schneller als Eckels. Aber Mohrfels schien sich geirrt zu haben. Winterberg hatte es gleich gesagt.

Mohrfels und Winterberg arbeiteten seit siebzehn Jahren zusammen in der Mordkommission und waren jahrelang Partner gewesen, bis Mohrfels vom Kriminalrat Fuchau für die Reihe von Mädchenmorden besondere Befugnisse bekommen hatte. Winterberg kümmerte sich wenig um Hierarchien, sodass sich zwischen ihnen nichts geändert hatte. Mohrfels mochte seine scharfen Analysen und die wenig umständliche Art, die sich zwischen ihnen eingestellt hatte. Im Moment konnte man ihm ansehen, dass es mit seiner Stimmung nicht zum Besten stand.

Mohrfels verließ die Abteilung und wanderte den Flur hinab.

Er hatte eine Zeit grübelnd ins Dunkel des Paternosterschachts gestarrt, als er bemerkte, dass die Gondel nicht kam. Dann wurde er sich bewusst, dass der Name Daria Laurenz ihn in den letzten Stunden nicht verlassen hatte. Nutzlose Repetition. Zeit, dass er wieder in Bewegung kam.

Er würde sich mit Habig ins Auto setzen, die Einweisung hohlen und Wilhelm Legner festsetzen. So hatten sie zumindest etwas getan, heute.

Natürlich war die Entführung inzwischen durchgesickert.

Die Pressefritzen hatten herumgeschnüffelt und kein Detail ausgelassen. Wären am liebsten in die Wohnung von Daria Laurenz gekommen, die Kanaillen, wenn er nicht jedem, den er im Treppenhaus gesehen hatte, Schläge angedroht hätte. Weil er nicht denken konnte, wenn sie um ihn herumschwirrten. Weil er seine Ruhe wollte. Und weil er ihnen nichts hätte sagen können.

Daria Laurenz war vorgestern Morgen nicht zum Frühstück erschienen und war auch den ganzen Tag über nicht aufgetaucht. Ihre Vermieterin hatte in der Küche neben dem unbenutzten Service gesessen, Blusen ausgebessert und gewartet. Am Abend war sie zur Polizei gegangen.

Das war jetzt zwei Tage her.

Natürlich wurden täglich Vermisste gemeldet. Aber Mohrfels, der sich seit einigen Monaten alle Vermisstenanzeigen aus dem

Stadtgebiet per Eilboten zusenden ließ, hatte die Aussage von Frau Iwanczyk am darauffolgenden Morgen überflogen und sie dann noch einmal gelesen.

Das Mädchen wurde als lebhaft beschrieben, schmal, blond und mit dunklen Augen. Er war einige Sekunden an seinem Schreibtisch sitzen geblieben und hatte dann seinen Mantel genommen und das Zimmer verlassen.

Zusammen mit Habig hatte er Frau Iwanczyk besucht und sich ihre enge Mietwohnung an der Christstraße nahe Kaiserdamm angesehen. Er hatte mit ihr gesprochen und dabei ihre Glaubwürdigkeit überprüft. Er war in Daria Laurenz' aufgeräumtem Zimmer gewesen, das aus wenig mehr als einem Bett vor dem Fenster bestand, von dem aus man einen Spaltbreit Himmel erhaschen konnte, der um diese Zeit von funkelndem Blau war.

Daria Laurenz, so die Aussage von Frau Iwanczyk, war nach der Spätschicht im Café nach Hause aufgebrochen, als man sie das letzte Mal gesehen hatte. Eigentlich hätte sie von der Arbeit zurückkommen sollen, hätte mit ihrem eigenen Schlüssel die Wohnung betreten sollen, ihrer Vermieterin das vereinbarte Klopfzeichen geben und sich in ihr Zimmer begeben sollen, das sie seit zwei Jahren zur Untermiete bewohnte. Als das Mädchen auch am nächsten Tag nicht kam und man im Café, in dem sie arbeitete, nichts wusste, war Frau Iwanczyk zur Polizei gegangen.

Nach der Befragung waren Habig und er ins Präsidium zurückgefahren und hatten zuerst Winterberg und die Assistentin Fräulein Wörl und dann Kriminalrat Fuchau informiert. Wenn sie eine Mitteilung an die Bevölkerung herausgeben mussten, würde er unterschreiben müssen.

Mohrfels holte seine Taschenuhr aus der Innentasche und sah zu, wie der Zeiger träge seinen Weg in der Runde machte. War der Aufzug etwa schon wieder defekt? Ungern würde er seinen Beinen die Treppe zumuten. Er trommelte auf der Gravur seines Spazierstockknaufs, folgte mit den Augen den feinen Ziselierungen, die eine Lilie ergaben, daneben den stilisierten Adler. Sein Kopf durchlief noch immer die Chronik seiner nutzlosen Ermittlungen.

Dem Treffen mit Fuchau war der Sommer 1919 gefolgt und mit ihm ein weiteres verschwundenes Mädchen, diesmal in Charlottenburg. Ihr Name war Helene Friedenstedt. Auch sie war spurlos verschwunden. Eine Woche später hatte sie eines Morgens in der Spree getrieben. Sie hatten die Leiche jetzt früher gefunden, und was bei den Obduktionen zutage trat, konnte man nur als eine blutige «Handschrift» beschreiben.

Sie hatten es mit einem hochintelligenten Täter zu tun. Er entführte junge Mädchen, am liebsten Blondinen mit zierlichem Körperbau, hielt sie fest und zerschnitt ihnen Arme und Brust mit einem sehr scharfen Gegenstand, ohne dass die Opfer jedoch verbluteten. Die genaue Todesursache immer unbekannt.

Mohrfels bekam ein Sonderkommando aus Winterberg, Habig und Wörl unterstellt, mit dessen Hilfe er den Mörder stellen sollte. Es begann eine Hetzjagd, die ganz Berlin in Aufruhr versetzte und auch in der überregionalen Presse für immer neue Schlagzeilen sorgte. Nur dass man nicht im eigentlichen Sinne von einer Jagd sprechen konnte. Denn Mohrfels und seine Leute konnten so gut wie keine Spuren verfolgen und wenig mehr tun, als in der Stadtmitte Patrouillen einzusetzen.

Man vermutete einen Mann. Ansonsten suchte man ein Phantom. Dennoch glaubte Mohrfels – anders als die Presse – nicht an einen Dämon (geschweige denn einen jüdischen).

Nach Ende des Sommers war für einige Monate Ruhe eingekehrt, was Mohrfels aber nur wenig beruhigte.

Dann wurde im April 1920, vor einem Monat, Marja Patrinzki entführt und kurz darauf tot aufgefunden. Wieder stammte die Tote aus Charlottenburg, und wieder schwamm die entstellte Leiche in der Spree – mit schrecklichen Schnitten an Armen und Brust. Es handelte sich um die Tote Nummer vier. Berlin stand kopf.

Mohrfels verfolgte einige mickrige Hinweise, an deren Ende er einen vagen Verdächtigen hatte: Wilhelm Legner.

Legner war ein ortsbekannter Schläger, der sich in den Kaschemmen und Bars von Mitte herumtrieb. Er war bekannt wie ein bunter Hund, immer wieder verschwand er jedoch für längere Zeit von der Bildfläche. Aber vielleicht steigerte das seinen zweifelhaften Glanz nur noch. Legner war im Milieu und bei der Sitte für seine ausufernden Orgien bekannt, bei denen er in Sachen Zechsummen Rekorde aufstellte und sich von Prostituierten logieren ließ. Dabei warf er mit Geld um sich (das er woher hatte?) – und war gewalttätig. Mohrfels hatte nie verstanden, wie man sich mit so einem abgeben konnte. Legner war dafür bekannt, dass ihm gerne die Hand ausrutschte – auch seinen Begleiterinnen gegenüber, was ihn in der Ausnüchterungszelle zu einem häufig gesehenen Gast machte, bei den Kiezdamen aber keinen Unterschied zu machen schien.

Mohrfels' Bezirk war Charlottenburg, aber er kannte auch Mitte wegen der Bandenstreitigkeiten wie seine Westentasche. Legner war ihm häufiger untergekommen. Aber kurz nach der Entführung von Marja Patrinzki wurde Legner in besonders schlechter Verfassung aufgegriffen. Zwei Streifenpolizisten hatten aus einer Seitengasse lautes und anhaltendes Wimmern gehört, das von einem Hund hätte stammen können. Dort saß hinter ein paar Mülltonnen Wilhelm Legner auf dem Boden. Er war vom Gürtel bis unter die Haarspitzen blutüberströmt und hatte ein Rasiermesser in der Hand. Als die Polizisten ihn ansprachen, reagierte er zunächst nicht, sondern jaulte nur und zeigte wiederholt die Zähne, wie ein tollwütiges Tier. Als die Männer ihn aufheben wollten, hob er die Klinge und sagte, dass man es büßen werde.

Das Protokoll der Beamten, das Mohrfels vorlag, war an dieser Stelle sehr genau. «Büßen. Büßen. Wir werden es alle büßen. Weil sie tot ist. Weil ich sie totgemacht habe.» An dieser Stelle, so schrieben die Beamten in ihrem Bericht, habe der zusammengekauerte Mann versucht, sich mit dem Rasiermesser ein Auge auszuschneiden. Die Polizisten hatten ihn überwältigt, und er war wenig später mit einem Gefangenentransport auf die Wache gebracht worden.

Mohrfels erinnerte sich zu gut an die leeren Augen im mittlerweile schwarz verkrusteten Gesicht des Mannes, den er verhörte. Legner identifizierte das Mädchen anhand eines Fotos und gab zu, er habe es umgebracht.

An dieser Stelle wurde ein Doktor von der Psychiatrie hinzugezogen. Der junge Dr. Johann Diedrich Dalus – derselbe, der ihn gestern Nacht so schmählich abgewiesen hatte – übernahm die Betreuung des Mannes, mit dem Ausgang, dass dieser bald darauf das Geständnis widerrief und mangels handfester Beweise wieder auf freien Fuß kam.

Mohrfels ließ es dabei bewenden. Aber was Legner betraf, war er sich weiterhin nicht sicher. Legner blieb sein Verdächtiger, den er von diesem Moment an auf Schritt und Tritt beschatten ließ. Sicher war nur, dass bei diesem Mann etwas grundlegend nicht stimmte.

Und jetzt war Daria Laurenz verschwunden.

Die Observationsgruppe arbeitete auf Hochtouren. Ob Legner involviert war, war nicht klar. Sie hatten Anschläge gedruckt und die Belohnung auf die kolossale Summe von 1000 Mark erhöht. Sie hatten Legner einem Verhör unterzogen, das ohne Ergebnis gewesen war. Dann war er noch in der Nacht zu Dalus gefahren, um die Einweisung zu bekommen. Das alles war gestern gewesen. Jetzt war Wilhelm Legner bereits seit 12 Stunden wieder auf freiem Fuß!

Währenddessen hatte Mohrfels mit der Untersuchung des Umfelds von Daria Laurenz begonnen. Wie eine Fliege umkreiste er ihren Lebensraum, auf der Suche nach einer Spur. Ihr Bewegungsradius war nicht groß gewesen. Während die Beamten in immer weiteren Kreisen Daria Laurenz' Nachhauseweg absuchten, vom Café am Ku'damm bis zur Christstraße, hatte er die Orte besucht, an denen sie sich gerne aufgehalten hatte. Das Lichtspielhaus Westend. Den Schlosspark. Den Wochenmarkt am Sophie-Charlotte-Platz. Er hatte die Leute dabei beobachtet, wie sie über den Markt schlenderten. Ein Bild, in dem sie fehlte. Mohrfels hatte bereits begonnen, ein weiteres Leben zu durchstöbern, oder vielmehr das, was von einem Leben übrigblieb, wenn die Person, die dieses Leben ausmachte, verschwand. Das war das Los seines Berufs: Er beschäftigte sich immer mit der Vergangenheit. In gewisser Hinsicht war er immer zu spät.

Mohrfels ertappte sich dabei, dass er immer noch seinen Stock vor sich hielt und wieder in das Dunkel des Paternosterschachtes hineinstarrte, wie in einen Abgrund. Auch wenn es seinen Knochen nicht guttun würde, entschied er sich endgültig für die Treppe und verdrängte die Kälte, die von seinem Magen aus aufstieg. Noch war Daria Laurenz nicht tot. Vielleicht hatte sie nur einen Ausflug gemacht. In Gedanken wiederholte er diesen Satz, während er schnaufend die Stufen hinabstieg und über den breiten Flur des Gebäudes in Richtung des Hauptausgangs stapfte.

In der Eingangshalle konnte er bereits die Hüte der Journalisten vor dem Präsidium sehen, das wegen seines massiven Backsteinturms die «Rote Burg» genannt wurde. Die Mädchenmorde hatten die Auflagen in die Höhe getrieben, und in diesen Zeiten war die Jagd nach einer neuen Geschichte schon lange mehr als nur ein sportlicher Wettkampf unter Gentlemen.

«Da kommt ja der starke Mann von der Mordkommission!», rief ihm einer der Hutträger entgegen und reckte den Notizblock hoch.

«Sie kennen ja meine Antwort.» Mohrfels schob sich durch die Menge.

«Wann fassen Sie endlich die Bestie?»

«Ich arbeite daran.»

«Schon ausgesprochen lange. Wollten Sie nicht demnächst in Rente? Es gibt Gerüchte, dass ein Kommissar von Posen den Fall übernimmt.»

Mohrfels hatte das Gedränge durchquert und drehte sich zu den Blitzlichtern um.

«Das ist epochaler Schwachsinn. Sie können mich gerne zitieren.»

«Sie haben in Ihrer Karriere schon viele Mordfälle aufklären können, Kommissar Mohrfels. Welche Worte haben Sie für unsere Leser, um ihnen Hoffnung zu machen?», fragte ein bekanntes Bleichgesicht, das sich mit einem Bleistift bewaffnet zwischen den Mänteln hervordrängte.

«Ich habe ein paar Worte für den Täter, Hans. Er kann nur hoffen, mir nicht persönlich in die Finger zu geraten.» Er machte eine Geste, als würde er etwas durchbrechen. Die Männer lachten. Mohrfels wandte sich zum Gehen und war bemüht, sich den Schmerz im Bein nicht anmerken zu lassen.

An der Dircksenstraße stand eine Reihe dunkler Autos. Er brauchte nicht lange, um Habig ausfindig zu machen, der einen Trenchcoat trug und grübelnd einen der Wagen begutachtete.

Habig war mehr oder weniger aus dem Nichts in der Mordkommission aufgetaucht, wo man nach dem Krieg dringend Leute suchte. Soweit Mohrfels aus seinem Kauderwelsch heraushören konnte, war er hochdekoriert aus dem Krieg zurückgekehrt und hatte vorher als Mechaniker gearbeitet. Habig schien Kieferknochen aus Stahl zu haben, die er beim Sprechen mechanisch vor- und zurückschob. Seitdem Mohrfels ihn einmal mit seinen zwei Mauserpistolen im Einsatz gesehen hatte, fand er, dass es eine gute Idee war, Habig auf seiner Seite zu haben, auch wenn er immer schlechte Laune zu haben schien und häufig abwesend erschien.

Das Automobil, vor dem Habig stand, eine viertürige Limousine mit langgestreckter Motorhaube, war schwarz. Nur die elegant nach vorn gewölbten Schutzbleche waren goldumrandet. Ein weißer Ersatzreifen prangte an der Seite der Kühlerhaube, gefolgt von einer Reihe eng geführter Belüftungsschlitze, die dem Wagen trotz seiner Größe ein sportliches Aussehen gaben.

«Ein schönes Mobil», sagte Mohrfels.

«Eine Crossley-Limousine. Typ Saloon. 19,6 PS. Vier Zylinder. Besonderes Modell», sagte Habig, ohne aufzuschauen. «Nicht ganz billig, aber gute Verarbeitung. Sogar mit Borduhr.»

«Damit man weiß, wann es zu spät ist, um über die Kreuzung zu fahren? Kommen Sie, wir nehmen lieber unseren», gab Mohrfels zurück.

«Wohin soll's denn gehen? Einmal um den Block?»

«Das werde ich Ihnen schon sagen.»

Habig folgte Mohrfels zu ihrem Wagen, und sie stiegen ein.

Berlin / Montag, 31. Mai 1920 / 2 Uhr 38 nachmittags

Er wurde verfolgt.

Dalus überquerte gerade die Invalidenstraße, als er es bemerkte. Irgendwo hinter ihm.

Er erreichte die andere Straßenseite und wandte sich nach links. An ihm zogen Droschken und Fußgänger vorbei. Menschen hasteten zu einer abfahrenden Tram und sprangen auf. Der Verkehrspolizist hob den Arm. Dalus schaute über die Kreuzung. Alles war wie immer. Aber irgendetwas stimmte nicht.

Dalus hatte den starken Impuls, sich umzuschauen, beherrschte sich aber.

Der Polizist winkte, Dalus sprang vom Gehweg auf die staubige Straße und drängte sich durch die Menschen auf das andere Trottoir.

Dalus kannte das Gefühl schon seit der Kindheit. Eine kitzelnde Sensation in der Regio occipitalis, irgendwo kurz unter dem Schädelansatz. Erhöhter Puls. Metallener Geschmack im Mund. Er hatte es in seiner Jugend genutzt und sich im Krieg angewöhnt, darauf zu vertrauen. Während seiner Zeit als Militärarzt hatte es ihm mehrfach das Leben gerettet. Er hatte Deckung gesucht, bevor das *Wulliwulli* der Granate zu hören war. Er hatte geahnt, wenn ein Kirchturm nicht sauber war. Es war wie das Aufblitzen einer Messerklinge. Nur ein Sekundenbruchteil. Dasselbe Gefühl, das ihm sagte, dass ihn jemand verfolgte.

Schnellen Schrittes überholte er einen Werbeträger, der mit ausladenden Pappschildern um den Hals das Fortkommen erschwerte, und stoppte an einem Zeitschriftenstand, an dem Groschenromane und Magazine für die Frau angeboten wurden. Der glupschäugige Verkäufer sagte irgendwas, aber Dalus ignorierte ihn und blätterte stattdessen durch die Auslage. Unauffällig prüfte er die Fußgänger, die hinter ihm gegangen waren. Ein Mann mit Arbeitermütze und schwarzem Schnauzbart blieb plötzlich stehen und starrte in ein Schaufenster für Toilettenbedarf. Aber was sollte der Mann von ihm wollen? Vielleicht wollte er nur eine Bartbinde kaufen, dachte Dalus unwirsch, öffnete den obersten Hemdknopf und ging weiter. Er musste sich entspannen.

Dalus interessierte sich auf eine grundsätzliche Art für Menschen. Er konnte verstehen, wie sie funktionierten, indem er mit ihnen sprach. Die Regungen der menschlichen Psyche in ein System nach Freud zu bringen, hatte ihm geholfen, bestimmte Reaktionen besser zu verstehen. Wie aber wandte man diese Erkenntnisse auf die eigene Wahrnehmung an?

Während seiner Arbeitszeit in der Klinik hatte er Menschen gesehen, die unter Angstanfällen litten. Einige waren mental noch im Schützengraben.

Aber er war nicht verrückt, das wusste er.

Dalus entspannte die Hände und ging voran. Es führte zu nichts. Er musste sich auf seine Aufgabe konzentrieren. Seit den Laufübungen am Morgen war ihm sein ehemaliger Patient Wilhelm Legner nicht aus dem Kopf gegangen. Er war nach wie vor nicht scharf darauf, sich in die Sache einzumischen. Aber was, wenn Mohrfels recht hatte und der Mann in Gewahrsam genommen werden musste? Wenn ein Mädchen in Gefahr war, das seine Hilfe brauchte?

Widerwillig hatte er sich die Akte bringen lassen und sich direkt nach dem Dienst in die Straßenbahn gesetzt, um Legner ausfindig zu machen. Allerdings hatte Dalus schon auf die Entfernung sehen können, dass seine Bleibe von der Polizei überwacht wurde. Ein Nachbar hatte zudem versichert, Legner sei ausgeflogen.

Dalus hatte sich an Ada Pfarr erinnert, Legners ehemalige Geliebte, die vielleicht mehr wusste. Sie hatte ihn damals beschworen, Legner nicht für verrückt zu erklären. Ihr reizvolles Gesicht, das von braunen Locken umrahmt wurde, war ihm von ihrem letzten Treffen im Gedächtnis geblieben, genau wie ihr dezidiertes Auftreten und die elegante Kleidung mit Hut und Spitze, die so gar nicht zu ihrem schlechten Wohnort zu passen schien, den Dalus gerade erreicht hatte.

Ada Pfarr wohnte im Meyershof, einer heruntergekommenen Mietskaserne, die Dalus einschlägig bekannt war. Kinderhölle, Prostitution, Schwarzhandel – jeden Tag waren Meldungen in der Zeitung. Die Hälfte der Schreiber war selbst niemals da gewesen.

Der Wohnblock bestand aus fünf hintereinanderstehenden Häusern, die durch enge Höfe verbunden waren. Ursprünglich als Mietwohnungen gedacht, hatten sich in dem bröckelnden Komplex mehr und mehr Gewerbetreibende eingenistet. Lärm, Abfall und Schmutzwasser waren die Folgen, zum Leidwesen der dort wohnenden Familien und ihrer Kinder. Dalus drängte sich an einem schweren Fuhrwerk vorbei durch den Torbogen.

Bereits auf dem ersten Hof kam es ihm so vor, als hätte er ein anderes Berlin betreten. Alles wirkte heruntergekommen, wie aus dem letzten Jahrhundert. Wasser tropfte von oben auf den Hof. Über den matschigen Untergrund waren Holzlatten gelegt worden. Irgendwo ertönte das Geräusch einer Säge.

Dalus fragte sich, wie viele Menschen in diesem Komplex lebten, und schätzte, dass es einige hundert sein mussten. Ihren Gesundheitszustand konnte er sich in etwa vorstellen. Feuchtigkeit und Nahrungsmangel brachten Rachitis und Skrofulose. Außerdem gab es sicherlich zahlreiche Arbeitsunfälle.

Auf dem vierten Hinterhof hingen rote Fahnen aus dem Fenster. Eine Gruppe von ein paar Männern und einigen Kindern klebte Plakate an die Hauswände. Die Kinder sangen eine Melodie, die vage der Internationale zu ähneln schien. *Wacht auf, Verdammte dieser Erde.* Die Melodie erschien vertraut. Er war also zum roten Kern vorgedrungen. Wer konnte es ihnen verübeln?

Drinnen war es finster. Es roch nach Teer und Staub. Spinnweben fischten das letzte Licht aus der Luft. Er drückte einen Schalter, aber nichts passierte. Auf dem Treppenabsatz bemerkte er, dass die Glühbirnen herausgeschraubt worden waren. Von der zweiten Etage an fehlten sogar die Lampen.

Er zählte drei Treppen und hielt sich links. Am Ende des fast dunklen Flurs lag die Wohnung. Durch die Wände und Türen klangen dumpfe Geräusche. Husten, Schritte, Kindergeschrei.

Plötzlich spürte er ein Kitzeln im Nackenwirbel. Wieso hatte er das Gefühl, dass noch jemand auf dem Flur war?

Dalus blieb im Dunkeln stehen und suchte sein Feuerzeug. Seine Lippen waren wie ausgedörrt. Er wünschte sich eine Zigarette, um den Metallgeschmack zu vertreiben. Mit der Hand wischte er über die Stelle am feuchten Nacken und suchte in seinem Jackett, bis er das Ding endlich gefunden hatte.

Er ließ das Feuerzeug zwischen den Fingern aufschnappen – und zündete.

Das Klingelschild sah abgegriffen aus.

Er klopfte.

Die Tür knarrte – und schwang auf. Anscheinend war niemand zu Hause.

Ohne zu zögern, betrat Dalus die Wohnung und ließ die Tür hinter sich ins Schloss fallen. Ein Windhauch erwischte die Flamme.

Finsternis.

Dalus atmete ein und genoss die Kühle. Irgendwo über ihm gurgelte Wasser. Er hörte Stimmen. Eine schimpfende Mutter, ein Kind. Schritte im Obergeschoss. Holzdielen.

Aber da war noch etwas. Ganz langsam. Schritte auf dem Flur.

Dalus horchte.

Das Geräusch war nicht einfach zu erkennen. Während durch die dünnen Wände ein kontinuierlicher Lärm zu hören war, war das Geräusch auf dem Flur bedächtig.

Ein Schritt –

Noch einer –

Eine Person mit Lederschuhen.

Langsam.

Die Schritte kamen näher – näher – und hielten direkt vor der Wohnungstür.

Dalus bekämpfte das Gefühl der Panik, das vom Magen hochstieg. Er hielt das Feuerzeug noch in der Hand. Er versuchte es noch einmal.

Die Flamme kam –

Und verlöschte in der Zugluft.

Dalus warf sich gegen die dünne Tür, die aus den Angeln ging. Prallte gegen die Wand.

Jemand war auf dem Flur, rannte den Gang entlang. Ein Mann, schlaksig. Dalus spürte, wie sein Kopf rauschte. Endlich konnte er die Geschichte mit seinem unheimlichen Verfolger beenden.

Er rannte den dunklen Gang hinunter, stolperte und rappelte sich wieder hoch.

Von unten war kräftiges Poltern zu hören. Dalus sprang die Stufen hinab, konnte sich noch gerade am Geländer halten, das zum Glück nicht brach.

Er nahm zwei weitere Absätze und erreichte den Ausgang. Die Schritte kamen von links. Er rannte über die Pflastersteine und erreichte den hohen Hofausgang mit den Flügeltüren –

Nichts.

Er schaute sich um. Dann entdeckte er einen engen Gang zwischen den Hauswänden, der offensichtlich in einen weiteren Hof führte. Von dort hallten Schritte. Für einen Sekundenbruchteil sah Dalus etwas Rotes aufleuchten – und eine Gestalt, die zwischen den Häusern verschwand. Ein rothaariger Mann?

Dalus preschte auf den Zwischenraum zu. Er erreichte den engen Gang, in dem vor ihm eine Gestalt auftauchte. «Halt!», schrie Dalus aus vollem Hals. Jetzt konnte er ihn schnappen!

Dann bemerkte er, dass der Mann ihm entgegenkam. Er war gut gekleidet, stattlich und hatte schwarze Haare.

«Sind Sie Dr. Johann Diedrich Dalus, der Nervenarzt?»

Dalus starrte ihn entgeistert an.

«Meine Name ist Fuller, ich möchte Sie bitten, mitzukommen.»

«Haben Sie – einen Mann vorbeilaufen sehen – mit rotem Haar?», brachte Dalus zwischen zwei Atemzügen hervor. «Ich muss – wir müssen ihn aufhalten!»

Der Mann runzelte die Stirn und schüttelte den Kopf.

«Hier ist niemand durchgekommen. Ich würde Sie bitten …»

«Moment, es ist wichtig. Sind Sie sicher, dass Sie niemanden gesehen haben?»

Dalus drängte sich an dem Mann vorbei, der dicht hinter ihm blieb, und rannte das letzte Stück bis zum Ausgang. Die Passage endete auf einem weiten Gehweg, auf dem links und rechts Fußgänger vorbeiströmten. Von einem Rotschopf keine Spur.

«Verdammt!», entfuhr es Dalus.

In diesem Moment spürte er eine Hand auf der Schulter.

«Man hat mir in der Klinik gesagt, dass ich Sie hier finden kann. Ich möchte Sie bitten mitzukommen. Es geht um Ihre Schwester.»

Markersdorf 1905

Sie spielten vierhändig. Marie saß neben ihm auf dem Klavierstuhl, sodass sich ihre Seiten berührten. Sie schaute zu ihm herüber und gab den Rhythmus vor. Die Melodie war einfach, aber gewinnend. Eins-zwei-drei, zwo-zwei-drei. Ihre Hände bewegten sich im Gleichmaß über die Tasten.

«Eins-zwei-drei, so ist's fein.» Marie lächelte. Es war eigentlich ganz einfach.

«Und jetzt wechseln.» Seine linke Hand bemühte sich, die anderen Akkorde zu spielen. Er musste den kleinen Finger spreizen. Die Harmonie veränderte sich.

«F-Dur», sagte Marie und spielte erneut die Melodie mit ihrer rechten Hand.

Der Junge spürte den Takt. Ihre Hände bewegten sich gleichzeitig über das Klavier. Er wippte vorsichtig mit dem Kopf. Die Musik spielte.

«Jetzt gegeneinander.» Der Junge bemühte sich sehr, den Takt zu halten. Das war die schwierigste Stelle, wenn er eine andere Stimme spielen musste. Marie variierte ihr Spiel, sodass das Stück jetzt etwas von einem Kanon bekam.

«Spiel ruhig langsamer. So ist gut.» Marie spielte erneut ihre Melodie und lächelte ihn an. Er verfehlte zweimal die Tasten, aber sie lächelte trotzdem weiter.

Dann riss Marie weit die Augen auf und machte eine Grimasse in seine Richtung.

«Fortissimo!», sagte sie majestätisch.

Er musste lachen. Sie spielten wieder den Anfangsteil.

«Presto! Presto!», intonierte sie.

Ihre Hände wurden immer schneller. Die Musik füllte den ganzen Raum.

Marie griff mit der linken Hand über seine Rechte, und sie spielten gekreuzt.

Ihre Augen strahlten ihn an.

Er machte alles richtig.

Ihr Tempo wurde immer schneller. Der Junge bemühte sich, seine Finger zu kontrollieren. Manchmal traf er die Tasten nicht. Sie lachte! Seine Schwester spielte unaufhörlich, schneller und schneller.

Es war viel zu schnell!

Für einen Moment bekam der Junge Angst. Wieder daneben!

Aber es machte nichts. Sie spielte auch daneben. Sie kicherten.

Alle Töne flogen durcheinander. Sie hielten kaum noch die Tonart.

Plötzlich begann Marie zu jubilieren, spielte alles durcheinander, hob die Hände von den Tasten und stürzte sich kreischend auf ihn, um ihn zu kitzeln.

«Du bist einfach zu langsam», kicherte sie.

Er wusste, dass sie nur flunkerte.

Berlin / Montag, 31. Mai 1920 / 4 Uhr 05 nachmittags

Mohrfels war in die Klinik gefahren und hatte Druck gemacht.

Schließlich hatte die Assistentin von Dr. Eckels das Schreiben über den Tisch geschoben, mit dem sie Wilhelm Legner wegen Trinksucht einweisen lassen konnten.

Jetzt war es Zeit, den Verdächtigen zu holen.

Mohrfels hielt den Feldstecher gepackt und starrte hindurch. Das Schrottplatzgelände lag zwischen zwei Hauswänden eingekeilt verlassen in seinem Blickfeld. Sie schauten von hinten auf das Gebiet. Mohrfels erkannte den Bauzaun, das verrostete Tor an der Frontseite, den Hundezwinger und die Stapel Metallschrott, die Legner von wer weiß wo zusammenkaufte. In der Mitte des Geländes stand eine windschief zusammengezimmerte Hütte, in der Legner schlief, wenn er nicht auf Sauftour war. Hin und wieder ging ein Windstoß über den staubigen Platz, ansonsten lag das Gelände verlassen unter der sengenden Sonne.

«Sind Sie sicher, dass er drin ist?», murrte Mohrfels gedämpft.

«Er hat vor einer halben Stunde das Tor zugeschlossen und ist in die Hütte gegangen», flüsterte dicht neben ihm Polizeimeister Weber.

«Wahrscheinlich sturzbetrunken», fügte Habig hinzu.

«Dann greifen wir jetzt zu», beschloss Mohrfels.

Weber entfernte sich. Einige Sekunden später kam die Straße in Bewegung.

Ein gepanzerter Kastenwagen rollte hinter der Hausecke hervor und hielt auf dem Platz vor dem Holztor. Ein Dutzend blau gekleideter Uniformierter schwärmte aus dem Fahrzeug hervor, formierte sich und machte sich am Tor zu schaffen. Zeitgleich wurden Männer auf der Rückseite des Gebiets sichtbar, wo der Schrottplatz mit einem Bauzaun abschloss, der an die Hochbahnstation grenzte, von deren Brücke aus Mohrfels und Habig den Vorgang beobachteten. In diesem Moment fuhr hinter ihnen eine Bahn ein und erschütterte die Brückenkonstruktion, die erst vor wenigen Jahren mit großem Aufwand errichtet worden war.

Mohrfels konzentrierte sich auf die Männer unter ihm auf dem Platz, die inzwischen den Verschlag erreicht hatten, in dem sich Wilhelm Legner versteckt hielt. Ausnahmslos alle Männer, die er mit seiner Observation beauftragt hatte, hatten ihn früher oder später um Versetzung gebeten. Legner war bei weitem kein Sympathieträger, und die Art, mit der er mit seinen Hunden und seiner Kundschaft auf dem vermüllten und dreckigen Schrottplatz umging, schien nach einer gewissen Zeit selbst bei abgebrühten Polizisten Abscheu zu erzeugen.

Die Männer hatten jetzt den Verschlag erreicht, gingen wiederum in Position und traten die Tür ein. Mohrfels ertappte sich dabei, dass er für einen Moment die Luft anhielt.

Einer der Männer am hinteren Bauzaun spähte durch eine Lücke auf den Platz und gestikulierte.

«Ist das unser Zeichen?», fragte Habig.

«Da stimmt etwas nicht», grunzte Mohrfels.

Jetzt kamen drei Männer aus dem Verschlag und begannen das staubige Gelände abzusuchen. Der Leiter der Aktion trat aus der Hütte und gab ein Zeichen.

«Gottverdammter Hühnermist», schimpfte Habig.

«Gehen Sie hin und lassen Sie sich berichten», sagte Mohrfels gereizt. Wenn ihnen ihr einziger Verdächtiger jetzt entkommen war, würden sie ein Problem haben.

Mohrfels hielt nach wie vor das Fernglas so fest an die Augen gepresst, dass sie schmerzten. Immer wieder ließ er den Blick über den Bauplatz schweifen und versuchte einen Überblick zu bekommen. Die Beamten wirkten zunehmend desorientiert. Jetzt war es zu allen durchgedrungen, dass die Aktion ein Fehlschlag gewesen war.

Hinter ihm begann der Zug kreischend seine Ausfahrt über das Gleis.

Mohrfels ließ das Glas sinken. Diese Hinterwäldler, diese vierfachen Vollidioten! Er würde jedem Einzelnen von ihnen den Kopf abreißen.

Plötzlich bemerkte er im Augenwinkel eine Bewegung. Da war ein Mann auf den Gleisen über der Straße. Er bewegte sich in geduckter Haltung über die Brücke auf die nächste Station zu.

«Weber! Habig!»

Mohrfels suchte nach einem anderen Beamten, konnte aber auf dem Bahnsteig keinen ausmachen. *Wo ist die Polizei, wenn man sie braucht?*, dachte er wütend. Er brüllte zu seinen Leuten am Schrottplatz hinab und gestikulierte. Die Rufe wurden jedoch vom abfahrenden Zug auf der Gegenseite geschluckt.

Während Mohrfels noch überlegte, was er tun konnte, sah er, dass die dunkle Gestalt schon einen Gutteil der Brücke überquert hatte. Er ging grunzend in die Knie und sprang auf die Schienen herunter.

Das ist wirklich phantastisch, dachte er auf allen vieren, zwischen Steinen, Unrat und Rattenmist, bevor er sich aufrappelte. Seine Beine schmerzten, er ergriff seinen Stock und stolperte auf die offene Brücke, die auf Mohrfels plötzlich keinen so stabilen Eindruck mehr machte.

Wo war die Gestalt abgeblieben? Konnte es sich um Legner handeln?

Mohrfels biss die Zähne zusammen und lief los. Er konnte den

Mann nicht mehr sehen. Atemlos erreichte er die Mitte der Brücke, die gefährlich zu wackeln schien. Sein Blick fiel zwischen den Gleisen zur entfernten Straße hinab. Kopfsteinpflaster, das rasend näher zu kommen schien. Ihn packte Schwindel.

Hinter ihm ratterte ein Zug in die Bahnstation ein, in der er eben noch gestanden hatte, und kam quietschend zum Stehen. Wenn der Zug auf die Brücke fuhr, war er geliefert. Zwischen dem Gleis und der Gegenspur war ein Spalt, der mindestens einen Meter breit war und den er freihändig nicht gut würde überqueren können.

Mohrfels eilte schwitzend voran. Sein Puls ging schmerzhaft an der Krawatte. Zwischen den Bahnschienen konnte er immer noch Kopfsteinpflaster und fahrende Autos erkennen. Immer wieder packte er mit der Rechten das schwere gusseiserne Geländer und arbeitete sich so schnell wie möglich vor.

Der Zug hinter ihm fuhr quietschend an. Er war immer noch einen Steinwurf vom anderen Bahnhof entfernt. Ruckelnd kamen die schweren Räder über die Gleise näher und näher. Dann hörte er ein erneutes Quietschen.

Mohrfels, der sich an das Gestänge klammerte, hielt inne und sah sich um. Hinter der Glasscheibe des Fahrerhäuschens konnte er neben dem Zugführer Habig erkennen. Der Zug kam in der Mitte der Brücke zum Stillstand, und Habig winkte.

Berlin / Montag, 31. Mai 1920 / 4 Uhr 32 nachmittags

Der Mann brachte Dalus zurück in die Ackerstraße, wo ein Wagen wartete.

Dalus war nach wie vor außer sich und hielt in alle Richtungen nach dem Rothaarigen Ausschau.

Ans Auto gelehnt stand ein zweiter Mann in identischem Aufzug, der wie ein Ringer wirkte. Beide trugen moderne Nadelstreifenanzüge mit weitem Schnitt, Homburger und Lederhandschuhe, alles brandneu.

«Wohin bringen Sie mich?» Dalus hatte keine Lust auf Spielchen.

«Es ist wichtig», sagte der erste Mann mit seiner weichen Stimme und holte etwas aus seiner Tasche.

Das Lichtbild zeigte seine Schwester mit ein paar Männern. Sie war auf einem öffentlichen Platz, aber man merkte sofort, dass etwas nicht stimmte.

Sie stand im Profil, mit typisch trotzigem Gesichtsausdruck. Aber da war auch eine schräge Falte auf ihrer Stirn. Angst. Den Mund geöffnet, wie um etwas zu sagen – oder zu schreien? Eine Bewegung, die auf der Fotografie seltsam sinnlos erschien. Vor ihr war ein Mann als bloßer Schatten zu erkennen. Mehr Sorgen aber machte Dalus das, was hinter ihr zu erkennen war. Zwei Männer mit leeren Gesichtern und Stahlhelmen.

Dalus musterte die beiden Männer, die vor ihm standen. Der breitere der beiden hatte jetzt die Hand in der Manteltasche.

«Ich würde den Park empfehlen», sagte der Mann, der ihn angesprochen hatte, freundlich. «Bitte hier entlang!»

Sie gingen. Dalus versuchte, sich den Straßennamen zu merken und die Richtung im Auge zu behalten, während in seinem Kopf Bilder und Gedanken durcheinanderwirbelten. Was hatte seine Schwester jetzt wieder angestellt? Warum musste ihm das jetzt dazwischenkommen? Er war kurz davor gewesen, seinen Verfolger zu stellen.

Seitdem sie ihn und Vater vor 15 Jahren urplötzlich auf dem Hof alleine gelassen hatte, war ihre Beziehung immer schlechter geworden. Er musste nachdenken, um sich zu erinnern, wann sie sich das letzte Mal gesehen hatten. Lemberg. Eine zugige Hotellobby. Er hatte kurz vor dem Examen gestanden. Sein Kopf hatte geglüht. Er war erkältet und nah an einer Sehnenscheidenentzündung gewesen. Aber sie hatte auf einem Treffen bestanden.

Er saß zwischen Koffern, Geschäftigkeit, Liftglocken und

einer endlos quietschenden Drehtür. Sie hatte in einem fort von «Aktionen» gesprochen, während er seinen Schal fester zog und den Verkehr am Fenster vorbeiziehen sah. Von den Hakatisten in Polen und faulen Bankgeschäften. Hatte ihn beschuldigt, wie er ihrem Vater hatte nachgeben können. Wie er sein Studium im Rahmen einer Militärlaufbahn absolvieren konnte! Für diese Kindermörder!

Er hatte auf ihre Pamphlete gestarrt – die Arbeiter, Rechte der Frau –, dann wieder auf die vorbeihetzenden Menschen auf dem Soborna. An allem hatte sie etwas auszusetzen. Immer wusste sie alles besser! Er hatte aus dem Fenster gestarrt, und die Erkältung war minütlich schlimmer geworden. Seine Schwester redete und redete. Dabei schien sie lauter zu werden. Er hatte keine Ahnung, was sie von ihm wollte. Er hatte an seinem Schal gezogen. Warum hörte sie nicht auf, sich zu beschweren?

Als sie eine Pause machte, hatte er sich entschuldigt und war durch die Drehtür auf die Straße geflohen.

An die Luft.

Er hatte sie durch das Fenster bei ihren Papieren sitzen sehen. Und war nicht wieder reingegangen.

Seitdem hatte er sie nicht mehr gesehen.

Das war vor sieben Jahren gewesen.

Sie hatten sich aus den Augen verloren. Nicht, dass es ihn gekümmert hätte. Im Krieg hatte er Briefe von ihr erhalten, die er überflog. Dann wieder Pamphlete und Einladungen. Die hatte er weggeworfen.

Im Endeffekt hatte er sie abgeschrieben. Eine Suffragette ohne Realitätssinn oder Ästhetik.

Dann erreichte ihn vor zwei Wochen das seltsame Schreiben, in dem sie ihr Kommen ankündigte, zusammen mit dem Foto von ihm als Kind.

Und jetzt diese Geschichte von diesen Männern, die vermutlich Beamte waren. Ihrem Gesicht nach zu urteilen, konnte das Bild aktuell sein.

Wenn er es genau bedachte, hatte er keine Ahnung, was seine Schwester im Moment so trieb. Dass sie jetzt Bomben legte, war nicht auszuschließen. Seine heilige Schwester eine Kriminelle? Fast gefiel ihm der Gedanke.

Während sie betont langsam den Parkeingang passierten, stellte Dalus fest, dass er wenig über den Verbleib seiner Schwester wusste. Dennoch sah er, wenn er es bedachte, überhaupt keinen Grund, dieses wenige mit den fremden Männern zu teilen.

Sie erreichten die Rasenfläche. Der größere der beiden Männer blieb ein Stück zurück, während der andere ihn mit einer Geste zu einer Parkbank lenkte, auf die sie sich setzten. Der Mann war etwa in seinem Alter und hatte plötzlich einen sehr müden Gesichtsausdruck. Sein Haar lag akkurat, das Gesicht war ebenmäßig, und seine Augen drückten Ernst und etwas anderes aus, etwas Weitläufiges, das man eher im Gesicht eines Künstlers erwartet hätte. Vielleicht war er auch einfach nur blasiert.

Der Mann schaute für eine Weile verträumt auf einen Rhododendron, der seine Blüten weißlich und welk in die Sonne streckte. Dann zog er sich die Handschuhe aus und begann in demselben melodischen Tonfall zu sprechen, der Dalus schon auf der Straße aufgefallen war.

«Herr Dr. Dalus. Wir hätten das wirklich nicht auf offener Straße machen wollen. Sie müssen verstehen.»

«Nennen Sie mich Dalus», erwiderte Dalus.

Das Lächeln des Mannes wurde unmerklich schwächer.

«Woher haben Sie das Bild?», fragte er den Mann, der sich ihm als Fuller vorgestellt hatte.

«Es ist uns von einem Kontakt aus Ostpreußen zugespielt worden. Vor drei Tagen. Seit diesem Zeitpunkt ist Ihre Schwester verschwunden!»

Dalus ging die betuliche Art des Mannes zunehmend auf die Nerven.

«Das kann unmöglich Ihr Ernst sein! Wer hat das Foto aufgenommen? Ich will sofort mit der Person sprechen!»

«Das ist leider nicht möglich.»

«Was soll das?»

«Wir müssen unsere Quellen schützen.»

«Meine Schwester wurde von Ihnen beobachtet? War sie straffällig?», wollte Dalus wissen.

«Ich will Sie nicht vor den Kopf stoßen, aber ich sage nicht zu viel, wenn ich behaupte, dass die Gesinnung Ihrer Schwester nicht einwandfrei festzustellen ist. Sie hat viele, sagen wir, uneindeutige Kontakte.»

«Sie ist in Gefahr gewesen!»

«Ich dachte, Sie könnten uns helfen. Hat Ihre Schwester irgendwelche Andeutungen gemacht, weshalb sie nach Berlin kommen will?»

«Nein.»

«Wann haben Sie das letzte Mal etwas von Ihrer Schwester gehört?»

«Sagen Sie mir, worum es in dieser Sache geht!»

«Es geht um Sicherheit», sagte der Mann.

«Zu vage.»

«Also gut, lassen Sie es mich folgendermaßen ausdrücken, Herr Dalus.» Er sprach den Namen jetzt vorsichtig aus. «Die Republik hat Feinde. Wir haben es mit Umstürzlern zu tun. Putschisten wie Kapp und Lüttwitz. Einige sind politisch motiviert, andere kriminell. Wir setzen alles daran, diese ausmerzen, aber die Realität ist manchmal komplizierter, als man möchte.»

Er wirkte nun abwesend.

«Was hat das alles mit meiner Schwester zu tun?», fragte Dalus.

Der Mann blickte auf.

«Sie arbeiten für den Staatsdienst. Reichsinnenministerium», forschte Dalus weiter.

«Etwas in der Art.»

«Wenn ich Sie richtig verstehe, ist meine Schwester verschwunden, während sie von Ihnen beobachtet wurde. Es liegt also auch in Ihrer Verantwortung! Was haben Sie vor, jetzt zu tun?»

«Hat sie Ihnen gegenüber jemals Namen erwähnt?»

«Nein. Wir haben eine Zeitlang keinen Kontakt gehabt.»

«Hat sie jemals einen Mann namens Rossbach erwähnt?»

«Ich habe diesen Namen noch nie gehört», sagte Dalus.

«Das ist bedauerlich», sagte Fuller, langte ungerührt in seine Manteltasche und holte eine schlanke Pfeife hervor, die er zu stopfen begann.

«Ist er der Mann auf dem Foto?», vermutete Dalus.

Fuller antwortete nicht.

«Sagen Sie mir, was los ist!», sagte Dalus eindringlich.

«Unsere Quellen behaupten, dass Rossbach nach Berlin kommt», sagte Fuller langsam.

«Wovon zum Teufel reden Sie?» Dalus wusste nicht mehr, ob er in Lachen oder Weinen ausbrechen sollte. Fuller drehte sich zu ihm und schaute ihm ernst in die Augen.

«Mit Rossbach möchte man sich nicht anlegen. Er geht über Leichen. Ich kann Ihnen nur eins raten: Wenn Ihre Schwester mit Ihnen Kontakt aufnimmt, bringen Sie sie sofort zu uns!»

Er schob sich die Pfeife in den Mund und reichte ihm eine Karte. «Und passen Sie gut auf sich auf. Mehr kann ich im Moment nicht tun.»

«Was werden Sie tun, um ihr zu helfen?», fragte Dalus.

«Das müssen Sie schon uns überlassen.»

Dalus musterte den gutgekleideten Mann, der sich nun wieder den Blüten widmete und versonnen an seiner Pfeife paffte. Am liebsten hätte er ihn gepackt.

«Wollen Sie die nicht anzünden?», fragte er nach ein paar Sekunden.

«Oh nein, ich habe aufgehört», sagte der Mann.

Ihr Kopf war noch deformiert. An der Stelle, wo er sie mit dem Bleirohr getroffen hatte.

Sie saß da wie ein nasser Sack, am Boden der Kammer. In ihrem Reisekleid, den Kopf auf der Brust. Sie hatten das Zimmer schon für sie vorbereitet. Er zog die Drahtschlinge um ihre Hände fest, hinter ihrem Rücken. Dann kam die Schlinge um ihren Hals. Als er daran zog, machte ihr Körper einen Ruck. Ihr Oberkörper wurde nach vorn gezogen, während die Hände hinten fest blieben. Solide Fesselung.

Als er ihr den Sack über den Kopf zog, bekam sie Panik. Riss die Augen auf und begann zu kreischen. Sie schrie, begann zu treten, trotz Fessel um den Hals, die sie an ihrem Ort hielt. Sie konnte sich nicht bewegen. Er zog den Knoten an ihrem Hals fest.

Dann begann sie unter dem Sack unkontrolliert zu keuchen. Ein dumpfes Geräusch. Sie schrie nicht, sie weinte nicht. Nur ihr Atem ging in schnellen Zügen. Immer wieder zog sie in schneller Folge Atem ein. Konnte nicht stoppen. Als wenn man die Luftröhre angeschnitten hätte.

Sie hatte die Kontrolle über sich verloren. Eine Art Starrkrampf. Ihr Körper reagierte, während ihr Geist nichts tun konnte, als zu zucken. Er sah, wie sie ihr Wasser verlor, das Reisekostüm im Schritt fleckig wurde. Dann schloss er die Tür zu der Kammer.

Das Keuchen verebbte und kam wieder. Angst zu ersticken vielleicht. Die Tonlage ging hinauf, wenn die Züge schneller wurden. Sie schluchzte, sog Luft, schluckte sie, unterbrach ihren Anfall durch Gurgeln und Spucken, erbrach etwas und schnappte weiter.

Er fragte sich, ob sie durch das Atmen unter dem Sack ohnmächtig werden würde.

Schließlich ging er rüber und machte die Tür auf.

Da sie sich nicht wehren konnte, reichten ein paar kräftige Tritte gegen den Kopf.

Dann war endlich Ruhe.

Berlin / Montag, 31. Mai 1920 / 5 Uhr 01 nachmittags

«Wie konnte das passieren?»

Die Beamten starrten zu Boden.

«Ich will verdammt noch mal wissen, wie er entkommen konnte!», wiederholte Mohrfels die Frage.

Die Polizisten hatten Haltung angenommen und schwitzten in ihren hochgeschlossenen Uniformkragen. Weber, der die Operation koordiniert hatte, stand mit hochrotem Kopf in der Sonne und starrte ins Nichts.

«Ein Mann der Observationsgruppe ist überwältigt worden», kam Habigs Stimme von der Seite. Er hatte mit Weber zusammen die Observation geleitet. «Wurde niedergeschlagen. Der Verdächtige konnte auf die Bahnbrücke entkommen.»

Mohrfels schnaubte, spuckte auf den Boden und ließ die Männer wütend auf dem Vorplatz stehen.

Er hatte keine Zeit, einen Schuldigen zu suchen. Er würde eine Fahndung aufgeben müssen. Legners Kontakte im Milieu abklappern. Ihn ausfindig machen. Sein Hauptverdächtiger war jetzt flüchtig. Mohrfels wollte nicht daran denken, was es bedeutete, wenn er wirklich der Täter war. Er musste an den verspäteten Einweisungsbescheid denken, der in seinem Sakko steckte. Ein Rückschlag, ganz ohne Zweifel. Und ein verdammter noch dazu.

Er musste sehen, was noch zu retten war. Noch immer gab es von dem entführten Mädchen kein Lebenszeichen. Die Zeit lief ihnen davon. Mohrfels stapfte, den Stock auf das Kopfsteinpflaster hämmernd, auf die Einfahrt zu. Hinter dem Tor erstreckte sich der umzäunte Platz, auf dem Legner hauste.

Mohrfels marschierte auf Legners Behausung zu, einen wurmstichigen Verschlag, und versenkte seinen rechten Schuh samt Hosenbein in einer Öllache. Der Schuh gab ein Schlürfen von sich.

Mohrfels starrte missmutig auf die ruinierte Kleidung.

Gerda Holz hatte er im Tegeler See geborgen. Sie war nach seiner Zählung das zweite Opfer im Berliner Raum gewesen, die erste Leiche, die sie im Sommer 1919 geborgen hatten und die eine furchtbare Mordwelle eingeleitet hatte. Inzwischen waren es – wenn man Daria Laurenz nicht dazurechnete – vier. Er konnte sich noch genau an das Geräusch erinnern, als sie die Dreizehnjährige mit einer Schlinge am Handgelenk aus dem Wasser gehievt hatten. Ihr Körper war nackt gewesen. Er hatte die dünnen Beine gesehen und wie das Wasser von ihren Füßen tropfte. Der Kopf war zur Seite gefallen, Schlamm war ihr aus dem Ohr gelaufen und er hatte für einen Moment die irrige Hoffnung gehabt, sie könnte noch leben. Aber die Leiche hatte schon lange im Wasser gelegen, war aufgedunsen und hatte eine anorganische graue und lila Färbung bekommen. Und als sie gedreht wurde, sah er die Hautlappen, Schnitte an der Brust und den Armen.

Er hatte den Kollegen auf dem Kahn bei der Bergung zugesehen und auf seine Schuhe hinabgeschaut und plötzlich gewusst, dass sie wieder nichts finden würden. Es war Sommeranfang gewesen, und die großen Mücken waren immer wieder auf seinem Hals gelandet und hatten ihn wütend gestochen. Er hatte nur dagestanden. Er hatte seine Füße bemerkt, die langsam immer tauber wurden, und hatte sich an diesem Tag zum ersten Mal die Frage gestellt, ob er den Fall abgeben sollte.

Noch eine Tote.

Tatsächlich waren diese Bilder, ohne dass er es wollte, wiedergekommen. In Träumen, aus denen er steif wie ein Brett und nach Luft ringend erwachte. Träume, die er nicht mal seiner beunruhigten Frau erzählte, die nicht umhinkam, die nächtlichen Zustände zu bemerken, wenn er keuchend erwachte. Aber er träumte nicht von toten Mädchen. So viel Mitleid hatte er nicht mehr, nach all den Dienstjahren. Tatsächlich waren es seine eigenen Augen, die ihn aus Brackwasser anstarrten. Vorwurfsvoll. Lauernd. Er war es: Ein Toter im Anzug, der auf den richtigen Moment wartete, um jemanden hinabzuziehen.

In diesen Nächten fürchtete er den Tod oder vielmehr die eigene Nutzlosigkeit. Mohrfels, der alte Recke. Mehrfach ausgezeichnet. Machtloser, alter Mann, mit Herzproblemen und lahmen Beinen.

Versager. Niemandem eine Hilfe. So gut wie tot. Ein schöner Kriminaler.

Er mochte diese Gedanken nicht. Sie würden dem Mädchen nicht helfen. Das war der Grund, warum er darüber schwieg. Würde ein anderer seine Dienste besser erfüllen? Er wagte es zu bezweifeln. Er war der erfolgreichste Inspektor der Mordkommission. Er würde den Teufel tun, diesen Fall an einen jungen Niemand abzugeben.

Mohrfels stapfte zum Häuschen und griff nach der Tür. Legners Unterschlupf roch nach Rattenpisse und war genauso verlassen wie erwartet. Gedämpftes Licht fiel in Streifen durch die Verschläge. *Sich regen bringt Segen*, stand auf einem gehäkelten Emblem an der Wand.

Mohrfels überblickte die Lage.

Tisch, Schlafecke, Werkzeugbank.

Schnapsflasche auf dem Tisch.

Unordnung.

Er umrundete die Tischkante und packte mit einem Taschentuch die Schublade, die sich nicht öffnen ließ. Dann griff er nach einem Briefmesser und öffnete das billige Schloss mit einem Fausthieb. Eine Kasse, leer. Eine Gewehrpatrone, Kaliber .57, die Mohrfels mit dem Taschentuch einsteckte. Kein Hinweis auf Legners Aufenthaltsort.

Neben dem Bett hingen Bilder von Mädchen.

Legner hatte es in den letzten Wochen immer wieder geschafft, aus ihrer Überwachung zu entkommen. Ein windiger Hund.

Mohrfels blickte sich um und versuchte einen anrollenden Schmerz aus der Kniegegend zu durchdringen. Er musste sich konzentrieren.

Was hatte Legner auf seiner Flucht mitgenommen?

Sein Blick fiel auf die Werkzeugbank.

ZWEITER TAG

Berlin / Dienstag, 1. Juni 1920 / 6 Uhr 45 morgens

Mohrfels griff nach der Autotür und hob den Kopf. Federwolken hingen am Himmel wie Zuckerwatte, rosa und gelb. Die Luft erschien extrem durchlässig. Es würde ein kraftvoller Tag werden, sonnig und heiß. Vielleicht der heißeste Tag des Jahres, wie ihm gestern seine Frau aus der Zeitung vorgelesen hatte.

Dienstag, der 1. Juni 1920. Der Tag, an dem Daria Laurenz tot aufgefunden wurde. Erdrosselt und auf den Kai geworfen.

Drei Spatzen zogen einen engen Bogen dicht über die glühenden Baumwipfel, tschilpten und flogen in Richtung Stadtrand. Mohrfels merkte, wie sich sein Magen zusammenschnürte. Eigentlich war er nicht abergläubisch, aber er hatte das Gefühl, dass dieser Tag etwas Besonderes bringen würde. Er wusste nicht, ob er das gut oder schlecht finden sollte. Aber etwas würde passieren. Sie würden der Bestie heute auf die Spur kommen, das spürte er. Etwas würde anders sein als sonst.

Noch ein Mädchen. Noch eine Tote. Neunzehn Jahre alt. Er hätte ihr ein langes, gesundes Leben gewünscht. Jetzt stellte ihr toter Körper die einzige Chance dar, die sie hatten, den Täter zu finden. Ein Paradox.

Mohrfels hatte gestern eine Großfahndung herausgeben müssen. Er hoffte, dass man Wilhelm Legner in irgendeinem Loch von Hotelzimmer gefunden hatte, besoffen oder voller Stoff. Er hoffte, dass er nicht der Täter war. Dass er nicht wegen eines verspäteten Einweisungsbescheids eine erneute Chance bekommen hatte zu töten. In einer halben Stunde, wenn er am Fundort eintraf, würde er mehr wissen.

Mohrfels zog die Autotür zu, und sie fuhren los.

Als sie den Fundort erreichten, waren die Spezialkommandos bereits am Werk. Überall wimmelte es von schwarzen Schutzhelmen mit dem Berliner Polizeistern. Die Männer mit den Tschakos, den blauen Uniformen und den schwarzen Schaftstiefeln hatten das Gelände abgesperrt, wie er es angeordnet hatte. Schaulustige wurden zurückgedrängt. Die Spurensicherung, eine Einheit, die er zusammengestellt hatte, konnte ungehindert arbeiten. Bereits von weitem konnte er sehen, dass Miller da war. Von einer Leiter aus schoss der Mann mit den wenigen zurückgekämmten Haaren Fotos vom Fundort. Miller hatte ein gutes Auge und war ursprünglich Kriminalzeichner gewesen. Jetzt war er dafür zuständig, alle Distanzen genauestens zu vermessen und den Fundort zu skizzieren. Und er machte die Fotos, die man nicht nur als Erinnerungsstütze, sondern auch als Beweis nutzen konnte.

Plötzlich stand Habig neben ihm und kaute auf etwas Hartem herum, während er aus einem Stahlbecher Kaffee trank.

«Haben Sie schon gehört? Aufstand im Wedding», sagte er zwischen den Zähnen.

«Die Hunde», fuhr Mohrfels ihn an, «wo bleiben die Hunde?»

«Ebenfalls Wedding», antwortete Habig humorlos.

Mohrfels merkte, wie sich seine Hand unkontrolliert um den Silberknauf seines Stockes ballte. Aber noch bevor er imstande war, eine Antwort zu knurren, hörte er hinter sich einen schweren Wagen heranknattern. Da kamen sie also.

Mohrfels überwand die Absperrung und verschaffte sich einen Überblick. Daria Laurenz war in der Nähe des Westhafens gefunden worden – wie bereits zwei andere Frauen. Das Parkstück mit der Kaimauer war mit Ahornbäumen bewachsen. Ein Sandweg führte, einer Uferpromenade ähnlich, in einigen Metern Höhe am Kanal entlang. Das geschwungene Geländer wurde in gewissen Abständen von Treppenabsätzen unterbrochen, von denen aus Stufen zum Kanal hinabführten, wo die Schiffe an eingelassenen Plateaus anlegen konnten.

Der Fotograf hatte in der Mitte des Sandplatzes seine Leiter aufgestellt, und Mohrfels konnte zwei Beamte der Spurensicherung sehen. Mit einer unwirschen Handbewegung signalisierte er Habig, die Hundestaffel noch zurückzuhalten, und überquerte vorsichtig den abgesperrten Bereich.

Zwei Schutzpolizisten steckten die Köpfe zusammen und flüsterten. Mohrfels verstand nur einen Fetzen, in dem das Wort «Judenschlampe» vorkam. Er räusperte sich lautstark, und ihre Köpfe flogen auseinander.

Im Vorbeigehen sah er den Technikern auf die Finger und glaubte einen Fußabdruck zu erkennen, schätzungsweise Größe 45, also männlich. Mohrfels näherte sich dem Geländer und schaute hinunter.

Der nackte, dünne Körper des Mädchens lag einige Meter tiefer mit dem Gesicht nach unten auf dem Steinplateau. Eine Hand war unkontrolliert vor den Körper gestreckt, während die Füße in grotesker Haltung auf den hinaufführenden Stufen lagen. Die Beckenknochen staken hervor. Für einen Augenblick hätte man denken können, sie sei die Treppe hinabgestürzt und liegen geblieben, aber das dunkle Rinnsal, das um ihren Kopf herum ausgetreten war, sprach eine andere Sprache. Auch gab es eine hässliche Spur, die anzeigte, dass die Leiche nach dem Aufprall bewegt worden war.

In diesem Moment war ein Kollege dabei, einen Pflasterstein aus der Erde zu heben, um die Sickertiefe festzustellen. Seine Hand brach vorsichtig den Stein aus der erhärteten Lache und hob ihn in die Höhe, keine zehn Zentimeter vom blonden Haaransatz des Mädchens entfernt. Mohrfels registrierte, dass man die Leiche, so wie er es angeordnet hatte, nicht vor seiner Ankunft bewegt hatte. Er wollte sich selbst ein Bild vom Tathergang machen. Dazu hatte er jetzt die Gelegenheit.

Wie es aussah, hatte man den abgemagerten Frauenkörper

über die Reling heben wollen, wobei sie möglicherweise ein paar Meter in die Tiefe gestürzt war. Bereits die letzten beiden Opfer, Helene Friedenstedt und Marja Patrinzki, hatten sie aus dem Spreekanal hieven müssen. Vielleicht war der Täter in diesem Fall nicht so weit gekommen – oder er war gestört worden.

Er vergewisserte sich, dass Miller alles dokumentiert hatte. Dann gab er den Beamten ein Zeichen, und das Mädchen wurde umgedreht. Sofort konnte Mohrfels an Armen und am Oberkörper der Frau die Misshandlungen erkennen. Schmerzlich lang gezogene Einschnitte und Striemen übersäten die ansonsten fast durchscheinende Haut in allen Farben, die Blut erzeugt. Jeder Einschnitt Todesqual. Und es gab Hunderte davon.

Wenn seine Vermutung stimmte, war das Mädchen dreieinhalb Tage in der Gewalt des Täters gewesen. Das war genug Zeit, um eine unaushaltbare Menge an Schmerz zu verursachen. Der Täter schlitzte immer wieder mit einer sehr scharfen Klinge den Oberkörper seiner Opfer auf. In senkrechten Linien von oben nach unten. Eine Tortur, die er über Tage hinzog, wie frühere Autopsien ergeben hatten – und dabei seine Opfer am Leben erhielt. Es war grauenhaft. Wenn es bis vor ein paar Minuten noch einen Zweifel gegeben hatte, war dieser jetzt ausgelöscht. Der Mann, den die Presse so bildreich als «Schlitzer» beschrieben hatte, hatte ein weiteres Opfer gefunden und hingerichtet. Mohrfels suchte nach einem Kriminaltechniker.

Einer der Männer, die unten am Kai arbeiteten, sah zu ihm herauf, und er erkannte Gunnarsson, der sich zu ihm auf den Weg machte. Gunnarsson arbeitete seit sieben Jahren bei der Mordkommission und hatte sich in der Spurensicherung einen Namen gemacht. Er war ausdauernd und genau. Oben streckte er Mohrfels hemdsärmelig eine Hand entgegen. Auch als Nordmann war er gegen die steigenden Temperaturen nicht gefeit. Seine Hosenträger über dem weißen Hemd zeigten ein dunkles Löwenmuster. Gunnarsson fuhr sich mit der Hand durch die roten Haare und gab ein Seufzen von sich.

«Diesmal haben wir Glück», begann er, «sie hat noch nicht im Wasser gelegen. Sie war nicht mal eingewickelt. Wie es scheint, wurde sie, so wie sie war, hier hinuntergeworfen. Das muss noch in der Nacht gewesen sein. Wir sind dabei, es zu prüfen.»

Gemeinsam schauten sie noch einmal nachdenklich über das Geländer auf den nackten Körper.

«Haben Sie ansonsten noch Spuren gefunden?»

«Eventuell Fahrradspuren. Und einige Fußabdrücke. Wir müssen noch feststellen, wie gut die Profile erhalten sind.»

Das ist schon einiges, dachte Mohrfels bitter.

«Schon Spuren an der Leiche?»

Gunnarsson schüttelte den Kopf.

«Diesmal werden wir den Hundsfott festnageln. Nehmen Sie das als Versprechen!», sagte Mohrfels und ließ seine Hand in die Tasche gleiten. «Ich werde jetzt die Hunde zu Ihnen rüberschicken. Passen Sie auf, dass sie nichts kaputtmachen. Sie kennen ja die Kollegen von der ZA. Dann will ich um spätestens drei Uhr einen ersten Bericht. Wer hat die Leiche gefunden?»

Gunnarsson deutete über den Platz, wo ein Schutzpolizist mit einem blassen Spaziergänger sprach, der offensichtlich keinen sehr guten Morgen gehabt hatte.

«Ich kümmere mich darum.» Er nickte Gunnarsson zu. «Ach, und noch etwas …» Mohrfels blickte noch einmal zum Kai. «Decken Sie sie bitte sofort zu, wenn Sie fertig sind.»

Gunnarsson nickte, und die Männer trennten sich.

Berlin/Dienstag, 1. Juni 1920 / 7 Uhr 40 morgens

Alois weiß, was man von ihm erwartet. Alois ist bereit. Schon lange hockt er in seinem Zwinger, den Bauch an Sperrholz gepresst, das unter ihm rumpelt und rumpelt. Zusammen mit den anderen schaukelt er voran, über Straßen. Schaukelt im Dunkeln. Aber er weiß, dass ein Einsatz wartet. Ein Einsatz für ihn.

Er hechelt, den Kopf auf den Pfoten. Es ist heiß und die Luft verbraucht. Geruch und Atmosphäre sind vertraut, dennoch spürt er Anspannung. Die Wärter haben heute nach Schweiß gerochen, ängstlich und aufgeregt. Sein Wärter nicht so sehr, aber die anderen stark. Alle hatten den Geruch sofort aufgenommen und reagiert, mit Anspannung. Einige bellten. Man verfrachtete sie in ihre Zwinger im Wagen. Alle haben gewartet, gehechelt, gewartet.

Der Wagen bleibt stehen. Die verbrauchte Dunkelheit weicht schneidender Helligkeit. Ein Zeichen, dass sich der Einsatz nähert.

Alois ist aufgesprungen und hat dem Drang zu bellen widerstanden. Er weiß, dass er nur bellen darf, wenn man Zeichen gibt. Nur dann bellen. Sonst wird er keine Belohnung bekommen, sondern Strafe. Dann wird sein Wärter ihn nicht mögen. Dennoch kann er nur mit Mühe dem Drang widerstehen. Dem Drang, dem Drang. Er hechelt. Einige der anderen beginnen zu jaulen, aber er hechelt nur und wedelt, Schnauze und Körper in Richtung Maschendraht, beobachtet den Eingang, bis sein Wärter erscheint. Endlich.

Dann wird er über einen Platz geführt, eine Treppe hinab, wo es intensiv nach Schweiß und einer Toten riecht. Eine tote Frau. Zum Suchen. Die ihn erinnert.

Er mag diesen Geruch. Er hat ihn als Welpe viel gerochen.

Er kennt diesen Geruch gut. Er wird ihn verfolgen und suchen. Dann wird es wieder sein wie früher. Das gute Gefühl. Dann wird er belohnt werden. Dann wird ihn der Wärter loben. Der Wärter. Er wird den guten Geruch wiederfinden.

Er ist bereit und zieht an seiner Leine. Vorwärts. Aber nicht zu sehr.

Flüssigkeit steigt Alois in die Augen. Der Geruch ist so stark. So stark. Fast hätte er die anderen Gerüche nicht mehr wahrgenommen. Da ist noch ein anderer Geruch. Von einem Mann, den Alois kennt. Den er mag. Der ihn einmal besucht hat, im Zwinger, wo er zu Hause ist. Ein guter Mann, der ihm Essen gab. Irgendwo neben ihm. Aber jetzt füllen der Geruch und die Angst der Toten sein Bewusstsein. Die Tote so nah. Genau unter ihm. Er schnüffelt, zieht so schnell Luft durch die Nase ein und aus, dass er fast nicht zum Atmen kommt. Entfernt sind Reize. Er muss auf Leine und Anweisungen achten. Er hört nichts. Schiebt seine Schnauze weiter vor. So weit! Riecht, riecht an der Toten. Riecht an dem Blut. Riecht und riecht.

Dann zieht die Leine, und er lässt sich wegführen. Weg von der Leiche, die Stufen hinauf, und ein Tuch wird unter seine Nase gehalten, an dem er auch schnüffelt, den Geruch einsaugt.

Jetzt ist der Moment gekommen! Sein Kopf summt. Er ist umgeben von dem Geruch. Er kann ihn spüren. Er kann ihn sehen. Vor sich. Er hängt vor ihm in der Luft. Jetzt darf er loslassen. Er wirft sich in die Leine. Er führt. Er folgt dem guten Duft über den Platz. Er folgt dem Duft. Er muss der Spur folgen, so weit er kann. Dann wird wieder alles gut sein.

Berlin / Dienstag, 1. Juni 1920 / 7 Uhr 56 morgens

Für einen Moment war Mohrfels hingerissen vom Zusammenspiel, das sich ihm bot. Das vorderste Tier der Suchstaffel war ein schwarzer Belgischer Schäferhund. Im Inneren vor Anspannung zitternd, führte das Tier mit wachen Augen jeden auch noch so kleinen Befehl des Beamten aus. Es beschnüffelte intensiv die ihm vorgegebenen Objekte, erhielt den Suchbefehl – und ging ins Geschirr. Der Hund schien eine klare Fährte zu haben, eine Spur. Er legte sich schwer atmend, dem unsichtbaren Duft folgend, ins Zeug, den uniformierten Ausbilder wie ein Gewicht hinter sich herzerrend, in Richtung der Häuser, bevor ihm die anderen Hunde folgten.

Mohrfels fühlte in diesem Moment Sympathie für das Tier. Zwar hatte er nie selbst einen Hund besessen, aber er konnte seine Vorgehensweise gut nachempfinden. Sein hündisches Gemüt. Es war nicht eben kompliziert – und doch konnte man es wahrscheinlich nicht hinreichend erklären. Es gab einen Reiz und eine Reaktion. Und was danach kam, war Glückssache – oder Schicksal.

Er brauchte nur eine Spur – den Rest würde er schon erledigen.

Der Mörder hatte diesmal einen Fehler gemacht. Etwas war ihm dazwischengekommen. Sie würden die Hinweise verfolgen. Und diesmal würden sie ihn einkreisen. Ein Funken Triumph zündete in seiner Brust, den er jedoch sofort unterdrückte.

Sosehr es Mohrfels auch juckte, zu verfolgen, wohin sie der Spürhund führte, er musste sich erst dem Zeugen widmen, den er nach wie vor am östlichen Rand der Szenerie stehen sah. Seine Eindrücke würden mit der Zeit nicht frischer werden. Er näherte sich dem Polizisten, der den Bürger ordnungsgemäß betreute.

«Guten Tag, mein Name ist Kriminaloberkommissar Mohrfels», sagte er mit einem verbindlichen Lächeln, während er dem Kollegen ein Zeichen gab, dass er nun übernehmen würde.

Der schlaksige Mann mit ergrauten Schläfen nickte vage und schaute auf seine Schuhe. Es schien ihm nach wie vor nicht sonderlich gut zu gehen. Er hatte einen gelblichen Schimmer um die Nase, und sein Gesicht drückte körperliches Unwohlsein aus. Sicherlich hätte er den Fundort gerne verlassen.

«Ihr Name ist Müller? Entschuldigen Sie, dass wir Sie so lange hierbehalten haben», begann Mohrfels das Gespräch.

«Nein, das versteht sich. *Er* ist es gewesen, habe ich recht?» Der Mann brach ab und schaute wieder zu Boden. «Er hat sie umgebracht. Man denkt ja doch immer, das geht einen nichts an. Und plötzlich …» Er lächelte knapp und schwieg wieder.

«Wann haben Sie die Frau gefunden?»

«Etwa gegen sechs. Ich war auf dem Weg nach Hause.»

«Woher kamen Sie?»

«Von einem Freund.»

Der Mann erwiderte jetzt seinen Blick. Der Kommissar nickte.

«Ich verstehe. Wie haben Sie die Leiche bemerkt?»

«Ich ging den Kai entlang, schaute hin und wieder auf das Wasser. Es ist langsam hell geworden, ein angenehmes Licht. Sie wissen schon. Ich folgte dem Geländer bis dorthin» – er zeigte auf eine Stelle kurz vor dem Treppenaufgang – «und da lag sie dann. Unten an der Treppe.» Er machte eine Pause. «Es war einfach furchtbar.» Seine Stimme war tonlos.

«Ist Ihnen vorher etwas Besonderes aufgefallen?»

«Ich hatte mich gewundert, dass die Laterne nicht funktionierte. Dieser Abschnitt ist sonst gut erhellt. Aber ansonsten …»

«Sind Sie sich da ganz sicher? Haben Sie jemanden gesehen oder vielleicht etwas gehört?»

Der Mann überlegte einige Zeit.

«Ich kann mich an nichts Besonderes erinnern», sagte er dann.

Mohrfels dachte einen Moment lang nach, befand aber, dass die Aussage glaubwürdig klang.

«Wir brauchen Ihre Aussage für das Protokoll. Und wenn Ihnen noch etwas einfällt, melden Sie sich bitte bei uns. Hier steht die Nummer von meinem Büro drauf. Wir sind auf alle Hinweise angewiesen.»

Er reichte dem Mann seine Karte und lächelte ihm zu.

In diesem Moment näherte sich Habig.

«Die Hundestaffel. Sie haben was gefunden!»

Berlin / Dienstag, 1. Juni 1920 / 8 Uhr 11 morgens

Es war ein blendender Morgen, und Dalus hätte anderes zu tun gehabt. Heute war sein freier Tag. Er war mit Larisse verabredet. Ein Besuch auf dem Viktualienmarkt am Belle-Alliance-Platz. Auf einen Plausch mit Maximilian an der Bierquelle Adler Richtung Friedrichstraße. Dann vielleicht ein Spaziergang am Paul-Linke-Ufer oder gar eine Fahrt ins Grüne mit ein paar Freunden? Um sechs hatte er seine Schwester vom Bahnhof holen wollen.

Stattdessen hatte Dalus sein stickiges, staubdurchflutetes Dachzimmer in der letzten Nacht dreimal durchsucht und dann aufgegeben.

Erst heute Morgen hatte er den gefalteten Brief unter einem Stapel alter Hefte wiedergefunden, zusammen mit dem Foto, das Hedwig ihm geschickt hatte.

Er musste wieder an Fuller denken und seine Fotografie. Das Bild, auf dem seine Schwester auf dem öffentlichen Platz bedrängt wurde. Es war eine krude Geschichte, aber was sollte er machen?

Schwitzend breitete er das Papier vor sich aus und begann zu lesen.

22. Mai 1920

Lieber Bruder,
komme von Danzig auf Besuch nach Berlin. Ankunft Dienstag 1. Juni um sechs Uhr. Habe dringende Nachricht und Anliegen. Hoffe auf Hilfe.
Bis also dann, schneller Kuss
Hedwig

Er ließ den Zettel sinken und bemühte sich trotz der ansteigenden Wärme, die Information angemessen zu verarbeiten. Im neuen Licht betrachtet, konnte die Nachricht durchaus dringlicher gelesen werden. Die beigelegte Fotografie zeigte eine Szene, die auf einer Reise aufgenommen worden sein musste. Dalus selbst war als Junge darauf zu erkennen und blickte schüchtern und starr in die Kamera. Auch war eine Reihe Militärs auf dem Bild zu sehen. Er überflog den Brief ein weiteres Mal und suchte nach Hinweisen auf den Aufenthaltsort seiner Schwester. Immerhin gab es eine Richtungsangabe. Ohne weiter darüber nachzudenken, schnappte er sich sein Jackett und fuhr zum Stettiner Bahnhof.

An der Anschlagtafel in der überfüllten Haupthalle suchte er die Zugverbindung und fand den Sechs-Uhr-Zug, der über Danzig führte. Er zählte die Stationen und kam auf nicht weniger als zwanzig. Wenn er davon ausging, dass sie sich zum Zeitpunkt der Fotografie auf dem Weg nach Berlin befunden hatte, hätte sie theoretisch in jeder dieser Städte Zwischenhalt machen können. Einen Zwischenhalt mit vielleicht tragischen Folgen.

Niedergeschlagen setzte er sich auf eine Bank und versuchte sich zu sammeln. Der einzige Hinweis auf ihr Verschwinden war das Foto. Fuller traute er nicht weiter, als er ihn werfen konnte. Aber das Bild war nicht von der Hand zu weisen.

Auf dem Foto von Fuller hatten sich nur wenige Anhaltspunkte auf den genauen Ort gefunden. Ein Platz, ein Springbrunnen, eine Straßenbahn – und die gewaltsame Szene, die Dalus nach wie vor den Magen umdrehte. Damit konnte er so gut wie nichts anfangen. Hatte er etwas übersehen?

Er versuchte sich so genau wie möglich an die Situation zu erinnern, als er das Bild auf der Parkbank betrachtet hatte. Er hatte zuerst auf den Vordergrund geachtet. Das erschreckte Gesicht seiner Schwester, den schattenhaften Mann am Bildrand und den Uniformierten im Hintergrund. Etwas an dem Bild war komisch gewesen. Die Belichtung hatte nicht gestimmt, was dazu geführt hatte, dass die Bewegungen nur verschwommen abgebildet waren. Offensichtlich war das Foto ein Schnappschuss gewesen. Dafür waren die Details im Hintergrund schärfer als beabsichtigt zum Vorschein gekommen. Die Straßenbahn ragte links ins Bild, und er hatte sich gewundert, dass man sogar die Werbeplakate an der Außenwand hatte erkennen können. Die Bahn musste also gestanden haben.

Plötzlich fiel ihm ein, dass er sich auch über die Aufschrift gewundert hatte. *Frauen geht wählen!* hatte da gestanden. Vielleicht würde das helfen.

Dalus kaufte ohne Umschweife ein Billett und setzte sich in den nächsten Eilzug Richtung Danzig. Er würde die Route seiner Schwester in umgekehrter Richtung zurückverfolgen.

Berlin / Dienstag, 1. Juni 1920 / 9 Uhr 03 morgens

Das Tier hatte vor dem Fleischhandel angeschlagen. Von einem erhöhten Betonabsatz aus wurden Rinderhälften in einen klobigen Kraftwagen getragen. Auf Straßenhöhe waren seine Männer von der Hundestaffel zu sehen, mit ein paar fremden Leuten. Das Tier saß zitternd neben seinem Wärter und hatte den Kopf Richtung Lagerhalle gewandt. Immer wieder zog es die Lefzen zurück und bellte aus vollem Leib.

Mohrfels und Habig waren dem Geräusch über eine gepflasterte Straße durch eine Einfahrt gefolgt. Der Gewerbehof befand sich nordwestlich des Westhafens, im rußigen Industriegebiet. Mindestens ein Dutzend Firmen betrieben hier, umgeben von Fabrikdächern und Schornsteinen, ihr Warengeschäft. Die Geschäfte bildeten ein Rechteck um einen kopfsteingepflasterten Hof mit Außenmauer und gut fünfzig Metern Durchmesser. Mohrfels ließ den Blick über die geschwungenen Aufschriften wandern und zählte zwei Fuhrbetriebe, ein Taxiunternehmen, zwei Brennstofffabrikanten (Kohle und Petroleum), einen Automechaniker sowie ein Lager der Schultheiss-Brauerei. Schon zu dieser Tageszeit herrschte reger Betrieb, und eine Menge unterschiedliche Waren wurden mit dem Pferdewagen, zu Fuß oder per Autodroschke in die Stadt transportiert. Auch in der Wirtschaftskrise wurden die Güter gebraucht – da sie so knapp waren, gerade jetzt, dachte Mohrfels.

Der Fleischereibetrieb war im Erdgeschoss eines mehrstöckigen Gebäudes eingerichtet. Mohrfels näherte sich seinen Leuten, als einer der Männer am Verladeplatz aufschaute und ihn abschätzig anblickte. Er hatte dunkle Augen, rasierte Haare, ein massiges Gesicht und die Nase eines Preisboxers. Unter Nadelstreifen, die seine Statur kaum versteckten, schaute ein weißes Hemd mit breiter Krawatte hervor. Dazu Melone, Goldringe und Dreitagebart.

Mohrfels hatte sofort den Eindruck, dass dieser Mann sicher stets mehr als nur ein Argument hatte, wenn es darum ging, einen Streit zu entscheiden. Er war dabei gewesen, mit einem Vorarbeiter einige Listen durchzugehen, winkte dann aber ab und stapfte auf krummen Beinen auf Mohrfels zu.

Mohrfels kannte das Gesicht dieses Mannes von irgendwoher, vielleicht aus der Zeitung. Er war sich sicher, dass es sich um eine Person öffentlichen Interesses handelte – das machte die Sache kaum besser.

«Was zum Teufel wollen Sie hier? Ihre Kollegen waren doch erst vor einer Woche da. Wir haben alle Papiere gezeigt.»

Jetzt fiel es Mohrfels ein. Vor ihm stand Jegor Erich Koglin, eine der interessanteren Gestalten in Berlins Wirtschaftsleben. Nach dem Krieg hatte Koglin sehr schnell sehr viel Geld gemacht, ein wenig zu schnell, wie man in der Lokalpresse und anderswo behauptete. Keiner wusste so genau, womit, aber es gab Vermutungen. Man sprach von Schwarzhandel. Sicher war, dass ihm zahllose Immobilien und Betriebe gehörten und er sich im Import/Export-Geschäft betätigte. Viele sahen in ihm einen schnöden Emporkömmling, einen Raffke, dem auch in der Wirtschaftskrise jedes Mittel recht war, um an Vermögen zu kommen. Selbst der Schwarzhandel mit Betäubungsmitteln und Medikamenten. Hinzu kam, dass er im Nachtleben gern mit seinem Kies protzte, in den verbotenen Kaschemmen und Kneipen, die überall in der Stadt aus dem Boden sprossen, die Scheine fliegen ließ, dem Glücksspiel frönte und sich gerne mit exklusiven Frauen umgab und dadurch eine Menge Neid und Aufmerksamkeit auf sich zog. Die Boulevardpresse liebte ihn. Die Sitte drückte meistens ein Auge zu.

«Wir können über alles reden», fuhr Koglin mit belegter Stimme fort. «Kommen Sie doch einfach nachher in mein Büro. Ich muss nur noch …»

«Mein Name ist Mohrfels. Kriminalpolizei. Gehört Ihnen dieses Gebäude?»

Für einen Moment wirkte Koglin fast überrascht.

«Was soll die Frage? Wird das so was wie ein Verhör? Mir gehören viele Gebäude», gab er harsch zurück.

«Wir haben eine Frauenleiche gefunden, nicht weit von hier.»

Der Hundeführer sagte an Mohrfels gewandt: «Wenn wir die Spur weiterverfolgen wollen, müssen wir da rein.» Er deutete mit dem Kopf auf das Gebäude mit dem Fleischereibetrieb.

«Steht dem etwas im Wege?» Mohrfels hatte an diesem Tag keine Lust auf Spielchen.

«Was soll das werden, Sie Pflaume? Ich hab Ihnen doch schon gesagt, dass wir nichts zu verstecken haben!», blaffte der Mann mit der Melone. «Wie Sie vielleicht sehen können, wird gerade verladen. Wir haben gestern Nacht fünfhundert Hälften geliefert bekommen. 20 000 Pfund Fleisch. Wir müssen jetzt ausliefern! Sonst wird das schlecht. Die Leute in der Stadt haben nichts zu fressen.»

«Sie haben da drinnen doch ein Kühlhaus, nehme ich an.» Mohrfels merkte, wie eine Ader an seinem Hemdkragen pulste, und hätte gerne den Kragen geöffnet. «Wir ermitteln in einer Mordsache. Hier geht es um Menschenleben. Und jetzt müssen wir in dieses Gebäude!»

«Dann haben Sie sicherlich einen Beschluss», sagte der Mann trocken.

«Sonderverordnung. Dürfte ich Sie jetzt bitten!»

In diesem Moment trat ein anderer Hundeführer hinzu und zog Mohrfels beiseite, um mit ihm unter vier Augen zu sprechen.

«Die Lage ist so, dass ein anderer Hund vor der Brauerei angeschlagen hat. Wenn wir allen Spuren folgen wollen, müssen wir den gesamten Fuhrpark dichtmachen. Ansonsten können wir für nichts garantieren.»

«Das würde einen kolossalen Ausfall bedeuten. Von Ihrem Jahresgehalt gar nicht zu zahlen!» Der Mann im Anzug hatte offensichtlich mitgehört. «Ich kenne viele bei Ihnen bei der Polizei, auch Kriminalrat Fuchau, Ihren Vorgesetzten. Ich werde ihn anrufen.»

Mohrfels blickte noch einmal in die Runde und stellte fest, dass die Arbeiter auf der Rampe die Tätigkeit eingestellt hatten. Die Rinderhälften noch auf dem Rücken, schauten ihn die verschwitzten Männer mit unverhohlenem Blick an.

Er hob für einen Moment den Kopf und suchte nach den Federwolken vom frühen Morgen. Der Himmel war immer noch klar, und die Sonne, die gerade im Begriff war, die Häuserdächer zu übersteigen, würde bald anfangen, mit voller Kraft zu scheinen.

Mohrfels blickte auf seine Hand, die auf dem Spazierstock ruhte, und wandte sich an Habig: «Wir brauchen die Hundertschaft. Sofort!»

Er ließ die Taschenuhr aufschnappen und beobachtete für einen Moment den Sekundenzeiger, wie er gleichmäßig tickte. Er würde eine Reihe von Entscheidungen treffen müssen. Prioritäten setzen. Es würde ein langer Tag werden. Aber am Ende wussten sie womöglich mehr.

Die Hundertschaft zur besonderen Verwendung würde eintreffen und mit der Durchsuchung beginnen. Die Arbeiter auf der Rampe begannen, lautstark zu murren. Sie fürchteten Lohnausfall, womit sie wahrscheinlich recht hatten.

Sein Blick fiel auf das schwarze Tier, das immer noch angespannt auf den Hinterbeinen saß und anschlug. Der Hund wandte kurz seinen Kopf in Mohrfels' Richtung. Sein Blick fiel schräg unter dem Augenlid hervor und schaute ihn flehentlich an, ehe er den Kopf zum Haus drehte und erneut bellte.

Mohrfels wandte sich zu Habig, der mit leichten Kaubewegungen etwas in den höhergelegenen Stockwerken des Hauses zu beobachten schien.

Der Hund bellte noch einmal.

o

Die Spur des Tiers führte durch einen Nebeneingang zwischen zwei Hauswänden hindurch, einen engen Gang entlang, bis sie auf eine schwarze Metalltür stießen, vor der der Hund anschlug und Geifer verspritzte. Sosehr sie sich auch bemühten, bewegte sich die klobige Klinke keinen Zentimeter. Die Tür schien zu klemmen oder verschlossen zu sein. Schon erschien Habig mit dem Vorarbeiter, der mit einem Schlüsselbund durch den Gang ächzte, die Tür jedoch mit einem festen Ruck öffnete.

Der Hundeführer, Habig und Mohrfels traten an der Rückseite des Gebäudes auf einen zementierten Vorsprung hinaus, hinter dem das Gelände in einer Böschung ein gutes Stück abfiel. Habig stieß einen Pfiff aus. Eine verfallene Treppe führte hinab in eine Senke, wo sich hinter einem abgerissenen Zaun und einigen Grasbüscheln und Farnen ein verlassenes Industriegelände öffnete, über dem sich unvermittelt heller Himmel spannte. Das Gelände musste eine Fabrik gewesen sein. In einer Entfernung von etwa dreißig Metern konnte Mohrfels die Schwünge eines Eingangstores erkennen, von dem ein asphaltierter Weg zu einer verfallenen Werkhalle führte. Ein paar rostige Silos und weitere Hallen erhoben sich links davon. Mohrfels glaubte, weiter hinten sogar Schienen zu erkennen. Das Gelände hatte die Größe einiger Fußballfelder.

«Was zum Teufel?», gab Habig von sich.

«Der Garten», antwortete der Vorarbeiter. «Ist mal ein großes Stahlwerk gewesen, Krupp, glaube ich, ist aber umgezogen, und Koglin hat gekauft. Man sagt, er will da mal was hinbauen.»

«Das kann nicht Ihr Ernst sein», sagte Mohrfels und schaute die Böschung hinab.

Der Hundeführer hatte sich mit dem Hund die Seitentreppe hinab in die Senke begeben. Man konnte aufgeregtes Winseln vernehmen. Mohrfels und Habig richteten den Blick auf den Beamten, der im Dickicht bis zum Hals untergegangen war und vom Hund kreuz und quer gezogen wurde, sich dann zu ihnen umsah und den Kopf schüttelte.

«Es scheint, die Spur ist verloren», murmelte Habig mit zusammengekniffenen Augen.

«Aber wir sind auf der richtigen Fährte», grollte Mohrfels.

Er drehte sich um, ging zur Tür zurück und studierte den Boden zwischen den Häuserwänden.

«Haben Sie die dunklen Ablagerungen auf dem Zement gesehen? Gunnarsson soll sich das ansehen. Fahrradspuren, darauf würde ich wetten!» Er wanderte wieder zurück zum Vorsprung und starrte ins Hitzeflimmern über dem Asphaltdschungel. «Er hat sie durchs Dickicht in den Zwischengang geschafft und dort auf ein Fahrrad geladen. Ein gutes Stück Arbeit für einen einzelnen Mann.»

«Schon etwas gewittert?» Winterbergs gebeugte Statur tauchte aus dem Gang hinter ihnen auf. Als er das Gelände erspähte, wölbte er die Hand über die buschigen Augenbrauen. «Da haben die Kollegen ja was zu tun.»

Sie schauten zu dritt über den verwucherten Komplex.

Vielleicht war es Zeit für eine Lagebesprechung.

«Zunächst das Opfer», brummte Mohrfels.

«Daria Laurenz. Wohnhaft in Charlottenburg bei einer Vermieterin Irma Iwanczyk», setzte Winterberg an. «Keine Angehörigen in Berlin. Ihre Familie lebt in Bochum. Laurenz arbeitete in einem Café an der Friedrichstraße. Auf dem Heimweg wurde sie entführt.»

«Und mehr haben wir bisher nicht», schloss Mohrfels.

«Willst du die Vermieterin oder das Café?», fragte Winterberg.

«Zuerst das Gelände durchsuchen. Habig, Sie überwachen den Vorgang persönlich. Ich will, dass jeder Stein einzeln umgedreht wird.»

«Die Hundertschaft ist unterwegs», setzte Winterberg dazwischen.

«Sie sollen die Hunde einsetzen. Und ich will wissen, wer Jegor Erich Koglin ist.» Mohrfels beobachtete die Krähen auf einem Silo und hatte ein ungutes Gefühl. «Du nimmst ihre Arbeitsstelle», sagte er auf die Frage von Winterberg schließlich. «Und ich werde mit der Vermieterin sprechen.»

Der Mann stand auf der anderen Straßenseite. Machte nichts aus, zu warten. Er wusste, was in der nächsten Stunde passieren würde.

Ein neuer Auftrag von Rossbach war reingeflattert. Abends acht Uhr, per Rohrpost, wie abgemacht. Tadelloser Vorgang. Auf dem Zettel klare Anweisungen. Anweisungen und eine Adresse, die sie bereits kannten. Nur ein einfacher Auftrag leider. Ohne Expresslieferung, *wie einer der Burschen feixte.*

War in die Stadt gefahren und hatte die Adresse ausfindig gemacht.

Würde noch dauern, bis die Frau ihr Haus verließ. Ein paar Minuten vielleicht. Ansonsten noch ruhig um diese Zeit. Nette Mittelstandsgegend, ziemlich verpennt, wenn man es sich so ansah. Probleme hatte man hier wohl selten. Machte die Sache einfacher für ihn, da niemand mit etwas rechnete.

Sie waren bereits vorher hier gewesen, auf Anweisung, versteht sich. Irma Iwanczyk. Es war wichtig, dass die Frau die Fresse hielt. Deswegen war er hier. In wenigen Stunden würde hier wieder alles von Bullen und Journalisten wimmeln. Nicht, dass sie ihn nervös gemacht hätten. Aber sie waren angehalten, die Sache unter Verschluss zu halten.

Ein älterer Offizier mit Monokel stolzierte vorbei und grüßte. Wenn er nüchtern gewesen wäre, hätte er die Waffe unter der Jacke erkennen können. War aber nicht der Fall.

Da kam die Schachtel endlich aus der Tür. Trotz der warmen Temperaturen akkurat, wie für eine Frau in ihrem Alter angebracht. Kopf gehoben, Handtasche fest in Händen, ging sie übers Trottoir. Einholen, wie immer um diese Zeit.

Er verfolgte sie bis zur Kreuzung. Konnte es sich nicht verkneifen, nah heranzugehen an die Alte, sodass er ihr billiges Parfüm in die Nase bekam. Sie schien es zu bemerken und lief schnell über die Straße, wo sie hinter einem Omnibus verschwand.

Er schaute ihr nach. Wartete ein paar Minuten.

Sie würde die nächste Stunde weg sein. Zumindest war davon auszugehen. Er hatte nichts gegen Planänderungen. Sie durfte nur nicht umfallen. Befriedigender also ohne Zwischenfälle.

Er zog Handschuhe an. Haustür war offen, wie zur Einladung. Wohnung im Erdgeschoss.

Er öffnete die Wohnungstür. Kein Problem mit dem richtigen Werkzeug. War das Erste, was er sich nach dem Krieg hatte beibringen lassen. Ein paar Holzsplitter auf dem Boden, die er mit dem Fuß zur Seite schob. Schloss die Tür hinter sich, während er auf Geräusche achtete, aber da war nichts. Hatte keine dreißig Sekunden gedauert.

Die Wohnung stank nach Frau. Vor ihm ein Wohnungsflur mit Fotorahmen und abgetretenem Läufer. Sogar ein Bild vom Kaiser dabei. Er schätzte die Größe der Wohnung auf etwa siebzig Quadratmeter.

Zuerst ins Schlafzimmer, wo er die Laken vom Bett entfernte, seinen Dolch aus der Innentasche zog und die Matratze aufschnitt. Dann fand er das Schrankfach mit der Unterwäsche der Schachtel. Setzte jeweils einen Schnitt dort, wo es wehgetan hätte. Mit Lippenstift schrieb er in Ermangelung einer besseren Idee HURE auf ihren Frisierspiegel – es würde Wirkung erzielen.

Legte eine Rolle mit Geldscheinen auf die Ablage im Flur, zusammen mit einem Schreiben mit Anweisungen.

Dann ins Wohnzimmer.

Hatte sich die ganze Zeit gewundert, was die Alte in den Papiertüten nach Hause schleppte. Nicht groß genug für Brot oder Grundnahrungsmittel. Trug die Tüten einzeln in der Hand, wie etwas ganz Besonderes. Eines Tages hatte er sie eine Bäckerei mit einer der Tüten in der Hand verlassen sehen, daher seine Vermutung, es handele sich um einen Kuchen oder Ähnliches. Als er das Wohnzimmer betrat, wusste er, dass er sich geirrt hatte.

Vor dem Fenster stand ein Serviertisch, auf dem eine der braunen Tüten aufgeschlitzt auf einem Messingteller lag. Daneben eine

Mischung verschiedener Körner: Hafer, Sonnenblumenkerne, Roggen und sogar Kürbis.

In einem großen Käfig oberhalb des Tisches waren drei farbige Vögel, die abwechselnd wild pfeifend und zwitschernd von den Stangen abhoben, durch die Luft flatterten, über-, neben- und aufeinander landeten und dabei recht laut piepsten. Der Mann fragte sich unwillkürlich, ob die Federtiere immer so einen Lärm machten.

Jetzt wusste er, was er als Letztes in dieser Wohnung zu tun hatte.

Er ging zurück in die Küche und suchte nach einem Werkzeugkasten und ein paar langen Nägeln.

Als er wieder in den Raum zurückkam, piepsten die Vögel lauter und lauter.

Stargard / Dienstag, 1. Juni 1920 / 1 Uhr 11 mittags

Obwohl Dalus auf der Fahrt nicht anders konnte, als an seinem Verstand zu zweifeln, verließ er den Zug nach einigen Stunden gleißender Landschaft, die am Abteilfenster vorbeigeglitten war, in einem mittelgroßen Ort in Ostpreußen: Stargard. Der hilfsbereiten Auskunft seiner Mitreisenden zufolge war dies der einzige Ort in der Region, der gerade im Begriff war, einen neuen Bürgermeister zu wählen. Und – wie er gelernt hatte – auch noch über einen lokalen Frauenverein verfügte.

Als der Zug das Dorf in gerader Linie Richtung Ostsee verließ und Dalus' Blick auf das gepflegte Bahnhofshäuschen fiel, wünschte er sich für einen Moment, nicht ausgestiegen zu sein. Ihm wurde klar, wie gering seine Chance war, hier etwas auszurichten. Geschweige denn, seine Schwester zu finden. Er stand allein auf dem sonnigen Bahnsteig und bemerkte die Stille. Ein kleiner Ort mitten in der Pampa. Selbst wenn sie irgendwann hier gewesen war, konnte sie inzwischen überall sein.

Er durchquerte die verlassene Bahnhofshalle. Auf dem leeren Vorplatz gab es eine Tramstation, wo Dalus einen Lageplan fand. Er machte sich ein paar Notizen in sein Büchlein. Stargard machte einen übersichtlichen Eindruck, vor allem zur Mittagszeit. Um diese Zeit waren die einzig sichtbaren Personen ein Fleischer und ein Polizist, die auf der gegenüberliegenden Straßenseite in einem Ladeneingang standen und ihn unverhohlen musterten. Dalus fuhr sich mit der Hand durch die bereits feuchten Haare und wechselte unter der hochstehenden Mittagssonne die Straßenseite, um vom Mann mit der Pickelhaube einige Informationen zu erbitten.

Eine halbe Stunde später machte sein Herz beim Umrunden einer Häuserecke einen Satz, als er plötzlich auf dem Platz, auf dem das Foto aufgenommen wurde, stand.

Er konnte es kaum glauben, aber es bestand kein Zweifel: Der Springbrunnen und die Tramlinie stimmten!

Er lief aufgeregt wie ein Kind zur Mitte des Platzes und ließ den Blick angestrengt in die Runde schweifen, bis ihm auffiel, wie töricht er sich verhielt. Glaubte er wirklich, in einem der umliegenden Häuser oder einer Gasse plötzlich seine Schwester oder ein paar Entführer auftauchen zu sehen?

Nach wie vor hatte Dalus das diffuse Gefühl, beobachtet zu werden, vielleicht allein aus dem Grund, dass ihm die ganze Siedlung wie ausgestorben vorkam. Ein paar Gestalten bewegten sich entlang der Ladenzeile auf der Südseite des Platzes. Links und rechts verliefen Straßen. Auf der anderen Seite befand sich eine schmale Grünfläche.

Eine Tram rollte klingelnd von rechts auf den Platz ein, aber niemand stieg aus. Dalus versuchte rasch, sich zu orientieren, und machte einige Schritte, bis die Perspektive stimmte.

Etwa an diesem Punkt mussten seine Schwester und die Männer gestanden haben. Er schaute sich noch einmal auf dem sonnenüberfluteten Rondell um. Die Tram fuhr wieder an und rollte vom Platz. Wieder erschien ihm sein Unterfangen auf seltsame Weise hoffnungslos.

Er suchte den Boden ab und schaute, ob zwischen den Pflastersteinen etwas liegen geblieben war, fand aber nichts, was ihm hätte weiterhelfen können. Dann versuchte er auszumachen, von wo das Bild aufgenommen worden war. Tatsächlich stand in der ungefähren Richtung ein Kiosk, der allerdings geschlossen war.

Er überlegte eine Weile und schaute sich noch einmal den Stadtplan an der Tramhaltestelle an. Wenn er sich bis hierhin auf dem Gebiet der Spekulation bewegt hatte, blieb ihm jetzt nichts anderes übrig, als sich der völligen Vermutung zu überlassen. Ihm war klar, dass er von diesem Punkt an keine nur annähernd validen Anhaltspunkte mehr hatte. Aber es blieb ihm keine Wahl – wenn er doch noch etwas über den Verbleib seiner Schwester herausfinden wollte.

Dass er diesen Ort gefunden hatte, war schon als famos zu bezeichnen. Sie war also hier gewesen, auf der Reise von Danzig nach Berlin. Es gab verschiedene Gründe für einen Aufenthalt, verschiedene Gründe, zu diesem Platz zu kommen. Aber sie hatte auf dem Foto Reisekleidung getragen, was darauf hindeutete, dass sie nicht vorgehabt hatte, lange an diesem Ort zu bleiben. Möglicherweise war sie gerade erst angekommen oder im Aufbruch gewesen, allerdings, wie das Bild zeigte, ohne ihr Reisegepäck.

Dalus musste nicht lange nachdenken, was als Nächstes zu tun war. Von dem Platz als Mittelpunkt ausgehend, würde er alle Arten von Hotels oder sonstigen Absteigen abklappern, die die Stadt zu bieten hatte. Wie viele konnten es schon sein? Die Chance war klein, aber besser als gar nichts.

Die meisten Concierges behandelten ihn entweder mit Missgunst oder offenem Misstrauen, sobald sie herausgefunden hatten, dass er kein Zimmer mieten, sondern nur eine Information wollte. Einige von ihnen machten keinen Hehl daraus, dass sie eine angemessene Entschädigung für die Mühen erwarteten. Dalus kam den Andeutungen ohne Umstände nach, ohne dass es sich jedoch lohnte.

Aber er hatte Glück. Die grauhaarige Frau an der Rezeption des Hotels *Adlon II*, einem kleinen Familienbetrieb, erinnerte sich an eine Frau, auf die seine Beschreibung passte und die erst vorgestern ein Zimmer angemietet hatte und seitdem nicht mehr aufgetaucht war.

Dalus konnte sein Glück kaum fassen.

«Ich freue mich, dass Sie gekommen sind. Ich hatte schon Sorge, dass hinterher niemand für die Kosten aufkommt. Kommen Sie, ich zeige es Ihnen.»

Markersdorf 1905

Am Ende des Monats reinigte der Vater die Waffen.

Der Junge kannte den Gesichtsausdruck, wenn er vorher am Fenster stand und den Weg entlang auf die Hügelkuppe starrte. Die Hand mit dem Siegelring lag auf dem Fensterrahmen.

Er starrte über flachsfarbenes Land. Ihr Land. Vom Kaiser zugeteilt. Auch wenn es unfruchtbar war und täglich traktiert werden musste, war es ihre Scholle. Immer wieder hatte er es ihnen erzählt.

Zehn Hektar, die das Auge von hier bis an den Bogen des Hügels verfolgen konnte. Dahinter wiederum flaches Ödland und ein anderer, gedrungener Hof, einige Gehminuten entfernt. Darüber Staub und die Winde. Der Junge hatte hier nie wohnen wollen. Er verstand nicht, was der Vater für dieses Land empfand.

Jetzt starrte er schon minutenlang über den Acker, wie immer am Ende des Monats. Die Augenbrauen zusammengezogen, als würde er ein Unwetter wittern. Aber der Junge wusste, dass es nicht das war, wonach er Ausschau hielt. Der Vater wollte wissen, ob sie kommen würden oder nicht.

Dann wäre es Zeit, sich vorzubereiten.

Das Waffenputzen war ein fester Bestandteil des Monatsendes, so, als würde der Vater sich für den unregelmäßigen Besuch bereitmachen. Der Junge und seine Schwester mussten abends ins Esszimmer, um in der Bibel zu lesen. Der Vater öffnete die Tür zum Schreibzimmer, das nach Pfeifenrauch roch. In der Hand hatte er zwei Schießwerkzeuge, die er auf dem Holz ablegte. Es waren die hässlichen und gewöhnlichen Waffen, die von der Nutzung eine dunkle Färbung angenommen hatten. Das Gewehr war ein 88er. Eine lange Feldwaffe aus wurmstichigem Holz, an deren Kolben und Schaft ein Band aus Leder baumelte. Die andere Waffe, eine Schmeisser, war eine kurzläufige Pistole, die untersetzt wirkte, als habe man vorne ein Stück abgesägt. Zu kurz, wie der Junge fand. Nicht wie die glänzenden Ordonnanzwaffen aus dem Waffenschrank, die er viel lieber betrachtete, heimlich, wenn der Vater nicht zu Hause war. Es waren Waffen für den alltäglichen Gebrauch. Um ein Pferd zu erschießen oder einen Wilderer aufzujagen. Der Junge hatte vor den Waffen Angst, weil sie knallten und stanken. Sie waren unberechenbar, wie die Wut das Vaters. Gefährlich, böse und hässlich, und sie gingen einem nicht aus dem Sinn.

Beide Waffen verströmten einen scharfen Geruch nach Fett und Pulver, der einem wie Pfeffer in die Nase stach, sobald der Vater den Raum betrat. Der Gestank wurde schlimmer, wenn er begann, sie auseinanderzunehmen. Wenn er einatmete, stiegen ihm Tränen in die Augen.

Der Junge musste auf Anweisung des Vaters vorn am Tisch Platz nehmen und ihm dabei zusehen, wie seine harten Finger die Arbeit machten. Für den Vater waren die Waffen eine Pflicht. Sie waren nichts Gutes oder Schlechtes, eben bloß Arbeit. Er schaute auf die stählernen Rohre und Holzkolben herab, hob die Waffen in die Höhe und prüfte die Laufrichtung mit zusammengekniffenem Auge. Dabei verbreitete er Gestank, nach Pfeffer, Schweiß und scharfem Schnaps. «Ein Haus ohne Waffen ist wie ein Hund ohne Zähne», würde er sagen, «Wehrlos ist ehrlos» und andere Wendungen, die er in drohendem Tonfall gebetsmühlenartig wiederholte. Der Junge musste sie sich merken, denn sie konnten jederzeit abgefragt werden. Berühren der Waffen stand unter Strafe. Aber irgendwann würde er selbst mit ihnen schießen müssen.

Doch heute kam noch etwas anderes dazu, als der Vater die Waffen auf dem Tisch ablegte. Der Junge konnte Anspannung spüren. Eine gewisse Kälte, die der Vater ausstrahlte und die im ungünstigsten Fall schnell in Schläge ausarten konnte, wenn sie nicht sofort den Sinn seiner Worte errieten und ihm zu Willen handelten.

Deshalb duckte er sich hinter seine Bibel und versuchte, kleiner zu wirken. Das Ganze schien mit den Männern zu tun zu haben, die den Vater besuchten. Denn jedes Mal, wenn sie kamen, stellte er vorher die Waffen frisch geputzt in den Schrank und steckte den Schlüssel, den er sonst in der mittleren Schublade seines Schreibtisches verwahrte, in die Tasche.

Während das Licht weiter abnahm und im Wohnzimmer nichts zu hören war als das Knarren der Holzmöbel, holte der Vater Poliertuch, Senklot und Fettnapf und begann mit der Arbeit.

Marie saß rechts neben dem Jungen. Ihre Gestalt mit dem blonden Haar zeichnete sich vor der Bücherwand ab. Ihr Atem ging gleichmäßig. Sie hatte ihren Arm direkt neben seinem abgelegt, und sie lasen. Er musste ihr Gesicht nicht anschauen, um den Ausdruck darauf zu kennen. Sie saß wie immer mit geradem Rücken, den Kopf ein wenig vorgeneigt, eine kleine Falte zwischen den Brauen, die wie eine nach unten gekehrte Pfeilspitze aussah.

Manchmal, wenn er sich nicht konzentrieren konnte, beobachtete der Junge die feinen Härchen auf ihrem Arm, die fast weiß und ungeheuer dünn waren. Wenn sie sich, was selten vorkam, eine einzelne Strähne hinter das Ohr strich, bemerkte er die gleichmäßige Bewegung ihrer Hand, die sich bald darauf wieder neben seine legte. Es war, als wäre sie sich bei allem schon sicher, wie es ausgehen würde. Das bewunderte er an ihr.

Der Vater hatte das Gewehr auf den Boden gestellt. Mit einem Faden, an dem eine stählerne Kugel befestigt war, reinigte er immer wieder mit sparsamen Bewegungen den Lauf, wobei er ein hohles Schaben verursachte.

«Und wie heißt das?» Der Vater deutete auf den vorderen Teil des Gewehrs.

Der Junge erstarrte. Diesmal wollte der Vater ihn abfragen. Das hatte er lange nicht mehr getan.

«Das Visier», sagte der Junge mit belegter Stimme.

«Und wie heißt das?» Der Vater blickte auf das Metallrohr, hob dann die Waffe und zielte wie zum Spaß auf den Jungen.

Plötzlich war in seinem Kopf ein weißes Nichts. Er rang nach Luft und suchte. Aber er fand nichts. Es war ihm einfach entfallen.

Marie legte das Buch vor sich und richtete sich an den Vater.

«Ach je, deine Tasse. Wie wenig umsichtig von mir.»

Ihre Gestalt schob den Stuhl zurück und zog seinen Becher zu sich.

«Ich hole dir etwas Tee aus der Küche.»

Sie berührte den Vater leicht an der Schulter und wandte sich an den Jungen.

«Oder mach du es schnell? Hol dem Vater etwas zu trinken. Nun mach schon!»

Sie reichte ihm die Tasse. Das war sein Stichwort. Er erhob sich mit hochrotem Gesicht.

«Der Junge bleibt sitzen!»

Die Stimme des Vaters ließ keinen Zweifel am Ernst der Lage.

«Wenn einmal etwas aus ihm werden soll, muss er die Begriffe kennen. Was ist das hier?» Der Vater hielt das Gewehr nach wie vor auf den Jungen gerichtet.

Er schluckte.

«Wenn hier sonst niemand dazu bereit ist, laufe ich eben in die Küche», sagte seine Schwester wie zu jemand anderem im Raum. «Immer muss man selber laufen.»

Plötzlich war es wieder da.

«Das Laufrohr», stieß er mit trockener Kehle hervor. «Es ist das Laufrohr, Vater.»

Der Vater starrte Marie, die immer noch die Tasse hielt, mit funkelnden Augen an. Dann sah man, wie seine Wut verblasste.

«Lassen wir es gut sein. Bring mir Tee, Marie.»

Mit einer sanften Bewegung verließ Marie das Zimmer.

Berlin / Dienstag, 1. Juni 1920 / 1 Uhr 28 mittags

Ein Straßenjunge rannte neben dem Auto her und drückte eine Zeitung an die Scheibe. *Extrablatt. Schlitzer schlägt zu! Polizei hilflos. Wahlschlappe für SPD am Sonntag?*

Mohrfels winkte ab. Die Tage, an denen er sich für Politik interessiert hatte, lagen lange zurück.

Vor den Fenstern des Benz 10 zogen die Straßenzüge vorbei.

Menschen kurbelten die Markisen ihrer Läden zurück, hoben Kisten in die Auslage und riefen über den Gehweg.

Die Stadt war sein Kaffeesatz geworden. Er hatte versucht, sie zu lesen. In ihren Straßenecken, Müllbergen und Baustellen. Er hatte versucht, eine Spur aufzunehmen. War den Leuten auf den Senkel gegangen. Den Habenichtsen, den Puppenjungen und Kokainverkäufern. Aber er hatte nichts gehört, außer dem alltäglichen Tratsch, demselben Gestöhn und Gezeter. Dieselben Gerüchte: dass die Russen kamen, um die Unterwelt umzukrempeln, oder ein gewisser Rorschach, oder wie immer sie alle auch hießen. Er hatte seine Tage mit ihnen verbracht, hatte Wilhelm Legner unter Beobachtung gehalten – aber im Grunde hatte er nichts getan.

Jetzt hatten sie wieder Spuren.

Sie mussten das Umfeld des Opfers absuchen. Die Vermieterin Iwanczyk war ihm bereits bei seinem ersten Besuch fischig vorgekommen. Winterberg würde die Arbeitsstelle des Mädchens besuchen. Habig folgte der Spur am verfallenen Industriegebiet.

Es war ihm schwergefallen, den Ort des Geschehens zu verlassen, aber seine Vernunft hatte sich durchgesetzt. Auch mit der Hilfe von Hunden würde es Stunden dauern, die gesamte Fabrikanlage gründlich zu durchsuchen. Stunden, die sie nicht warten konnten. Und er musste zugeben, dass er sich für eine Parforcejagd über ein Fabrikgelände körperlich nicht in der Lage fühlte.

Der Täter musste Daria Laurenz gefangen gehalten haben. An einem Ort, der sicher und unbeobachtet war. An den er vielleicht schon mehrere Mädchen verschleppt, sie dort gefoltert und umgebracht hatte. Der Gewerbehof und das anliegende Fabrikgelände lagen nur einige hundert Meter Luftlinie vom Kanalufer. Es war eine Chance.

Solange die Hundertschaft suchte, würde Mohrfels der Vermieterin auf den Zahn fühlen. Sie hatten immer noch nicht abschließend geklärt, wie der Mörder seine Opfer auswählte. Derselbe Typ Frau, aber es musste eine persönliche Komponente geben, anders war es für Mohrfels nicht vorstellbar. Er musste die

Menschen unter die Lupe nehmen, so hatte er immer gearbeitet. Sie beschnüffeln, bis er auf der richtigen Fährte war. Und wenn sie nichts fanden und tatsächlich auf gottlose Weise der Zufall entschied, hatten sie zumindest die Zweifel ausgeschlossen.

Die Wohnung der Laurenz lag in der Christstraße, in einem Stadtteil, der als die schlechtere Gegend Charlottenburgs bekannt war und «Kleiner Wedding» genannt wurde. Dort hatte sie ein Zimmer bei Frau Iwanczyk bewohnt. Abseits der großen Kaufhäuser, Kinopaläste und Varietés wurden hier die Fassaden einfacher, die Wohnungen gedrängter. Vor einem parkenden Lastkraftwagen hatte sich eine Menschenmenge gebildet. Der Händler, ein kräftiger Mann mit hochgekrempelten Hemdsärmeln und einer Mütze mit Lederriemen, warb mit großen Lettern für Specialitäten 1. Ranges – wahrscheinlich ein Landwirt, der in der Stadt mit seinen Nahrungsmitteln ein gutes Geschäft machen konnte. Die Meute war hungrig, und man gestikulierte aufgeregt. Mohrfels sah eine Frau mit einem Sack Kartoffeln davongehen, den sie wie eine Beute vor der Brust hielt.

Irma Iwanczyk wohnte in einer dunklen Mietwohnung im Erdgeschoss. Mohrfels hatte noch vom Industriegelände einige Schutzmänner vorgeschickt, um die Wohnung absperren zu lassen. Damit die Presse ihm nicht die Spuren zertrampelte. Als sie die Christstraße erreichten, sah er von weitem die Hüte und Mäntel.

Einige Minuten später schaute Mohrfels in eine Teetasse und merkte, dass er sich beruhigt hatte. Das Gebräu, das ihm die Vermieterin angeboten hatte, war nicht so schlimm wie gedacht. Sogar ein Hauch Bergamotte. Seine Knie waren seit dem Petroleumhof schrittweise schlechter geworden. Inzwischen strahlte der Schmerz bei jeder Bewegung aus. Er musste zugeben, froh zu sein, einen Moment in der Küche warten zu können, während Frau Iwanczyk den Schlüssel zu Daria Laurenz' Zimmer holte.

Zu seiner Linken stand eine große Sammlung von Porzellanfigürchen auf dem Fensterbrett, die Mohrfels bereits beim ersten

Betreten des Zimmers vor zwei Tagen aufgefallen war. Es waren alles weibliche Figuren, mehr oder weniger anmutig, aber grundsätzlich haltungsvoll, die wie in einer Art Gesellschaftstanz aufgestellt zu sein schienen.

Frau Iwanczyk musste einen gewissen Sinn für Ordnung haben, so viel stand fest. Die gesamte Wohnung sprach eine recht klare Sprache. Das Kaiserporträt im Flur, der Schirmständer, die dunkle Vertäfelung, Zuckerdose, Zierkissen und Tapetenmuster, alles wirkte gewählt und gut instand gehalten, gutbürgerlich, wenn auch alles andere als neu oder gar modern. Man hatte Ansprüche, dachte er, als die Wohnungsbesitzerin mit gerader Haltung und strengem Schürzenkleid in die Küche zurückkehrte. Einzig der dunkle Zug unter ihren Augen verriet, dass sie in den letzten Tagen wenig geschlafen hatte. Sie wirkte besorgt und ein wenig abgekämpft.

Frau Iwanczyk war jenseits der fünfzig und abgesehen von grauen Rüschen in Schwarz gekleidet. Die glänzenden schwarzen Haare waren streng zurückgenommen, und ihre schwarzen Augen hatten Tiefe und sprachen von Durchsetzungskraft und versteckter Emotion. Ihr Gesicht hatte eine strenge Grazie, die einer höfischen Gouvernante zu Gesicht gestanden hätte. Zusammen mit ihrer slawischen Kopfform, die ihre Wangenknochen hervortreten ließ, war sie sicher einmal durchaus attraktiv gewesen, wenn auch ein großer Leberfleck auf ihrer rechten Wange die Symmetrie störte. Auf ihrer Oberlippe hatte sich mit den Jahren ein weicher, ebenfalls dunkler Flaum gebildet. Ihr Gesicht wirkte leerer als beim letzten Zusammentreffen. Als benötige sie Kraft, um sich zusammenzureißen, was Mohrfels für einen Moment fast bedauerte.

«Bitte kommen Sie», sagte sie kühl und führte Mohrfels durch einen düsteren Flur. Mohrfels erhaschte einen Blick ins Wohnzimmer, wo ein gigantischer Vogelkäfig aufgestellt war, den allerdings ein Tuch verhängte. Mohrfels glaubte im Vorbeigehen Nagellöcher in der Wand zu erkennen sowie einige feuchte Flecken, die darum glänzten.

«Es war mal wieder Zeit, hinter den Bildern zu reinigen», erklärte Frau Iwanczyk, die seinen Blick bemerkt hatte. Mohrfels folgte dem resoluten Schritt Richtung Gästezimmer.

«Ich habe Ihnen ja bereits gezeigt, wie Frau Laurenz gewohnt hat. Sie war ohne Zweifel ein gutes Mädchen. Und eine sehr gute Mieterin. Das Zimmer hat seit ihrem Verschwinden niemand mehr betreten.»

Sie zog einen Schlüssel aus der Schürze und öffnete eine Tür am Ende des Flurs. Vor ihm lag das gemachte Bett im spärlich möblierten Raum, der mehr einer Kammer glich. Am Fenster stand auf einem Tischlein eine Orchidee. Außerdem gab es einen Stuhl und ein Schreibpult.

«Wo hat Frau Laurenz ihre Kleidung aufbewahrt?»

«Sie hatte einen Schrank im Flur.»

Die Vermieterin öffnete einen Wandschrank, in dem einige Kleider hingen.

«Ich würde mich gerne ein wenig umsehen.»

«Nur zu», sagte Frau Iwanczyk, ohne sich von der Stelle zu rühren.

Mohrfels betrat das Zimmer, das steril wirkte. Alles war ebenso staubfrei und sauber wie im Rest der Wohnung.

«Wie lange hat Frau Laurenz bei Ihnen gewohnt?»

«Knapp über zwei Jahre. Sie ist in die Stadt gekommen, weil sie sich mit ihrer Mutter nicht mehr verstand. Sie hatte Illusionen über die Großstadt. Wie viele Mädchen.»

«War das ohne Einwilligung der Eltern möglich? Sie war noch minderjährig.»

«Das Verhältnis zu ihrem Elternhaus war desolat. Sie haben sich nur um sich selbst gekümmert.»

Mohrfels ließ seinen Blick durch das Zimmer streifen.

«Sie wissen, wie man Ordnung hält. Ich persönlich sehe das nicht so eng, aber man sieht, wie viel Arbeit Sie investieren.»

«Das höre ich gern», sagte Frau Iwanczyk und hob einen Mundwinkel.

«Ich habe Ihre Figuren in der Küche gesehen», führte Mohrfels seine Avancen fort, «es sind ein paar besondere Stücke dabei.»

«Präsente von meinem Mann», sagte Frau Iwanczyk, während die Regung abrupt aus ihrem Gesicht verschwand. «Ich habe die Sammlung nach seinem Tode weitergeführt.»

Einen Versuch war es wert gewesen, dachte Mohrfels und schritt weiter durchs Zimmer, während Frau Iwanczyk ihn abweisend musterte.

«Wen hat Daria Laurenz in der Stadt gekannt? Hatte sie Freunde, Bekannte oder Familie, mit denen sie sich getroffen hat?»

«Leider nur wenig. Familie, soweit ich weiß, gar nicht.»

«Hatte sie Herrenbesuch?»

«Wie können Sie so etwas behaupten!» Sie setzte eine empörte Miene auf.

«Das ist eine vorurteilsfreie Untersuchung», sagte Mohrfels beschwichtigend und berührte kurz Frau Iwanczyks Hände, die sie vor ihrer Schürze gekreuzt hatte. «Ich brauche das für meine Ermittlungen.»

«Natürlich.»

«Ist Ihnen am Tag ihres Verschwindens etwas Besonderes aufgefallen?»

«Nein», sie schüttelte einmal den Kopf. «Ich habe drüben in der Küche auf sie gewartet.»

«Wie war Ihr Verhältnis zu Daria Laurenz?»

«Sie war wie eine Tochter für mich.»

Mohrfels streifte sich einen Handschuh über und öffnete die Schublade des Nachttischs, entdeckte aber bis auf eine Bibel und ein paar Stifte keine persönlichen Gegenstände.

«Hatte sie Feinde?»

«Gott bewahre. Sie ging häufig ins Kino.»

«Frau Iwanczyk, was glauben Sie, wer Frau Laurenz umgebracht hat?»

«Der Lustmörder. Der ‹Schlitzer› hat sie umgebracht, daran besteht doch kein Zweifel, oder?»

Mohrfels ging sehr vorsichtig in die Knie, schaute unter das Bett und untersuchte dann die Kleider im Wandschrank. Als er fertig war, stand Frau Iwanczyk immer noch an derselben Stelle und musterte ihn mit unbewegtem Gesicht.

Sie verließen das Zimmer. Auf dem Flur räusperte sie sich.

«Sie müssen wissen, dass Daria, Frau Laurenz, meine ich, sie war eine gute Person. Konnte keiner Fliege etwas tun. Ich habe mich häufig gefragt, warum es immer die guten Menschen trifft. Immer die Anständigen, die Anteil an anderen nehmen. Und das tat sie, trotz ihrer noch jungen Jahre. Sie hat mir in der Küche geholfen, nicht im Haushalt, das hätte ich nicht zugelassen, aber sie hat immer versucht, mich dazu zu bringen. Sie war herzensgut, wenn Sie verstehen, was ich damit meine. Sie hatte keine Geheimnisse.»

«Bitte sorgen Sie dafür, dass niemand das Zimmer betritt.»

«Selbstverständlich. Sie werden ihn fassen, oder nicht?» Jetzt stand Frau Iwanczyk plötzlich sehr nah bei ihm. «Wir möchten alle wieder ruhig schlafen können.»

«Das möchte ich auch, Frau Iwanczyk. Verlassen Sie sich darauf. Wenn Ihnen noch irgendetwas einfällt, melden Sie sich bitte.»

Mohrfels schloss die Zimmertür.

Stargard / Dienstag, 1. Juni 1920 / 2 Uhr 05 nachmittags

Beklommen folgte Dalus der Anweisung der Frau eine enge Treppe hinauf und den Flur entlang bis zu einer Tür. Die Nummer stimmte. Aber plötzlich bemerkte er, dass er wie festgenagelt vor der Tür stand. Und schwitzte.

Seine Krawatte schien eng um seinen Hals zu liegen. Er schluckte mehrmals. Seine Handflächen waren schweißnass. Er konnte, sosehr er es auch versuchte, sie nicht rühren.

Als Psychiater kannte er die Symptome von Panik. Er war während seiner Laufbahn durch Schlimmeres gegangen. Wovor hatte er Angst? Es war irrational, aber real.

Er wusste es nicht.

Er räusperte sich entschlossen und klopfte.

Dann streckte er langsam die Hand aus und drückte die Klinke.

Plötzlich fragte er sich, wer ihm das Recht gab, in das Hotelzimmer einzudringen. Er wusste nicht mal sicher, wem es gehörte. Und selbst wenn es seine Schwester war – sie hatten sich seit Jahren nicht mehr gesehen. Wäre die Fotografie von Fuller nicht gewesen, hätte er nicht mal sagen können, ob er sie auf offener Straße erkannt hätte. Was wäre, wenn sie ihm in wenigen Sekunden gegenüberstände? Was würde er ihr sagen?

Er öffnete.

Das Zimmer war eng und sauber, mit schrägen Decken, Bett und Schreibecke. Es war deutlich sichtbar, dass jemand auf dem überdeckten Bett gelegen hatte, denn die Kissen waren am Kopfende zu einer Rückenlehne aufgetürmt. Es war, als hätte die Person den Raum erst vor kurzem verlassen, dennoch war es sehr still und ordentlich. Auf der Schreibkommode lagen ein Blatt Papier, ein Kamm und ein paar schwarze Haarnadeln.

Sie war hier gewesen.

Er löste sich von der Tür, ging zum Nachttisch und begann vorsichtig, den Raum zu durchsuchen. Er öffnete die Schubladen, dann den Schrank, in dem ein älteres graues Wollkleid hing, das er noch aus seiner Studentenzeit kannte, wenn sie ihn gelegentlich besucht hatte. Er nahm das Kleid heraus und hielt es am Kleiderbügel gegen das Licht. Der Stoff hing kastenförmig herunter, mit einem weißen Kragen und einem Stoffband, das um die Taille geschlungen war. Dort, wo die Aufschläge über der Brust zusammenliefen, prangte ein überdimensional wirkender grauer Zierknopf, der wie aus einem surrealen Kinofilm wirkte. Wenn man genau hinsah, hatte das Kleid Gebrauchsspuren, Kragen und Knopf waren abgerieben. Es bestand kein Zweifel, dass es ihr Kleid war. Sie musste es häufig getragen haben.

Dalus warf das Kleid aufs Bett und war ärgerlich, dass er den Weg auf sich genommen hatte, für nichts und wieder nichts.

Sie war hier gewesen, um einen ihrer gleichmacherischen politischen Vorträge zu halten, aber was hieß das schon?

Er stand für einen Moment wütend im Zimmer.

Dann suchte er erneut.

Kamm und Haarnadeln auf dem Frisiertisch wirkten ordentlich drapiert und trugen keine Spuren an sich. Das Blatt Papier war unberührt.

Ansonsten war das Zimmer leer.

Etwas stimmte nicht.

Dann durchsuchte er das Zimmer ein drittes Mal, diesmal schneller.

Erst jetzt entdeckte er das aufgebrochene Fenster.

Es war mit einem Glasschneider geöffnet worden, sodass man den Schaden auf den ersten Blick nicht sehen konnte. Als er den Kopf hinaussteckte, konnte er feststellen, dass es ohne größere Schwierigkeiten möglich war, das Fenster über ein Schuppendach auf dem Hinterhof zu erreichen.

Jemand war hier gewesen.

Jemand, der gezielt und professionell vorgegangen war und mit an Sicherheit grenzender Wahrscheinlichkeit ihre Besitztümer an sich genommen hatte. Dalus bemerkte, wie sich etwas in ihm zusammenzog.

«Hatte sie etwas bei sich, als sie wegging?», fragte er die Besitzerin kurze Zeit später, als er ihr das Fenster gezeigt hatte.

«Ja, sie hatte dieses Köfferchen, aus Bast. Das ist mir aufgefallen, weil es eine schöne rötliche Farbe hatte und so gut zu ihrem Mantel passte. Das ist ja furchtbar, ganz furchtbar! Hoffentlich ist Ihrer Frau Schwester auch nichts passiert.»

Dalus zahlte die Rechnung der offenen Tage und setzte sich niedergeschlagen in den Empfangsraum, während sie auf die Polizei warteten.

«Da fällt mir noch etwas ein.» Die Dame war hinter der

Rezeption hervorgetreten und hielt eine lederne Mappe in den Händen.

«Frau Dalus hat etwas bei mir gelassen, das ich für sie aufbewahren sollte. Wer weiß, vielleicht hat sie geahnt, dass etwas passieren könnte, und es enthält etwas Wichtiges. Da sie ja jetzt wohl so bald nicht wieder herkommt, sollten Sie es haben. Bitte sehr!»

O

Auf der Rückfahrt saß Dalus in einem Abteil mit der schwarzen Ledermappe vor sich auf dem Tisch. Sie enthielt einen einfachen Hefter aus kräftiger Pappe, der mit drei Buchstaben beschriftet war: JDD.

Er schlug den Hefter auf. Darin lagen einige ausgeschnittene Zeitungsartikel, die er gut kannte. Es waren die drei kleineren Berichte, die in den verschiedenen Berliner Zeitungen zu seinem Patienten Legner und seiner fraglichen Verbindung mit den «Schlitzer»-Morden veröffentlicht worden waren. Einer enthielt sogar ein Foto, das Dalus mit seinem Patienten Wilhelm Legner zeigte. Auf diesen obersten Artikel hatte jemand mit energisch geschwungener Handschrift eine Notiz gemacht und unterstrichen. Diese lautete:

ROSSBACH
06. JUN 1920 – ANKUNFT!

Der Name kam Dalus bekannt vor. Der Agent Fuller hatte von Rossbach gesprochen – er hatte vor dem Mann Angst gehabt, wenn er sich recht entsann.

Der 6. Juni war in fünf Tagen.

Dann fiel es Dalus wie Schuppen von den Augen.

JDD.

Johann Dietrich Dalus. Das waren seine Initialen.

Berlin / Dienstag, 1. Juni 1920 / 2 Uhr 40 nachmittags

«Unsere Freunde sind auch schon da.»

Der Schupo lenkte das Auto an den Straßenrand. Reifen quietschten.

«Soll ich Ihnen meinen Stellvertreter vorstellen?», fragte der Mann und zeigte sein Schulterhalfter.

«Wir wollen keine Panik auslösen.»

Waffen auf dem Alexanderplatz hatten sie in diesem Jahr schon genug gesehen. Die Aufstände vom Jahresbeginn hatte er noch gut im Gedächtnis. Die Aufstände und ihre bewaffnete Niederschlagung.

«Diese Schreiberlinge», sagte der junge Polizist jovial, «haben noch nie richtig gearbeitet.»

Mohrfels hob eine Hand, um sich gegen das Blitzlichtgewitter abzuschirmen, und packte den Türgriff.

«Mohrfels!»

«Haben Sie Neuigkeiten?»

«Was sagen Sie zu der Behauptung, dass von Posen den Fall übernimmt?»

Mohrfels setzte eine böse Miene auf.

Eine Minute später stampften sie den halbdunklen Flur entlang, zum Sitzungsraum. Inzwischen war er sich sicher, dass sich die Fotografen vor ihm fürchteten, wenn er sich, den Spazierstock in der Hand, mit drohender Miene auf sie zubewegte. Das bereitete ihm eine gewisse Genugtuung. Er presste auch jetzt die Finger um das Ebenholz, sodass die Knöchel hervortraten.

Mohrfels war sich noch nicht sicher, was dieser Tag bringen würde. Irgendetwas an Iwanczyks Aussage war ihm komisch vorgekommen. Als wende sie große Mühe auf, etwas vor ihm zu verbergen. Hatte sie Angst?

Wichtiger war allerdings der Tatort im Industriegebiet. Er hoffte inständig, dass sie etwas gefunden hatten. Er hatte bei diesem Fall schon zu häufig erlebt, dass Spuren im Nichts endeten.

Wie vom Erdboden verschwunden. Dann blieb ihnen nichts als Warten. Der Gedanke machte ihm Sorgen.

Plötzlich stand ein rundlicher Schutzpolizist auf dem Flur und salutierte.

«Oberkommissar Mohrfels. Möchte Sie bitten, mir zu folgen. Kriminalrat Fuchau wünscht Sie zu sprechen. Es sei dringend.»

O

Fuchaus Schreibtisch war wie immer aufgeräumt. Neben seiner Teetasse stand ein großer Aschenbecher, in dem eine Zigarre qualmte. Süßlicher Rauch hing im Raum. Der Ventilator schwieg.

Mohrfels kannte Fuchau seit zwanzig Jahren, aber man musste kein Feingefühl besitzen, um zu erkennen, dass er schlecht gelaunt war. Sein Vorgesetzter saß in Anzug und Krawatte in seinem Ohrensessel. Ein Pflaster verdeckte nur schlecht eine Schnittwunde, die wohl vom Rasieren stammte.

«Mohrfels», begann Fuchau und bot ihm keinen Stuhl an. Hitze spiegelte sich auf seinem Gesicht.

«Sie werden langsam zu alt, Mohrfels. Wissen Sie, woher ich das weiß? Sie haben keinen Respekt mehr vor Ihren Vorgesetzten. Ich habe Ihnen mit Versetzung gedroht und mit Disziplinarstrafen. Aber es schert Sie nicht. Sie sehen nur Ihren kleinen Privatkampf. Ihren Mörder, den Sie fangen wollen –»

Mohrfels machte Anstalten zu sprechen, aber Fuchau fuhr dazwischen.

«Wenn ich eine Meinung hören möchte, werde ich Bescheid geben!»

Er griff nach seiner Zigarre.

«Wissen Sie, wer mich gerade angerufen hat? Ich weiß, das interessiert Sie nicht, Mohrfels, aber ich erzähle es Ihnen trotzdem. Der Reichswehrminister persönlich. Otto Geßler. Ist Ihnen vielleicht ein Begriff. Und jetzt raten Sie mal, wie seine Laune war? Ich werde Ihnen auch das ausbuchstabieren, und warten Sie ja nicht darauf, dass ich Ihnen einen Stuhl anbiete, um Ihre morschen Knochen zu schonen. Die Jungen müssen auf dem Exerzierplatz auch strammstehen, und Sie sind immer noch Teil einer Hierarchie, Mohrfels, wenn Sie es auch vielleicht nicht glauben wollen. Reichswehrminister Geßler hat sich nach meinem Befinden erkundigt und mich gefragt, wie sich der Chef der Mordkommission denn augenblicklich so fühlt. Dabei liegt die Betonung auf *augenblicklich*, denn der Herr Reichswehrminister hat keinen Zweifel daran gelassen, dass sich dieses Befinden sehr schnell würde ändern lassen. Wenn nämlich ein anderer auf diesem Posten sitzen würde! Haben Sie mich verstanden, Mohrfels?!»

Mohrfels fragte sich, ob es an der Zeit war zu nicken, aber Fuchau achtete nicht auf ihn, sondern zwirbelte die Zigarre am Metallrand des Aschenbechers, der die Form einer Ananas hatte, wie Mohrfels zum ersten Mal auffiel.

«Ich kann Ihnen sagen, wie ich mich heute fühle. Mich plagt mein Magengeschwür, meine Frau schaut mich mit dem Hintern nicht mehr an, und jetzt kommen auch noch Sie mit einem weiteren toten Mädchen. Ich fühle mich wie eine Latrine, Mohrfels, und das fünf Tage vor der Wahl! Das kann mich meinen Hals kosten. Aber wissen Sie was? Ich kann den Herrn Reichswehrminister verstehen. Er möchte in fünf Tagen wiedergewählt werden, und dabei kann ein Volkswahnsinn, wie er zurzeit auf den Berliner Straßen stattfindet, nicht unbedingt beitragen. Er hat genug Probleme, wenn Sie verstehen, was ich meine.»

Fuchau starrte über den Tisch.

«Ich habe lange darüber nachgedacht. Wie ich es anstellen kann, eine Reaktion zu bekommen. Von einem Sturkopf wie Ihnen. Jemandem, der alle Ehrungen erreicht hat. Der nur noch seinen letzten Fall im Kopf hat, mit dem er noch einmal das Gute beschützen und den Bösen bestrafen kann und der, wenn er ihn abgeschlossen hat, zu seiner Frau nach Hause geht, wo seine Auszeichnungen und sein Eisernes Kreuz bereits an der Wand hängen, um seinen Lebensabend damit zu verbringen, am Müggelsee fischen zu gehen und sich etwas darauf einzubilden, dass er immer das Richtige getan hat. Ich habe lange nachgedacht. Und ich bin zu dem Schluss gekommen, dass es mir egal ist.»

Eine Schweißperle hatte sich mittig auf der Stirn des Mannes gebildet, er schaute wütend in Richtung Decke und wischte sie dann mit seinem Taschentuch weg.

«Wenn Sie mir nicht in zwei Tagen einen Schuldigen bringen, dann ist das Spiel zu Ende, Mohrfels. Bringen Sie mir einen Schuldigen. Nehmen Sie meinetwegen Ihren Verdächtigen fest, der Ihnen weggelaufen ist, oder irgendjemanden sonst. Aber bringen Sie mir jemanden!»

Er schaute auf seine Zigarre.

«Ich tue das weiß Gott nicht gern, aber wenn Sie nicht in zwei Tagen zur Pressekonferenz einen Schuldigen vorweisen können, nehme ich Ihnen den Fall weg und schicke Sie in Frührente. Ich habe einen arroganten jungen Mann aus Bayern, der in unser Ressort gewechselt hat, Herrn von Posen, der mir seit Monaten in den Ohren liegt, dass er Ihren Fall haben will.»

Warum weiß selbst die Presse mehr als ich?, dachte Mohrfels grimmig.

«Er wird ihn kriegen», fuhr Fuchau schnaufend fort, «denn ich habe Ihr impertinentes Gehabe satt. Schließen Sie den Fall ab! Ich habe für Donnerstag um zehn eine Pressekonferenz einberufen. Und jetzt scheren Sie sich zu Ihrer Kommission und bringen Sie mir jemanden. Das war alles, Mohrfels.»

Als Mohrfels durch die Tür ging, kamen ihm zwei Männer mit Latzhosen und Werkzeug entgegen.

«Das wurde auch Zeit», hörte er Fuchau sagen, «der Ventilator ist seit zwei Tagen überfällig.»

Die Tür hinter ihm fiel krachend ins Schloss.

O

Im Sitzungsraum herrschte Stille. Alle waren versammelt, nur Habig fehlte.

Wörl hatte sich frontal zur Tafel gesetzt. Winterberg saß in gebeugter Haltung an der Längswand des Zimmers, direkt unter dem Porträt des Polizeipräsidenten. Als Mohrfels eintrat, hob auch Winterberg den Blick, die Haltung des alten Grauwolfs, wie immer.

«Meine Dame, Herrschaften.»

Hinzu kam Gunnarsson von der Spurensicherung. Erste Abzüge der Fundortfotografien waren auf den Tischen ausgelegt. Detailfotos der Leiche, ihre Füße auf den Treppenstufen, die aufgerissene Wunde an der Stirn, die Blutsickerung, ihre strähnigen blonden Haare. Mohrfels fixierte eine Abbildung, die den Hals und das Gesicht der Leiche zeigte. Die Vermieterin Iwanczyk hatte recht: Daria Laurenz war engelsgleich gewesen. Direkt unterm Brustbein setzte die Hölle an. Immer wieder klaffte die Haut in Fetzen, zerschnitten und geschlitzt, wie mit einem Teppichmesser. Es mussten Hunderte Wunden sein, häufig nur Millimeter voneinander entfernt.

Mohrfels nahm den Hut ab, ließ sich schnaufend nieder und schaute in die Runde.

«Das Wichtigste zuerst: Was machen Habig und die Hundertschaft?»

Fräulein Wörl schoss Röte ins Gesicht, als sie antwortete: «Bisher keine Ergebnisse. Nichts.»

Mohrfels starrte finster vor sich hin.

«Fangen wir mit dem Fundort an», sagte er dann.

Gunnarsson erhob sich.

«Ich sage Ihnen, was wir haben.»

Er trat an die Tafel, die eine Wand des Raumes einnahm. Zu erkennen war eine Zeichnung vom Fundort. Der horizontale Verlauf der Promenade mit seinem Geländer teilte das Bild in zwei Hälften. Die Position der Leiche war auf der hinabführenden Treppe eingezeichnet. Außerdem fanden sich in der oberen Hälfte des Bildes die Laterne, Bäume, der Fußweg und das Halbrund des Sandplatzes. Der Wasserlauf nahm den unteren Teil der Zeichnung ein.

Gunnarsson wirkte nervös, obwohl er schon viele dieser Besprechungen durchgeführt hatte. Immer wieder öffnete und schloss sich seine sommersprossige Pranke, mit der er Kennzeichnungen an der Tafel erklärte, verschwand in der Hosentasche und kam schnell wieder hervor, was Mohrfels zur Kenntnis nahm, ohne dass seine Aufmerksamkeit für das Gesagte nachließ.

«Beginnen wir mit dem Hergang. Reifenspuren von einem Fahrrad mit Anhänger, unidentifiziertes Modell, hier und dort.» Gunnarsson zeigte auf eine Stelle zwischen den Bäumen und eine Stelle weiter unten nahe dem Geländer. «Der Täter muss aus dieser Richtung gekommen sein.» Er deutete rechts ins Bild, Richtung Osten.

«Die Spuren sind tiefer als gewöhnlich eingedrückt. Er hat die Leiche wohl im Anhänger transportiert. Wir gehen davon aus, dass der Täter die Leiche in alter Manier versenken wollte, und zwar vom Kai aus.»

Gunnarsson zeigte auf das Plateau am Ende der Treppe.

«Dazu musste er die Leiche die Treppe hinuntertragen.» Er deutete weiter nach links, auf die Stelle, an der sich der Durchgang im Geländer befand und von wo die Treppe zum Kai hinabführte. «Die Treppe führt über 23 Stufen fünf Meter hinunter zum Kai.»

«Fingerabdrücke?» Mohrfels konnte es nicht aushalten, wenn man ihm das Wichtigste zuletzt erzählte.

«Nein. Wir gehen davon aus, dass der Täter Handschuhe trug.»

Mohrfels' Wanst knurrte. Er würde nach der Sitzung etwas essen müssen, um besser denken zu können.

«Bei dieser Aktion hinterlässt der Täter Fußspuren, Größe 45. Wir konnten keine Marke feststellen, aber es müssen feste Stiefel gewesen sein. Möglicherweise Armeebestand.»

Winterberg pfiff leise durch die Zähne. Größe 45, daher männlich, eventuell Militär. Verglichen mit dem, was sie bisher hatten, war das schon viel. Was eigentlich nur zeigte, wie wenig sie bisher hatten, dachte Mohrfels.

«Er lässt die Leiche auf die Treppe fallen. Vielleicht kann er das

Gewicht nicht mehr halten. Der Fall ist unschwer an der Kopfverletzung der Leiche zu erkennen, die sich mit dem nur sehr kleinen Blutfleck auf den Stufen deckt. Sie kann noch nicht lange tot gewesen sein, sonst wäre gar kein Blut ausgetreten. Dann zerrt der Täter die Leiche eineinhalb Meter weiter hinab zum Kai.»

Gunnarsson kam jetzt in Fahrt.

«Hier unten am Fuß der Treppe wird er jedoch gestört. Wahrscheinlich von einem vorbeifahrenden Frachter» – er deutete auf das Wasser unten im Bild.

«Er könnte auch durch einen Fußgänger gestört worden sein», wandte Winterberg ein, «oben auf der Promenade.»

«Das wäre auch möglich. Der Täter kann die Leiche nicht wie sonst im Wasser versenken. Stattdessen lässt er sie unbedeckt am Kai liegen und flieht.»

Für einen Moment herrschte Schweigen. Alle schienen nachzudenken.

«Und das war's?», fragte Winterberg unwirsch.

«Bisher schon», antwortete Gunnarsson.

«Noch mal zurück! Gunnarsson –», Winterbergs eisgraue Augen fixierten ihn über die Lesebrille, «ein Mann fährt über den Platz, hievt eine Leiche die Treppe hinab. Da muss es doch etwas geben, das man zurückverfolgen kann!»

Gunnarsson schüttelte den Kopf.

«Wir haben die Fußspuren und Spuren vom Fahrrad. Ansonsten war der Mann so vorsichtig wie sonst immer.»

«Haben wir Zeugen?», fragte Mohrfels.

Wörl reagierte prompt.

«Wir haben Befragungen durchgeführt. In den umliegenden Wohnhäusern. Aber in der Nacht hat niemand etwas gesehen. Außer einer gewissen Frau Hagenow. Sie wohnt jenseits der Parkgrenze in einem Wohnhaus. Scheint allerdings etwas seltsam zu sein.»

Fräulein Wörl deutete auf den oberen Rand der Zeichnung. Die Häuser waren auf dem Lageplan nicht mehr sichtbar.

«Was heißt seltsam?», wollte Mohrfels wissen.

«Wohnt in einer Wohnung nur mit Katzen. So um die zwanzig Stück. Schaut viel aus dem Fenster. Sie sagt, sie hat ein Geräusch gehört und anschließend einen Mann an der Laterne gesehen, der sich daran zu schaffen gemacht hat. Reicht aber nicht für eine Täterbeschreibung.»

«Das ist extrem dünn», kommentierte Winterberg.

«Kontaktieren Sie den Westhafen und die Wasserschutzbehörde», ging Mohrfels unwirsch dazwischen, «vielleicht hat es während der Tat Flussverkehr gegeben. Und wir müssen uns an die Bevölkerung wenden. Ich kann mir nicht vorstellen, dass bei dem Vorgang niemand etwas gesehen hat.»

«Wir haben bereits einen Aufruf im Druck», sagte Fräulein Wörl. «Er wird im Umkreis von einem Kilometer plakatiert, wie von Ihnen angeordnet.»

«Sprechen Sie mit Fuchau, dass wir die Belohnung erhöhen müssen. Auf 1500 Mark. Wenn er sich querstellt, sagen Sie mir Bescheid.»

Sie machte sich eine Notiz.

Mohrfels war für einen Moment zufrieden und rieb sich nachdenklich die Hände.

Dann blickte er erneut auf die Wandzeichnung. Er bemerkte, wie seine Beine unter dem Tisch schmerzten, und entlastete die Knie, indem er die Füße langsam ausstreckte.

«Wir bleiben bei der These, dass es sich um denselben handelt, der auch das unbekannte Mädchen nahe Berlin sowie Gerda Holz, Helene Friedenstedt und Marja Patrinzki umgebracht hat. Derselbe Täter. Männlich, zwischen 20 und 50 Jahren, möglicherweise Militärverbindung oder Zugang zu militärischer Ausrüstung. Wir suchen nach einem Mann mit Fahrrad mit Anhänger. Hier sind Verbindungen zum Beispiel zur Post denkbar, vornehmlich in Charlottenburg.»

«Fahrradreparaturservice oder auch fahrende Händler und Lieferdienste», fügte Winterberg hinzu. Mohrfels nickte.

«Wir brauchen eine genaue Typbeschreibung, am besten eine Seriennummer!» Das richtete sich an Gunnarsson. «Vielleicht führt diese Beschreibung zu einer weiteren Zeugenaussage.»

Mohrfels sah in die Runde.

«Wir müssen die Autopsie abwarten, aber wir gehen nach wie vor von einem Lustmord aus. Der Mann ist kaltblütig, intelligent und umsichtig. Er handelt vorsichtig und geplant und kann sich bewegen, ohne dabei aufzufallen. Er hat eine Vorliebe für junge Frauen mit hellem Teint und schmalem Körperbau, zwischen 15 und 20 Jahren, die er beobachtet oder verfolgt. Und er hat einen Fehler gemacht. Er ist vielleicht gesehen worden und musste deshalb die Leiche liegen lassen. Vielleicht versucht er jetzt, das Fahrrad loszuwerden.»

«Was ist mit seinem Versteck?», fragte Winterberg in die Runde.

«Das Mädchen war bis zum Leichenfund 75 Stunden verschwunden», sagte Mohrfels, «er muss sie irgendwo festgehalten haben. Zwischen ihrer Wohnung in Charlottenburg und dem Fundort liegen etwa vier Kilometer Luftlinie. Unsere beste Spur ist der Bluthund. Er hat uns fünfhundert Meter weiter, bis zu einem Industriegebiet im Riedammer Privatweg, geführt. Direkt daneben befindet sich die verfallene Fabrik. Gut möglich, dass der Täter die Leiche von dort aus mit dem Fahrrad zum Ufer transportiert hat.»

Wörls Weiterführung kam schleppend: «Habig hat einen Polizisten geschickt, um Sie zu unterrichten, Mohrfels. Fabrik und Industriepark wurden den ganzen Vormittag lang durchsucht – bisher ohne Ergebnis. Die Fabrikgebäude – sie ergeben so etwas wie ein Labyrinth.»

Winterberg fluchte leise in sich hinein.

«Sie sollen noch einmal suchen!», spuckte Mohrfels aus.

Wörl nickte.

«Der Hof und der gesamte Industriekomplex gehören Jegor Erich Koglin», setzte sie erneut ein, wie um die Niederlage erträglicher zu machen. Mohrfels entdeckte an der Wand eine Fotografie von dessen Konterfei mit den Bartstoppeln und den gewaltbereiten Augen. «Gebürtiger Ukrainer. Ehemaliger Preisboxer, Lokalchampion, hätte eine echte Karriere machen können, wurde dann aber in einem großen Kampf schwer verletzt. Der Mann, der ihn besiegte, ist einige Zeit später aus einem Fenster gefallen und dabei umgekommen. Es hat nie ein Verfahren gegeben.»

Winterberg murmelte etwas in sich hinein.

«Koglin scheint einer von den schweren Jungs zu sein. Nach dem Krieg zu Geld gekommen», fuhr Fräulein Wörl fort, «hatte ein paar Verfahren anhängig: Raubdelikte, schwere Körperverletzung, versuchter Totschlag. Aber in den seltensten Fällen ist er es, der sich die Finger schmutzig macht. Man sieht ihn häufig in der Presse, unter anderem wegen seiner Liaison mit Lil Dagover, der Filmschauspielerin.» Wörl zeigte auf ein Porträtfoto neben Koglin, das eine blasse Schönheit zeigte.

«In *Dr. Caligari* war sie phantastisch.» Plötzlich hatte Winterberg einen verträumten Zug im Gesicht.

«Um beim Thema zu bleiben: Die Kollegen von der Sitte haben häufiger mit Koglin zu tun, da er gerne spielt. Und man geht davon aus, dass er im großen Stil Schwarzmarktgeschäfte betreibt, wahrscheinlich mit seinen eigenen Leuten, die er noch vom Boxen kennt, und aus seiner Heimat. Sicher ist aber: Ihm gehören Dutzende von Immobilien in der Stadt.»

Für einen Moment schwiegen sie.

«Wir haben uns immer gefragt, wie der Täter seine Opfer versteckt», brachte Winterberg nachdenklich vor. «Was wäre, wenn er protegiert würde? Von jemandem mit Einfluss. Wenn dieser jemand irgendwie mit ihm in Verbindung steht, familiär oder vielleicht freundschaftlich. Wenn diese einflussreiche Person den Mörder decken würde. Das gäbe ihm großen Handlungsspielraum.»

«Oder die einflussreiche Person war es selbst», schlussfolgerte Wörl.

«Die Verbindung zu Koglin ist vage, aber wir sollten dem nachgehen», brummte Mohrfels, dem der Rest gute Laune gründlich vergangen war. «Ich habe das Gefühl, dass wir auf dem Industriegebiet etwas finden werden. Bis dahin müssen wir uns natürlich weiter um das Opfer kümmern.» Er deutete auf Daria Laurenz' Foto. Normalerweise hätte er immer zuerst beim Opfer angesetzt – wenn dieser Täter es ihnen nicht schlicht unmöglich gemacht hätte. Dennoch war er neugierig, was Winterberg, der seinen Wink bemerkte, über das Mädchen herausgefunden hatte.

«Daria Laurenz muss ein zurückhaltendes Mädchen gewesen sein. Das ist mir aufgefallen, als ich mit ihren Kollegen im Café Goldt gesprochen habe. Sie wurde von ihrem Vorgesetzten als pünktlich und gewissenhaft beschrieben. Hatte wohl einige Verehrer, ist aber nie auf etwas eingegangen. Allem Anschein nach hatte sie mit ihren Kollegen insgesamt wenig Umgang.»

Mohrfels runzelte die Stirn. «Hatte sie dort keine Freundin oder Vertraute? Irgendjemand, mit dem sie näher bekannt war?»

Winterberg schüttelte den Kopf. «Nichts, was ich herausfinden konnte.»

«So etwas Ähnliches hat ihre Vermieterin Frau Iwanczyk auch gesagt. Keine Familie in der Stadt. Wenig Kontakte. Ist das nicht seltsam? Ein Backfisch, der sich auf den Weg nach Berlin macht, um in der Großstadt zu leben und keine Kontakte hat?»

«Vielleicht war sie schüchtern», überlegte Winterberg laut.

«Die Großstadt kann überfordern», stimmte Wörl ihrem Kollegen zu.

Mohrfels schaute die beiden an.

Er wandte sich an Wörl, die vom Revier aus die neuesten Suchergebnisse im Auge behielt.

«Was ist mit Wilhelm Legner? Haben wir etwas Neues?»

«Die Suche läuft auf Hochtouren», sagte Fräulein Wörl.

«Also gibt es im Moment nur die Hundespur und diesen Koglin», sagte Mohrfels. «Fangen wir damit an.»

Vier von ihnen waren in der Hütte geblieben, einer gegangen. Hatte irgendeine Alte in der Stadt zu besuchen. Rückkehr gegen Nachmittag erwartet.

Er selbst hatte Wache gehalten. Ab und zu Wasser aus der Stahltasse. Ansonsten bloß den Raum angeglotzt und sich keine weiteren Gedanken gemacht.

Die Geisel war ruhig geblieben. Keine weiteren Panikattacken zumindest.

Die anderen Landser vertrieben sich nebenan mit Karten die Zeit. Vor rund einer Woche waren sie aus der Kaserne abkommandiert worden, zum Sondereinsatz. Jede Abwechslung willkommen. Zwei waren neu in der Gruppe und von außerhalb, waren aber auch Gediente. Waren vorher in der Stadt unterwegs gewesen, in einem Hotel. Waren zu einer Expresslieferung abkommandiert, von der sie noch heute prahlten. Die ganze Nacht wach gewesen und gesoffen. Jetzt wurde es Zeit, sich wieder zu beruhigen. Zum Postfach zu gehen und nach neuen Befehlen zu schauen.

Bisher hatte sich für ihn nichts weiter ergeben.

Seine Aufgabe war die Zivilistin. Das rote Flintenweib.

Sie ausfindig zu machen, war nicht schwierig gewesen. Sie hatten eine Anzeige einer ihrer Lesungen gefunden. Fataler Unsinn natürlich. Rossbach selbst hatte die Entführung angewiesen. Eine Menge Prestige in der Sache. Aktion für Rossbach persönlich.

Nach Erhalt des Befehls hatten sie mit kleinem Trupp am zentralen Trambahnplatz von Stargard auf die Frau gewartet. War ein einfaches Manöver gewesen. Sie hatten ihr das Bleirohr erst ins Gesicht geschlagen, dann in den Magen, ein paarmal. Dann in aller Ruhe den Sack über den Kopf und in den Gepäckkasten des Wagens. Niemand hatte sich in den Weg gestellt. War auch besser so.

Dann waren sie noch in das Hotelzimmer der Roten und hatten ihre Sachen geholt. Auch das einfach zu machen. Kein Mensch legte Wert auf echte Sicherheit zu dieser Zeit.

Dann im Wagen zurück nach Berlin und in die Waldhütte.

Die Rote wirkte zunächst gefasst. Hände hinterm Rücken, stolperte sie blind über den Vorplatz. Stürzte über ein paar Äste, was urkomisch war, versuchte aber auch dann noch einen Fuß vor den anderen zu setzen, wie eine Madame.

In der Kammer ähnliches Spiel. Wollte keine Schwäche zeigen. Sie hatten den Raum für sie vorbereitet, ihn leergeräumt, bis auf das verschraubte Regal mit den Malutensilien, mit denen sie keine Arbeit haben wollten. Sollte sich auf den Boden legen, wo sie mit angewinkelten Beinen Platz hatte. Hatten zwei Ringe in den Boden geschraubt, einen für die Armfesseln, einen für den Hals. Alles zu ihrer eigenen Sicherheit.

Die Aktion hatte auch schon einen Namen: Operation Geburtstagsfeier.

Berlin / Dienstag, 1. Juni 1920 / 6 Uhr 00 abends

Sie näherten sich einem Gewirr aus Kuppeln, Fahnenmasten, Bögen und Dächern. Berlin hatte auf sie gewartet.

Zu allen Seiten ragten helle Hauswände auf, die von schattigen Fensterreihen durchbrochen waren. Jedes Fenster ein Schlupfloch. Als der Zug dicht an einem Mietblock vorbeifuhr, hatte Dalus plötzlich das Gefühl, dass ihn jemand beobachtete. Das Sonnenlicht fiel grell auf die vorbeiziehende Wand, und er versuchte instinktiv zu erkennen, was hinter den Rechtecken im Schatten lag.

Camera obscura, dachte Dalus, *Licht fällt hinein. Aber man weiß nicht, was dahinter ist.*

Als der Zug in den Stettiner Bahnhof einfuhr, war es genau sechs. Dampf wurde über den Bahnsteig gespuckt. Livrierte Gepäckträger trugen Koffer oder machten sich auf Kundenfang. Passagiere und Familien drängten sich über den Bahnsteig, schleppten Pakete, Säcke, Hühnerkäfige und anderes Zeug in Richtung Ausgang.

Dalus saß mit dem Kopf an der Scheibe in seinem Abteil. Auf dem Rückweg hatte er den Zug gewählt, den ihm seine Schwester zur Ankunft genannt hatte. Wer wusste, wofür es gut war? Er hatte sich, als er ein Abteil öffnete, gefragt, ob sie einen Sitzplatz reserviert hatte. Mit Sicherheit hätte sie in Fahrtrichtung gesessen. Als er darüber nachdachte, wurde ihm klar, wie wenig er von ihr wusste.

Sie hatten einen Teil ihrer Kindheit zusammen auf dem Hof verbracht. Er erinnerte sich an staubige Sommer, das Seeufer und die Scheune. Dann war Hedwig ausgezogen und hatte Markersdorf verlassen. Sie war erst vierzehn gewesen.

Warum hatte sie den Hof verlassen, einfach so, über Nacht? Gegen den Willen ihres Vaters, der tagaus, tagein auf dem Hof gearbeitet hatte? Sie hatte sie allein gelassen. Sie hatten nicht einmal eine Nachricht gefunden. Wenn er daran dachte, fühlte er etwas Kaltes in sich aufsteigen.

Erst einen Tag vor dem Abschluss seiner Kadettenschule in Lichterfelde war sie plötzlich wieder aufgetaucht. Er war nach dem Appell in voller Montur ins Direktionsbüro gerufen worden, wo sie in der Mitte des Zimmers erschienen war wie eine Säulenheilige. Sie hatte sich ohne Zweifel verändert, aber Dalus war auf der Schwelle stehen geblieben und hatte sie angestarrt. Sie hatte um einiges älter gewirkt und sah müde und abgekämpft aus. Ihr blondes Haar in einen Dutt gezurrt, wirkte sie sehnig und hager, aber ihr Körper drückte Vitalität und Unbeugsamkeit aus. Und ihre Augen hatten immer noch diesen sturen Zug.

Dalus sah sofort, dass sie unpassend gekleidet war, und senkte den Kopf zu den polierten Stiefeln. Hätte sie zu seinem Besuch nicht etwas Besseres anziehen können als diese bäuerliche Tracht? Nach einer Weile schüttelten sie sich die Hand.

Hedwig sagte, sie wolle nicht lange stören und ihm nur ihr Geschenk zum Primanerabschluss überreichen.

Erst einen Tag später öffnete er das in Zeitung eingeschlagene Päckchen, in dem sich eine alte Zigarrenkiste befand. Er fand neben ein paar Zinnsoldaten, mit denen sie früher gespielt hatten, ein altes Foto von ihr und einen dicken, handgeschriebenen Brief, den Dalus zusammenfaltete, in seinen Rock steckte und später am Abend hinter der Latrine ungelesen an einer Zigarette in Brand steckte.

Wieso hatte sie die Zeitungsartikel über Legner und ihn gesammelt? Was zum Henker hatte sie mit den Regierungsgegnern und diesem Fuller zu tun? Und wer war dieser Rossbach?

Der Zug ruckte und stand. Dalus verspürte absolut keinen Impuls auszusteigen. Sein Kopf lehnte immer noch am Fenster. Das Abteil war heiß und strahlte sommerliche Trägheit aus. Er könnte sitzen bleiben und irgendwo aufs Land fahren, wo Blütenduft über den Wegen hing. Warum zurück in die Stadt?

Plötzlich sah er den Burschen.

Er stand mit angewinkeltem Bein, in einer Zeitung blätternd, an einer Laterne und spähte über den Bahnsteig. Seine Gestalt war hager, und er trug eine Schiebermütze. Darunter kamen rote Locken hervor. Immer wieder ließ er die Zeitung sinken und schaute suchend über den Bahnsteig, auf dem Dalus eingefahren war.

Dalus starrte wie gebannt durch die Scheibe.

Es gab keinen Zweifel. Der Kerl wartete auf etwas. Er behielt den Zug im Auge. Den Zug, aus dem sonst seine Schwester gestiegen wäre.

Über das Gleis erging eine Durchsage, und als der Mann die Zeitung umblätterte, sah Dalus die Waffe, die er in einem Halfter über dem karierten Hemd trug.

Dalus nahm seinen Mantel und zog die Abteiltür auf. Er ging bis zum Ausstieg des Zuges und spähte hinaus, bis der Schaffner die Abfahrt ausrief und ein Pfiff ertönte.

Der Kerl schaute sich noch einmal auf dem Bahnhof um. Dalus versuchte, seinem Blick zu folgen, und entdeckte zwei weitere Männer, die sich scheinbar unauffällig an einem Schuhputzstand aufhielten und ebenfalls auf etwas zu warten schienen.

Als Dalus zurückblickte, hatte der Rothaarige seine Position verlassen und marschierte Richtung Ausgang.

Dalus sprang aus dem Zug und folgte ihm.

Der Mann lief vor ihm her und bog dann, kurz vor dem Ausgang, ins Pissoir ab, wo er dem Toilettenmann im Vorbeigehen eine Münze entgegenschnippte. Dalus war mit vier schnellen Schritten hinter ihm und rammte den Kopf des Mannes krachend gegen die Porzellankacheln. Etwas fiel zu Boden.

«Zeit, dass wir uns unterhalten!»

«Wer sind Sie?»

Der Mann versuchte, sich zu befreien, aber Dalus hatte seinen dünnen Arm gepackt und hinter den Körper gedreht.

«Das ist Ihr Radius, der sich gegen die Ulna verschiebt.»

«Ja», ächzte der Mann.

«Ich will Antworten.»

«Ich habe keinen Schimmer was Sie – aargh.»

Dalus erhöhte den Druck auf den Unterarm. Der Mann stieß Luft aus, sodass Dalus seinen warmen Atem spürte. Der Mann hatte helle, sommersprossige Haut und trug einen Anhänger um den Hals.

«Sie wissen sehr gut, wer ich bin. Sie haben mich bis zum Meyershof verfolgt. Ich habe Sie wiedererkannt. Damit haben Sie nicht gerechnet, was? Was zum Teufel wollen Sie von mir?»

«Ich kann Ihnen nicht helfen», sagte der Mann unter Schmerzen.

Dalus entschied, seine Strategie zu ändern, drehte den Mann um und starrte ihm ins Gesicht. Er war kaum zwanzig. Es war unschwer zu erkennen, dass in seinen Augen Angst lag. Sein Blick zuckte in Panik durch das Pissoir.

«Was wollen Sie?», flüsterte er dann.

«Wer ist Rossbach?», gab Dalus unwirsch zurück.

«Nie gehört.»

Hatte er eine Reaktion in den Augen des Mannes gesehen? Eine Verstärkung der Panik?

Wieder zuckte sein Blick. Diesmal erstarrte er.

Dalus spürte im Rücken eine Bewegung, dann traf es ihn unvermittelt an der linken Niere, und er klappte zusammen. Bevor er sich versah, wurde der Rothaarige von der Wand aus seinem Blickfeld gerissen. Dalus hörte Schläge und Ächzen. Er klammerte sich am Pissoir fest und zog sich hoch. Die zwei Männer, die er vor einer Minute auf dem Bahnhof beobachtet hatte, waren ihnen offensichtlich in den Toilettenraum gefolgt und versuchten, den Rothaarigen, der sich nach Kräften wehrte, aus dem Raum zu zerren.

«Lasst ihn!», brachte Dalus heraus.

«Das ist für dich!» Mit diesen Worten näherte sich eine der Gestalten, und Dalus sah etwas aufblitzen. Instinktiv stoppte er die Hand des Angreifers vor seinem Schritt und erkannte eine kurze, zweischneidige Klinge, die in eine böse Spitze zulief. Er spürte den Druck seines Gegners, der sich mit vollem Körpereinsatz gegen ihn stemmte und versuchte, ihm das Messer in den Unterleib zu rammen. Dalus hielt fest. Der Mann ächzte. Dalus versuchte, die Stoßrichtung umzuwenden. Er machte einen Schritt zur Seite. Plötzlich gelang es ihm, den Gegner aus der Balance zu bringen, hielt aber seine Kampfhand weiterhin fest umklammert. Der Druck entlud sich, es gab eine schnelle Bewegung, man hörte ein unangenehmes Knacken, und der hohe Aufschrei des Mannes wurde vom dumpfen Klatschen seiner Stirn beendet, als er mit Wucht gegen die Kacheln prallte.

Eine Sekunde später spürte Dalus das Messer in seiner Hand und Wärme an den Fingern. Er wusste nicht, wie es in den Körper des Mannes gekommen war.

Blut rann in Strömen auf die weißen Bodenkacheln, Wasser plätscherte.

Der Mann im braunen Anzug war ohnmächtig über einer Schüssel zusammengesackt, aus der Wasser rann. Dalus starrte entgeistert auf die skurrile Szenerie und bemerkte, dass der Rothaarige und der andere Fremde verschwunden waren. Plötzlich fiel sein Blick auf einen Gegenstand, der am Boden lag. Ohne weiter nachzudenken, steckte er das Messer ein, griff sich die Zeitung, die sein rothaariger Verfolger hatte fallen lassen, und eilte aus dem Pissoir.

Auf dem Weg durch die Bahnhofshalle bemerkte er Wasserflecken auf seiner Hose. Darunter war Blut.

Markersdorf 1905

Es kamen zwei.

Der Horizont hatte sich gelblich verfärbt, und der Junge hatte Regen erwartet, der den Staub von den Feldern spülte. Aber der Wolkenbruch hatte auf sich warten lassen. Irgendwann hatte man einen Motor gehört. Die Verandatür war aufgedrückt worden, Schritte kamen über das Holz und der Vater war hinter den Sohn getreten und hatte ihm die harte Hand mit dem Siegelring wie einen Ziegelstein auf die Schulter gepresst.

Angst schmeckte ein bisschen wie Metall. Ein stechender Geschmack im Rachen und hinter den Nasenflügeln. Herzschlagen. Leichter Schwindel. Das Gefühl, dass etwas passieren würde, passieren musste. Der Junge straffte sich.

Zuerst war das Geräusch nur ein Raunen hinter der Linie der Kornfelder, etwas, das in der Luft lag und das sie erwartet hatten. Das Gewehr war nicht wieder im Schrank verschwunden. Hinter ihm knackte der Vater mit seinem Kiefer, räusperte sich und rief dann Marie.

Es ging die Treppe hinauf. Eilig. Marie zwei Schritte hinter ihm, dann der Vater. Die Stimmung war ernst, wie die Falten zwischen des Vaters Augen. Sie wussten, was jetzt geschehen würde. Sie gingen ins Zimmer, die Tür wurde hinter ihnen ins Schloss geschlagen und sorgfältig verriegelt, zweimal. Die Schritte verschwanden. Dann hing nur noch der Geruch von Pfeffer und Seife in der Luft.

Am liebsten hätte der Junge sofort etwas gespielt. Um den nahenden Besuch der Männer zu vergessen und Vaters Benehmen, das ihm immer aufs Neue Angst machte. Aber Marie ging zum Fenster und öffnete es. Das harte Motorengeräusch war jetzt nahe und kam viel zu laut durch die Dämmerung. Sie hörten, wie das Automobil auf dem Hof hielt und die Türen geöffnet wurden.

Der Junge wollte, dass seine Schwester das Fenster schloss, aber stattdessen lehnte sie sich weit hinaus, als wollte sie rausklettern.

«Was machst du?», fragte der Junge.

Jetzt hörte man die Männer auf der Veranda.

Marie versuchte, etwas zu erkennen, und zog dann mit einem Ruck ihren Oberkörper zurück über den Sims. Einen Augenblick lang schaute sie unschlüssig hinaus. Als sie sich umdrehte, wirkte sie verändert. Ihr ansonsten weiches Gesicht erschien schwer. Um die Augen lag ein Zug, der Besorgnis ausdrückte – und etwas anderes.

«Erinnerst du dich noch an Räuberleiter?», fragte sie dann.

O

Er wollte nicht aus dem Zimmer gehen. Aber sie hatte ihn überredet. So wie sie es immer tat. Er wollte sie nicht enttäuschen. Also würde er mitgehen. Auch wenn er Angst hatte.

Marie schob den Schlüssel mit einer Haarklammer aus dem Schloss und zog ihn mit einem Papier unter der Tür durch. Dann schlichen sie über den Flur des ersten Stockwerks, die Treppe hinunter in die Haupthalle des Hauses, die sich im Licht des Petroleums über ihnen bog. Zur Linken versperrten die massive Vordertür und zugezogene Gardinen jede Sicht auf den Vorhof. Links lag der gedrungene Eingang zu den Wirtschaftsräumen. Nur wenige Schritte vor ihnen – Schritte über knarrendes Parkett – ragte mittig die Tür zum Arbeitszimmer auf. Eintreten durfte man nur nach Aufforderung. Dahinter drangen dumpfe Stimmen hervor.

Warum musste seine Schwester unbedingt die Männer sehen, wie sie ihm oben erklärt hatte? Warum wollte sie ihre Gesichter sehen? Der Junge spürte würgende Verzweiflung in sich aufsteigen. Der metallene Geschmack verfestigte sich zu einem kantigen Klumpen in seinem Hals. Die Schwester schlich immer weiter. Jeden Moment konnte die Tür aufgehen. Sie würden gesehen werden und Schläge bekommen. Der Junge wollte nicht, aber er blieb dicht hinter ihr.

Marie setzte den letzten Schritt, beugte sich dann vor und spähte durch das Schlüsselloch. Die Geräusche waren lauter geworden. Endlos lange schwebte ihr blonder Schopf auf halber Höhe. Dann zog sie, immer noch unendlich langsam, das Gesicht zurück und gab ihm ein Zeichen in Richtung der Küche.

Die Kinder hatten die Männer noch nie zu Gesicht bekommen. Nie zu Gesicht bekommen dürfen. Sie kamen zu zweit oder zu dritt, zum Monatsende und immer gen Abend. Immer wurden die Kinder vorher in ihr Zimmer verfrachtet. Kein Betteln, keine Ausreden, kein Jammern half.

Einmal war der Junge zu spät von einem Dorfbesuch wiedergekommen und hatte von der Böschung aus die Männer mit dem Mobil zum tief liegenden, staubigen Vorhof fahren sehen. Sie waren ihm reglos vorgekommen, wie Statuen, die starr und unmenschlich auf dem offenen Sitz des knatternden Gefährts saßen. Einer hatte eine Uniform getragen. Für einen langen Moment hatte die Szene stillgestanden. Dann war die Gestalt des Vaters aus dem Haus gekommen und hatte die Männer hineingeleitet. Später hatte er den Jungen im Flur abgepasst und wortlos nach oben gebracht. Der Junge hatte Prügel bekommen und kein Essen.

Im Haus erinnerte sich der Junge nur an die Stiefel der Männer, die wie Hammerschläge auf dem Holzboden klangen. Langsame Schläge, die mit Bedacht geführt wurden. Die Männer unterhielten sich mit dem Vater und fuhren stets erst spät in der Nacht. Der Vater war nach den Besuchen häufig noch lange verstimmt und musste manchmal plötzliche Reisen unternehmen, wenn sie wieder weg waren. Reisen, von denen er schlechtgelaunt zurückkam.

O

«Du musst mich hochdrücken, hörst du?» Noch immer konnte der Junge nichts in der Stimme seiner Schwester feststellen, das einen Widerspruch möglich machte. Sie war immer noch furchtbar überzeugt. Dem Jungen schnürte sich alles zusammen. Vielleicht konnte er einfach alles schnell hinter sich bringen?

Er hielt ihr die Hände hin. Sie stellte den Fuß hinein – und drückte sich hoch.

Ihr Gewicht riss an seinen Armen. Er biss die Zähne zusammen und begann sofort zu schwitzen. Sie war zu schwer. Seine Finger drückten sich auseinander.

«Höher! Noch ein bisschen.»

Sie waren aus der Vordertür geschlichen und hatten das Haus umrundet. Die Fenster des Arbeitszimmers hatten rechteckige Flecken auf den zerrupften Rasen geworfen, die sie in großem Bogen umschlichen hatten. Von dort hätten sie nicht hineinspähen können, ohne von den Männern entdeckt zu werden. Marie hatte ihn an den Fenstern vorbei zum Schuppen gelotst, der neben dem Haus stand. Vom Dach aus würde sie ins Arbeitszimmer schauen können – warum auch immer sie das wollte.

Er drückte und stöhnte. Marie versuchte, sich hochzuziehen, aber es gelang nicht. Tränen schossen in seine Augen. Er war kurz vor dem Weinen. Die Finger wurden immer weiter auseinandergedrückt. Er konnte sie nicht mehr halten.

Sie strampelte. Er hätte sie fast fallen gelassen. Es ging nicht. Plötzlich ertönte ein Schlag. Sie hatte gegen die Schuppenwand getreten. Wenn sie jetzt entdeckt würden! Er schnaufte.

«Ich hab's gleich», hörte er ihre Stimme von oben. «Jetzt drücken!»

In diesem Moment wurde rechts von ihnen ein Fenster des Arbeitszimmers aufgerissen. Wenn er seine Schwester jetzt fallen ließ, würden sie beide Schläge bekommen. Es verschlug ihm den Atem. Er konnte vor lauter Tränen nichts mehr erkennen. Er hörte sich wimmern – und er hörte laute Worte von rechts. Der Fuß riss die Finger blutig. Es schmerzte furchtbar.

Plötzlich zog sich das Gewicht von ihm zurück. Sie hatte sich auf das Schuppendach ziehen können. Die baumelnden Füße verschwanden aus seinem Sichtfeld. Sofort ließ er sich fallen.

Eine schwarze Silhouette wurde nur einige Ellen entfernt aus dem Fenster in den Nachthimmel gestreckt.

«Ich glaube, da ist jemand», hörte er.

Schritte tönten durchs Haus.

Der Junge krabbelte nach links. Am Schuppen vorbei, um die Ecke des Hauses herum, wo die Veranda und dann der Garten angrenzten. Er krabbelte, so schnell er konnte. Er hörte Schritte im Haus. Durch die Wirtschaftsräume und die Küche zum Hinterausgang.

Atemlos drängte er sich an die Balustrade, die die Veranda vom Rasen trennte. Er konnte hier nicht bleiben, sie würden ihn finden. Schon öffnete sich die Tür direkt neben seinem Versteck am Geländer.

Er ließ sich auf dem Rücken zu Boden sinken und versuchte, unter die Veranda zu kommen. Er hatte es schon einmal versucht. Es war zu eng. Aber es gab kein anderes Versteck.

Er drückte wie wild mit den Füßen, Erde drang in seinen Hemdkragen, er presste seinen Oberkörper Stück für Stück von der Seite unter die Holzbretter. Es wurde eng. Er würde nicht wieder rauskommen. Er trat mit den Füßen, die immer noch hervorguckten. Er presste – und zog die Beine hinein.

In diesem Moment kamen die Stimmen.

Er lag direkt unter einer Rille. Gesicht und Brust an den Brettern. Er bekam keine Luft. Waren seine Beine versteckt? Er konnte nichts mehr tun. Bloß still sein. Licht wurde entzündet. Er starrte durch die Ritze.

Dann kamen Schritte. Es wurde dunkel und wieder hell. Sand in Mund und Augen. Er sah den Ersten, dann war er über ihn weg. Es war ein Herr im weißen Anzug, Kerst, ein Freund des Vaters, der Doktor aus dem Dorf. Der Junge musste schrecklich husten, unterdrückte es aber. Etwas quietschte direkt auf ihm. Die Bretter bogen sich. Jemand zündete ein Streichholz an. Das Gewicht lagerte auf seiner Brust. Der Junge spürte jede Bewegung.

«Zigarette, Rossbach?», fragte eine bekannte Stimme.

Dann erschien ein Gesicht über der Ritze.

Und schaute ihn an.

Berlin / Dienstag, 1. Juni 1920 / 6 Uhr 20 abends

Nach der Besprechung saßen Mohrfels und Winterberg im Büro. Mohrfels sagte kein Wort, bis das halbe Dutzend Krapfen vor ihm verschwunden war.

«Welche Spur ist die beste?», fragte er dann.

Winterberg starrte über seine Lesebrille.

«Die Hunde», sagte er, ohne nachzudenken.

«Das sehe ich auch so», erwiderte Mohrfels und wischte Krümel vom Tisch. «Fahren wir!»

Sie nahmen den Benz und fuhren an den Tegeler Forst, wo der letzte Ausläufer Charlottenburgs hinter dem Kanal von gezackten Tannen begrenzt wurde. Dahinter kamen Waldflächen und der Schießplatz. Irgendwo musste die Stadt ja enden, dachte Mohrfels, als sie durch das Industriegebiet fuhren und der Verkehr ruhiger wurde. So viele Menschen auf einem Haufen machten einander nervös.

Der Schupo steuerte die schwere Karosserie über die Pflastersteinstraße am Industriegelände vorbei, von wo aus ein meterhoch mit Engelhardt-Bierkästen beladener Fuhrwagen im Begriff war, in Richtung Stadt abzubiegen. Dann erreichten sie die nächste schmiedeeiserne Toreinfahrt. Ein Schutzpolizist winkte sie hinein, und sie zuckelten zwischen Backsteinmauern hindurch in das staubig flimmernde Fabrikgelände.

Die Hundertschaft war bei der Arbeit. Überall waren Männer in Uniformen zu sehen, die mit ihren Hunden systematisch die sandige Erde absuchten. Es war kein schlechtes Versteck. Sogar Winterberg musste das zugeben, als das Fahrzeug die Straße entlang auf die erste Haupthalle zurollte. Ein hohes, langgezogenes Backsteingebäude, das mit seinen Fensterbögen etwas von einer zerstörten Kirche hatte. Überhaupt hatte man den Eindruck, über ein Schlachtfeld zu fahren. Überall lagen Schrottreste und verrostete Maschinenteile. Ein Gelände voller Schlupfwinkel und Verstecke, in denen man lange Zeit völlig ungestört sein konnte.

Sie passierten die schmalere Querseite der ersten Halle. Von Westen kommend erstreckte sich das Gelände über mehrere Hektar, und man konnte hinter der ersten eine zweite Fertigungshalle erkennen. Linker Hand wurden das Gestrüpp und die Böschung zum angrenzenden Gebäude sichtbar. Mohrfels konnte das Plateau erkennen, von dem aus sie das Gelände heute Morgen das erste Mal überblickt hatten. Zwischen den Hallen lag der Hauptplatz, wo ein gebrochener Fahnenmast emporragte. Darunter standen im Sonnenschein fünf grün lackierte, klobige Kastenwagen auf Speichenrädern. Im Hintergrund ragten die Schlote der chemisch-technischen Reichsanstalt als letzte Bastion vor dem Wald empor.

Sie verließen das Fahrzeug. Hundegebell wehte über den Fuhrplatz. Die Männer der Hundertschaft in ihren grauen Jägeruniformen wirkten wie eine Schar Landarbeiter, die ein Feld umgruben. Mit Karabinern bewaffnet und jeweils einem Spürhund im Trupp, bahnten sie sich systematisch ihre Wege über das weite Gelände. Ein Trupp war dabei, eine nahe Baracke mit Fußtritten aufzubrechen, was die Hunde bellend kommentierten. Dicht hinter ihnen erkannten sie Habig, der gestikulierend ihre Aktion anwies. Den Hut in den Nacken geschoben, sah er im Flimmern der Hitze wie ein Gutsbesitzer aus, der seine Arbeiter überwachte. Die faulige Holztür gab splitternd nach, und die Hunde drangen zuerst in das Gebäude, dicht gefolgt von den routinierten Polizeibeamten, von denen ein guter Teil noch vor zwei Jahren im Krieg gewesen sein musste.

Habig schien ihre Anwesenheit nicht zu bemerken. Erst als sie dicht hinter ihm waren, drehte er sich zu Mohrfels um und tippte sich an die Hutkrempe.

«Kommen Sie!» Er zeigte auf ein nahestehendes Gebäude, das einmal ein Aufsichtshäuschen gewesen sein musste. Ein Stück weiter östlich entdeckte Mohrfels einen Schienenstrang und einen verrosteten Güterwagen. Man konnte über die Weitläufigkeit dieses Geländes nur staunen und darüber, wie schnell man es nach dem Krieg aufgegeben hatte.

Sie erklommen eine brüchige Holztreppe und betraten einen stickigen Raum mit Sprossenfenstern, von dem aus man Verladeanlage, Baracken und einen Teil der Fabrikhallen überschauen konnte. Da durch eine zerbrochene Scheibe Wind wehte, hatte Habig die Lagepläne aus dem Katasteramt kurzerhand auf den Tisch genagelt, wie Mohrfels erstaunt entdeckte.

«Ist mal ein Eisenwerk gewesen. Geschützrohre, vor allem Eisenbahnbestückung.»

Habig beugte sich über die Karte.

«Das Gelände ist umgeben von einer zwei Meter fünfzig hohen Mauer. Es gibt ein Tor auf der Westseite, aber das war verriegelt.»

«Was heißt verriegelt?», wollte Mohrfels wissen. Es handelte sich um das Tor, das sie mit dem Wagen passiert hatten.

«Schloss mit Stahlkette. Zugerostet. Wir mussten es aufbrechen.» Habig schaute aus dem Fenster.

«Gibt es weitere Zugänge?», fragte Mohrfels gespannt.

«Nordöstlich führen die Schienen vom Gelände, da wäre es möglich. Einfacher geht es von hier» – Habig deutete auf einen südlichen Abschnitt, den sie vom Auto aus gesehen hatten – «über den benachbarten Fuhrpark, wo wir heute Morgen standen.»

«Aber da ist ein Gestrüpp dazwischen», sagte Mohrfels. «Wohin führt der Ausgang am Schienenstrang?»

«Über eine Brücke zum Forst hin», erklärte Habig. «Führt später bei Tegel in einen Rangierbereich zum Transport.»

Mohrfels nickte.

«Ein Teil des Geländes ist unterkellert», murmelte Habig in seinen Bart, während er weiterhin den Geländeplan musterte. «Ein Labyrinth, und voller Abfall. Wir sind durch jedes Geschoss gegangen. Die Hunde haben nichts finden können.» Mohrfels sah, wie Habigs Knöchel am Tischrand weiß wurden. «Nichts», sagte er und starrte mit langsam malmenden Kieferknochen wieder durchs Fenster auf das sandfarbene Feld, als hoffe er, zwischen Schlingpflanzen, Steinen und Bahnschienen doch noch etwas zu entdecken.

«Schon recht, Habig», sagte Mohrfels, obwohl ihm anders zumute war.

Als sie das Wachgebäude wieder verließen, schickte sich die Sonne an, hinter einem Wasserspeicher zu verschwinden. Mohrfels wandte den Suchtrupps den Rücken zu und schaute noch einmal zur ersten Werkhalle. *Ein Labyrinth*, dachte Mohrfels, *das traf es ohne Frage.*

«Ich will, dass Sie das Gelände morgen noch einmal durchsuchen», sagte Mohrfels zu Habig. Man konnte Habig ansehen, dass er von dem Befehl wenig hielt, dennoch nickte er.

«Über Nacht lassen wir das Gelände überwachen, nicht absperren, haben Sie verstanden? Ich möchte Männer an jedem möglichen Eingang sowie auf dem Gelände. Wenn jemand auf die Idee kommt, sich hier zu schaffen zu machen, möchte ich es sofort wissen.»

Die Männer nickten.

Mohrfels schaute zum gebrochenen Fahnenmast und den Polizisten, die darunter ihren Dienst versahen, dann setzte er sich in den Wagen.

Berlin / Dienstag, 1. Juni 1920 / 7 Uhr 10 abends

Dalus erreichte eine Nebenstraße des Bahnhofs und lehnte sich erschöpft an die Scheibe eines Cafés. Eine Gruppe blauer Schutzmänner schlenderte auf ihn zu, über das Trottoir, Hände hinter blauen Uniformschößen verschränkt, einige ließen ihre Schlagstöcke kreisen. Einer von ihnen, ein beleibter Mann mit gefettetem Schnurrbart und Monokel, musterte ihn von Kopf bis Fuß und machte Anstalten stehen zu bleiben. Dalus hatte noch das Messer in seiner Tasche und schaute dem Mann so unbeteiligt wie möglich in die Augen. Dann entdeckten seine Kollegen ein paar Schritte weiter eine Wasserpumpe, über die sie sich hermachten, der Schutzmann knipste ein Auge zu und schloss zu ihnen auf.

Dalus hätte ihnen am liebsten hinterhergerufen, fragte sich dann aber, was in ihn gefahren war, und konzentrierte sich stattdessen auf den Verkehr. Er musste dringend das Messer loswerden.

Fußgänger drängten vorbei. Automobile hielten und fuhren. An einer Ecke wurden aus einem dreirädrigen Transportwagen Zeitungen ausgeladen. Dalus wartete eine Minute und stieg, als er keine auffälligen Bewegungen bemerkte, in eine Tram. Er setzte sich, behielt die Ausgänge im Blick und wandte sich, als sich die Türen schlossen, der Zeitung auf seinen Knien zu.

Es handelte sich um einen *Anzeiger* heutigen Datums. Dalus entfaltete die Frontseite, dabei fiel ihm etwas in den Schoß. Ein Schlüssel.

Dalus spürte Aufregung.

Was war geschehen? Noch vor einer halben Stunde hatte er keine Ahnung gehabt, was er als Nächstes tun sollte. Jetzt, keine dreißig Minuten später, hatte er einen fremden Angreifer schwer mit dem Messer verletzt, Blut klebte an seiner Hose, und er hatte einen mysteriösen Schlüssel in der Hand. Der Schlüssel hatte seinem rothaarigen Verfolger vom Meyershof gehört und hatte vielleicht etwas mit seiner Schwester zu tun. Aber konnte er sich dessen sicher sein?

Was, wenn die ganze Geschichte nur sein Hirngespinst war – eine Phantasie, die sich in seinem Kopf entspann und die er Stück für Stück auf die Realität ausdehnte? Vielleicht hatte der Mann am Bahnhof mit ihm überhaupt nichts zu tun gehabt. Wie konnte er überprüfen, ob er mit seiner Theorie recht hatte? Oder hatte er sich schon so weit darin verfangen, dass er immer den nächsten Schritt gehen musste, um herauszufinden, ob der Letzte richtig gewesen war?

Er fasste den Schlüssel vorsichtig zwischen Daumen und Zeigefinger und legte ihn auf seine Handfläche. Er war aus glänzendem Metall. Kanten und Zahnung wirkten abgenutzt. Der Bart hatte in etwa die Länge eines Zündholzes und hätte sowohl in ein Schließfach als auch in ein Zimmerschloss gepasst. Auf dem flachen Griff war ein gängiges Markenzeichen eingeprägt. Daran befestigt war ein kurzes, geflochtenes Band aus Hanf.

An der nächsten Station verließ Dalus die Straßenbahn.

Es kostete ihn nur Minuten, bis er einen Schlosser gefunden hatte. Dieses Geschäft schien zu blühen – aus naheliegendem Grund, wenn man sich die Verbrechensstatistiken ansah.

«Dit hier is Standardware!»

Der Mann hinter dem Tresen schob das Okular auf die Stirn und bestätigte, was Dalus bereits vermutet hatte.

«Handelsüblickes Modell. Marke Driller. Wäre sowohl für Schließfach als och für anne Tür jeeignet. Wenn Se dit Schloss so ad hoc finn wolln, müssen Se sich janz schön die Hackn wundlaufen.»

Der Mann grinste.

Als Dalus den engen, nach Öl riechenden Laden verließ, hatte er das Bedürfnis, die Krawatte zu lockern und sein Hemd zu öffnen. Er fühlte sich ausgebrannt und müde. In der vergangenen Stunde war seine Stimmung vom Adrenalin beflügelt in den Sinkflug übergegangen und befand sich jetzt irgendwo auf Schuhsohlenniveau.

Er blickte noch einmal über den wimmelnden Verkehr und die Ladenzeile mit ihren Geschäften und folgte schließlich zwei Mützenträgern, die ihn direkt in die nächste Kneipe führten, wo sie Obstbrand bestellten. Er stellte sich zu ihnen, sie parlierten und bestellten noch eine Runde.

Dann wandte sich Dalus beiläufig der Zeitung zu. Er klappte das Blatt auseinander und bemerkte, dass jemand etwas auf die Zeitung geschrieben hatte. Er suchte die Seiten, wo der Eindruck am stärksten war. Tatsächlich hatte man eine Annonce markiert.

WIR SCHWEIGEN NICHT …

Lesung aus Schriften von Paul Levi und Karl Liebknecht,
anschl. Gespräch
Oranienburger Straße 13
02. 06. 1920
Beginn: 7 Uhr abends

Dalus legte ein paar Münzen auf den Tresen, verabschiedete sich von Karl und Friedrich, den beiden Arbeitern, und verließ den Laden.

○

Als er die Oranienburger Straße erreichte, flogen die Schwalben tief am dämmrigen Himmel. Man hatte das Gefühl, sich ducken zu müssen. Plötzlich hallte von irgendwo ein Schuss, und sie waren verschwunden. Dalus hatte das blutige Messer in einen Kanal geworfen, aber die Anspannung war geblieben.

Das Schaufenster der Nummer 13 war erleuchtet. Es handelte sich um eine Ladenwohnung im Hochparterre. Leute auf Klappstühlen waren zu erkennen und im Schaufenster ein umgekippter Tisch als Barrikade.

Dalus nahm die drei Stufen und quetschte sich durch die schwergängige Tür.

Etwa zwanzig Menschen saßen auf Stühlen verteilt im Raum und schauten ihn an. Plötzlich herrschte Stille.

«Sie wünschen?», fragte eine hagere Frau mit geschminkten Wangen.

«Guten Abend», sagte Dalus. «Ich komme wegen der Lesung.»

«Die Zeitungsannonce», schob er hilfesuchend nach.

«Die Lesung ist vorbei», sagte die Frau und verschränkte die Arme.

Dalus sondierte den Raum. Ein Herr mit Backenbart und Zylinder, der auf einem Spazierstock lehnte, und ein paar Frauen mit Schürze und Kopftuch, eine mit Bibel in der Hand. Ein junger Kerl, der ihn mit leuchtenden Augen anstarrte. Vorne am Tisch stand eine hochgewachsene junge Frau an einem Tisch mit Papieren.

«Dies ist doch eine öffentliche Veranstaltung? Die Tür war offen.» Er versuchte, ein Lächeln unterzubringen.

Er fragte sich, mit was für einer Gruppe er es zu tun hatte. Definitiv war man über sein Eindringen nicht begeistert.

«Die Lesungen sind nur für Mitglieder», erwiderte die hagere Frau. Auf ihrer Stirn waren blaue Äderchen zu erkennen, und sie war jetzt von ihrem Stuhl aufgestanden.

«Können Sie mir sagen, wo ich Marie Hedwig Dalus finde?», versuchte er es geradeheraus.

Der Name rief eine Reaktion hervor. Plötzlich hing Räuspern in der Luft, und ein Murmeln wurde laut. Es schien gegen ihn gerichtet zu sein.

«Lass gut sein, Luise», sagte die Frau neben dem Tisch. «Wir machen fünf Minuten Pause.»

Sie schob die Blätter auf dem Tisch zusammen und kam auf ihn zu.

«Was kann ich für Sie tun?»

«Ich bin auf der Suche nach meiner Schwester.»

«Wir haben uns auch schon gewundert. Wir hatten sie zu ihrer Lesung erwartet.»

«Ich mache mir Sorgen», sagte Dalus ernst.

«Vielleicht ist es besser, wenn wir uns unterhalten. Gegenüber gibt es ein kleines Lokal. Warten Sie da auf mich.»

O

Das Lokal stellte sich als chinesische Garküche heraus, in der ein gebeugter Alter mit Zopfhutkappe über einem Feuer Hühnerfüße briet. In der Ecke des Raumes hing ein roter Lampion aus Papier, daneben standen einige Schemel. Dalus bestellte Tee und setzte sich neben das Fenster.

Eine halbe Stunde später schloss eine weibliche Gestalt den

Laden ab und überquerte die Straße. Sie wurde mit Verbeugung begrüßt und setzte sich auf einen Schemel ihm gegenüber.

Ihr Gesicht wirkte leer, und er bemerkte, wie sie ihn mit kühlem Blick musterte. Dalus fragte sich unwillkürlich, ob er noch nach Schnaps roch.

«Was wissen Sie über Hedwig?», begann sie unverblümt.

«Meine Schwester scheint verschwunden zu sein», gab Dalus zurück.

«Also bringen Sie keine Nachricht von ihr?»

«Sollte ich das?»

Sie öffnete ihre Handtasche und entzündete mit knappen Bewegungen eine Zigarette.

«Wann haben Sie sie zuletzt gesehen?»

«Das ist schon Jahre her. Wir hatten persönliche Differenzen.»

«Woher wissen Sie dann, dass sie verschwunden ist?»

Dalus hatte mehr und mehr das Gefühl, sich in einem Verhör zu befinden.

«Sie selbst haben vorhin gesagt, sie wollte längst in der Stadt sein», gab er gereizt zurück.

«Und darum behelligen Sie fremde Leute?», fragte die Frau.

«Hören Sie! Ich habe mit einem Kommissar von der Regierung gesprochen. Er war mehr als besorgt.»

Spöttisch verzog sie den Mund.

«Die Staatsmacht räuspert sich, und alle sind in heller Aufruhr.»

«Ich habe Hedwigs Hotel in einem Ort nahe der Grenzmark ausfindig gemacht», sagte Dalus, der von diesem Spiel genug hatte. «Es wurde eingebrochen. Ihre Sachen waren verschwunden.»

«Das ist schon etwas anderes», sagte sie.

Zum ersten Mal konnte Dalus hinter Zigarettenrauch und Abwehr eine emotionale Regung ausmachen. Sie trug ihre Haare gescheitelt und auf einer Seite mädchenhaft hinter das Ohr geklemmt. Im Übrigen war sie gut geschminkt und wirkte mit ihrer Bluse und dem langen Rock geschäftsmäßig.

«Wo genau war das?», fragte sie und holte eine weitere Zigarette aus der Schachtel. Sie entzündete sie an der alten und drückte die andere sorgfältig aus.

«In einem Hotel *Adlon II* im Zentrum von Stargard.»

«Was glauben Sie, was dahintersteckt?»

«Ich dachte, Sie können mir helfen, das herauszufinden. Meine Schwester wollte mich besuchen kommen. Und plötzlich steht dieser Inspektor vor mir und sagt, dass sie verschwunden ist. Und dass sie politische Feinde habe.»

Sie hielt die Zigarette rechts neben dem Kopf, während sie den Ellenbogen mit der Linken stützte.

«Ich kann Ihnen nicht helfen», sagte sie.

«Wie war Ihre Verbindung zu meiner Schwester?»

Für einen Moment schien die Frau zu zögern.

«Ich habe sie vor einigen Jahren bei einer Lesung kennengelernt», sagte sie dann. «Es ging um Frauenrechte und Hilfe für jüdische Flüchtlinge aus dem Osten. Sie hatte einen Verein, und ich habe ihr geholfen, Lesungen in Berlin zu organisieren. Wir haben einen recht ordentlichen Förderkreis». Sie führte wieder die Lippen an den Filter.

«Wer könnte Hedwig entführen wollen?», fragte Dalus. Er sehnte sich jetzt selbst nach einer Zigarette, widerstand aber dem Drang, die Teetasse aus der Hand zu geben, um nicht unsicher zu wirken.

«Lesen Sie keine Zeitung? Jeden Tag werden Kommunisten umgebracht.» Ihr Blick war teilnahmslos und nicht ohne Vorwurf. «Wie haben Sie unsere Lesung gefunden?», fragte sie dann.

«Aus einer Zeitungsannonce.» Dalus entschied sich für die Kurzfassung. «Die Zeitung hat einem Mann gehört, der am Bahnhof auf meine Schwester gewartet hat. Nehme ich an.» Ihm fiel auf, wie vage die Geschichte klingen musste, dennoch schien sich die Frau für dieses Detail zu interessieren. Sie drückte die Zigarette aus.

«Es war nett, Sie kennenzulernen.»

Einer Intuition folgend, holte er den Brief seiner Schwester aus seiner Innentasche.

«Hedwig hatte angekündigt, mich zu besuchen. Sie hat mir ein Foto geschickt.»

Er hielt ihr das Kinderbild wie einen Ausweis vor das Gesicht.

«Ich brauche Hilfe, um meine Schwester zu finden», sagte er noch einmal.

Sie hatte bereits den Henkel ihrer Handtasche gefasst, als wollte sie aufbrechen, hielt dann aber inne.

«Ist das ein Bild aus Ihrer Kindheit?», fragte sie.

«Sie hat es mit ihrem Schreiben gesandt», sagte Dalus nachdenklich. «Ich habe keinen Schimmer, was sie damit sagen wollte.»

«Kommen Sie morgen um elf an das Denkmal am Goldfischteich im Tiergarten», sagte sie. «Vielleicht kann ich Ihnen irgendwie helfen.»

Dalus lächelte kurz.

«Ich muss jetzt gehen», sagte sie und erhob sich.

«Ich heiße übrigens Johann Dalus», sagte er.

«Edith», sagte sie.

«Werden Sie morgen dort sein?»

«Auf Wiedersehen», sagte die Frau und verließ den Laden.

Dalus wartete, bis das Klingeln der Türglocke verhallt war, erhob sich und ging an den Tresen.

Berlin / Dienstag, 1. Juni 1920 / 9 Uhr 35 abends

Mohrfels saß im Schatten. Ein Streifen Mondlicht fiel durch das Fensterkreuz über das Fernglas auf seine Schuhe, aber er war sich sicher, dass seine Silhouette sich nicht abzeichnen würde.

Er hatte eine halbe Stunde gebraucht, um die richtige Beobachtungsposition auszumachen. Frau Iwanczyks Wohnung befand sich im Erdgeschoss, und die in einen engen, düsteren Häuserspalt geöffneten Fenster waren auf ganzer Fläche mit Gardinen geschützt. Mohrfels hatte sie aus der Küche begutachtet, als er bei ihr in der Wohnung gesessen und Tee getrunken hatte. Von einem bestimmten Winkel könnte es möglich sein, über die Gardinenstange hinweg von schräg oben auf ihren Küchentisch schauen zu können. Zweiter Stock, wahrscheinlich dritter.

Die umgebenden Wohnanlagen hatten im schwindenden Licht abweisend und uniform gewirkt. Grau und durchlöchert von Fenstern, und Mohrfels hatte sich im gebohnerten Hausflur, in dem es nach Kohl roch, gegenüber einer misstrauischen Bewohnerin ausweisen müssen. Am Ende hatte ihm die Frau sogar noch einen Schemel in den Flur gestellt, als sie gesehen hatte, wie langsam er die Treppe hinaufging. Mohrfels hatte abgelehnt.

Er war auf dem Weg nach Hause gewesen und hatte noch einmal die Runde gemacht. Es war zu früh, um über den Mord ein Fazit zu ziehen. Auch nach dem Fehlschlag im Industriegebiet hatten sie noch nicht alle Spuren ausgewertet. Jetzt war es wichtig, nicht vorzeitig einer Theorie zu verfallen. Die Augen offen zu halten. Er musste alles auf sich wirken lassen. Der Intuition folgen.

Jetzt konnte er Irma Iwanczyks Gestalt aus seiner eingeschränkten Perspektive am rechteckigen Esstisch auftauchen sehen: ihren schwarzen Scheitel, die Stirn und die vorspringende Nase, daneben der Leberfleck. Die schwere Brust unter dem hochgeschlossenen Kragen. Ihre Finger wanderten flink über die Tischdecke mit Spitze.

Er rückte das Fernglas noch einmal zurecht und versuchte scharfzustellen. Jetzt sah er nur ihre Hände, die drahtig und flink über die Verzierungen huschten, in schneller und wiederkehrender Bewegung. Immer wieder zog sie ihre Rechte nach vorn, wiederholte die immer gleiche Bewegung. Vor, vor, vor.

Im ersten Moment dachte Mohrfels, dass sie Karten mischte. Aber Frau Iwanczyk zählte. Immer wieder fuhr ihre Hand nach vorn und legte einen weiteren Schein auf den Haufen. Er hatte bis jetzt fünfundzwanzig gezählt. Frau Iwanczyk zählte einen nicht unerheblichen Stapel Geld.

Als sie damit fertig war, nahm sie das Bündel auf, umwickelte es mit schwarzem Packband, stand auf und verschwand aus Mohrfels' Blickfeld.

Mohrfels ließ das Fernglas sinken.

Das waren die Momente, für die er seinen Beruf liebte.

Berlin / Dienstag, 1. Juni 1920 / 9 Uhr 41 abends

Eine seltsame Anspannung überkam ihn, als er die Garküche verließ und auf die im Düsteren liegende Straße hinaustrat. In den Schaufenstern und Wohnungen waren die Lichter entzündet, man hörte Lachen und Swingrhythmen, von irgendwo ein Klavier. Die Stadtmitte war eine nette Gegend, wenn auch nicht ganz ungefährlich. Er fand die schmale Silhouette und machte sich auf den Weg.

Er war noch nie einer Frau gefolgt. Rhythmisch klackten ihre Absätze über den Stein, wie ein kleines Musikstück, das einem bekannt war.

Sie ging am Park entlang, wo Dalus ihr in einiger Entfernung über den Asphaltweg folgte, und schlug dann die Richtung zum Hackeschen Markt ein, wo die Kaschemmen und Kneipen ihren Betrieb aufnahmen. Ihre Schritte waren zielstrebig, die Handtasche eng am Kostüm, und sie ging, ohne sich umzudrehen, was Dalus eine Zeitlang fast wunderte, bis er sich darüber klarwurde, dass dies durchaus normal war. Eher konnte sein Vorgehen als etwas Besonderes gewertet werden.

Er behielt ihre Silhouette im Blick und verringerte sogar den Abstand, da er verhindern wollte, dass er sie im dichter werdenden Verkehr verlor.

Um diese Zeit hatte die Atmosphäre etwas Unwirkliches, wie

Dalus fand. Für einen Moment machte die Stadt einen entspannten Eindruck, so etwa, wie er sich Paris vorstellte. Menschen flanierten auf den Straßen, rissen ihre Verschläge auf und plauderten miteinander. Man musste nirgendwo hin und hatte keinen Grund mehr, sich über andere aufzuregen. Es war, als täte man alles, um die Zumutungen des Tages für ein paar Minuten zu vergessen und einfach die restliche Wärme zu genießen. Es war kein Krieg mehr. Man hatte nicht viel, aber zumindest das lag hinter ihnen.

Auch er hatte sich am Wochenende häufig in dieser Gegend herumgetrieben. Es war nicht schwer, irgendwo Koks aufzutreiben. Anreißer konnten einen auf illegale Tanzvergnügen in große Wohnungen bringen, wo die Mädchen in Federboas tanzten und man bis morgens Karten oder Würfel spielen konnte. Dabei war er mit Polizei und Unterwelt gleichermaßen in Konflikt geraten. Obwohl er sich nie hatte lumpen lassen, musste man sich in Acht nehmen, wenn man nicht ausgeraubt werden oder mit einem blauen Auge aufwachen wollte.

Edith schien sich hier auszukennen. Sie bewegte sich gleichmäßig durch die sich füllenden Straßen, und Dalus kam nicht umhin, ihren schwingenden Schritt wahrzunehmen. Gerade passierte sie eine Gruppe rauchender Männer. Dalus, der auf der anderen Straßenseite ging, hörte ein paar Pfiffe, aber Edith kümmerte sich nicht darum.

Er behielt jetzt ihren Haarschopf im Auge. Sein Mund war ausgetrocknet. Die Situation war aufregend und seltsam vertraut. Plötzlich verschwand sie unter einem Torbogen. Dalus warf seine Zigarette weg und betrat seinerseits einen Eingang, in dessen Schatten er untertauchte. Wenig später ging im dritten Stock ein Zimmerlicht an, und die schlanke Gestalt erschien am Fenster.

Dalus zog sich ein Stück weiter ins Dunkel zurück, obwohl er sich sicher war, dass sie ihn nicht sehen konnte. Der lichtlose Hauseingang war wie eine Höhle. Er beobachtete die Gestalt, die aus dem Fenster schaute, einen rötlichen Vorhang vorzog und verschwand.

Dalus merkte sich Haus und Hausnummer, entschied aber, noch zu warten.

Er hatte seine Spur nicht leichtfertig aus den Augen lassen wollen. Sie war sein einziger Anhaltspunkt, um herauszufinden, was mit seiner Schwester passiert war und was es mit dem Rotschopf vom Bahnhof auf sich hatte. Hedwig konnte im Prinzip überall sein. Er hatte keine weiteren Spuren. Aber bewies die markierte Zeitungsannonce nicht eine Verbindung zwischen dem Rothaarigen und seiner Schwester? Und somit, dass seine Theorie zumindest teilweise stimmte? Der Mann am Bahnhof musste etwas mit seiner Schwester zu tun haben. Und er hatte ihn vielleicht schon am Meyershof gesehen. Oder war immer noch ein Zufall möglich?

Er entzündete eine Orientzigarette, die er beim Chinesen gekauft hatte, und nahm einen tiefen Zug. Die Mischung aus Nelken und geröstetem Tabak machte seinen Unterleib kühl. Dalus' Kopf fühlte sich leicht und neblig an. Er wusste, er sollte sich konzentrieren, gab dann aber dem Schwindel in seinem Kopf nach. Er hatte keine Lust mehr nachzudenken. Es gab eine Linie, die er verfolgte, da war er sicher. Deswegen war er hier.

Er spähte hinauf zum rötlichen Fenster. Jetzt, wo er hier im Hauseingang stand, fiel ihm auf, dass auch in seiner Wohnung nichts auf ihn wartete. Er konnte ebenso gut bleiben.

Ihre Silhouette tauchte noch einige Male im Zimmer auf und war dann verschwunden.

Eine Minute später waren wieder Bewegungen hinter dem roten Vorhang zu sehen. Diesmal waren es zwei Gestalten.

Die eine kräftig, die andere schmal.

Berlin / Dienstag, 1. Juni 1920 / 10 Uhr 23 abends

Landsmann war noch in seinem Büro gewesen. Wie üblich waren sie zum Dach des Präsidiums hinaufgestiegen.

«Was kann ich so spät noch für dich tun?», fragte Landsmann.

«Eine schöne Aussicht heute.»

Sie schauten für eine Weile über die funkelnde Innenstadt.

«Was machen deine Geschäfte in der Politischen?»

«Liest du keine Zeitung, Mohrfels? Nichts als Ärger, wenn du mich fragst. Rote schießen auf Schwarze und andersrum. Heckenschützen und Straßenkämpfe. Und das alles öffentlich! Wir behalten zurzeit beide Lager im Auge.»

«Du erzielst Achtungserfolge», sagte Mohrfels.

«Die Situation ist fatal. Alles, was wir tun können, ist, mit dem Finger zu drohen. Für die Karriere scheint es allerdings ganz gut zu sein. – Und selbst, Mohrfels?»

«Ich wollte dich um einen Gefallen bitten.»

«Nur heraus damit.»

«Nehmen wir einmal an, ich wäre in meinen Ermittlungen auf eine Person gestoßen, die man revolutionärer Umtriebe für verdächtig halten könnte.»

«Um was für eine Person würde es sich beispielsweise handeln?», fragte Landsmann.

«Eine alte Dame, im oberen Charlottenburg, die ein Mietgeschäft betreibt.»

«Wäre das nicht eher ein Fall für die Sitte?»

«In diesem Fall läge die Sache anders», sagte Mohrfels. «Sagen wir, die Dame hätte beispielsweise politische Kontakte und ließe eine rote Zelle bei sich Waffen lagern.»

«Ein Großmütterchen der Revolution. Das wäre ja unerhört!»

«Angenommen, der Verdacht würde sich erhärten –»

«– angenommen –», nahm Landsmann den Faden auf.

«– wäre es dann nicht angemessen, die schriftliche Korrespondenz dieser Frau zu überwachen? Man müsste in Betracht ziehen, dass es sich um eine alte Dame handelt. Geringer Bewegungsradius. Eine Poststation, eventuell Rohrpost.»

«Hast du dafür einen Beschluss? So haben wir unter Wilhelm gearbeitet. Heute haben wir eine Demokratie.»

«Wer müsste es unterschreiben, Hans?»

Landsmanns Silhouette schnippte etwas Unsichtbares über die Balustrade und wandte sich ihm zu.

«Lass gut sein, Mohrfels. Angenommen, der Verdacht erhärtet sich, um welche Person würde es sich handeln?»

«Ich habe den Namen aufgeschrieben.»

Er reichte Landsmann einen Zettel, den dieser einsteckte.

Sie blickten noch einen Moment über die Stadt, bevor sie sich wieder auf den Weg ins Revier machten. «Besten Dank, Landsmann.»

«War gut, dich zu sehen, alter Knabe.»

Auf dem Chronometer elf Uhr. Schon wieder Zeit. Er erhob sich vom Stuhl.

Dreimal am Tag Nahrung, und sie durfte austreten. Keiner hatte Lust, sie sauber zu machen. Sie gefangen zu halten, war schon genug Arbeit, da waren sie sich einig. Überhaupt wenig einsichtig, warum man sie nicht einfach in den Wald brachte und hinlegte. Sollte die Notdurft selber erledigen. Darum neben das Haus. Am einfachsten so.

Er trat gegen die Tür, damit sie Bescheid wusste. Dann zum Hauptraum, etwas Brot abreißen, das er zusammen mit einem Becher Wasser zurückbeförderte. Stellte die Sachen neben der Tür ab und schloss auf.

Sie hatten die Sache schon ein paarmal geübt. Wenn sie etwas falsch machte, bekam sie den Stiefel.

Sie saß seitlich zur Wand, halb aufrecht, Beine angewinkelt. Wunde Ringe am Hals, und der Sack drüber. Streckte ihm seitlich die im Rücken gefesselten Hände entgegen. Schon recht brav abgerichtet. Er trat dennoch mit dem Stiefel gegen das Regal, dass es knallte. Die Rote schreckte, weil sie ja blind war, auch gleich zusammen.

Die Kammer hatte vorher Gerätschaften für den Haushalt enthalten und hatte ein Kantmaß von zwei Ellen fünfzig. Er beugte sich vor, löste dann den Draht vom Ring und ließ die Drahtschlinge von den geschwollenen Gelenken abgleiten. Die Hände vor den Körper zu nehmen ging nur unter Wimmern und unendlich langsam. Sie stöhnte halb vor Schmerz, halb vor Erleichterung. Wundränder offen und gelblich, aber wohl noch nicht infiziert. Sollte noch etwas am Leben bleiben.

Sie hielt ihm dann die Hände hin, von der Fesselung fleckig weiß. Er schloss die Schlinge wieder um die Hände, diesmal vor dem Körper, wie geübt. Machte dann den Draht um ihren Hals ab und entfernte den Sack von ihrem Kopf.

Sie schaute zu Boden, wie es viele Gefangene taten. Ihr Gesicht verquollen, Schminke verwischt, was ihm egal war.

Schob ihr den Blechnapf mit Brot und Wasser über die Schwelle vor die Füße. Sie schaute weiter nach vorn und hob dann kurz die Augen. Sie wollte allein essen, und warum sollte sie nicht.

Er lehnte die Kammertür so an, dass er sie hören konnte, und gab ihr ein paar Minuten mit dem metallischen Napf. Kauen und schlucken. Hektisch und ohne Pause.

Dann war es genug. Er öffnete die Tür und schnappte sich den Draht an den Händen. Führte sie vor die Hütte, wo sie von der Straße aus nicht sichtbar waren. Dann, wie jedes Mal, einige Schritt weit zu einem Gebüsch, wo sie Verrichtungen erledigen konnte. Dabei achtete er darauf, dass auf dem Draht immer Druck war, damit sie nicht auf Ideen kam. Hatte auch schon mal gezogen und sie beim Pissen umfallen hören, was lustig war. Prüfte ansonsten die Landschaft. Guter Ort für Lieferungen gleich welcher Art. 1-a-Konditionen, um hier Leute zu verscharren.

Ein paar Minuten später ging's wieder zurück, band sie erneut auf dem Rücken, am Hals und dann den Sack auf den Kopf.

Kein großer Aufwand.

Die Landser kamen zurück vom Postfach. Waren aufgekratzt wegen neuem Auftrag. Würden nachher noch mal losmüssen. Mit dem Lkw.

Berlin / Dienstag, 1. Juni 1920 / 11 Uhr 45 abends

Das Essen war gut gewesen. Mohrfels wusste nicht, wie Maura es machte, auch in diesen Zeiten noch Nahrhaftes auf den Tisch zu bringen. Irgendwo hatte sie Butter und Brühe aufgetrieben und Gemüse, dicke Bohnen und Speck darin eingekocht. Dazu hatte sie Weißbrot gereicht, das man in den Sud tunken konnte. Jetzt tranken sie einen Rest Portwein.

Mohrfels war sich dessen bewusst, dass er sich zu Hause in eine Welt aus Gemütlichkeit fallen ließ, die mit der Wirklichkeit nichts zu tun hatte. Er wusste selbst nicht, wie es funktionierte, aber sobald er die weiß gestrichene Tür des Reihenhauses hinter sich schloss und von Essensduft und dem hinkenden Kater Emil begrüßt wurde, der ihnen vor fünf Jahren zugelaufen war, waren Mord und Totschlag plötzlich weit weg. Sie lösten sich geradezu in Luft auf, zusammen mit all den Unsicherheiten und Engpässen ihrer Zeit.

Heute war Winterberg von der Arbeit mitgekommen, wie er es häufig tat. Maura hatte ihm einen tiefen Teller in die Hand gedrückt, den er von der Küche aus zum Esstisch trug. Sie hatten Kerzen angezündet, und es war nett gewesen, wie auch sonst immer. Sie hatten eine belanglose Unterhaltung geführt, und plötzlich war es viel später gewesen als gedacht. Es war schon lange dunkel draußen, der Tisch lag voller Brotkrümel, und Maura hatte mit einer Bemerkung die Verandatür geschlossen, nachdem sie den Kater hereinließ – ein Zeichen, dass sie gern zu Bett gehen würde und den Abend somit für beendet hielt. Sie verließ mit etwas Besteck das Zimmer, und man hörte sie in der Küche klappern.

«Mal wieder einen gefangen?», fragte Winterberg.

«Du machst wohl Witze», gab Mohrfels zurück. «Aber wenn du dich zum Fischen einladen willst, bist du zu spät diesen Sommer. Die meisten Teiche sind schon umgekippt.»

Winterberg wirkte abwesend.

«Fragst du dich manchmal, ob wir das Richtige tun?» Seine grauen Augen ruhten abwartend auf Mohrfels.

«Warum so nachdenklich?» Mohrfels leerte seinen Portwein.

Winterberg blieb ihm die Antwort schuldig.

«Die Hundespur führt ins Leere», konstatierte Mohrfels. «Wir haben einige neue Anhaltspunkte auf den Täter. Und etwas ist da, das noch fehlt. Aber um deine Frage zu beantworten: nein. Ich bin nicht sicher, ob wir immer das Richtige tun. Als ich ein jüngerer Mann war, habe ich das mal gedacht. Aber jetzt nicht mehr.»

«Für dich gibt es tatsächlich nur diesen Fall.»

«Sind fünf tote Frauen nicht genug, um ein wenig fixiert zu sein?», wollte Mohrfels wissen. Die Art seines Freundes irritierte ihn, auch wenn er dessen melancholische Anwandlungen kannte.

«Ich bin mir sicher, du kannst den Fall lösen», gab Winterberg zurück.

«Wir, mein Junge. Ich habe nicht vor, die Lorbeeren alleine einzuheimsen. Ich bin zu alt für die Titelblätter.» Mohrfels hob sein Glas und stellte fest, dass es leer war.

«Willst du noch einen Schluck? Maura hat vielleicht noch welchen in der Küche.»

«Nein, nein, lass gut sein. Es ist sowieso viel zu spät geworden. Entschuldige meine Launen. Mir ist noch was wegen Koglin eingefallen. Aber wir reden morgen darüber. Versuch gar nicht erst, mich zu überreden.»

Mohrfels schloss die Haustür hinter Winterberg und war zufrieden. Der Tag hatte Ergebnisse gebracht. Es war bei weitem kein guter Tag gewesen, aber er hatte offen gelassen, ob noch etwas passieren würde. Das war weit mehr, als sich in den letzten Monaten ergeben hatte. Wenn er auch das Gefühl hatte, dass nach wie vor etwas an der Geschichte haftete. Es blieb ein beunruhigendes Gefühl, wie ein fauler Nachgeschmack.

Er wollte gerade zurück ins Wohnzimmer gehen, aus dem

sanfte Grammophonmusik zu hören war, als im Arbeitszimmer das Telefon klingelte.

«Hier Mohrfels!»

Die Dame vom Amt meldete sich und stellte die Verbindung her. Es klickte, dann sprach jemand. Die Stimme am anderen Ende war ihm bekannt. Es war einer der Schutzpolizisten, die er am Industriegebiet abgestellt hatte. Seine Stimme klang jedoch leise und verrauscht, als käme der Anruf von einem anderen Kontinent.

«Hier geht etwas vor sich», meldete der Polizist. «Ein Lkw ist auf den Hof gefahren.»

«Bleiben Sie vor Ort und rufen Sie Verstärkung. Ich bin in einer halben Stunde bei Ihnen!» Der Mann bestätigte und hängte ein.

Mohrfels wollte den Hörer gerade zurück auf den rechteckigen Kasten legen, da bemerkte er, dass es nach wie vor schnarrte, wie bei einer Tonbandaufnahme oder einem verzerrten Echo. Er hob den Hörer vorsichtig wieder ans Ohr und hörte ein zweites Klicken in der Leitung.

Dann herrschte Stille.

O

«Was geht hier vor sich?», fragte Mohrfels.

«Wir haben die Einfahrten zum stillgelegten Fabrikgelände und die zum Gewerbehof im Auge behalten, wie gewünscht.» Der Mann deutete mit dem Kopf in die Richtung der fünfzig Meter entfernten Einfahrt, in die sie der Hund geführt hatte. Daneben verlief die Mauer der ehemaligen Fabrik.

«Vor einer Dreiviertelstunde hat es Bewegung gegeben. Ein blauer Lastwagen älteren Baujahrs mit verdeckter Ladefläche ist hineingefahren, und das Tor wurde anschließend wieder verschlossen. Etwas ist im Gange, ohne Frage!», sagte der füllige Kollege und warf einen unsicheren Blick in Richtung der Finsternis jenseits des Mauer.

«Verstärkung?», fragte Mohrfels.

«Die Kollegen an den anderen Ein- und Ausgängen haben Befehl, auf Posten zu bleiben. Ein Trupp Schutzpolizisten müsste demnächst eintreffen.»

Mohrfels überlegte. Das Stahltor lag unbewegt im Halbschatten. «Ich werde reingehen», sagte er dann.

Er spürte den Blick des Kollegen.

«Sie behalten die Einfahrt im Auge, Vipperow. Lassen Sie nichts und niemanden vom Hof, sonst gehen Sie drei Monate Streife!», blaffte Mohrfels.

«Jawoll!», machte Vipperow und salutierte.

«Geben Sie Zeichen, wenn Sie Hilfe brauchen», rief er Mohrfels noch über die Straße nach.

Mohrfels erreichte das rostige Tor, öffnete es einen Spalt und spähte hindurch. Nachdem sie das verrostete Vorhängeschloss entfernt hatten, konnte es nicht mehr verschlossen werden. Hinter den Flügeln lag nichts als graue Finsternis. Er drückte sich durch die Öffnung. Vor ihm lag etwas, das er nach einigem Blinzeln als asphaltierte Straße erkannte, die nach einigen Metern in das Fabrikgelände überging. Einen Steinwurf entfernt hob sich die viktorianische Werkhalle schemenhaft gegen den Nachthimmel ab.

Mohrfels hielt sich links und bewegte sich angestrengt einige Meter durch hohes Unkraut – das Gelände war früher einmal von einem Rasenstreifen umgeben gewesen, der ringsherum an die Mauer grenzte – und schlich dann so gut er konnte auf die Hauswand zu.

Er konnte den Lkw von hier aus nicht ausmachen, war aber der Meinung, durch die Fenster schattenhafte Bewegungen zu sehen. Aber vielleicht spielten ihm seine Augen in der Dunkelheit auch nur einen Streich.

Die Hundertschaft hatte in den verlassenen Hallen jeden Stein umgedreht. Er glaubte nicht, dass Koglin oder irgendwer so dumm war, in der darauffolgenden Nacht Beweise verschwinden zu lassen. Aber wenn auf dem Gelände nächtliche Aktionen vor sich gingen, wollte Mohrfels gern wissen, worum es sich handelte.

Und das würde er am besten herausfinden, ohne seine Dienstmarke vor sich herzutragen.

Er erreichte die Backsteinwand und lauschte.

Da war etwas. Geräusche. Und Stimmen.

Mohrfels konnte durch den diffusen Umriss einer Scheibe schemenhafte Bewegungen ausmachen. Zwei Männer sprachen in strengem Tonfall, er war nicht sicher, in welcher Sprache, aber es klang wie Befehlston. Offensichtlich war man dabei, etwas zu verladen.

Mohrfels zog seine Parabellum aus dem Gürtelhalfter und pirschte um die Ecke, zur Frontseite des Gebäudes und dem Eingangstor, das einige Meter weiter lag und einen Spalt geöffnet war. Jetzt konnte er eindeutig Licht aus dem Spalt hervortreten sehen. Dieser Teil der Mauer bot keine Deckung, aber vielleicht würde er durch die tieferen Fenster etwas erkennen können.

Er machte vor einem weiteren Fensterbogen halt, dessen Scheiben bereits auf Fußgängerhöhe eingeschlagen waren. Gerade noch zog er seinen Kopf ein paar Zentimeter zurück, als jemand herankam.

Mohrfels kauerte am Sims des Gebäudes und hörte jemanden über sich atmen, dann zog derjenige Schleim hoch und spuckte aus dem Fenster in die Nacht.

Dann wurden drinnen erneut Befehle geflucht.

Jetzt konnte Mohrfels noch eine andere Tonlage ausmachen. Eine tiefe Stimme mit einem schnarrenden Unterton. Mohrfels kam schmerzverzerrt aus der Hocke, in der Hoffnung, dass seine Knie nicht zu laut knackten, und versuchte einen besseren Blick zu bekommen. Hatte man ihn bemerkt?

Diesmal hatte er die Perspektive richtig eingeschätzt – denn jetzt hatte er einen der beiden ins Auge gefasst. Ein hagerer, hakennasiger Mensch mit rötlichen Locken und einem schmalen Gesicht. Sein flackernder Blick heftete auf dem anderen, während der sprach, wie jemand, der es gewohnt war, dass man ihm zuhörte.

Mohrfels versuchte, dem Gespräch zu folgen, aber er konnte nur Wortfetzen aufschnappen.

«Sicherstellen … bei Ankunft … die Ladung … beseitigen …»

Dann endete das Gespräch abrupt.

Plötzlich platzte die Luft mit einem Knall in Stücke.

Etwas landete zwischen Glassplittern vor seinen Füßen. Jemand musste einen Stein von innen durch die Scheibe geworfen haben, um ihn zu treffen. Gleichzeitig ein Poltern. Der Motor eines PS-starken Wagens. Von Scherben umregnet, hielt Mohrfels den Kopf eng zwischen den Schultern.

Dann donnerte eine gewaltige Kühlerhaube mit Adleremblem durch das Fronttor, hieb den Türflügel aus der Angel und dröhnte mit voller Beschleunigung über den Hof auf das Tor zu. Das Fahrzeug war mit länglichen Kisten beladen. Mohrfels hob seine Waffe und feuerte in die Luft, sah aber, dass der dunkle Lkw schon zu weit war und offensichtlich die Absperrung durchbrechen wollte, um vom Gelände zu entkommen. Mohrfels wandte sich in Richtung des Hauses.

«Den Alten schnappen wir uns!», hörte er eine raue Stimme in unmittelbarer Nähe.

Dann gingen mit mechanischem Knallen die Lichter im Lager aus.

DRITTER TAG

Berlin / Mittwoch, 2. Juni 1920 / 2 Uhr 50 morgens

Dalus überprüfte alle vier Riegel an seiner Tür. Die Kette war eingerastet, der Schlüssel gedreht und das Bolzenschloss zweifach verschlossen. Der Flur lag gewölbt hinter dem hohlen Auge des Türspions. Barfuß durchschritt er die kleine Kammer, ging zurück vor das Dachfenster und suchte Zigaretten.

Er konnte nicht schlafen. Er hatte es versucht. Unheimliche Verfolger und Langeweile ergaben ein tödliches Gemisch.

Unten am Park stand noch immer eine Gestalt am Baum. Es war wie ein Rorschachtest. Was erkennen Sie in dem Schatten? Er hätte nicht wenig Lust gehabt, seinen Kuhfuß aus dem Schrank zu holen und es zu überprüfen, aber er ließ es. Auf dem Nachhauseweg von Ediths Wohnung war er in einer Bar eingekehrt. Dann hatte er auf dem Rückweg geglaubt, einen blauen Lieferwagen an der Ecke warten zu sehen, den Wagen des Rothaarigen. Aber als er hingelaufen war, war er verschwunden gewesen. Er war sich wie ein Idiot vorgekommen und nach Hause gegangen.

Es wurde jetzt Morgen. Vielleicht ein Schlafpulver? Er hatte noch Isopral im Schrank. Sein Blick wanderte über den Küchentisch, auf dem keine Tasche von seiner Schwester stand. Sie hätte ihn wahnsinnig gemacht mit ihrer Unordnung und ihrer Lautstärke. Jetzt war es die Ruhe, die ihn verrückt machte.

Mit ein paar Schritten war er am Tisch und fegte den Kram herunter, der darauf verteilt war. Er war alles hundertmal durchgegangen, aber je mehr er darüber nachdachte, desto unwirklicher wurde die gesamte Geschichte.

Was hatte er in der Hand?

Er holte Hedwigs Brief aus der Schublade, den sie ihm vor zwei Wochen geschickt hatte.

Habe dringende Nachricht und Anliegen. Hoffe auf Hilfe.

Das konnte sich, wenn man ehrlich war, auf fast alles beziehen. Politik, Unterkunft, familiäre Angelegenheiten. Nervöser Tonfall, aber vielleicht auch nicht. Wieder ein Rorschachtest. Man konnte auch sagen: eine Sackgasse.

Dazu hatte sie ihm eine Fotografie geschickt.

Er nahm das vergilbte Papier aus dem Kuvert. Das Foto war gelblich und begann bereits zu verblassen. Dalus entdeckte Wasserflecken, als er das handtellergroße Papier ins Licht der Tischlampe hob. Das Foto war alt.

Er drehte es um. Keine Hinweise auf Ort oder Datum.

Aber er kannte den strohblonden Jungen, der auf der Vorderseite zusammen mit acht Männern abgebildet war und gegen die Sonne in die Kamera blinzelte. Er war es selbst. Er musste ungefähr zehn gewesen sein, konnte sich aber nicht an die Situation erinnern.

Es war eine seltsame Aufnahme. Er trug kurze Lederhosen mit Trägern, ein kariertes Hemd und schaute verkniffen. Daneben standen Männer, die allesamt mit Reiseequipment ausgestattet waren. Ein Mann hatte ein breites Fangnetz in der Hand, ein anderer etwas wie eine Standarte. An einer Ecke waren Gewehre zu einem Tipi aufgestellt. Drei der Männer trugen militärische Kleidung, ein Mann einen weißen Anzug. Er konnte ein Vereinsabzeichen an seiner Brust erkennen, das er auch bei einigen anderen Männern fand und erinnerte sich, dass der Vater Mitglied bei den *Alldeutschen* gewesen war. Die Männer sahen so aus, als wären sie zu einer Forschungsexpedition unterwegs. Ihre Kleidung wirkte verdreckt, wie von einem langen Treck. Einige hatten dunkle Spritzer und Flecken auf ihren Hemden.

Alle schauten gegen die Sonne, sodass die Gesichter verzerrt waren und die Augenpartien unter ihren Hüten im Schatten lagen. Sie schauten ernst, aber selbstbewusst in die Kamera. Etwas ausgelassen vielleicht. Als könnte man auf etwas stolz sein.

Dalus sah sich die Männer einzeln an und verweilte längere Zeit bei dem Zivilisten in Weiß, konnte aber auf Anhieb niemanden identifizieren.

Das Bild musste auf einer Reise aufgenommen worden sein.

Im Hintergrund sah man verkrüppelte Tannen und eine Felsformation. Der Fels war am oberen Ende durch den Bildrand abgeschnitten, nahm aber dennoch die rechte Hälfte des Bildes ein. Die schwarzen Konturen standen klar gegen den hellen Himmel. Der Fels bildete ein klobiges Rechteck, das nach oben starken Überhang hatte, sodass die Formation erschien, als könnte sie jederzeit umkippen. Dalus beugte den Kopf näher über das Papier und studierte die ungenau aufgenommenen Schwarztöne. Er erkannte eine Form. Der dunkle Klotz war horizontal von einer Partie geteilt, die wie eine schwere Stirn wirkte. Darunter links und rechts ein paar Aushöhlungen wie zwei Augen. Im Zusammenspiel mit den nach unten leicht einfallenden Konturen war es unverkennbar, dass der Fels einen Schädel bildete. Die Formation stellte einen gigantischen Kopf mit schwerer Stirn oder Hut dar.

Dalus seufzte.

Wo war das Foto aufgenommen worden?

Er musste an die Sächsische Schweiz denken. Das wäre zumindest zu Pferd von ihrem Hof in Markersdorf erreichbar gewesen, wenn er auch sicher war, dass er diese Formation noch nie in seinem Leben gesehen hatte.

Expedition zum Teufelskopf.

Das führte ihn zur nächsten Frage.

Wann war das Foto entstanden?

Die Erinnerung an seine Kindheit war schon immer zweigeteilt gewesen. Es gab die Zeit vor Hedwigs Weggang und die danach. Im Rückblick wirkte es ziemlich einfach. Sie hatten nach dem Tod der Mutter gemeinsam mit dem Vater auf dem Hof gelebt und versucht, ein Familienidyll aufrechtzuerhalten. Dann hatte Hedwig sie bei Nacht und Nebel verlassen und war nie zurückgekehrt. Sie war damals nicht älter als vierzehn gewesen. Der Vater hatte alles versucht herauszufinden, wie die Flucht abgelaufen war, und sie nach Hause zurückzuholen, aber Dalus hatte das nie interessiert. Kurz darauf war er auf die preußische Kadettenanstalt Lichterfelde gekommen, eine Eliteschule nahe der Hauptstadt.

Er konzentrierte sich wieder auf die Datierung des Bildes. Es musste seinem Alter und seiner Kleidung nach zu urteilen vor Hedwigs Verlassen des Hofes gelegen haben, möglicherweise kurz davor. Je mehr er sich darauf konzentrierte, umso weiter führten ihn seine Gedanken.

War es möglich, dass das Bild etwas mit Hedwigs Entführung zu tun hatte? Immerhin waren auch auf dem Foto, das ihm Staatsagent Fuller gezeigt hatte, Militärs zu erkennen gewesen. Er dachte noch einmal angestrengt nach, konnte sich aber beim besten Willen an keine Sommerfahrt in die Berge erinnern.

Außerdem fehlte der Vater auf dem Bild.

Dennoch war er sich sicher, dass er an dem Bild etwas übersah. Etwas, das ihm nicht einfiel!

Er kam an dieser Stelle nicht weiter. Eine schwarze Wand.

Dann war da noch Hedwigs Notiz.

<u>*ROSSBACH, 06. JUN 1920 – ANKUNFT!*</u>

Der 6. Juni war in vier Tagen. Der Tag der Reichswahl. War das ein Zufall?

Wer war Rossbach? In welcher Beziehung stand er zu Hedwig? Ein Militär, vielleicht ein Kriegsverbrecher? Es würde seiner Schwester ähnlich sehen, sich mit so einem anzulegen. Was war nur verdammt noch mal mit ihr los, dass sie sich ständig in die Nesseln setzen musste? Jetzt musste er es ausbaden.

Dalus hatte eine Idee.

Er stand auf, streckte sich und begab sich zum Wandschrank, um nach dem Schuhkarton zu suchen. Irgendwo tief zwischen muffiger Kleidung, Schuhen und sonstigem Hausrat fand er nach einiger Zeit ein Bündel Briefe und legte es auf die linke Seite der Tischplatte. Er löste das Schnürband.

Es würde länger dauern. Widerwillig überlegte Dalus, ob er noch einen Schluck zu trinken im Haus hatte, und fixierte die Uhr über dem Samowar, die hartnäckig eine Nachtzeit behauptete, die ihm in Anbetracht der zunehmenden Helligkeit vor der Dachluke verdächtig vorkam. Er stand auf, ging zur Uhr, wurde durch das Ticken beruhigt, goss aus einer Flasche ein Glas ein und setzte sich wieder an den Tisch.

Seit der Kadettenschule hatte sie ihm regelmäßig geschrieben. Die Briefe kamen zuerst aus Rostock, dann aus der gesamten östlichen Region: Danzig, Königsberg, Posen, Berlin, sogar Warschau und Prag. Sie musste diese Gegend bereist haben, immer auf Lesungen, Veranstaltungen und Konvents.

Schon bei ihrem kurzen Besuch zu seinem Abschluss hatte sie darauf bestanden, mit ihrem zweiten Namen Hedwig angesprochen zu werden. Von dieser Zeit an unterschrieb sie auch nicht mehr mit Marie, wie sie es früher getan hatte. Dalus war es, wie er jetzt feststellte, aus irgendeinem Grund nicht schwergefallen, diese Änderung zu akzeptieren.

Nicht selten stammte das Briefpapier aus einem Hotelzimmer oder sonstigen Herbergen. Auch Farbe und Form der Umschläge waren verschieden. Nicht aber ihre Handschrift und ihr immer präziser und hektischer Stil, den er mit der Zeit fast verabscheut hatte. *Die Bewegung in Polen, die Arbeiter Böhmens, die Suffragetten Stettins. Die Internationale, der Widerstand.* Aber plötzlich fielen ihm auch die zärtlichen Anreden auf: *lieber Bruder, mein engster Verwandter.*

Sie hatte Erzieherin gelernt. Von Männern war nie die Rede. Überhaupt fragte er sich, ob sie enge Beziehungen gepflegt hatte, stellte dann aber fest, dass bestimmte Anschriften öfter auftauchten. Eine Wohnung in der Piwna in Danzig, eine Herberge nahe der Maisel-Synagoge im ersten Distrikt in Prag. Dabei fiel Dalus auf, dass sie sich bezüglich ihrer eigentlichen Tätigkeit immer in Unklarheiten hüllte.

Die Bewegung in Polen erfüllt mich mit Freude. – Habe einige bewundernswerte Frauen kennengelernt. – Mut und gedankliche Schärfe hier sind kolossal. – Die Veranstaltung war ein Erfolg.

Sie musste für eine sozialistische Organisation arbeiten. Oder für einen Frauenverein. Aber seit wann konnte man davon leben? Während des Krieges wurden die Briefe sporadischer. Ab Ende November 1918 endeten auch die Briefe, die von der Adresse in Rostock aus geschickt worden waren. Es war jetzt kein fester Wohnsitz mehr zu erkennen. Hatte sie sich von der Revolution in Deutschland mitreißen lassen? War sie gar auf der Flucht gewesen? Wenn er es genauer betrachtete, waren viele Dinge unklar.

Er begann von vorn und las die Briefe noch einmal in chronologischer Folge. Er wollte mehr darüber herausfinden, woran sie gearbeitet hatte. Hier und da ließ sie einen Vereinsnamen fallen oder den Titel des Leiters einer Sozietät, die ihn aber nicht weiterführten.

Zum Ende des Krieges erschien ihm ihr Tonfall dringlicher zu werden. Auch wurden die Briefe kürzer. Kurz darauf der Weggang aus Rostock. Was hatte diesen Wechsel ausgelöst?

Dalus ging noch einmal ein Stück zurück und hielt bei einem Schreiben inne. Hedwig erwähnte an dieser Stelle einen Brief, den sie bekommen hatte, von einem Mann, dessen Namen sie jedoch nicht erwähnte. Dieser Mann, den sie im Folgenden nur mit «Er» bezeichnete, habe ihr bezüglich bestimmter Dinge *die Augen geöffnet*. Jetzt habe sie sich entschieden, *weiterzugehen* und diese *liebgewonnenen Orte zu verlassen*. Damit konnte die Adresse in

Rostock gemeint sein. Ein paar Sätze später erwähnte sie ein Treffen mit Kerst, einem alten Freund des Vaters. Er musste der Mann gewesen sein, den sie vorher mit «Er» bezeichnet hatte.

Dalus hatte sein Bild sofort vor Augen, hätte ihn vielleicht sogar als einen Freund beschrieben, da er ihn über den Vater mehrfach getroffen hatte. Ein zurückhaltender, höflicher Arzt mit rötlichem Bart und schmalen Gesichtszügen, den er schon aus früheren Tagen als Besucher der Gesellschaften des Vaters kannte. Kerst, der Landarzt und von gutem Ansehen gewesen war, war für Dalus etwas wie ein entfernter Onkel gewesen, und Dalus, wenn man es so wollte, sein Protegé. Dalus hatte ihn nach dem Krieg ein paarmal in seinem Haus im Wedding besucht oder war mit ihm trinken gegangen. Dr. Kerst hatte ihm auch geholfen, die Stelle an der Psychiatrischen Klinik zu bekommen.

Kerst hatte einmal erwähnt, dass er mit seiner Schwester korrespondierte. Was für eine Verbindung hatte zwischen ihnen bestanden? Da war etwas, das sich ihm entzog. Dalus versuchte, tiefer in den Gedanken einzudringen, bemerkte jedoch, wie sein Kopf schwer wurde. Er würde den Zusammenhang heute nicht mehr lösen.

Er zog sein Hemd aus und legte sich mit der schwarzen Mappe, die seine Schwester an der Rezeption hinterlassen hatte, auf das Bett.

Er durchblätterte die großformatigen Fotos. Zeitungsausschnitte, ein Foto von ihm selbst. Bilder, die ihn in seine Träume verfolgten, als er wenige Minuten später endlich einschlief.

Markersdorf 1905

Das Silo wölbte sich wie ein gigantischer schwarzer Felsen über ihnen in den Himmel. Sie hatten gute zwei Stunden darunter gekniet, fernab von den anderen Arbeitern. Es war anstrengend, die

Wartungsgitter vom heruntergefallenen Saatgut zu befreien. Alles war dreckig und voller Steinchen und Staub. Einige Körner ließen sich nur mit den Fingern zwischen den scharfen Metallstreben herausklauben. Sie schnitten die Hände mit kalten, scharfen Kanten, wenn man sie hineinpresste.

Ein Tropfen Schweiß fiel auf sein gerissenes Nagelbett und brannte. Stöhnend stieß sich der Junge vom Gitter ab und ließ sich auf den Rücken fallen.

Er starrte die hohe Silowand empor in die Wolken.

Die Männer gestern hatten ihm Angst gemacht. Er spürte immer noch den metallischen Geschmack im Mund, wenn er daran dachte. Er wollte sich nicht daran erinnern. Schlotternd hatte er unter der Veranda gelegen. Gewartet, bis man ihn an den Füßen aus dem Versteck zerrte und ihn prügelte. Aber es war nicht geschehen. Er hatte dem Mann namens Rossbach in die blauen Augen geschaut und gesehen, wie er gelächelt hatte. Rossbach hatte ihn nicht verraten. Der Offizier hatte ihn nur angeschaut – und ihm zugeblinzelt. Der Junge konnte es kaum fassen!

Der andere Mann war der Doktor aus dem Dorf gewesen, den der Junge an der Stimme erkannt hatte. Die Männer waren zurück ins Haus gegangen und bald darauf abgefahren. Was hatten Rossbach und der Dr. Kerst mit dem Vater zu besprechen? Der Junge wollte es nicht wissen.

Bald darauf war die Schwester enttäuscht ins Zimmer zurückgekommen. Sie hatte von ihrem Versteck auf dem Schuppen niemanden erkennen können und hatte sich wütend aufs Bett geworfen.

Sie hatte ihn gefragt, ob er etwas gesehen hatte. Aber er wollte mit der Sache nichts zu tun haben. Er hatte gelogen, er hätte nichts gesehen.

Marie erhob sich und trat unter dem Silo hervor zu der toten Esche, die zwischen Scheune und Silo stand. «Ich muss etwas erledigen», sagte sie, und der Junge richtete sich auf. «Gib mir das Zeichen, wenn Vater kommt.» Sie hatten in den kahlen Ästen einen Stofffetzen angebracht, den man mit einem Strick in die Höhe ziehen konnte. Der kahle Baum, den man noch von weitem sehen konnte, war ihr geheimes Zeichen. Aber heute verursachte das kein besonderes Gefühl in dem Jungen. Maries Gesicht war hart, und er lächelte schwach.

«Wohin gehst du?», fragte der Junge weinerlicher als beabsichtigt.

«Mach dir keine Sorgen. Es dauert nur fünf Minuten.»

Ohne sich umzusehen, lief sie zur Scheune und in gerader Linie an deren Hinterseite entlang auf die Straße zu, die hinter dem Hügel lag. Sie würde den kahlen Baum in Blick behalten. Warum ließ sie ihn hier sitzen?

Wind fuhr über den Acker. Der Junge presste den Finger gegen ein feststeckendes Korn in der Rille. Es bewegte sich nicht. Wenn der Vater käme, wurde es Ärger geben. Schläge mit der Rute.

Vor ein paar Tagen hatte der Junge Marie mit einem bärtigen Mann reden sehen. Vielleicht redete sie jetzt wieder mit ihm.

Sie sollten ihm alle egal sein. Er presste erneut den Finger in eine Rille und sah, wie das Blut an der Kante entlangschmierte. Ein Luftzug heulte durch die Metallstreben. Er wollte sich nicht mehr allein fühlen und keine Angst mehr haben, auch wenn es ihm in diesem Moment so vorkam, als würde das schwere Silo über ihm einknicken und ihn zerquetschen.

«Wo warst du?», fragte er mit fester Stimme, als sie wieder auftauchte, und biss sich auf die Lippen.

Seine Schwester antwortete nicht.

«Bist du zur Straße gegangen? Wen hast du getroffen?» Ihm war zum Heulen.

«Die Arbeit ist fertig. Komm jetzt, wir gehen ins Haus!», sagte sie barsch und raffte ihre Sachen zusammen.

Sie stapfte voraus.

«Was ist passiert?», fragte der Junge.

«Es hat einen Toten gegeben», sagte die Schwester in barschem Ton. «Drüben im Dorf.»

«Werden wir hingehen und ihn uns ansehen?», wollte der Junge wissen.

«Nein», antwortete die Schwester. «Vater wird uns wieder allein lassen.»

Er packte, so schnell er konnte, seine Sachen und folgte der Schwester ins Haus.

Berlin / Mittwoch, 2. Juni 1920 / 7 Uhr 05 morgens

Mohrfels hatte einen Gutteil der Nacht auf dem Industriegelände verbracht.

Es war warm gewesen. Sie hatten die Straße abgesperrt, und die Falter waren um die Armeelampen gekreist, während sie versucht hatten, die beste Stelle zur Spurensicherung auszumachen. Der blaue Lkw Marke Adler hatte kein Nummernschild gehabt, und Vipperow war es ohne die zu spät kommende Verstärkung auch nach Mohrfels' Warnschuss nicht möglich gewesen, das schwere Gefährt aufzuhalten. Der vollbeladene Transporter war durch das Tor gebrochen und hatte in unschönem Winkel auf die gegenüberliegende Hauswand zugehalten, bevor er die Kurve kriegte. Er hätte den Polizeimeister, der noch versucht hatte, seine Waffe aus dem Halfter zu bekommen, um ein Haar mit dem ausgebrochenen Heck erwischt und schmetterte einen Briefkasten und einen Straßenstein aus dem Weg, bevor sich Vipperow mit einem Hechtsprung in Sicherheit hatte bringen können. Dementsprechend ergiebig waren die Reifenspuren, wenn auch durch die hohe Geschwindigkeit verschmiert und von schlaftrunkenen Schutzpolizisten teilweise unbrauchbar gemacht.

Bei der Verfolgung der zurückgebliebenen Verdächtigen in der stockfinsteren Lagerhalle hatte Mohrfels feststellen müssen, dass sie das Gelände besser kannten als er. Sie waren ihm nicht nachgestiegen, sie hatten sich zurückgezogen. Vielleicht hatte Mohrfels damit Glück gehabt. Als er den Hauptlichtschalter gefunden hatte, waren sie bereits auf und davon gewesen.

Aber er hatte auf dem Boden Spuren gefunden. In der Halle waren Kisten gestapelt gewesen, die darauf hinwiesen, dass in der Nacht etwas verladen worden war. Die ganze Aktion trug die Handschrift eines Ringvereins oder einer anderen Organisation, die Schwarzhandel betrieb. Die nächtliche Lieferung, das Treffen und die plötzliche Flucht. Die Stadt war voll solcher halbseidenen Konspirationen. Angebot und Nachfrage – das Geschäft trieb sie unerbitterlich zusammen.

Mohrfels hätte auf Waffen getippt, dem Aussehen und der Größe der Kisten nach zu urteilen, die er auf dem Lkw gesehen hatte. Wahrscheinlich Gewehre aus irgendeinem Armeebestand. (Wenn es nach dem Krieg von einer Sache genug gab, dann waren es Waffen.)

Dann entdeckte er neben einer Öllache etwas Braunes. Er holte einen Handschuh heraus und schüttelte verwundert den Kopf. Auf dem Hallenboden lag ein münzgroßer Gegenstand, der wie ein brauner Keks aussah und vage nach Kümmel duftete.

Mohrfels runzelte die Stirn. Er sammelte das Beweisstück ein und entschied sich, das Rätselraten auf einen Zeitpunkt nach der Analyse durch Gunnarsson zu verschieben.

Als er sich endlich neben seine Frau ins Bett legte, dämmerte es bereits, und Mohrfels war sich beinahe sicher, dass er nicht mehr würde einschlafen können. Dementsprechend fiel es ihm nicht schwer, noch vor Dienstbeginn die Räume der Autopsie in der Charité aufzusuchen, wo das Mädchen Daria Laurenz seziert worden war. Es war noch herrgottsfrüh, und Mohrfels traf kaum einen Menschen, als er die sterilen Flure entlanglief.

Er öffnete die quietschende Stahltür und suchte nach dem Schalter. Er wusste, dass es die Kollegen nicht gern hatten, wenn man ohne Begleitung hier herumlief, aber er hatte vor Jahren aufgehört, sich um diese Art Feinfühligkeiten zu kümmern. Das Deckenlicht flackerte über den Kacheln. Man hatte das Mädchen in der Mitte des Raumes auf dem Metalltisch liegen lassen und nicht weiter in den Lagerraum verfrachtet. Ein sicheres Zeichen dafür, dass Professor Deter in der Nacht Überstunden gemacht hatte – was Mohrfels als selbstverständlich erachtete.

Mohrfels öffnete den braunen Leichensack.

Da lag sie.

Daria Laurenz, neunzehn Jahre alt.

«Was macht der Anführer der roten Zelle der Berliner Schutzpolizei auf der geheimen Mitgliederversammlung, Mohrfels?»

Deter hatte sich genähert, ohne dass Mohrfels es bemerkt hatte.

«Er führt Selbstgespräche!»

Mohrfels hob den Kopf. Wie lange hatte er hier gestanden und die Leiche angeblickt? Deters kantiges Gesicht mit der glänzenden Brille wirkte wie immer makellos gepflegt und ließ keine Rückschlüsse auf seinen Zustand zu. Er hätte Wochen in diesen Räumen verbringen können, ohne dass man dies an seinem Äußeren hätte erkennen können.

«Sie sehen müde aus, Mohrfels. Kein Grund, um andächtig zu werden. Sie war nur eine mittellose Kellnerin. Leider Gottes eine arische.»

Er machte ein leutseliges Gesicht.

«Was haben wir?», fragte Mohrfels. Er mochte weder Deters Menschenbild noch seine Ansichten. Was allerdings kein Grund war, darauf einzugehen, denn genau das war es, was dieser provozieren wollte. Mohrfels wollte vorankommen, das war alles.

Deters Hand bewegte sich seelenruhig über den Leichensack und enthüllte den ganzen Körper der Toten. Gesicht, Oberkörper und Beine hatten eine wächserne Farbe angenommen. Dennoch waren ihre mädchenhaften Züge noch gut zu erkennen. Mohrfels spürte einen Anflug von Rührung, drängte ihn aber augenblicklich zurück. Wurde er senil? Deter ließ die Hände sinken und dozierte.

«Ein Triebtäter, Mohrfels. Ein Degenerierter. Ihr müsstet mal Ordnung machen, da draußen. Richtig durchgreifen. Dann hätten wir nicht so viele Probleme hier in der Rechtsmedizin.»

Mohrfels schaute Deter weiter ins Gesicht. Er war wegen der Fakten gekommen, und Deter wusste das. Deter schaute ihn noch für einen Moment an, wie um seinen Punkt zu bestätigen, und senkte dann seinen Blick auf das Mädchen.

«Der Todeszeitpunkt kann auf einen Zeitraum von sechs Stunden eingegrenzt werden. Zwischen neun Uhr abends und drei Uhr morgens. Erst später hat man sie auf den Kai geworfen. Wir konnten das feststellen, weil aus der Kopfwunde kaum Blut ausgetreten ist. Sie muss schon einige Zeit tot gewesen sein.»

Deter blinzelte in den Lichtkreis und fuhr fort:

«Der Körper ist ansonsten weitgehend intakt. Keine Knochenbrüche oder Frakturen, wenn man vom Schlag gegen den Schädel absieht, der mit hoher Wahrscheinlichkeit beim Fall auf die Treppe zugefügt worden ist. Die Wunde an der Schädelbasis weist alle Zeichen eines stumpfen Schlages auf. Auch haben sich einige Halswirbel verrenkt, und es hat Blutfluss gegeben, der mit den Spuren am Fundort übereinstimmt. Ihr Mageninhalt war sehr gering. Es ist davon auszugehen, dass sie seit dem Zeitpunkt der Entführung, also seit vier Tagen, nicht mehr gegessen hat, allerdings – wie es aussieht – mit Wasser versorgt worden ist. Sie zeigt Fesselungsmale an Knöcheln und Armen sowie einen verstärkten Abrieb an den Sitzflächen der Oberschenkel, sodass man vermuten könnte, sie wurde an einen Stuhl oder etwas Ähnliches gefesselt. Außerdem hat sie über längere Zeit einen Knebel im Mund gehabt. Es finden sich keine Spuren eines erzwungenen Koitus und keine fremden Körperflüssigkeiten. Das war der vernünftige Teil.»

Sie wechselten einen Blick, und Deter sprach weiter.

«Ihre Arme weisen die typischen Merkmale einer Folterung auf, ähnlich denen der bisherigen Opfer des ‹Schlitzers›.» Er zeigte auf die lila und rot gefärbten Schnittlinien, die Arme, Hals und

Brüste überzogen. «Mit einer länglichen und sehr scharfen Klinge sind ihr schwere Verletzungen zugefügt worden, die eine Tiefe von zwei Zentimetern nicht überschreiten. Einzige Ausnahmen sind zwei Einschnitte, einer am linken Unterarm, einer an der Brust, die tiefer sind. Hier ist der Täter möglicherweise abgerutscht, oder das Opfer hat sich gewehrt.»

«Was für eine Klinge wurde verwendet?»

«Ein zweischneidiges, sehr scharfes Werkzeug. Könnte ein Dolch gewesen sein. Etwas in der Art.»

«Wäre etwas aus Armeebestand möglich?», fragte Mohrfels.

«Ein Grabendolch wäre durchaus denkbar. Aber da fallen mir noch eine Menge anderer Waffen ein. Ein Jagdmesser oder ein Ausbeinmesser zum Beispiel.»

«Wie ist es mit Werkzeugen eines Tischlers oder Kunstschmieds?»

«Eine bestimmte Schnitzklinge. Da gibt es eine Menge Maßanfertigungen. Wäre durchaus möglich.»

Mohrfels nickte.

«Bitte fahren Sie fort.»

«Bei der Prozedur hat sie mit Sicherheit einiges an Blut verloren. Umso erstaunlicher, dass sie so lange gelebt hat. Die Todesursache könnte ebenso Verbluten sein wie körperliche Überlastung in Folge von Hunger und Durst.»

«Was ist Ihr Fazit, Deter?»

«Wenn ich die Leiche mit den anderen vergleiche, die wir ihm zugerechnet haben, würde ich sagen, wir haben es mit demselben Mann zu tun.»

Mohrfels hatte das Gefühl, dass Deter etwas zurückhielt.

«Gibt es sonst noch etwas?», fragte er.

Deter blinzelte und sah herab auf die Leiche.

«Einige der Wunden sind posthum zugefügt worden.»

«Sie meinen die Schnitte?»

Deter nickte.

«Das ist seltsam», grübelte Mohrfels.

«Was denken Sie?», fragte Deter nach einer Weile.

Mohrfels, der selbst für eine ganze Zeit auf das Mädchen gestarrt hatte, hob den Kopf.

«Wenn ich ehrlich bin, denke ich, dass mir die Sache nach wie vor Sorgen macht.»

«Werfen Sie die Flinte nicht gleich ins Korn», sagte Deter. Mohrfels schaute überrascht zu Deter, in dessen Augen für einen Moment etwas wie Sympathie zu lesen war, die dann aber gleich von etwas Höhnischem überdeckt wurde.

«Bin weit davon entfernt», erwiderte Mohrfels.

O

Anspannung lag über der Abteilung. Kalter Tabakrauch mischte sich mit Morgenlicht. Anzug tragende Beamte schleppten Akten umher, klopften ihre Pfeifen aus, und man sprach gedämpft, als erwarte man schlechte Nachrichten.

Mohrfels fand Habig, Wörl und Winterfeld in ihrer Büroabteilung. Alle starrten ihn an, als sähen sie einen Toten.

Mohrfels setzte sich, stützte die Hände auf seinen Stock und starrte zurück, bis das Glühen in seinen Beinen erlosch.

«Wo waren wir stehengeblieben?», fragte er dann.

«Die Fahndung nach Wilhelm Legner hat bisher nichts ergeben», begann Fräulein Wörl vorsichtig. «Wir haben Depeschen an alle angrenzenden Bezirke ausgegeben. Wir haben die großen Ausfahrtsstraßen und die Bahnhöfe kontrolliert. Kein Schutzpolizist, der das Gesicht nicht kennt. Aber es gibt nichts. Keine Bewegung auf der Straße. Niemand hat ihn gesehen.»

Mohrfels wandte den Blick. Winterberg saß in der Ecke und hielt seinem Blick stand.

«Willst du uns nicht von deinem Alleingang erzählen?», fragte er.

«Bleiben wir für einen Moment beim Protokoll. Fundort der Leiche?»

«Die Zeugenaussagen ergeben ebenfalls nichts Handfestes»,

sagte wiederum Wörl. «Weder die Wasserschutzbehörde noch die Verwaltung des Westhafens. Wir haben Männer abkommandiert, die im Umkreis die Fahrradläden absuchen.»

«Dranbleiben!», bellte Mohrfels und spürte Unmut in sich aufsteigen wie eine schwarze Wolke. Er hatte das Gefühl, Spuren zu folgen, die sich vor seinen Augen in Luft auflösten.

«Ich werde Gunnarsson selbst aufsuchen», sagte er dann. Er wusste, dass Recherchen dieser Art, die Analyse von Reifenspuren und das Ausfindigmachen von Herstellern bestimmter Produkte, häufig Wochen in Anspruch nahmen. Wochen, die sie nicht hatten.

Wieder entstand eine Stille im Raum.

«Das führt zur Hundespur», murmelte Habig. Wie immer kamen die Worte nur widerwillig aus seinem Mund. «Die Hundertschaft hat in dem Industriegebiet nichts gefunden.» Er schürzte die Lippen. «Allerdings hat es auf dem Gelände letzte Nacht Besuch gegeben …»

Jetzt wandten sich alle Augen zu Mohrfels.

«Polizeimeister Vipperow informierte mich gegen zwölf. Ankunft am Tatort 12 Uhr 23. Eine Versammlung von vielleicht vier bis acht Mann. Etwas wurde verladen. Soweit ich feststellen konnte, ging es um eine Lieferung. Möglicherweise Waffen. Ich habe Reste einer unidentifizierbaren Substanz auf dem Boden der Halle gefunden.» Die Augen der anderen weiteten sich. «Als ich versucht habe, die Situation zu klären, wurde ich angegriffen. Die Verdächtigen und ein blauer Lkw der Marke Adler sind entkommen. Wir haben Reifenspuren.»

«Warum hast du nicht auf Verstärkung gewartet?», fragte Winterberg.

«Ich wusste nicht, wo sich die Einheiten auf dem Gelände aufhalten. Zum Warten hatte ich keine Zeit», sagte Mohrfels ungerührt.

Winterberg runzelte die Stirn.

«Die Analyse der Reifenspuren läuft», warf Fräulein Wörl

dazwischen. «Es scheint sich um einen Transporter älteren Typs zu handeln.»

«Wer ist so dumm und dreht ein krummes Ding in einer verlassenen Fabrikhalle, die unter Überwachung steht?», platzte Habig heraus.

«Das möchte ich auch wissen», sagte Winterberg.

«Vielleicht jemand, der unter Druck steht?», mutmaßte Fräulein Wörl.

«Was hat eine Schwarzmarktlieferung mit einem Mädchenmörder zu tun?», fragte Habig in die Runde.

«Wir wissen nicht, was transportiert wurde», gab Mohrfels zu bedenken.

«Wir sollten in jedem Fall den Besitzer der Anlage fragen», brummte Winterberg.

«Wollen Sie hören, was ich herausgefunden habe?» Fräulein Wörl wirkte plötzlich aufgeregt. «Jegor Erich Koglin hat Immobilien in der ganzen Stadt. Ich war beim Grundbuchamt. Er hat nach dem Krieg eine Menge aufgekauft. Wohnungen, Industrieanlagen und Gewerbeflächen. Schwer zu sagen, nach welchen Kriterien er die Immobilien ausgewählt hat. Vielleicht wollte er nur Kapital streuen. Geld, das wahrscheinlich aus seinen Schwarzmarktgeschäften kommt, die ihm allerdings nie nachgewiesen wurden. Bei einer Eintragung bin ich hellhörig geworden: ein Gelände am Schlesischen Bahnhof, das früher der städtischen Kanalisation gehört hat und heute als Schrottplatz genutzt wird.»

«Legner!» Mohrfels starrte Wörl an.

«Die Adresse kam mir bekannt vor. Ich habe die Adresse mit unserer Akte verglichen. Und voilà! Es ist der Ort, an dem Legner seinen Unterschlupf hat.»

«Das ist interessant», fand Winterberg.

«Legner, dieser windige Hund», sagte Mohrfels und schaute Winterberg an. «Er ist immer wieder untergetaucht. Hatte nie eine feste Bleibe. Er hat mir gesagt, er habe die Anlage von einem Verwandten gepachtet.»

«Und er hat nicht gelogen.»

Die Blicke gingen wieder zu Wörl.

«Ich bin noch einmal alles durchgegangen, was wir über die beiden haben. Und da stellt sich heraus, dass es noch eine Verbindung gibt.» Fräulein Wörl war jetzt an einem Punkt, an dem sie kaum noch an sich halten konnte. «Sie haben denselben Großvater. Legner ist Koglins Cousin.»

«Das gibt's nicht!», entfuhr es Winterberg.

Mohrfels saß nach wie vor auf seinen Stock gestützt und ließ die neue Verbindung auf sich wirken.

«Wie sieht es mit den Fundorten der anderen Leichen aus?», fragte er dann.

«Seit dem letzten Sommer haben wir die Leichen gefunden. Vor Daria Laurenz waren es insgesamt drei. Ich habe das geprüft. In zwei Fällen besitzt Koglin ein Grundstück in fußläufiger Entfernung, in einem Fall sogar direkt anliegend.»

«Das ist eine Spur», meinte Winterberg.

«Ich werde mir Koglin persönlich vorknöpfen», entschied Mohrfels und streckte das linke Bein.

«Es bleibt also bei Legner», sagte Habig. «Ein Gewalttäter, Alkoholiker und Frauennarr. Er hat Verbindung zu Koglin und somit Zugang zu den Immobilien. Und er ist flüchtig.» Man konnte ihm ansehen, dass er sich für diesen Umstand die Schuld gab.

«Er hat aus seinem Unterschlupf Werkzeug mitgenommen», ergänzte Mohrfels. «Wir hatten bei einer früheren Durchsuchung seine Habseligkeiten katalogisiert. Ich habe es mir nach seiner Flucht genau angesehen. Scharfes Werkzeug fehlte, eine ganze Reihe von Messern. Bezüglich der Tatwaffe haben wir erste Ergebnisse der Autopsie. Es handelt sich um ein doppelschneidiges Messer, womöglich Armeebestand. Es könnte sich aber auch um ein handwerkliches Spezialmesser handeln.»

«Wir sollten nicht außer Acht lassen, dass auch Koglin selbst oder einer seiner engen Mitarbeiter verdächtig ist», sagte Winterberg.

Mohrfels nickte.

«Ich will, dass die Fahndung auf die Fundorte und die Immobilien ausgeweitet wird. Vielleicht versteckt sich der Täter in einem der Objekte. Wir brauchen einen Durchsuchungsbeschluss. Auch das Fahrrad und der Fahrradanhänger sollen weiterhin gesucht werden. Und ich will wissen, ob die Reifenspuren von einem Fahrzeug kommen, das Koglin gehört.» Diese Ansage richtete sich an Winterberg und Wörl. «Habig, wir treffen uns unten am Wagen!»

O

Gunnarssons Lippen waren so schmal wie die Glasplättchen, zwischen denen er eine Probe des seltsamen Fundstücks eingeklemmt hatte, das Mohrfels am Hallenboden gefunden hatte. Auch er hatte wenig geschlafen, aber im Gegensatz zu Deter aus der Autopsie konnte man die Stunden in seinem Büro an den zahlreichen Falten seines Hemdes ablesen. Auf dem Arbeitstisch, der unter einer massiven Deckenlampe mittig im länglichen Raum stand, lagen die Gipsabdrücke der Autospuren, nebst Petrischalen mit Sand und Glasresten. Dazwischen ragten zwei imposante Mikroskopaufbauten auf, an dessen einem Okular der Hüne mit dem Laborkittel im Moment saß. Zahlreiche Lupen und Werkzeuge waren auf dem Tisch verteilt.

Mohrfels machte sich keine Sorgen um die scheinbare Unordnung. Er kannte Gunnarsson gut genug, um zu wissen, dass er ein akribischer Techniker war, dem nie ein Detail entging.

Mohrfels starrte auf die Gipsabdrücke.

«Die Reifenspuren von heute Morgen», konstatierte Gunnarsson, der seinen Blick bemerkte. «Ich brauche noch Zeit, mindestens ein paar Stunden.»

«Wir brauchen sie schnell», meinte Mohrfels.

Gunnarsson starrte für einen weiteren Moment in das Okular und drehte langsam an einem Rädchen.

«Wenn es ein Witz wäre, würde ich sagen, es ist ein guter. Die

Burschen haben sich wirklich Mühe gegeben. Aber man könnte sagen, es ist die Mühe wert.»

«Spannen Sie mich nicht länger auf die Folter», grunzte Mohrfels, dem es schwerfiel, so viel Vorrede so früh am Morgen über sich ergehen zu lassen.

«An der Oberfläche sieht es aus wie ein leckerer Keks.»

«Das soll jetzt der Witz sein?», fragte Mohrfels.

«Gut, dass Sie ihn nicht gegessen haben. Die Typen haben sogar Duftstoff darübergesprüht, damit es echt wirkt. Aber was Sie gefunden haben, ist interessant, Mohrfels. Es handelt sich um Nitropenta. Pentaerythrit und Salpetersäure. Ein Sprengstoff und zudem ein sehr starker.»

«Donnerwetter», entfuhr es Mohrfels.

«So könnte man es ausdrücken.»

Gunnarsson wandte sich ihm zu.

«Wozu wird dieses Zeug benutzt?», fragte Mohrfels nachdenklich.

«Im Krieg hat man es als Zündverstärker eingesetzt, später in Handgranaten. Wenn man es richtig dosiert, kann man damit so ziemlich alles sprengen. Autos, Häuser, Brücken. Ich hoffe, das kann Ihnen helfen.»

«Bleiben Sie dran, Gunnarsson. Es ist eine große Hilfe», sagte Mohrfels.

Berlin / Mittwoch, 2. Juni 1920 / 10 Uhr 20 morgens

Dalus hatte geträumt, dass er laufen musste. Er floh und floh durch die Dunkelheit, immer weiter, riss dann die Augen auf und sah Licht. Gleißendes Strahlen, blaue und rote Abbilder hinter den Lidern. Er strampelte etwas Dünnes von sich, um der Hitze zu entkommen.

Wo zum Teufel war er?

Dann erkannte er, dass er auf seinem Bett in seiner Wohnung in der Sonne lag und vor sich hin dörrte. Das Dachfenster war offen gewesen, und die Sonne stand senkrecht über dem Bett. Er schluckte trocken, stöhnte und registrierte Sonnenbrand an den Armen. Er erinnerte sich dunkel an die durchwachte Nacht mit den Fotos und Hedwigs Briefen und setzte sich vorsichtig auf.

Am Wasserkessel versuchte er eine Bestandsaufnahme. Sein Mund war ausgedörrt. Anstatt Wasser zu erhitzen, schaute er über dem Becken in den kleinen Taschenspiegel, den er auf Augenhöhe angebracht hatte. Er sah aus, als hätte er die Nacht durchgezecht, was ausnahmsweise nicht stimmte. Er drehte den Hahn auf und trank.

Dann erinnerte er sich.

Die Verabredung mit Edith.

Es durchfuhr ihn wie ein Schock.

Er hatte verschlafen! Ausgerechnet heute!

Neben dem Becken stand noch die Flasche, aus der er gestern Nacht einige Gläschen getrunken hatte. Dalus fluchte vor sich hin, während er seine Kleidung eilig vom Boden auflas. Seine Schwester war in Gefahr, und er hatte nichts Besseres zu tun, als sich mit Slibowitz zu besaufen.

Er wusch sich im Waschbecken, suchte ein Hemd. Als er den glühenden Bürgersteig entlanglief, war er bereits eine Viertelstunde zu spät für sein Treffen. Und er musste ein Fernsprechgerät finden, um sich bis auf Weiteres krankzumelden. Die Kollegen würden begeistert sein.

O

«Wie sind die Besuche abgelaufen?», fragte Dalus.

Der Ort, an den Edith ihn bestellt hatte, war ein Parkabschnitt unweit des Brandenburger Tors. Die Sonne strahlte unbarmherzig auf trockenes Gras. Wo einst der Kaiser samt Equipage ausgeritten war, führte eine verloren wirkende Dame mit breiter Hutschleife ihren Schoßhund aus. Ein Straßenfeger versah ungeachtet des heißen Windes pflichtbewusst seinen Dienst. Er zog die Mütze und verbeugte sich schnaufend, als die Dame mit dem Hündchen passierte, aber sie würdigte ihn keines Blickes. Dann setzte er die Mütze wieder auf sein kahles Haupt und fuhr mit dem Fegen fort.

«Sie haben gesagt, meine Schwester ist häufig zu Lesungen gekommen. Hatte sie feste Aufenthaltsorte oder ein Hotel, in das sie immer ging?»

Edith überlegte.

«Ihre Aufenthalte waren immer recht kurz und durchorganisiert. Sie hat mich meistens per Brief oder Telegramm über ihr Kommen in Kenntnis gesetzt, und wir haben Lesungen organisiert, manchmal auch Kundgebungen. Soweit ich weiß, hat sie immer bei Bekannten gewohnt. Freunden der Bewegung.»

«Kennen Sie diese Freunde?»

Edith zog die Stirn in Falten. Sie trug ein hochgeschlossenes smaragdgrünes Bürokostüm und hatte keinen Sonnenschirm bei sich. Bei Tageslicht betrachtet, wirkte ihre Haut durchlässiger als noch am Vorabend, und man konnte auch bei ihr Anzeichen von Müdigkeit erkennen.

«Ich müsste nachforschen», sagte sie düster.

«Ich mache mir große Sorgen», gab Dalus zu und starrte seinerseits auf den Springbrunnen. «Sie müssen wissen, ich habe nie ein besonders gutes Verhältnis zu meiner Schwester gehabt. Wenn sie tatsächlich festgehalten wird –»

Er taxierte kurz seine Schuhe und schaute dann wieder zum Brunnen. «Wir wissen nicht, wie viel Zeit uns bleibt», schloss er unbestimmt seine Aussage. «Mir fällt nichts Besseres ein, als herauszufinden, wo sie sich aufgehalten hat, wer ihre Freunde waren. Wenn nur die Geschichte nicht so verdammt dünn wäre!»

Er schleuderte einen Kiesel über den Sandplatz.

«Sie hat an irgendeiner Sache gearbeitet. So etwas wie einem Fall. Ich habe Unterlagen von ihr gefunden. Zeitungsartikel über den Berliner Mädchenmörder. Auch einen Zeitungsartikel, in dem ich vorkomme. Das und einige wirre Notizen. Vielleicht hat ihre Entführung mit der Sache zu tun. Meine Schwester ist nie besonders diplomatisch gewesen. Alles, was wir haben, ist das alte Foto aus meiner Kindheit, das ich Ihnen gezeigt habe, auf dem ich mit ein paar Männern abgebildet bin. Und diesen Schlüssel.»

Dalus zog ihn aus der Hemdtasche.

«Warten Sie mit dem Wichtigsten immer bis zuletzt?», murrte Edith, griff nach dem Schlüssel und begutachtete die Zahnung. «Sie hatte ein Schließfach in der Nähe der Bülowstraße. Sie hat dort Sachen für sich deponieren lassen. Es war eine Sicherheitsvorkehrung. Woher haben Sie ihn?»

«Ich habe ihn einem rothaarigen Mann abgenommen, der am Bahnhof auf meine Schwester gewartet hat.»

«Das ist seltsam. Normalerweise hat sie immer mit einer Frau aus dem Lesekreis zusammengearbeitet. Sie hat ihr die wichtigsten Unterlagen vorab per Post zugesandt, um sie nicht mitführen zu müssen.»

«Vielleicht bringen die Unterlagen uns weiter. Also, worauf warten wir noch?», sagte er, blieb aber sitzen. «Müssen Sie eigentlich nicht arbeiten?», fragte er dann.

«Die Bank hat jetzt Mittagspause. Heute Nachmittag habe ich frei», erklärte sie lächelnd.

«Ich höre.»
«Kennen Sie Ihre Befehle, Zass?»
«Sie meinen?»
«Haltet euch vom Gelände fern!»
«Aber natürlich, wieso …»
«Welchen Teil, Zass?»
«Ich verstehe nicht …?»
«Welchen Teil des Befehls haben Sie nicht kapiert?»
«Keinen Teil.»
«Der blaue Lkw. Er könnte zurückverfolgt werden.»
«Die Männer hatten klare Anweisung.»
«Sie wissen, was auf dem Spiel steht.»
«Dass Rossbach hierherkommt, war nicht meine Idee.»
«Sie stehen in der Verantwortung, Zass.»
«Ich brauche Hilfe. Ich …»
«Ich werde sehen, was sich tun lässt. Was ist mit dem Schmutzfink?»
«Der Doktor liegt. Um ihn machen wir uns keine Sorgen mehr.»
«Das will ich hoffen!»
«Außerdem – ich brauche Geld, um schneller voranzukommen.»
«Das trifft sich ja bestens.»
«Ohne Ressourcen kann ich unmöglich die Rekrutierungen …»
«Das können Sie ihm persönlich erzählen.»
«Was?»
«Er will Sie sehen, Zass. Heute Nacht.»
«Das ist unmöglich, ich …»
«Sie werden es möglich machen.»

Berlin / Mittwoch, 2. Juni 1920 / 12 Uhr 21 mittags

Die Königstraße brummte. Gerade war vor ihren Augen ein altertümlicher Kastenwagen unter großem Geklingel zwei herannahenden Trambahnen entkommen, die ihn um ein Haar zwischen sich eingekeilt hätten. Der Mützenträger hinter der eckigen Frontscheibe gestikulierte hektisch, als er an ihnen vorbeituckerte und dabei haarscharf einen Fußgänger verfehlte, der mit fliegenden Rockschößen ein großes Paket über die Straße trug.

Habig hatte den Wagen auf dem Kantstein geparkt und die bremsenden Omnibusse und Kutschen immer wieder an ihnen vorbeigewunken, damit Mohrfels Zeit hatte, den Büroeingang an der Ecke der nächsten Stichstraße in Augenschein zu nehmen, hinter dem sich Koglins Dependance versteckte. Fußgänger in Schlips und Kragen, Dienstjoppen oder Ausgehkleidern strömten an dem Schaufenster vorbei, auf dem in goldschwarzen Lettern *Koglin Inc. Export-Spedition* stand und vor dem um diese Zeit reger Betrieb herrschte.

Mohrfels beobachtete eine interessante Szene. Zwei Männer stellten sich neben Koglins Eingang und begannen, Späße zu machen. Einer hakte die Daumen in die Westentaschen, lehnte seinen Kopf an die Gebäudemauer und schaute behäbig über die Straße, während der andere auf ihn einredete. Irgendwann lachten die beiden herzlich und schienen dann, geblendet von ihrer eigenen Schlagfertigkeit, noch einen Moment innezuhalten und über die Straße zu sehen.

In diesem Moment tauchte weiter rechts eine blütenweiße Limousine auf. Während Mohrfels noch dabei war, elegante, wellenförmige Schutzbleche, runde Scheinwerfer und einen Mercedesstern zu registrieren – «Benz 16/50 Pullman, offiziell noch nicht erhältlich», kommentierte Habig –, ging in der Szene eine schlagartige Veränderung vor. Als der angelehnte Geselle, der sich eine Zigarette angesteckt hatte, den Wagen entdeckte, glitt ihm der Glimmstängel aus dem Mund auf die Jacke, und er packte erschreckt die Schulter des anderen. Fast fluchtartig trollten die beiden sich um die Straßenecke und machten sich die Königstraße hinab davon.

Aus dem Wagen stieg Koglin, einen weißen Seidenschal um den Hals. Seine beiden Gorillas rannten an ihm vorbei und hinter den Burschen her. Koglin paffte selbstvergessen an einer Zigarre, schaute den Männern amüsiert nach und verschwand im Eingang seines Büros.

«Ich gehe allein», sagte Mohrfels.

○

«Sie wünschen?»

Die junge Dame, die ihn über eine Brille hinweg blasiert anblickte, hätte aufgrund ihrer hohen Wangenknochen bei Mohrfels' Kollegen ohne Zweifel Aufsehen erregt. Mohrfels schaute sie an, legte seine Karte auf den Tresen und nannte Namen und Rangbezeichnung.

«Ich habe mit Jegor Erich Koglin zu sprechen. Bitte Beeilung, es ist wichtig.»

Die Dame machte zunächst nichts, taxierte seine Visitenkarte, dann ihn und hob schließlich mit spitzen Fingern einen verzierten Telefonhörer an ihr Ohr. Sie gab dem Gerät mit der Kurbel einen Impuls und sagte «Verbindung mit 70, bitte» in die Elfenbeinmuschel.

Dann drehte sie sich zur Seite, sodass er den Rest des Gesprächs nicht verfolgen konnte, dessen Inhalt er sich ohnehin vorstellen konnte. Ein paar Sekunden später wurde der Hörer wieder aufgehängt, und sie lächelte kühl.

«Bitte folgen Sie mir!»

Mohrfels folgte ihrer kräftigen Parfümwolke durch den Empfang in einen Flur mit Fahrstuhl. Als sich die Messingtür mit einem Klingeln öffnete, betätigte die Frau darin einen bestimmten Knopf und drehte einen Sicherheitsschlüssel herum, woraufhin sie Mohrfels ohne weitere Anweisungen einsteigen ließ und die Tür hinter ihm schloss. Die Fahrt dauerte einige Sekunden. Dann öffnete sich der Fahrstuhl, wiederum klingelnd, auf einen Flur, in dem es nur einen monströsen Türrahmen als Durchgang gab.

Mohrfels, der Mühe hatte, sich durch den einsinkenden Teppichboden zu kämpfen, betrat schließlich ein Büro mit Fischgrätparkett.

Das Zimmer war klar darauf ausgelegt zu beeindrucken. Der monumentale Raum verlief der Länge nach auf eine weite Glasfront zu, hinter der sich die Berliner Dachlandschaft in den Himmel reckte. Vor der Glasfront stand ein massiver Schreibtisch vom Ausmaß eines Fuhrwagens, hinter dem Koglin saß und in einen Hörer sprach.

Mohrfels begann, sich mit kräftigem Stockeinsatz dem Mann zu nähern. Dieser hob das Gesicht und verzog eine Miene mit Blick auf das teure Parkett. Der Raum hatte vergoldeten Stuck und wurde von einem modernen Ölgemälde dominiert, dessen erotischer Inhalt von leuchtender Farbwahl komplementiert wurde. Weibliche Formen in Magenta und Cyan, Beine zu einem «M» gespreizt, dazwischen ein kleines «o», darüber eine liegende «8». Mohrfels, der ein wenig von Kunst verstand, war sich sicher, dass er die Zeichnung richtig interpretierte. Er hätte sich bei näherem Hinsehen nicht gewundert, wenn das Bild nicht einem realen Vorbild entsprach, das man aus Gazetten und Filmen kannte.

«Tut es einfach. Ich melde mich!»

Koglin, der frühere Preisboxer, warf den Hörer auf die Gabel, die einen hellen Glockenklang von sich gab.

Der Ring ist eröffnet, dachte Mohrfels.

«Der Mann von der Mordkommission. Sie haben mir mit Ihren Hunden gestern ein gutes Geschäft versaut. Was kann ich heute für Sie tun?»

Mohrfels setzte sich unaufgefordert auf einen der Barockstühle, die für Visiten vorgesehen zu sein schienen. Die behaarten Pranken, die aus Koglins schneeweißen Hemdsärmeln hervorquollen, lagen auf der Schreibtischplatte. Mohrfels legte die Arme vor sich auf seinem aufgestellten Stock ab.

«Wie laufen die kriminellen Geschäfte, Koglin?»

Koglin kehrte die Handflächen nach oben und grinste. «Sie haben meine Akte gelesen. Haltlose Anschuldigungen, ich bitte Sie.»

«Meinen Sie den Schwarzhandel oder die Körperverletzung? Oder den Mann, der eines Nachmittags bei vollem Bewusstsein aus einem Fenster gefallen ist?»

«Sie tun mir Unrecht», sagte Koglin.

«Was für eine Verletzung hat Ihnen der Mann denn im Boxring zugefügt?», fragte Mohrfels.

«Kommen Sie zum Thema.»

Punktsieg in der Ersten, dachte Mohrfels.

«Wir haben Ihre Immobilien geprüft, Koglin. Alles deutet darauf hin, dass Sie bei sich einen Mörder verstecken, der vier junge Mädchen umgebracht hat. Wissen Sie, was man mit Kinderschändern im Gefängnis macht?»

«Wenn Sie Ihre Hundespur meinen: Das Vieh kann einer falschen Spur gefolgt sein. Vielleicht hatte es Hunger.» Koglin grinste über seinen Witz – und den Punkt, der an ihn ging.

«Wer hat Zugang zu dem Industriegebiet?»

«Ein paar Angestellte und ich.»

«Jemand hat gestern dort Waffen verschoben. Und Sprengstoff.»

«Davon weiß ich nichts.»

«Wir werden das Gegenteil nachweisen!»

«Darauf bin ich gespannt.»

Zwei zu eins für ihn. Mohrfels entschied, in der Offensive zu bleiben.

«Ihr Cousin Wilhelm Legner steht unter Mordverdacht. Sie wissen nicht zufällig, wo er sich aufhält?»

Koglin, der das Kinn in die Hände gelegt hatte und nicht einmal so tat, als würde er nachdenken, hob die Augenbrauen.

«Habe lange nichts mehr von ihm gehört. Hat mal für mich gearbeitet, der Gute, ist aber nie ein besonders guter Geschäftsmann gewesen. Ich bin nicht mal sicher, ob ich von ihm noch eine Personalakte habe.»

«Was hat er für Sie gemacht? Mädchen entführt?», schoss Mohrfels ins Blaue.

«Ich höre Ihnen gern zu, Herr Oberkommissar Mohrfels. Es ist mir immer wieder ein Vergnügen, mich mit Leuten aus den Behörden zu unterhalten.»

«Ihr Cousin hat sich ein besonderes Hobby geleistet. Er hat Frauen verstümmelt, und Sie haben ihn gedeckt!»

Koglin zuckte fast müde die Achseln, während Mohrfels ihn fixierte.

«Ich habe mit den Kollegen aus der Sitte gesprochen. Sie stehen kurz vor der Anklage. Wenn Sie allerdings Hinweise auf Legners Aufenthaltsort haben –» Mohrfels ließ den Rest der Aussage im Raum verklingen und war gespannt, ob sein Gegenüber auf seine Finte eingehen würde.

«Sie wollen mir ein Geschäft vorschlagen?» Koglin zog die Augen zusammen wie ein Bösewicht in einem Comicstrip.

«Möglich», sagte Mohrfels.

«Ich weiß nicht, wo er ist. Leider.»

Mohrfels fluchte innerlich. Viel mehr hatte er in der heutigen Auseinandersetzung nicht zu bieten.

«Wo waren Sie in der Nacht von Montag auf Dienstag zwischen 1 und 4 Uhr?», fragte Mohrfels.

«Wassili, ein guter Freund von mir, hat Geburtstag gefeiert. Im Dalles. Sie hätten da sein sollen. Es war eine tolle Party. Ich werde meiner Sekretärin sagen, sie soll Sie nächstes Mal einladen.»

«Ich finde schon selbst hin, wenn es einen Grund gibt», sagte Mohrfels. «Wie ist es mit der Nacht vom 28. auf den 29. letzten Monats?»

Koglin führte eine Pranke an die Stirn und simulierte Gehirntätigkeit. «Revue-Premiere im Friedrichstadt-Palast», sagte er dann.

«Wir werden das prüfen», sagte Mohrfels.

«Sie müssen Vertrauen haben», erwiderte Koglin lächelnd. «Das ist das Erste, was ich im Geschäft gelernt habe.»

«Ich bin mir sicher, dass das Ihre erste Regel im Umgang mit der Konkurrenz ist», sagte Mohrfels.

Er wusste, dass seine Kombinationen jetzt am Ende waren. Koglin hatte noch nicht einmal geschwitzt.

«Das war's, Mohrfels?»

«Wir behalten Sie im Blick, Koglin!»

Mohrfels erhob sich und ging zur Tür. Hinter ihm hörte er, wie das Telefon aufgenommen wurde und erneut die Glocke erklang.

○

Als Mohrfels unten aus dem Fahrstuhl stieg, war die Glastür zum Trottoir geöffnet, und schwüle Luft hatte sich in dem stickigen Empfangsraum über dem Marmorboden ausgebreitet. Draußen in der Sonne sah Mohrfels die Empfangsdame mit den Gorillas sprechen, die eben über den Bordstein gespurtet waren. Die Herren waren offensichtlich an ihren Worten interessiert, denn sie ließen ihre Blicke keinen Augenblick von ihr, während sie mit dem Rücken zum Entree stand und in einem fort redete, wobei sie hin und wieder an einer Zigarette zog, die sie verdeckt hielt, als ob sie nicht wolle, dass sie auf der Straße damit gesehen wurde.

Mohrfels nutzte die Situation und bewegte sich an einer Stechpalme vorbei hinter die Rezeption. Zwischen Parfümgeruch, Zigarettenschachteln, Schminkzeug und einer Packung Trockenobst suchten seine Augen nach etwas Vernünftigem wie einer Adresskartei. Er schielte noch einmal durch die Fensterscheibe auf das Grüppchen im Sonnenlicht vor der Dependance und ging leicht in Deckung, als einer der Muskelmänner über die Schulter der Frau ins Foyer blickte. Ein Hängeschrank, Akten, Schubladen mit weiteren Schönheitsartikeln, dann endlich ein kleines Adressbuch mit schwarzem Einband. Er blätterte sich durch das Alphabet bis zum Buchstaben «L», wo in der Tat der Name Legner verzeichnet stand, allerdings ohne Adresse. Darunter stand in feinen Bleistiftlettern ein weiterer Name, der Mohrfels aus der Observation vertraut war: *Ada Pfarr*, die Geliebte Legners, zusammen mit einer Adresse. Mohrfels merkte sich den Straßennamen, steckte das Buch zurück und wanderte zurück in die Lobby. Er grüßte im Vorbeigehen die Sekretärin und überquerte die Straße, wo Habig im laufenden Wagen auf ihn wartete.

Berlin / Mittwoch, 2. Juni 1920 / 1 Uhr 30 mittags

Als er den Pavillon am Ende des Marktplatzes sah, wusste er, dass sie in eine Falle liefen. Sie hatten eine sonnige Allee überquert, auf der unter geschwungenen Straßenlaternen Fuhrwerke parkten und bärtige Kutscher ihre Pause machten. Jetzt lag vor ihnen eine langgestreckte Kopfsteinstraße, an der links und rechts neben Rasenflächen Stände mit Marktwaren aufgebaut waren und an deren hinterem Ende der Eingang zur Untergrundbahn sein pavillonartiges Dach aufspannte.

Es war ein Singen, irgendwo im Hinterkopf.

Dalus wusste nicht, welches Hirnareal für diese Wahrnehmung zuständig war. Wie erkannte man einen Reiz, den man nicht benennen kann? Er hätte ein Buch damit füllen können. Vielleicht eine weitere Doktorarbeit. Aber jetzt hatte er andere Sorgen.

Er begann automatisch sein Einmaleins und versuchte, die Sinneseindrücke zu sortieren. Schulterblick, unauffällig. Nach Verfolgern prüfen. Menschen mit besonderer Körperspannung. Stände und Bäume zu beiden Seiten. Welche Verstecke gab es? Welche Blickwinkel?

Dienstmädchen und einige Herrschaften flanierten zu beiden

Richtungen, sichteten Obst und Blumen, Nippes und Lotterielose, ein Scherenschleifer rief seine Dienste aus, während Edith und er die Straße betraten und zwischen den bunt gemischten Ständen auf den Pavillon zugingen.

Sie liefen mittig und würden am Ende der Straße direkt über den runden Platz laufen müssen, an den der U-Bahn-Pavillon anschloss. Von wo konnte man den Platz am besten überblicken? Von wo den Eingang zur Untergrundbahn?

Die Sonne stand seitlich und warf ihr Licht über den Platz. Schattenspiele. Überall tummelten sich Figuren, tauchten aneinander vorbei, bewegten sich durcheinander in die Baumschatten und hinaus.

Es müsste eine ruhige Stelle sein, von der aus man nicht auffiel. Keine Sonneneinstrahlung. Eine Bank unter den Bäumen. Ein Platz neben dem Wasserklosett oder an einem Stehtisch. Ein Ort für längere Beobachtung. Taxieren ohne Blickkontakt. Vielleicht jemand mit einer Mütze.

Wenn Edith recht hatte und die Dokumente seiner Schwester in dem Schließfach von Wert waren, war es gut möglich, dass dieser Platz überwacht wurde. Immerhin hatte man sich die Mühe gemacht, ihr Gepäck aus dem Hotel zu entfernen.

In diesem Moment bemerkte er den Metallgeschmack in seinem Mund und sah den Kirchturm. Das hohe Gebäude war rechts hinter dem Pavillon aufgetaucht, ragte wie ein Zahn in den Himmel. Er wäre am liebsten stehen geblieben. Was wäre, wenn ein Mann mit einem Gewehr dort oben saß? Schlagartig kamen die Bilder und Geräusche. Er wusste, was ein einzelner Mann tun konnte.

Edith ging in ihrem grünen Kostüm neben ihm und schien zu lächeln. Es war eine Sache, sich selbst in Gefahr zu bringen. Aber was konnte er tun, ohne sich lächerlich zu machen?

Edith flanierte unaufhaltsam die Marktstände entlang auf den Platz zu.

Er musste etwas tun.

«Ächm.»

Das Geräusch war ganz aus der Nähe gekommen.

«Ächm.»

Edith hatte einen Handschuh vor dem Mund, runzelte die Stirn und blieb stehen.

«Bei Ihnen alles in Ordnung?», fragte Dalus.

Edith hustete erneut und runzelte die Stirn.

Dalus wollte ihr den Arm anbieten, aber sie wehrte ab.

«Es ist schon in Ordnung.»

Sie blinzelte über den Platz.

«Der Staub und die Sonne», murmelte sie missgestimmt. «Vielleicht wäre es besser, wenn wir im Schatten gehen.»

Er atmete innerlich auf, als sie sich zur Seite unter die Bäume bewegte, die auf dem Rasen links und rechts von der Marktmeile aufgereiht waren. Hier war man zumindest nicht gänzlich auf dem Präsentierteller. Die Straße verlief wie ein «i», an dessen Spitze sich der Platz befand, an dem die Marktstände endeten und dem sie sich jetzt etwas seitlich näherten. Um den Bahnhofspavillon zu betreten und zu den Schließfächern zu gelangen, musste man allerdings immer noch den runden Platz überschreiten, auf dem man ins Sichtfeld geraten würde. Der spitze Kirchturm ragte von rechts über den Platz – eine gute Schusslinie. Wieder spannte sich Dalus' Nackenmuskulatur.

«Bitte warten Sie», sagte Edith und begann zu hinken. «Ich habe einen Stein im Schuh», erklärte sie und steuerte einen Stehtisch an, der am äußersten linken Rand des Platzes aufgestellt war. Konnte es sein, dass auch sie sich vor dessen Überquerung scheute?

Dalus stellte sich neben sie.

«Wie sollen wir vorgehen?», fragte er vorsichtig.

«Das ist eine gute Frage», sagte sie ernst, während sie an ihrem Schuh arbeitete. «Wir müssen an das Schließfach herankommen, ohne dass es von den falschen Leuten bemerkt wird.»

«Sie glauben, das Schließfach wird überwacht?»

«Ich könnte es mir vorstellen.»

«Und deshalb die Nummer mit dem Schuh?», fragte Dalus.

«Seien Sie nicht albern.»

«Sie leiden unter Verfolgungswahn», sagte Dalus anerkennend.

«Also, wie gehen wir vor?», fragte Edith.

Er ließ seinen Blick über den Platz streifen und sah einen stoppelbärtigen Mann, der gegenüber an einem Baum stand, eine Semmel verspeiste und mit finsterem Blick über den Platz starrte.

«Man kann nicht in die Leute hineinsehen», murmelte Dalus.

«Das ist das Problem», gab Edith zurück.

«Ich habe folgenden Vorschlag.» Er schaute auf die Uhr. «Sie warten hier und überblicken den Platz. Ich betrete den U-Bahnhof von der anderen Seite über die Gleise und hole den Schließfachinhalt. Das sollte keine fünf Minuten dauern.»

«Aber man kann die Wand mit den Schließfächern von hier aus sehen. Es wird in jedem Fall auffallen, wenn Sie direkt hingehen und etwas herausholen.»

«Das Problem können wir nicht umgehen. Aber so kann ich vermeiden, direkt über den Platz zu laufen. Und Sie behalten hier alles im Auge und bemerken, wenn jemand sich auffällig benimmt.»

«Das klingt vernünftig. Fast so, als hätten Sie so etwas schon einmal gemacht.»

Dalus löste sich von dem Tischchen.

Er umrundete den Pavillon und fand auf der anderen Straßenseite einen weiteren Eingang zu den Gleisen. Er durchquerte den kühlen und muffigen Untergrundtunnel und stieg die Treppenstufen zum Hauptfoyer empor, wo sich die Schließfächer zum Platz hin öffneten, auf dem Edith wartete. Ein Kriegsversehrter hinkte ihm zahnlos entgegen, aber Dalus ignorierte ihn und suchte nach der Nummer 12, die Edith ihm vorhin genannt hatte.

Schon wieder hatte er das Gefühl zwischen den Schulterblättern. Er begann zu schwitzen.

Er sollte sich besser beeilen.

Er fand das Fach und steckte den Schlüssel hinein.

Er passte!

Dalus unterdrückte den Instinkt, sich umzuschauen. Vorsichtig öffnete er das Schließfach, in dem ein in Packpapier eingeschlagenes Paket lag, das er herausnahm. Das Paket war sehr dünn, hatte kaum Gewicht, und Dalus klemmte es unter den Arm. Dann ließ er die Tür wieder einrasten und drehte den Schlüssel zurück.

Er blickte sich um, sah Edith am rechten Ende des Platzes stehen und machte sich auf den Weg in die Sonne.

Niemand versuchte, ihn aufzuhalten.

Er schritt weiter über den hellen Staub auf Edith zu.

Plötzlich fühlte er sich sicher und leicht. Niemand hatte geschossen. Was für eine Idee! Kriegsneurose. Agoraphobie. Angst vor Heckenschützen. Nichts dergleichen war passiert. Seine Ängste hatten sich als grundlos herausgestellt. Er hatte sich wie ein Idiot aufgeführt, aber was sollte es?

Als er den Platz schon fast überquert hatte, gab es hinter ihm einen Knall.

Er lief los.

Irgendwo heulte ein Motor. Dann hörte er Reifen quietschen und Männer hinter ihm herlaufen. Wo zum Teufel war Edith? Da entdeckte er eine winkende Gestalt hinter der Baumreihe und hielt darauf zu. Nach wie vor kamen Rufe aus der Richtung des Platzes.

Sie liefen und bogen in eine Seitengasse ab und in einen Torbogen.

Dann hörten sie nur noch das Geräusch ihrer eigenen Schuhe von den Hauswänden widerhallen.

Berlin / Dienstag, 2. Juni 1920 / 1 Uhr 31 mittags

Mohrfels erreichte den dritten Hinterhof, als die Sonne nahe dem Zenit stand. Er lüftete den Hut und fächelte sich Luft zu, während er seine Uhr prüfte. Er bemerkte, dass er in seinem schwarzen Anzug am ganzen Leib schwitzte. Die Luft flimmerte über den Pflastersteinen. Arbeitsgeräusche drangen an sein Ohr, aber unter den Torbögen und hinter den Fenstern war kaum jemand zu sehen. Man hielt sich im Schatten.

Mohrfels lockerte seine Krawatte und durchquerte die unebene Hofeinfahrt. Er ging davon aus, dass er schon lange bemerkt und gemeldet worden war. Ein Rufen hatte sein Kommen angekündigt, noch bevor er im ersten Hof war. Seit diesem Zeitpunkt waren die Durchgänge und Verschläge seltsam leer. Hier in den Höfen hatte man wenig Interesse an einem Besuch von der Polente, das war ihm bestens bewusst.

Er überquerte den Platz und betrat den Treppenaufgang, wo ein etwa fünfjähriges bleiches Mädchen stand und ihn anstarrte. Sie hatte eine Hasenscharte, ihre Beine waren aufgeschlagen und steckten in unförmigen Lumpen. Zuerst war sich Mohrfels unsicher, ob ihr trüber Blick ihn überhaupt einordnen konnte, aber dann verschwand sie im Schatten des Hauseingangs und rannte die Treppe hinauf, noch bevor er sie ansprechen konnte, um nach Ada Pfarrs Wohnung zu fragen. Mohrfels ächzte, wischte sich einmal mit dem Taschentuch über die Stirn und begann den Aufstieg im stickigen Treppenhaus.

Schmerz wallte seine Knie empor, der ihm augenblicklich zu Kopf stieg. Wenn es eines gab, das Mohrfels bei Hitze nicht ausstehen konnte, so waren es Treppen. Diese hier stanken nach Salpetersäure und sauren Zwiebeln, was es nicht besser machte. Er musste an jedem Absatz stehen bleiben, um es ins dritte Stockwerk zu schaffen. Er ächzte. Auf dem Flur saß auf einem Holzstuhl ein alter Mann mit weißem Schnurrbart, Mütze und langstieliger Pfeife, an der er rauchlos nuckelte.

«Können Sie mir helfen?», fragte Mohrfels. «Ich suche Ada Pfarr.»

Der Mann starrte weiter vor sich hin auf die Flurwand und würdigte ihn keines Blickes.

Phantastisch, dachte Mohrfels und wankte den dunklen Flur entlang.

Er fand die Wohnung, wie in Koglins Adressbuch verzeichnet, und hämmerte gegen die rote Tür. Es ertönten Kinderstimmen direkt hinter dem Holz. Schritte flogen über den Dielenboden. Geschirr klapperte. Aber die Tür rührte sich nicht.

Mohrfels klemmte eine Visitenkarte hinter den Türknauf, die sogleich verrutschte und abzufallen drohte, flüsterte ein paar unflätige Worte in den halbhellen Flur und machte sich auf den Weg zurück zum Treppenhaus. Die Hitze schien seinen Knien wirklich zu schaffen zu machen. Für einen Moment stützte er sich auf seinen Stock und starrte das Geländer hinab, das sich wie ein Schneckenhaus bis zum Erdgeschoss eindrehte. Wenn er ehrlich war, hatte er keine Ahnung, wie er dort wieder hinunterkommen sollte. *Nur einen Moment Luft holen, alter Mann. Du bist immerhin Oberkommissar.*

In diesem Moment hörte er von der anderen Seite des Flurs ein Geräusch, das wie Kinderstimmen gemischt mit dem Lachen von Frauen klang, bis eine Tür ins Schloss schlug und das Geräusch beendete.

Mohrfels arbeitete sich den Flur entlang in eine Richtung, in der der Gestank schlimmer wurde, bis er am Ende des Flurs vor einer Wohnungstür stand, hinter der er Lachen und laute Gespräche hören konnte, ebenso wie das Rattern einer klapprigen Nähmaschine.

Mohrfels klopfte, öffnete die Tür und betrat eine speckige, dunkle Wohnung, in der der Geruch fast nicht auszuhalten war. Der Gestank nach Schweiß, Zwiebeln und Salpetersäure schien hier herzukommen. Fliegen surrten in der Luft. Er öffnete die Tür vom Flur zum Wohnraum.

Hier saßen ein Dutzend Frauen und glotzten ihn überrascht an. Der Raum war mit Schimmel überwachsen, ein Wasserschaden an der linken Wand ließ den Deckenverputz und die Tapete in welligen Bahnen herabhängen. In dem über und über mit Flusen verschmutzten Zimmer saßen auf Bänken, Tischen und Stühlen Arbeiterinnen, die in großen Emailletrögen Stoffe in eine scharfe Substanz einlaugten. In einer Ecke lagen Altkleider, die die Frauen aufgetrennt und zerteilt hatten und die als Grundstoff dienten. Überall wimmelte es von Kindern und Babys. Ein fleckiges Tuch vor dem Fenster verhinderte die Belüftung. Die Frauen starrten Mohrfels entgeistert an.

«Welche von Ihnen ist Ada Pfarr?», fragte Mohrfels.

Eine Frau sprang auf.

«Sie haben kein Recht, hier hereinzukommen!», fauchte sie. Mohrfels roch Alkohol.

In diesem Moment löste sich eine kleine Gestalt aus ihrem Versteck unter dem Tisch, raste durchs Zimmer und klammerte sich an das Knie einer Frau, die rechter Hand auf einem Stuhl saß und nähte. Es war die kleine Hasenschartige. Die Frau schaute auf.

«Ich muss mit Ihnen sprechen!», sagte Mohrfels. «Kommen Sie. Bitte.»

Es vergingen noch einige Sekunden, dann erhob sie sich, nahm die Kleine an die Hand und folgte Mohrfels aus dem Raum.

O

Pfarrs Wohnung war in wenig besserem Zustand. Ada Pfarr trug ein Kleid, das man als elegant hätte bezeichnen können, wenn es nicht so abgetragen gewesen wäre. Puffärmel aus blauem Satin über den noch jungen Armen. Die Absätze waren ausgebessert. Sie stand am Fenster und rauchte eine Zigarette.

«Fassen Sie sich kurz», sagte sie mit kehliger Stimme.

«Es geht um Wilhelm Legner», begann Mohrfels.

«Ist nicht hier», sagte sie.

«In welcher Beziehung stehen Sie zu Legner?», wollte Mohrfels wissen, der es in dieser Wohnung besser aushielt als in dem Loch von eben.

«In keiner», sagte Pfarr und zog an ihrer Zigarette. Ihr Blick ging unwillkürlich zu ihrer Tochter, die in der Ecke des Raumes spielte. «Er hat für eine Weile hier gewohnt, wenn Sie das meinen.»

«Das heißt, sie beide waren liiert?», fragte Mohrfels.

«Das geht Sie nichts an.»

«Wissen Sie, wo er sich aufhält?»

«Nein.»

«Es ist wichtig, dass wir ihn finden!»

«Damit Sie einen Sündenbock haben.» Sie schaute aus dem Fenster in den Innenhof, auf dem sich jetzt einige Kinder und Arbeiter tummelten. «Sie kommen aus Ihrer Behörde hierher und maßen es sich an, Urteile zu fällen. Dann verschwinden Sie wieder. Denken Sie ja nicht, Sie wären was Besseres.»

«Davon bin ich weit entfernt. Sagt Ihnen der Name Jegor Erich Koglin etwas?»

«Koglin tut nur das, was alle anderen auch tun. Er kümmert sich um sich selbst. Hat Wilhelm ab und zu Arbeit gegeben. Dann nicht mehr.»

«Was für Arbeit ist das gewesen?»

«Was weiß ich, was die Männer unter sich ausmachen?» Sie zog wieder an der Zigarette. «Jede Minute, die wir hier drin sind, wird mich eine Menge Fragen kosten. Hier ist man nie unbeobachtet.» Sie schaute erneut aus dem Fenster.

«Was können Sie mir über Legner sagen?», fragte Mohrfels.

Sie löschte die Zigarette auf dem Fensterbrett, warf sie mit einer schnellen Bewegung hinaus und drehte sich dann zu Mohrfels um. Jetzt konnte er ihr müdes Gesicht sehen und die gepflegten Haare.

«Legner hat mich und meine Tochter immer unterstützt. Er ist kein Mann ohne Fehler. Aber ich würde ihm nie etwas vorwerfen. Er ist kein Mörder, aber Sie werden einer wie mir nicht glauben. Und jetzt verschwinden Sie. Ich habe genug von Ihrem Voyeurismus.»

«Wenn Sie wissen, wo er sich aufhält, müssen Sie es mir sagen», insistierte Mohrfels. «Auch um seinetwillen!»

Sie schaute nur ausdruckslos.

«Sind in letzter Zeit noch andere hier gewesen, um nach ihm zu fragen?»

«Sie meinen diesen Arzt? Der hat doch von nichts eine Ahnung.»

«Wann ist Dr. Dalus hier gewesen?»

«Vorgestern.»

«Sie haben mir sehr geholfen.»

«Ersparen Sie mir die Floskeln.»

Mohrfels tippte sich an den Hut und ging zur Tür.

Auf dem Flur wartete das hasenschartige Mädchen, drängte sich an Mohrfels vorbei und lief in die Wohnung. Er musterte ihr vorbeihuschendes Gesicht und musste eine gewisse Ähnlichkeit mit seinem Verdächtigen feststellen.

O

Mühsam setzte Mohrfels sich in das Auto, das in der Sonne glühte. Habig wirkte erleichtert, dass sie jetzt endlich loskonnten. Er lenkte den Wagen auf die Straße, sie fuhren in Richtung Charlottenburg, und ein zäher Windhauch trocknete die ersten Schweißperlen.

«Wir müssen diesen Arzt Dalus finden, vielleicht weiß er mehr, als er sagt», murmelte Mohrfels. Eine Menge Leute tummelten sich links von ihnen müßig auf einem Marktplatz, und für einen Moment wünschte sich Mohrfels, er könnte auch ein paar Lebensmittel einkaufen gehen.

«Gottverdammt und zugenäht!», schrie er, als er plötzlich den jungen Arzt über den Platz marschieren sah. «Halten Sie da am Kantstein», kommandierte er, riss die Tür auf, die einen Knall von sich gab, und stieg ächzend aus dem Wagen. «Bleiben Sie stehen,

Dalus», schrie er – aber der Arzt hatte zu seiner Überraschung die Beine in die Hand genommen und lief über den Platz davon.

Berlin / Dienstag, 2. Juni 1920 / 2 Uhr 12 mittags

In einer Kaffeestube, die Edith offensichtlich kannte, da der Kellner sie formlos begrüßte, kamen sie wieder zu Atem.

Sie sprachen kaum.

Dalus legte den dünnen Hefter auf den Holztisch. Er hatte ein hartnäckiges Stechen zwischen den Augen und wusste nicht, was genau er jetzt tun sollte. Er war Arzt, kein Kriminalbeamter. Plötzlich wünschte er sich auf kindliche Art und Weise nichts mehr, als zurück in die Klinik zu gehen. Das Stethoskop aus der Schublade zu nehmen und sein Klemmbrett zu bestücken, dann Visite zu machen, mit all den verwirrten und armseligen Gestalten, die hinter den Mauern der Heilanstalt dahinvegetierten. Dann in die Stammkneipe. Für einen Moment hatte er den Impuls, einfach aufzustehen und zu gehen.

Was auch immer sich in diesem hässlichen, in abgegriffenes Papier geschlagenen Paket befand, er wollte damit nichts zu tun haben. Er hatte mit dem eigenen Leben genug zu tun.

Aber seine Schwester steckte in der Klemme. Davon ging er zumindest aus. Deswegen musste er sitzen bleiben, in dieser Arbeiter-Kaschemme. Außerdem wollte er gerne wissen, was es mit seinen Verfolgern auf sich hatte – und wie er sie loswerden konnte.

Auf fatale Weise war er sich inzwischen fast sicher, dass die ganze Geschichte etwas mit dem Inhalt dieses Päckchens zu tun hatte. Irgendwie schien alles mit allem zusammenzuhängen. Seine Schwester, seine Verfolger und seine Vergangenheit. Ein unentwirrbarer Knoten.

Für einen Moment erinnerte er sich an die Episode in dem Bahnhofpissoir. Das blutige Messer in seiner Hand. Noch konnte er aufstehen, sagte ihm eine Stimme. Verlor er langsam die Kontrolle?

Er hob den Kopf. Man musste die Sache anders angehen. Im Prinzip war es einfach. Seine Schwester war in irgendetwas verwickelt worden. Kriminelle Machenschaften. Die falschen Leute. Irgendeine große oder mittelgroße Schweinerei. Sie hatte sich in ihrer starrsinnigen Art Feinde gemacht. Das war nichts Neues. Aber diesmal waren es Feinde, die vor der Anwendung nackter Gewalt nicht zurückschreckten. Zwar war Edith und ihm – wenn man es genau betrachtete – eben auf dem Platz nicht wirklich etwas passiert, außer dass hinter ihnen ein Auto gehalten hatte. Aber Hedwig war seit drei Tagen verschwunden. Vielleicht hatte man ihr bereits Schmerzen zugefügt – oder Schlimmeres.

Dalus konnte den Gedanken kaum ertragen.

Er bemerkte das Murmeln des Kellners, ein junger Mann, der Halstuch und Schnurrbart trug. Er bekam ein schaumiges Bier vor die Nase gestellt. *Zumindest etwas*, dachte er.

Mit einem Seitenblick auf Edith richtete er sich auf und zog das Paket zu sich herüber. Ein unscheinbares, leichtes Päckchen. Dalus nahm ein Brotmesser vom Nachbartisch, durchtrennte die Schnüre und schlitzte das Papier auf. Vor ihm auf dem Tisch kamen mehrere Hefter zum Vorschein. Fotos, Karteikarten und ein paar zusammengeheftete, schreibmaschinenbeschriebene Seiten. Nichts weiter als ein Haufen Papier.

Was hatte er sich vorgestellt? Eine Drogenlieferung vielleicht? Oder ein weiteres Dossier über sich selbst, wie in dem ersten Ordner? Die Sachen zu sichten würde Stunden dauern. Dalus seufzte.

Dann fiel ihm zwischen den Zetteln ein bläuliches Kuvert ins Auge.

Er zerrte den an Hedwig adressierten Brief aus dem Haufen und las den Absender: Dr. Ari Kerst.

Plötzlich traf es ihn wie ein Blitzschlag. Jetzt wusste er, welche Verbindung er beim nächtlichen Sichten der Unterlagen in seinem Zimmer übersehen hatte.

Dalus raffte das Bündel zusammen.

«Was ist in Sie gefahren?», wollte Edith wissen.

«Kerst. Sie hat ihn in ihren Briefen erwähnt. Er hat mit meiner Schwester korrespondiert. Und er war auf dem Foto!»

Sie schaute ihn verständnislos an.

«Ich erkläre es Ihnen unterwegs», rief er, während er bereits auf dem Weg zur Tür war.

Markersdorf 1905

«Wie viele Titel des Kaisers kennt ihr?»

Sie sprachen im Chor:

«Wilhelm
Von Gottes Gnaden
König von Preußen,
Markgraf zu Brandenburg …»

Sie schaukelten auf den Pferderücken dahin.

Sie waren vor Sonnenaufgang zu Hause aufgebrochen, und obwohl die Müdigkeit noch in seinem Kopf herumspukte, hatte der Junge gespürt, dass es ein besonderer Tag werden würde. Der Vater hatte sie am Vorabend, als sie von der Arbeit unter dem Silo zurückkamen, beauftragt, Kleidung zu packen. Den Toten im Dorf hatte er nicht erwähnt, nur dass es auf einen Jagdausflug ginge, und er hatte ernst dreingeblickt. Die Schwester hatte ein Bündel gepackt, und obwohl der Junge nach seiner Rückkehr vom Feld von Schwindelanfällen geplagt wurde und sich hatte hinlegen müssen und die Schwester ein Gesicht wie sieben Tage Regenwetter machte, war er aufgeregt gewesen. Die Schwester hatte unrecht gehabt. Sie würden zu dritt reisen. Vater, er und Marie.

Sie waren die Landstraße entlang ins Dorf geritten und hatten den Rest der Reisegruppe getroffen. Zwei Männer aus dem Dorf und ein Freund des Vaters, den sie von Besuchen kannten:

Dr. Kerst, der mit seinem taillierten weißen Anzug und dem schweren, an das Pferd gebundenen Kasten einen wie immer ungewöhnlichen Eindruck machte. Zusammen waren sie schweigend aus Markersdorf geritten, inzwischen schwebte die Sonne am Himmel wie eine goldene Kugel.

«Und dass ihr mir keinen vergesst, liebe Kinder. Nicht, dass es meine werten Vereinsmitglieder bemerken würden …»

Der Vater lachte.

«Burggraf zu Nürnberg,
Graf zu Hohenzollern,
Souveräner und oberster Herzog von Schlesien …»

Der Junge spürte die Wärme der Schwester hinter sich im Sattel, während sich die Weite der Landschaft vor ihnen ausbreitete.

«Wie auch der Grafschaft Glatz,
Großherzog vom Niederrhein
und Posen …»

Die Kinder ritten als Letzte auf einem von fünf Pferden. Vor ihnen Dr. Kerst und der Vater, noch davor die beiden anderen, die wie der Vater Gewehre auf dem Rücken trugen und schon den ganzen Tag unter sich blieben. Die Karawane bewegte sich in zügigem Trab nach Südwest über die Dörfer.

«Herzog zu Sachsen,
Westfalen und Engern,
zu Pommern, Lüneburg,
Holstein und Schleswig …»

Plötzlich legten sich Maries Finger auf seine Hüften. Er drückte rasch die Ellenbogen an den Körper und zitierte den Namen weiter, vorsichtig darauf bedacht, keinen Fehler zu machen. Aber es war zu spät. Sie pikste ihre Finger von beiden Seiten unter seinen Rippenbogen, und er musste kreischen, aber Marie sprach den Merkreim monoton weiter, und der Vater schien nicht besonders aufmerksam zu sein.

«Zu Magdeburg,
Bremen,

Geldern …»

«So sind sie, meine Kinder», sagte der Vater. «Kaisertreu bis zuletzt. Kleine Alldeutsche, sozusagen.»

«Der Verein hat kein Mindestaufnahmealter, habe ich recht?», gab der Doktor auf seinem Pferd zurück.

«Obwohl es dem Jungen gestern schon wieder schlechtging», fügte der Vater brummend hinzu. «Schwache Konstitution.»

«Soll ich ihn noch einmal untersuchen?»

«Das sollte nicht nötig sein.» Er schaute für eine Zeit auf seinen Sattelknauf und wechselte das Thema. «Vielleicht wird er auf dieser Fahrt sein erstes Stück schießen. Mit meinem Gewehr.»

Ein kribbelndes Gefühl stieg im Bauch des Jungen auf, und er konnte ein Lächeln nicht unterdrücken.

«Zu Mansfeld,
Sigmaringen
und Veringen,
Herr von Frankfurt.»

Sie waren fertig.

«Noch mal von vorn», rief der Vater.

«Was ist das für ein Gerät?», fragte der Junge, beflügelt vom Erfolg ihrer Darbietung, und zeigte auf den Kasten, der an Kersts Pferd gebunden war.

«Der Doktor wird dokumentieren», gab Vater von sich.

«Es ist eine Kamera», fügte Kerst hinzu. «Und in der Tat bin ich für den Verein als Chronist tätig.»

Mit dem schmalen Monokel hatte seine Gestalt etwas Feines, wie der Junge fand. Er trug eine kleine, runde Anstecknadel am Revers, die der Junge auch beim Vater und bei den beiden anderen bemerkt hatte, sowie den gleichen Siegelring wie der Vater. Überhaupt mochte er Kerst und sein besonderes Auftreten sehr, manchmal wirkte er allerdings auch ein wenig ulkig.

Für eine Weile ritten sie stumm über den Hügel dahin.

Der Junge war aufgeregt.

Sie würden auf die Jagd gehen, so viel stand fest.

Sie hatten ihn abkommandiert, um das Haus zu bewachen.

Der wohl langweiligste Auftrag seiner Karriere, aber wenn er's recht überlegte, halb so schlimm. In den Masuren hatte er mal acht Tage in einem Glockenturm gesessen. Jetzt also im Wagen sitzen und auf das Haus schauen. Die Leiche des Spitzels bewachen. Die Leiche des Schmutzfinks. Wenn sie es so wollten, war es ihm recht.

Er konnte sich noch zu gut an die wächsernen Hände erinnern, als er ihn über den Rasen schleppte. Das leblose, schlaffe Gesicht.

Er nutzte die Zeit, um die Luger auseinanderzunehmen. Mochte die Waffe aus irgendeinem Grund. Hatte ein gutes Schießverhalten. Und er kannte sie. Welche Löcher sie machte und welche nicht. Mit dem Gerät könnte er so ziemlich alles erreichen, wenn es sein musste, wenn es auch eine kleine Waffe war. Wenn also jemand kam und sich die Gelegenheit ergab … Er lud die kleinen Patronen bedächtig ins Magazin.

Was machten die beiden Leute da drüben am Haus?

Er spürte einen Hauch von Aufregung.

Berlin / Dienstag, 2. Juni 1920 / 2 Uhr 52 mittags

Dr. Kersts Haus war eine viereckige Villa. Er wohnte in Weddings ruhigster Gegend. Jägerzäune standen Spalier und hielten nur ungenügend die quellenden Buchsbäume und die Fliederbüsche zurück, die über dem Weg hingen.

Dalus öffnete die Gartentür, schob sich unter einem Goldregen hindurch, nahm die Stufen zur Haustür und schellte.

Das Geräusch verklang. Bienen summten.

Dalus wischte sich über den Nacken, warf einen Blick über die stille Straße und versuchte, durch das Fenster zu spähen, konnte aber in dem Haus nichts erkennen.

Kerst war auf dem Foto gewesen. Er hatte damals noch keinen Bart getragen, deswegen hatte er ihn auf dem Bild nicht erkannt.

Der Doktor war ein alter Freund seines Vaters. Etwas wie ein entfernter Onkel, der ab Dalus' elftem Lebensjahr in regelmäßigen Abständen bei ihm aufgetaucht war und Zeit mit ihm verbracht hatte. Seinetwegen hatte er nach der Kadettenanstalt Medizin studiert. Allerdings auf Anraten des Vaters als Militärarzt, um die «bestehenden Verbindungen» besser ausnutzen zu können, die der Vater aus seinen diversen Vereinsmitgliedschaften und aus früheren Tagen beim Militär noch hatte.

Als der Krieg sich in die Länge zog, hatte man Dalus wegen seiner guten Noten schnell zum Doktor gemacht und an die Front geschickt. Während dieser Zeit kam es immer wieder vor, dass ihn jemand auf Dr. Kerst ansprach. Dieser war inzwischen nach Berlin umgezogen und hatte Karriere gemacht. Kaum ein berühmter Politiker, der nicht von ihm behandelt wurde.

Dalus war nach einigen Monaten in weniger gefährliches Gebiet versetzt worden. Dann war endlich das Ende des Krieges gekommen. Er hatte den Dienst direkt nach Ankunft in Berlin quittiert und wollte sich von nun an um andere Belange kümmern. Die Analyse, die Erforschung des Unbewussten. Er hatte eine Wohnung in Kreuzberg gefunden, wo eine neue Zeit begann.

Dr. Kerst hatte ihn nach dem Kriegsende zu sich eingeladen.

Er empfing ihn wie gewohnt in Weiß, mit seinem kühlen, wenn auch freundlichen Blick.

«Na, dann kommen Sie mal herein!», hatte er gesagt und ihn schulterklopfend in den Flur geleitet. Er trug den Leinenanzug immer noch weltmännisch, wenn auch das Gesicht hinter dem Monokel faltiger geworden war. Außerdem war ein Stock hinzugekommen, den er nicht ohne Eleganz benutzte, als er den jungen Mann ins Arbeitszimmer geleitete.

Dort hatte sich die Stimmung schlagartig verändert, als Dalus seinen Vater mit einem Schnapsglas in der Hand am Konferenztisch sitzen sah. Er hatte den Vater während eines Fronturlaubs vor drei Jahren zum letzten Mal gesehen und war überrascht gewesen, dass er ohne Ankündigung hier auftauchte. Sicher verfolgte er damit, wie eigentlich immer, eine bestimmte Absicht.

Der Vater hatte nach wie vor die gesunde Statur und das rosige Aussehen eines Bauern, der seine Gesundheit direkt aus dem Boden zu ziehen scheint. Ernst, wettergegerbt und mit der rosigen Haut eines Ebers, kurzgeschoren und angriffslustig. Er hatte zugelegt, wie Dalus unumwunden bemerkte. Das musste damit zu tun.haben, dass er seit dem Tod von Dalus' Mutter vor vielen Jahren den Hof allein führte und dass in den Zeiten des allgemeinen Hungers die Landwirtschaft florierte. Er musste nicht mehr selbst aufs Feld oder in den Stall und konzentrierte seine Kraft darauf, das Gut zu verwalten, was er, soweit Dalus es einschätzen konnte, akribisch und ohne Unterlass tat. Seine Haltung machte schnell klar, dass er in geschäftlichen Angelegenheiten in Berlin war, auch hier im Haus, bei seinem Freund Kerst. Sie hatten wahrscheinlich finanzielle Dinge besprochen, dem Gläschen Korn nach zu urteilen, und es schien wenig Anlass zu geben, diese Haltung jetzt aufzugeben.

«Du bist pünktlich», sagte der Vater.

Dalus verbeugte sich und blieb an der Tischkante stehen, während Dr. Kerst sich ebenfalls hinter den Tisch setzte und ein zweites, noch halbvolles Glas nahm, dessen durchsichtiger Inhalt das Licht spiegelte.

Der Vater Dalus umriss in kurzen Worten die Situation seines «Herrn Sohn» und stellte ihm ohne Umschweife in Option, ein Krankenhaus zu wählen, in dem er arbeiten wolle.

Dalus, der sich noch genau an die Situation erinnerte, hatte gewusst, worauf sein Vater hinauswollte. Seit seiner Ausbildung in der preußischen Kadettenanstalt Lichterfelde, die er mit Auszeichnung abgeschlossen hatte, war ihm der Ruf dieser Institution vorausgeeilt, genau wie sein Vater, dessen Beziehungen zu eigentlich jeder Zeit aus dem Hintergrund für ihn gespielt hatten. Jetzt, nach dem Ende des Krieges, musste wieder eine Entscheidung in seiner Laufbahn getroffen werden, und es war nicht verwunderlich, dass es wiederum sein Vater war, der die Geschicke für ihn in die Hand nehmen wollte. Aber diesmal würde es anders sein.

Dalus verbeugte sich erneut und ließ den Vater in knappen Sätzen wissen, dass er nach der vorzeitig bestandenen Doktorprüfung nun vorhatte, die Psychoanalyse zu erlernen. Dazu habe er sich entschieden, in einer Psychiatrie Arbeit zu suchen. Des Weiteren sehe er keinen Grund, den Vater weiter mit seinen Ansprüchen zu belasten. Er könne seine Belange nun, mit allem gebührenden Respekt, alleine in die Hand nehmen. Gerade wollte er zu einer weiteren Erklärung ansetzen, als der Vater ihn lachend unterbrach.

«Es ist ja gut, Johann. Wir machen uns ja bloß Sorgen um das werte Befinden. In welcher Klinik gedenkst du anzufangen?»

Dalus nannte widerwillig einen Namen, worauf der Vater ein Zeichen gab und Dr. Kerst sich ein paar Notizen machte.

«Gegen ein Empfehlungsschreiben wirst du nichts haben», konstatierte der Vater. «So weiß ich zumindest, dass du mit deinem Kram nicht verhungerst.»

Dalus, dem die Situation unangenehm war, willigte ein, mit

dem festen Vorsatz, das Schreiben sofort in den Müll zu werfen. Erst dann bemerkte er Kersts Blick, der mit seinem schweren Siegelring spielte und plötzlich einen selbstvergessenen Eindruck machte.

«Dann ist es entschieden», sagte der Vater und lehnte sich in seinem Sitz zurück, während er den Blick zu Kerst schweifen ließ, was wohl als Aufforderung gemeint war, jetzt seines Amtes zu walten. Dieser jedoch blieb starr, bis der Vater ihn mit einem Knall des Gläschens auf den polierten Tisch in die Gegenwart zurückholte.

An der Tür hatte Dr. Kerst Dalus angegrinst.

«Ich wollte Sie nicht aufs Glatteis führen», hatte er gesagt, während er sich auf den Stufen seines Hauses eine Pfeife ansteckte. «Vergeben Sie mir diese Untat und lassen Sie mich eine Einladung für den Club aussprechen. Dort halten sich zuweilen halbwegs interessante Leute auf.» Sein spöttischer Blick hatte etwas Herausforderndes.

Dalus hatte diese Wendung nicht erwartet und war zu einem späteren Zeitpunkt einer Einladung nachgekommen. Er hatte in der Tat nicht geglaubt, dass man sich mit dem verschmitzten rotbärtigen Mann so trefflich bezechen konnte, und so hatte er Kerst sogar hin und wieder im Berliner Nachtleben getroffen und ihn sogar zu Hause besucht. Und er hatte die Empfehlung nicht weggeworfen.

Dr. Kerst war ein ungewöhnlicher Bursche. Umso überraschender war es für Dalus, dass er jetzt in diesem Zusammenhang vor seinem Haus stand.

«Warum sollte Ihnen Hedwig ein Bild mit Dr. Kerst schicken?», holte ihn Edith aus den Erinnerungen zurück.

Das Klingeln war seit einiger Zeit in der Sommerluft verklungen. Dalus spähte ins Fenster. Nach wie vor regte sich nichts. Er entschied, das Haus zu umrunden.

«Meine Schwester war schon immer ein wenig seltsam.»

Sie machten sich auf den Weg in den Garten. Edith hatte noch immer sein Kinderfoto in der Hand, das er ihr im Autobus gezeigt hatte.

«In welcher Beziehung steht er zu Ihrer Schwester?»

Das Nachbarhaus lag bewegungslos in der Sonne. *Das war eine gute Frage*, dachte Dalus. *Was hat er ihr geschrieben, das so wichtig war, dass sie sein Kuvert bei ihren geheimen Unterlagen aufbewahrt hat? Und wieso hatten sie ein solches Vertrauensverhältnis?* Er ging die Treppenstufen zur Veranda hinauf. Die Glastür zum Wohnzimmer war nur angelehnt.

«Dr. Kerst?» Seine Stimme verhallte.

«Vielleicht ist er bloß ausgegangen», kam Ediths Stimme von dicht hinter ihm.

Dalus ließ die Tür mit der Hand aufschwingen und schaute hinein. Alles war still und verlassen.

Er stieg über die Schwelle und betrat den Dielenboden des Wohnzimmers.

Nichts.

Er durchquerte den Raum und betrat die hohe Haupthalle. Seine Lederschuhe hallten auf gebohnertem Holz, und sein Schatten lag auf dem Hallenboden. Alles erschien ruhig und vertraut. Dennoch hatte Dalus das Gefühl, dass sich jemand Fremdes im Haus befand. Er prüfte die Silberschale auf der Kommode. Der Siegelring war nicht in der Schale, wo er ihn sonst manchmal gesehen hatte. Dann schaute er nach links in das Nebenzimmer.

An der Wand gegenüber der Tür stand ein Metallschrank, dessen Tür geöffnet war. Der Vorleger auf dem Boden warf steile Falten und war zur Seite gerutscht. Mit wenigen knarrenden Schritten war Dalus vor dem Schrank. Im Bodenfach standen bauchige Flaschen in verschiedenen Farben, darüber waren gläserne Zwischenborde eingepasst. Im mittleren Fach lag ein schmales Lederetui, und in der höheren Ablage befanden sich einige Wertgegenstände aus Silber sowie drei Glas-Phiolen.

«Ich habe etwas gefunden!» Ediths Stimme klang aufgeregt.

Er folgte ihr zurück durch den Durchgang auf der anderen Seite der Halle ins weite Arbeitszimmer, wo sich ein massiver Sitzungstisch mit acht Stühlen befand, an dessen Kopfende ein schwarzer Schreibtisch aus geschnitztem Teakholz stand. Das Zimmer wirkte seltsam aufgeräumt, fast klinisch. Edith ging am Tisch vorbei auf das Kolonialmöbel zu.

«Der Stuhl war zurückgerückt, und die Schublade war offen. Und jetzt schauen Sie sich das an.»

Dalus umrundete ebenfalls den Schreibtisch und schaute in die Schublade, in der auf einem olivfarbenen Stück Samt eine kleinkalibrige Pistole glänzte.

«Er hat die Schublade geöffnet und dann anschließend den Raum verlassen.»

Dalus folgte mit dem Blick dem Weg aus dem Zimmer, ging vorsichtig zurück in die Halle und blickte geradeaus in den gegenüberliegenden Seitenflügel, direkt auf den geöffneten Metallschrank. Bevor er es wusste, hatte er die Halle durchquert und griff nach dem Etui in der Ablage.

«Patronen», sagte er ausdruckslos.

Edith war ihm aus dem Zimmer gefolgt und machte einen betroffenen Eindruck.

«Meinen Sie, er wollte sich verteidigen? Ich habe gesehen, dass die Vordertür von innen verriegelt ist.»

Ihr Blick fiel zurück zur Verandatür, die bei ihrer Ankunft offen gewesen war.

Die folgende Szene sollte Dalus im Rückblick verschwommen erscheinen. Er hatte den Instinkt gehabt, im Garten zu suchen. Sie waren durch das hohe Gras gegangen und hatten den Rasen hinter sich gelassen. Am Ende des Gartens waren sie gebückt unter herabhängenden Ästen hindurch unter die Baumreihe getreten, die den Garten zur Rückseite hin abschloss. Der Schuppen war verschlossen gewesen, und sie waren weitergegangen, zum schmalen Bachlauf, an dem das Grundstück im Niemandsland endete. Sie hatten die im Boden eingelassene Zementkonstruktion gesehen, einen runden Brunnen von wenig mehr als einem Meter Durchmesser, und waren hingegangen. Aus irgendeinem Grund hatte er gewusst, was sie finden würden.

Eine Fliege saß in seinem Auge auf der blauen Pupille. Man hatte Kersts schmalen Körper zusammengefaltet und in den Brunnen gezwängt, der wohl nie fertiggebaut worden war. Er lag in nur einem Meter Tiefe auf dem Rücken, Knie angewinkelt, Arme vor dem Bauch und den Kopf unnatürlich weit im Nacken. Sein Mund war geöffnet, man konnte die Zähne erkennen. Das Monokel war ihm aus der Tasche gefallen und hing an der Kette über die Brust. Sein Sonntagsanzug war dreckig geworden. Dreck war ihm auch ins Gesicht gefallen, in den Mund und in die Nasenlöcher. Dahinter wimmelte es. Seine Augen hingen glasig darüber – und starrten sie an.

Er musste schon eine Zeit tot sein. Die Luft schwirrte. Dann kamen der Geruch und die Fliegen und dann die Übelkeit. Es stank nach Urin und Verwesung.

Eine Zeitlang standen sie da und waren dann irgendwie zurück zum Haus gelangt.

O

«Kommen Sie zu sich!»

«Das ist Wahnsinn», murmelte Dalus.

Er saß am Verandatisch.

«Hören Sie, wir müssen sofort gehen! Wenn jetzt die Polizei kommt …»

Ihre Stimme hinter ihm war nervtötend.

«Sie haben ihn umgebracht», sagte Dalus. «Einen alten Mann. Er war Arzt.»

Plötzlich tauchte Edith vor ihm auf. Ihr Körper war angespannt, und es hätte wohl nicht viel gefehlt und sie hätte ihn gepackt und geschüttelt.

«Ich kannte ihn seit meiner Kindheit», erzählte Dalus weiter.

«Hallo! Hören Sie mich?! Sie müssen sich zusammenreißen!

Wir haben Probleme im Hier und Jetzt. Sie müssen in der Gegenwart bleiben …» Sie packte ihn und schüttelte ihn tatsächlich. «Wir müssen gehen!»

«Wir müssen die Polizei rufen», sagte Dalus.

«Ich wusste, dass Sie mit so was kommen würden», stöhnte Edith.

Er hob den Kopf und fixierte ihr Gesicht. Ihre letzten Sätze hallten in seinem Hinterkopf und formten sich zu einer Frage.

«Warum ist sie nach Berlin gekommen?»

«Ich weiß nicht, was …»

«Sie wissen genau, wovon ich rede. Sie haben gesagt, Sie haben meine Schwester ebenso wie ich schon gestern erwartet. Aber es war nicht ihre Lesung gestern. Sie wollte aus einem anderen Grund nach Berlin kommen und hat auch mich darüber per Brief informiert. Sie und Ihr Verein haben ebenfalls auf sie gewartet und waren in heller Aufregung. Also warum?»

«Sie hat uns ein Telegramm geschrieben. Sie hat gesagt, etwas Schlimmes stünde bevor, aber sie hat nicht gesagt, was.»

«Sie haben mit ihr zusammengearbeitet! Diese Informationssammlung. Das Schließfach. Das ist ein großer Fehler gewesen. Mit welchen Halsabschneidern hat sich meine Schwester angelegt? Mit diesem Rossbach?»

«Was wissen Sie über Rossbach?» Ediths Augen wurden plötzlich sehr klein.

«Nur, dass er in vier Tagen in die Stadt kommt.»

Edith war jetzt bleich. «Woher wissen Sie das?»

«Das sollten Sie mir sagen!»

«Wir müssen augenblicklich zurück in die Stadt.»

«Erst will ich wissen, was hier gespielt wird!»

Edith, die sichtlich verstört wirkte, stützte sich auf die Tischkante.

«Das Dossier», sagte sie schwach und deutete auf die Papiertüte, in der sie im Lokal die Unterlagen verstaut hatten. «Sie sollten Hedwigs Dossier lesen.»

«Lassen Sie mich raten: Es ist alles unglaublich wichtig. Und es geht um Politik.»

«Sie haben ja keinen Schimmer!»

«Klären Sie mich auf», sagte Dalus spöttisch.

«Rossbach hat im Krieg eine gefürchtete Division geführt. Er und seine Leute haben die Kapitulation nie anerkannt. Wenn Rossbach nach Berlin kommt, steht etwas bevor. Er und sein Freikorps – sie gehen über Leichen.»

«Dann hat er Hedwig entführt –» Dalus brachte den Gedanken nicht zu Ende. «Wie tief stecken *Sie* in der Sache drin?», fragte er dann.

«Ich habe nur über Freunde von der Sache gehört.»

«Warum hat man Dr. Kerst umgebracht?»

Edith blinzelte nervös über den Rasen, als hätte sie ein Geräusch gehört.

«Kommen Sie, wir sollten von hier verschwinden», sagte sie dann. «Ich erkläre Ihnen alles, wenn wir an einem sicheren Ort sind.»

«Beantworten Sie mir die Frage!»

«Er gehörte zu Rossbach.»

Für einen Moment wusste Dalus nicht, was er sagen sollte.

«Sie und Ihre Freunde haben Dr. Kerst im Visier gehabt?», fragte er entgeistert.

Edith nickte.

«Niemand bringt seine eigenen Leute um! Truppe schießt nicht auf Truppe», widersprach er.

«Die Zeiten ändern sich», sagte Edith.

«Was hat meine Schwester damit zu tun?»

«Sie ist Rossbach seit Jahren auf der Spur. Sie hat persönliche Gründe.»

Dalus starrte über den Rasen. Dann griff er geistesabwesend in die Innentasche seines Sakkos und holte die Fotografie heraus, die ihm seine Schwester geschickt hatte.

Er musterte noch einmal die Männer in Reisemontur. Der

Letzte von rechts war Kerst. Ein schmaler Mann mit Monokel.

Dalus ließ das Bild auf den Tisch sinken, während ihn Edith musterte.

«Damals muss ich zehn gewesen sein. Eine Reise, an die ich mich aber nicht erinnere.»

Er deutete auf den schmächtigen Jungen, der auf dem Bild zu erkennen war. Seine Stimme war plötzlich rau.

«Was war das für eine Reise?», fragte Edith. «Sieht aus wie eine Expedition in die Sächsische Schweiz.»

«Ich habe ihn Totenkopffelsen getauft», erklärte Dalus, «aber da habe ich noch nicht gewusst, auf was für eine makabre Sache ich mich hier einlasse.»

«Hören Sie!» Edith rückte auf ihrem Stuhl vor. Ihre Stimme hatte jetzt etwas Beschwörendes. «Eine Sache habe ich Ihnen über Rossbach noch nicht erzählt. Das Problem ist, dass niemand seine Identität kennt. Niemand weiß, wie er aussieht, verstehen Sie? Wenn Sie und Ihr Vater diesen Dr. Kerst kannten, haben Sie dann vielleicht auch Rossbach kennengelernt? Ist er auf diesem Foto?»

Edith hielt jetzt das Foto vor sein Gesicht. Dalus schaute noch einmal auf die Männer.

«Ich habe das Bild schon ein Dutzend Mal angeschaut. Ich erinnere mich nicht.»

«Können Sie sich vielleicht an den Namen erinnern – Rossbach? Oder dass Ihr Vater von ihm sprach? Sie müssen verstehen, dass es äußerst wichtig ist!»

Dalus schüttelte den Kopf.

«Ich habe den Namen bis vor zwei Tagen noch nie gehört.»

Edith zuckte die Achseln und ließ die Fotografie auf den Tisch fallen.

«Ich wusste es», presste sie hervor und schlug ihre Handflächen auf den Tisch. «Es ist alles nur Zeitverschwendung.»

«Ich muss zurück in die Stadt», sagte sie nach ein paar Sekunden und ging die Stufen zum Rasen hinunter.

«Das könnte Ihnen so passen!»

Dalus sprang auf, war mit einem Satz auf dem Rasen und packte die junge Frau am Handgelenk.

«Sie werden mir alles verraten. Alles, was hier gespielt wird. Und Sie werden mir helfen, meine Schwester zu finden, mit Rossbach oder ohne.»

In diesem Moment spürte Dalus den metallenen Geschmack im Mund und wusste, dass er einen Fehler gemacht hatte.

Etwas stimmte nicht.

Er hatte nicht aufgepasst.

Jemand war hinter ihm. Ein Mann mit Hut und Anzug.

Ediths Augen weiteten sich, und Dalus hörte ein scharfes Geräusch.

Er spürte Schweiß von seinen Achseln sickern.

Es war alles seine Schuld.

Etwas Hartes presste sich zwischen seine Schulterblätter.

«Schon gut, mein Junge», ertönte eine tiefe Stimme hinter ihm.

In diesem Moment warf sich Dalus zur Seite – und griff nach der Pistole.

«Verdammte Bagage!»

Berlin / Montag, 31. Mai 1920 / 3 Uhr 50 nachmittags

«Verdammte Bagage!», grunzte Mohrfels und hämmerte den Gehstock auf den Zement.

Das Kratzen des Graphitstiftes stoppte.

Niemand sagte ein Wort.

Als hätte sich die ganze Welt verschworen, mir auf der Nase herumzutanzen, dachte er.

Mohrfels war dem jungen Arzt und seiner Freundin durch den Verkehr bis nach Wedding gefolgt in der Hoffnung, einen Hinweis auf Legners Aufenthaltsort zu bekommen. Stattdessen war er in einen weiteren Mordfall hineingeraten. Er durfte gar nicht an den Papierkram denken, der jetzt auf ihn wartete!

Der junge Arzt vor ihm im Verhörraum machte einen derangierten Eindruck. Haare hingen in seine Stirn. Seine Begleiterin gab weiterhin die Unbewegliche.

«Es ist, wie ich es Ihnen gesagt habe», ließ Dalus vernehmen.

«Dann fangen wir noch einmal von vorne an», sagte Mohrfels.

Der Arzt hatte einiges von seiner Ausstrahlung eingebüßt. Er sah müde aus, und an seinem Hemdkragen fehlte der oberste Knopf. Anstatt sich im Garten der Villa wie ein guter Junge zu verhalten, hatte er sich zur Seite geworfen und ihn angegriffen. Mohrfels erinnerte sich nur ungern, wie er zurückgestolpert war und versucht hatte, den Angreifer auf den Rasen zu werfen. Dann hatte plötzlich Habig neben ihm gestanden und Dalus eine Waffe an die Wange gepresst. Mohrfels hatte ihn nicht kommen sehen. Wenige Minuten später war klar gewesen, dass etwas passiert war. Sie hatten die Leiche gefunden, und Habig hatte Verstärkung gerufen.

Das war vor einer Stunde gewesen.

«Wo ist Wilhelm Legner?», fragte Mohrfels in scharfem Ton.

«Ich habe bereits gesagt, dass ich es nicht weiß», gab Dalus zurück.

«Kein Grund zur Zurückhaltung, Dalus! Wenn Sie bei meinem letzten Besuch in Ihrer Wohnung kooperativer gewesen wären, wäre Legner jetzt in Gewahrsam. Und wir hätten vielleicht eine Tote weniger!» Die letzten Worte hatte er deutlich lauter gesprochen.

«Ich habe selbst Probleme», murmelte Dalus.

Das Kratzen des Graphitstiftes wurde wiederaufgenommen. Die Stenotypistin hatte sich wegen seines Wutausbruchs zwar erschreckt, schrieb jetzt aber wieder.

Zumindest das funktioniert, dachte Mohrfels.

«Sie haben Ada Pfarr, Legners Geliebte, im Meyershof aufgesucht. Direkt nachdem ich Sie darüber in Kenntnis gesetzt habe, dass wir Legner einsperren wollen. Haben Sie ihn gewarnt, dass wir kommen?»

Dalus hielt den Kopf gesenkt und wirkte abwesend.

«Warum sind Sie am Marktplatz vor uns weggelaufen?», versuchte Mohrfels es erneut und faltete die Hände vor sich auf dem Gehstock. Es war sinnlos, sich aufzuregen.

«Eine Verwechslung», murmelte der Arzt.

«Mit wem?»

Dalus schwieg erneut.

«Dann sind Sie zu diesem Dr. Kerst in den Wedding gefahren. Und jetzt haben wir eine Leiche. Was haben Sie mit der ganzen Sache zu tun?»

«Das habe ich Ihnen bereits erzählt. Er war ein Bekannter meines Vaters.»

«Welche Verbindung hatten Sie zu ihm?»

Dalus stockte und schaute Mohrfels dann resigniert in die Augen.

«Er war ein Bekannter von mir. Hin und wieder hat er ein gutes Wort für mich eingelegt.»

«Die Stellung an der Klinik kam über ihn?», schoss Mohrfels ins Blaue.

«Ja», sagte Dalus.

Das erklärt nichts. Das hat nichts mit meinem Fall zu tun, dachte Mohrfels.

«Erklären Sie mir eins, Dalus», setzte der Kommissar erneut an. «Was würden Sie an meiner Stelle denken? Sie weigern sich, mir mit Wilhelm Legner zu helfen, laufen mir davon, dann finde ich Sie an einem Tatort, und Sie greifen mich an.»

«Der Umstand, dass Dr. Kerst tot ist, scheint Sie nur wenig zu interessieren», brachte Dalus hervor.

«Ich suche Berlins gefährlichsten Frauenmörder», erwiderte Mohrfels lapidar.

«Was, wenn es eine Verbindung gibt?», gab Dalus zurück.

Mohrfels hob die Augenbrauen.

«Und was sollte das sein?», fragte er.

«Ich weiß es nicht. Fragen Sie doch Ihren Kollegen Fuller von der Centralen Staatspolizei. Er hat mich bei Ada Pfarrs Wohnung im Meyershof abgefangen. Stand plötzlich da. Mir nichts, dir nichts. Ich bin der Meinung, dass er sie observiert haben muss. Dann war er sicherlich auch an Legner dran.»

«Wenn Legner von anderen Einheiten der Polizei überwacht wurde, wüsste ich das.»

«Fuller hat von einem gefährlichen Verbrecher gesprochen. Einem gewissen Rossbach. Rossbach kommt nach Berlin. Und dann zeigte er mir ein Foto von meiner Schwester. Sie ist verschwunden.»

Mohrfels schüttelte ratlos den Kopf.

«Was ist das für eine vermaledeite Geschichte?», sagte er mehr zu sich selbst.

Und warum zum Teufel sitze ich hier, schob er in Gedanken hinterher.

Mohrfels sah den fiebrigen Schimmer auf Dalus' Haut und hatte plötzlich das Gefühl, zu weit gegangen zu sein.

«Ich weiß nicht, in was Sie da verwickelt sind, Dalus», sagte er dann. «Das mit Ihrer Schwester tut mir leid. Sie sollten eine Vermisstenanzeige aufgeben. Und Sie sollten nach Hause gehen. Um den Mord an Dr. Kerst wird sich einer von meinen Kollegen kümmern. Ihre Aussage haben wir ja bereits. Wenn Sie sonst noch irgendwelche Hilfe brauchen …»

Dalus winkte ab. In seinen Augen war plötzlich wieder das Funkeln zu sehen, das Mohrfels bereits bei ihrem ersten Treffen aufgefallen war.

Mohrfels' Augen wanderten zu Dalus' Begleitung. Sie war eindeutig zu still. Ihm kam das fein geschnittene Gesicht mit dem kirschroten Lippenstift bekannt vor. Er hatte die Akte nur überflogen. Aber er wollte dennoch wissen, mit wem er es zu tun hatte.

«Edith Negt. Vom Erkennungsdienst erfasst. Verstoß gegen das Versammlungsverbot. Tätlichkeit gegen Polizeikräfte. Untersuchungshaft. Waffenbesitz. Verfassungsfeindliche Äußerungen. Sachbeschädigung. Verdacht auf Umstürzlertum. Verdacht auf Beihilfe zum Putschversuch. Verdacht auf Beihilfe zum Totschlag.»

Frau Negt schaute mitleidig.

«Ich war auf dem Alexanderplatz, falls Sie das meinen», sagte sie. «Viele meiner Freunde haben diesen Tag nicht überlebt.»

Ihr Blick war abweisend.

«Sie scheinen nicht besonders gut auf mich zu sprechen zu sein. Dabei kennen wir uns erst seit ein paar Stunden.» Mohrfels versuchte ein Lächeln.

Ihr Mundwinkel bewegte sich und Mohrfels glaubte kurz, sie hätte zurückgelächelt, aber ein Blick in ihre grauen Augen überzeugte ihn davon, dass es nicht mehr als ein Zucken gewesen war.

«Sie sind im Umfeld von Raoul Hausmann verortet worden. Er ist ein radikaler Revolutionär. Er ist mehrfach bei uns zu Gast gewesen.»

«Hausmann ist ein intelligenter Linker, das ist wahr. Er ist nicht im Kanal gelandet wie Rosa Luxemburg, da kann man wahrscheinlich von Glück reden.»

Ihre Blick hatte Schärfe bekommen.

Zeigen Sie uns Ihr wahres Gesicht, dachte Mohrfels.

«Wäre nicht sonderlich schade gewesen. Was machen Sie in solcher Gesellschaft, Dalus? Sind Sie unter die Bombenleger gegangen?», fragte er den Arzt.

Edith Negt gab ein Schnauben von sich, ihre Augen funkelten wütend.

«Sie liegen falsch», sagte sie kalt und beugte sich leicht vor. «Wenn Sie auch nur einen Funken Verstand im Kopf hätten, würden Sie das einsehen. Die Polizei und ihre Beamten. Wie viele, meinen Sie, sind von der Republik überzeugt? Und wie viele wollen den Kaiser zurück – oder irgendjemand anderen? Schauen Sie sich doch um! Es ist ein Wunder, dass diese Republik noch lebt!»

Voilà, dachte Mohrfels und hielt ihrem Blick stand.

«Das sind ja Ansichten …», sagte er mit gespielter Verblüffung.

«Lassen Sie sie!», schaltete sich Dalus plötzlich ein.

Mohrfels wechselte halb überrascht die Blickrichtung und lehnte sich zurück.

«Aus meiner Sicht haben die Mordfälle nichts miteinander zu tun», sagte er dann. «Der Mord an Dr. Kerst wird an die Politische Abteilung übergeben.»

«Alles ist politisch», sagte Negt spöttisch. Ihr Stimme war wie ein Reibeisen.

«Wie dem auch sei», sagte Mohrfels und schob den Stuhl zurück. «Wenn Sie Legner finden oder in Erfahrung bringen, wo er sich aufhält, melden Sie sich!»

Für ihn war die Sache beendet.

Er begleitete die beiden aus dem kühlen Gebäude. Kurz vor dem Ausgang zum Alexanderplatz hielt er den Arzt noch einmal zurück.

«Halten Sie die Augen auf, Dalus. Sie sollten nicht in falsche Kreise geraten», sagte er.

«Ich kann für mich selbst sorgen», antwortete Dalus.

Mohrfels konnte es ihm nicht verdenken.

«Was Ihren Freund Dr. Kerst angeht: Er ist mit einer Drahtschlinge erdrosselt worden. Wahrscheinlich vor etwa zwei Tagen. Vielleicht hilft es Ihnen, das zu wissen. Und wir haben herausgefunden, dass er morphiumsüchtig war. In seinem Haus haben wir genug Stoff gefunden, um eine gesamte Fabrikbelegschaft glücklich zu machen. Ich hoffe, dass sich die Sache mit Ihrer Schwester wird aufklären lassen.» Er überlegte für eine Sekunde, bevor er sagte: «Und falls Sie Hilfe brauchen – melden Sie sich!»

Er schob dem Arzt seine Visitenkarte in die Tasche, klopfte ihm auf die Schulter und ging zum Paternoster zurück.

Am Morgen waren neue Befehle gekommen. Wie gehabt per Rohrpost. Getrennte Umschläge diesmal. Niemand kannte die gesamte Aktion. Ein gewöhnliches Vorgehen. Sofort wurden über die Briefchen Witze gemacht.

Er hatte seinen Befehl gelesen und sich darangemacht, das Reh, das er geschossen hatte, aus der Decke zu schlagen.

Sie arbeiteten jetzt schon seit Tagen an den Geburtstagsvorbereitungen. Es würde etwas Großes werden, so viel stand fest. Viele waren daran beteiligt gewesen, und jeder, der darüber sprach, tat es mit einem besonderen Ton in der Stimme. Das alles sorgte für Aufregung. Während er den Grabendolch mit einem Schleifstein bearbeitete, hörte er die anderen beim Kartenspiel lachen.

«Rossbach wird extra für die Vorstellung in die Stadt kommen.»

«Da muss man sich Mühe geben!»

«Man sagt, er will sich im selben Raum aufhalten. Wirklich dabei sein. Das will er sich nicht entgehen lassen.»

«Hat Schneid, der Alte!»

«Wer wohl das Geburtstagsgeschenk überreichen wird?»

«Es wird ein schönes Paket sein, so viel steht fest!»

Er prüfte die Klinge und ging zu dem Stück, das er neben der Veranda aufgehängt hatte.

Sein Befehl war umfangreich gewesen. Er würde in die Stadt fahren müssen und ein paar Dinge besorgen. Bei vertrauten Läden. In bar, ohne Quittung.

Eine Livree.

Ein Kellnermesser.

Dreimal Unterkleidung.

Eine Arbeitsmütze.

Dann eine Unterkunft anmieten und zurück zur Hütte.

Er sollte sich bei diesen Dingen in Acht nehmen, hatte in dem Auftrag gestanden.

Er hatte das Reh am Morgen geschossen. Die Kugel war dem

Jungtier glatt zwischen die Augen gedrungen. Wie es sich gehört. Sein Kopf war zurückgerissen worden, und es war gefallen. Jetzt hing das Stück an der Hauswand neben ihm. Er hatte es an den Hufen hingehängt, dass es ihm den Bauch zeigte, den abgeknickten Schädel nach unten. Die Zunge hing grau über den Beißern, darüber glänzten die Augen.

Er wollte die Schärfe seines Dolchs prüfen. Der Dolch hatte ihn durch die Gräben begleitet und war sein engster Vertrauter geworden. Am Anfang hatte er in den Griff Kerben gemacht, für jeden Toten. Das hatte er irgendwann aufgegeben.

Er hob dem Tier den Kopf und brachte die Spitze in Anschlag. Sie drang glatt über dem Adamsapfel ein. Stich, direkt in die Luftröhre, sodass es leise pfiff, wie wenn man Dosen öffnet. Er durchtrennte den Knorpel gleichmäßig, ohne besonderen Druck, konnte mit dem Messer die hintere Wand spüren und die Schildknorpel. Dann glitt die Spitze an der Wirbelsäule ab, und er schob den Dolch bis zum Anschlag hinein, sodass er hinten austrat. Beim Menschen war der Hals fast genauso aufgebaut.

Dann zog er das Messer heraus und umkreiste das Fell einmal ringsum, in einer schnellen Bewegung. Schnitt Haare auf, darunter glänzte es rosig. Nun führte er die Klinge glatt am weichen Bauch hinab, durchschnitt Fell, Haut und die Fettschicht, bis auch hier Rotes sichtbar wurde. Wieder ein gerader Schnitt, bei dem er darauf achtete, das Fleisch nicht zu verletzen.

Dann packte er die Haut des Tieres und zog sie in einer breiten Bewegung auf, dass es schimmerte, zog weiter daran, wie man einer Dame aus einem Pelz hilft. Muskeln und Fett kamen zum Vorschein. Er bewegte das Fell weiter abwärts, bis das Tier gänzlich nackt vor ihm am Haken hing.

Die Augen schauten ihn glänzend an, wie zu Lebzeiten.

Er reinigte das Messer. Die Burschen aus dem Häuschen riefen, dass er mit ihnen trinken sollte, aber er hörte nicht auf sie.

«Wahrscheinlich will er das Geschenk selbst übergeben», hörte er sie von drinnen.

«Ich habe gehört, sie bringen einen Mann aus Polen, der die Sache macht», sagte ein anderer.

Sollten sie nur lachen, fand er und dachte erneut an seine Befehle. Er hatte so ein Gefühl, dass es etwas Besonderes sein würde.

Drinnen machte man sich weiter lustig.

Im Seitenflügel hörte er die Gefangene lärmen. Sie schien etwas zu schreien. Vielleicht war es Zeit fürs Futter. Hoffentlich hatten sich die Landser nicht über sie hergemacht. Er musste das nachprüfen und wandte sich zum Haus.

In dem Moment kamen zwei aus dem Eingang der Waldhütte und stapften schweigend an ihm vorbei auf dem Weg in die Stadt.

Berlin / Mittwoch, 2. Juni 1920 / 4 Uhr 05 nachmittags

Er eilte die Stufen hinab auf Edith zu und wusste plötzlich, dass er das Falsche tat.

Er wusste, was geschehen würde. Sie würde sich umwenden, in ihrem grünen Kostüm. Wie zufällig. Gerade in dem Moment, wenn er den Fußweg erreicht hatte. Sie würde ihn anlächeln und ihn mit ihren großen Augen ansehen: halb verschlossen und halb verführerisch. Sie würde ihre Rolle weiterspielen und ihn stückweise mit Informationen füttern. Bis sie ihn da hatte, wo sie ihn haben wollte.

Er fühlte Übelkeit in sich aufsteigen.

Als sie im Begriff war, sich umzudrehen, änderte er die Richtung, steuerte an den Gaslampen vorbei und beschleunigte seine Schritte. Gesichter wirbelten vor seinem inneren Auge umher. Sein Patient Legner, Mohrfels mit seinen Frauenmorden. Hedwigs Verschwinden. Und jetzt auch noch der beste Freund seines Vaters, Kerst, der tot in einem Brunnen gelegen hatte. Aufgeschlitzt von einem Freikorps oder sonstigen Mordburschen.

Er musste nachdenken. Zu viele Personen in seinem Leben hatten sich plötzlich gegen ihn verschworen. Er spürte ein Gefühl in sich aufsteigen, das seinen Hals zusammenschnürte. Er hatte gegenüber Mohrfels nicht gerade überzeugend gewirkt. Er wurde verfolgt, war das nicht richtig? Oder wurde er wirklich nervenkrank? Am Ende sollte er es am besten beurteilen können. Er war schließlich Arzt. Aber wie untersucht ein Psychiater sich selbst?

Er hörte, wie Edith ihm etwas nachrief. Sie wollte ihn aufhalten. Seine Füße schritten unbeirrt über die Steinplatten. Zeit, wieder etwas Abstand zu den Dingen zu bekommen. Vor allem zu diesem Frauenzimmer. Er hatte genug davon, dass man ihm einreden wollte, wie er zu denken hatte. Er hatte Hedwigs Unterlagen in der Papiertüte bei sich. Das war alles, was er brauchte, um weiterzumachen.

Er hörte ihre hektischen Absätze hinter sich, dann packte sie ihn am Arm.

«Welche Rolle soll das jetzt sein? Der trotzige Junge, der seiner Wege geht?»

«Was wollen Sie von mir?»

«Ich will Ihnen helfen.»

«Sie können mir helfen, indem Sie von hier verschwinden.»

Sie eilte neben ihm her.

«Was ist nur los mit Ihnen?»

Er antwortete nicht.

«Was soll aus Ihrer Schwester werden?»

Er blieb stehen und starrte sie an.

«Ich komme alleine zurecht. Haben Sie das verstanden?» Er ging wieder weiter.

«Seien Sie vernünftig. Ich habe Ihre Schwester gekannt. Ich weiß, wo sie sich aufgehalten hat. Wer ihre Freunde waren und ihre Feinde.»

«Und Sie werden mir diese Information weiterhin in Bröckchen zuwerfen, wie es Ihnen und Ihren Freunden passt! Aber seien wir doch ehrlich: Sie kümmert weder mein Schicksal noch das meiner Schwester.»

«Ich weiß nicht, wie Sie das mit Ihrem brillanten Hirn abgeleitet haben.»

Wieder blieb er stehen, was ihn bei näherer Überlegung ärgerte.

«Das ist ganz einfach», blaffte er sie an. «Sie sind bis über beide Ohren in die Geschichte verwickelt. Sie wollen Rossbachs Pläne durchkreuzen. Und Sie brauchen mich, um genau das zu tun und Ihren politischen Freunden in die Hände zu spielen.»

«Sie meinen die Anschuldigungen dieses Kommissars?», sagte Negt etwas kleinlaut.

«Ich meine alles. Ihre Angst vor der Polizei. Die Szene im Präsidium. Die ganze Sache stinkt doch zum Himmel!»

«Ich habe Sie nicht angelogen. Meine Freunde kämpfen für eine gerechte Sache. Wie Ihre Schwester im Übrigen auch.»

«Aber natürlich. Sie sind sich wirklich ähnlich, Sie beide.»

Er eilte weiter das Trottoir entlang, während sie stehen blieb.

«Sie sind ein Kindskopf!», rief sie ihm hinterher.

Er setzte seinen Weg fort.

«Sie werden Hilfe brauchen!», erklang ihre Stimme mit letzter Kraft durch den Straßenlärm. «Linienstraße 109!»

Dann war sie endlich nicht mehr zu hören, und was blieb, war der Lärm eines Panzerwagens, der um die Ecke bog, um vor dem Präsidium vorzufahren.

O

Dalus ging. Brachte Abstand zwischen sich und die anderen. Er marschierte zur Spree hinab, die sandigen Wege am Kanal entlang. Das Gewimmel der Menschen, die sich an der sonnenüberfluteten Promenade aufhielten, hatte etwas Beruhigendes. Nach dem Krieg gab es inzwischen wieder Touristen in der Stadt. Ein paar Männer verkauften Postkarten und Lotterielose. Eine Frau Waschschwämme. Er blieb auf einer Brücke stehen, zog sein Sakko aus und krempelte die Hemdsärmel hoch. Die Spree gab ihren typischen Geruch von sich.

Dalus orientierte sich und stellte fest, dass er sich auf einer Nebenstraße im Bezirk Mitte, unweit des Hackeschen Marktes, befand. Ein nettes Viertel mit einigen Etablissements und Wohnungen, in dem die Leute anscheinend nicht übermäßig viel zu tun hatten. Die meisten waren ohnehin arbeitslos. Er steuerte den Monbijoupark an, aus dem Musik erklang, und begutachtete im Vorbeigehen einige Studenten, die im Anzug oder leger in Weste auf der Wiese lagen und sich unterhielten, ihre Hüte oder Mützen neben sich. Einige spielten Karten oder tranken Bier. Weiter hinten hatte sich eine Schar Naturburschen, die in weiße Tücher gekleidet waren, versammelt, die mit Tamburinen und einer Klampfe bewaffnet eine Art Kundgebung veranstalteten. Überall wuselten Kinder herum, und Dalus entschied sich, an einem der Pavillons ein Schultheiss und eine Bratwurst zu kaufen und sich ein Plätzchen zu suchen. Er fühlte sich in dieser Umgebung sicher und hatte das Bedürfnis nach Ruhe.

Er aß das warme Fleisch und trank dazu das Bier in kleinen Schlucken, lehnte sich anschließend auf dem Rasen zurück und ließ sich die Sonne ins Gesicht scheinen.

Für einen Moment gab es nur die Wärme, den Park und die Vogelstimmen.

Seine Sinne dehnten sich.

Hier liegen bleiben, dachte er bei sich.

Weit entfernt von der Hysterie und dem Trubel.

Vielleicht später noch ein Bier trinken. Den Sommer genießen.

Hier im Park herrschte Ruhe. Er hatte alles, was er brauchte.

Ohne darüber nachzudenken, stand er auf, kaufte sich noch zwei Flaschen Bier und steuerte auf die nächste Straße zu, wo er eine billige Herberge fand. Er gab der Frau im Treppenhaus eine Münze und stieg die Treppe hinauf. Das Zimmer, das sie ihm genannt hatte, war modrig und dunkel. Ein beiger Fetzen hing an einer Gardinenstange vor dem angelehnten Fenster. Aber es gab ein Bett, auf das er sich, nachdem er die Tür geschlossen hatte, fallen ließ. Er öffnete ein Bier und nahm einen sprudelnden warmen Schluck. Für einen Augenblick starrte er an die Decke und schloss dann erneut die Augen. Das Getränk perlte durch seinen Kopf und den Magen. Er zündete sich eine Zigarette an und inhalierte tief.

Er musste nach wie vor an Kerst denken. Dass Kerst tot war. Er bemerkte Tränen auf seinen Wangen.

Der Polizist hatte gesagt, er sei morphiumsüchtig und ein Republikfeind gewesen. Dalus sah den originellen, humorvollen Mann mit dem Monokel vor sich und konnte nicht fassen, dass er nicht mehr da war. Er war ein freundlicher Mensch gewesen, feinsinnig und voller Aufmerksamkeit. So wollte er ihn in Erinnerung behalten. Er war sein Freund gewesen. Anders konnte man es nicht nennen.

Wie war er in diese absurde Situation geraten? Dr. Kerst tot und seine Schwester … Warum war Staatsagent Fuller damit zu ihm gekommen? Was wäre, wenn die ganze Geschichte auf einem Fehler beruhte? Wenn die Quelle das Foto falsch datiert hatte oder es lediglich einen Streit darstellte?

Es war Mohrfels gewesen, der ihn beim Schließfach hatte abfangen wollen, keine fremden Verfolger. Weder der Rothaarige noch der blaue Lieferwagen waren wieder aufgetaucht. Seine Verfolgungsängste hatten sich nicht bewahrheitet. Fast fühlte er für einen Moment Wehmut bei dem Gedanken, dass es einfach nichts gewesen sein könnte. Eine große Kette von Irrtümern seinerseits, die man später in der Kneipe erzählte.

Er konnte nichts mehr tun. Alles war in Ordnung. Vielleicht ging es seiner Schwester gut, und er hatte sich alles nur eingebildet. Nervenarzt mit Nervenleiden. Eine Gestalt, wo keine war. Vielleicht konnte er einfach zurück zur Arbeit gehen, wo er jetzt fehlte.

Dass Kerst auf dem alten Foto abgebildet war, bewies überhaupt nichts. Und für die Entführung seiner Schwester hatte er kaum Beweise. Ein Diebstahl, mehr nicht. Vielleicht hatte sie bloß eine spontane Affäre gehabt, mit einem ihrer Kommunisten oder sonst wem? Die ganze Aufregung war vielleicht überflüssig.

Er trank noch einen Schluck Bier und entschloss sich, hier auf dem Bett liegen zu bleiben und nichts zu tun. Er würde schlafen, ganz einfach schlafen. Hier war er sicher.

Auf der Straße knatterte ein verzogener Auspuff vorbei. Vielleicht sollte er das Fenster schließen. Er musste an das Hotelzimmer seiner Schwester denken, an seine Angst, es zu betreten, und an das zerschnittene Fensterglas, das er nach einigem Suchen gefunden hatte.

Das Bild ihres aufgehängten Kleides ließ ihn jäh die Augen öffnen.

Es war nicht ihre Art.

Keinesfalls würde sie einfach verschwinden, wenn Reisevorbereitungen getroffen waren.

Er hatte ihr Gesicht vor Augen, den angespannten, oft ernsten, aber offenen Blick. Ihre langen Haare, die er als Junge so geliebt hatte, die pfeilförmige Falte zwischen den Augen, wenn sie die Stirn runzelte.

Dann musste er an den Messerangriff am Bahnhof denken. Seine rohe Geschwindigkeit und das Blut auf dem Kachelboden.

Als er die Augen öffnete, waren sie trocken.

Sie war nicht in Berlin angekommen. Man war in ihr Hotelzimmer eingebrochen. Es gab ein Foto von einem Überfall. Sie hatte unter großem Aufwand geheime Unterlagen in einem Schließfach deponieren lassen – die er jetzt bei sich hatte. Seine Schwester war nicht dumm. Warum hätte sie so etwas tun sollen?

Sie war etwas auf der Spur gewesen. Und sie war möglicherweise immer noch in der Gewalt von fremden Männern – und ihnen schutzlos ausgeliefert.

Die schiere Möglichkeit genügte.

Dalus war drei Jahre als Lazarettarzt im Krieg gewesen. Er hatte unter Soldaten gelebt. Hatte unter ihnen gegessen und geschlafen. Er hatte Gewalt gesehen. Er hatte gesehen, wozu man fähig wurde, unter dem Druck des Krieges. Vieles für heutige Verhältnisse Unvorstellbare war damals Normalität gewesen. Und Dalus wusste aus seiner Arbeit, wie viele Soldaten noch heute unter diesem Umstand und den Erinnerungen litten.

Aber es hatte auch andere gegeben.

Er erinnerte sich an einen Burschen mit kurzen Haaren und ernsten, tiefliegenden Augen, den er einmal in einer Kantine kennengelernt hatte. Er hatte ruhig von den Ereignissen der Vortage gesprochen. Wie sie ein Nest ausgehoben hatten und er die verletzten Männer einzeln mit dem Bajonett abgestochen hatte.

Der Mann war Leutnant gewesen und hatte, wie er selbst gerne betonte, genaues Tagebuch darüber geführt. Wenn man ihm bei seinen Erzählungen in die Augen blickte, konnte man sehen, dass er mehr empfand. Dass er diesen Zustand zu lieben begann.

Wenn Dalus an die Truppe vom Freikorps dachte, die möglicherweise seine Schwester entführt hatte, musste er an diesen Burschen denken. Sein Gesicht und seinen grauen Blick, in dem die Mordlust flackerte.

Dalus schaute auf.

Edith hatte recht gehabt, er musste in der Gegenwart anfangen.

Es führte kein Weg daran vorbei, dass er so schnell wie möglich seine Schwester finden musste. Niemand würde ihm diese Aufgabe abnehmen. Er konnte niemandem trauen. Auch nicht Mohrfels, der nur seine Mädchenmorde aufklären wollte. Niemand teilte sein Interesse in derselben Art, dessen war er sich schlagartig bewusst.

Er richtete sich auf, stellte das Bier auf den klebrigen Nachttisch und holte die Unterlagen aus der Tüte. Es waren Unterlagen, die sie vielleicht in Gefahr gebracht hatten. Er konnte nur hoffen, dass sie noch lebte.

Er schlug den Pappdeckel zurück, auf dem der Name *Rossbach* vermerkt war, und sah Leichen. Fotos einer Exhumierung. Fünf Skelette in Reih und Glied, aber es waren keine Soldaten in einem Massengrab – sondern eine Familie. Er konnte es unschwer erkennen. Zwei erwachsene Gestalten: Vater und Mutter. Zwei, die unwesentlich kleiner waren, womöglich Zwillinge. Und eine kleine Leiche. Ein zerbrechlich wirkendes Skelett von vielleicht vier Ellen Höhe – die Gestalt eines Zehnjährigen, von dem Dalus plötzlich sicher war, dass es sich um einen Jungen handelte.

Es folgten weitere Bilder. Alle fünf waren mit einem Schuss durch die Stirn getötet worden, das sah man an den Einschusslöchern in den Schädeln. Eine Exekution, und keine normale.

Noch einmal betrachtete er die Leichen, musterte die Schädel, die modrig aufgereihten Knochen, die Haltungen von Armen und Beinen. Zu ordentlich. Zu gezielt. Wenn er die Bilder richtig interpretierte, hatte sich die Familie ins Grab legen müssen und war anschließend erschossen worden. Einer nach dem anderen.

Dalus wurde kalt.

Immer wieder ging sein Blick zurück zu der kleinen Leiche am rechten Bildrand. Dem kleinen Jungen von vielleicht zehn Jahren. Für einen Moment war ihm, als könne er sein Gesicht vor sich sehen. Das lebhafte Gesicht eines kleinen Jungen.

Unwillkürlich fragte er sich, ob er der Erste oder der Letzte gewesen war.

Dalus stand von dem schäbigen Bett auf und leerte sein Bier am Fenster. Das Zimmer kam ihm plötzlich stickig vor, als würde man an den Möbeln kleben bleiben, wenn man nicht vorsichtig war.

Nach einer Zeit ging er zurück zum Bett und blätterte durch den Rest des Ordners. Zeugenaussagen über Entführungen und politische Auftragsmorde. Kommunisten, Gewerkschaftsführer, Intellektuelle. Dazu weitere Fotos.

Es war eine Art Beweissammlung. So viel zu Rossbach.

Anschließend musterte er noch einmal den Briefumschlag von Dr. Kerst. Der Poststempel war vom 18. Mai 1920, also vor 14 Tagen. Er runzelte die Stirn und holte den Brief seiner Schwester aus dem Sakko, den sie ihm geschickt hatte.

Der Brief stammte vom 22. Mai 1920.

Das war nur vier Tage später.

Wenn Kerst ihr eine Information hatte zukommen lassen, die sie veranlasst hatte, nach Berlin zu kommen, dann konnte man ihr Schreiben an ihn, das das seltsame Foto enthalten hatte, als direkte Reaktion auf Kersts Nachricht lesen. Warum hatte sie gewollt, dass er die Expedition an den Totenkopffelsen mit dieser Geschichte in Zusammenhang brachte?

Er blickte noch einmal auf die Abbildung der Männergruppe in der schwarz-weißen Szenerie und schüttelte den Kopf. An dieser Stelle endeten seine Gedanken im Nichts.

Bleiben wir also bei den heutigen Geschehnissen, dachte Dalus. *Kerst teilt meiner Schwester etwas mit, sofort schreibt sie mir den seltsamen Brief und kommt postwendend nach Berlin. Alles klingt sehr eilig. Sie will rechtzeitig hier sein. Um etwas zu verhindern. Etwas, das mit Rossbachs Ankunft zu tun hat.*

Rossbach: 6. Juni – hatte sie in ihren Unterlagen vermerkt.

Heute war Mittwoch, bis zum Sonntag hatten sie noch vier Tage.

Am Sonntag war außerdem Wahltag.

Wenn Rossbach Teil einer regierungsfeindlichen Gruppe war, war es nicht wahrscheinlich, dass es etwas mit der Wahl zu tun hatte? Dass er zum Beispiel einen Aufstand plante? War es das, was seine Schwester und Kerst hatten verhindern wollen? Wenn Kerst von einer solchen Sache gewusst und die Information weitergegeben hatte, wäre das auch ein Motiv gewesen, Kerst zu töten. Kerst hatte also vielleicht doch mehr mit der Sache zu tun gehabt, als Dalus lieb war. Vielleicht hatte Edith mit ihrer Vermutung recht gehabt.

Dalus steckte die Briefe zusammen in sein Sakko, warf die Fotos, Durchschläge und Datenblätter auf das Bett und wandte sich den getippten Blättern zu, die zuoberst in dem Ordner gelegen hatten.

Es handelte sich um fünf Blätter, die eng mit Schreibmaschine beschrieben waren. Die Blätter waren datumslos, nicht nummeriert und beinhalteten neben Textblöcken auch umfangreiche Tabellen, auf denen Geldflüsse verzeichnet zu sein schienen. Zu den Seiten hatte man lediglich einen Fingerbreit Rand gelassen, was die Papiere einen gedrungenen Eindruck erwecken ließ.

Er begann mit einer Tabelle und musste stutzen. *Khwicasne Vsrq*. Eine slawische Sprache? Er las weiter. Prüfte die an den Zeilen und Spalten verwendeten Termini, aber sie ergaben keinen Sinn. Dann schaute er sich die Zahlen an, die für einen Moment unter seinem Blick zu tanzen begannen.

Auch hier schienen ihm seine Augen einen Streich zu spielen. Wenn er die Kolumnen betrachtete, waren zwar Summenstriche und Markzeichen eingefügt, aber keine der Rechnungen war richtig. Häufig begannen die Zahlen mit Null. Sogar negative Werte waren vorhanden. Er nahm die nächste Seite, die ein ähnliches Bild lieferte, und noch eine. Hielt das Papier näher an seine Augen und blickte noch einmal darauf, als es auf seinen Knien lag.

Es bestand kein Zweifel.

Diese Blätter waren das Werk einer Verrückten – oder sie waren verschlüsselt.

Berlin / Mittwoch, 2. Juni 1920 / 4 Uhr 30 nachmittags

Mohrfels trat in den aufgeheizten Hinterhof. Er würde sich eine Verschnaufpause gönnen. Der Nachmittag war eine Farce gewesen. Er war keinen Millimeter weitergekommen. Der junge Arzt Dalus musste aufpassen, mit was für Leuten er sich umgab. Noch immer konnte er das blasierte Gesicht von Edith Negt vor sich sehen, wie sie mit hocherhobenem Kinn ihre Anschuldigungen ausgesprochen hatte. Eine wahrlich entzückende Person.

Das Geräusch genagelter Sohlen hallte von den roten Backsteinmauern wider. Zu dieser Zeit hielt Abstedt die Exerzierübungen ab. Hundertfünfzig Männer in voller Montur, mit gewichsten Stiefeln, grüner Jägeruniform und festgezurrtem Tschako, stampften im Gleichmarsch über das Pflaster, starrten schwitzend nach vorn und schwangen auf Kommando die Stöcke. Mohrfels massierte seine Schläfen und blickte hinauf zum Himmel. Die Hitze war immer noch drückend.

Der heutige Tag war ereignisreich gewesen. Zuerst der Sprengstofffund und die Reifenspuren am Industriegebiet. Dann der Besuch bei dem verdächtigen Immobilienbesitzer Koglin, der sich als Beschützer ihres Flüchtigen Legner herausgestellt hatte. Und als potenzieller Verdächtiger. Mohrfels hatte seine Alibis durch Winterberg überprüfen lassen, und sie hatten sich als wenig stichhaltig erwiesen. Ein windiger Bursche, ohne Zweifel. Mohrfels tippte auch darauf, dass Koglin etwas mit dem Sprengstoff zu tun hatte.

Das Treffen mit Wilhelm Legners früherer Lebensgefährtin Ada Pfarr hatte ihn auf Dalus' Fährte gebracht. Eine wirre Episode, die mit einer spontanen Verfolgungsjagd anfing und mit einer Leiche endete.

Mohrfels hatte ein zunehmend schlechtes Gefühl. Das Bild, das sich abzuzeichnen begann, schien nur aus Ungereimtheiten zu bestehen. Er bekam Bauchschmerzen.

Er würde noch ein paar Details prüfen, bevor er ein Fazit zog. Er hatte schon eine Ahnung, in welche Richtung es führen würde.

Im Archiv empfing ihn Frau Pilorz mit einem Lächeln und neigte den frisch ondulierten Kopf, während er sie nach der Akte fragte, die er nach einer Anfrage vor einiger Zeit an ein anderes Revier hatte abgeben müssen. Sie nickte.

«Kann ich Sie begleiten?» Mohrfels hasste nichts mehr, als zu warten.

Ihr Sprachfluss hatte etwas Angenehmes, als sie durch die hohen Gänge mit den Aktenschränken schritten. Sie erzählte von ihren Neffen und Nichten und einem angeheirateten Onkel, der es sich anscheinend in den Kopf gesetzt hatte, die Familie in den Ruin zu treiben. Mohrfels massierte im Gehen mit der rechten Hand weiter seine Schläfe und versuchte sich auf die beruhigende Alltäglichkeit ihrer Geschichten einzulassen. So wanderte er neben der adretten Dame her, bewunderte beiläufig ihren gehäkelten Bubikragen und freute sich, dass zumindest hier die Dinge noch ihre Ordnung hatten.

«Da wären wir», sagte Frau Pilorz zufrieden. Als Mutter von vier Kindern, die alle bereits aus dem Haus waren, hatte ihr herzförmiges Gesicht einen Ausdruck innerer Gelassenheit erreicht, von dem Mohrfels kaum noch zu träumen wagte. Sie bog in einen Gang voller Papiere ab, dem der staubige Muff einer jeden Bibliothek anhaftete. Mohrfels hätte unter diesen Bedingungen nicht arbeiten wollen, da er Auslauf brauchte, aber er wusste, wie wichtig diese Papiersammlung für sein tägliches Schalten und Walten war.

Er war gekommen, um sich den Autopsiebericht von Gerda Holz geben zu lassen, den er mit den Ergebnissen der Autopsie von Professor Deter vergleichen wollte. «Die Akte ist ausgeliehen worden», sagte die Archivarin und riss Mohrfels aus seinen Gedanken. «Sie sollte im Rückgabekorb liegen.» Sie gingen noch ein paar Meter. «Und hier ist sie schon.»

Mohrfels bedankte sich, nahm die Akte und machte sich auf den Weg zu Gunnarsson, der ihm für den Nachmittag Ergebnisse versprochen hatte. Die Reifenspuren am Industriegebiet – vielleicht führte sie das endlich weiter.

Als er die Abteilung fast erreicht hatte, hörte er Winterberg hinter sich.

«Kann ich kurz mit dir reden, Mohrfels? Es ist dringend.»

Mohrfels musterte seinen Freund.

«Ich wollte eigentlich zu Gunnarsson. Aber lass uns für einen Augenblick aufs Dach gehen», schlug Mohrfels vor, und sie wandten sich in Richtung des Paternosters.

Sie erreichten die Dachterrasse und spazierten durch Wind und Sonnenschein zum Geländer. Einem Wasserspeier gleich stand Mohrfels über dem Sims des Präsidiumsdaches und schaute hinunter auf den Alexanderplatz.

«Der heißeste Tag des Jahrzehnts. Was zum Teufel ist bloß los mit dieser Stadt?»

Winterberg stellte sich neben Mohrfels, und sie schauten zusammen über das Gewimmel auf dem Platz.

«Ich habe nicht vor, noch einmal wie ein Idiot dazustehen. Mit nichts in der Hand», sagte Mohrfels. «Er ist irgendwo da draußen», sagte er nach einer erneuten Pause. «Ich kann ihn förmlich riechen.»

«Ich wusste doch, dass du ihn witterst», sagte Winterberg.

«In allererster Linie mache ich mir Sorgen», gab Mohrfels zu.

«Erzähl es mir.»

«Wenn ich das verdammt noch mal wüsste! Irgendwas stimmt an dem Fall nicht. Erst der Fundort und die Hundespur. Wir hätten da etwas finden müssen, Hans.»

Die Männer schauten hinunter auf das Gewimmel, während ein neuer Schwall Verkehrslärm vom heißen Wind auf das Dach getragen wurde.

«Und dann die Leiche. Daria Laurenz hat Spuren posthumer Gewalteinwirkung aufgewiesen. Das ist nicht seine Handschrift.»

«Vielleicht hat er sein Vorgehen geändert?»

«Vielleicht», sagte Mohrfels. «Aber die Sache liegt mir quer.»

«Glaubst du, dass Legner noch in der Stadt ist?», fragte Winterberg.

Mohrfels kniff die Augen zusammen, als versuche er, ihren Verdächtigen inmitten der Ameisen auf dem Alexanderplatz ausfindig zu machen.

«Ich könnte es mir vorstellen. Diese Typen sind häufig territorial veranlagt und außerdem abergläubisch. Auch seine Geliebte, Ada Pfarr, ist noch hier», sagte Mohrfels und erinnerte sich plötzlich an die Gewehrkugel, die er aus Legners Absteige mitgenommen hatte und die nach wie vor in seiner Manteltasche lag.

«Du darfst nicht vergessen», warf Winterberg ein, «dass Legner bereits einmal im Suff einen Mord gestanden hat. Vielleicht ist er gar nicht so schlau, wie wir denken. Vielleicht hat er bloß Hilfe von diesem Koglin.»

«Ist es das, worüber du mit mir reden wolltest?»

«Fuchau hat mich abgepasst und mir die Hölle heißgemacht. Morgen ist seine Pressekonferenz. Er will, dass wir Legner als Schuldigen präsentieren und landesweit suchen lassen. Wir sollen alle anderen Ermittlungen ruhen lassen, bis die Wahl vorbei ist.»

«Und?»

«Ich denke, dass er recht hat.»

«Hat er wieder gedroht, mir den Fall abzunehmen?», fragte Mohrfels.

«Ja.»

Mohrfels schaute für einen Moment über die Dächer.

«Warum auch nicht», sagte er dann. «Vielleicht sollten wir an dieser Stelle nach den Regeln spielen. Du kannst Fuchau ausrichten, er soll sich unseretwegen keine Sorgen machen.»

Winterberg sah ihn überrascht an.

«Und jetzt entschuldige mich, alter Freund. Gunnarsson will mir noch Ergebnisse mitteilen.»

Er ließ den Mann auf der Dachterrasse stehen.

Berlin / Mittwoch, 2. Juni 1920 / 4 Uhr 51 nachmittags

Er hatte den Rest des Tages nichts anderes gemacht. Und er war methodisch vorgegangen. Hatte sich in einem Kurzwarenladen Papier und Schreibmaterial besorgt und sich in die nächste Kaschemme gesetzt.

Dann war er darangegangen, den Verschlüsselungscode seiner Schwester zu brechen. Er hatte die Buchstabenfolgen auf das Papier gesetzt und versucht, die Vokale zu identifizieren. Hatte auf die Uhr geschaut, noch ein Bier bestellt und es mit den Zahlenfolgen versucht. Die Additionen mussten einer Logik folgen. Er kritzelte und schrieb, radierte und schrieb erneut, bis die Kopfschmerzen unerträglich wurden.

Es war sinnlos.

Er würde seiner Schwester nicht helfen, indem er die Stunden allein hier herumsaß. Er kannte sich mit Verschlüsselungsmethoden nicht aus.

Circa zwei Stunden später war er aufgestanden und hatte die Zeche bezahlt. Es wurde langsam dunkel, und er wurde sich schmerzlich bewusst, wie wenig ihn diese Fetzen Papier seiner Schwester näher zu bringen schienen. Sie konnte inzwischen überall sein. Sie konnten sie in ein anderes Dorf gebracht haben. Meilen entfernt von jeder Hilfe.

Sie konnte bereits in irgendeinem Graben liegen.

Er machte sich auf den Weg zu Ediths Wohnung.

Die dunkelgrün lackierte Tür wurde von einem Mädchen geöffnet, das ihn desinteressiert anblickte.

«Ich möchte mit Edith Negt sprechen. Mein Name ist Dalus.»

Die Tür fiel ins Schloss.

Dalus wartete. Als er bereits den Arm gehoben hatte, um erneut zu klingeln, wurde die Tür einen Spalt geöffnet, und Ediths Gesicht erschien in der Tür.

«Sie sind es!», sagte sie lebhaft. Sie öffnete die Tür ganz und lächelte. «Kommen Sie herein. Ich habe Ihnen doch gesagt, dass Sie meine Hilfe brauchen.» Ihre Stimme klang ernst, ohne einen Hauch von Spott.

Sie trug einen einfachen Rock mit Bluse, dazu nach wie vor dieselbe Spange, die ihr die schulterlangen Haare fast mädchenhaft aus dem Gesicht hielt. Sie winkte ihn herein und führte ihn an einer Reihe geschlossener Türen vorbei durch einen tapezierten Flur, der nur wenig persönliche Gegenstände enthielt.

«Wir gehen ins Arbeitszimmer.»

Er folgte Edith über die dunklen Holzdielen, als plötzlich zu ihrer Rechten eine Tür aufgerissen wurde, aus der ein massiger Geschäftsmann mit rotem Kopf und wolligem Backenbart trat, der ein auffälliges, haariges Ekzem auf der rechten Wange hatte.

«Es ist unerhört», fuhr er Edith an, die sich dem Mann mit gefasster Haltung zuwandte, ohne ihren Gast vorzustellen. «Ich protestiere entschieden, wie man mich hier behandelt.» Die rechte Hand, in der er eine goldene Brille hielt, schnellte immer wieder nach vorn, um seine Worte zu betonen, wobei Brotkrümel von seinem Ärmel auf den Boden fielen. «Zum wiederholten Male habe ich Ihrer Frau Schwester gesagt, wann ich meine Morgentoilette wünsche – und wann sie mein Zimmer reinigen soll. Es funktioniert einfach nicht!»

«Das ist sehr gut zu verstehen, Herr Wenzel», sagte Edith, während sie sich stückweise an dem Herrn vorbeischob und dabei versuchte, Dalus mit ihrer schmalen Statur vor ihm abzuschirmen. «Ich werde ein ernstes Wort mit ihr sprechen. Es wird nicht wieder vorkommen.» Sie beugte mehrfach vor ihm den Kopf. «Damit alles zu Ihrer Zufriedenheit bleibt.»

«Das will ich schwer hoffen», sagte der Mann mit feuchter Aussprache. «Nur auf Anraten meiner Kollegen habe ich mich für Ihr Haus entschieden. Aber das lässt sich leicht ändern.»

Damit fiel die Tür wieder ins Schloss. Edith sagte keinen Ton und ging voran, bis sie am Endes des Gangs eine Tür zur Linken öffnete und Dalus hineinführte. Viele waren heutzutage auf solchen Zuverdienst angewiesen.

«Es ist gut, dass Sie da sind», sagte sie geschäftsmäßig und deutete auf einen Schreibtisch, der am hinteren Ende des Raumes am Fenster stand. Dalus bemerkte, dass das aufgeräumte und helle Zimmer rötliche Vorhänge hatte. Es musste dieser Raum gewesen sein, in dem er Edith mit dem Mann gesehen hatte, als er sie von der Lesung aus nach Hause verfolgt hatte. Sein Blick fand unwillkürlich ein Kanapee, das in einer Ecke des Zimmers stand.

«Wir haben keine Zeit zu verlieren. Geben Sie mir die Unterlagen, dann kann ich mit der Entschlüsselung beginnen. Es war eine ihrer Vorsichtsmaßnamen, wenn sie auf Reisen war.»

«Warum haben Sie mir das nicht gesagt?», fragte Dalus.

«Es handelt sich um eine Vigenère-Verschlüsselung. Ohne das Codewort ist diese Art von Code nicht einfach zu knacken.»

Widerwillig reichte Dalus ihr die Papiertüte.

Sie setzte sich an den Schreibtisch und schob die Akte unter die Art-déco-Lampe. «Fünf Seiten, inklusive Tabellen. Das wird ungefähr drei Stunden dauern.»

Sie holte ein Blatt aus der Schreibtischschublade, auf dem in einem Quadrat angeordnet die Buchstaben des Alphabets in unterschiedlicher Reihenfolge unter- und nebeneinander standen. Sie nahm die erste Seite des verschlüsselten Textes und schrieb die oberste Zeile auf eine neues Blatt Papier. *Khwicasne Vsrq*.

«Das Codewort ist ROSA», erklärte sie.

Dalus lag ein Kommentar auf der Zunge, den er jedoch herunterschluckte. Der tragische Tod Rosa Luxemburgs, die vor eineinhalb Jahren hier in der Stadt von einem Polizisten mit dem Gewehrkolben erschlagen und in den Landwehrkanal geworfen worden war, war auch ihm unter die Haut gegangen.

Edith schrieb unter die erste Zeile Codetext in ununterbrochener Kette immer wieder das Wort «Rosa», sodass jedem verschlüsselten Buchstaben ein neuer Buchstabe gegenüberstand.

Khwicasne Vsrq
Rosarosar Osar

«Je nachdem, welcher Buchstabe dem verschlüsselten Buchstaben gegenübersteht, kann der Klartext-Buchstabe in dem Vigenère-Quadrat ermittelt werden.»

Über dem Quadrat aus Buchstaben auf dem Zettel waren in einer Zeile alle Buchstaben des Alphabets der Reihenfolge nach verzeichnet, ebenso absteigend links neben dem Quadrat, sodass es eine Art Tabelle ergab. Edith wanderte mit dem Finger zuerst oben zum «K» und dann abwärts, bis sie die Zeile für «R» erreichte. Ihr Finger landete auf einem «S». Sie schrieb zuerst das «S» und dann die weiteren dechiffrierten Buchstaben unter das bisher Geschriebene.

KHWICASNE VSRQ
ROSAROSAR OSAR
STEILMANN HARZ

«Eine Zahlung von einem Steilmann Harz?», gab Dalus überrascht von sich.

«Das wird die Entschlüsselung ergeben. Sie müssen etwas Geduld haben. Ich werde mich beeilen, so gut es geht. Sie können hier warten oder wo es Ihnen sonst gefällt.»

Mit dem Kopf deutete sie auf das Kanapee hinter sich, auf dem sich Dalus ohne Umschweife niederließ.

«Sind Sie sicher, dass ich nicht helfen kann?», fragte er missmutig.

«Sie können mir helfen, indem Sie sich ruhig verhalten», bat Edith, bereits in die Transkription vertieft. «Schlafen Sie ein bisschen, wenn Sie wollen. Sie sehen schon seit heute Morgen recht furchtbar aus. Sie werden uns mehr nützen, wenn Sie ausgeschlafen sind.»

Dalus schaute teilnahmslos auf die Bücherregale an der anderen Zimmerwand. Er versuchte, sich vorzustellen, was er jetzt tun konnte, um sich nützlich zu machen, aber sein Kopf blieb leer. Durch die Wohnungswand drangen Geräusche von spielenden Kindern. Er stützte den Kopf auf seine Hände und bemerkte, dass der Himmel vor dem Fenster sich bereits rot verfärbte.

Route zum Schrammstein 1905

Sie hatten sich aus ihrem Nachtlager geschlichen, und der Junge wünschte sich unter die warme Pferdedecke zurück. Stattdessen kroch seine Schwester auf allen vieren unaufhörlich auf den Feuerschein zu, der an den Bäumen hohe Schatten warf. Zwischen den Waldgeräuschen wurden zwei abgerissene Stimmen hörbar.

«Warum hast du die Kinder mitgebracht?», fragte jemand, den der Junge als einen der Männer aus Markersdorf ausmachte.

«Hätte sie nicht auf dem Hof lassen können, bei dem Aufruhr im Dorf!», sagte die Stimme des Vaters. «Ein toter Großknecht, es ist eine Schande. Erschlagen haben sie ihn, diese bolschewikischen Misthunde!»

«Sie werden es büßen», sagte der Erste. «Wenn die Nachrichten stimmen, schneiden wir ihnen am Pass den Weg ab.»

Die Schwester hatte eine Position erreicht, von der aus sie durch das Buschwerk spähen konnte. Erleichtert blieb er auf dem Bauch liegen.

«Die Gören lasse ich in der Jagdhütte», sagte der Vater, und dem Jungen wurde kalt.

«Du hättest sie halt zu Hause lassen müssen», meinte der Erste.

«Der Kleine ist in schlechter Verfassung», erwiderte Vater barsch. «Und wenn es ernst wird, kann Dr. Kerst auf sie aufpassen. Umso besser, wenn's hart auf hart kommt. Dann ist der Feigling zu nichts nütze.»

«Der Doktor. Ist auf allen Vereinstreffen und sagt nie was Gescheites. Man denkt, er tut es nicht für die Pflicht, sondern nur für die eigene Tasche.»

«Soll halt bei seinen Pillen bleiben», sagte der Vater.

«Wenn wir die kriegen, dann gibt's Geknalle», meinte der Markersdorfer nach einer Pause und schlug die Hände zusammen. Der Junge spürte förmlich die Erregung in seiner Stimme und duckte sein Gesicht unwillkürlich noch tiefer in eine Wurzel, die vor seiner Nase aus der Erde ragte.

«*Wenn* wir sie finden. Hier gibt es nichts als Felsen.»

«Rossbach sagt, er hätte schon eine Spur», sagte der Erste selbstgewiss.

«Sagt er das?»

«Ein echter Teufelskerl. Hat in den Kolonien schon dem Reich gedient.»

«Na und?», erwiderte der Vater.

«Wenn alle Deutschen so wären, dann hätten wir hier im Hinterland weniger Probleme mit den Juden und Bolschewiken.»

«Schon recht. Aber seine Einstellung ist zu lax. Was wir wirklich brauchen, sind Männer, die keine Skrupel haben.» Die Stimme des Vaters wurde jetzt unmerklich lauter. «Für die Bewegung. Wenn man etwas bewegen will, muss man stark sein.»

«Stark.»

«Ja, genau, stark. Der Alldeutsche Verband denkt zu klein. Wir müssen groß denken. Und Zeichen setzen.»

«Und was ist mit Rossbach?»

«Der wird es auch noch lernen.»

«Na dann, Waidmannsheil!», sagte der andere.

Sie stießen die Becher gegeneinander.

Berlin / Mittwoch, 2. Juni 1920 / 5 Uhr 06 nachmittags

Mohrfels wendete den Wagen und schaltete in den Leerlauf. Er hatte das Fenster heruntergekurbelt und spürte das sanfte Vibrieren des 10-PS-Motors und das erhitzte Leder an der Anzughose. Er stand genau zwischen den Werkhallen. Von hier konnte er durch die staubige Scheibe den Hauptplatz mit dem gebrochenen Fahnenmast sehen. Die Sonne strahlte auf den Beton.

Neben ihm auf dem Beifahrersitz lag ein Pappordner mit einem einzigen Blatt Papier. Das Ergebnis von Gunnarssons Analyse.

Er hatte entschieden, allein den Dienstwagen zu nehmen. Er ließ den Motor aufheulen.

Sein Magen meldete Unruhe an. Magenbeschwerden. Ein Beißen, seitlich, nahe der Gallenblase.

Noch einmal fiel sein Blick auf den Hefter.

Nach vierzig Dienstjahren hatte er zum ersten Mal das Gefühl, selbst auf der Anklagebank zu sitzen. Ein Gefühl, das ihm in etwa so lieb war wie eine Hämorrhoidenuntersuchung.

Er legte den Gang ein und drückte auf das Gas.

Mohrfels war der jüngste Sohn einer Beamtenfamilie. Sein Vater, ein ernster, penibel gekleideter Mann, hatte in der preußischen Verwaltung gearbeitet. Trotz der schlechten Bezahlung hatte der Vater den Staatsdienst geliebt. Auch den Kaiser hatte er geliebt wie einen nahen Verwandten. Er wäre sicherlich stolz gewesen, als Mohrfels einige Jahre später selbst verbeamtet wurde – hätte ihn nicht eine verschleppte Lungenentzündung zwei Jahre zuvor aus der Welt gerafft.

Tatsächlich hatte Mohrfels nach dem Schulabschluss zunächst

seine Mutter unterstützt und sich in einem Handelskontor verdingt, wo er vom Lager bis zur Assessorenstube so ziemlich jede Tätigkeit ausgeübt hatte, bis er bemerkte, dass ihm das Geschäft weniger lag als die Beschäftigung mit den Menschen selbst. Er hatte sich für einen Werdegang im Polizeidienst entschieden. Mohrfels wurde Teil eines Korps, in dem vor allem Gehorsam zählte und dessen Gesinnung einem Gesetz gleichkam. Eine Haltung, die ihn an seinen Vater erinnerte. Sie waren Beamte, die Reich und Kaiser mit ihrem Leben dienten. Damit war er groß geworden.

Mohrfels drückte das Gaspedal durch, und der Wagen fuhr schneller. Er beschrieb eine gerade Bahn auf dem sandigen Gelände. Mohrfels ließ den Blick über die hohe Fabrikhalle streifen, die sich linker Hand endlos in Richtung des Hauptplatzes erstreckte. Das geborstene Glas in den gewölbten Fenstern flog förmlich an ihm vorbei.

In seinem Beruf war Mohrfels auf die Wahrheit angewiesen. Er hatte sich angewöhnt, darin etwas Positives zu sehen.

Heute lag die Sache anders.

Er hatte versagt. Er hatte die ganze Zeit in die falsche Richtung geschaut. Die Wucht dieser Wahrheit schmerzte wie ein Hieb.

Er war verbohrt gewesen, seinen Fall zu lösen. Und hatte dabei seine Flanken aus dem Blick verloren. Er hatte vertraut, wie er es seit Jahrzehnten getan hatte. Um jetzt festzustellen, dass man gegen ihn arbeitete.

Sie wollten ihn zum Narren halten. Die eigene Truppe.

Es hatte schon immer Machtspiele bei ihnen gegeben. Auch faule Äpfel. Aber wenn es ums Ganze ging, war man in der Truppe loyal gewesen. Anders konnte man nicht arbeiten.

Und dennoch war es so. Diese Feststellung löste bei ihm einen fast körperlichen Schmerz aus. Und er war wütend. Er hatte sich zu sehr mit seiner Truppe identifiziert. Er hätte es früher sehen müssen.

Ein Fundort voller Spuren, von denen keine zum Ziel führte.

Eine Hundefährte, die sie auf dieses Gelände gebracht hatte und dann im Nichts verschwand.

Sein abgehörtes Fernsprechgerät.

Deter, der mit den wichtigsten Ergebnissen bis zuletzt wartete.

Jemand, der eine Mordakte aus seinem Fall studierte.

Er hätte noch weitere aufzählen können. Aber jetzt hatte er den Beweis.

Vor einer Stunde war er zu Gunnarsson gegangen, um das Ergebnis der Reifenspuranalyse abzuholen. Das Ergebnis, das jetzt neben ihm auf dem Sitz lag.

Es war eindeutig gewesen: Die Reifenspuren vom Fabrikgelände, die er mit Vipperow in der Nacht sichergestellt hatte, stammten von einem Mercedes-Benz-Diesel-2-Tonner, Typ Lo 2000. Nur dass er mit eigenen Augen gesehen hatte, dass es kein Benz gewesen war, sondern ein Adler.

Es war keine Täuschung möglich. Sie hatten das Modell anhand seiner Erinnerung rekonstruiert.

Mohrfels war aus dem Büro gestürmt und hatte den verwirrten Mann stehen lassen.

Die Reifenspuren waren manipuliert worden. Man arbeitete gegen ihn. Es hatte keine Stunde gedauert, bis er die Beweise gefunden hatte. In der Asservatenkammer. Mohrfels hatte die nackte Glühbirne angeknipst und war in den Raum gestürmt, in dem die Akten ungelöster Fälle gelagert wurden. Er hatte schweigend gesucht, bis er eine Kiste geöffnet hatte, die die Beweismittel eines ungelösten Mordfalls aus dem Jahr 1916 enthielt. Ein Häftling war von einem Lastwagen zu Tode gefahren worden. Die Gipsabdrücke mit der Typbezeichnung fehlten.

Mohrfels' Wagen wurde weiterhin schneller und begann auf dem Sand zu schlingern. Er war zu lange nicht mehr selbst gefahren. Er riss das Lenkrad herum, sodass ihm die Sonne ins Auge blitzte und er herumschleuderte. Als er in einer Staubwolke zum Stehen kam, hämmerte er dreimal die Faust auf den Lenker und brüllte.

Dann entschied er, dass es genug war.

Er hatte sich für dumm verkaufen lassen. Jemand manipulierte seinen Fall. Man wollte Spuren verwischen.

Das Klicken in seinem Fernsprechgerät. Eine Abhöraktion war keine Kleinigkeit. Auf dem Amt musste ein Spezialauftrag eingerichtet werden, sodass seine Anrufe zu einem speziellen Mitarbeiter weitergeleitet wurden. Das ließ sich aus unteren Diensträngen nicht organisieren. Mohrfels konnte nicht ausschließen, dass Fuchau von der Sache wusste. Fuchau, der ihn dazu gedrängt hatte, den Fall abzuschließen.

Mohrfels ging im Kopf die Beteiligten durch. Vipperow und Gunnarsson. Fuchau, Wörl, Habig und Winterberg. Dazu die Schutzpolizisten, einer, der ihn gefahren hatte.

Alle waren verdächtig.

Was war das Motiv? Eine verdeckte Aktion, die von oben gesteuert wurde? Ein Waffengeschäft, an dem Jegor Erich Koglin und ein paar Polizisten beteiligt waren? Oder war der Mord an Daria Laurenz aus ganz anderer Perspektive zu sehen?

Mohrfels legte erneut den Gang ein und lenkte den Wagen quer über das Betonfeld, an dessen Ende neben den Unterständen ein Fuhrwerk und ein hölzernes Windrad standen. Überall zwischen den verfallenen Anlagen brach sich die Natur Bahn. Gras wucherte, Farne schossen empor, Efeu hing über die Gebäude. Er musste an die Freundin von Dalus und ihre Prophezeiungen denken, der Apparat sei unterwandert.

Er würde umdenken. Solange er nicht mehr wusste, konnte er niemandem mehr trauen. Er würde sich vor seinen Kollegen in Acht nehmen müssen – das beinhaltete langjährige Bekannte und Freunde. Das würde seine Ermittlungsmöglichkeiten stark einschränken. Und was noch viel schlimmer war: Ein Großteil der bisherigen Ergebnisse war jetzt nichts mehr wert.

In Gedanken ging er den aktuellen Fall noch einmal durch: totes Mädchen ohne Freunde. Vermieterin mit Schwarzgeld. Die Hundespur. Das Industriegebiet als möglicher Tatort. Durchsuchung durch die Hundertschaft. Besitzer Jegor Erich Koglin und die Verbindung zum verschwundenen Legner. Organisiertes Verbrechen. Der blaue Lkw. Der Sprengstoff. Marode Zelle innerhalb der Polizei.

Eine Geschichte, die zu viele Lücken hatte.

Wenn er Glück hatte, ging es bei dem Sprengstoff bloß um ein Waffengeschäft. Aber was hatte das tote Mädchen Daria Laurenz damit zu tun? Konnte es sein, dass die Verbindung ein Zufall war? Oder war ein Frauenmörder denkbar, der sich im Polizeidienst befand? Vielleicht hatte er auch ein Motiv übersehen.

Neben ein paar kleinen Hütten, die einmal als Baracken gedient haben mochten, verlangsamte er den Wagen, zog die Handbremse und öffnete die Tür. Er stieg aus, schob seinen Hut in die Stirn und wischte sich mit seinem Taschentuch den Schweiß ab.

Er konnte nach wie vor nicht verstehen, warum die Spur hier verlorengegangen war. Die Bilder der suchenden Beamten mit den Hunden in seinem Kopf waren noch frisch. Selbst diesem Hilfsmittel konnte er nicht mehr trauen.

Er spuckte aus und schaute erneut über die glühende Landschaft. Wenn er ehrlich war, hatte er nichts in der Hand. *Zeit, die Ärmel aufzukrempeln, Herr Oberkriminalkommissar*, dachte er.

Er wollte mehr über die Verwicklungen zwischen dem Schwarzhändler Koglin und der Polizei wissen. Koglin und Legner blieben auf der Liste der Verdächtigen. Plus den Unbekannten aus den Reihen der Staatsmacht.

Und er musste unbedingt mehr über sein Opfer herausfinden, das bisher bemerkenswert unauffällig geblieben war.

Mohrfels schnaufte – und stieg zurück in den Wagen.

Sie hatten die Adresse ausfindig gemacht. Irgendeine Wohnung in irgendeinem Mietloch. Völlig egal, wo. Sie hatten eine Zeit vor dem Hofeingang gestanden und die Leute bewundert, die rein- und rauskamen. Einer verlauster als der andere.

Dann waren sie reingegangen.

Die Wohnung war im dritten Stock. Rot lackierte Tür. Name der Frau stand auch direkt dran.

Sie klingelten.

Als sie gerade noch einmal klingeln wollten, kamen von unten Geräusche auf der Treppe.

Sie gingen einen Absatz weiter hoch und warteten, spähten aber neugierig durch die Streben des Geländers. Und tatsächlich, da kam sie schon hoch. Einkaufstüte auf den Armen und auch ansonsten voll in Montur mit Damenbekleidung, Hut und Schleifchen etc. Und sogar noch ihre kleine Tochter dabei. Fast wie ein Gespenst, die Kleine, mit 'ner schönen Scharte im Gesicht. Schwaches Erbgut wohl.

Das musste sie sein, da bestand keine Frage.

Sie warteten artig, bis die Frau die Wohnung aufgeschlossen hatte und gingen dann hinunter.

«Müssen dringend mit Ihnen sprechen, gnädiges Fräulein.» Dabei so nah herangehen, dass kein Zweifel besteht.

Heiner hatte aufmerksamerweise seinen Dolch gezogen und sich hinter die Kleine gestellt, ihr nur eine Hand auf die Schulter gelegt, ganz freundlich, was die Mutter natürlich sofort sah und kreideweiß wurde.

«Ob wir kurz reinkommen könnten.» Da gab es keine Diskussion.

Ich überprüfte noch einmal den Flur, dann die Tür zu und rein in die gute Stube.

An der Wand hing so eine moderne Wanduhr, die wir erst mal ein wenig ticken ließen.

Was wir denn wollten, fragte die Mutter immer wieder. Heiner blickte nur vieldeutig. Und nahm dann die Kleine mit rüber zum Spielen.

Die Frau begann zu schreien, was ich ihr mit ein paar Schlägen austrieb.

«Wird ihr gar nichts tun, der Gute», sagte ich und erklärte ihr die Situation.

Sie blickte großäugig um die Ecke. Heiner ließ die Kleine mit dem Messer spielen. Legte ihr die kleinen weißen Fingerchen auf den Boden und ließ die spitze Klinge dazwischenfahren, zack, zack, zack, wobei er summte. Sang ihr ein Kriegslied vor, die Kanaille. Ich hätte fast lachen müssen.

Als die Russen frech geworden, simserimsimsimsimsim
Kamen sie aus ihrem Norden, simserimsimsimsimsim

Während die Frau nur noch weinte, nahm ich mein Messer und schnitt ihr das Kleid auf. Sie wimmerte, schrie aber nicht mehr rum.

Die Kosaken vom Ural
Fußvolk auch in großer Zahl

Hielt ihr den kalten Stahl unten rein und sagte ihr noch einmal, was ich wissen wollte.

uns zu massakrieren, wau wau wau wau wau wau
uns zu massakrieren, schnedereng, schnedereng, schnedereng, deng deng

Starr wie ein Brett, die Alte.

Wir legten ihr noch etwas Geld auf den Teetisch, zum Abschied.

«Für den Schrecken», sagte ich.

Heiner legte einen Finger auf den Mund, um anzudeuten, dass sie die Fresse halten sollte. Und Rückzug.

Draußen dann einigermaßen ausgelassen.

Berlin / Mittwoch, 2. Juni 1920 / 5 Uhr 38 nachmittags

Koglins Dependance lag auf dem Weg zum Präsidium. Mohrfels parkte den Wagen an einer Seitenstraße der Königstraße und schaute zu seinem Büro rüber. Er hatte Habig zur Observation abgestellt. Es dauerte nicht lange, da hatte er den stämmigen Beamten auf der anderen Seite entdeckt, wo er an einem Gemüseladen stand und die Zeitung studierte. Hin und wieder biss er gelangweilt von einer Rote-Bete-Knolle ab, blickte unter dem Schatten der Hutkrempe hinüber zu Koglins Bürofenster und vertiefte sich dann wieder in die Lektüre.

Plötzlich schien seine Konzentration durch etwas gebrochen worden zu sein, denn Habig warf die Knolle in die Straßenrinne und steuerte, als Mohrfels ihn das nächste Mal zwischen einem Omnibus und einem Fahrradfahrer erblickte, auf Koglins Büro zu, überquerte vor einem hupenden Auto die Straße und ging, anstatt zu Koglin abzubiegen, weiter die Straße entlang. Mohrfels folgte mit Abstand und konnte gerade noch sehen, wie Habig im Eingang eines leerstehenden Ladens verschwand, dessen Fenster mit Packpapier beklebt waren.

Mohrfels suchte sich auf der anderen Straßenseite eine geeignete Position und sah, wie Habig nach kurzer Zeit wieder aus dem Laden trat, sich in beide Richtungen umschaute und auf seine Armbanduhr blickte. Plötzlich schien er erneut etwas in den Blick bekommen zu haben, denn er zog den Kopf hinter den Ladeneingang zurück und versteckte sich hinter dem Türpfosten, bis ein bulliger Mann auf dem Bürgersteig an dem Laden vorbeiging. Habig packte ihn mit einer überraschend leichtgängigen Bewegung am Schlafittchen und zerrte ihn in den Eingang. Mohrfels dachte für einen Augenblick darüber nach, ob er intervenieren sollte, hielt es dann aber für besser, abzuwarten und zu sehen, wie sich die Situation entwickelte. In der Tat tauchten Habig und der Fremde, den Mohrfels bei genauerem Hinsehen als einen von Koglins Gorillas erkannte, nach einigen Sekunden wieder im Türeingang auf.

Habig gestikulierte und machte immer wieder Anstalten, dem Mann zu drohen, der seine Bewegungen mit dem ganzen Körper abwehrte und Habig etwas zu erklären schien. Schließlich griff der Mann in seine Hosentasche, was Habig dazu brachte, ihn mit einem Seitenblick über den Gehweg zurück in den Laden und aus dem Blickfeld zu ziehen. Einige Minuten später trat Habig, die Hände in den Anzugtaschen, aus dem Eingang hinaus auf den Gehweg und beeilte sich, zum Auto zu kommen. Er stieg in den Dienstwagen und fuhr los.

Mohrfels traute seinen Augen nicht.

O

Er hatte Habig verfolgt, zu einer ihm unbekannten Adresse in der Nähe der Münzstraße, wo Habig für einige Minuten in einem Haus verschwand, dann wieder in den Wagen stieg und zum Präsidium fuhr. Er würde ihn zur Rede stellen müssen.

Mohrfels erreichte ebenfalls ihre Abteilung. Winterbergs Mantel hing noch am Haken, seine Tür war geschlossen. Habig war nicht zu entdecken. Als Mohrfels sich hinter seinen Schreibtisch setzte, begann das Licht draußen bereits weniger zu werden. Dann stand Habig plötzlich in der Tür.

«Ruhe vor dem Sturm?», fragte er.

Mohrfels runzelte die Stirn.

«Wegen der Pressekonferenz morgen», erinnerte ihn Habig.

«Hatte ich völlig vergessen», gab Mohrfels wahrheitsgemäß zu. «Kommen Sie herein und schließen Sie die Tür, ich muss mit Ihnen reden.»

«Draußen ist Besuch für Sie», sagte der Kollege. «Eine Frau Pfarr. Sagt, sie hat etwas über Wilhelm Legner!»

Mohrfels wäre um ein Haar aufgesprungen.

«Verhörraum zwei ist frei», sagte Habig.

«Nein», sagte Mohrfels zögernd, «ich werde mit ihr allein sprechen. Hier in meinem Büro.»

Habig blickte ihn irritiert an.

«Der Verhörraum ist frei», wiederholte er. Als Mohrfels nicht reagierte, ging er aus dem Raum und ließ die Tür offen stehen.

Ada Pfarr trug einen Überzieher und eine billige Handtasche, die sie mit beiden Händen gepackt hielt. Mohrfels bot ihr einen Stuhl an, aber sie lehnte ab. Etwas in ihrem Gesicht drückte Erschöpfung aus. Sie war nervös.

«Frau Pfarr, was verschafft mir die Ehre?»

«Es geht um Wilhelm, er ist …»

Ihre Stimme brach, und sie suchte etwas in ihrer Handtasche.

«Sagen Sie mir, was los ist. Wir können helfen.»

«Er ist kein Mörder! Das habe ich Ihnen schon gesagt. Es ist nur – ich glaube, dass er in Gefahr ist.»

«Sie wissen, wo sich Legner aufhält?»

«Sie dürfen ihm auf keinen Fall diesen Mord anhängen. Er ist ein guter Mann. Er ist …»

Wieder versagte ihr die Stimme.

«Was ist passiert?», fragte Mohrfels.

«Es kamen Männer. Sie wollten wissen, wo Wilhelm ist.»

«Was für Männer?», fragte Mohrfels eindringlich.

Ada Pfarr schüttelte starr den Kopf.

«Haben Sie es ihnen gesagt?»

Sie nickte.

«Haben sie Ihnen etwas getan? – Ihnen oder Ihrer Tochter?»

In diesem Moment begann Ada Pfarr zu weinen.

○

Das Gebäude stand in einer Seitenstraße in Moabit. Mohrfels verfehlte zunächst im Dunkeln die Einfahrt. Er hatte Habig belogen und nichts von Pfarrs Aussage gesagt, was ihm ein schlechtes Gefühl verursachte. Wenn er in einen Hinterhalt geriet, wusste niemand von der Spur, auf der er sich befand.

Das Haus schien in vergangenen Tagen als Hotel gedient zu haben, denn an einem der Pilaster waren noch Umrisse großer Reklame-Buchstaben zu erkennen. Das verwitterte Gebäude schien leicht über den Gehweg geneigt und hatte offensichtlich seine besten Tage hinter sich. Fugen und Simse waren verschmutzt, und von den Sockeln bröckelte es. Dennoch hatten die seit Jahren blinden Fenster etwas Hellsichtiges an sich. Zu seiner Zeit musste dies ein eleganter und mondäner Ort gewesen sein.

Als Mohrfels die Stufen erklomm, brachte sich etwas, das ungefähr die Größe eines Hundes haben musste, in das Hausinnere in Sicherheit. Mohrfels tippte auf ein Nagetier. Er hörte, wie etwas über den Boden schleifte. Mit der Linken drückte er die knarrende Holztür auf, schaltete die Armeelampe ein und hielt sie in die Höhe.

Ein enger Flur führte in eine verlassene Rezeptionshalle. Mohrfels betätigte den Lichtschalter, aber nichts geschah. Er ließ den Lichtkegel kreisen. Die Halle war glasübersät und trug den typischen Geruch von Moder und Verfall. Hinter dem Empfangstresen an der Wand war ein Schlüsselbrett befestigt. Ada Pfarr hatte ihm die Zimmernummer 39C genannt, wobei C für den dritten Stock stand.

Sein Blick folgte im Lampenkegel dem morschen Geländer hinauf in die Dunkelheit. Der Fahrstuhl mit den Messingknöpfen schien außer Betrieb zu sein. Widerwillig machte Mohrfels sich an den Aufstieg.

Als er den zweiten Absatz erreichte, ging sein Herz wie ein alter Dieselmotor.

Mohrfels erreichte schwitzend den dritten Stock. Der Lichtkegel fand zwei Warnschilder. *Vorsicht Bohnerwachs. Rauchen verboten.* Darunter die Zimmernummern mit Richtungspfeilen. Er folgte dem Pfeil durch das Treppenhaus, nach links den Gang hinunter, der mit rotem Teppich ausgelegt war, dann um eine Ecke.

Mohrfels fiel auf, dass in diesem Abschnitt alle Türen offen standen.

Er blieb stehen, zog seine Parabellum und entsicherte sie. Wenn jemand im Dunkeln auf ihn lauerte, war er mit der Taschenlampe in der Hand schwer zu verfehlen. Er bewegte sich an den verlassenen Zimmern vorbei. Der Dielenboden knarrte. Er zählte – 33, 35, 37. Auch die nächste Tür stand offen. Plötzlich meldete sich ein Muskel irgendwo in seinem Rücken.

Etwas stimmte nicht. Es roch nach Eisen.

In diesem Zimmer war etwas passiert. Das Bett stand auf der rechten Seite und nahm in dem wenige Quadratmeter großen Raum etwa die Hälfte der Fläche ein. Es war unschwer zu erkennen, dass der festgebundene Mann nicht mehr lebte. Sein Körper hing schlaff in den Fesseln, die ihn am Bettgestell hielten. Im Hals klaffte ein breiter, hässlicher Schnitt. Der Mann war unrasiert, Haare fielen strähnig in die hohe Stirn. Es handelte sich um Wilhelm Legner.

Er war nicht bekleidet, seine Scham eingefallen. Die dünnen Beine waren aus den Socken herausgerutscht. An Legners Fußsohlen waren orangene Spuren. Das Blut hatte die Laken getränkt.

Etwas war an die Wand geschmiert worden.

Es sah wie eine gezielte Tötung, wie eine Hinrichtung, aus. Es war ein elendiger Anblick.

Mohrfels ließ den Lichtkegel durchs Zimmer schweifen und sah die Unordnung. Überall lagen Gegenstände auf dem Fußboden, ein Rucksack, ein Gaskocher.

Er betrat mit äußerster Vorsicht den Raum, wissend, dass er die von ihm eingeführte Prozedur missachtete. Er würde den Tatort sichten, bevor die Kollegen da waren, dachte er verbittert. Einen anderen Beamten hätte das den Kopf gekostet. Dafür hätte er höchstpersönlich gesorgt. Er setzte einen Schuh neben die Blutlache und kam vor der Querseite des Bettes zum Stehen. Was für eine riesige Sauerei!

Auf dem Boden lagen Utensilien, die wohl aus seinem Rucksack stammten. Das Zimmer war durchsucht worden.

Mohrfels machte einen Ausfallschritt über die Lache, wobei er etwas von dem Blut erwischte, und ging ins Badezimmer.

Der feuchte Raum wirkte erstaunlich groß im Vergleich zum Rest der Bleibe. Ein fleckiger Spiegel hing an der Wand. Kacheln und eine Wanne. Mohrfels schob mit dem Lauf der Waffe den Vorhang zur Seite. Wasser- und Rostspuren glänzten bräunlich am Wannenboden. Legner hatte geduscht.

Mohrfels leuchtete die blassen Rohre und an der Halterung des Duschkopfs entlang. Fast hätte er den glänzenden Gegenstand übersehen. Er steckte die Parabellum zurück in das Halfter und zückte den Federhalter. An der Vorrichtung war etwas aufgehängt. Er lüpfte es vorsichtig mit dem Stift. Im Schein der Lampe baumelte eine Kugelkette, an der ein länglicher Gegenstand hing. Es war eine 57-mm-Gewehrpatrone, die an der Spitze fein durchbohrt worden war. Er wickelte sie in sein Taschentuch.

O

Mohrfels hielt sich im Treppenhaus einen Moment am Geländer fest. Irgendwo unter ihm trippelten die Ratten durchs Dunkel.

Jemand hatte Legner zu Tode gebracht. Er würde sich nicht wundern, wenn sie an ihm Misshandlungsspuren fanden. Das ganze Vorgehen wirkte chaotisch, voller Wut und Aggression. Eine Bestrafung. Ein Racheakt.

Aber warum waren nur die Türen dieses Gangs geöffnet gewesen, nicht in den unteren Stockwerken?

Er würde das genauer untersuchen müssen.

Legner tat ihm leid. So einen Tod verdiente niemand.

Vor dem Haus ließ er den Blick noch einmal zu den hohen Fenstern hinaufwandern. Legners Zimmer musste sich an der rechten Außenwand des Gebäudes befinden. Er wechselte die Straßenseite und ging den Gehweg entlang, bis er eine Querstraße erreichte, von der aus man den rechten Korridor des verfallenen Hotels sehen konnte. Die Straße war weitgehend unbeleuchtet, lediglich weiter hinten, wo sie in die nächste Kreuzung mündete, verströmte ein Kellereingang etwas Licht.

Mohrfels knipste noch einmal die Lampe an und führte den fahlen Kegel den Rinnstein entlang. Nach einigen Metern ging er grunzend in die Knie.

Kurz vor dem Gullydeckel lag etwas auf der Straße, das wie ein Zigarettenstummel aussah. Es war ein Exemplar der Marke Simon Arzt.

Daneben waren deutlich erkennbar Reifenspuren. Wer auch immer Ada Pfarr besucht hatte, um ihren Geliebten zu finden: Sie waren motorisiert gewesen.

Berlin / Mittwoch, 2. Juni 1920 / 11 Uhr 17 abends

Um ihn war es dunkel.

Dalus schreckte hoch und wirbelte die Schuhe vom Kanapee. Er konnte sich nicht erinnern, dass er sich hingelegt hatte. Schließlich fand seine Hand den Lichtschalter einer Stehlampe, die er anknipste.

Als Edith aus dem Nebenzimmer zurückkehrte, hatte Dalus die transkribierten Blätter auf dem Arbeitstisch gefunden.

«Sie haben im Schlaf gesprochen», sagte Edith und schaute ihn forschend an. «Haben Sie etwas geträumt?»

«Was haben Sie gefunden?», fragte Dalus, um abzulenken.

Im Rund der Lampe lagen neben einigen Schreibutensilien ein paar Zettel in gestochener, schwungvoller Handschrift. Diese musste Edith geschrieben haben. Er nahm den ersten Zettel in den Blick und musterte ihn wie einen Gegenstand aus einer anderen Zeit. Er stellte auf Anhieb fest, dass etwas vor ihm lag, das Aufmerksamkeit erforderte.

Zeilen und Spalten. Kürzel und Geldflüsse. Namen und Bezeichnungen, einer komplizierten Logik folgend.

«Faszinierend, oder etwa nicht?» Edith war von hinten hinzugetreten und beugte sich über den Schein der Lampe.

«Was zum Teufel ist das?», murmelte Dalus mehr zu sich selbst.

Er konzentrierte sich für einige Zeit auf den Zahlenfluss. Es schien sich um eine Art kompliziertes Bankkonto zu handeln. Einzahlungen und Auszahlungen. Transaktionen.

«Einige Namen kennen wir bereits», kommentierte Edith. «Rossbach kommt einige Male vor. Er hat eine Menge Geld für bestimmte ‹Expresslieferungen› erhalten. Außerdem steht Dr. Kerst auf der Liste. Er hat anscheinend ebenfalls Geld bekommen.»

Dalus spürte, wie ihm kalt wurde. Kerst war also wirklich an der Verschwörung beteiligt gewesen. Unwillkürlich suchte er nach dem Namen seines Vaters.

«Steilmann ist ein bekannter Regierungsrat aus Bayern, der sich nach wie vor öffentlich zu seiner monarchistischen Gesinnung bekennt. Von dem Kaliber gibt es noch andere Namen», referierte Edith weiter.

«Putschisten?», mutmaßte Dalus.

«Es ist mehr als das. Verstehen Sie denn nicht? Was Ihre Schwester zusammengetragen hat, ist unglaublich. Hamburg, Bayern, Berlin. Auf der nächsten Seite wird das Geld bis nach Ungarn verschoben. Sie haben sogar eine eigene Bank gegründet. Schauen Sie nur auf die Namensliste, wer alles darin verwickelt ist!»

Dalus' Blick überflog die Zeilen und stellte erleichtert fest, dass er keine weiteren Bekannten entdeckte.

Dann sondierte er erneut. Vereinsnamen, Sport und Genossenschaften. Waldarbeiter, Dreschkommandos und Reitervereine. Pfadfinder, Kulturclubs, der Deutsche Waffenring. Namen aus der Politik sowie aus der Wirtschaft. Polizeibeamte. Stammtische. Sogar einige Kirchenverbände.

«Es zieht sich durch alle Teile der Gesellschaft», sagte er leise.

«Hier geht es nicht bloß um einen Regierungswechsel», hob Edith erneut an. «Die Anzahl der Sympathisanten ist viel größer.»

«Eine übernationale Bewegung», sagte Dalus.

«Das ist zumindest nicht ausgeschlossen», stimmte Edith tonlos zu.

«Einige Vereine haben ihren Sitz in Berlin», stellte Dalus fest. «Der Größte ist dieser hier.»

Sein Finger fuhr eine Kolumne entlang und fand einen großen Geldbetrag, der erst kürzlich überwiesen worden war.

«Verein Neues Deutschland», las Edith.

«Dort fangen wir an», entschied Dalus.

«Morgen», fügte Edith hinzu.

Ein Treffen am Westhafen. Zass umrundete die Ölfässer und ging zum düsteren Kai hinab. Die ganze Aktion war mehr als lächerlich. Erst hatte ihn der Verein als Schriftführer angestellt. Sie hatten keinen Hehl daraus gemacht, dass es dabei nicht um lautere Geschäfte ging. Eine Menge Sicherheitsvorkehrungen und Brimborium. Eingeschworene Gruppe, wie es schien. Aber mit der Zeit hatte er sich schon gewundert, wer dort alles ein und aus ging. Man hatte Kontakte, so viel stand fest.

Allerdings kein Grund, ihn zu einem solchen Treffpunkt zu nötigen. Hatte nicht vor, sich von Rossbach oder dem Polizeispitzel einschüchtern zu lassen. Letzterer schien ein großes Tier in der Gruppe zu sein. Zass hatte seine Art von Anfang an nicht leiden können. Widerwärtiger Schleimer. Hätte ihm gern eine Abreibung verpasst, wenn sich die Gelegenheit dafür ergab. Aber dafür war immer noch Zeit.

Zass wandte sich vom Pier zurück zum Lagerhaus, da flammten die Lichter auf.

Grelles Gelb. Blendend.

Zass hob den Arm vor die Augen.

Drei Wagen mit Scheinwerfern. Wo waren die hergekommen? Jetzt stiegen Männer aus. Alle im Gegenlicht. Ein weiteres Einschüchterungsmanöver, um seinen Preis zu drücken. Zass machte einen Schritt nach vorn.

«Sie kommen pünktlich», rief er. Versuchte, die Augen mit dem Hut abzuschirmen, um nicht ständig den Arm heben zu müssen.

In diesem Moment packten sie ihn von hinten. Mindesten drei Mann. Hände an Ellenbogen, Armen und Rücken, wie Schraubstöcke. Zass schrie und verlor den Boden unter den Füßen. Er wurde hochgehoben. Ihn packte Schwindel. Sein Kopf schwang nach unten. Plötzlich sah er nur noch Scheinwerferlicht. Zass schrie. Seine Arme waren wie gefesselt. Er hing kopfüber in der Luft. Münzen prasselten aus seinen Taschen zu Boden, genau wie sein Schießei-

sen, das daneben krachte. Er schrie und fluchte wie am Spieß. Wenige Zentimeter vor seinen Augen raste geteerter Boden vorbei, sein Gesicht schliff darüber, seine Nase schrammte daran entlang und brach. Dazwischen immer wieder die Scheinwerfer.

Er landete auf dem Rücken auf ein paar zusammengestellten Ölfässern. Er konnte weder Arme noch Beine bewegen. Lag hart auf dem Metall, im Nacken eine scharfe Kante, sodass Hals und Kopf über den Rand hingen. Etwas packte sein Kinn und presste es herunter. Er konnte den Kopf nicht wenden, präsentierte den durchgestreckten Hals und stieß mit dem Hinterkopf an die Fasswand. Für einen fatalen Moment hatte er das Gefühl, einen Anfall zu bekommen. Nicht jetzt, bitte nicht jetzt, dachte er. Sein Blick hing kopfüber – er keuchte und starrte ins Grelle, bis vor ihm die spiegelverkehrten Beine eines Mannes im Anzug ins Bild kamen.

Zass kannte den Mann nicht. Er versuchte, etwas zu sagen, aber man presste sein Kinn herab. Da er sich auf die Zunge gebissen hatte, rann Blut in die Mundhöhle, an dem er sich hustend verschluckte. Er pustete das Blut durch die Nase, sodass es ihm in die Augen rann und einen roten Film über alles legte. Er blinzelte.

«Wir sagen dir, wenn es an der Zeit ist, zu sprechen», sagte eine Stimme. «Wir sollen schöne Grüße von Rossbach ausrichten.»

Zass blinzelte einmal.

«So ist es schon besser.»

Die Silhouette gab ein Zeichen.

«Was wollt ihr?», brachte Zass zwischen Zähnen und Blut hervor.

«Rossbach will sichergehen, dass er auf deine Loyalität zählen kann. Denn er hat ein Angebot für dich.»

Die Beine verschwanden. In diesem Moment sah Zass einen Mann, der hinter dem anderen gestanden hatte und auf ihn zukam. Er hatte eine schwere Brechstange in der Hand. Er machte ein paar schnelle Schritte, hob die Stange vom Boden und holte aus. Zass schrie, nach wie vor wie festgenagelt, sah die Stange auf sein Gesicht zufliegen und hörte es krachen.

Alles vibrierte. Der Mann hatte gegen das Fass geschlagen. Zass keuchte und keuchte und spürte es in seinem Schoß warm werden. Plötzlich war sein Kinn frei.

«Seid ihr wahnsinnig?», brachte er hervor. Niemand schien ihn zu hören.

«Rossbach will keine weiteren Fehler sehen, wie mit dem blauen Lkw. Und er möchte, dass du weißt, was mit dir passiert, wenn du bei uns nicht spurst. Er möchte sogar, dass du es ganz genau weißt.»

Zass' Kopf wurde nach links gedrückt, wo auf weiteren Ölfässern keinen Meter von Zass ein blutender Mann lag und ächzte. Sein Kopf war übel zugerichtet. Die Augen blinzelten verschwollen, nur noch als matschige Schlitze im Scheinwerferlicht zu erkennen. Die Haare klebten vor Blut. Dennoch war der Mann bei Bewusstsein, denn als er Zass sah, begann er zu wimmern und hilflos den Mund zu bewegen. «Bitte, bitte», nuschelte er zwischen verklebten Lippen hervor und begann zu weinen. «Sie müssen, Sie müssen mir …»

Jetzt trat eine weitere Gestalt neben den Mann und drückte ihm den Kopf in die Überdehnung, sodass er wie Zass mit dem Hinterkopf über der Kante lag und nach vorn blickte. «Bitte …», nuschelte der Mann zwischen Schluchzern.

Dann kam der Mann mit der Stange ins Bild.

«Sieh genau hin, Zass», hörte er eine Stimme dicht neben sich.

Der Mann hob die Brechstange, holte aus und hieb dem Mann das Eisen direkt auf den geöffneten Mund. Zass kniff die Augen zu, aber er hörte das Krachen. Er hatte nicht bemerkt, dass ihm Tränen in die Augen gestiegen waren.

Das Geräusch zerbrechender Zähne war etwas Eigentümliches.

Er würde es niemals vergessen.

TEIL II

WER FRIEDEN WÜNSCHT, BEREITET DEN KRIEG VOR

VIERTER TAG

Berlin / Donnerstag, 3. Juni 1920 / 1 Uhr 10 nachts

Polizeiwagen waren vorgefahren, und man hatte das Hotel abgesperrt. Irgendwann hatte ein findiger Polizist den Sicherungskasten hinter einer vergilbten Tapetentür ausfindig gemacht. Einige Minuten später erstrahlte das Foyer in alter Schönheit, und die Beamten von der Spurensicherung konnten ihrer Arbeit nachgehen. Legners grauer Körper hatte noch immer so dagelegen, wie Mohrfels ihn gefunden hatte.

Mohrfels hatte sie auf die Reifenspuren hingewiesen und den Abdruck im Anschluss persönlich ins Revier gefahren und weggesperrt. Dann war er nach Hause gefahren und hatte sich einige Stunden hingelegt, nur um früh wieder ins Büro zu fahren.

Sein Schreibtisch lag, wie er ihn verlassen hatte, im hellen Kegel der Tischlampe.

Jemand hatte Wilhelm Legner hingerichtet. Ein Lynchmord vielleicht, aber in jedem Fall eine gezielte Tötung.

Vor ihm lag die Patrone, die er in Wilhelm Legners Behausung gefunden hatte. 57 Millimeter. Einfaches Geschoss. Eine Gewehrpatrone, möglicherweise aus dem Krieg. Nicht ohne Mühe fischte Mohrfels die andere Patrone an der Kugelkette aus seinem Sakko und ließ sie danebengleiten. Wilhelm Legner: Rumtreiber, Schwarzhändler und Schläger. Liebhaber von Ada Pfarr, Vater einer vierjährigen Tochter. Des Mordes verdächtig und zu Tode gekommen.

Mohrfels rieb sich das Kinn und streckte vorsichtig seinen wunden Körper. Noch eine Stunde bis zur Pressekonferenz. Man würde Ergebnisse verlangen. Ein paar Krapfen hätten ihm beim Denken geholfen, aber die Entwicklungen des letzten Tages hatten ihn anscheinend sogar den Appetit gekostet.

Mohrfels zog Handschuhe über und nahm die Patronen in die Hände. Es schien sich um dasselbe Kaliber zu handeln. Zwei identische Gewehrkugeln, nur dass eine von beiden an der Spitze durchbohrt und an einem Kugelbändchen befestigt war.

Mohrfels untersuchte beide Projektile, fand aber keine tiefere Bedeutung. Geistesabwesend ließ er eine der Patronen in seine andere Hand rutschen und wog die beiden Patronen in den Händen. Er tauschte die Patronen von links nach rechts, sodass die Kette in seiner Linken lag. Tatsächlich schien die durchbohrte Kugel mit dem Kugelband leichter zu sein, wenn man das Gewicht der Kette vernachlässigte. Er tauschte noch einmal links nach rechts. Der Unterschied war eindeutig. Vielleicht gab es dafür einen Grund.

Mohrfels holte eine Lupe aus der Schublade. Projektil und Hülse waren intakt und wiesen einen matten Glanz auf. Legner hatte die Kugel womöglich am Körper getragen. Als Mohrfels den fingerlangen Gegenstand von der anderen Seite betrachtete, fiel ihm auf, dass die Ausziehrille des Projektils leicht vergrößert zu sein schien. Er hielt die Patronen nebeneinander, und tatsächlich wies die Durchbohrte eine größere Länge auf. Ein Millimeter, eventuell zwei.

Mohrfels nahm die längere Patrone an der Kette in beide Hände und versuchte das Anzündhütchen abzuziehen, dann zu drehen. Er presste Spitze und Zündhütchen der Patrone so stark er konnte in verschiedene Richtungen – bis sie plötzlich aufsprang und sich abdrehen ließ. Wie er es sich gedacht hatte, offenbarte sich ein kleiner Hohlraum, in dem etwas zu stecken schien.

Keine Minute später hatte Mohrfels mit einer Pinzette ein gerolltes Papierchen aus der Hülse befreit und vorsichtig im Licht der Schreibtischlampe platziert. Das Papier hatte eine Kantenlänge von etwa vier mal sieben Zentimetern. In krakeliger Handschrift stand eine Adresse darauf:

HAFIZ
FRIEDRICHSTR. 62

Mehr war nicht zu erkennen. Mohrfels wendete das Papier einige Male mit einer Pinzette hin und her. Dann erhob er sich ächzend aus dem Sessel.

o

Im Konferenzsaal herrschte Aufruhr. Nicht alle Schreiber, Fotografen und Journalisten hatten in den Saal gepasst. Es hatte Tumult gegeben. Eine verknäulte Masse aus Gesichtern, Ellenbogen und Kameras, die um den besten Platz rangen. Man musste Schlagstöcke einsetzen und den Saal räumen. Dann begann man ein zweites Mal mit einem geordneten Ablauf, bei dem nach Liste gearbeitet wurde. Als man gerade dabei war, die Türen zu schließen, gab es im Saal eine Explosion. Ein Fotograf hatte sein Blitzlicht testen wollen und seine Haltelampe mit zu viel Magnesium bestreut. Zwei Männer hatten Verbrennungen, wieder musste der Saal geräumt werden. Beim dritten Anlauf war Fotografieren verboten, und die Luft unter der Hallendecke stand.

Als Mohrfels mit seinen Kollegen den Saal betrat, wurde wieder geschubst und gedrängelt. Ein Meer aus Homburgern, Nadelstreifen, hochgereckten Händen mit Stiften und Notizblöcken. Der Polizeipräsident persönlich hatte sich Zeit genommen, gefolgt von Vertretern des Ministeriums und einigen Hilfskräften. Alle Uniformierten salutierten. Man setzte sich eng längs eines Quertisches, der notdürftig mit weißen Papierbahnen bedeckt worden war. Auch hatte man Wasser und Gläser besorgt. Ein Blitz feuerte aus der Saalmitte. Tumult und Buhrufe. Schupos kamen, und der Mann wurde abgeführt.

Mohrfels tupfte sich die Stirn mit dem Taschentuch ab und suchte vergeblich einen Anhaltspunkt irgendwo in der Menge. Sein Magen kniff und rumorte. Vor ihm auf der weißen Papierdecke lag ein Bild von Legner, das er gleich in die Höhe halten würde, um ihn des Mordes in fünf Fällen zu bezichtigen. Der beschwerlichste Fall seiner Karriere endete an diesem Tag. Die Saaltüren wurden geschlossen. Das Stimmwirrwarr dämpfte sich.

Fuchaus Stimme erklang im Saal:

«Sehr verehrte Damen und Herren –»

Direkt nach dem morgendlichen Fund in seinem Büro war Mohrfels in den kleinen Konferenzsaal gerufen worden. Fuchau hatte eine Sondersitzung veranlasst und Mohrfels vor versammelter Mannschaft gratuliert. Die Indizien seien eindeutig, sagte er begeistert. Ein Lynchmord. Alles sei voller Fußspuren gewesen. Fuchau ging noch einmal alle Fakten durch. Man war in Legners Hotelzimmer eingedrungen, hatte alles kurz und klein geschlagen, den Mann gepackt, gefesselt und ihm den Hals aufgeschlitzt. Man hatte Blut sehen wollen. Die Mörder hatten seine Habseligkeiten auf dem Boden zerstreut und ihrem Hass Luft gemacht. «Schlitzer» stand an der Tapete. Geschrieben mit Legners Blut. Alles war verschmiert und voller Fingerabdrücke. Der Mob habe nichts ausgelassen. Sie wollten Rache. Fuchau hatte gegrinst, zuerst Richtung Mohrfels, dann in die Runde.

Aber jetzt käme das Beste: In Legners Rucksack steckten nicht nur ein paar Mordwaffen, ein Sortiment von Messern und Werkzeugen, sondern auch das Kruzifix von Daria Laurenz! Ihre Fingerabdrücke, ihr Blut und die Abdrücke des Mörders. Frau Iwanczyk hatte bestätigt, dass Laurenz es an jenem Abend getragen hatte. Legner habe zu keinem Zeitpunkt ein vollständiges Alibi liefern können. Erneut erschien ein breites Grinsen bei Fuchau, und er hatte Mohrfels angeblickt.

«Sie haben den Fall gelöst! Wie machen Sie das nur immer? Es wird Zeit, dass wir Ihnen noch eine von diesen Urkunden ausstellen.»

Er konnte kaum an sich halten.

Mohrfels hob den Blick, als sein Vorgesetzter zum Schluss kam.

«Möchte an diesem besonderen Tag der Polizeipräsident einige Worte an Sie richten ...», sagte Fuchau und beendete seine Ansprache.

Mohrfels' Blick brütete über der wogenden Menge aus Hüten und Gesichtern.

Er hatte nicht an Legner geglaubt. Er war ein windiger Bursche gewesen, aber etwas hatte in dem Bild gefehlt. Dalus hatte recht gehabt. Er war nur ein Verdächtiger gewesen. Etwas, an dem er sich hatte festhalten können. Jetzt hatte sich die Beweislast gegen ihn gewandt.

Sie würden Mohrfels mit gebührender Ehrung ankündigen. Er rieb sich die feuchte Stirn und blickte auf die Zeilen, die er ihnen vortragen sollte:

Vier Jahre Ermittlungsarbeit – zu gutem Abschluss gekommen – Wilhelm Legner – moralische Defekte – Sittenverfall – Degeneration – Ursachen Alkohol – unreine Blutmischung – konnte den Lusttrieb nicht kontrollieren – zum Mörder geworden – fünf ermordete Frauen – schreckliches Mahnmal für die gesamte Stadt und für uns alle – die Berliner Polizei dein Freund und Helfer – usw.

Mohrfels kam sich plötzlich sehr alt vor. Er starrte auf seine faltigen Hände und sah, dass er zitterte. Er fühlte sich ausgelaugt und bemerkte erst jetzt, dass er nicht wegen der Hitze schwitzte, sondern weil er sich überanstrengt hatte. Sein Herz schlug schmerzhaft gegen den Brustkorb. Er hasste nichts mehr als das Gefühl, keine Wahl zu haben. Wenn alle Welt schon zu wissen schien, wie eine Situation enden würde. Die Fakten standen ihm überwirklich gegenüber. Er musste einfach nur «Ja» sagen. Es war wirklich einfach.

Mohrfels' Blick wanderte zur Hallendecke. Es mochten 30 Grad im Raum sein, vielleicht mehr. Seine Frau hatte ihm heute aus der Zeitung vorgelesen. Heißester Tag seit 100 Jahren. Ein junger Reporter, der sich gegen den Sperrzaun drückte, hatte die aktuelle Frühausgabe in der Sakkotasche, keinen Armbreit vor ihm. Der Präsident dozierte staatstragend:

«Einen der schrecklichsten Mordfälle in der Geschichte dieser Stadt …»

Schon suchten die Augen des Präsidenten Mohrfels am rechten Tischflügel. Sein Gesicht war ernst und jovial.

Mohrfels würde der Geschichte ein Ende bereiten und in Pension gehen. Sein letzter Fall, und er hätte ihn abgeschlossen. Bis wieder ein Mädchen verschwand und alles von vorne losging. Aber dann wäre er nicht mehr im Amt.

Mohrfels stierte auf den Zettel vor sich, dann wieder blinzelnd auf die verschwimmenden Schlagzeilen.

Was hatte Legners Zettel zu bedeuten? Auch der Tatort. Man hatte zu viele Spuren hinterlassen. Die Türen im Hotelflur waren fachmännisch aufgebrochen worden. Man war systematisch vorgegangen, nur in Legners Stockwerk – bis man ihn gefunden hatte. Das war nicht die Handschrift eines Lynchmobs.

Hinzu kamen die Autospuren. Mohrfels wäre jede Wette eingegangen, dass es sich um einen Adler handelte.

Zusammengenommen ergaben sich daraus keine Beweise.

Sein Blick fiel wieder auf die Zeitung des Pressemannes, der vor ihm stand.

Raubbande landet Juwelencoup … Täter flüchtig …

Wo sollen wir noch hinkommen?, dachte Mohrfels.

«Erlauben Sie mir, Ihnen einen besonderen Mann zu präsentieren, dessen Verdienste bereits zu Kaisers Zeiten …»

Mohrfels starrte weiter auf die Zeitungsschlagzeile.

Wurden Sprengladungen verwendet … Täter kamen durch den Fußboden …

«Einen Mann, den Sie alle kennen …»

Lagerraum eines Juwelenkontors … Friedrichstraße, direkt über Schneiderei Hafiz …

«Kriminaloberkommissar Ernst Mohrfels!»

Mohrfels erhob sich und griff mit einer langsamen Bewegung über den Tisch nach der Zeitung. Der Mann versuchte sie festzuhalten, gleichzeitig erhob sich Beifall.

Mohrfels riss die Zeitung an sich, gaffte auf den Artikel unter der Schlagzeile und wandte den Blick zum Präsidenten.

«Sie müssen mich entschuldigen …», sagte er, schob den Stuhl zurück und eilte zur Tür.

Der Tumult, der jetzt aufbrandete, ließ sich nicht eindämmen, bis der Saal ein drittes Mal geräumt wurde.

Berlin / Donnerstag, 3. Juni 1920 / 9 Uhr 12 morgens

Das Vereinsbüro war nicht mehr als ein unauffälliges Schaufenster, direkt an der Spandauer Straße, gegenüber dem Schloss Charlottenburg.

In Goldschnitt klebte der Name des Vereins (Gründung 1918) auf der Scheibe. In der speckigen Auslage fand sich wenig mehr als das Modell eines Marinekreuzers und eine Grünpflanze, die einem Gummibaum ähnelte. Außerdem war eine handgeschriebene Liste mit weiteren Filialadressen ins Schaufenster geklebt sowie die vergilbte Druckanzeige der Erhardt-Bank und eine Zeitungsannonce aus der Rubrik «Gesuche», in der «500 Luger-Pistolen, 250 Stielhandgranaten M15 und 50 Bajonettgewehre» nachgefragt wurden.

Es war bereits heiß. Dalus lugte durch die Scheibe ins Innere des Ladens und konnte durch eine herabgelassene Jalousie einen vertäfelten Raum mit Teppichboden erkennen. Vielleicht waren hier die Männer, die seine Schwester entführt hatten.

Das Glöckchen über der Doppelglastür schellte, und sie betraten einen weitgehend unmöblierten Raum, an dessen hinterem Ende ein Schreibtisch aufgestellt war. Der Raum wirkte verlottert, der Teppich war grau und wasserfleckig. In der kurzen Ecke direkt gegenüber dem Eingang stand eine Vitrine, hinter deren Glasfenstern Dalus harte Getränke vermutete. Längsseits waren an der halbhoch vertäfelten Wand des Büros drei Holzstühle aufgestellt. Darüber prangten Ordensembleme und eine Landkarte.

Hinter dem Schreibtisch saß ein Bursche mit einem Pflaster auf der Nase, der eine gefaltete Zeitung studierte und ihnen seine gehämmerten Schuhe auf der Tischplatte präsentierte. Sein Arbeitsplatz war mit einem teuren Fernsprechgerät ausgestattet und sah sonst unbenutzt aus. Hinter dem Schreibtisch befand sich ein Durchgang, der mit rotem Samt verhängt war.

Der Bursche zog die Stirn kraus.

«Kommse ran», sagte er, während er seinen Artikel zu Ende las. Dann nahm er die Beine vom Tisch und schaute sie fragend an.

«Tag, der Herr», sagte Dalus. «Sind Sie vom Verein Neues Deutschland?»

«Nur für Mitglieder.»

Der Mann grinste.

«Wir wollen Geld anlegen», sagte Dalus sachlich.

«Soso.»

«Man weiß ja nie, in diesen Zeiten.»

Der Mann schaute ungerührt, setzte sich zurück und holte ein Amulett aus der linken Westentasche, das er an einer Kette in seine Hand schnellen ließ.

«Wie viel?», fragte der Mann.

«Zweitausend.»

Die Summe war hochgegriffen, aber sie wirkte. Der Mann richtete sich ein Stück auf.

Dalus hatte eine weitere Landkarte bemerkt, die hinter dem Schreibtisch hing. Das Deutsche Reich 1905.

«Schöne Abbildung», bemerkte er.

«Bis rauf nach Königsberg», gab der Mann zurück, während er erneut seine Zähne zeigte. «Wie es sich gehört. Was zu trinken?»

Er deutete auf den Getränkeschrank im Eck.

«Danke, nein», sagte Edith und lächelte ausgiebig.

«Auch gut», sagte der Mann und sprach weiter mit Dalus. «Wer hat euch geschickt?», wollte er wissen.

Dalus wollte etwas sagen, aber Edith kam ihm zuvor.

«Erwin Haupt», sagte sie. «Ein Geschäftsfreund meines Vaters.»

«Und du?»

«Ilse Göring», sagte Edith. «Mein Vater arbeitet für die Deutsche Bank.»

Der Mann schien über ihre Angaben nachzudenken.

«Eigentlich nehmen wir keine Mitglieder ohne Empfehlung», sagte er lapidar und ließ das Amulett wieder verschwinden.

«Was ist nun mit dem Geld?», fragte Dalus ungeduldig.

«Bist du Arier?», fragte der Mann.

«Ich bin Deutscher», erwiderte Dalus.

«Hast du das Geld dabei?», fragte der Mann. Seine rechte Hand schien mit etwas zu spielen, das unter dem Tisch war.

«Welche Art von Anlagen haben Sie denn?», fragte Dalus.

«Die Art, die sich immer rentiert», antwortete der Mann und lachte.

«Ich kann es holen», sagte Dalus.

Der Mann holte eine Tabelle aus der Schublade.

«Gib mir deinen Namen und Geburtsdatum. Dann machen wir'n Termin.»

Dalus schrieb einen falschen Namen auf das Blatt.

«Am besten hilfst du dem deutschen Volk, indem du selbst aktiv wirst. Aber das ist nur für Schneidige, nicht für Schlappiers, wenn du weißt, was ich meine. Hast du gedient?» Er musterte Dalus unverhohlen über den Tisch.

Dalus ließ den Stift sinken und lehnte sich seinerseits vor.

«Ich habe mich gefragt, ob Sie ein Vereinsmitglied kennen, das sich vor kurzem in Ostpreußen bei Ihnen angemeldet hat», sagte er. «Ich glaube, sie ist von Rossbach direkt rekrutiert worden. Es handelt sich um Marie Hedwig Dalus.»

Der Mann schaute ihn über den Tisch hinweg an. Röte stieg in sein Gesicht.

«Ich habe den Namen noch nie gehört», sagte er dann.

Sein Grinsen war verschwunden.

Zass schnaubte. Ein Druck auf das Knöpfchen unter dem Schreibtisch, und er hätte Leute dagehabt. Wäre wohl besser gewesen. Die beiden Gestalten waren erst kurz aus der Tür. Sollte er ihnen nachgehen? Er rieb sich mit dem Handrücken das Pflaster. Hatte immer noch Probleme, gut Luft zu bekommen. Er blickte auf seine Hand und sah Blut, holte das Taschentuch heraus und starrte wütend durch die Jalousien auf den Gehweg.

Die Besucher waren Idioten gewesen, so viel stand fest. Ein solches Auftreten, mitten in ihrer Dependance! Das hätten sie mit dem Leben bezahlen können. Zass entschied, sich nicht aus der Ruhe bringen zu lassen und setzte sich wieder auf seinen Schreibtischstuhl. Holte sein Amulett heraus und ließ es in seine Hand schnappen.

Die Frau war ohne Zweifel eine Rote gewesen. Wie sie geschaut hatte. Wie eine Schlange. Sozialistin, darauf würde er jede Wette machen. Kleines, hässliches Weib.

Sie hatten von der Gefangenen gewusst, die Rossbach bei den Landsern in der Waldhütte aufbewahrte. Waren auf der Suche nach ihr. Konnte das ihre Aktion gefährden? Ihre Geburtstagsvorbereitung? Er würde darüber nachdenken müssen.

Überhaupt war die Planung insgesamt doch recht lausig, wenn man ihn fragte. Darum würde er sich jetzt kümmern müssen. Rossbach hatte ihm ein gutes Sümmchen dafür versprochen. Er würde sich darum kümmern, schon recht. Das Amulett pendelte eifrig unter der Hand herum. Er ging rüber zum Eckschrank, den Tumbler ohne Eis halbvoll und zurück zum Fenster.

Beruhigen sollte er sich. Keine Panik auf der Titanic. Nur zwei schlechte Schausteller – und dann auch noch Zivile. Er kippte den Schnaps hinunter.

Würde über die beiden Erkundigungen einziehen müssen. Hatte das Gesicht der Frau schon mal gesehen. Ziemlich sicher sogar. Die beiden wären nicht die Ersten, die man hätte legen müssen, um mit dem Plan voranzukommen. Er machte sich in Gedanken eine Notiz. Schnaps rann angenehm in seinen Hals, und er merkte, wie sich sein Puls beruhigte.

Er dachte an den alten Doktor in seiner Villa. Und das gefangene Mädchen. Hatte keine Mühe gekostet, eher im Gegenteil. Die Jungens rissen sich um diese Aufträge. Aber die Operation erforderte Fingerspitzengefühl. Das war es, was niemand außer ihm zu verstehen schien.

Die Sprengmasse war schon abgehakt. Astreines Geschäft mit Koglin, der von der Qualität seiner Ware geschwärmt hatte. Schmieriger Halbrusse. Es sollte ein besonderer Spaß werden. Nur hätte man nicht den blauen Wagen nehmen dürfen, der zu allem Überfluss auch noch jeden Abend in seinem Hinterhof abgestellt wurde. Jetzt versuchte sich auch noch der Polizeispitzel aufzuspielen. Elender Nestbeschmutzer, der er war. Irgendwann würde man ihm die Situation klarlegen müssen. Aber wer immer am Ende den Kürzeren zog, Zass würde es nicht sein. Er würde seine Fresse rechtzeitig in Deckung bringen.

Jetzt standen die Empfehlungsschreiben auf dem Programm, für die Zass Rossbachs Kontakte nutzen sollte. Er hatte schon ein paar von ihnen angerufen. War immer ein Spaß, mit ihnen zu parlieren durch ganz Deutschland. Mit dem eigenen Fernsprechgerät, wie er stolz vermerkte.

Außerdem hatte van Holl, der Vizedirektor des Hotels Esplanade, plangemäß ein Vorstellungsgespräch für ihren Mann organisiert, den sie einschleusen würden. Braver Junge. War an dieser Adresse schwer zu bekommen. Sie kamen der Sache also schon deutlich näher.

Und Rossbach hatte einen Landser ausgewählt, dem er vertraute. Sein Name stand auf einem Zettel vor ihm. Zass hatte ihm bereits Befehle geschickt. Er ließ das Amulett über den Lettern pendeln. Solider Bursche. Kein Halbjude, hatte er extra noch überprüft. Fataler Kämpfer. Er hatte einmal gesehen, wie er einen Mann mit dem Messer bearbeitete, während er ihm in die Augen sah. Der an-

dere hatte nur noch gebettelt, was im Übrigen niemand hatte hören wollen. Der Bursche war also einer der Besten, wenn man ihn fragte. Humorvoll auch. Gute Haltung, konnte offen und freundlich wirken. Zass rieb sich die Nase mit dem Pflaster. Er würde ihn in die Stadt befehligen, um ihn mit seinem Auftrag zu konfrontieren.

Er machte sich auf den Weg zum Eckschrank, um sich noch einen einzuschenken.

Er würde Nachricht senden müssen. Wenn sich herausstellte, dass ihm die beiden Vogelscheuchen von eben Ärger machten, musste man damit umgehen. Er rief den Jungen aus dem Hinterzimmer her und ließ sich Bogen für Rohrpostsendungen bringen.

Zum Abschluss der Planung fehlte Zass nur noch eine Entscheidung über die Waffe. Sollten sie doch ein wenig mit dem Sprengmittel herumspielen. Hauptsache, ihnen lief die Gefangene nicht davon.

Er schrieb eine Nachricht.

Dann kam der zweite Schnaps an die Reihe.

Berlin / Donnerstag, 3. Juni 1920 / 9 Uhr 30 vormittags

Vor der Schneiderei Hafiz stand eine Traube von Schaulustigen. Direkt vor dem eleganten Schaufenster waren neben dem Gehweg ein klobiger Kastenwagen und ein Motorrad mit Beisitzer geparkt, die zur Polizei gehörten.

Mohrfels tippte sich an den Hut, als er sich an den Schupos vorbeischob, die vor dem Eingang Wache standen. Hafiz war ein Maßschneider in bester Lage und legte Wert auf gediegene Präsentation. Das Fischgrätparkett war poliert, und neben einem großen Wandspiegel gaben einzelne Holzfiguren die neueste Herrenmode zum Besten. Das Geschäft war weitläufig. Hinter einem Tresen war eine Frau damit beschäftigt, die Kasse zu zählen. Sie ignorierte Mohrfels.

Weitere Stimmen waren aus dem hinteren Zimmer vernehmbar, das vom Verkaufsraum durch einen Vorhang getrennt war. Dem Bariton nach zu urteilen, handelte es sich um Männer, die in eine Diskussion verwickelt waren. Mohrfels ging durch den Raum und schob sich durch den Vorhang. Nach dem bisherigen Anblick hatte er nicht erwartet, das Hinterzimmer fast vollständig zerstört vorzufinden.

Der kleinere Raum, der als Stofflager fungierte und von dem aus eine Tür zum Hinterhof führte, lag im Chaos. Die Tür war aufgebrochen worden. Man hatte, offenbar um Platz zu schaffen, ein Regal mit Stoffballen umgekippt und weitere Möbelstücke zur Seite geschoben, einige waren dabei zertrümmert worden. Überall lagen Stuckreste und Splitter verteilt. Ein Tisch war in die Mitte des Zimmers gestellt worden, und in der Decke, in stattlichen vier Metern Höhe, klaffte ein aufgestemmtes Loch, gleich einer dunklen Blume, von etwa einem Meter Durchmesser, was, wenn man Mohrfels gefragt hätte, eine beachtliche handwerkliche Leistung darstellte.

«Dafür ist man versichert», sagte ein Schutzpolizist, der ihm entgegenkam, und schickte sich an, seinen Helm wieder aufzusetzen.

Die laute Stimme kam von einem akkurat gekleideten Mann Ende fünfzig, der offensichtlich in Rage war. Er trug einen Hornzwicker, Pomade im Haar, ein Hemd mit taillierter Frackjacke und eine weit geschnittene Anzughose, die seiner Figur eine galante Kurve verlieh. Er wandte gereizt den Kopf, als Mohrfels eintrat, schnauzte noch etwas in Richtung des Herrn, der mit ihm gesprochen hatte, und ging Richtung Vorraum, nicht ohne Mohrfels einen wütenden Blick zuzuwerfen.

«Ich wollte nicht stören», sagte Mohrfels und machte einen Schritt auf den verbleibenden Herrn zu, den er als Kommissar Blix von der Inspektion C erkannte.

Blix war ein stämmiger Bursche mittleren Alters, den so schnell nichts aus der Ruhe brachte. Er kaute, wie eigentlich immer, auf etwas herum, das Mohrfels als Erdnüsse zu identifizieren glaubte, von denen er gerade einen weiteren Schwung in den Mund schob und zermalmte.

«Man muss kreativ sein heutzutage», sagte Blix, während er den Blick zum Loch hob. «Der Juwelier auf der Mittelstraße hat im ersten Stockwerk ein Lager. Haben die Alarmanlage umgangen, indem sie mit scharfem Werkzeug durch die Decke gegangen sind. Gar nicht mal so übel, wenn Sie mich fragen.»

Die Männer schauten für eine Weile andächtig nach oben.

«Schon eine Vorstellung, wer das fabriziert hat?», fragte Mohrfels nach einem Moment.

«Ein Bruch für drei Leute, wenn Sie mich fragen. Einer für den Durchbruch, einer für den Safe, einer für das Fluchtfahrzeug.»

«Ist jemand verdächtig?», fragte Mohrfels weiter.

«Wenn Sie wissen wollen, ob ich etwas in der Hand habe, muss ich sagen: Fehlanzeige.»

«Wie wäre es mit einer sachkundigen Spekulation?», schlug Mohrfels vor.

«Nun, es ist so: Die schweren Jungs von den Ringvereinen haben sich in diese Richtung leidlich spezialisiert. Entwickeln, so könnte man sagen, mit der Zeit ihre eigene Handschrift. Die Jungs hier haben mit Knetsprengstoff gearbeitet.»

«Nitropenta vielleicht?»

«Sie können gut raten», gab Blix amüsiert von sich. «Wenn ich mir die Bohrungen an der Hektor-Sperre des Safes so ansehe, muss ich an eine bestimmte Person denken, die im öffentlichen Leben nicht unbekannt ist.»

«Lassen Sie der üblen Nachrede freien Lauf.»

Blix suchte in seiner Tasche nach weiteren Nüssen und wandte sich dann zu Mohrfels.

«Ich warte schon lange auf eine Gelegenheit, um Jegor Erich Koglin und seine Bande mit einem Einbruch in Verbindung zu bringen.»

«Was Sie nicht sagen!»

«Aber er ist gerissen. Hat sich bisher noch nie etwas nachweisen lassen.»

Er fand einige weitere Nüsse und warf sie sich in den Mund.

Mohrfels schüttelte bedächtig den Kopf.

«Dabei fällt mir ein», sagte Blix, «sollten Sie nicht auf einer Pressekonferenz sein?»

Berlin / Donnerstag, 3. Juni 1920 / 9 Uhr 30 vormittags

Als sie vor die Tür traten, stand die Sonne über dem Schlosspark.

Dalus bemerkte sofort den blauen Lkw, der unweit vom Laden in eine Seitenstraße eingebogen war.

«Hast du seinen Blick gesehen?», hörte er Edith von hinten.

Der Wagen hatte angehalten. Ein Mann mit Hut hatte den Ellenbogen aus dem Fenster gelehnt und schaute ungerührt in ihre

Richtung. Dalus hatte das Modell schon einmal gesehen. Unweit von seiner Wohnung.

Er rannte los.

«He, wo wollen Sie hin?», hörte er Edith rufen.

Der Mann ließ, ohne sich zu bewegen, den Motor aufheulen, und der Wagen setzte sich mit einem Ruck in Bewegung.

Dalus versuchte zu erkennen, ob es der Rothaarige war.

Er erreichte atemlos die Ecke und sah etwas in einer Einfahrt verschwinden.

Er rief sich zur Ordnung, drehte ab und gab Edith ein Zeichen, sie solle zurückbleiben.

Er wechselte die Straßenseite.

Auf dem Mittelstreifen der Schlossstraße ging er den Weg entlang und behielt die andere Straßenseite im Auge. Ein großer Teil war mit einem massiven Bauzaun versehen worden. Dahinter erhob sich die hohe Kuppel der ehemaligen Kaserne der kaiserlichen Leibgarde.

Hier in der Gegend hat sich einiges verändert, dachte Dalus. Der Versailler Vertrag war noch nicht lange in Kraft. Die Deutschen sollten nicht so bald wieder auf die Idee kommen, einen Krieg anzuzetteln. Das hatten die Siegermächte mit dem Vertragswerk sicherstellen wollen. Die Sanktionen hatten neben großen Teilen der Wirtschaft vor allem die militärischen Einrichtungen getroffen. Ganze Bataillone mussten entwaffnet werden, massenhaft Menschen verloren ihre Arbeit. So auch das ehemalige Gardekorps des Kaisers, das aufgelöst worden war, als der Kaiser nach dem Krieg abgedankt hatte. Die Zeitungen waren voll von Bildern gewesen, auf denen entwaffnete Truppen und pensionierte Generäle zu sehen waren. Vielerorts waren Rufe laut geworden, die einen Widerstand gegen die Maßnahmen der Siegermächte forderten. Von beiden Seiten des politischen Spektrums hatte es Aufstände gegeben, wie zuletzt den Kapp-Putsch, in dem eine paramilitärische Truppe das Reichstagsgebäude gestürmt und die amtierende Regierung gezwungen hatte, Berlin zu verlassen.

All das war nicht spurlos an der Stadt vorbeigegangen, dachte Dalus, während er die Allee entlangwanderte. So wie auch hier nahe dem Schloss Charlottenburg sicher noch immer eine Menge Leute den guten alten Zeiten nachtrauerten, in denen das Schloss noch die Macht des Deutschen Kaiserreichs repräsentiert hatte und nicht wie jetzt als Lazarett genutzt wurde.

Dalus versuchte auszumachen, was sich hinter dem Bauzaun befand, der erst kürzlich errichtet worden zu sein schien. Er hörte Geräusche. Männliche Stimmen. Befehlston. Kurz hinter dem Eingangstor, neben einem Plakat, das für einen reißerischen Kinofilm warb, entdeckte Dalus ein Astloch im hellen Zaun.

Er prüfte die Umgebung. Alles war ruhig. Dann presste er ein Auge zusammen und senkte den Kopf gegen das Holz.

Zunächst waren nur Umrisse zu erkennen. Dann konnte er etwas wahrnehmen, das dem Heck des blauen Lastwagens zu ähneln schien. Es wurden Personen verladen. Immer wieder sprangen menschliche Schatten in seinem Blickfeld von der Ladefläche auf den Boden. Von irgendwo brüllte jemand Befehle und trieb zur Eile an. Er glaubte, militärische Abzeichen zu erkennen und dass die Männer Gewehre bei sich trugen. Oder Polizeiuniformen? Neugierig presste er das Gesicht näher an die Wand, als er neben sich ein Geräusch hörte.

Kribbeln schoss in seinen Kopf. Schritte direkt neben ihm. Jemand hatte das Tor zugeschlagen. Keine drei Meter entfernt.

Dalus ging in die Knie und tat, als wollte er seinen Schuh binden, von dem er feststellte, dass er in der Tat offen war.

Dann hörte er eine weibliche Stimme, die etwas sagte. Als er sich vorsichtig umschaute, sah er Edith, die mit jemandem sprach. Es war in der Tat ein Uniformierter mit Stahlhelm, der auf dem Weg zu ihm gewesen war. Die Handtasche eng am Körper, plauderte sie mit ihm und ließ sich eine Zigarette anzünden. Sie unterhielten sich wie alte Bekannte.

Dalus wandte sich in die andere Richtung und ging davon.

Der Wind hatte gedreht.

Man hatte dem Jungen nicht gesagt, was los war. Aber am nächsten Tag waren sie ohne Pause geritten. Niemand hatte gesungen oder gesprochen. Die Schwester saß nach wie vor wärmend hinter ihm. Aber auch sie machte nach gestern Nacht einen ernsten Eindruck.

Der Junge hatte die Männer am Feuer nicht belauschen wollen, aber sie hatte gesagt, dass es wichtig sei. Dabei hatte ihr Gesicht diesen steinernen Ausdruck gehabt. In der Nacht hatte sie einen schlechten Traum gehabt und im Schlaf irgendwelchen Leuten zugerufen, sie sollten verschwinden.

Der Junge hatte nicht alles verstanden, worüber sein Vater mit dem Mann gesprochen hatte. Nur dass die Kinder in der Hütte bleiben sollten und nicht hätten mitkommen sollen.

Die Männer, die der Junge nicht kannte, ritten weiterhin vorn. Einer hatte das Gewehr über den Knien. Auch der Vater hatte heute sein Gewehr an der Seite. Den Schießprügel, den er vor zwei Tagen am Esstisch gereinigt hatte.

Als der Wind aufgefrischt hatte und der Junge sich wünschte, wärmere Kleidung aus der Tasche holen zu können, kamen sie an ein Dorf an der Bahnlinie, das durchschnitten von Telegraphenleitungen grau und schwarz in der Ebene lag. Während die Kinder und Dr. Kerst auf dem matschigen Dorfplatz warteten, verschwanden Vater und die zwei Männer im Posthaus. Als sie wieder herauskamen, herrschten Eile und Aufbruch.

Das Gebirge kam näher. Bloß noch Moosflechten und krüppeliges Gewächs am Boden, dazu in einiger Entfernung Tannen und weitere Wolken.

Dann kamen die Felsen und warfen den Schall der Pferdehufe unwirklich auf sie zurück. Der Junge fühlte sich elend. Manche Felsen hatten Gesichter, die ihn anglotzten. Er versuchte nicht mehr hinzusehen und konzentrierte sich nur noch auf den Sattelknauf.

«Zehn Kilometer», rief einer der Männer von der Weggabelung vor ihnen.

Wenn er doch mit seiner Schwester hätte sprechen können. Sie hätte es ihm erklärt, was sie hier wollten und warum sie mit diesen Männern ritten.

Aber er hatte einen Kloß im Hals und traute sich nicht zu flüstern. Stattdessen klammerte er sich an den Sattel.

Berlin / Donnerstag, 3. Juni 1920 / 4 Uhr 28 nachmittags

Es dauerte fast eine Viertelstunde, bis Gunnarsson am Apparat war.

Mohrfels hatte in dem Postamt seinen Ausweis in die Luft gehalten und ein Privatgespräch unterbrochen. Dann hatte er eine gute Bekannte im Revier angerufen und ihr gesagt, dass sie Gunnarsson an den Apparat holen sollte. Mohrfels wusste, dass er sich früher oder später auf dem Präsidium zeigen musste, aber er wollte selbst entscheiden, wann.

Außerdem wusste er schon, wie die Stimmung war. Vor ihm auf dem Fernsprecher lag die Nachmittagsausgabe, die er auf der Straße gekauft hatte. *Schlitzer gefasst! Dienstältester Oberkommissar düpiert Polizeichef!* Er hatte schon bessere Schlagzeilen gehabt. Während er in dem engen Postamt stand und auf die Verbindung wartete, bemerkte er, dass auch die Bauchschmerzen schlimmer geworden waren. Hinter ihm bildete sich bereits eine Schlange.

«Mohrfels?» Die Stimme des Norwegers klang angespannt. «Sie sollten sich langsam hier blicken lassen, das Präsidium steht kopf.»

«Was haben Sie für Ergebnisse?»

«Ich habe die Reifenspuren vom verlassenen Hotel analysiert, in dem Legner ermordet wurde. Es handelt sich eindeutig um einen Adler L6, dasselbe Modell, das Sie in der Nacht am Industriegebiet gesehen haben.»

Mohrfels spürte etwas wie Freude in sich aufsteigen und presste den Hörer stärker ans Ohr.

«Was weiter?», kläffte er in die Muschel.

«An dieser Stelle haben wir Glück gehabt, da die Reifen ein besonderes Fabrikat sind, das nur von wenigen Läden verkauft wird. Die Adresse eines der Geschäfte hat mich hellhörig gemacht. Es befindet sich in dem Industriegebiet, wo wir die Leiche gefunden haben, direkt neben dem Fleischereibetrieb, wo die Hunde das erste Mal angeschlagen haben. Das habe ich überprüft. Und stellen Sie sich vor: Der Lkw ist dort gewesen. Ich habe Kennzeichen und Halter des Wagens feststellen können. Der Wagen ist auf Georg Zass zugelassen, wohnhaft in der Rennbahnstraße 118, nahe Weißensee.»

«Gut, dass ich mich auf Sie verlassen kann», sagte Mohrfels.

«Brauchen Sie Hilfe?» Man konnte durch die rauschende Leitung hören, dass Gunnarsson die Sache ernst nahm. *Vielleicht kann ich tatsächlich auf ihn bauen*, dachte Mohrfels und stellte fest, dass ihn diese Tatsache erleichtert hätte.

«Nein, danke», sagte er aber nach einer kurzen Pause. «Sie müssen nicht mitteilen, dass wir gesprochen haben.»

«Zu Befehl», sagte Gunnarsson.

Mohrfels bedankte sich und legte auf.

O

Auf dem Weg zu Zass' Bleibe rekapitulierte Mohrfels, was er wusste.

Wilhelm Legner hatte sein Werkzeug genommen und sich aus dem Staub gemacht. Allerdings nicht, um die gefangene Daria Laurenz aufzusuchen, sie zu zerschneiden und an den Kai zu werfen. Sondern, um an einem Bruch teilzunehmen, den Jegor Erich Koglin organisiert hatte. Das erklärte auch, warum Koglin, der selbst ein Experte für Geldschränke zu sein schien, Legner protegiert hatte.

Mohrfels ging nicht mehr davon aus, dass Koglin oder Legner

die Mörder waren. Man hatte Legner in seinem Versteck ausfindig gemacht und ihm in der Nacht des geplanten Einbruchs die Kehle aufgeschnitten. Es war Profiarbeit gewesen. Und man hatte dabei das Kruzifix des toten Mädchens in seinem Rucksack deponiert, um ihm den Mord in die Schuhe zu schieben.

Diesen Teil seiner Theorie konnte Mohrfels noch nicht beweisen.

Wenn er allerdings richtig lag, war davon auszugehen, dass derjenige, der Legner umgebracht hatte, auch der Mörder war – oder zumindest nah genug an ihm dran, um das Kruzifix zu bekommen. Der blaue Lkw hatte vor dem Hotel gestanden, und seine Insassen waren somit hochverdächtig. Überhaupt war der Lkw die Verbindung: Er war auf dem Industriegelände gewesen, hatte mit dem Sprengstofftransport zu tun und mit dem Spitzel bei der Polizei, der die Reifenspuren hatte verschwinden lassen wollen.

Aber was hatte das Mädchen Daria Laurenz mit diesen Leuten zu tun gehabt?

Wenn er seine Theorie beweisen wollte, würde er das herausfinden müssen.

Mohrfels musste sich eingestehen, dass er in der Sache mehr seinem Instinkt als soliden Beweisen folgte.

Und dass er in Bezug auf das Motiv absolut im Dunkeln tappte.

○

Mohrfels besuchte die Absteige von Georg Zass, wo er niemanden antraf, und fand nach einiger Schnüffelei in der Nachbarschaft heraus, dass Zass in Charlottenburg für einen Verein tätig war. Allerdings hatte man ihn nie in einem blauen Lkw gesehen. Mohrfels rief im Erkennungsdienst an, ließ sich die Adresse des Vereinshauses nennen und entschied hinzufahren.

Als er die Spandauer Straße erreichte, dämmerte es bereits, und das gegenüber gelegene Schloss Charlottenburg stand in festlichem Glanz. Das kleine Ladenfenster des Vereins Neues Deutschland wirkte weniger einladend. Wie Mohrfels befürchtet hatte, war das Büro bereits geschlossen und mit schweren Rollläden verriegelt. Neben der Tür klebte ein speckiger Aushang von der Erhardt-Bank, die um Kunden warb.

Weiter links befand sich, wie er wusste, neben den Gebäuden der kaiserlichen Garden auch die Kaserne, wo die Sicherheitspolizei mit ihren Hundertschaften stationiert war. Ein interessanter Zufall, wie er fand, aber er hatte aufgehört, sich über Zufälle zu wundern. Er ging rechts das Trottoir entlang, um die Hausecke. Vor ihm lag eine breite Straße mit Straßenlaternen und einer Grünfläche in der Mitte. Die Hauswand endete nach ungefähr zehn Metern und machte einer gezimmerten Bretterwand Platz, die wohl so etwas wie eine Hofeinfahrt vor neugierigen Blicken schützte.

In diesem Moment öffnete sich das Tor im Bretterzaun.

Es waren Befehle gekommen. Er sollte die Rote bewachen, die anderen waren unterwegs, um den Sprengstoff zu testen.

Er hatte gestern wie befohlen die Sachen besorgt und in der Unterkunft in der Stadt deponiert. Hatte alles in bar bezahlt, in verschiedenen Läden, um keine Aufmerksamkeit zu erregen. Alles in allem ein komischer Haufen Krams. Eine Livree, Serviermesser – wie für ein Kammerspiel.

Er blickte die Zufahrt entlang zur Waldstraße. Vereinzelt Dächer und Hütten sichtbar. Das meiste für Ferienzwecke. Man wollte seine Ruhe. Sollte ihnen recht sein. Sie hatten das abgelegene Häuschen bewusst gewählt.

Auch ansonsten lag die Straße ruhig. Keine Autos oder Besuche um diese Zeit. Nichts, was ihre Vorbereitungen gestört hätte. Er blinzelte in die Sonne. Das Rauschen des Waldes wurde nur von Vogelstimmen durchbrochen.

War da ein Geräusch gewesen?

Nein, es war nichts.

Er schaute erneut auf die Uhr. Seltsam, dass die Kameraden noch nicht zurück waren. Sollten in einer abgelegenen Gegend den Sprengstoff testen. Das Nitropenta, das, wie sie gestern beim Essen festgestellt hatten, im Übrigen keine gute Konsistenz hatte. Dabei hatte Zass behauptet, die Ware sei hochwertig. So viel zu dem Thema. Er warf noch einen Blick über die gelb beschienene Straße und wandte sich zum Hauseingang.

Die Gefangene hatte in den letzten Stunden nicht gemuckt. Wenn er sie zur Notdurft hinter das Haus führte, ging sie immer zum selben Ort, ein Gebüsch mit einem jungen Eschenbaum, der direkt neben dem Haus stand. Von der Straße aus war sie dabei natürlich nicht zu sehen. Solider Ablauf. Im Großen und Ganzen kommod.

In der Hütte roch es nach Matratzen und nassem Teppichboden. Er durchquerte den Wohnraum, nahm einen Kanten Brot und

Wasser vom Tisch auf und wandte sich nach rechts in den Seitenflügel. Wurde Zeit, sie jetzt auszuführen.

Als er gegen die Tür trat, schwang sie mit einem Knarren nach innen. Er entfesselte ihre Hände in gewohnter Manier und band sie vorne zusammen. Dann entfernte er die Halsschlinge und den Sack. Ihre Haare waren verklebt, und ihre Haut war von der Hitze rot gefleckt. Die Lippen aufgesprungen. Wie eingetrocknet. Mussten aufpassen, dass sie ihnen nicht einging. Im Kabuff hatte es bald dreißig Grad.

Er stellte ihr Kanten und Becher vor die Füße, schlenderte zurück zum Fenster des Schlafraumes, von dem aus man durch die milchigen Scheiben auf den hinteren Garten sehen konnte. Musste wieder an das Geräusch denken. Aber war nichts. Alles in Ruhe. Gut so für heute.

Er schlenderte zurück in ihren Verschlag. Sie saß an der Wand, Hände vor den Körper gestreckt. Wonach roch es hier?

Sein Blick fuhr durch den Raum. Hatte sie sich am Regal zu schaffen gemacht? Nichts war zu sehen. Er blickte misstrauisch auf die Frau, die devot ihre Handfesseln hinreichte, Kopf leicht gesenkt. Zerrte sie hoch in stehende Position und riss einem Impuls folgend den Kragen des Kleides runter. Sie wimmerte nicht. Weißes Unterhemd mit dürftiger Spitze. Er tastete sie ab, konnte aber keine Gegenstände an ihr entdecken. Dann riss er sie vorwärts und führte sie durch den Schlafraum, zurück ins Hauptzimmer und durch die Vordertür nach draußen.

Sie war kaum hinter dem Busch bei dem Baum verschwunden, als er das Geräusch von der Frontseite hörte. Er zog einmal kräftig am Draht.

«Beeil dich!», blaffte er. Hörte ihr Wasser laufen und wie sie sich am Baum festhielt, der raschelte. Konnte sie nicht still sein?

Er war sich jetzt sicher, da war jemand.

Ohne Umwege verfrachtete er die Rote wieder in die Kammer, zog die Schlingen diesmal fester, zog ihr den Sack über den Kopf und knebelte sie vorher mit einem Stofffetzen. Er arbeitete zügig und horchte dabei immer wieder nach der Frontseite des Hauses. Wenn jemand Fremdes sich dem Haus näherte, wollte er nicht mit der Frau zu tun haben.

Er schloss die Tür ab und ging zurück zum Fronteingang. Helles Licht fiel direkt über die Schwelle. Er ging seitwärts, schaute mit einer Kopfbewegung durch die matte Scheibe, ging mit dem Rücken zur Wand bis zur Türzarge und zog die Waffe, die er zu jeder Zeit bei sich hatte.

Da war wieder dieses Geräusch.

Wie ein Stock, der gegen einen Baum geschlagen wurde.

Nur lauter.

Mit einer Drehung bewegte er sich in den Türrahmen.

Plötzlich ertönte ein Schrei, und er wurde von etwas an der Brust getroffen. Er sprang zurück und zielte mit seiner Pistole, als er bemerkte, dass es sich um den Kopf eines toten Tieres handelte, der vor ihm am Boden lag.

«Mensch, Kamerad. Bist ja käseweiß im Gesicht. Dabei wollten wir dich nur mit unserem Fundstück überraschen», hörte er eine Stimme.

«Gut, dass er uns nicht erschossen hat», sagte eine andere.

Es waren seine beiden Kameraden, beide lachten.

Vor ihm, auf der Schwelle das Hauses, lag der Kopf einer Ziege. Glatt abgesprengt. Er musste lachen.

«Ein Scheißzeug, die Sprengpaste. Hab mir damit fast die Haare abrasiert.»

«Und noch einiges andere», meinte der zweite Landser und zeigte seine eingerissene Lippe wie eine Trophäe vor. «Geknallt hat es aber dann wieder ganz ordentlich.»

Seine Kameraden also bei bester Laune.

«Ihr Spaßvögel könnt froh sein, dass ich euch nicht abgeknallt habe.»

Er steckte die Pistole in das Halfter zurück.

«Wer wird denn gleich blankziehen?», sagte der Erste.

«Wir haben noch schnell Befehle geholt. Darauf brauchen wir

erst mal einen Doppelkorn. Wenn die Ration es hergibt», sagte der andere. *«Und dann erzählen wir dir, was es Neues gibt aus der Zentrale.»*

Berlin / Donnerstag, 3. Juni 1920 / 10 Uhr 15 abends

«Ist es wirklich notwendig, dort hineinzugehen?»

Das Taxi bahnte sich seinen Weg durch die Werbelichter. Ein schrottreifer Benz mit Ledersitzen, dessen Leuchten bedenklich flackerten, als der Fahrer den Gang wechselte. Von draußen blinkte es abwechselnd rot, blau und gelb. Ein Schriftzug, der eine Kabarettveranstaltung ankündigte, leuchtete und verschwand, als sich Edith eine Zigarette anzündete.

«Sie klingen angespannt, mein Lieber.»

Es war Ironie hörbar. Spott, mit dem sie versuchte, ihn aus der Reserve zu locken.

Dalus ließ sich nicht beirren und sondierte weiter die Straße.

«Ich kann mir sinnvollere Dinge vorstellen, als jetzt auszugehen», antwortete er, als das Auto an einer fußgängerüberströmten Kreuzung halten musste.

«Trauen Sie mir immer noch nicht?»

Er spürte, wie sie ihn musterte.

«Ich würde nur gern wissen, ob es nicht besser wäre, noch mal zu den Neudeutschen zu fahren, eine Scheibe einzuschlagen und nachzusehen, welche Hinweise sie in ihrem arischen Büro herumliegen haben. Anstatt in dieser Seifenkiste festzustecken.»

Der Taxifahrer räusperte sich, was Dalus ignorierte.

«Das wäre ein Fehler», sagte Edith. «Sie wären ja fast mit einem der Schlägertrupps kollidiert.»

«Sie haben sich jedenfalls gut unterhalten. Ein wenig zu gut vielleicht?»

«Werden Sie jetzt eifersüchtig, oder wollen Sie mir etwas anderes mitteilen?»

«Sie können sich einbilden, was Sie wollen.»

Sie lächelte, aber so einfach würde er es ihr nicht machen.

«Wo waren Sie gestern Nacht, als ich geschlafen habe? Streiten Sie es nicht ab, ich habe Ihren Hut gesehen, als sie wieder ins Zimmer kamen.»

«Ich habe Besorgungen gemacht», sagte sie.

Dalus war nicht in der Laune für Spielchen.

«Ich werde alles erklären», sagte Edith, die seine Stimmung zu bemerken schien, «aber jetzt müssen wir uns Hilfe holen. Sonst ist alles zum Teufel.»

Sie blies den Rauch aus dem offenen Fenster und löschte die Zigarette im Aschenbecher.

«Hier ist es!», rief sie dem Fahrer ins vordere Chassis.

Der Fahrer grunzte und lenkte die Reifen quietschend an den Bordstein.

«Eins fuffzich, wenn es recht ist.»

Dalus warf eine Münze in die ausgestreckte Hand und stieg aus. Der Mann protestierte, aber Dalus schlug die Tür von außen ins Schloss und erklomm den Kantstein, wo Edith in ihrer Abendgarderobe bereits auf ihn wartete. Der Motor heulte noch einmal, als das überteuerte Taxi mit einem Satz davonfuhr.

Um sie herum roch es nach Bier, Abgasen und Duftwasser. Alles war voller Leute. Der Trubel der Friedrichstraße schien Edith in ihrem taillierten hellgrauen Kleid, in dem sie zugegebenermaßen blendend aussah, überhaupt nicht zu berühren. Sie zündete eine weitere Zigarette an und winkte ihn über das Trottoir.

«Vertrauen Sie mir», sagte sie leichtfertig und hakte sich bei ihm ein, «es sind keine hundert Meter.»

Sie marschierten an einer Gruppe Betrunkener vorbei durchs Schaufensterlicht.

«Es wird Zeit, dass Sie einige Leute kennenlernen. Hausmann ist Dadaist. Ein bedeutender Mann, so kann man es wirklich ausdrücken. Ein Künstler. Und ein bemerkenswerter Mensch.» Dalus fragte sich unwillkürlich, ob mehr in ihrer Aussage mitschwang. «Er kennt viele Leute in Berlin und weiß alles, was politisch von Bedeutung ist.»

Sie passierten einen Bettler in Armeeuniform, bogen um eine

Ecke und wanderten eine finstere Gasse hinab, auf ein Lagerhaus zu. Nichts deutete darauf hin, dass es sich um den Dalles Club handelte. Ein hagerer Türsteher öffnete, als Edith gegen die Stahltür klopfte. Er warf ihm einen abschätzigen Blick zu und ließ sie passieren. Dalus hatte ein ungutes Gefühl und schaute noch einmal zurück durch den Hinterhof. Menschen gingen über die erleuchtete Friedrichstraße – aber nach wie vor keine Verfolger zu sehen.

«Ich hoffe, es ist die Mühe wert», sagte Dalus, während sie sich an anderen Gestalten vorbei durch einen zwielichtigen Gang schoben. Ein alkoholischer Geruch lag in der Luft, und man konnte Fetzen von Musik und Stimmen hören.

Dann schob Edith einen Vorhang zur Seite. Der Raum, den sie jetzt betraten, lag in einem Halbdunkel aus Farben. Musik klimperte durch den Raum. An die zweihundert festlich gekleidete Menschen standen herum und unterhielten sich angeregt. An den Wänden des hohen Saals hingen Ölgemälde in Blau-, Lila- und Gelbtönen, verschachtelten Regenbögen oder Tapeten gleichend, kubistisch und in surrealem Stil, deren Wirkung vom indirekten Licht geschickt unterstrichen wurde. Licht und Schatten, alles schien in Bewegung zu sein.

In der Mitte des Raumes auf einem Podest stand eine Band, die wie für sich selbst eine gemäßigte Version des *Black Bottom Stomp* spielte. Weiter vorne tanzten kichernd einige exotische Tänzerinnen, die nur mit ein wenig Schmuck und Federboas bekleidet waren.

Man hatte sich in Schale geworfen. Bubiköpfe und Seidenschals waren zu sehen. Einige waren verkleidet. Der Trompeter hatte zum Smoking eine amerikanische Sonnenbrille und eine Badekappe auf dem Kopf.

Ein vertrautes Kribbeln ergriff Dalus. Wenn auch nicht den Club selbst, so kannte er doch die Szenerie, vielleicht würde er den einen oder anderen Bekannten treffen. Aber sie waren aus anderen Gründen hier.

An der Kopfseite des Raumes gab es eine Bar, hinter der Cocktails gemixt und ausgeschenkt wurden. Über der Versammlung schwirrte ein Gewirr von Stimmen, spitzen Schreien und Gelächter, als sie sich einen Weg durch die Menge bahnten, um, wie Edith mit einer Geste angedeutet hatte, zur anderen Ecke des Raumes zu gelangen, während der Trompeter zu einem Solo ansetzte.

«Sie haben ja ausgelassene Verbündete», rief er in Richtung ihrer ihm zugewandten Schulter.

Edith antwortete nicht. Sie waren in der Ecke des Raumes angekommen, wo sie mit einem kleinen Mann in hellem Anzug, Akubrahut und Nickelbrille redete, der Dalus für ein paar Sekunden musterte, ohne ein Gesicht zu verziehen, und dann hinter der Tür verschwand.

Dalus schaute sich noch einmal im Raum um und bewunderte das Ambiente, dann öffnete sich die Tür erneut, und sie gingen hinein. Dalus sah, dass der Mann bewaffnet war.

Der enge Gang, an dessen Decke eine einzelne Birne mattes Rotlicht verbreitete, führte nach rechts. Die Geräusche der Party drangen noch immer durch die dünne Wand, und es roch nach Schmieröl. Sie passierten einen Raum, in dem Dalus die Umrisse einer Druckmaschine sowie stapelweise Flugblätter ausmachen konnte, und er fragte sich unwillkürlich, ob der Geruch von Waffenöl stammte. Sie erreichten eine weitere Tür. Edith klopfte, und sie traten ein.

Der Raum hatte Ähnlichkeit mit einem Billardzimmer in Miniaturausführung. Die Wände waren mit schwarzgrünem Filz bespannt, und ringsherum an den Wänden hatte man gepolsterte Bänke eingebaut. In der Mitte befand sich ein rechteckiger Tisch, über dem ein geschwungener Lampenschirm hing, dessen helles Milchglas ein gleichmäßiges und wohliges Licht verbreitete. Der Tisch, der ebenfalls mit Filz bespannt war, hätte gut zum Kartenspielen verwendet werden können. Hier saß ein untersetzter, stämmiger Mann in grauem Sportanzug, dessen Gesicht unter einer Hutkrempe versteckt war und dessen kurze, wurstartige

Hände damit beschäftigt waren, eine Bleistiftzeichnung anzufertigen. Neben ihm stand ein fingerbreit gefülltes Glas, aus dem er ein Schlückchen trank, und dann wieder abwechselnd das kleine Stück Papier und eine Flasche neben sich auf der Bank musterte.

«Edith, meine Liebe, bitte setzt euch», sagte der Mann endlich, während sein Stift kratzte.

Edith nahm einen Platz links am Tisch, während Dalus ihm gegenüber Platz nahm.

«Schön, dass du kommen konntest.» Seine Worte glichen mehr einem Murmeln als einer Stimme.

«Ich wollte dir Johann Diedrich Dalus vorstellen», sagte Edith beherzt.

«Ich weiß», antwortete der Mann. «Henry war so nett.»

Dalus vermutete, dass der Mann mit dem Akubrahut gemeint war. Er blickte Edith an, die ein beschwichtigendes Gesicht machte.

«Sie sind Hausmann, der Dadaist?», fragte Dalus.

«Nennt man mich so? Der Dadaist? Mag sein, wieso auch nicht.»

«Ist das nicht Ihre Kunstrichtung?», fragte Dalus.

«Ich bin kein Freund von Gattungen. Kunst liegt ganz im Auge des Betrachters», ächzte der Mann unter seinem Hut. Dalus hatte den Eindruck, die Hände des Mannes seien zu massig und groß für die kurzen Ärmel seines Anzugs, der sich eng um den Körper wölbte. Er führte den Stift in akribischen Bewegungen, die kaum zu den Händen passten. «Kunst kann politisch sein. Oder rein ästhetisch. Meistens ist sie keines von beiden.»

«Ich würde mich eher für die politischen Aspekte interessieren», gab Dalus zurück. «Zum Beispiel für den Verein Neues Deutschland.»

«Man erzählte mir, dass ihr euch damit befasst.»

«Ich gehöre zwar nicht zu Ihrem inneren Zirkel», sagte Dalus und zwinkerte Edith zu. «Aber es wäre schön, wenn Sie mich trotzdem in Ihr Wissen einweihen könnten.» Er hatte bereits vermutet, dass Hausmann von Edith über jeden Schritt informiert wurde. Wahrscheinlich war auch er es gewesen, den Dalus bei Edith in der Wohnung gesehen hatte, als er sie von der Lesung nach Hause verfolgt hatte. Wurde er jetzt wirklich eifersüchtig?

«Zunächst möchte ich etwas über Sie erfahren, wenn es recht ist. Dr. Johann D. Dalus. Was müssen wir dringend über Sie wissen?»

Dalus spürte, wie sich seine Anspannung Bahn brach, und wollte etwas Harsches erwidern, als der Mann das erste Mal von seiner Zeichnung aufsah.

Der Dadaist war ein untersetzter Mann mit ernsten dunklen Augen. Dalus konnte unter seinem Hut kaum Haare erkennen. Sein Schnurrbart war durchtrennt wie bei einer Hasenscharte. Sein Kinn musste einmal markant gewesen sein, lief aber Gefahr, unter der teigigen Haut zu verschwinden.

«Tun Sie mir den Gefallen, Herr Doktor. Diese Details sind mir sehr wichtig. Ohne sie wäre das Leben sinnlos, finden Sie nicht?»

«Nennen Sie mich Dalus», erwiderte Dalus.

«Wie Sie wollen», sagte der Dadaist.

«Was wollen Sie von mir wissen?»

«Sie sind Psychiater?»

«Ich arbeite in einer Nervenklinik.»

«Wie arbeiten Sie mit Ihren Patienten?»

«Ich höre ihnen zu und bringe sie zum Reden. Den meisten helfen Medikamente, sich zu beruhigen und einen klaren Kopf zu bekommen.»

«Das ist interessant», sagte Hausmann und begann nebenbei wieder zu kritzeln. «Viele Kollegen in der Kunst arbeiten genau so. Haben Sie mit diesen Methoden selbst Erfahrungen gemacht?»

«Könnte man sagen», gab Dalus lapidar zurück. «Als Nervenarzt ist einem nichts Menschliches fremd.»

«Und dennoch ist es immer wieder erstaunlich zu sehen, wie wenig wir über uns selbst wissen, nicht wahr?»

«In der Tat», stimmte Dalus zu, «das ist die Grundregel jeder Analyse, fürchte ich.»

«Und auf welcher Seite stehen Sie in diesem Spiel, in das wir hineingeraten sind?» Er machte eine umfassende Geste, von der unklar war, ob er den Raum, den Club oder die Lage der Welt meinte. Überhaupt erschienen seine Bewegungen seltsam fahrig, so als interessiere es ihn wenig, ob sein Gegenüber ihn verstand.

«Ich bin nicht politisch», antwortete Dalus.

«Sie haben Verbindungen zu Dr. Kerst. Er ist – oder besser, er war – ein hoher Funktionär der Faschisten. Warum sollten wir Ihnen glauben? Sie könnten ein Spion sein.»

«Ich bin es nicht, das muss Ihnen genügen. Keine Politik, ich will nur meine Schwester wiedersehen.»

«Ich denke, Sie werden das eine ohne das andere nicht bekommen. Und Sie werden sich entscheiden müssen. Sie müssen sich immer entscheiden, sonst enden Sie als Spielball fremder Interessen.»

«Sind Sie Künstler oder Revolutionär?», fragte Dalus, dem der selbstgefällige Tonfall des Mannes auf die Nerven ging.

«Sie wollen wissen, ob ich ein Klugscheißer bin? Eine berechtigte Frage. Der Vorteil unserer Inszenierungen ist, dass sie beides sind. Aufstand und Kunst. Sie können schnell umschlagen – und das kann sehr nützlich sein.»

«Aber Ihre Kugeln sind echt.»

«Das kommt auf die Inszenierung an», gab der Mann fast gelangweilt zurück. «Möchten Sie etwas trinken?» Sein Zeigefinger deutete auf die Flasche.

«Es wäre mir lieber, wenn …»

«Das können Sie mir nicht abschlagen, lieber Herr Dalus. Ich verhandle nicht mit Männern, mit denen ich nicht getrunken habe.»

Er griff nach zwei Gläsern und stellte sie auf dem Tisch ab. Aus der Flasche schenkte er zuerst sich, dann den anderen beiden ein.

«Auf Ihre Gesundheit», sagte Hausmann, und sie tranken.

Das Brennen des Alkohols kam abrupt. Es war stärker als

erwartet, und Dalus konnte nicht anders, als die Faust auf den Mund zu drücken, um nicht zu husten.

«Es freut mich, dass Sie den Absinth mögen», sagte Hausmann. «Was eure Fragen angeht», wandte er sich an Edith, «wir kennen die Gruppe nicht, von der ihr berichtet. Der Verein Neues Deutschland ist sozusagen eine Neugründung, über die wir noch so gut wie nichts wissen.»

«Sie können uns nicht helfen?», fragte Dalus erbost.

«Lassen Sie mich ausreden. Wir kennen nicht den Verein, aber wir kennen das Freikorps, das mit ihm zusammenarbeitet. Sie nennen sich selbst Orgesch.»

Die Augen des Mannes waren nach wie vor ohne Anteilnahme.

«Schauen Sie, es gibt viele Gruppen in Berlin. Eine Menge schmieriger Vereine und Stammtische zweifelhafter Gesinnung. Viele Männer, die gegen die Republik auf die Straße gehen. Die am liebsten den Kaiser zurückhätten, ihren General Lüttwitz oder einen anderen starken Mann. Glauben Sie mir, wir haben uns viele Schlachten geliefert. Jeden Tag schwimmen Tote in der Spree. Die Zeitungen berichten schon kaum mehr darüber.»

Er schenkte die Gläser ein weiteres Mal voll und trank.

«Bei Ihrer Schwester ist es anders. Sie hat einen dicken Fisch an der Angel. Wir haben einige Männer in der Verwaltung, sogar eine rote Zelle bei der Polizei. Aber die Neudeutschen agieren nicht so offensichtlich wie die meisten anderen Gruppen. Sehen Sie sich doch an, wie primitiv diese Brut vorgeht. Sie schalten Zeitungsannoncen, in denen sie im großen Stil Waffen ankaufen wollen. Das ist genau ihre Art von Humor. Sie werfen die Scheiben jüdischer Geschäfte ein, verprügeln öffentlich jeden, der sich ihnen entgegenstellt – und sagen dann, sie hätten nur einen kleinen Spaß mit alten Freunden machen wollen und man solle sich doch nicht so haben. Sie sind froh über jede Gelegenheit, ihre Brutalität und ihren Galgenhumor als Chuzpe und richtige Einstellung zu präsentieren. Ich muss Ihnen Emil Gumbel vorstellen, ein toller Bursche. Er sammelt diese Vorfälle für die

Wissenschaft.» Er trank. «Orgesch ist so was wie ihre Speerspitze. Haben ihr Handwerk in den Gräben gelernt. Mordlüstern. Sie riechen nach Tod, wenn Sie verstehen, was ich meine. Einmal haben sie einen von meinen Leuten erwischt. Haben ihn auf einem Dachboden aufgehängt, Kopf nach unten, und ihm Hände und Füße zerschlagen, dann hängen lassen. Nur so zum Spaß.» Seine Mundwinkel waren jetzt nach unten gezogen. Dalus musste an seine Erinnerungen aus dem Krieg denken. Er wusste, wovon Hausmann sprach. «Orgesch ist ein geschlossenes Korps. Sie gehen zielgerichtet vor. Was sie machen, machen sie richtig. Egal, ob es gegen Rote wie uns oder gegen Verräter geht. Ihren eigenen Männern schalten sie mit Vorliebe die Birne aus, wenn sie sie im Verdacht haben, etwas verraten zu wollen. Das nennen sie Femengerichte. Wissen auch, wie sie es anstellen. Pissen auf die noch warmen Leichen. Ich bin mir sicher, auch Dr. Kerst ist ihnen zum Opfer gefallen. Der Verein Neues Deutschland arbeitet mit ihnen zusammen – unter Rossbachs Leitung.»

«Was wissen Sie über Rossbach?», fragte Dalus tonlos und spürte einen Stich irgendwo im Innern.

Der Dadaist setzte ein freudloses Grinsen auf.

«Im Geschäft der Faschisten ist es wie überall sonst auch. Es gibt die Leute, die die Arbeit machen – und es gibt die Geschäftsführer. Rossbach ist, wenn Sie so wollen, ein Kapitalist des Krieges. Er ist gefürchtet. Er hat so viel Blut an den Händen, eigentlich müsste man darüber weinen.»

«Wissen Sie, wie Rossbach aussieht?», fragte Dalus gespannt.

«Niemand weiß das. Man sagt, dass er ein Offizier in Ostpreußen war. Vor dem Krieg. Er soll in Deutsch-Südwestafrika gegen die Hereros gekämpft haben, wo er angeschossen wurde. Mit seinem Blut ist die schwarze Fahne getränkt, auf die diese Faschisten schwören müssen, bevor man sie in den Mordbund aufnimmt. Rossbach organisiert die Rekrutierungen aus der Ostprovinz, Orgesch sitzt hier in Berlin. Und wissen Sie, was das Beste ist?»

Sein Grinsen wurde noch breiter. «Orgesch ist Teil der Schutzpolizei. Das Regiment wollte sich nach dem Versailler Vertrag nicht entwaffnen lassen. Stattdessen haben sie zusammen mit Kapp und Lüttwitz den Putsch versucht, vor zwei Monaten, während die Polizei bloß zugeschaut hat. Aber anstatt die Täter als Republikfeinde zu bestrafen, hat man die ganze Truppe nach Beendigung der Aktion als Hundertschaft in die Polizei aufgenommen! Aus alter Verbundenheit, sozusagen. Was soll man denn sonst mit so vielen Bewaffneten anstellen? Sie hissen jeden Sonntag auf ihrem Kasernenhof nicht die Nationalflagge, sondern die Kaiserfahne, zusammen mit ihrer Schwarzen. Sie sind jetzt sozusagen offiziell.» Die letzten Worte ließ er sich auf der Zunge zergehen. In seinen Augen funkelte es kalt.

«Rossbach kommt nach Berlin», sagte Edith ernst.

«Wir haben es gehört. Die ganze Stadt redet davon!», sagte der Dadaist, der für einen Moment fast heiter wirkte. «Wir gehen davon aus, dass etwas in Planung ist», fügte er dann ernst hinzu. «Etwas, das alles erschüttern wird.»

«Ein erneuter Putschversuch?», warf Dalus ein.

«Ein Putschversuch wäre durchaus in ihrem Sinne. Aber das, was sie jetzt planen, wird auf einer anderen Ebene funktionieren. Symbolischer, wenn Sie verstehen, was ich meine.»

«Das weiß ich durchaus nicht!», zischte Dalus.

«Lassen Sie es mich so ausdrücken: Es wird mit Toten zu tun haben. Der Tod steht im Mittelpunkt all ihrer Inszenierungen. Und es wird etwas sein, das nicht nur Deutschland berührt. Nach dem, was sie vorhaben, wird die Welt eine andere sein.»

«Und was zum Teufel wäre das?», fluchte Dalus.

Der Dadaist begann von Neuem auf seinem Papier zu kritzeln.

«Wir brauchen Hilfe, um an die Leute heranzukommen», sagte Edith vorsichtig.

«Zu hohes Risiko», sagte Hausmann. «Ich will nicht, dass du dich in Gefahr begibst.» Er berührte kurz mit der Linken Ediths Hand.

«Es muss eine Lösung geben», insistierte sie.

«Du kennst sie bereits», sagte der Dadaist fast widerwillig zu Edith. «Es gibt einen Mann, den wir kennen, der für den Verein arbeitet. Er ist schon auf dem Weg hierher.»

Edith verzog das Gesicht. Dalus hatte den Eindruck, dass ihre Gesichtszüge im schummrigen Licht schärfer geworden waren. Überhaupt fühlte er sich in dem stickigen Zimmer zunehmend unwohl. Sein Magen glühte nach wie vor von dem Schnaps, und er fragte sich, ob das Licht greller geworden war.

«Sie sehen erschöpft aus», sagte der Dadaist über den Tisch zu Dalus und schob seinen Hut aus der Stirn. «Kommen Sie, ich zeige Ihnen, was wir hier tun.»

Er stemmte sich mit den kräftigen Armen hoch. Dalus bemerkte erstaunt, dass er seine Beine nur langsam und unter erheblicher Anstrengung bewegen konnte. Er stützte sich an der Lehne der Bank ab und öffnete die Tür. Dalus folgte ihm.

Der Nebenraum war größer, aber weniger hoch. Metallene Regale waren bis unter die Decke gestellt und mit Werkzeugen und Papier gefüllt. Hausmann knipste eine Glühbirne an, die von der Decke hing und schummriges Licht verbreitete. Alles war voller Stühle, Flaschen, Holzkisten und Matrizenmaterialien. Auf dem Boden lag ein Setzkasten mit verstreuten Typen aus Holz, die in alle möglichen Formen zerschnitzt und zerteilt worden waren. Am hinteren Ende des Raumes stand eine schwere Handpresse, deren Griffe abgewetzt im Licht glänzten. Es stank nach Druckerfarbe und Öl, Farbe klebte am Linoleum sowie an Papieren und Wänden und so ziemlich überall sonst. Fingerabdrücke waren an Flaschen und Kisten zu sehen, und die Druckmaschine selbst schien von einer Explosion aus Farbe umgeben zu sein, die auf Dalus wie Blutspritzer wirkte.

«Wir drucken dreifarbig, schwarz, blau und rot», ließ Hausmann vernehmen. «Für die Collagen nur selbstgeschnitzte Typen. Nur die Zerstörung der Form kann die Form sichtbar machen. Aber das ist kunsttheoretisches Blabla. Das kann niemand essen.»

Dalus bemerkte, dass Hausmann sein Glas mitgenommen hatte und nun – einen Arm über ein Regal gelegt – einen weiteren Schluck trank.

«Ich habe zu viele auf den Straßen sterben sehen. Die Leute haben genug davon, als Kanonenfutter zu dienen. Schauen Sie nach Russland. Wir können eine neue Welt aufbauen. Und wer sich uns entgegenstellt ...» Er formte mit den Fingern eine Pistole und schoss.

Dalus hatte das Gefühl, dass die Farben um ihn ein Leuchten aussandten.

«Sie sehen nicht gut aus», sagte der Dadaist wie von weitem. «Ist Ihnen nicht wohl? Wie Sie mit Ihren Augen rollen.»

Für einen Moment hatte Dalus das Gefühl, sein Kopf ginge durcheinander. Es war, als bewegte sich der Raum seitwärts. Oder waren es wieder die Nerven? Er fühlte sich schwach, und das Licht schien zu flackern.

«Sie haben doch den Verstand verloren», hörte Dalus sich sagen.

«Verstand ist nicht alles», sagte Hausmann grimmig. «Aber kommen Sie, ich habe genug geredet. Nehmen wir lieber noch einen.»

Hausmann schlug ihm auf die Schulter, was Dalus um ein Haar von den Füßen gehauen hätte, und sie taumelten aus dem Raum auf den Flur zurück.

Die frische Luft erschien Dalus ausnehmend klar und köstlich. Erst als er Ediths Blick am Ende des Flurs bemerkte, stellte er fest, dass er für einen unbestimmten Zeitraum dagestanden und wie ein Fisch nach Luft geschnappt hatte. Er ging rüber zu Edith, die mit einem Grauhaarigen gesprochen hatte, der ebenfalls eine Waffe trug.

«Da sind Sie ja», sagte Edith. «Unser Kontaktmann wird in einer halben Stunde hier sein. Wir können auch drüben warten.»

Dalus war froh, endlich gehen zu können. Er warf noch einen Blick in den Raum, in dem sie mit dem Dadaisten gesessen hatten, der ebenfalls verschwunden war. Auf dem Tisch lag das kleine, viereckige Blatt, auf dem Hausmann die ganze Zeit herumgekritzelt hatte, während er die Flasche anstarrte. Eine kleine und sehr feine Zeichnung. Sie zeigte einen lebensechten Elefanten. Dalus konnte nicht anders, als sie zu bewundern.

Sie ließen sich an der Bar nieder. Edith bestellte Wodka, Dalus ein Schultheiss, und sie beobachteten die Tanzenden. Dalus' Kopf hatte leicht zu pochen begonnen, aber das Gewirr der Stimmen hatte etwas Beruhigendes.

Sie mussten warten.

«War es Hausmann, der vorgestern in Ihrer Wohnung war?», fragte Dalus geradeheraus.

«Haben Sie mich etwa verfolgt?», gab sie mit spitzem Lächeln zurück.

«Wie ist Ihre Beziehung zu Hausmann?»

«Er ist ein Verbündeter», sagte Edith, ohne auf seine Frage zu antworten. Dalus gab auf und musterte das Treiben im Raum.

Die Stimmung im Raum änderte sich, als die Lichter gedimmt wurden. Edith nippte an ihrem Getränk, und plötzlich bemerkte Dalus, dass er sie anstarrte, wie sie in ihrem Abendkleid an der Bar lehnte. Ihr Kinn, die Linie ihres Halses und ihrer Schultern, die in den Trägern ihres Kleides verschwanden.

Dann begann eine dunkelhäutige Frau auf dem Podest zu singen.

Ihre hohe, klare Stimme begann mit einer kleinen Phrase, gleich einem Wiegenlied, begleitet von einer Ukulele. Die dunkelhäutige Frau war von schlanker Statur und hatte ein bübisches Lächeln im Gesicht. Sie war in etwas gekleidet, das vor allem aus Federn bestand. Die Art, mit der sie auf der Bühne stand und den Körper im Takt der Musik wiegte, wirkte selbstvergessen, als würde sie für sich selbst singen. Es war Josephine Baker.

Sie sang eine unaufdringliche Melodie, die nach Südsee klang, die sie lächelnd wiederholte. Die Ukulele folgte dahinter. Und plötzlich hörte man nur noch ihr zu, den aufsteigenden Wegen ihrer Melodie, ihren Abfolgen, Umwegen und Passagen. Dalus erschien es plötzlich, als säßen sie unter dem Nachthimmel. Auch Edith schien näher an ihn herangerückt zu sein.

Josephine war inzwischen bei ihrem Solo angekommen. Als der Beifall aufbrandete, verbeugte sich Baker strahlend und verschwand von der Bühne.

Edith lächelte ihn an, und Dalus musste darüber nachdenken, dass er sich in ihrer Nähe wohl fühlte – wenn ihre besserwisserische Art ihm auch ab und zu auf die Nerven ging.

Er trat einen Schritt an sie heran.

Da ertönten Trillerpfeifen.

Berlin / Donnerstag, 3. Juni 1920 / 10 Uhr 30 abends

Den blauen Adler zu verfolgen erwies sich als leicht.

Der Kraftwagen fuhr ohne Plane, sodass das Führerhäuschen über der Ladefläche von hinten in Sicht war. Wie gebannt starrte Mohrfels auf die rechteckige Rückscheibe im wiederkehrenden Straßenlicht, hinter der man drei Gestalten erkennen konnte.

Sie nahmen den Weg zum Brandenburger Tor, entlang des punktweise beleuchteten Tiergartens. Dann fuhren sie östlich in die Innenstadt, über die Wilhelmstraße hinter dem Spittelmarkt, bis sie am Monbijoupark anhielten und die Lichter ausschalteten.

Dort warteten sie. Man sah nur ihre Hinterköpfe durch das ovale Heckfenster. Sie saßen zu dritt im Fahrabteil und rauchten. Die Zigarettenmarke hätte Mohrfels interessiert. Hin und wieder stieg einer von ihnen aus und machte ein paar Schritte ums Auto.

Mohrfels dachte an drei Typen vom Land, die mit ihrem Gefährt in die Großstadt gekommen waren, auf einen Wochenendbummel.

Einmal verschwand einer der drei Männer in einem Laden und kam mit einer Flasche in der Hand zurück.

Sie waren schwer einzuschätzen, dachte Mohrfels. Anständig gekleidet, billige Anzüge und festes Schuhwerk, hatten aber kein Problem damit, sich der Sakkos wegen der Hitze zu entledigen. Auch die Hüte waren auf dem Armaturenbrett abgelegt.

Der Mann rechts schien etwas älter zu sein, vielleicht vierzig, die beiden anderen jünger. Sie schienen sich gut zu kennen, denn sie gingen vertraut miteinander um, ohne große Gesten. Ein wenig wie drei Freunde vielleicht. Aber etwas irritierte Mohrfels.

Er brauchte eine ganze Zeit, um festzustellen, was ihn an dem Bild störte. Die Art, wie sie miteinander sprachen, wenn einer das Fahrzeug verließ. Es war eine Formalität spürbar. Auch war nicht einzusehen, warum sie wie angenagelt im Wagen saßen.

Dann bemerkte er, dass die Passanten von ganz allein einen Bogen um sie zu machen schienen.

Die drei waren eindeutig zu wachsam.

Wachsam. Oder bereit.

Ihre Haltung, so stellte Mohrfels plötzlich fest, konnte jeden Moment umschlagen.

Sie waren nicht zum Trinken in die Stadt gekommen.

Wieder verschwand einer der Männer, diesmal in einem Hotel.

Mohrfels hätte gerne Kaffee gehabt, auf die Gefahr hin, seinen Magen zu ruinieren. Um ein Haar hätte er verpasst, dass der Wagen losgerollt war, ohne Lichter zuerst – dann mit Beleuchtung.

FÜNFTER TAG

Es war noch finster.

Noch einmal starrte er auf seine Faust. Öffnete sie, las die zerknüllte Nachricht.

Einfache Rohrpost. Ein paar Buchstaben auf Papier. Mehr brauchte es nicht.

Er stopfte den Zettel in die Tasche, um ihn später zu vernichten. Eine von Rossbachs Regeln, die sinnvoll waren. Wenn auch der aktuelle Befehl ein Fehler war.

Sie waren aus der Hütte abkommandiert worden. So weit, so gut. Die Geburtstagsfeier rückte also endlich näher. Er würde einen besonderen Teil darin spielen. Er hatte Befehl, sich in seine neue Unterkunft in der Stadt zu begeben, wo er die gekauften Utensilien deponiert hatte. Allein. Dort sollte er auf Anweisungen warten. Es war nicht dieser Teil des Befehls, der ihn störte.

Die beiden Kameraden standen unweit abseits. Keiner sagte etwas.

Er ging über die Veranda zurück ins Haus. Reinemachen würde eine Stunde dauern. Sie kannten die Routine. Sie begannen zusammenzupacken und alles abzuwischen.

Als die Gefangene in ihrer Kammer bemerkte, dass sie die Hütte räumten, wurde sie unruhig. War immer devoter geworden, die Rote, wenn er Essen brachte. Hatte sich bemüht, ihm nicht in die Quere zu kommen, wenn er sie losband. Sich ans Protokoll zu halten. Und keinen Ärger zu machen. War verletzt, das war an ihrer Körperhaltung klar zu sehen. Musste sich den Knöchel gebrochen haben oder irgendwas. Humpelte und stöhnte bei jedem Schritt, wenn er sie für die Notdurft aus der Hütte ließ. Schmerzen, die sie nach Leibeskräften unterdrückte. Um keine Strafe zu bekommen. Damit sie sie am Leben ließen. Denn sie war nicht dumm. Wusste, dass sie ihre Gesichter gesehen hatte.

Und jetzt das.

Rossbach wollte, dass sie am Leben blieb!

So lange er auch darüber nachdachte, er fand keine Erklärung.

Sie sollten die Rote leben lassen. Und das von Rossbach.

Was war nur in ihn gefahren?

Als sie das Gebäude von Spuren gereinigt hatten, ihr Gepäck auf dem Vorhof, hielt er einen Augenblick inne und schaute ins Morgenlicht. Fasste einen Entschluss.

Dann zurück ins Haus, durch den Wohnraum in den Seitenflügel, wo die Gefangene hauste.

Als er die Tür aufstieß, hob sie den Kopf. Unter dem Sack waren ihre blauen Augen feucht und verheult. Typisch Weibsbild. Aber sie war nicht dumm. Sie wusste, dass er außerhalb des gewohnten Rhythmus kam. Sie wusste, dass etwas passieren würde.

Als er das Messer rausholte, begann die Frau zu wimmern.

Berlin / Freitag, 4. Juni 1920 / 1 Uhr 01 morgens

«Oh mein Gott», rief Edith mit aufgerissenen Augen. «Oh mein Gott, jetzt kommt die Polizei!»

Der Saal kam in Bewegung. Licht wurde angeschaltet. Menschen mit Abendkleidung und Gläsern rangen um Orientierung. Ein Tumult entstand. Trillerpfeifen schienen aus allen Richtungen zu kommen.

Ein junger Mann schwang sich auf die Theke und rief etwas über die Menge. Seine Arme wiesen in eine Richtung.

Edith stellte ihr Glas auf die Theke und schaute Dalus hilfesuchend an.

«Ausgerechnet jetzt», war das Sinnvollste, das er hervorbrachte.

Eine Frau mit Federboa stakste an ihnen vorbei.

«Wir müssen zusehen, dass wir hier rauskommen», rief Edith ihm zu und schob sich in dieselbe Richtung.

«Was ist mit Ihren Freunden?», fragte Dalus, während er versuchte, die Bewegungen der Menschen im Raum zu sondieren, um den besten Fluchtweg zu finden.

«Die können gut auf sich selbst aufpassen. Das Spielverbot ist nur ein Vorwand für politische Razzien.»

Von irgendwo landeten Eiswürfel zwischen ihnen auf dem Boden, und sie wäre beinahe ausgerutscht, hätte sie sich nicht an seinem Arm festgehalten.

«Das ist wirklich verrückt», rief sie, während Dalus den Kopf reckte, um besser sehen zu können.

Eine Welle von Menschen brandete durch den Raum. Die Trillerpfeifen tönten lauter, und in Richtung des Eingangs am anderen Ende des Saals war Bewegung sichtbar. Alles strömte zu der Flügeltür, auf die der junge Mann auf dem Tresen hingewiesen hatte. Dort bildete sich bereits eine große Menschentraube, die nicht mehr vorwärtszukommen schien.

«Bitte bleiben Sie ruhig! Allesamt stehen bleiben! Polizeikontrolle!», hallte es durch den Raum.

«Die sind sich wirklich für nichts zu schade», meinte Edith, während sie sich nun ebenfalls in Richtung des Ausgangs drängten.

Dalus versuchte, den Überblick zu bewahren. Sein Kopf war jetzt wieder klar. In der anderen Ecke des Raumes, die gegenüber der Bar und auf der anderen Seite des Eingangs lag, fiel ihm ein eckiger Lichtschein ins Auge, der immer wieder an- und auszugehen schien.

«Ist das eine Tür?», fragte er Edith und deutete darauf.

«Das ist der Weg zu den Toiletten. Dort gibt es auch einen Ausgang.»

Dalus bahnte sich mit dem Arm einen Weg durch die Menschen in diese Richtung und zog Edith hinter sich her, bis sie das Gedränge verlassen hatten. In dieser Ecke wurde es ruhiger, wenn auch nach wie vor Rufe und Lärm durch den Raum hallten.

Sie erreichten die Tür und eilten zusammen mit einem kichernden Pärchen und einigen anderen Gestalten über einen halbhellen Flur, eine Schwingtür kam in Sicht, Dalus presste sich dagegen, und plötzlich standen sie in der frischen Nachtluft, irgendwo auf einem Hinterhof.

Bevor Dalus sich orientieren konnte, zog Edith ihn schon die Gasse entlang. Sie bewegten sich in Richtung einer befahrenen Straße, von wo Verkehrslärm und Lichter auf sie zukamen. Nach wie vor war die Luft voller Trillerpfeifen und man konnte nicht sicher sein, ob man direkt in eine Polizeisperre laufen würde oder im Trubel der Nacht untertauchen konnte.

Sie erreichten die Straße mit den bunten Schaufenstern, auf der ein Auto mit großen Scheinwerfern an ihnen vorbeiknatterte. Dann sahen sie links eine Straßensperre und liefen rechter Hand die Straße hinunter. Nach wie vor schien alles auf der Flucht zu sein. Menschen gafften oder liefen desorientiert durcheinander, dann bogen sie in eine Gasse ab, die einen ruhigen Eindruck machte. Die Verfolgungsjagd endete an einem Bretterzaun, der die Straße nach hinten absperrte.

Sie hielten inne.

Plötzlich war es ruhiger um sie. Sie atmeten nach wie vor heftig, aber der Lärm schien weit weg zu sein.

Edith schaute ihn an. Ihr Gesicht war dicht vor seinem. Sie lächelte. In ihren Augen schien sich etwas zu spiegeln. Ihr Mund war leicht geöffnet.

Für einen Moment standen sie nur da.

Dann hörte Dalus ein Geräusch in der Gasse.

Jemand war hinter ihnen.

Er drehte sich um. Es waren zwei Männer. Die Symptome meldeten sich sofort. Metallgeschmack. Er würde sich verteidigen müssen. Seine Sehnen wurden zu Seilen.

Sie kamen von der Hauptstraße. Männer, die auf sie zuschlenderten. Sehr ruhig und sehr mittig. Verringerten die Abstände zwischen sich und den Hauswänden. Einer von ihnen hatte die Hand in der Hosentasche.

Er spürte Ediths Atem an seinem Nacken. Sie berührte ihn mit der Hand, die plötzlich kalt war.

Dalus' Augen wanderten zum Bauzaun, in dem er die Umrisse einer Tür ausmachte. Edith folgten seinem Blick.

Automatisch drückte er sie in die Richtung.

«Das könnt ihr vergessen!», schrie Edith an ihm vorbei, in Richtung der nahenden Gestalten. «Hier sind überall Leute, versteht ihr?» Ihre Stimme klang hysterisch und unsagbar wütend.

«Zu dir kommen wir noch», sagte einer der beiden Männer und zog ein armlanges Rohr aus dem Sakko, das auf seinen Lederhandschuhen ein schmatzendes Geräusch von sich gab.

Dalus öffnete den Riegel der Zauntür, die von der anderen Seite mit Müll und Unrat versperrt war. Auf keinen Fall würden sie dort zu zweit rechtzeitig durchkommen. Er musste eine Entscheidung fällen.

Er stieß Edith stärker als gewollt durch den Durchlass, wo sie zwischen dem Müllberg landete, und drückte die Tür hinter ihr wieder zu. Der Riegel befand sich glücklicherweise auf seiner Seite. Schon donnerte Edith von hinten gegen den Zaun.

«Nein! So wird das nicht ablaufen!», schrie sie. Dann hörte Dalus ihre Hilferufe.

Er wandte sich um. Musste sich eine Waffe suchen. Er hatte sich schon häufig verteidigen müssen. Dennoch dröhnte sein Puls in seinem Kopf.

Dalus blinzelte, aber seine Augen hatten sich an die Dunkelheit gewöhnt. Die Männer hatten Aufstellung genommen. Der eine war unwesentlich kleiner als der andere und hatte eine breite Nase, der andere war drahtig. Sie versuchten, seinen Bewegungsraum einzuschränken. Dalus bewegte sich seitwärts, um an eine Mülltonne zu kommen. Der Kleinere trat einen Schritt vor. An seiner Rechten funkelte ein Schlagring. Er grinste.

«Ganz ruhig», sagte der andere. «Ganz ruhig, Kleiner. Wir werden dir nicht weh tun. Du musst uns nur machen lassen.» Das schwere Bleirohr machte eine quietschende Bewegung zwischen seinen Lederhandschuhen. Der Kurze kam noch einen Schritt vor.

Dalus hatte Leute gesehen, die vom Schlagring getroffen wurden. Er musste vor allem seinen Kopf schützen – und seine Zähne.

Vor allem seine Zähne.

Schrammstein 1905

Als sie eine weitere Schlucht passiert hatten, hieben die beiden fremden Männer plötzlich die Sporen in ihre Pferde und preschten um die nächste Biegung.

Vater hob den Kopf, und auch Dr. Kerst rutschte unruhig auf seinem Sattel hin und her, als sie, ohne das Tempo zu beschleunigen, um die Biegung ritten.

Dann sahen sie die anderen Männer.

Die beiden Dorfleute aus der Vorhut hatten sich ihnen angeschlossen. Jetzt waren es insgesamt acht. Sie standen am Fuß der Senke und ließen sie heranreiten, ohne zu sprechen.

Drei Männer waren in Uniform. Alle waren bewaffnet.

Der Vater und Kerst ritten unbewegt auf sie zu.

Er versuchte die anderen Männer zu erkennen. Aber die starren Gesichter waren unter Hüten und Mützen versteckt. Die Schwester lenkte das Pferd neben den Vater und Kerst, den Jungen vor sich im Sattel. In diesem Moment erkannte der Junge Rossbach, dessen Pferd genau vor ihnen stand. Ihr Pferd scheute und begann zu buckeln. Alle starrten auf den Jungen, der vorne saß, und das Blut schoss ihm in den Kopf, bis seine Schwester das Pferd wieder unter Kontrolle hatte. Rossbachs blaue Augen blitzten ihn über den roten Offizierskragen hinweg an.

«Waidmannsheil», rief Rossbach.

«Waidmannsdank», erwiderte der Vater.

«Wie ich sehe, habt ihr Verstärkung gebracht.» Bei diesen Worten grinste Rossbach in Richtung der Kinder. «Hoffentlich keine Lausbuben, die unsere Geheimnisse ausplaudern!»

Der Junge war starr wie eine Holzpuppe.

«Wenn wir dem Pfad weiter folgen, sollten wir in drei Stunden an der Jagdhütte sein», sagte der Vater ungerührt.

«Rossbach kennt einen Schleichweg, auf dem wir schneller sind», erklärte einer der Männer.

«Mir soll's recht sein», meinte der Vater.

«Na dann, mir nach!», rief Rossbach und wendete das Pferd. «Und lass den Buben vorne reiten. Er soll was fürs Leben lernen.»

Damit gab er dem Pferd die Sporen und sprengte davon.

Der Junge fühlte das Kribbeln am ganzen Körper.

Berlin / Freitag, 4. Juni 1920 / 1 Uhr 12 morgens

Plötzlich waren Matrosen da. Herrschaften in Garderobe. Tänzerinnen im Federkleid.

Mohrfels traute seinen Augen nicht, stoppte den Wagen und drückte auf die Hupe. Die Leute schienen ihn kaum zu bemerken, strömten bloß immer weiter in die andere Richtung über die Straße.

Mohrfels konnte die Fahrt nicht fortsetzen. Er hatte den blauen Lkw hinter der Ecke verloren. Er hupte erneut, stieß einen Fluch aus und verließ den Wagen. Von ferne hörte er Trillerpfeifen. Eine Razzia. Das erklärte einiges. Mohrfels fluchte wieder.

Ausgerechnet jetzt durfte er die Truppe nicht aus den Augen verlieren. Er war sich inzwischen sicher, dass sie etwas geplant hatten. Vielleicht war es bloß ein Einbruch, aber Mohrfels rechnete mit Schlimmerem. Etwas an der Art der drei Männer verhieß nichts Gutes. Er stieg aus dem Wagen und lief den strömenden Menschen entgegen in Richtung Friedrichstraße.

Als er den Lkw eine halbe Minute später am Straßenrand fand, war von den Männern nichts zu sehen. Die Straße war jetzt wie leergefegt. Hin und wieder eilte ein kicherndes Pärchen oder ein betrunkener Mann an ihm vorbei. Über ihm blitzten Leuchtstofflampen. Mohrfels wusste nicht, woran er sich orientieren sollte. Da hörte er ein Geräusch aus der Seitengasse. Es war eine Frauenstimme. Er rannte mit gezogener Waffe zurück, schwer atmend. Das Eisen war warm in seinem Griff. Er schwitzte.

Dann hörte er ein Geräusch. Ein Klatschen. Hartes, das auf weiche Oberfläche trifft. Immer wieder.

Mohrfels kannte das Geräusch.

Er musste sich beeilen.

Er lief in die Gasse. Er erkannte sofort zwei der Männer. Sie waren vorgebeugt und bearbeiteten etwas, das unter ihnen lag. Sie hatten etwas am Boden eingekeilt, vor ihnen an der Wand. Während der eine das Opfer gepackt hielt, sah Mohrfels, wie der andere immer wieder mit einem blutigen Bleirohr ausholte. Seine Hand ging methodisch hoch, dann hieb er das Eisen abwärts, mit vollem Körpereinsatz. Das Rohr klatschte. *Wo ist der Dritte?*, dachte Mohrfels.

«Aufhören! Polizei!!»

Die Männer ließen sich nicht beirren. Wenn sie so weitermachten, würde das Opfer in kurzer Zeit tot sein.

Mohrfels hob die Waffe und feuerte über ihre Köpfe. Das Krachen erschütterte die Gasse. Zumindest einer der beiden hatte jetzt aufgeschaut. Auf seinem Gesicht waren Blutspritzer und er hatte eine Wunde über dem linken Auge. Während der andere noch ein paar Schläge landete, griff der Erste in sein Revers. Mohrfels wusste, was das bedeutete, und steuerte eine Mülltonne als Deckung an, während er vorwärtslief.

«Waffe fallen lassen!», brüllte er.

Seine Mündung zielte jetzt nicht mehr in den Himmel. Als die Gestalt, die sich ihm zugewandt hatte, sich noch immer nicht regte, machte Mohrfels noch einen Schritt und eröffnete das Feuer. Jemand vor ihm schrie, etwas fiel scheppernd zu Boden.

Mohrfels versuchte, einen Überblick zu bekommen, als etwas Großes auf ihn zukam. Er feuerte erneut, kurz bevor ihn das runde Metall an der Brust traf und er zu Boden ging. Sein Fluch blieb zusammen mit dem nächsten Atemzug in seiner Brust stecken, während die Männer an ihm vorbei auf die Straße flüchteten. Sie hatten ihn mit einer Mülltonne überrannt. Für einen kurzen Moment fragte er sich, ob er sie hätte aufhalten können, dann rappelte er sich auf und humpelte so schnell es ging auf den Verletzten zu. Zuerst konnte Mohrfels in dem fahlen Licht nur eine schmierigen roten Klumpen erkennen. Dann erkannte er den jungen Mann mit der hellen Haarfarbe. Seine linke Hand umklammerte etwas, das er wie ein Schutzschild vor seine Seite gehalten hatte. Mohrfels erkannte ein totes Tier, wahrscheinlich eine Katze, die übel zugerichtet worden war.

Mohrfels drehte den Mann vorsichtig auf die Seite. Es handelte sich um den jungen Arzt Johann Dalus. Er blutete aus einer Handvoll Wunden, aber er atmete.

Aber hatte er nicht eben die Stimme einer Frau gehört?

Er blickte sich in der Gasse um und rief dann laut um Hilfe.

Er hatte gewusst, dass sie etwas Besonderes mit ihm vorhatten.

Sie hatten die Waldhütte hinter sich gelassen, und er war in die Stadt gefahren. Das Treffen mit Zass fand in seiner neuen Bleibe statt. Einem kleinen Zimmer zur Untermiete.

Sie sprachen für eine halbe Stunde. Zass nahm jetzt kein Blatt mehr vor den Mund. In knappen Sätzen legte er ihm alle Eckpunkte ihrer «Operation Geburtstag» klar. Ein Plan von erheblichen Ausmaßen. Er verstand die politische Dimension sofort. Etwas, das über sie hinauswies. Er konnte Stolz spüren.

Dann hatte er von Zass einen Ausweis erhalten und einige Empfehlungsschreiben. Die Papiere waren auf den Namen Ben Oppel ausgestellt. Sahen passabel aus. Sein Foto kam aus seinem alten Militärausweis. Gute Ware, wie Zass beteuerte.

Die gekaufte Kleidung lag auf dem Stuhl bereit.

Außerdem gab ihm Zass detaillierte Unterlagen über das Hotel und die Sicherheit vor Ort.

Und ein Foto von der Zielperson.

Er war beeindruckt. Die Sache würde um die ganze Welt gehen.

Dann begossen sie die Sache mit einem Schnaps, Zass verabschiedete sich und erwartete seinen Bericht am Nachmittag.

Er rasierte sich und schaute dabei in den Spiegel.

Das Hotel Esplanade lag am Potsdamer Platz. Eine hohe Fassade mit Blumen vor den Balkons und einer großen Dachgalerie. Hier hat schon der Kaiser residiert, dachte er. Schon am Morgen reger Betrieb. Nur Bedienstete und die hohe Gesellschaft.

Er ging direkt rein und sprach mit dem Mann an der Rezeption. Ein Livrierter führte ihn durch die ausstaffierte Halle in ein Bürozimmer mit großen Spiegeln. Dann stand er stramm und händigte dem Direktor seine Unterlagen aus.

Es war ein abgekartetes Spiel. Der Direktor, ein fetter Mann mit geölten Strähnen auf dem Kopf, blätterte durch seine Schreiben. Allesamt von Vertrauten der Bewegung. Mit den besten Empfeh-

lungen. Auch der Vize, van Holl, ein schnurrbärtiger Kerl, hatte in Rüstung investiert und war auf ihrer Seite. Stand während des Gesprächs dabei und grinste in einem fort. Noch ein ernster Blick vom Direktor, wie von einem, der seine Ware prüft – war aber gedanklich schon bei der nächsten Sache. Machen Sie uns keine Schande, sagte der Vize und grinste. Dann Stempel, und Ben Oppel ist eingestellt, als Servierer. Zwei Tage vor der großen Gala.

Er würde sich jetzt beeilen müssen. Sich in die Abläufe einarbeiten und verstehen, wer im Service das Sagen hat. Den Gebäudeplan lernen. Die Akte von Zass enthielt alle Grundrisse. Die Information kam direkt aus dem Reichstag, von einem, den sie zu ihrem Spitzel gemacht hatten. Auch darüber konnte er innerlich nur lächeln.

Er würde jetzt zum Küchenchef gehen und mit der Schicht beginnen.

Beim Hinausgehen noch ein Blick in den Spiegel.

Die rechten Kontakte – dann war alles andere Formsache.

Berlin / Freitag, 4. Juni 1920 / 5 Uhr 10 morgens

Es hatte lange gedauert, bis Hilfe da war. Mohrfels sah zu, wie sie den jungen Mann in den Krankenwagen mit den Speichenrädern luden.

«Er wird es machen», hatte der Sanitäter im Flackern der Straßenlichter zu ihm gesagt, und Mohrfels nahm sich vor, sich am nächsten Tag nach Dalus' Befinden zu erkundigen.

Der junge Doktor hatte sich also mit denselben Kerlen eingelassen, die ihre Finger in seinem Fall hatten. Verein Neues Deutschland. Schläger, Waffenschmuggler, wahrscheinlich Mörder. Verbindungen ins organisierte Verbrechen – und zur Polizei.

Wenn der Arzt mit seinen Theorien recht hatte, waren sie möglicherweise nicht nur für den Tod an Wilhelm Legner, sondern auch für die Entführung von Dalus' Schwester und den Mord an Dr. Kerst verantwortlich.

Das kann ja heiter werden, dachte der Kommissar und bemerkte ein Magenknurren. Sein Appetit schien zurückgekehrt.

Es wurde Zeit, mehr über den Verein herauszufinden. Dennoch war sich Mohrfels zunehmend unsicher, in welche Verstrickungen er sich einließ. Was hatte der ganze Zirkus mit dem toten Mädchen zu tun, das er vor drei Tagen nackt und gefoltert am Kai gefunden hatte? Und worin bestand die Verbindung zu den anderen Frauenmorden? Er hatte momentan immer weniger das Gefühl, dass er dem Mörder näher kam, den er seit Monaten jagte. Auf der anderen Seite: Was hatte er sonst in der Hand? Die Spuren um Jegor Erich Koglin waren erkaltet, und auch was den Tatort anging, machte er sich inzwischen nur noch wenig Hoffnung.

Als er durch die Dämmerung nach Hause fuhr und durch die Seitenscheibe zusehen konnte, wie schwarze Baumwipfel sichtbar wurden, hatte er zunehmend das Gefühl, vor einem gordischen Knoten zu stehen. Ein unübersichtliches Geflecht von Seilschaften und Verbindungen, bei dem noch vieles im Dunkeln lag.

Er würde sich noch einmal mit der Toten beschäftigen müssen. Dazu musste er ins Präsidium.

Noch ein Gedanke, der ihm nicht gefiel.

○

Mohrfels hatte nur wenig geschlafen. Er parkte den Wagen nicht wie sonst vor dem Haupteingang der Roten Burg, sondern in der Voltairestraße unter der Bahnlinie. Er würde den Hintereingang nehmen. Er hatte sich die Entscheidung nicht leicht gemacht. Er wollte nicht als ehrlos dastehen. Auf der anderen Seite konnte Fuchau von ihm verlangen, den Dienstwagen abzugeben. Und Mohrfels war nicht in der Stimmung, sich von den Ermittlungen ablenken zu lassen.

Über ihm rumpelte etwas schwer Beladenes über die Gleise. FÜR JEDEN ERSCHOSSENEN ARBEITER STERBEN ZWEI SCHUPOS stand in weißen Lettern an der Wand. Mohrfels schloss den Wagen ab und machte sich auf den Weg zum hinteren Eingang des Präsidiums, das aus dieser Perspektive grau wirkte.

Auf den Fluren, die er passieren musste, ignorierte er die Blicke seiner Kollegen. Bevor er sich auf den Weg in sein Büro machte, hatte er sich vorgenommen, noch etwas zu erledigen, das vielleicht Klarheit bringen würde.

Als er das erledigt hatte, besuchte er einen alten Freund im Erkennungsdienst und bat ihn um alle Daten zum Verein Neues Deutschland sowie zum Verdächtigen Georg Zass.

Dann lenkte er seinen Schritte den vertrauten Flur der Abteilung IV entlang. Er räusperte sich und öffnete, ohne zu klopfen, die Tür zu ihrem Büro.

Habig und Wörl waren da, Winterbergs Mantel hing an seinem Platz. Die Stimmung schien angespannt. Fräulein Wörl blickte von ihrer Arbeit auf und ließ den Stift sinken. Habig schien sich entschieden zu haben, ihn zu ignorieren. Im Türrahmen erschien Winterberg und starrte ihn über die Lesebrille hinweg an.

«Gibt es Post für mich?», wollte Mohrfels wissen und bahnte sich den Weg an den Aktenschränken vorbei zu seinem Büro.

«Ich kann nicht glauben, was du da tust!», sagte Winterberg aus seiner Raumecke und schüttelte den Kopf.

«Wenn Fuchau fragt, ich bin nicht da gewesen», kommentierte Mohrfels und ging weiter, als Winterberg die Fassung verlor und die Faust gegen seine Tür hämmerte.

«Warum sollten wir dich decken, Mohrfels? Warum, zum Geier?» Sein Tonfall war eindeutig lauter geworden.

«Das ist keine Bitte, sondern eine Anweisung», erwiderte Mohrfels.

«Wir haben Anweisung, dich zu Fuchau zu schicken, wenn notwendig mit Gewalt, damit man dir deine Dienstwaffe abnehmen kann!», fuhr Winterberg lautstark fort.

«Das würdest du nicht tun, Hans», sagte Mohrfels.

«Er will unsere Hilfe nicht», mischte sich Habig aus der Ecke ein.

«So ein elender Sturkopf!», schimpfte Winterberg.

«Hat es eine Postsendung für mich gegeben?», wandte sich Mohrfels an Wörl.

Fräulein Wörl schaute ihn nicht an, als sie antwortete.

«Habe ich nicht im Überblick», sagte sie beiläufig.

«Verstehe», gab Mohrfels zurück.

«Verstehst du nicht, was hier gespielt wird?», sagte Winterberg und machte einen Schritt in den Raum. «Man versucht, einen Keil zwischen uns zu treiben. Der Fall ist zum Politikum geworden. Wenn du nicht der Meinung bist, dass Legner der Täter war – dann sag es uns! Wir müssen wissen, was los ist, Mohrfels, auch für deine Sicherheit.»

«Das Beste ist, wenn Sie alle so tun, als wäre ich nicht da gewesen», sagte Mohrfels.

Winterberg schmetterte die Tür hinter sich ins Schloss.

Mohrfels ging in sein Büro, öffnete die Schreibtischschublade und nahm einen Karton Patronen heraus, die er in seinem Jackett verschwinden ließ. Für einen Moment blieb er stehen und schaute aus dem Fenster auf die Menschen, die über den Alexanderplatz wanderten. Seine Auszeichnungen hingen noch an ihrem Platz.

Er verließ den Raum und angelte sich im Vorbeigehen eine Briefsendung aus der Hauspost.

«Einen guten Tag», sagte er und verließ die Abteilung.

«Sie werden Hilfe brauchen.» Habig war ihm gefolgt und stand unschlüssig hinter ihm in der Tür.

«Ich danke Ihnen», sagte Mohrfels und ging.

O

Sein Besuch war ein Erfolg gewesen. Er hatte einiges in Erfahrung gebracht, das ihn weiterbrachte. Und er hatte die Postsendung. Sie trug die üblichen Amtszeichen und kam von Landsmann aus der Politischen Abteilung. Es musste sich um das Ergebnis der Überwachung handeln, um die er seinen Freund gebeten hatte. Mohrfels saß im Dienstwagen und wartete auf den richtigen Moment, den Umschlag zu öffnen. Die Kollegen hatten ihm erzählt, dass er von Fuchau offiziell beurlaubt worden war, was einer Suspendierung gleichkam. Aber er hatte Waffe und Dienstmarke behalten. Ein weiterer Verstoß gegen die Vorschriften. Ende einer respektablen Vita.

Die Situation war, wenn man es objektiv beschaute, desaströs. Er ließ nicht nur direkte Befehle außer Acht, sondern konnte, wenn er die Ergebnisse aus dem Präsidium ernst nahm, noch nicht einmal mehr seinen engsten Mitarbeitern trauen. Das machte ihm Bauchschmerzen.

Er zog die Tür hinter sich zu und startete den Motor. Er brauchte etwas zu essen.

Eine Viertelstunde später hatte er in seinem Stammlokal Kempinski ein paar Krapfen und einige Tassen Kaffee zu sich genommen.

Der eine Strang seines Falles um Wilhelm Legner, Jegor Erich Koglin und die Vereinsmänner im blauen Adler-Lkw hatte sich zu einem unappetitlichen Gewirr aus Gewalttaten, Entführungen und Morden entwickelt, das ihn immer weiter von dem Mädchenmorden wegführte.

Der andere Strang lag neben ihm auf der Tischdecke. Vielleicht würde er endlich mehr Klarheit in Bezug auf Daria Laurenz bringen.

Er öffnete den Umschlag und holte ein Blatt Papier heraus, das mit Schreibmaschine beschrieben war. Die Seite trug den amtlichen Briefkopf des Polizeipräsidenten und das Abteilungskürzel IA der Politischen Abteilung.

Briefsendung
Mittwoch, 2. Juni 1920
Postamt Charlottenburg Ost

Empfänger:	*Absender:*
Dr. Jo Heinrich Grubinger	*Irma Iwanczyk*
Kronprinzenstraße 35	*Christstraße 7*
1020 Schlachtensee, Berlin	*1017 Charlottenburg, Berlin*

Sehr geehrter Herr Grubinger,
heute bei der Beerdigung unserer kleinen Daria mussten wir Sie vermissen. Das hätte auch Daria sehr geschmerzt. Ich würde Sie daher bitten, die nächste Zahlung umgehend anzuweisen.
Ich muss Sie nicht an unsere getroffene Regelung erinnern.
Ich tue damit nicht nur dem Ansehen der Kleinen, sondern auch Ihrem einen großen Gefallen.
Somit dienen Ihre Aufwendungen einem guten Zweck – auf dass alles ruhig bleibt, wie es ist.
Ihre
I. I.

Zass ließ den Blick über die Galerie gleiten. Noch immer war ihr Regierungsspitzel nicht zu sehen. Er schlenderte um die Auslage und betrachtete die bunten Schleifen und Stoffe.

Zass war zufrieden. Der Landser hatte Nachricht gegeben. War jetzt in das Hotel eingeschleust. Alles verlief nach Plan. Er war eine gute Wahl gewesen, das hatte Zass im Gefühl. Der Bursche hatte schon mehr Kerben in seinem Messer, als darauf passten. Er würde die Sache zu Ende bringen, keine Frage.

Und der Psychiater war jetzt auf der Intensivstation. Lieber noch hätte er ihn nach Tiefstein schicken lassen. Aber die Jungens waren bei der Expresslieferung *gestört worden, von dem Polizeikommissar. Der schien allerdings ein Versager zu sein.*

Er strich mit dem Finger über einen Ballen pinke Seide. Keine zwei Tage mehr bis zur Wahl-Gala. Niemand würde sie aufhalten.

Es würde für alle Beteiligten eine große Überraschung werden.

Und dabei hatte alles mit einem Zufall angefangen. Der alte Dr. Kerst hatte sie darauf gebracht. Kerst, der jetzt mit dem Gesicht nach unten lag. Er hatte den Generalsekretär in Behandlung gehabt und erfahren, wer alles auf der SPD-Gala erwartet wurde. Er hatte ihnen auch die Möglichkeit gegeben, den Generalsekretär Grubinger unter Druck zu setzen. Ihn zu ihrem Handlanger und Spitzel zu machen, durch eine gezielte und effektive Aktion. Zu dumm, wenn man seinem Hausarzt alles erzählte, dachte Zass. Konnte dazu führen, dass man mitten am Tag ins Wertheimkaufhaus kommen musste, um Geheimnisverrat zu begehen. Zass schaute noch einmal durch die Stoffabteilung, ob er schon aufgetaucht war, und lächelte.

Alles hatte wie am Schnürchen geklappt. Dann hatten sich allerdings Anzeichen ergeben, dass der Doktor nicht mehr loyal war. Der Doktor war ein Schmutzfink. Sie hatten ihn ausschalten müssen – bevor er etwas verraten konnte. Nur hatte er, wie es schien, noch eine Nachricht absetzen können. An eine Rote namens Dalus, die sie darauf eingefangen und in die Waldhütte verfrachtet hatten.

Noch zwei Schachfiguren weniger, dachte Zass und merkte, dass er ein kleines Lied pfiff, während er ein rotes Geschenkband hochhob.

Jetzt war es Zeit, sich um die angenehmen Dinge zu kümmern.

Sie hatten sich lange über die Mordwaffe Gedanken gemacht. Es sollte etwas Besonderes sein. Etwas, das wie ein guter Witz war. Das man nur erzählen musste – und alle wüssten Bescheid.

In zwei Tagen würde ein neuer Reichstag der Republik gewählt werden. Dazu wollten sie herzliche Glückwünsche übermitteln. Der berühmteste Jude der Welt, ein Liberaler, Wissenschaftler und Klugschwätzer, totgeschlagen am zweiten und hoffentlich letzten Wahltag der Schieberrepublik. Es würde der Beginn einer neuen Zeit sein. Ein wahrer Geburtstag.

Man konnte von Rossbach denken, was man wollte, aber die Idee war famos.

Rossbach hatte geplant, dem Juden einen Kuchen mit Kerze vor die Nase zu stellen, an dem er sich gründlich die Fresse verbrannte. Deshalb der Sprengstoff. Die Jungens hatten Tage damit verbracht, eine Mischung aus Kerzenwachs und Nitropenta herzustellen. Dabei hatten sie offensichtlich Spaß gehabt. Einem von ihnen hatte eine Stichflamme eine Hasenscharte rasiert, und sie hatten, wie er gehört hatte, zahlreiche Kleintiere ins Jenseits befördert, bis sie die richtige Zusammensetzung gefunden hatten. Eine Kerze, die man entzündet und die nach einigen Minuten mit ordentlich Wumms zerknallt. Schönes Spielzeug. Eine nette Geburtstagsüberraschung.

Aber der Plan hatte Fehler. Es war zu Fehlzündungen gekommen. Im Endeffekt war nicht sicher, wann die Explosion losging. Das konnte den Ausführenden leicht das Leben kosten. Darüber hinaus wusste man nicht, wie die Sicherheitsleute im Hotel reagieren würden.

Die SPD-Gala am Wahltag war die perfekte Veranstaltung für ihr Vorhaben. Alle Linken würden da und in Feierlaune sein. Ob ihr Mann allerdings mit einem Kuchen und einer Kerze so nah an den Juden herangelassen werden würde, war zu bezweifeln. Zass hatte den Generalsekretär damit beauftragt, einen genauen Sitz-

plan der Veranstaltung zu liefern. Das war der Grund, warum er sich hier mit ihm treffen wollte. Grubinger war für die Organisation der Gala im Hotel Esplanade verantwortlich. War heute reichlich spät, der Mann, vielleicht wurde es Zeit, ihm eine weitere Warnung zu schicken.

Und sie würden einen Plan B für die Mordwaffe brauchen. Das Nitropenta war zu riskant. Je länger er darüber nachdachte, umso klarer stand ihm das vor Augen. Aber auch daran hatten er und Rossbach bereits gedacht. Zass würde sich darum kümmern müssen. Eine Lieferung mit einer anderen Waffe würde er im Anschluss an das Treffen im Urbanhafen in Empfang nehmen.

Er fühlte sich wohl. Vor ihm lagen jetzt Girlanden und Lametta. Wenn sie sich für eine sicherere Mordwaffe entschieden, hatte ihr Plan keine Schwachstellen mehr. Ihr Freund, der Bolschewiken-Arzt, im Koma. Der Polizist auf der falschen Fährte. Niemand hatte einen Schimmer, was sie ausheckten.

Es würde eine fulminante Feier werden.

Ein Festtag für die SPD. Ein Festtag für die Nation.

Mit einem Knall – für ein Neues Deutschland.

Berlin / Freitag, 4. Juni 1920 / 16 Uhr 55 nachmittags

Der Gedanke war schon vor dem Erwachen da gewesen. Eine diffuse Szene im Hinterkopf. Hinter Schmerz, Betäubung, Licht und Laken.

Schlaf war der falsche Begriff. Sein Bewusstsein döste unweit der Oberfläche. Alles waberte. Ein Gefüge aus Schmerz, dann die Schmerzmittel. Immer wieder war er aus dem Pochen und Rumoren aufgetaucht, bis ihn die Drogen erneut erlösten.

Als er schließlich die Augen aufschlug, wusste er, woran er die ganze Zeit über gearbeitet hatte. Er hatte eine Ahnung davon, dass er aufstehen musste – und was als Nächstes zu tun war.

Das Krankenzimmer war ärmlich, und er fragte sich, in welchem Hospital er gelandet war.

Er zog die Decke zurück und begutachtete den Schaden. Die Beine ließen sich bewegen, aber die beiden Angreifer hatten ansehnliche Mengen Blutergüsse zurückgelassen. Er begann vorsichtig abzutasten, was durch die Schmerzmittel nicht erleichtert wurde.

Ein Hämatom unter dem linken Rippenbogen hatte die Form des afrikanischen Kontinents. Darunter vermutete Dalus einen Bruch, was ihm die schmallippige Schwester bestätigte. Außerdem war er von etwas Scharfem im Nacken getroffen worden. Es war seltsam, weil sich Dalus nicht an eine scharfe Waffe erinnern konnte. Eine fingerlange, tiefe Wunde, die er sich mit Hilfe der Schwester im Badspiegel ansah. Geschwollene Ränder, rötlich und blau. Es würde eine Infektion geben.

Die Schwester klärte ihn auf, dass jetzt Nachmittag war. Er hatte mehr als zwölf Stunden geschlafen. Eine Frau sei da gewesen und hätte eine Nachricht gebracht, die Dalus sich sofort aushändigen ließ. Auf dem Zettel stand, dass Edith den Kontaktmann aus dem Dalles Club am heutigen Abend treffen würde.

Er fragte die Schwester nach einer Zigarette, die sich erbarmte und die er hinter sein Ohr steckte.

Er hatte Glück gehabt.

Als sie das Zimmer verlassen hatte, suchte er seine Klamotten.

Er hatte die Situation klar vor Augen. Sie war ihm auch während der Ohnmacht nicht von der Seite gewichen. Jetzt war seine Erinnerung wieder ganz hergestellt – und damit auch seinen Handlungsplan. Die Neudeutschen. Der Dadaist. Edith. Die Angreifer. Er hoffte, dass ihr nichts passiert war.

Dann erinnerte er sich an den Koloss mit der Pistole. Mohrfels hatte auf die Unbekannten geschossen. Er hatte ihm aus der Klemme geholfen.

Er verließ das Krankenhaus über den Seitenflügel, zündete sich die Zigarette an und bestieg die Straßenbahn.

Er würde zuerst nach Hause müssen. Als er daran dachte, fiel ihm auf, dass er bereits seit vier Tagen nicht mehr bei der Arbeit gewesen war. Wahrscheinlich herrschte in der Klinik Chaos, aber jetzt konnte zumindest niemand mehr behaupten, dass er nicht wirklich krank war. Er würde sich nicht weiter darum kümmern können.

Rossbach kam in zwei Tagen nach Berlin. Sie hatten jetzt keine Zeit mehr, sich mit Fragen aufzuhalten. Er musste sich auf den Verein konzentrieren.

Er erreichte seine Wohnung in Kreuzberg und stellte fest, dass er wieder die Straße überprüfte. Sie mussten ihn und Edith bis zum Dalles Club verfolgt haben, ohne dass er es bemerkt hatte. Das sollte ihm zu denken geben, aber er hatte jetzt keine Zeit, nach Verfolgern Ausschau zu halten.

Er wechselte die Kleidung, wusch sich und kochte Tee. Dann ging er an den Schrank und holte eine Schatulle aus einer Schublade, die er auf den Tisch stellte. Er entnahm 200 Mark aus dem Kasten und stellte ihn wieder zurück ins Versteck. Nachdem er eine gute Dosis Schmerzmittel eingenommen hatte, verließ er die Wohnung wieder. Vor dem Treffen mit Edith musste er noch etwas erledigen.

○

Der Treffpunkt war in einem Café.

«Sie sehen furchtbar aus», sagte Edith. Sie selbst wirkte übermüdet.

«Schön, dass Sie wohlauf sind», sagte Dalus.

Sie wandte den Blick ab, und ihre Mundwinkel zuckten.

«Ich wollte helfen …» Ihre Stimme brach.

Er ließ die Hand über den Tisch gleiten, aber Edith zog ihre Finger von der Platte.

«Hat euer Kontaktmann Informationen für uns?»

«Ja.» Edith zögerte. «Alle im Dalles haben mich angesehen, als gäbe es etwas, das ich nicht wüsste», sagte sie.

In diesem Moment öffnete sich die Tür. Dalus sah, wie Edith erstaunt die Augen aufriss, und fuhr herum. Den Mann, der hinter ihm stand, kannte Dalus ebenfalls. Es war der Rothaarige, der seiner Schwester am Bahnhof aufgelauert hatte und mit dem Dalus kurz darauf in die Messerstecherei verwickelt worden war.

«Ich kenne Sie!», sagte er finster, während er sich erhob.

Edith war wie festgenagelt auf dem Stuhl sitzen geblieben.

«Ich habe für Ihre Schwester gearbeitet», brachte der Mann hervor. «Ich kann es Ihnen erklären!»

«Das glaube ich nicht», widersprach Edith.

«Sie beide kennen sich?», fragte Dalus, während sich der Mann setzte.

«Meine Name ist Leo Negt», sagte er. «Edith ist meine Schwester.»

Seine Erklärung erfolgte in kurzen Worten, unterbrochen von ständigen Seitenblicken. Er berichtete, dass er für Hedwig tätig gewesen war, wenn sie Besuche in Berlin plante. Er hatte ihr geholfen, das Schließfach einzurichten und weitere Sicherheitsvorkehrungen zu treffen. Manchmal hatte er für sie ein Hotel gebucht oder einen Lesungsort überprüft. Hedwig war entweder ebenfalls paranoid oder schon längere Zeit in Gefahr gewesen. Vermutlich beides.

«Das ist deine Geschichte!?», fuhr Edith ihn über den Tisch hinweg an. «Und dass du jetzt für die Faschisten arbeitest?»

Der Rothaarige schwieg.

Edith war die Zornesröte ins Gesicht gestiegen.

«Das ist nicht zu fassen!», fauchte sie.

«Man muss sehen, wo man heute noch was bekommt», sagte Negt. «Sie haben einen Fahrer gebraucht, und da …»

«Eine Schande ist das!» Edith konnte kaum an sich halten. «Du bringst uns alle in Gefahr. Wenn sie herausfinden, dass du zugleich …»

Sie führte den Satz nicht zu Ende. Dalus musste an Kersts Leiche denken. Verräter verfallen der Feme – das war die Formulierung, die diese Vereine für sich festgelegt hatten.

«Du bist der einzige Sohn, der noch übrig ist! Du würdest Vater das Herz brechen!»

«Du bist doch auch zum Demonstrieren auf die Straße gegangen», sagte Leo Negt und schaute in Richtung Fenster. «Hausmann hat gesagt, dass ihr Hilfe braucht», sagte er nach einer Pause.

«Damit machst du dich zum Verräter!», sagte Edith. Inzwischen war auf ihrem Gesicht ein Widerstreit erkennbar, der immer dramatischer wurde.

«Hausmann hat gesagt, es ginge um etwas Wichtiges», erwiderte Negt.

«Es geht um meine Schwester», erklärte Dalus. «Sagen Sie uns, was Sie über den Verein wissen. Wo müssen wir suchen?»

«Das wird nicht einfach sein», antwortete Negt.

Berlin / Freitag, 4. Juni 1920 / 9 Uhr 37 morgens

Als Mohrfels den Wagen am Fußweg parkte, hastete ein drahtiger Mann mit fliegenden Rockschößen an ihm vorbei.

«Wir sind spät, Kollege. Kommen Sie, sonst haben wir das Beste verpasst», rief der Mann im Vorbeigehen.

Als er den Eingang zu Frau Iwanczyks Haus erreichte, fand sich dort eine Menschenmenge versammelt. Der beißende Gestank von Magnesiumpulver verriet, dass man Fotos geschossen hatte. Iwanczyk stand am oberen Ende des Treppenabsatzes vor einer Traube von Journalisten und lächelte bescheiden. Sie hatte vorher jeden Kontakt mit der Presse verweigert. Heute hatte sie sich in ihr bestes Kleid geworfen, dessen Puffärmel glänzten.

«Wenn ich an Daria Laurenz denke, erinnere ich mich an ihre Tugend», sagte sie. «Mehr werde ich dazu nicht sagen.»

Ein Tumult unter den Anwesenden brach aus, und für einen Moment wirkte es, als wäre die Dame im Begriff, wieder ins Haus zu gehen, bis sie sich von einem besonders eifrigen Bittsteller in der ersten Reihe erneut erwärmen ließ.

«Wie fühlen Sie sich, jetzt, wo der Täter gefasst ist?», wollte der Herr mit dem Homburger wissen.

«Besser. Aber schauen Sie sich doch um. Sittenverfall und Sünde. Sie wird nicht die Letzte sein, die in dieser Stadt zu Tode kommt. Wir haben einen Übeltäter erwischt, aber das ist auch alles.» Sie lächelte mild.

Wieder wurde sie aufgehalten. Mohrfels fragte sich, wie lange die Vermieterin dieses Spiel schon spielte. Gerade wollte eine junge Dame mit Perlenkette eine Frage stellen, da entdeckte Frau Iwanczyk den Kommissar unter den Zuschauern und schlüpfte mit einer flinken Bewegung durch die Tür, die sich geräuschlos hinter ihr schloss.

Mohrfels drängte sich unter Verwendung des Gehstocks durch die murrenden Leute. Als er den Treppenabsatz erreicht hatte, hämmerte er den Knauf gegen die Holztür und klingelte.

«Frau Iwanczyk, ich muss dringend mit Ihnen reden.»

Die Haustür öffnete sich zaghaft, und Mohrfels schaute in die aufgerissenen Augen einer Bewohnerin, die das Haus verlassen wollte. Er drückte sich an ihr vorbei und stellte mit der Schuhspitze sicher, dass die Haustür sich hinter ihm schloss, um nicht die Journalisten einzulassen. Er folgte dem dunklen Gang zu Iwanczyks Wohnungstür und hämmerte erneut gegen die Tür.

«Frau Iwanczyk? Polizei, machen Sie die Tür auf!»

Mohrfels hämmerte noch ein paarmal gegen das Holz und presste dann das Ohr dagegen. Nichts war zu hören. Gedankenverloren folgte sein Blick dem Gang, und er bemerkte, dass die Hintertür auf den Hof einen Spalt geöffnet war.

Er ließ von der Tür ab und folgte den schwarz-weißen Kacheln bis zur Hintertür, betrat den Hof und stand zwischen Mülltonnen, als er von der Straßenseite erneut das Rufen und Johlen der Presseleute vernahm.

So schnell er konnte, lief er zurück zur Häuserfront, wo er jedoch lediglich Journalisten entdeckte.

«Wo ist Frau Iwanczyk?», fragte Mohrfels barsch.

«Da müssen Sie die Konkurrenz fragen», äußerte ein müde aussehender Mann im Trenchcoat, der dabei war, seinen Schreibblock zu überprüfen, und aussah, als würde er sich bald auf den Weg machen. «Miller vom *Anzeiger*, diese Kanaille. Hat sie einfach mitgenommen, in seinem Wagen. Wird wohl 'ne Exklusivgeschichte …»

Mohrfels kratzte sich benommen am Kinn. Abgehängt von einer alten Dame.

Er holte die Abschrift aus seinem Jackett und prüfte erneut die Adresse.

Dann musste ihm also dieser Generalsekretär Grubinger Auskunft geben.

Rossbach war ein vorsichtiger Mensch.

Zass kam vom Urbanhafen. Im Kaufhaus hatte ihn Generalsekretär Grubinger auf morgen vertröstet, was ihm nicht gefallen hatte. Dafür hielt er jetzt das abgeholte Päckchen in der Linken.

Er klopfte gegen den Rollladen. Als er das Geräusch hörte, gab er das vereinbarte Zeichen. Nach einem Moment glitt der Rollladen quietschend nach oben, und er zwängte sich in den Laden. Der Mann mit der Glatze hatte eine Pistole auf ihn gerichtet, lächelte dann aber, händigte ihm die Waffe aus und verabschiedete sich. Zass ließ den Rollladen hinunter und brachte das Schloss an. Er ging durch das Zimmer und legte die Pistole zurück in die Schublade. Das Päckchen legte er auf den Tisch.

Rossbach hatte die Gründung des Vereins überwacht. Er hatte ihnen die Adresse des Ladens gegeben, den sie anmieten sollten, und hatte beschrieben, wie alles einzurichten war.

Als sie alles nach seinen Vorgaben erledigt hatten, war er gekommen, um es sich anzuschauen. Er hatte einen Rundgang gemacht, hatte genickt und gelächelt. Dann hatte er ihnen erklärt, was sie tun würden. Welche Sicherheitsregeln galten und wie sie umzusetzen waren.

Von ihm stammte die «Plus 5»-Regel, die besagte, dass jede verschriftlichte Zahl mit fünf addiert wurde. Die Abkürzungen. Befehle vernichten. Und ein Haufen anderer Regeln, einschließlich der genauen Beschreibung, wie sie sich im Vereinshaus zu verhalten hatten. Wann der Laden in den «Ruhezustand» ging (was im Moment der Fall war) und wann nicht.

«Die Sicherheit ist das Wichtigste», hatte Rossbach gesagt, bevor er den Laden wieder verlassen hatte, um zurück nach Ostpreußen zu reisen. «Und wer die Regeln bricht ...» An dieser Stelle hatte er wieder gelächelt. Es war das einzige Mal gewesen, dass Zass Rossbach zu Gesicht bekommen hatte.

Zunächst brauchte ihre Tätigkeit eine Tarnung. Das Büro am

Spandauer Damm war offiziell ein Vereinshaus. Wenn jemand fragte, konnten sie ein Vereinsregister, eine Buchhaltung und einen Schriftführer vorweisen.

Zass war dieser Schriftführer.

Die Buchhaltung wurde von Willem Haupt erledigt, dem Mann, der gerade gegangen war. Alle nannten ihn den Schweizer, weil er jeden Freitag zur selben Stunde (1 Uhr 57) hereinkam. Pünktlich wie ein Uhrwerk.

Er arbeitete ohne viel Aufhebens im Hinterzimmer, wo er seinen Arbeitsplatz mit den Utensilien eingerichtet hatte, die er in einer abgeschlossenen Schublade im Schreibtisch verwahrte: einer Tintenwiege mit Tintenfass, einem Scheckheft und einem Fakturablock sowie einer Schreibunterlage. Er kam herein, grüßte und ließ sich von Zass den Schlüssel zum Safe aus dem mittleren Schubfach des Schreibtisches reichen, wo auch die Pistole lag. Man brauchte den Schlüssel, um zusammen mit der Zahlenkombination den Safe zu öffnen. Er befestigte den Schlüssel für die Dauer seines Aufenthalts an seinem Schlüsselbund, den er an der Weste trug, ließ sich von dem Laufburschen ein Glas Tee einschenken, holte seine Utensilien mit einem anderen Schlüssel aus seiner Westentasche aus der Schublade im Kabuff, öffnete den Safe mit der Kombination, die er auswendig kannte, und dem Schlüssel von Zass, nahm die Rechnungsbücher heraus und begann.

Der Safe enthielt zwei Rechnungsbücher. Auch das war eine Idee von Rossbach gewesen. Ein offizielles, das sie in einem normalen Safefach aufbewahrten, und ein inoffizielles, das die wirklichen Geldbewegungen darstellte, das in demselben Safe unter einem doppelten Boden versteckt lag. Daran war weiter nichts Ungewöhnliches, man musste es nur wissen.

Dann arbeitete der Schweizer für drei Stunden, die er mit der Taschenuhr kontrollierte und in denen er nur sehr ungern mit anderen redete, im Schein der Schreibtischlampe, schloss im Anschluss die Bücher wieder weg, stellte das Teeglas zurück auf die Küchenplatte im Zwischenzimmer, wo der Junge zu warten hatte, der das

Glas sofort spülte, wischte mit einem Lappen minuziös den Tisch, an dem er gesessen hatte, und verließ den Laden um Punkt 4 Uhr und 57 wieder. Nur wegen des «Ruhezustandes» hatte er heute länger gewartet und Zass den Rollladen öffnen müssen.

Alle ließen ihn in Ruhe, weil sie wussten, dass durch ihn immer Geld im Haus war.

Zass' Aufgabe bestand in den ersten Wochen darin, im Büro zu sitzen und die Vereinsarbeit zu führen. Im Grunde genommen war er also nur dafür da, dort zu sitzen und nichts zu tun, was ihn verwundert hatte. Hin und wieder kam jemand Bekanntes, mit dem er ein Glas trank und für den er von Rossbach eine Nachricht hatte oder andersherum. Sie hatten ein großes Netzwerk. Man plauderte und machte seine Späße. Völlig unauffälliges Vorgehen.

Oder es kam jemand Fremdes in das Vereinsbüro – ein Tatbestand, für den sie sich weniger interessierten. Hin und wieder hatte sich auf diese Art und Weise ein Rekrut oder Geldgeber gefunden. Nur mit Empfehlung, hatte Rossbach gesagt. Und so blieb es.

Man wunderte sich sowieso, was so alles hereinkam.

Mit dieser Tarnung hielten sie sich die Behörden vom Hals.

Dann kamen die ersten Aufträge.

Sie waren nicht für die großen Aufmärsche da oder die Straßenschlachten. Damit befassten sich andere. Sie hatten es mit gezielten Aufträgen zu tun. Rekrutierung. Waffen. Überfälle. Und Expresslieferungen.

Sie waren sozusagen ein normaler Betrieb. Ihr Geschäft waren Gewalt und Tod.

Er suchte die Männer aus, brachte sie in die richtige Position. Zuerst waren es kleinere Aufträge. Sie töteten einige Linke und Spinner, für die sich kein Mensch interessierte. Aber dann kamen Luxemburg und Liebknecht. Von dieser Zeit an war die Bewegung in aller Munde. Es war sogar eine Abteilung bei der Polizei für sie gegründet worden. Die Abteilung für politische Mordfälle unter einem gewissen Landsmann. Das befeuerte nur ihren Ehrgeiz.

Die meisten Aufträge wurden direkt von ihren eigenen Männern aus dem Freikorps Orgesch erledigt. Rossbach hatte gewusst, warum er diese Immobilie für den Verein ausgewählt hatte. Denn nur wenige Wochen nach der Vereinsgründung war das Korps offiziell aus dem Militärdienst entlassen worden. Auf direkten Befehl vom Polizeichef wurden die Männer als Hundertschaft zur besonderen Verwendung in den Polizeidienst überstellt. Die Kaserne war zu Fuß zu erreichen. Man musste bloß über den Hinterhof und durch den Keller des nächsten Hauses gehen, schon war man auf dem Exerzierplatz, wo zu jeder Zeit einer der Männer abgestellt war. Für diesen Botengang hatten sie einen Laufburschen eingestellt. Wenn Zass den Klingelknopf unter dem Tisch betätigte, lief der Bursche hinüber – und er hatte in drei Minuten Leute da. Sie hatten es ausprobiert. Auch kam alle drei Stunden einer vom Korps zu ihm herüber, um Nachricht zu bringen.

Man konnte also in der Tat sagen: Rossbach war ein vorsichtiger Mensch.

Alles in allem waren die Arbeitsumstände sehr kommod. Sie kümmerten sich um politische Gegner. Gelehrte, Anwälte und Rädelsführer. Gewerkschaftler, Intellektuelle und Politiker. Die Befehle kamen per Rohrpost oder Brief, nie aber über den Fernsprecher. Jemanden «nach Tiefstein schicken» war Rossbachs Code für einen Mord. Daraus hatten die Soldaten den Begriff der «Expresslieferung» gemacht, was sie sehr witzig fanden. Häufig mussten auch Verräter zur Strecke gebracht werden, oder bestimmte Personen sollte man einfach nur «erschrecken». Jeden Sonntag hissten die Männer drüben im Hof die Kaiserfahne. Niemand stieß sich daran. Ein weiterer Grund anzunehmen, dass sie die Mehrheit des Reiches hinter sich hatten. Sie taten also nur, was am liebsten alle getan hätten. So rotteten sie Schieber, Juden und Staatsfeinde aus, die es sich zum Ziel gemacht hatten, die Ehre des Deutschen Reiches in den Dreck zu ziehen. Und was sie auch taten – niemand von ihnen wurde ernsthaft bestraft. Der beste Teil, so stellten sie immer wieder fest, kam erst, wenn es um die Aussagen vor Gericht ging, wo man nicht verurteilt wurde. Das Ende der Fahnenstange wurde nicht erreicht. Es war famos.

Ihnen standen eine Reihe von Außenposten zur Verfügung. Lagerhallen und Unterschlupfe, wie die Waldhütte, die sie alle mit Abkürzungen versehen hatten. Zu Beginn seiner Tätigkeit hatte Zass sich einmal eine heimliche Liste gemacht, aber inzwischen kannte er die Kürzel aus dem Effeff.

Heute war er endlich in Bezug auf ihren Plan B weitergekommen, da jetzt auch Rossbach entschieden hatte, dass die Sprengladung zur Tötung des Juden zu risikoreich sein würde. Eine einfache Rohrpost:

Besondere Warenlieferung Urbanhafen. Nur persönliche Abholung möglich. Zollbüro Schalter III, 4 Uhr 30, pünktlich.

Jetzt lag das Päckchen vor ihm auf dem Schreibtisch. Er war neugierig, es zu öffnen. Was hatte sich Rossbach wohl diesmal ausgedacht? Dem Gewicht nach zu urteilen, konnte es sich um eine Pistole handeln.

Er wollte das Päckchen öffnen, hielt aber inne. Er wurde heute das Gefühl nicht los, dass man ihn beobachtete. Als bohrten sich Blicke in seinen Hinterkopf.

Er ließ sein Amulett in die Linke schnappen. Aber was sollte man schon beobachten, abgesehen von ein paar gesenkten Rollläden und einer gesicherten Hintertür?

Er würde dennoch auf Nummer sicher gehen und den Laden komplett schließen, bevor er das Päckchen aufmachte. Er öffnete die Schublade und legte das Päckchen hinein, direkt neben das Zeitungsfoto von ihrer Zielperson.

Dann nahm er die Pistole an sich.

Die Hintertür war wie immer von innen verschlossen. Der Bursche saß blass auf seinem Schemel gegenüber der Toilette. Zass schüttelte den Kopf und warf ihm eine Münze als Lohn zu.

«Sieh zu, dass du rauskommst. Morgen um dieselbe Zeit», rief er ihm hinterher.

Der Junge verkrümelte sich.

Er holte den dicken Schlüsselbund aus der Hosentasche und folgte ihm an der Küche vorbei, wo links das Arbeitszimmer des

Schweizers und rechts der Lokus abzweigte, durch den Korridor zum Hinterausgang, schaute aus dem Fenster, ließ den Jungen raus. Er trank in der Küche noch einen Schluck Wasser, verließ dann selbst das Gebäude und schloss hinter sich ab.

Er prüfte den Hof, auf dem der blaue Lkw stand und ansonsten Ruhe herrschte. Natürlich hätte man ihn hier angreifen können, aber Zass vertraute seinen Fähigkeiten mit dem Schießeisen. Sollten nur kommen, wenn sie es wollten.

Er machte sich auf den Rundgang und ging noch einmal die Sicherheitsvorkehrungen durch. Die Rollläden waren im Ruhezustand den Tag über verschlossen. Wenn er später das Büro verließ, würde er den Alarm aktivieren, sodass niemand herein- oder herauskonnte, ohne es mit der Polizei zu tun zu bekommen. Die Anlage, die über eine elektrische Direktleitung funktionierte, war brandneu.

Der Hinterausgang führte auf einen Innenhof, der von der Straße durch einen Bretterzaun getrennt war, den sie von innen mit Stacheldraht bewehrt hatten und der insgesamt einiges an Sicherheit bot. Dennoch war es durch das anliegende Mietshaus möglich, dorthin zu gelangen. Glücklicherweise war er auch Hausmeister. Er schloss also die Hintertür zu den Mietwohnungen sorgfältig ab, prüfte das Vorhängeschloss am Tor und machte eine kleine Runde durch den Hof und um die Mülltonnen, wo niemand zu sehen war. Dann marschierte er weiter durch den gegenüberliegenden Kellereingang, der durch den Keller des Nebenhauses in den Innenhof der Kaserne führte. Auch hier alles ruhig.

Er schaute auf die Uhr. Aus der Kaserne würde demnächst ein Bote kommen. Vielleicht konnte er mit dem noch einen trinken.

Er schaute sich auf dem dämmernden Hof um und musste lächeln. Sie hatten ihre Vorkehrungen getroffen. Niemand war hier gewesen, niemand würde hereinkommen. Es war wie an jedem Tag.

Er entriegelte die Tür, betrat den Hinterraum ihres Büros und verriegelte wieder.

Ein Einbruch war jetzt weitgehend unmöglich, und selbst wenn jemand es in der Nacht schaffen sollte, hier einzudringen, stünde ihm immer noch der Tresor im Weg.

Zass ging zurück an seinen Schreibtisch und setzte sich.

Er würde sich jetzt ihrem Geschenk in dem Päckchen widmen.

Er würde die Waffe, die er in dem Paket vermutete, mit ins Hinterzimmer nehmen und alle Markierungen entfernen. Dann würde er dem Burschen, den sie im Hotel Esplanade eingeschleust hatten, das schöne Päckchen zukommen lassen.

Als er das Geräusch hörte, erstarrte er.

Etwas wurde ihm hart und kalt in den Nacken gepresst – und plötzlich wusste er, dass er einen Fehler gemacht hatte.

Berlin / Freitag, 4. Juni 1920 / 6 Uhr 15 abends

«Den Safe! Sofort!»

Noch einmal stieß Dalus die Waffe vorwärts, dem Kerl in den Rücken. Sein Mund war voller Magensäure und Metall. Unter der Maske konnte er kaum etwas sehen. Links und rechts schwarzer Stoff, vor dem Mund Baumwolle, atemfeucht. Musste den Impuls unterdrücken, sich die Maske über den Mund zu zerren, um zu atmen.

Ruhig bleiben und dem Plan folgen.

Der Mann mit dem Pflaster auf der Nase saß vor ihm wie eine Stockpuppe und machte keine Anstalten.

«Ich will die Hände sehen», blaffte Dalus ihn an.

Ihm hatte er höchstwahrscheinlich seine Verletzungen zu verdanken. Vor allem die Nackenpartie glühte scharf.

Dalus machte einen Schritt zur Seite, holte aus und schmetterte den Kolben der Waffe gegen das rechte Jochbein des Mannes, kurz unter seinem Auge – und hörte es brechen.

Sie mussten voranmachen! Er hatte nicht vor, länger als notwendig hier in diesem verdreckten Büro zu bleiben.

Der Mann schrie erbärmlich und starrte ihn nun halb gedreht mit aufgerissenen Augen und sichtbaren Händen an.

«Gut so!», sagte Dalus und trat einen Schritt zurück.

Die Augen des Mannes waren wässrig. Er hielt den Kopf schräg, wie um Schmerzen zu vermeiden, sein Gesicht war angespannt. Er schwitzte.

Dalus fühlte Genugtuung aufblitzen, aber da hatte der Kerl sich schon wieder im Griff. Zeigte ihm vorsichtig die Hände. Sein Blick ging zur Hintertür, als ob er von dort etwas Bestimmtes erwartete. Dalus spürte ein Kitzeln im rechten Schultermuskel. Was, wenn jemand aus dem Hinterraum kam? Er würde sich nicht ablenken lassen. Die Augen schön auf sein Opfer halten.

«Aufstehen – und Hände oben lassen!», schnauzte er.

Er durfte ihm keinen Raum zum Nachdenken lassen. Es musste schnell gehen. Ohne Zwischenfälle. Und, wenn möglich, ohne Tote.

Der Mann zeigte seine Handflächen und schob den Stuhl zurück. Langsam drückte er sich vom Sitz hoch und stand mit dem Rücken zum Schaufenster vor ihm.

«Das wirst du bereuen!», sagte er hasserfüllt.

Dalus spannte den Hahn seiner Waffe und richtete sie auf den blassen Kopf des Mannes.

«Du öffnest die Schublade des Tisches. Die mittlere Schublade. Langsam. Sonst passiert was. Ich will die Hände sehen. Versuch nicht, sie mit dem Körper zu verdecken. Und wenn ich sehe, wie du der Klingel auch nur nahe kommst, dann bekommst du ein Stück Blei in den Kopf, verstanden?»

Der Mann schaute ihn für einen Moment ausdruckslos an. Als er noch immer zögerte, machte Dalus eine Bewegung mit der Pistole und kam einen Schritt näher, sodass die Mündung das Pflaster auf der Nase des Mannes berührte.

«Jetzt!», sagte er.

Der Mann gehorchte. Langsam drehte er sich, sodass er vor dem Schreibtisch stand. Dalus drückte ihm die Pistole erneut an den Hinterkopf, um ihn an seine Position zu erinnern. Der Kerl beugte sich vor und zog vorsichtig und langsam die mittlere Schublade heraus, hob dann die Hände wieder nach oben.

Dalus ließ den Blick über den Inhalt wandern: ein paar Stifte, ein rechteckiges Päckchen, ein Zeitungsausschnitt mit Foto und eine Luger-Pistole. Rechts der Tresorschlüssel an einer Kette.

«Zum Fenster!», befahl Dalus und sah zu, wie der Mann seitwärts ging, bis er mit der Schulter am Fenster stand.

Dalus ließ ihn nicht aus den Augen, rückte vor, nahm zuerst die Waffe aus der Schublade und steckte sie in seinen Hosenbund. Erst dann holte er sich den Schlüssel.

«Mitkommen!» Er machte eine Bewegung mit der Waffe.

Er kommandierte den Mann um den Schreibtisch herum, bis dieser vor ihm durch die Verbindungstür in den hinteren Trakt ging, und stieß ihm, als er weiter zur Hintertür gehen wollte, noch einmal unsanft die Mündung zwischen die Schulterblätter. Der Mann blieb stehen.

Edith erschien, ebenfalls maskiert, im Türrahmen der Toilette. Ihr Anblick mit der Maske war krude.

Sie waren durch das benachbarte Mietshaus auf den Hinterhof gelangt und waren zum Eingang des Vereins geschlichen, um sich dort ihre Masken aufzusetzen. Sie hatten den Jungen zur Tür gelockt, das Codewort gesagt und ihm die Waffe an die Stirn gehalten. Sie hatten ihm klargemacht, dass er eine Kugel bekam, wenn er das Maul aufmachte. Hatten ihm eingebläut, auf dem Schemel zu bleiben und keinen Mucks zu machen, während sie sich ihm direkt gegenüber in das winzige Badezimmer zwängten, wo sie ihn durch das Fensterchen in der Tür hatten sehen können. Für eine endlose Zeit hatten sie eng aneinandergedrängt in dem kleinen Klosett gestanden, ihr Rücken an seiner Brust, die Pistole entsichert, und hatten es nicht gewagt zu atmen. Er hatte unter der Wollmaske geschwitzt, das Klosett zwischen den Beinen und ihren Herzschlag im Ohr.

Dann hatten sie endlich Zass aus dem Büro kommen hören, um den Laden zu schließen. Zu ihrem Glück verhielt er sich wie sonst, warf dem Jungen seinen Lohn zu und schickte ihn fort. Genauso wie Leo Negt es ihnen berichtet hatte. Dalus hatte den Überfall allein durchführen wollen, aber Edith hatte protestiert. So etwas wie bei dem Angriff in der Gasse würde sie nicht noch mal mit sich machen lassen. Als sich Hausmann bereiterklärte, ihnen einen seiner Männer mitzugeben, um den Laufburschen auf dem Hinterhof abzufangen, war auch sein letztes Argument gefallen.

Jetzt drückte ihre Körperhaltung Entschlossenheit aus – vielleicht mehr als seine.

Edith hatte eine schwarze Tragetasche in der Hand und zeigte auf den Arbeitsraum zu ihrer Rechten.

Der Mann ging vor, Dalus folgte ihm dicht, dann kam Edith.

Der Tresor war, wo Leo Negt es gesagt hatte. Ein schwarzes Ding, ähnlich einem Kohleofen, das in der Ecke stand und solide wirkte. Während Dalus den Mann in Schach hielt, warf er Edith den Schlüssel zu. Sie hockte sich vor den Tresor, steckte den Schlüssel ins Schloss und wandte den Kopf.

«Die Kombination!», grunzte Dalus drohend und schubste den Mann mit der Pistole.

«Gib dir keine Mühe zu lügen», zischte Edith.

Dalus konnte jetzt im Nacken des Mannes Schweißperlen sehen.

«Wir wollen das Geld», fügte er hinzu, um den Vorgang vielleicht zu beschleunigen.

Der Mann keuchte plötzlich. Dann bemerkte Dalus, dass seine rechte Hand unkontrolliert zuckte.

In diesem Moment hämmerte es an die Tür des Hinterausgangs.

Sie erstarrten.

Für einen Moment herrschte Ruhe, dann hämmerte es erneut, diesmal lauter.

«Zass, ich weiß, dass du da drin bist!»

Dalus drückte seine Pistole sanft auf die Wirbelsäule seines Gegners, der inzwischen am ganzen Leib zitterte. Niemand bewegte sich von der Stelle.

«Stell dein Glas hin und komm, bevor ich die Tür einschlage!»

Die Stimme des Mannes klang hämisch.

Dalus' Gedanken rasten.

Eine zweite Person in Schach zu halten, würde schwer sein. Im Zweifel beide mit Kampferfahrung.

Aber was war die Alternative?

«Die Kombination!», zischte Dalus und erhöhte den Druck der Pistole.

«7 –», begann der Mann. «47 – 18 –». Das Stellrad unter Ediths Fingern surrte.

Als er zur nächsten Zahl ansetzte, war nichts außer einem Kehllaut zu hören, als der Mann plötzlich zuckend zusammenbrach und sich Schaum vor seinem Mund bildete.

Geistesgegenwärtig gelang es Dalus gerade noch, ihn von hinten zu packen und einen Sturz zu verhindern. Das Gesicht des Mannes war bleich geworden, seine Augen verdreht. Dalus tippte auf einen epileptischen Anfall. Das war keine Simulation. Er legte den Mann auf den Boden und tastete nach seinem Puls.

«Komm schon, du Drecksack!», tönte die Stimme von draußen. Dalus fing Ediths Blick auf, der ebenso fassungslos war. Er hatte jetzt keine Zeit, sich um den Mann zu kümmern.

«Moment!», rief Dalus mit schlecht verstellter Stimme.

Er gab die Waffe aus der Schublade Edith, sicherte seine Pistole und schob sie in den Hosenbund. Dann begann er im Sakko des zusammengebrochenen Mannes nach dem Schlüsselbund zu suchen, zerrte ihm einige Gegenstände aus der Tasche, die er mangels einer anderen Idee einsteckte, und zog ihm dann den Schlüsselbund aus der Hosentasche.

Er ging durch den Flur auf die Tür zu, gegen die erneut gehämmert wurde.

«Mach bloß auf, sonst schieße ich!»

Dalus hob den Schlüsselbund. Es war ein gutes Dutzend Schlüssel.

Plötzlich war es draußen ruhig. Was, wenn der Mann gegangen war, um Verstärkung zu holen?

Dalus fingerte am Schlüsselbund. Es gab zwei Sicherheitsschlüssel, die zu dem Schloss gehören konnten. Er bemerkte, dass seine Finger zitterten, und versuchte den ersten Schlüssel, der nicht einmal in das Schloss passte. Dann steckte er den zweiten Schlüssel ins Schloss und drehte, bis es nicht mehr ging, nahm die Pistole mit der Rechten vor den Körper und öffnete.

Die Pupillen des Mannes im Türspalt weiteten sich, aber sein Gesicht blieb ruhig.

Dalus richtete ihm die Waffe direkt zwischen die Augen, ohne ihm dabei zu nahe zu kommen, ließ die Tür weiter auffallen und trat vorsichtig einen Schritt zurück. Die Waffe hatte aufgehört zu zittern. Er machte mit dem Kopf einen Wink, und der Mann trat vorsichtig herein.

«Tür zu!», blaffte Dalus, und der Mann folgte seinem Befehl.

Dalus legte den Kopf schief, ging ein Stück rückwärts und dirigierte den Mann durch den Flur in den hinteren Arbeitsraum.

«Ihr seid so gut wie tot», begann der Vereinsmann, bis sein Blick auf den am Boden gekrümmten Mann fiel, der sein Gesicht zur Zimmerecke gewandt hatte und nach wie vor spastisch zuckte und röchelte.

Dalus rückte auf und presste dem Mann die Mündung an die Schädelbasis.

«Die Kombination. Sonst ergeht es dir wie ihm!»

Der Mann wirkte starr, dann entwich ihm ein schwerer Atemzug.

Berlin / Freitag, 4. Juni 1920 / 6 Uhr 24 abends

Das Haus befand sich nahe dem Schlachtensee. Er fuhr an hohen Villen vorbei, von schlanken Bäumen und Zaunlanzen umstanden. Als der Mercedes vor dem Anwesen hielt, schaute Mohrfels für einen Moment auf das weite Rechteck der Fassade und versuchte sich klarzumachen, was er bei diesem Mann erwartete. Eine Verbindung zur toten Daria Laurenz – und ihrer Vermieterin. Vielleicht sogar ein Motiv. Das erste Mal seit Beginn der Ermittlungen hatte er das Gefühl, auf einer substanziellen Spur zu sein.

Er packte den Türknauf.

Die Hitze des Tages begann nachzulassen. Dennoch bemerkte Mohrfels Schweißperlen, als er die paar Schritte zum Haus zurücklegte. Abendlicht stand schräg in den Bäumen. Er trat an den Zaun und presste den Klingelknopf, musterte die weiße Villenfront mit den hohen Fenstern und Simsen und wartete. Eine hagere Haushälterin streckte den Kopf aus der Haustür. Dann ertönte ein Summen, und er drückte das Gitter kräftig nach innen. Er überreichte seine Karte und wollte sich vorstellen.

«Sie können gleich reinkommen.»

Ihre Stimme machte klar, dass sie nichts weiter hören wollte.

«Der Generalsekretär ist nicht im Haus. Ich werde Sie der Hausherrin melden.»

Sie durchquerten die vertäfelte Halle und gelangten in einen sonnendurchfluteten Salon, der sich nach Westen hin in einer Fensterwand zum Park öffnete. Wenige Möbel und einiges an Kunst waren wie zufällig im weitläufigen Raum verteilt. Aus einem Nebenzimmer ertönten Klavieretüden – eine der eingängigen Variationen von Bach, die Mohrfels gut bekannt war –, und obwohl er durch eine Flügeltür zwar das Instrument im Nebenraum stehen sehen konnte, blieb der oder die Spielende außerhalb seines Blickfelds.

Das Klavier spielte weiter, und aus dem Nebenraum kam eine imposante Frau auf ihn zu. Sie ging auf die vierzig zu, trug ein gerade geschnittenes Kleid mit Perlenkette und eine opulent gestaltete Frisur, unter der blaue Augen strahlten. Sie schien Mohrfels erst kaum zu bemerken, streckte dann aber doch eine Hand in seine Richtung, nur um an ihm vorbei durch den Raum zu schreiten und in der Zimmerecke eine Bar anzusteuern.

«In unserem Haus ist ein Fizz nach fünf Uhr Pflicht. Mein Mann würde das bestätigen, wenn er um diese Zeit schon hier wäre», sagte sie, während sie einige Gläser neben eine Karaffe stellte.

«Sie sind mit Sicherheit wegen der kleinen Daria hier. Ich habe mich schon gewundert, dass niemand gekommen ist, um uns zu befragen. Ein bemitleidenswertes Geschöpf, die Kleine. Eine furchtbare Tragödie. Mein Mann hatte eine bessere Beziehung zu ihr. Ihn hat die Sache sehr mitgenommen. Er hat sie immer als seine Nichte bezeichnet und darauf bestanden, dass sie ein Teil der Familie sei. Was für ein Schwachsinn! Entschuldigen Sie meinen Ausdruck. Zumindest hat sie mit unserer Tochter Klavier spielen können. Es gibt ansonsten hier niemanden, mit dem sie vierhändig spielen könnte.»

«Sie war –», fragte Mohrfels verwirrt, «sie war seine Nichte?»

«Angeheiratet.» Sie blickte vielsagend von ihrer Karaffe auf. «Eine Provinzgöre, deren Mutter sich mit dem Erbteil abgesetzt hat. Alles in allem ein Drama, wenn Sie mich fragen. Aber die Kleine war hier, und jemand musste sich um sie kümmern. So ist sie bei uns gelandet.»

«Hatten Sie sie häufig bei sich zu Gast?»

«Eigentlich ständig!» Sie nahm eine Pipette, tropfte sich etwas auf den Handrücken und probierte. «Hin und wieder kam sogar ihre schreckliche Haushälterin mit. Haarsträubendes Geschöpf. Aber sie mochten sich, sie und die Kleine. Und was soll man tun? Es bleibt ja alles in der Familie.» Sie füllte zwei Gläser mit ihrer gelblichen Mischung und reichte ihm ein beschlagenes Glas, das Mohrfels dankbar annahm. Das Getränk war herb und angenehm.

«Könnten Sie sich vorstellen, dass ihr jemand schaden wollte?», fragte Mohrfels.

«Ist es für diese Art Nachforschungen nicht etwas zu spät? Ich möchte nicht unhöflich sein, aber ich erwarte gleich Gäste. Um auf Ihre Frage zu antworten: nein. Sie war deutlich zu belanglos, um Feinde zu haben. Aber Sie müssen in der Sache meinen Mann fragen. Er hat mit Sicherheit eine eigene Theorie.» Sie hob das Glas in seine Richtung und nippte.

«Wie war seine Beziehung zu diesem Mädchen?»

Sie zuckte abschätzig die Achseln.

«Wir haben unsere Ehe so arrangiert, dass jeder seine Beziehungen selbst bestimmt», sagte sie.

«Wo kann ich Ihren Mann finden?»

○

Im Wagen fühlte Mohrfels seinen Magen stechen, obwohl ihn der Fizz beruhigt hatte. Das Opfer hatte einen Onkel in der Stadt gehabt, und er hatte es nicht gewusst. Entweder bedeutete das, sie hatten bei den Ermittlungen geschlampt, oder man hatte Fakten vor ihm zurückgehalten. In seiner eigenen Abteilung. Der Gedanke ließ ihm die Galle hochsteigen.

Er fuhr den Wagen neben den Platz der Republik. Der Reichstag stand wie ein Monolith im Abendrot, links und rechts wehten die Fahnen.

Im Gebäude waren bereits die Lichter entzündet. Mohrfels musste sich ausweisen, als er die Stufen erklommen hatte und in die Haupthalle gelangt war, wo er nach Generalsekretär Grubinger fragte. Der Beamte schenkte ihm einen eindringlichen Blick und rief einen Livrierten, der ihn in die Büroräume bringen sollte.

Einige Minuten später stand er vor einer gepolsterten Ledertür, hinter der der Bedienstete verschwunden war, um ihn anzumelden. Die Tür öffnete sich, und Mohrfels betrat einen geräumigen, holzvertäfelten Raum, der über einen Kamin verfügte und wie schallgedämpft wirkte. Neben dem massiven Schreibtisch stand ein gepflegter Mann Ende vierzig, mit einer Pfeife in der Hand, der Mohrfels mit gespieltem Interesse anschaute.

Mohrfels stellte sich vor, und sie schüttelten sich die Hände. Der Mann kam ihm bekannt vor. Neben ihm auf dem Schreibtisch lagen Pläne, die einen Gebäudegrundriss zeigten, daneben eine Zeichnung mit einer Tischordnung für ein Bankett. *Wahl-Gala, 6. Juni* konnte Mohrfels als Überschrift entziffern. Als er den Briefkopf las, erinnerte er sich.

«Leutnant Fuller von der Centralen Staatspolizei, habe ich recht?»

«Kennen wir uns?», gab der Angesprochene zurück.

«Wir haben uns auf irgendeinem Empfang getroffen.»

«Da bin ich sicher», sagte der Mann höflich lächelnd. Er blickte ihn an, aber Mohrfels war sich sicher, dass es eine Menge Angelegenheiten gab, die er jetzt lieber mit dem Generalsekretär unter vier Augen besprochen hätte, anstatt mit dem Kommissar diesen Plausch zu halten.

In diesem Moment kam Grubinger durch eine Seitentür in den Raum, die Mohrfels auf den ersten Blick kaum ausgemacht hatte. Eine längliche Gestalt im Dreiteiler, mit grau melierten Schläfen, die Krawatte gelockert und den obersten Hemdknopf geöffnet. Ein Mann in den besten Jahren, dessen hochgeschossene Statur mit den kurzen Haaren etwas Jungenhaftes ausstrahlte. Dennoch wirkte seine Haut blass. Müdigkeit und Erschöpfung waren in seinem Gesicht sichtbar. In seiner Linken hielt er einen Teller mit Sandwiches, die er aber noch nicht angerührt hatte.

«Bitte entschuldigen Sie uns für einen kurzen Moment, Eduard. Es wird nur ein paar Minuten dauern.»

Er stellte den Teller auf seinen Schreibtisch, nickte Mohrfels zu und schaute geistesabwesend aus dem Fenster in Richtung Innenstadt.

«Sie kommen wegen Daria Laurenz.»

«Ja», sagte Mohrfels.

«Der Mörder wurde bereits gefunden, ist das richtig?» Grubingers Stimme war ruhig. «Oh, entschuldigen Sie. Wollen Sie eins?» Er deutete auf den Teller.

Mohrfels verneinte.

«Ihre Frau hat mich zu Ihnen geschickt.»

«Sie hat Ihnen bestimmt erzählt, was sie von dem Mädchen gehalten hat.»

«Mich würde Ihre Meinung interessieren», sagte Mohrfels.

«Es ist eine Schande», meinte Grubinger und sah zu Mohrfels. «Eine verfluchte Schande.»

«Sie sind Sozialdemokrat, Herr Generalsekretär?»

«Seit vielen Jahren. Mein Vater war Großunternehmer. Ich dachte, er würde mich enterben. Aber tatsächlich war es ihm völlig egal. Macht doch euren Kram alleine, hat er gesagt.» Grubinger nahm sich ein Sandwich, legte es aber gleich darauf wieder hin.

«Ich habe von ihrem Tod erfahren, als ich aus einer langen Sitzung kam. Zu dem Zeitpunkt muss sie schon fast einen vollen Tag tot gewesen sein. Man hat es einfach nicht für wichtig genug empfunden, mich darüber zu informieren, verstehen Sie?»

«Wann haben Sie sie das letzte Mal gesehen?»

«Sie ist letzte Woche zum Klavierspielen bei uns gewesen.»

«Wie war Ihre Beziehung zu ihr?», wollte Mohrfels wissen.

«Sie gehörte zur Familie. Auch wenn meine Frau das nicht wahrhaben wollte. Wir haben sie hin und wieder unterstützt. Mit Geld. Als sie letzte Woche da war, haben sie Grieg gespielt. *Die Morgenstimmung*. Sie waren nicht besonders gut.» Grubinger straffte sich.

«Wie war die Beziehung zwischen Daria Laurenz und ihrer Vermieterin, Frau Irma Iwanczyk?»

Diesmal schaute Grubinger auf.

«Gut. Wieso fragen Sie das? Sie ist manchmal mit in unserem Haus gewesen.»

Mohrfels nahm die Abschrift aus der Innentasche und entfaltete sie auf dem Tisch.

«Sie hat Sie erpresst!», sagte er.

Grubinger runzelte die Stirn und starrte für einen Moment auf das Schreiben.

«Ich habe bereits gesagt, ich habe ihr Geld geschickt!»

«Was meint Frau Iwanczyk damit, dass sie Ihr Ansehen schützen will? Hatten Sie eine Liebesbeziehung mit Daria Laurenz?»

«Sie war meine Nichte!», entfuhr es Grubinger.

«Sie war mehr als nur eine Verwandte. Sie haben sie geliebt!»

«Diese Behauptung ist infam, und ich lasse mir das nicht länger bieten!»

Grubinger war aufgestanden.

«Sie lügen, Grubinger! Sie haben Iwanczyk weit mehr Geld gegeben, als in so einer Sache schicklich wäre! Wie viel waren es, 25 000 Mark? Sie wollten sie zum Schweigen bringen, aber sie hört nicht auf, Sie unter Druck zu setzen.»

Grubinger hielt sich für einen Moment am Schreibtischstuhl fest und steckte dann die Hände in die Taschen. Mohrfels sah, dass er schwitzte.

«Ich lasse Sie hochgehen, Grubinger. Das wird nicht nur die Parteispitze interessieren – sondern auch Ihre Frau und Ihre Familie!»

Grubinger stieß ein Lachen aus.

«Sie haben ja keine Ahnung!», sagte er und fuhr sich nervös durchs Haar. «Sie haben keinen Schimmer, was hier vor sich geht!»

«Dann sagen Sie es mir!», setzte Mohrfels nach.

Grubinger gewann seine Fassung so schnell wieder zurück, wie er sie verloren hatte.

«Dieses Gespräch ist beendet. Paul?» Ein Livrierter mit kräftiger Statur und Sommersprossen erschien an der Bürotür. «Zeigen Sie dem Kommissar den Ausgang!»

«Wo waren Sie in der Nacht von Samstag auf Sonntag?»

«Bei meiner Familie.»

«Sie wollen doch auch, dass der Schuldige gefunden wird», versuchte es Mohrfels erneut.

«Sicher», sagte Grubinger. «Und jetzt entschuldigen Sie mich. Ich muss mich um meine Aufgaben kümmern.»

O

Auf dem Weg zu seinem Wagen überquerte Mohrfels den Rasen vor dem Reichstag. Er hatte schon wieder Hunger, aber das würde noch etwas warten müssen.

Die letzten Stunden hatten ihn in eine gute Richtung gebracht. In Richtung eines Motivs. Daria Laurenz war die ganze Zeit über der blinde Fleck in seiner Ermittlung gewesen. Ein blonder Engel. Ohne Eigenschaften und ohne Beziehungen. Unter der Fuchtel einer bemutternden Vermieterin. Mohrfels war die Geschichte die ganze Zeit ungereimt vorgekommen. Frau Iwanczyk als Kupplerin? Das wäre in Berlin nichts Besonderes gewesen. Wenn aber Daria Laurenz wirklich mit ihrem Onkel ein Verhältnis gehabt hatte, so ergab sich daraus eine gewisse Fallhöhe.

Grubinger war ein Mann in beträchtlicher Position. Und er hatte Angst, so viel stand fest. Der Mann spielte mit höherem Einsatz, als ihm lieb war. Auch hatte er theoretisch ein Motiv. Allerdings konnte er sich Grubinger kaum als Lustmörder vorstellen, der reihenweise Mädchen umbrachte.

Mohrfels fühlte einen warmen Lufthauch aus dem nächtlichen Rasen aufsteigen.

Es gab noch eine Stelle, an der er suchen wollte.

Es war an der Zeit für eine besondere Unternehmung.

Er konnte die Schlamperei nicht fassen! Und das nannten sie Planung. Am liebsten hätte er Zass die Visage eingedroschen und seinem Zuträger, dem Hotel-Vize van Holl, gleich mit. Seine Schicht war schon fast vorbei, und erst jetzt erfuhr er, wie die Saaldienste eingeteilt wurden! Er musste einen Platz auf der Liste bekommen! Ansonsten war die gesamte Scharade für die Katz. Er hatte dafür nur noch 24 Stunden. Jetzt war er auf sich selbst gestellt.

Sie standen am Hintereingang und trugen Kisten rein. Seit einer Stunde war er hier mit drei Männern am Ackern, und plötzlich rückte einer mit der Information heraus. Er musste mit dem Küchenchef sprechen. Er schnappte sich die letzte Kiste.

Mütze in die Stirn und bloß nicht anecken. Er war hier der Neue. Die anderen mochten ihn nicht. Er hatte ihre Blicke bereits bemerkt. Wie sie ihn beäugten. Die Mützenträger sowieso, aber erst recht die Livrierten. Wussten noch nicht, ob er eine Gefahr für sie war. Also am besten die Fresse halten und ordentlich zupacken. Bloß antworten, wenn man gefragt wird, und dabei weiter die Leute abprüfen. Wer aufmerksam war und wer ein Idiot. Vor wem er sich in Acht nehmen musste bei seiner Aufgabe.

Die letzte Kiste stank fischig. Wahrscheinlich Austern, hatte er noch nie gegessen. Roher Fisch, abartig, wenn man ihn fragte. Er hatte mal an der Front einen gesehen, der von einer Kuh gefressen hatte. Ohne zu braten – wegen dem Beschuss. Hatte noch nie einen Mann so scheißen hören auf der Latrine. War dann auch gleich von einer Granate erwischt worden, so viel dazu.

Er schleppte die Kiste durch die ofenheiße und enge Küche. Beim Schleppen hatte er Zeit gehabt, den Ablauf zu taxieren. Der Küchenchef hat seine Leute im Griff. Wenn einer ein Messer verlegte, gab es Schläge. Jeder Koch war für die eigenen Geräte zuständig. Das machte es für ihn nicht einfacher. Dafür kannte er jetzt auch die Aufbewahrungsräume und wusste, wo welche Sachen hinkamen. Musste auch noch eine Stelle finden, wo er die Waffe verste-

cken konnte, um sie zu geeigneter Zeit in den Saal zu bringen. Die Order waren jetzt eindeutig. Sie würden das Nitropenta nicht einsetzen. Eigentlich schade drum. Aber das Gelingen der Aktion ging natürlich vor.

Er schleppte die Kiste an zwei Mützen vorbei zum Kühlraum. Aufpassen, dass man niemandem im Weg stand. Um ein Haar mit einem Hutträger kollidiert, der selbst nicht wusste, wohin mit sich. Rasierte Bohnenstange mit jüdischem Zinken. Einer der Sicherheitsbeamten, die schon jetzt im Hotel herumschnüffelten.

«Seien Sie doch vorsichtig!», keifte der Mann, aber in seiner Stimme lag keinerlei Autorität. Vor denen musste man sich manchmal noch mehr in Acht nehmen, weil sie nicht so berechenbar waren. So senkte er einfach den Blick und ging vorbei.

Seit zwei Tagen waren schon Staatsagenten im Haus und stifteten Unruhe. Es gab einen Sicherheitsbeauftragten, der mit der Polizei zusammenarbeitete. Ein gewisser Leutnant Fuller samt seinen Mitarbeitern, inklusive der Bohnenstange, der er eben über den Weg gelaufen war. Überprüften jeden, der an der Gala beteiligt war. Mit dem neuen Pass sollte das das geringste Problem sein. Aber er musste an dem Abend Saaldienst haben. Sonst hatte er versagt, auf der ganzen Linie. Das hätte Konsequenzen.

Im Kühlraum knallte er die Kiste auf den Stapel. Musterte schnell die Regale. Einige Fächer sahen aus, als hätte sie seit Wochen niemand berührt. Auch das war interessant.

Er ging eilig bis hinten durch auf den Flur, wo die Treppenaufgänge und die Umkleiden waren. Treppe rauf in die Speisesäle, denn dort musste sich der Küchenchef aufhalten. Die Stellen waren knapp zu dieser Zeit in Berlin, so viel hatte er mitgekriegt. Jeder wollte besser dastehen. Und ein Serviermädchen hatte ihm gesteckt, dass der Küchenchef seine gestandenen Mitarbeiter bevorzugte, wenn es um Zuteilung zu den Arbeitsschichten ging. Der Vize van Holl hatte versprochen, ein gutes Wort für ihn einzulegen. Zumindest das, wenn er schon nicht in der Lage war, rechtzeitig Bescheid zu sagen.

Er fand den Küchenchef oben im Speisesaal II. Der Mann bemerkte ihn gar nicht, schnauzte einen beim Buffet an, schaute danach an ihm vorbei durch den Saal.

Er fragte den Mann höflich nach einem Platz auf der Liste.

«Die Liste ist voll», sagte der Küchenchef und schaute durch ihn hindurch. Augenringe in schwieligem Gesicht.

«Aber wenn ein Platz frei würde?», rief er ihm hinterher.

Der Mann seufzte, als stähle ihm einer die Zeit.

«Hör zu. Wenn ich dich für irgendwas brauche, lasse ich es dich wissen. Mach, dass du verschwindest. Deine Schicht ist für heute zu Ende.»

Er ging und ließ ihn stehen.

Kein Platz auf der Liste. Noch zwei Tage und kein Platz auf der Liste.

Er wusste nicht, wohin mit sich. Das würde ihn seinen Kopf kosten. Er musste eine Lösung finden.

Er ging in die Umkleide. Hinsetzen und nachdenken. Da hörte er tatsächlich einen Kerl hinter sich laut lachen. Saß vor seinem Spind, starrte ihn an und hörte gar nicht mehr auf damit. Sommersprossiger Bursche ohne Brusthaare, der mit ausgezogenem Hemd dahockte und ihn anglotzte, während er sich ausschüttete.

«Was ist so witzig?», fragte er und stand auf.

«Ach, gar nichts», sagte der Bursche.

«Warum glotzt du dann?»

«Ich glotze, wohin es mir passt», antwortete der Dünne und stand auf, um sich anzuziehen.

Berlin / Freitag, 4. Juni 1920 / 6 Uhr 53 abends

Sie rissen sich die Masken herunter.

Edith hatte die Tasche. Dalus stopfte die Waffe unbeholfen in den Hosenbund.

Sie hatten sich vorgenommen, nicht zu rennen.

Keuchend erreichten sie die Ecke. Niemand war hinter ihnen. Sie hetzten die Allee entlang, das erleuchtete Schloss im Rücken. Über den leeren Gehweg.

Dalus' Hand ging zur Waffe. Er wollte sie nicht verlieren. Das schwere Eisen scheuerte an seinem Rücken.

Dann sahen sie am Ende der Straße endlich den Wagen.

Dalus blickte sich noch einmal um. Die Allee mit den Bäumen lag verlassen und dunkel hinter ihnen. Es hatte begonnen zu stürmen. Aber außer den Ästen, die ausschlugen, schien sich nichts zu bewegen.

Sie stiegen hinten in das Chassis. Vorn saß Baptiste mit dem Laufburschen, der eine Binde vor den Augen hatte. Baptiste war ihnen vom Dadaisten als Unterstützung mitgeschickt worden und hatte den Burschen auf dem Hinterhof der Neudeutschen abgefangen. Dalus hatte vorgeschlagen, ihm ein blaues Auge zu verpassen und ihn laufen zu lassen. Baptiste öffnete die Beifahrertür, holte mit einem Totschläger aus und verpasste dem Jungen, der ausstieg, einen Schlag auf den Hinterkopf. Dann stieß er den schlaffen Körper aus dem anfahrenden Wagen.

Sie fuhren. Niemand sagte etwas.

Dalus fühlte sich elend. Er hatte seinen Hippokratischen Eid verletzt und saß in einem Fluchtauto. So hatte er nicht mehr leben wollen. Das hatte er sich nach dem Krieg geschworen. Er schaute geradeaus.

Sie erreichten die Berliner Straße und fuhren am Tiergarten entlang auf die Stadt zu. Sie passierten eine Polizeisperre.

Neben sich spürte er Edith. Es schien, als drückte sie ihre Hand gegen sein Bein, zog sie aber dann zurück, um ihre Frisur zu ordnen. Sie wechselte einige Worte mit dem Fahrer, aber Dalus hörte nicht zu. Seine Entzündung im Nacken brannte.

Die Fahrt endete in einer Gasse in Mitte, wo sie den Wagen auf einem Hinterhof versteckten. Sie betraten ein kleines Lager in einem Untergeschoss, das mit Flugblättern und Bücherregalen vollgestopft war. Aus einer der anliegenden Wohnungen ertönte Gesang. Edith verriegelte die Holztür und prüfte durch das Fenster den Hof, während Baptiste eine Lampe anzündete. Dann leerte Edith den Inhalt der Tasche auf einen Holztisch.

«Das ist alles, was sie in dem Safe hatten.»

Sie sondierten die Beute. Ein Buch. Eine Mitgliederliste. Ein Stapel Papiere. Ein Bündel Geldscheine, das sich Baptiste grapschte und zu zählen begann.

Von irgendwo kam eine Flasche Schnaps. Während sie anfingen, die Unterlagen zu untersuchen, saß Dalus wie ein nasser Sack auf seinem Stuhl und trank. Seine Wunde pulsierte. Er glühte am ganzen Körper, und seine Gedanken waren konfus.

Baptiste und Edith wühlten sich durch den Inhalt der Tasche. Er würde sitzen bleiben und warten, bis sie etwas gefunden hatten.

Schrammstein 1905

Als sie die Hütte erreichten, mussten die Kinder sofort ins Haus.

Die Schwester protestierte, aber es gab keine Widerrede. Rossbach und seine Truppe hatten kaum haltgemacht, hatten ihre Pferde den Pfad entlang weiter in Richtung Pass getrieben. Einzig Vater war zurückgeblieben. Sein Pferd trat von einem Bein aufs andere. Der Vater trug jetzt auch die Schmeisser-Pistole am Gürtel und wartete ungeduldig, dass Kerst die Kinder ins Haus brachte. Marie hatte angefangen zu quengeln, was nicht ihre Art war. Mit finsterem Blick stand sie neben dem Jungen auf der Veranda, wo sie warten sollten, bis Dr. Kerst sein nervöses Pferd an der Planke angebunden hatte.

«Ich kümmere mich um sie», sagte Kerst. Der Vater schaute noch einige Sekunden böse und gab dann seinem Hengst die Sporen.

«Es ist Unrecht!», keifte Marie, während Kerst am Halfter des störrischen Pferdes zerrte. «Das müssten Sie als Arzt wissen!»

«Schweig!», herrschte Dr. Kerst sie an. Sein fleckiges Gesicht unter dem Monokel hatte jeden Humor verloren.

Noch einmal zerrte er am Zügel, als das Pferd zu wiehern begann und auf die Hinterbeine stieg. Kerst verfehlte das Seil und stolperte, während der große Kasten am Sattel des Pferdes zu Boden donnerte und das Pferd sich bockend über die Lichtung entfernte.

«Bleib bei der Hütte», zischte Marie ihrem Bruder zu und lief los.

Für einen schrecklichen Moment wusste der Junge nicht, was zu tun war. Im Wald herrschte Gefahr, das stand außer Frage. Was, wenn der Schwester dort etwas passierte? Für eine weitere Sekunde sah er Kerst, der vor dem Haus versuchte, sein Pferd unter Kontrolle zu bekommen. Dann rannte er hinter der Schwester her.

Er durchbrach die erste Baumreihe. Nasse Äste schlugen ihm ins Gesicht. Sie war ein ganzes Stück vor ihm, und sie war schneller. Dennoch traute er sich nicht, nach ihr zu rufen. Er lief über einen Hügel, durch eine Gruppe von Tannen, die an seinen Sachen zerrten.

Eben hatte er Marie noch vor sich zwischen den Stämmen gesehen. Jetzt war sie verschwunden.

Die Hütte lag bereits ein Stück hinter ihm. Suchend sah er sich um, rief halblaut ihren Namen, entschied sich für eine Richtung, lief weiter und passierte einen weiteren Hügel.

Als der Junge den Kopf hob, um sich zu orientieren, sah er den Mann.

Er stand keine drei Meter vor ihm in der Senke.

Der Junge erstarrte.

Der Mann hatte mit den Händen etwas an einem Baum gemacht. Sein Gesicht war schwarz vom Dreck. Das Weiß seiner Augen trat überdeutlich hervor.

Er trug dreckstarre Lumpen, hatte krauses, verklebtes Haar. Der schwarze Bart war verfilzt. Überhaupt war seine Haltung gekrümmt. *Wie ein Tier*, dachte der Junge.

Plötzlich spürte er Panik.

Der Mann war wie er erstarrt stehen geblieben. Jetzt drehte er langsam die Hände in seine Richtung. Als wollte er ihn um Verzeihung bitten. Es hätte den Jungen nicht gewundert, wenn der Mann zu weinen begonnen hätte.

Der Junge bemerkte, dass der Mann mit den Fingern die Rinde von einem Baum gekratzt hatte. Auch in seinem Bart und an den Zähnen hingen Speichel und Rinde.

Erst jetzt erkannte er, dass es der Mann aus dem Dorf war, mit dem seine Schwester einmal gesprochen hatte. Er sah jetzt anders aus.

Er hätte diesen Mann niemals treffen dürfen, das wusste der Junge plötzlich.

Es war ein fataler Fehler gewesen.

Was sollte jetzt geschehen?

Noch immer hatte sich keiner von beiden gerührt.

Der Junge war vor Schreck wie gelähmt. Es war, als hätte er die Kontrolle über seinen Körper verloren.

Der Mann ließ ein Stück Rinde aus den Fingern gleiten und zeigte weiterhin seine offenen Hände. Sein Blick und seine Haltung hatten jetzt etwas Flehendes. Dann machte er einen Schritt rückwärts. Sein Gesicht formte eine Grimasse, die einem Lächeln ähnelte.

Er würde sich einfach zurückziehen. Alles würde gut werden.

Plötzlich hörte der Junge hinter sich ein Geräusch.
Jemand war hinter ihm her.
Der Junge öffnete den Mund, um zu schreien.

Berlin / Freitag, 4. Juni 1920 / 10 Uhr 04 abends

Als Dalus wieder zu sich kam, hatte er vom Laufen geträumt. *Immer vom Laufen*, dachte er. Sofort prüfte er die Schatten im Raum, ob er allein war. Er lag er auf einer Bank in der Zimmerecke.

Er stemmte sich hoch, taumelte und stützte sich an der Tischkante ab. Hier lagen die Unterlagen und seine klobige Pistole, die er vor dem Einbruch mit der Hilfe von Ada Pfarr gekauft hatte. Auf dem Meyershof gab es jede Menge Hehler. Ohne nachzudenken, packte er das schwere Eisen und steckte es zurück in seinen Hosenbund.

«Sie sind wach.»

Ediths Stimme klang zärtlicher, als er sie in Erinnerung hatte. Er wandte sich um und erkannte ihre Gestalt im Gegenlicht der Tür.

«Sie haben geschlafen», sagte sie, während sie neben ihn trat und ebenfalls auf den Tisch schaute.

«Es hat nichts gebracht.»

Sie zog ein Blatt an sich heran und ließ es zurück auf den Tisch sinken. «Wir haben nichts. Absolut gar nichts.»

«Dann fangen wir noch mal an», brummte Dalus und griff einen Stuhl.

«Für dieses Mal können Sie uns glauben. Wir haben ein gefälschtes Abrechnungsbuch erbeutet. Ein paar Materiallisten und zweihundert Mark. Kein Hinweis auf Ihre Schwester. Kein Hinweis auf eine Entführung. Kein Hinweis auf kriminelle Aktivitäten. Wir haben nichts in der Hand. Absolut gar nichts.» Sie schaute ihn mit grauen Augen an. «Aber wir haben das hier gefunden.»

Sie warf ihm einen kleinen Gegenstand zu, den er mit beiden Händen auffing. Sofort erkannte er das Siegel, eine Kornblume, der Siegelring von Kerst.

Dalus fühlte sich wie benommen und setzte sich hin.

«Das beweist, dass sie ihn umgebracht haben», sagte er stumpf und bemerkte, wie sein Gesichtsfeld sich verengte. «Aber es bringt uns nicht weiter», erkannte er nach einer Pause und spürte Enttäuschung in sich aufsteigen.

Der Frontalangriff war die letzte Möglichkeit gewesen, die er gesehen hatte. Einfach hineingehen und sich mit Waffengewalt durchsetzen. Aber er war gescheitert. Er war in der letzten Woche kaum vorangekommen. Nichts hatte sich ergeben.

Er steckte geistesabwesend die Hände in seine Sakkotaschen und berührte etwas Kaltes. Hier lag der Schlüssel, den er dem Vereinsmann abgenommen hatte, zusammen mit seinem Tascheninhalt. Ein Amulett und ein paar Münzen.

Er kramte die Sachen hervor und legte sie vor sich auf den Tisch. Das Amulett war ein goldgelbes, eiförmiges Gebilde, das einen abgeriebenen Schimmer hatte und ziemlich schwer war. Edith kam näher. Schließlich fand er den Mechanismus, und das Gehäuse schnappte auf. Das Bild einer Dame lächelte ihnen unbestimmt entgegen. Dalus fummelte mit zitternden Fingern daran herum und zog das Bild aus der Fassung. Darunter war ein zusammengefalteter Zettel in das Amulett gedrückt worden. Er faltete den Zettel auseinander. In unruhiger Handschrift waren einige Adressen untereinandergeschrieben. Jede hatte eine besondere Abkürzung.

Lager Kreuzberg, L1 – Forster 111
Waldhütte, WH – Wald 8
Olympia Vereinshaus, OV – Artillerie 7
…

Das Adrenalin ließ die Schleier in seinem Kopf verfliegen. Es musste sich um eine Liste der Standorte des Vereins handeln. Lagerhäuser. Kasernen. Sportplätze.

Die Liste war zu lang, um alle Adressen abzuklappern.

Irgendwo hier musste Hedwig versteckt sein. In einem ihrer Unterschlupfe.

Dalus stand auf, ohne den Stuhl zurückzuschieben.

«Und was jetzt, der Herr?», fragte Edith und lächelte.

Dalus zog die auf dem Tisch liegenden Unterlagen zu sich und räumte sie zurück in die Tasche.

«Wir müssen zu Mohrfels», sagte er.

SECHSTER TAG

Es hatte nicht lange gedauert, und er hatte es herausgefunden.

Natürlich war der Dünne in der Umkleide auf der Liste gewesen. Der Kerl, der ihn so dreist angelacht hatte. Er war der Letzte gewesen, den der Küchenchef aufgenommen hatte.

Er war dem dünnen Kerl nach Dienstschluss gefolgt. Hatte herausgefunden, wo er wohnte, und sofort Zass kontaktiert. Zass hatte ihm einen Mann zur Verstärkung geschickt.

Der Dünne wohnte in Kreuzberg in einer kleinen Absteige und hatte anscheinend schlechtes Erbgut. Er und sein Freund bemühten sich zwar redlich, es zu verheimlichen, aber die Art, wie sie zusammen in einer Bar saßen, und ihre spätere Zusammenkunft in seiner Wohnung sprachen eine eindeutige Sprache.

Als der Freund aus der Wohnung kam und sich auf den Heimweg machte, holten sie ihn ein. Sie hatten eine Zeitlang überlegt, wie sie es machen sollten, da sich die Bleibe in einem belebten Viertel befand. Aber dann entschieden sie sich für das Einfachste, holten ihn von den Beinen und brachen ihm beide Knie mit ihren Stiefeln. Ließen ihn auf der Straße liegen.

Dann waren sie zurückgegangen und hatten bei dem dünnen Küchenburschen einen Drohbrief mit ihren Anweisungen eingeworfen.

Inzwischen erwartete er dringend Post von Zass, und sie gingen in seine angemietete Unterkunft.

Tatsächlich war auch gleich ein Päckchen für ihn abgegeben worden, das sie am schmalen Esstisch öffneten.

Er musste spontan lachen. Es handelte sich um ein kompaktes

Schächtungsmesser mit 15-Zentimeter-Klinge und doppelschneidiger Spitze. Sie fanden, dass das ein guter Witz war. Den Juden zu schächten wie ein Opfervieh. Außerdem war das Messer extrem scharf und würde sich sehr gut handhaben lassen. Eine besondere Waffe.

Er schickte den Landser los, um noch eine Besorgung zu machen, und machte sich selbst mit der Waffe vertraut. Dann blätterte er noch in der Akte des Staatsspitzels und brach wenige Stunden später zur nächsten Frühschicht auf.

Bei Tagesanbruch erreichte er den muffigen Hintereingang zur Hotelküche, sein besonderes Gepäckstück auf der Schulter. So früh war in der Küche noch kein voller Betrieb, aber die rasierte Bohnenstange mit Hut hatte trotzdem nichts Besseres zu tun, als ihn auf dem Weg in den Kühlraum aufzuhalten.

«Eis für die Austern», sagte er und zeigte auf den Klumpen unter dem Sack.

«Haben Sie keinen Lieferschein?», näselte der Glatzkopf.

«Der Vize hatte es eilig. War wohl besorgt, wegen der Frische. Roher Fisch, Sie wissen schon.»

Die Bohnenstange machte ein Gesicht, als hätte er ihm auf den Fuß getreten. Man sah, wie er nachdachte. Aber er ließ ihn durch.

Im Kühlraum machte er einen Teil des Eises für den Fisch klein und platzierte den Rest des Blocks im oberen Regal, so, dass ihn niemand erreichte.

Jetzt musste er prüfen, ob sich der Dünne schon krankgemeldet hatte.

In der Tat reagierte der Küchenchef, als er ihn sah, und rief ihn heran. Schaute immer noch mit seinen schwieligen Augen durch ihn hindurch, als er vor ihm Aufstellung nahm.

«Ich weiß nicht, wieso», sagte er, «aber wir haben jetzt einen Platz auf der Liste.»

Er musterte ihn für zwei Sekunden und fuhr fort: «Morgen findet die Gala statt. Der Direktor wird heute dazu eine Versammlung abhalten. Du wirst kellnern. Bist auf jeden Fall pünktlich um fünf

Uhr früh hier, hast du das verstanden? Wenn du morgen irgendwas falsch machst, kostet es deinen Kopf.»

Er konnte ein Lächeln verkneifen und straffte sich. Der Mann wusste gar nicht, wie recht er mit seiner Aussage hatte.

Berlin / Samstag, 5. Juni 1920 / 4 Uhr 20 morgens

Sie bellen und bellen, aber Alois ist ruhig.

Jemand ist im Gebäude.

Ein Mann. Der sich nähert.

Aus allen Zwingern kommt Bellen und Jaulen. Die anderen Hunde sind laut, hecheln und machen Lärm. Alois hebt die Nase und schnüffelt ihn. Einen Geruch, den er erkennt. Weckt eine Erinnerung. Ein Mann, der ihm Essen gegeben hat. Ein freundlicher Mann mit gutem Geruch.

Das Bellen ist unerträglich. Alois bleibt konzentriert, um nicht in das Bellen einzufallen. Er kommt auf die Pfoten und streckt die Vorderläufe. Hechelt, hechelt und hechelt. Jetzt sind dort Hände an seinem Gitter, Hände, die Futter halten. Futter, das Alois zwischen die Zähne nimmt. Seine Zunge, sein Maul beginnt zu tropfen, als er das Essen frisst. Dann kommt er im Zwinger vorwärts, streckt die Schnauze gegen das Gitter.

Das Gitter wird geöffnet. Überall Bellen. Alois landet mit einem Satz auf dem Boden. Es ist dunkel. Überall Bellen. Der Mann nimmt ihn an seinem Halsband und befestigt einen Strick, was Alois geschehen lässt.

Um sie sind die Hunde, aber Alois spürt Luft, frische Luft. Er folgt den Beinen des Mannes zur Tür. Draußen weht die Luft von überall. Gerüche von fern und nah werden herangeweht. Alois schnuppert. Sie gehen über den dunklen Hof zu einem Auto.

Der Mann ist nervös.

Sie erreichen das Auto, in das der Mann Alois einlässt.

Das Auto ist so voll, dass Alois die Ohren anlegt. Voll, voll von Geruch. Der Mann, das Fressen, beißender Fahrzeuggeruch – aber vor allem noch etwas anderes.

Alois setzt sich. Ohne Zwinger diesmal. Sie fahren, das Auto ruckelt unter ihm, aber das kennt er. Die Luft dringt frisch durch das Fenster. Ein Wind, mit vielen Geschichten. Alois setzt sich aufrecht hin und hängt die Nase hinein. Wachsam ist er und hechelt und wartet. Er weiß schon, wohin es geht.

Sie fahren und fahren durchs Dunkel und manchmal durchs Helle. Alois wartet und ist bereit.

Nach einer Zeit verändert sich etwas. Der Boden wird uneben, der Geruch anders. Hier waren andere Hunde und Männer, eine Menge Männer. Das Rumpeln hört auf. Der Mann öffnet die Tür, und Alois springt hinaus.

Auf dem Boden Urinspuren, viele Geschichten, denen Alois nicht folgt. Alois wartet, denn er weiß, was jetzt kommt. Alois bekommt eine Aufgabe. Deswegen hat ihn der Mann geholt. Alois will, dass es gut wird. Der Mann hat etwas in der Tasche. Alois spürt den Drang stärker und stärker werden. Alois sitzt und hechelt und winselt.

Dann holt der Mann etwas aus dem Wagen.

Ein Fetzen, ein Geruch, den er kennt.

Der Geruch einer Toten, der Geruch einer Frau. Der Geruch ist stark, sehr stark. Der Geruch von Blut, Blut und Angst.

Alois schnüffelt und schnüffelt und schwimmt im Geruch, der seinen Kopf ausfüllt, dass es rauscht. Alois nimmt den Geruch wahr, der stark ist und den er suchen muss. Damit es gut wird, damit man ihn lobt. Er will los, und er darf es, stürzt und stürzt voran.

Aber die Aufgabe ist schwierig.

Alois wedelt mit dem Schwanz, die Nase am Boden. Es ist viel, das auf ihn einströmt. Er muss sich konzentrieren. Folgt einer Fährte, wird abgelenkt von Mäusen und Hunden und Läufigkeit, Menschenkot, Fressen. Es ist zu vieles. Er läuft um eine Ecke in ein Gebäude. Auch hier ist es viel. Er weiß nicht, ob es die richtige Spur ist. Er läuft und sucht und sucht. Zieht und zieht immer wieder die Luft ein.

Diesmal ist er sich nicht sicher. Der Geruch, die Spur ist zu dünn. Zu viele Gerüche und Geschichten. Interessant, aber nicht das Richtige. In alle Richtungen breitet es sich aus. Während die Spur so dünn wird. Es ist umwerfend, riesig. Alois biegt um eine Ecke, hat die Spur verloren. Er läuft wieder zurück. Er muss winseln.

Muss sich erneut konzentrieren. Such, such, sagt der Mann. Alois kennt den Befehl. Alois muss suchen. Such, such, aber wo entlang? Er rennt umher. Die Spur ist zu dünn geworden. Aber da war etwas. Irgendwo dort draußen, an der Grenze der Sinne. Irgendwo dort muss es sein. Alois folgt seinem Bauch, denn er muss es finden. Es muss da sein. Er muss über die Grenze.

Alois läuft.

Es wird stärker. Er ist auf der richtigen Fährte. Er hat eine Spur. Da ist sie, mal stark und mal schwach, aber da. Alois folgt, Alois rennt, Alois zieht, durch das Halbdunkel. In eine Halle, einen Gang entlang, hinunter, unter die Erde, einen Gang entlang. Noch einen. Der Geruch wird stärker. Der Geruch ist stark. Sein Kopf summt. Der Geruch füllt alles aus. Alois gibt Laut. Er hat ihn gefunden!

Der Geruch, der Geruch, der Geruch.

Aber da ist noch etwas –

Ein anderer, fremder Geruch.

Ein Geruch in Bewegung.

Berlin / Samstag, 5. Juni 1920 / 8 Uhr 19 morgens

Mohrfels zerrte den Vorhang vom Kohlenfenster. Licht fiel in den stickigen Raum. Ein Kellerloch unter dem verlassenen Fabrikgelände im Industriegebiet.

Der Hund hatte ihn gefunden.

Ein roher Betonraum. Zwei fünfzig hoch. Fünf mal fünf Meter.

Der Raum war stickig und stank nach Blut.

Nichts, das einem in die Nase gedrungen wäre. Kein scharfer Geruch. Aber Mohrfels hatte keinen Zweifel.

Etwas hing in der Luft, als würde der Druck hier höher sein, die Moleküle sich verdichten. Leid. Unausweichlichkeit. Tod.

In einer Ecke verliefen Stahlrohre, und Mohrfels wusste, dass er dort Spuren von einer Fesselung finden würde. Plötzlich fühlte er sich sehr müde und musste sich gegen die Wand lehnen. Er zog sein Taschentuch und wischte den Schweiß ab.

Er hatte die ganze Zeit recht gehabt. Er war belogen worden. Ob von Habig, den Beamten der Hundertschaft oder sonst wem.

Er rappelte sich hoch, nahm die Taschenlampe und suchte die Rohrverbindung ab.

Tiefe Einkerbungen an einer Bleistrebe. Kratzspuren. Abrieb von Metall auf Metall, leicht über Kniehöhe.

Er erinnerte sich an ihr Bild. Daria Laurenz mit ihren großen Augen. Hier musste man sie angekettet haben. Sitzend, auf einem Stuhl vielleicht. Hier hatte sie gesessen und geschrien und versucht, sich zu befreien. Mohrfels konnte sich denken, wie viel Schmerzen die Bewegung an ihren Handgelenken verursacht haben mochte. Die lächerlichen Kratzer zwischen zwei Muffen, wenige Zentimeter lang und kaum zwei Millimeter tief. Die einzigen Spuren von einem Todeskampf. Vorerst.

Er leuchtete den Boden mit der Taschenlampe ab, da durch

das Kohlenfenster nur wenig Licht kam, und bemerkte, dass der Hund sich schnüffelnd aus dem Zimmer bewegt hatte. Sei's drum.

Auf dem Boden war wenig sichtbar. An einer Stelle entdeckte Mohrfels ein paar dunkle Spritzer, die er für Blut hielt. Das würde genügen, um seine Theorie zu bestätigen.

Mit der Armeelampe leuchtete er weiter umher, während er sich einige Schritte zurück in das Kellergewölbe bewegte und versuchte, sich einen Überblick zu verschaffen.

In einer Abseite entdeckte er einen Brennofen mit frischer Asche. Möglich, dass der oder die Täter hier Beweismittel verbrannt hatten.

Er machte eine weitere Runde. Wo zum Teufel war der Hund geblieben? Die Hundertschaft hatte es mit ihren Tieren nicht geschafft, den Raum zu finden. Oder ihn nicht finden wollen. Man hatte ihn nicht informiert. Habig war persönlich verantwortlich gewesen. Ein Umstand, der den Kollegen belastete. Außerdem hatte sich Habig mit Koglins Männern abgegeben. Eine unschöne Geschichte.

Mohrfels kehrte zurück zum Fundort. Noch einmal leuchtete er über den Boden. Seit der Tatnacht waren fünf Tage vergangen. Spuren konnten verwischt worden sein. Plötzlich wurde ihm klar, dass er zu spät war. Was ihm an dem Raum als Trostlosigkeit aufgefallen war, war in Wirklichkeit etwas anderes. Der Raum war leerer als die anderen. Kaum Staub, Müll, keine Baureste. Weniger als sonst in dieser Ruine.

Der Raum war gesäubert worden.

Die Folterung hatte mehrere Tage gedauert. Jemand musste sich hier aufgehalten haben. Ein Stuhl, Werkzeuge wenigstens, mit hoher Sicherheit auch eine Schutzdecke für den Boden. Jemand war nach dem Abladen der Leiche am Kai zurückgekommen und hatte die Gegenstände aus dem Raum entfernt und sie verbrannt. Man hatte darauf geachtet, keine Spuren zu hinterlassen. Vielleicht waren es seine eigenen Leute gewesen.

Mohrfels wurde sich bewusst, dass er immer noch gehofft hatte, das Versteck des «Schlitzers» zu finden. Wenn es sich bei diesem Raum um einen solchen Ort handelte, dann war ein Großteil der Spuren inzwischen verschwunden. Waren mehrere Mädchen in diesem Keller ermordet worden? Er musste das Feld der Spurensicherung überlassen. Soweit er es sah, hatte er nichts, was er direkt hätte verfolgen können. Ein weiterer Rückschlag, der ihn schmerzhaft an sein paradoxes Labyrinth erinnerte. Sein gordischer Knoten.

Man hatte einen geordneten Rückzug vorgenommen. Wenn keine gravierenden Fehler passiert waren, befand er sich wieder in einer Sackgasse.

Plötzlich bellte der Hund.

Mohrfels fuhr mit der Lampe herum.

Das Geräusch kam von links, und er folgte dem Lampenkegel in einen Gang, der in einen anderen Teil des Kellers zu führen schien.

Wo war das Tier abgeblieben?

Er ging um die Ecke und fand einen finsteren, breiten Gang, der das Licht seiner Lampe verschluckte. Er erkannte zwei breite Kreuzgänge, bis der gerade verlaufende Weg nach einigen Metern in Finsternis endete, die so undurchdringlich war, dass sie einen Abgrund hätte verbergen können. Mohrfels lauschte und konnte in einiger Distanz ein Rauschen hören, sonst nichts.

«Hallo?»

Seine Stimme verhallte.

«Komm her! Hierher, alter Junge!»

Am Ende des Gangs war jetzt eine schwarze Stahltür zu sehen, deren Nieten im fahlen Licht auftauchten. Inzwischen glaubte er auch, wieder etwas zu vernehmen. Das Jaulen eines Hundes? Es klang leidend und wurde leiser.

Mohrfels eilte voran und zog die Pistole aus seinem Halfter. Dann machte er sich daran, die verrostete Tür aufzudrücken, deren Scharniere durch die ewige Feuchtigkeit stark in Mitleidenschaft gezogen worden waren.

Erneut erklang ein hallendes Geräusch.

«Ist da wer?», rief Mohrfels. Eine Frage, die nur vom Hund beantwortet wurde, dessen Geräusche sich in den Katakomben zu entfernen schienen. Mohrfels hörte auf das diffuse Echo, dann kam das Winseln wieder auf ihn zu. Er zwängte sich durch den Spalt und trat in einen weiteren langen Kellerflur, zu dessen Seite Nischen und Lagerräume in Form konturloser Schatten abgingen. Im Fußboden befanden sich Löcher, aus denen aus irgendeinem Grund ein lautes Rauschen zu hören war, wie von einem Unterstrom oder einer starken Abwasserleitung.

Irgendwo jaulte der Hund, der jetzt erneut auf ihn zuzukommen schien. Mohrfels packte seine Parabellum, als plötzlich der Hund in seinem Blickfeld auftauchte, schnüffelnd, wedelnd, die Nase an der rechten Außenwand entlangführend, wo er stehen blieb und erneut bellte.

Mohrfels näherte sich dem Tier, das immer wieder ohrenbetäubendes Kläffen von sich gab. Er ging in die Knie, um herauszufinden, was das Tier ihm mitteilen wollte, und stellte fest, dass der Hund vor einem Mäuseloch Stellung bezogen hatte und immer wieder Laut gab.

«Ruhig, mein Guter», sagte er in Ermangelung einer besseren Anrede und stellte fest, dass er den Hundeführer niemals nach dem Namen des Tieres gefragt hatte. Der Hund jedoch schien ihn zu verstehen, legte die Ohren zurück und fiepte.

Mohrfels leuchtete in das Loch hinein. Es schien sich tatsächlich um ein Mäuse- oder Rattenloch zu handeln. Irgendwo gut einen halben Meter hinter der kleinen Öffnung sah Mohrfels etwas im Dunkeln liegen.

Er ging zurück, um nach einem geeigneten Werkzeug zu suchen, fand eine längliche, dünne Metallstange und fischte den Müllrest unter einigem Stöhnen aus dem Loch. Es war ein Streichholzbriefchen, an dem sowohl ein Kaugummirest als auch kleine Bissspuren zu erkennen waren.

Mohrfels hielt das Briefchen in der Hand und brach in atemloses Gelächter aus. Mit durchnässten Anzughosen saß er in einer Pfütze in einem verlassenen Industriekeller und konnte für einen Augenblick nicht an sich halten. Er rappelte sich auf und kicherte weiter in sich hinein.

«Braver Hund», sagte er und kraulte das Tier zwischen den Ohren.

Ein Tag der glücklichen Zufälle.

Die Streichholzschachtel stammte von einem Hotel in Charlottenburg. Auf die Innenseite der bedruckten Pappe war die Nummer 49 geschrieben. Es konnte sich dabei tatsächlich um Müll handeln. Aber mit etwas Glück hatte er einen Gegenstand gefunden, den der Täter verloren hatte – und den eine Maus zu sich in den Bau geholt hatte, um sich daran gütlich zu tun.

Berlin / Samstag, 5. Juni 1920 / 9 Uhr 59 morgens

Der Schmerz hatte nachgelassen.

Erst hatte sie gedacht, dass das gut war. Eine Erleichterung, die sich in ihrem geschundenen Körper ausbreitete. Ruhe zwischen den kurzen Atemzügen und dass die Pein sich aus ihr zurückzog.

Aber dann bemerkte sie, dass das falsch war.

Es war nach wie vor heiß, und sie konnte sich nicht bewegen. Sie war in der engen Kammer festgebunden, auf dem Boden sitzend, Füße voran, die Hände hinter dem Rücken an die Wand gefesselt, mit einer Schlinge um den Hals, die den Oberkörper brutal nach vorn zog. Den Kopf auf den Knien liegend, dämmerte sie vor sich hin.

Zuerst hatte sie gedacht, die Position nicht auszuhalten. Krämpfe hatten sie geschüttelt. Dann hatte sie sich gefreut, dass die Schmerzen in den Muskeln nachließen, so wie sie sich gefreut hatte, dass ihre Peiniger weg waren. Dass sie sie nicht mit dem Messer verletzt hatten, nur ihren Knebel zerschnitten. Sie war erleichtert gewesen. Dass mit der Zeit die Schmerzen und auch Hunger und Durst verschwanden und alles besser wurde.

Aber dann hatte sie gemerkt, dass es andersherum war.

Sie hätte sich wünschen sollen, dass ihre Peiniger und ihre Schmerzen blieben.

Sie würde bald sterben.

Sie hatte Dehydrierte gesehen. Lippen eingefallen, helle Haut und Schorf im Gesicht.

Sie kannte die Symptome und den Verlauf.

Und es war immer noch so heiß.

Es würde keinen Tag mehr dauern.

Sie würden sie hier in dem Loch sterben lassen.

Nirgendwo waren Geräusche. Die nächste Hütte hundert Meter entfernt. Warum hatte man sonst ihren Knebel durchgeschnitten?

Wieder musste sie schluchzen. Sie schluchzte, auch wenn sie es verhindern wollte. Sie würde Wasser verlieren. Und Salz.

Sie musste ruhig bleiben und Kraft sparen. Nur hier sitzen und warten. Es musste doch einen Weg geben. Aber sie hatte die Hoffnung aufgegeben, dass jemand aus der Nachbarschaft sie finden würde.

Aus unerfindlichen Gründen musste sie an ihren Bruder denken. Dass er kommen würde, um ihr zu helfen. Er war immerhin ihr Bruder. Sie hatte ihm ein Zeichen gegeben. Ein Zeichen wie damals auf ihrem Hof. Sie dachte an das Zeichen und dass es einen Weg darstellen könnte, einen Weg aus der Enge. Einen Weg aus dem Leiden und ihrer Müdigkeit. Sie stellte sich das Zeichen wie einen Stern vor, der im Dunkeln leuchtete. Ein Licht, auf das sie zusteuerte. Sie merkte, wie die Hoffnung es besser machte. Die Schmerzen waren jetzt fast ganz verschwunden. Die Tränen hatten zu laufen begonnen, ohne dass sie es merkte. Sie liefen in eine schmerzlose Dämmerung hinein.

Aber diese Richtung war falsch.

Sie durfte nicht einschlafen.

Ohne Schmerzen war sie so gut wie tot.

Sie hob den Kopf ein paar Zentimeter, spannte die Fersen und ihre Beinmuskeln und lehnte sich mit allem Gewicht vorwärts, zerrte so fest sie konnte an ihren Drahtfesseln, die in ihr offenes Fleisch schnitten.

Der Schmerz ließ sie aufbrüllen wie ein Tier. Schmerz schoss wie Strom durch den verkrampften Körper, bis in die Stirn und in ihr Geschlecht, sodass sie schluchzte und schrie.

Dann sank sie herab.

Ihre Hände. Es tat so weh.

Aber sie musste wach bleiben. Dazu brauchte sie Schmerzen.

Sie wimmerte, hob den Kopf – und zerrte noch mal.

Berlin / Samstag, 5. Juni 1920 / 10 Uhr 10 morgens

Als Mohrfels die Halle verließ, war der Vormittag angebrochen.

Er erreichte den Dienstwagen und öffnete die Tür. Er würde den Hund zurückbringen müssen, aber momentan stand ihm nicht der Sinn danach. Vielleicht könnte Kant, wie er das Tier kurzerhand getauft hatte, ihm noch ein wenig beistehen, dachte er, als dieser sich auf den Beifahrersitz legte. Aber man würde ihn suchen, und das musste er vermeiden.

Die Adresse des Hotels befand sich in Charlottenburg. Mohrfels lenkte den Wagen durch den stärker werdenden Verkehr. Lieferwagen versperrten die Straße, Bürger und Dienstboten hetzten über die Gehwege. Alles stand unter Zeitdruck. Um diese Tageszeit war in dieser Ecke die Hölle los. Mohrfels hatte bei diesem Anblick kurz ein schlechtes Gewissen. Niemand in der Zentrale wusste, wo er sich aufhielt. Auch den Tatort hatte er noch nicht gemeldet. Er musste an den Arzt Dalus und die seltsame Geschichte denken, in die er hineingeraten war. Er hoffte, dass es ihm gutging.

Er parkte den Wagen in einer Seitenstraße.

Das Hotel Aalsburger hätte man auch als Pension bezeichnen können. Wenig mehr als ein Eingang an einer belebten Straße, der über einen Aufgang in eine Lobby führte. Als er den Empfang betrat, duftete es überraschend angenehm nach frischen Brötchen. Der Concierge in weißem Hemd und Schürze zeigte sich gutgelaunt und ließ Mohrfels das Gästebuch studieren.

«Die Herrschaften in Zimmer 49 sind vor ein paar Tagen abgereist.»

Er legte Mohrfels eine Rechnung vor, darunter eine unlesbare Unterschrift.

«Haben Sie Namen angegeben?»

«Müller und Müller», sagte der Concierge aufrichtig. Seine Stimme hatte einen leicht wienerischen Akzent.

«Können Sie die Personen beschreiben?»

«Zwei junge Herren um die dreißig, normal groß, einer blond, der andere dunkler, wenn ich mich recht entsinne. Haben einen geschäftigen Eindruck gemacht. Waren nicht viel im Hause, manchmal erst morgens wieder zurück.»

«Wie lange sind die beiden hier gewesen?»

Der Concierge prüfte noch einmal die Daten.

«Drei Übernachtungen. Von Donnerstag auf Sonntag.»

Das war exakt der Zeitraum der Entführung.

«Wann sind die Herren am Sonntag aufs Zimmer gegangen?»

«Das kann ich nicht genau sagen, ich hatte erst am Morgen Dienst. Allerdings habe ich einen der beiden um sieben Uhr morgens hereinkommen sehen. Er ist direkt zum Frühstück gegangen.»

Wieder ein Treffer. Langsam bemerkte Mohrfels, dass er unruhig wurde.

«Und sie haben keine Personalien angegeben?»

«Leider nein. Bloß die Nachnamen.»

«Irgendwas müssen Sie doch von ihnen haben!», brachte Mohrfels unwirsch heraus.

«Bitte keine Aufregung.» Der Mann hob spöttisch die Brauen.

Mohrfels starrte ihn an.

«Aber ich entsinne mich, sie haben an einem Bankett teilgenommen, das am Freitagabend bei uns ausgerichtet wurde. Eine große Veranstaltung, eine Burschenschaft, wenn Sie mich fragen. Sie haben den Kellerraum gemietet und 200 Mark Rechnung gemacht, die ein einzelner Herr bezahlte.»

Er kramte eine Quittung hervor. Mohrfels überflog den Zettel und taxierte die Unterschrift.

«Rossbach!», sagte er entgeistert.

Der Concierge schaute interessiert.

«Können Sie sich an den Mann erinnern?»

«Lassen Sie mich überlegen ... Das ist seltsam. Er hat doch direkt bei mir bezahlt. Aber warten Sie. Nein. Ein normaler Herr eben. Vielleicht sechzig oder etwas jünger? Er hat einen Hut getragen, glaube ich. Aber sein Gesicht. Komisch – sein Gesicht ist mir völlig entfallen.»

o

Mohrfels hatte sich alle Belege aushändigen lassen. Dann hatte er den Wagen genommen, hatte den Hund zurück zu seiner Einheit gebracht und war zum Alexanderplatz gefahren. Jetzt musste er dringend einen Imbiss zu sich nehmen. In seiner Stammkneipe, dem Kempinski, bestellte er einen Kaffee und war angenehm überrascht, als er zudem eine Portion Zwiebelfleisch von der Tageskarte serviert bekam.

Zwei Männer im Hotel, die als tatverdächtig in Frage kamen, dazu die Verbindung zu Rossbach und damit, wenn man Dalus glauben wollte, zum Verein Neues Deutschland. Darüber musste er nachdenken, was er beim Essen am besten konnte. Anscheinend war sein Appetit endgültig zurückgekehrt, wie er nach dem ersten Bissen merkte.

Er erkannte die Gestalt an der Lokaltür im Barspiegel, bevor sie auf ihn zukam und sich neben ihn setzte. Die gebeugte Gestalt mit der Brille hätte er nirgendwo verfehlen können.

Winterberg machte dem Wirt ein Zeichen für einen weiteren Kaffee. Für eine Weile saßen sie schweigend nebeneinander, während irgendwo ein Grammophon zu spielen begann.

«Willst du darüber reden?», schlug Winterberg nach einer Weile vor.

«Wir haben einen Spitzel in der Truppe. Jemand mit Verbindungen. Wenn ich es nicht besser wüsste, würde ich von einer Verschwörung sprechen.»

«Schon jemanden im Auge?»

«Es muss jemand aus unserer Abteilung beteiligt sein. Habig, Wörl oder du.»

«Hör zu, ich möchte deine Verdächtigung nicht kommentieren. Ich bin gekommen, weil ich mir Sorgen mache!»

Winterberg schaute ihn über den Rand seiner Brille hinweg an. «Du bist schon immer gut darin gewesen, dich in Dinge zu verrennen. Das ist es, was aus dir so einen guten Kriminalisten macht, deine Sturheit. Ich will nicht erleben, wie dir das zum Verhängnis wird.»

Mohrfels schaute zurück.

«Ich will dir helfen, Mohrfels. Dieser Verein, den du beim Erkennungsdienst angefragt hast. Ich habe ein paar Erkundigungen über sie eingezogen.»

Winterberg schob ihm eine Akte über den Tresen und sagte: «Ich nehme an, du bist der Meinung, sie hängen in der Sache drin.»

«Auf jeden Fall ist Legner nur ein Sündenbock gewesen», sagte Mohrfels.

«Es handelt sich um eine politische Gruppierung», fuhr Winterberg fort. «Sind in eine große Anzahl von Gewaltdelikten verstrickt. Freikorpssoldaten, hochrangige Militärs, allen voran ein gewisser Rossbach. Sein Name steht überall in den Akten. Sie verfügen über Ressourcen und Männer. Meinst du nicht, du könntest etwas Hilfe gebrauchen, wenn du dich mit ihnen anlegen willst?»

Mohrfels aß eine Salzgurke von seinem Teller.

«Ich möchte dir helfen, Mohrfels. Aber was ich noch nicht verstehe: Was zum Geier haben diese Leute mit dem Mord an Daria Laurenz und den anderen Mädchen zu tun?»

«Das werde ich herausfinden», sagte Mohrfels und aß eine weitere Gurke.

«Herrgott noch mal, Ernst. Wir haben vor siebzehn Jahren zum ersten Mal zusammen Dienst geschoben. Erinnerst du dich noch an die Pickelhauben von damals?»

«Sie sahen blöd aus, und sie waren sehr unbequem», erinnerte sich Mohrfels.

«Du wirst bei der Sache Hilfe brauchen!»

«Ich weiß das zu schätzen, Hans», sagte Mohrfels.

«Ach verdammt, mach doch, was du willst!»

Winterberg legte eine Münze auf den Tresen.

«Bevor ich es vergesse», sagte er. «Dieser junge Arzt Dr. Dalus ist im Präsidium gewesen und hat nach dir gefragt.»

«Was du nicht sagst», sagte Mohrfels.

«Hat diese Adresse für dich dagelassen. Er wirkte sehr unruhig und sah so aus, als müsste er dringend ein paar Nächte ausruhen.»

«Ist unter die Räder gekommen», erklärte Mohrfels, nahm den Zettel von Winterberg und gab ihm die Hand. Plötzlich hatte er das Bedürfnis, seinem alten Freund mehr anzubieten als nur das.

Winterberg nickte und verschwand in der ihm eigenen gebeugten Haltung durch die Tür.

Im gesamten Hotel Esplanade herrschte Aufruhr. Er erreichte den Saal in letzter Minute, da er noch etwas hatte erledigen müssen. An der Tür war ein Zettel angebracht.

GROSSE GENERALVERSAMMLUNG
Samstag, den 5. Juni 1920
11 Uhr, Saal III
Anlass: Ehrengala der SPD zur Reichstagswahl
Anwesenheitspflicht!

178 Mitarbeiter in voller Montur drängten sich in den Saal. Schweiß, Bleichgeruch und Duftwasser in der Luft. Der Küchenchef starrte ihn böse an und teilte ihm einen Platz vorne im Raum zu.

Die Saaluhr zeigte eine Minute vor elf, als der Vize und der Direktor hereinkamen und alle Haltung annahmen. Bei ihnen waren die fünf Hutträger, die schon seit Tagen im Hotel herumschnüffelten.

Bevor er hierhergekommen war, hatte er die ganze Nacht über das Dossier gelesen. Was jetzt kam, würde keine Überraschung darstellen.

Um elf begann der Direktor zu sprechen.

Das Hotel würde in drei Sicherheitszonen aufgeteilt werden, die sich um den großen Saal III konzentrierten. Der Hotelbetrieb lief als Sicherheitszone 1 ganz normal fort. Küche, Umkleiden und Aufenthaltsräume im Stockwerk unter dem Saal III wurden zur Sicherheitszone 2 erklärt und würden sich verstärkten Patrouillen der Sicherheitsbeamten unterziehen müssen. Der Direktor ließ den Blick über die Reihen streifen, als er das Personal dazu aufforderte, mit den Beamten zu kooperieren. Er richtete die Aufforderung explizit auch an die Damen. Im Dienste der Sicherheit gebe es keine Geheimnisse.

Das Sicherheitshauptquartier sei im Büro gleich neben dem Saal bei den Rängen eingerichtet worden. Hier würde sich von nun an Leutnant Fuller von der Centralen Staatspolizei aufhalten und die Vorgänge koordinieren.

Der ernsteste der fünf Hutträger trat vor und deutete eine Verbeugung an. Sein Gesicht machte einen bedächtigen Eindruck, aber sein Blick war bestimmt und kühl. Für Beobachtungen von Seiten der Belegschaft seien sowohl er als auch seine Mitarbeiter immer ansprechbar, betonte der Direktor.

Der meiste Aufwand würde zur Errichtung der Sicherheitszone 3 betrieben werden, die das komplette Stockwerk um den großen Speisesaal III umfassen sollte, in dem die Gäste dinieren würden.

Der Zugang für Gäste war streng reglementiert und würde nur nach ausführlicher Passkontrolle und anhand der Einladungsliste von einem der Treppenaufgänge organisiert werden. Die Herrschaften würden vorfahren, am Entree ihre Einladung zeigen, in einen Nebenaufgang geleitet werden und nach Passkontrolle und Garderobe im Saal III ankommen. Einen anderen Eingang für Gäste gab es nicht, auch keine Ausnahmen von der Regel.

Die Bediensteten würden über einen gesperrten Treppenaufgang von der Küche Zugang finden und vor allem im Serviersaal gleich neben dem Großen operieren, der ebenfalls Teil der Sicherheitszone 3 sein würde. Hier sollten die Vorbereitungen der Bediensteten getroffen werden, was Buffet und den Service anging. Alles, was aus der Küche in diesen Raum kam, wurde gesondert untersucht und überprüft. Für die Bediensteten galt die einfache Regel: Wer einmal innerhalb der Zone war, sollte darin bleiben. Er musste vorher auf Waffen untersucht werden und sich ausweisen – auch das anhand einer Liste –, ein kolossaler Zeitaufwand. Deswegen würde die Zulieferung für Buffet und Service durch Lastenaufzüge aus der tiefergelegenen Küche organisiert werden. Der Direktor ließ an dieser Regel keine Unklarheit. Wenn jemand in die Zone hinein- und hinauswechseln wolle, würde er Aufsehen erregen und kontrolliert werden.

Zugang zum Hochsicherheitsbereich hatten nur die 42 ausge-

wählten Personen, die für die Gala arbeiten würden und die sich ausnahmslos hier im Saal befanden. Sie standen ein wenig abseits vom sonstigen Personal und zogen neidische Blicke auf sich. Es sei eine große Ehre, zu dieser Riege zu gehören (und erlaubte den Zugang zu ordentlichen Trinkgeldern durch die erlauchten Gäste – ein Umstand, der in der Rede des Direktors jedoch keine Erwähnung fand).

Für die Festivität sei reichliche Verköstigung geplant. An dieser Stelle wurde die Stimme des Direktors lebhafter, und er reckte das Kinn. Das Haus würde hier alles bieten, was es zu bieten habe. 100 Flaschen Champagner, jeweils 150 Flaschen französischen Rot- und deutschen Weißwein, 25 Rebhühner, ein Spanferkel, Kassler, Roastbeef und Fischterrine, Jakobsmuscheln, Austern und einige andere Spezialitäten aus dem Meer, Beilagen in Form von Kartoffelstampf, Kraut, Rösti, Süßkartoffeln und Gemüse sowie zahlreiche Nachtischspezialitäten: Schokoladensoufflé, Fruchtpunsch und Eissorten, eine Pückler- und verschiedene Sahnetorten. Es würde Kaffee gereicht werden, danach über 30 Käsesorten, Schnäpse, Likör und Armagnac.

Für einen Moment herrschte verträumte Stille. Es gab jetzt keinen Bediensteten im Raum, dem nicht das Wasser im Mund zusammenlief. Das schloss Vorgesetzte und Sicherheitsbeamte nicht aus.

Der Direktor machte eine andächtige Pause und erhob dann erneut die Stimme. Er betonte, was ein Malheur bei dieser Festivität für sie alle bedeuten würde. Sein Tonfall war jetzt kühl. Er appellierte an ihre Berufsehre und den Ruf des guten Hauses, für das sie alle das Glück hatten, arbeiten zu dürfen.

Was genau für ein Zwischenfall sich ereignen könnte, ließ der Direktor unerwähnt. Niemand hätte gewagt, sich darüber auszulassen.

Er hatte alles beobachtet und genau zugehört.

Alles würde so vonstatten gehen, wie er es in den Unterlagen des Generalsekretärs gelesen hatte. Er wusste, wo die Sicherheitsschleu-

sen sein würden und wie sie organisiert waren. Er wusste sogar, wie Fullers Unterschrift aussah.

Er würde jetzt seinen letzten Dienst regulär fortführen.

Berlin / Samstag, 5. Juni 1920 / 5 Uhr 45 abends

Mohrfels suchte Dalus in seiner Bleibe in Kreuzberg auf. Der Arzt öffnete ihm die Tür. Sein Blick war gehetzt, und nachdem er Mohrfels in die Wohnung gebeten hatte, machte er sich sofort daran, die Türschlösser hinter dem Kommissar mit klackendem Geräusch zu verriegeln.

«Wir brauchen Ihre Hilfe», zischte er, noch bevor sie den Wohnraum erreicht hatten. Die Wohnung war desolat. In der Ecke der Dachkammer lag eine Gestalt auf der Matratze, die Mohrfels als Edith Negt identifizierte. Dalus, dessen fleckiges Hemd aus dem Gürtel gerutscht war, stand unruhig hinter einem Stuhl am Küchentisch. Seine Augen glühten fiebrig, und Mohrfels entschied sich, Platz zu nehmen, um etwas Ruhe in das Gespräch zu bringen.

«Wir haben eine Adressliste erbeutet», begann Dalus.

Mohrfels hob die Augenbrauen.

Der Wortschwall, der nun folgte, war nur schwer nachzuvollziehen. Es ging um ein Netz von Verschwörern, ein diffuses Gewirr aus Hinweisen, Personen- und Vereinsnamen, und in dessen Zentrum der verstorbene Dr. Kerst und Dalus' Schwester – sowie der Verein Neues Deutschland.

«Alles dreht sich um Rossbach. Er wird in Berlin erwartet, und etwas wird geschehen», endete Dalus, der sich nicht gesetzt hatte, sondern die Tür im Auge zu behalten schien.

«Was genau soll das heißen, Dalus?», fragte Mohrfels eindringlich.

«Der 6. Juni», sagte Dalus.

«Das ist morgen. Was ist für den Wahltag geplant?»

«Ich kann Ihnen nicht sagen, was geschehen wird. Aber es wird passieren! Sie müssen mir glauben.»

Mohrfels blickte Dalus in die Augen.

«Hören Sie», sagte der junge Arzt, «es ist, als wäre die ganze Stadt verrückt geworden. Mir ist das alles egal. Das Einzige, was mich interessiert, ist, meine Schwester zu finden.»

Er entfaltete einen Fetzen Papier und legte ihn auf den Tisch.

«Das sind die Adressen, die diese Verbrecher benutzen. Ich weiß, dass meine Schwester an einem dieser Orte gefangen gehalten wird. Wir müssen sie um jeden Preis da rausholen! Wenn sie nicht schon …» Seine Stimme brach.

«Wann haben Sie zuletzt geschlafen?», wollte Mohrfels wissen.

«Was für eine Rolle soll das spielen?», gab Dalus zurück.

Mohrfels musterte ihn.

«Haben Sie in dem ganzen Schlamassel den Namen Grubinger gehört?», fragte er.

Dalus schüttelte den Kopf.

«Was ist mit Daria Laurenz?»

Wieder erntete Mohrfels Schweigen. Er seufzte.

«Ich werde Ihnen einen Trupp besorgen», sagte er schließlich. «Männer, denen ich vertraue. Die Adressen werden noch heute überprüft.»

Er würde die Leute aus der politischen Abteilung borgen müssen, trotz seiner Beurlaubung. Vielleicht brachte ihn dieser Umstand auch näher an sein Ziel, dachte Mohrfels. Oder an ihr gemeinsames.

Berlin / Samstag, 5. Juni 1920 / 7 Uhr 30 abends

Dalus faltete den Zettel auseinander und starrte darauf.

Zum hundertsten Mal las er die Zahl.

Es war eine 8.

Er hatte sie Edith und den Beamten gezeigt. Es war eindeutig.

Zwei kleine Kreise übereinander. Keine Ziffern, die fehlten oder wegradiert waren. Es war keine andere Interpretation möglich.

Er knüllte den Zettel zusammen und schaute die Straße hinab.

Sie hatten alle Adressen durchsucht. Dies war die letzte. Waldstraße 8.

Der Polizist hinter ihm räusperte sich und begann zu sprechen.

Die Durchsuchung sei abgeschlossen. In dem Haus gebe es keine Spuren eines Einbruchs oder einer Gefangennahme.

Er hörte auf zu sprechen. Dann räusperte er sich erneut.

In der Waldstraße gab es mindestens fünfzig Hütten. Ein Eingang glich dem anderen.

Der Mann entfernte sich, um zu seinen Leuten zurückzukehren. Sie würden ihm nicht helfen. Ihre Stimmen drangen zu Dalus herüber.

Dalus starrte die Hauseingänge entlang. Sie hatten den Stadtplan studiert. Die Waldstraße gab es nur einmal. Sie hatte fünfzig Nummern. Fünfzig ähnliche Waldhütten in der Waldstraße.

Was sollte er tun?

Die Sonne hing tief über dem anderen Ende der Allee, von wo aus sie die Baumwipfel in mildes Licht tauchte. Ein Goldton, der jede Sekunde stärker wurde, fast überwirklich. Die Luft hatte die Helligkeit und Farbe, wie sie an jedem Tag nur für ein paar Minuten zu sehen waren. Zwischen Tag und Dämmerung, wenn alle Farben ihr wirkliches Spektrum preisgaben. *Endlose Minute* hatte seine Schwester immer dazu gesagt. Ironisch, dass ihm das jetzt einfiel.

Als sie sich der Hütte Nummer acht genähert hatten, hatte er die Spitzenvorhänge an den Fenstern gesehen, die verriegelte Tür und den weiß lackierten Türrahmen. Alles hatte so normal und unverdächtig gewirkt und dabei gleichzeitig so fremd. Plötzlich hatte er wieder Angst, seine Schwester zu stören. Eine Art Skrupel oder auch Schamgefühl. Was, wenn sie nichts von ihm wissen wollte? Wenn sie keine Hilfe von ihm brauchte?

Dann hatte er Wut gespürt.

In den letzten Tagen hatte er die unmöglichsten Gefühle durchlaufen, stellte er verwundert fest, während er in die Sonne blinzelte. Kerst war tot, auch sein Patient Legner, wie er aus der Zeitung erfahren hatte. Er wusste selbst nicht warum, aber alles war in Bewegung geraten. Er wusste nicht, was ihn in der Klinik erwartete. Sein Leben schien nicht mehr das alte zu sein.

Er stopfte den Zettel in die Hosentasche und ging ein paar Schritte die Straße hinab. Die Sonnenstrahlen fielen wärmend auf sein Gesicht. Hinter sich hörte er Edith mit den Beamten sprechen, beschwichtigend, aber was sollte das jetzt noch ändern?

Sie würden in die Stadt zurückfahren.

Rossbach würde nach Berlin kommen und eine wie auch immer geartete Schweinerei anstellen. Und seine Schwester …?

Die Sonnenstrahlen erhellten jetzt die Einfahrten zu den Waldhütten. Millionen und Abermillionen von Blättern, die an ihren Ästen hafteten und im Wind spielten. Eine bestimmte Anzahl von Blättern, die sich ihm als endlose Masse aus Gold darstellte. Eine Romantisierung, denn für mehr reichte sein Gehirnapparat nicht aus. Tätigkeit des siebzehnten Areals auf dem Hirnatlas, dachte Dalus. Endlose Blätter in der endlosen Minute.

Da entdeckte er die kahlen Äste – und begann zu rennen.

O

Sie brachen die Tür zur Hütte mit der Nummer 3 auf und stürmten ins Wohnzimmer.

Ein kahler Baum mitten im Juni. Genau wie damals auf dem Hof. Er konnte es nicht fassen.

Sie suchten. Dann kamen die Rufe eines Beamten.

Die Frau war in einer Kammer angebunden. Sie sah nicht aus wie seine Schwester.

Sie war angebunden und hatte Haare wie eine Perücke. Hände auf dem Rücken. Die Fesseln hatten ins Fleisch geschnitten. Blut auf dem Boden.

Dalus drängte sich durch und spürte, wie seine Augen heiß wurden.

Ihr Gesicht schien aus Papier zu sein. Bläuliche Adern traten hervor. Zeichen von Dehydration. Ihre Augen gerändert und geschlossen. Die Halsfalten traten zu stark hervor.

Sie sah wie eine Leiche aus. Aber sie lebte. Sie musste leben.

Er rüttelte sie und suchte den Puls. Rief den Beamten etwas zu. Hielt ihren Kopf mit der Linken und suchte immer noch.

Ihr bleiches Gesicht.

Eines ihrer Lider begann zu zucken.

Dann fand er ihre Halsschlagader, ganz leicht.

Sie lebte.

Ein Polizist stellte sich vorsichtig in die Kammer und durchschnitt ihre Fesseln, sodass ihr leichter Körper mit einem Stöhnen voran in seine Arme fiel. Dalus befahl, man solle Wasser bringen, und legte die schmale Gestalt in eine stabile Lage, um zunächst ihre Arme zu begutachten. Entzündete Wundstellen und brutale Schnitte. Sie musste bis zur Erschöpfung an ihren Fesseln gezerrt haben.

Dalus tastete sie ab, fand aber keine Brüche. Der Raum stank nach Kot und Urin. Er vermutete, dass sie mehr als 24 Stunden in dieser Haltung verbracht hatte.

Das Wasser kam. Dalus führte den Becher an ihre eingefallenen Lippen. Nichts erinnerte ihn an seine vitale, an seine große Schwester. Und dennoch hatte er sie gefunden. Er hatte recht behalten. Und er hatte das Richtige getan.

Während des weiteren Dienstes hatte er Zeit, alles noch einmal in Ruhe durchzugehen.

Er war in der Saalschicht eingeteilt, wo bereits jetzt alles für die Gala vorbereitet wurde. Alles war voller Sicherheitsleute, die Hektik und Unruhe verbreiteten, während er dabei half, die Tische aufzubauen.

Er hatte sich den Gebäudeplan genau eingeprägt, mit den Zeichnungen der verschiedenen Sicherheitszonen. Wo würden Wachen postiert sein, wo Schutzmänner? Was machten die fünf Beamten von der Sicherheitspolizei? Sie waren der einzige Faktor, der eine Fähigkeit zur Improvisation erfordern würde, da sie keine feste Position hatten. Aber wie er die Leute kannte, würden auch sie sich eine Routine einrichten. Fuller saß bloß in seinem Büro und organisierte.

Die Architektur war einfach. Der Saal befand sich im ersten Stock und wurde von den Bediensteten aus der Küche über die Treppe betreten. Direkt daneben waren die WCs der Bediensteten. Von hier kam man durch eine kleine Halle und einen Flur zu den Sälen. Im Serviersaal funktionierte alles über drei große Speiseaufzüge, die unten in der Küche befüllt wurden. Über eine große Flügeltür kam man dann in den Saal III, in dem sie gerade dabei waren, zwölf kreisrunde Tafeln aufzubauen.

In der Küche hatte der Chef einen Plan aufgehängt, auf dem die Routen der Servierer eingetragen waren. Jeder Servierer würde einem festen Tisch zugeteilt werden. Darin hatte er zunächst ein Problem gesehen, bis er festgestellt hatte, dass die Servierer zusätzlich angehalten wurden, den Gästen auf Zuruf ihre Getränkewünsche zu servieren. So würde jeder Livrierte sich überall im Saal aufhalten können, ohne verdächtig zu wirken, solange er sich nur an die Routen hielt.

Im großen Saal würden Polizisten postiert sein. Fünf unscheinbare Kreuzchen auf dem Grundriss, in einem Saal von der Größe eines halben Fußballfeldes. Es würde kein Problem sein, nahe genug an die Zielperson zu kommen.

Auch die Waffe war vergleichsweise leicht gewesen. Sie würden kein Nitropenta einsetzen, stattdessen hatte er heute früh die neue Waffe ins Haus geschmuggelt. Er hatte das Messer aus dem Eis befreit, drei Minuten, bevor oben die Generalversammlung stattgefunden hatte. Alle waren bereits dort gewesen, während er die Waffe unter seiner Livree versteckt hatte und die Treppe zu den Bediensteten-WCs raufgegangen war. Mit einem Holzkeil aus der Küche hatte er die Tür verrammelt. Das Rohr unter dem Waschbecken abzuschrauben, war kein Problem gewesen, da er es bereits vorher gelockert hatte. Als er die Vorbereitung abgeschlossen hatte, hatte er sich die Hände gewaschen und in den Spiegel geblickt.

Berlin / Samstag, 5. Juni 1920 / 11 Uhr 27 nachts

Sie hatten Hedwig in ein Krankenhaus gebracht. Der diensthabende Arzt hatte eine Infusion gelegt und Dalus und Edith gebeten, im Warteraum Platz zu nehmen, während er den Vorhang vor dem Bett zuzog und mit Hilfe einer Krankenschwester zu arbeiten begann.

Nur wenige Minuten später war er zu ihnen in den Warteraum gekommen und hatte erklärt, die Patientin werde durchkommen. Sie habe keine inneren Verletzungen, auch ginge er davon aus, dass keine Organe geschädigt worden seien. Sie hätte Glück gehabt. Bis auf ein paar üble Hämatome, die wahrscheinlich auf Fremdeinwirkung zurückzuführen seien, und ihre furchtbaren Einschnitte an den Gelenken sei die Patientin wohlauf, wenn auch bis an die Grenze ihrer Existenz geschwächt. Man müsse hoffen, dass sie keine Sepsis entwickle. Die Patientin müsse jetzt schlafen und würde wieder zu Kräften kommen.

Edith hatte auf der Bank vor dem Patientensaal gesessen und wenig gesagt. Jetzt gab sie einen Laut der Erleichterung von sich, Tränen glitzerten in ihren Augen, während bei Dalus ein Gefühl der Leere eingesetzt hatte.

Sie sprachen dem Polizisten noch einmal ihren Dank aus und gaben an, dass sie sich morgen auf dem Revier melden würden, um noch einmal Aussagen zu machen. Dann besprachen Edith und er, dass es sinnvoll wäre, sich am nächsten Morgen hier im Krankenhaus zu treffen.

Sie trennten sich auf den steinernen Stufen des Hospitals. Edith schaute noch einmal zurück, aber Dalus spürte, dass es jetzt besser war, seiner Wege zu gehen. Die Sonne war schon vor einiger Zeit untergegangen, und die Sterne leuchteten über einer Stadt voller Lichter und Betriebsamkeit.

Dalus ließ sich treiben. Es war einer dieser Abende, an denen man mit jedem beliebigen Menschen hätte ein Gespräch anfangen können. Vor einer erleuchteten Kneipe lud ihn ein junger Mann, der seine Mütze immer wieder in die Stirn und wieder nach oben schob, zu Getränken ein. Er hatte ein Kind bekommen, konnte Dalus verstehen. Sein erstes, es sei etwas ganz Besonderes. Dalus klopfte dem Mann anerkennend auf die Schulter, gratulierte, während der sich schon auf den Nächsten stürzte, um die Kunde zu verbreiten. Dalus beobachtete noch eine Weile die geselligen Menschen und zog weiter, driftete über Brücken und Kanäle, am einen oder anderen Tanzfest vorbei, bis er schließlich am Ende einer finsteren Straße ankam, die eine Sackgasse bildete. Plötzlich wusste er nicht mehr, wo er sich befand.

Vor ihm lag dunkles Industriegebiet, hinter ihm waren die Lichter im Halbdunkel verschwunden. Irgendwo nördlich lag der Landwehrkanal, als er sich mit rauschendem Kopf hinsetzte und die Geräusche der Stadt an sich vorbeiziehen ließ. Entfernte Motoren und Fabrikgeräusche, Stimmen und Musik, die ganze nicht enden wollende Symphonie.

Schrammstein 1905

Eine Hand legte sich über seinen Mund und presste ihm die Luft ab.

«Tu es nicht!» Die Stimme seiner Schwester war schmerzlich dicht. «Er wird uns nichts tun», wisperte sie ihm von hinten ins Ohr. Ihre Stimme war kurz vor dem Überschlagen. Er konnte spüren, wie ihr Körper bebte. Er konnte spüren, dass auch sie Angst hatte, aber versuchte, ihn durch ihre Nähe zu beruhigen.

Der Mann stand nach wie vor wie ein Tier auf der Lichtung, die Hände schützend vor dem Körper. Auf seinem Gesicht lag Verwirrung. Marie wollte ihn beschwichtigen. Der Mann machte dem Jungen Angst. Er hätte nicht hier sein sollen. Nicht auf dieser Lichtung und nicht bei ihnen. Trotzdem machte er einen zaghaften Schritt auf sie zu. Plötzlich war Hoffnung auf seinem Gesicht. Er vertraute der Schwester. Ließ langsam die Hände sinken – als er erneut erstarrte.

«Keinen Schritt weiter!»

Der Doktor hatte geschrien. Der Junge wandte den Kopf und konnte seine Gestalt auf dem Hügelkamm erkennen. Er hatte etwas bei sich.

Der verwilderte Mann blieb für eine Sekunde starr, dann rannte er weg, als ein Waldhorn die Stille der Senke zerriss und dann verstummte.

In diesem Moment ertönte im Wald der erste Schuss.

«Nein», schrie Marie und rannte auf den Doktor zu. «Nein! Nein! Nein! Nein!»

Sie versuchte, ihm das Horn aus der Hand zu schlagen, was missglückte.

«Ins Haus!», brüllte Dr. Kerst mit sich überschlagender Stimme, während er Marie grob am Arm packte und auf den Jungen zukam.

Der Junge stand immer noch unbeweglich da, als irgendwo im Wald ein weiterer Schuss fiel.

«Ich sagte: ins Haus!»

Jetzt war der Doktor bei ihm und packte ihn mit einer Hand. Marie kreischte und schrie, während sie verzweifelt versuchte, sich aus dem stahlharten Griff des Erwachsenen zu befreien.

«Sie sind unschuldig!», schrie Marie. Ihr Gesicht war tränenüberströmt. «Sie werden sie umbringen! Das dürfen Sie nicht zulassen!»

Ihr Gesicht war kalkweiß geworden, und eine Ader an ihrem Hals pochte.

Kerst ließ den Jungen los und schlug Marie mit der Faust ins Gesicht. Sie verstummte. Blut rann aus ihrem Mund. Er packte sie, hob sie hoch und trug sie zum Haus. Sie versuchte, den Doktor zu treten und ihn in die Hand zu beißen. Ein kreischendes Bündel aus Haaren, Beinen und Armen. Als sie bemerkte, dass sie sich nicht wehren konnte, ging ihr Schreien in Wimmern über, wie es der Junge noch nie gehört hatte.

«Lassen Sie sie los!», rief der Junge und bemerkte, dass auch er weinte, als er hinter den beiden herlief. Er stürzte sich von hinten auf den Doktor, fiel nach vorn und schlang seine Arme um den Fuß des Mannes, der austrat und ihn am Kinn erwischte, sodass er liegen blieb. Er rappelte sich hoch und lief tränenblind hinter den beiden her, die die Hütte schon fast erreicht hatten.

«Sie dürfen das nicht geschehen lassen!», wimmerte die Schwester tränenüberströmt.

Als sie die Tür zur Hütte erreichten, ging ein erneutes Zucken durch sie hindurch, und noch einmal versuchte sie, Dr. Kerst mit aller Kraft zu treten. Ihre Beine schnellten hoch und trafen den Doktor zwischen den Beinen, sodass er zusammenklappte. Sie wand sich wie eine Furie und wäre fast aus seinem Klammergriff entkommen, als seine Rechte sich wie ein Schraubstock um ihren Hals schloss. Marie flog rückwärts über die Türschwelle. Ihr Hinterkopf schlug krachend gegen die Wand. Es knirschte, und sie blieb liegen.

Das Gesicht des Doktors war rot geworden. Speichel klebte an seiner Wange, und er atmete heftig.

Der Junge wusste nicht, was er tun sollte, stürzte sich dann auf den Doktor. Er brüllte etwas Unverständliches und versuchte nun seinerseits, ihn zu irgendetwas zu bewegen. Aber Kerst packte ihn wie ein Spielzeug und schubste ihn über die Schwelle. Die Tür schlug zu. Ein Schlüssel drehte sich, während es draußen erneut dumpf krachte.

Der Junge taumelte zur Schwester, die auf dem Boden lag. Ihr Körper hatte immer noch dieselbe Wärme, aber sie war schlaff wie eine Puppe.

«MARIE!», rief er wieder und wieder.

Sie rührte sich nicht.

Dann brüllte er so laut er konnte um Hilfe.

Aus ihrem Hinterkopf sickerte Blut. Seine Finger waren feucht. Er lief zur Hüttentür und brüllte erneut.

Draußen hörte man nur die entfernten Schüsse.

Der Junge taumelte zurück zur Schwester, fiel auf die Knie und schluchzte. Presste erneut ihre Hand. Sie musste aufwachen. Sie würde wissen, was zu tun war. Aber sie lag nur da und wurde immer blasser.

Irgendwie gelangte er in den Wohnraum. Fand einen Bettbezug und stopfte ihn unter ihren Schädel.

Sie lag wie tot.

Der Junge stand auf.

Draußen wurde es dunkel.

Er musste Hilfe holen.

Er musste ein Fenster einschlagen.

Seine Schwester brauchte jetzt seine Hilfe.

Berlin / Samstag, 5. Juni 1920 / Nachts

Er wusste nicht, wie lange er so im Finsteren gehockt hatte und ob er geträumt hatte. Manchmal war es ihm, als habe er entfernte Bilder aufsteigen sehen, wie am Rande einer großen Nacht. Er fühlte sich erschöpft, aber erleichtert.

Er starrte noch für eine Zeit ins Dunkel. Irgendwann entschied er, nach Hause zu gehen, peilte die Himmelsrichtung nach Kreuzberg an und machte sich auf den Weg.

Der Lkw, der in einer Seitenstraße parkte, hatte eine dunkle Farbe. Womöglich blau, wie Dalus feststellte. Aber es wurde jetzt endlich Zeit, sich nicht mehr verfolgt zu fühlen. Mit diesem Kapitel hatte er abgeschlossen, entschied er. Er würde sich einfach nicht mehr darum kümmern.

Er marschierte die gegenüberliegende Seite der Straße entlang, dicht neben dem warmen Park. Er wollte gerade die Straße überqueren, als er bemerkte, dass in seinem Fenster Licht brannte. Bestimmt hatte er es in der Hektik des Aufbruchs brennen lassen. Dennoch stieg er, wie um es sich selbst zu beweisen, ein Stück den Hügel hinauf und fand die doppelt mannshohe Eiche, von der aus er in sein Fenster hineinschauen konnte.

Dann sah er in dem gelben, von Sprossen geteilten Rechteck eine schmale Gestalt auftauchen.

Für einen Moment hatte er das Gefühl, sich selbst zu beobachten. Er trug wie immer ein Sakko und Hemd, ging durch seine Wohnung, vom Tisch zum Regal, wollte vielleicht einen Tee kochen. Dalus, der junge Arzt, in seiner winzigen Dachwohnung: ein absurdes Spiegelbild. Ein Trick, wie in einem Stummfilm. Camera obscura.

Tatsächlich hatte die Person jetzt genau die Position eingenommen, an der er selbst vom Fenster aus stets eine Gestalt im Park vermutet hatte. Unter dem Baum, still und wie ein Scherenschnitt zu ihm hinaufstarrend, bloß dass er es diesmal selbst war, der sich durch sein Fenster beobachtete. Sein anderes Ich in der Wohnung ging nun zurück zur Küchenzeile, wo er offenbar etwas zwischen den Teedosen beim Samowar zu suchen schien, als plötzlich auf der anderen Seite des Bildes, von der Tür, eine zweite Gestalt auftauchte.

Dalus hätte um ein Haar geschrien, war aber nicht imstande, sich zu bewegen.

Der Mann am Samowar stand mit dem Rücken zur Tür und war somit unfähig, die andere Gestalt zu sehen.

Dalus beobachtete schreckensgelähmt, wie der Eindringling einen länglichen Gegenstand aus dem Mantel holte und sich von hinten dem Suchenden näherte.

In dieser Sekunde fiel der Bann, Dalus begann zu schreien und mit den Armen zu fuchteln.

Die Gestalten in dem entfernten Bild hielten plötzlich inne.

Dalus winkte und schrie aus Leibeskräften, der Verzweiflung

nahe, als die schmale Gestalt am Samowar sich zum Fenster wandte und ein paar Schritte darauf zuging.

Dalus erstarrte, die Richtung war falsch! Er bot jetzt dem Angreifer erneut seinen Rücken. Hilflos musste er mit ansehen, wie die zweite Gestalt sich dem Fremden von hinten näherte und ihn außer Sicht riss.

Plötzlich sah Dalus nur noch die leere Bühne seines eigenen Zimmers, für einige endlose Sekunden – bis die Gestalt mit dem Mantel erneut am Fenster auftauchte und jetzt ihrerseits herausstarrte.

Dalus rannte los. Er erreichte die Kreuzbergstraße und brüllte, hielt einen Passanten an, er solle die Polizei holen.

Im Treppenhaus kam ihm Hans entgegen, mit dem Dalus schon die eine oder andere Nacht zechend im Hof gesessen hatte. Ohne viel Aufhebens schloss sich ihm Hans, der plötzlich einen alten Offizierssäbel hatte, an, und sie stürmten die Treppe hinauf.

Als sie Dalus' Etage erreichten, war die Tür aufgebrochen.

Auf dem Boden in der Mitte des Zimmers, in seinem eigenen Blut, fanden sie Leo Negt.

Aus einer klaffenden Bauchwunde pumpte es in rhythmischen Schüben. Seine blauen Augen waren aufgerissen, vom Schreck geweitet. Sein Körper zuckte.

Niemand war in der Wohnung. Dalus presste die Hand auf die Wunde, fühlte den Puls, aber er wusste, dass es zu spät war. Unter seiner Hand spürte er feuchte Bewegung. Eine solche Verletzung überlebte man nicht.

Wo war der Mörder? Der Dachaufgang war verriegelt. Er musste sich in einem Hauseingang versteckt haben. Dann erinnerte er sich an den dunklen Lkw auf der Straße.

Er ließ Hans und den Sterbenden in der Wohnung zurück und stürzte die Treppe hinunter. Nachbarn waren ins Treppenhaus getreten, und sein Hemd war voller Blut. Er erreichte den Ausgang und sprintete auf die Straße.

Der Lkw parkte noch immer in der Seitenstraße. Inzwischen

war die Straße in Aufruhr. Überall standen Menschen. Irgendwo hörte man eine Trillerpfeife.

Er erreichte den Lkw und riss die Beifahrertür auf. Niemand war in dem Wagen.

Sein Blick fiel auf einen geöffneten Ordner auf dem Beifahrersitz. Protokollzettel und Notizen. Er streckte die Hand aus und drehte das Papier in seine Richtung.

Für einen Moment verschwammen die Buchstaben zu wirren Girlanden, um dann wieder scharf zu werden.

J. D. D. unauffällig. In Bezug auf R. anscheinend ahnungslos. M. H. D. informieren und Beobachtung fortsetzen.

Sofort fielen ihm die Kürzel auf. M. H. D., das war seine Schwester. Die gleiche Art von Protokoll hatte er bereits in ihren Unterlagen gesehen. Er riss die Seite heraus.

Er hatte die ganze Zeit recht gehabt.

Seine schlimmsten Befürchtungen hatten sich bestätigt.

TEIL III

DIE TODGEWEIHTEN GRÜSSEN DICH

SIEBTER TAG – TAG DER REICHSTAGSWAHL

Der Tag war gekommen.

Ins Zimmer drang die kühle Morgenluft. Die Haare mit Pomade glatt ziehen und sich rasieren. Als er fertig war, Blick in den Spiegel. Livree mit gebügeltem Hemd und gewichsten Schuhen.

Aus dem Spiegel blickten ihm graue Augen entgegen. Ein glattes, kühles Gesicht. Keine Aufregung. Nichts.

Hatte er erwartet, dass es anders wäre?

Er konnte es nicht sagen.

Noch einmal überprüfte er den Sitz der Übungswaffe, die er zwischen Gürtel und Hosenbund gesteckt hatte. Er konnte stundenlang so herumlaufen – er hatte es ausprobiert. Die Waffe zu ziehen, dauerte aus dem Stand drei Sekunden. Nach einiger Übung nur noch eine.

Er würde am Abend seinen Befehl ausführen. Eine Flucht würde danach unmöglich sein. Er würde vielleicht ins Gefängnis müssen, aber der Preis war gering für die Ehre, die ihm zuteilwurde. Zumal ihr Netz auch bis dort hinein reichte und er Sonderbehandlung erhalten würde. Wenn ihn die Richter überhaupt für schuldfähig erklärten.

Er schaute noch einmal auf die Gestalt vor sich im Spiegel.

Natürlich hatte er innegehalten, als Zass ihm gesagt hatte, gegen wen es ging.

Das perfekte Ziel. Ein Jude und ein Liberaler. Ein Mann, der auf der ganzen Welt bekannt war. Der bald den Nobelpreis erhalten sollte. Jeder würde dieses Zeichen verstehen.

Er hatte sogar eine Fotografie von ihm in seinem Zimmer aufge-

hängt, um ihn sich besser einzuprägen. Die buschigen Augenbrauen, das melierte Haar, das abwärtsgerichtete Gesicht, die hängenden Wangen. Seine Hundeaugen, die immer abwesend schienen. Geliebt wurde dieser Mann. Für andere wäre das vielleicht ehrfurchtgebietend gewesen.

Aber wie er in den letzten Tagen festgestellt hatte: Ihn interessierten all diese Dinge nicht. Natürlich mochte er keine Liberalen und keine Juden. Aber vor seinem Messer waren alle gleich. Diesen Mann zu töten, würde nicht anders sein, als einen anderen Mann zu töten. Man musste nur darauf achten, dass die Waffe richtig steckte. Er würde nah genug herankommen und ihm die Kehle durchschneiden. Stich frontal in die Luftröhre, dann das Messer nach rechts ziehen. Im besten Fall beide Halsschlagadern durchtrennen. Das würde man nicht flicken können. Er würde verbluten.

Darum gab es heute kein Hochgefühl. Wie sonst auch nicht. Bloß kühle graue Augen im Spiegel. Er würde den Auftrag zufriedenstellend erledigen. Unter Rossbachs Augen. Für Rossbach hatte er auf die Schwarze Fahne geschworen. Er war seit der Schlacht vom Schrammstein eine Legende in der Bewegung. Für ihn zu sterben war ihm lieber als für irgendeinen Politiker. Denn sterben musste man sowieso. Es war einfach eine Frage der Loyalität.

Er prüfte den kalten Stahl an den Fingern und wandte sich ab.

Es würde einfach werden.

Er war bereit.

Jeden Moment bereit.

Berlin / Sonntag, 6. Juni 1920 / 8 Uhr 05 morgens

Ediths Stimme war weich und zärtlich. Etwas in ihrer Stimme machte auch ihn weich, aber dann erinnerte er sich, mit wem sie hinter dem Vorhang kicherte. Er fasste sich und zog den Sichtschutz zurück.

Edith hob den Kopf. Ihr Haar hinter dem rechten Ohr wollte sich nicht zurückdrängen lassen, und sie lächelte ihm zu. Licht fiel unter der Gardine hindurch bis auf die Matratze. Sie hielt die Hand seiner Schwester, und wenn er es nicht besser gewusst hätte, hätte er gesagt, sie sähe aus wie ein Backfisch, der mit seiner besten Freundin eine Verschwörung plant. Ein guter und heiler Morgen, für einen Moment. Ihre Augen leuchteten, bis sie Dalus' Gesichtsausdruck bemerkte und ihr Blick sich verhärtete.

Langsam richtete sie sich auf. Widerwillig, wütend, dass der Moment bereits vorbei sein sollte.

Sie löste ihre Hand aus der seiner Schwester und fasste nach ihrer Tasche. *Macht sich bereit*, dachte er. Es gab Dinge, mit denen er seine Schwester konfrontieren wollte. Aber dazwischen lag noch eine Tatsache. Er scheute sich davor, diese Nachricht zu überbringen.

«Was ist passiert?», fragte Edith rau.

«Es geht um deinen Bruder», antwortete Dalus.

«Bitte sag mir, dass es ihm gutgeht …»

Dalus blieb stehen.

Ihr Gesicht wurde faltig, dann kamen die Schluchzer und Krämpfe.

Dalus hatte verstanden, dass sie bereits Brüder im Krieg verloren hatte. Leo war der Letzte gewesen. Er wusste, dass sie nicht nur für sich selbst, sondern auch für ihren Vater weinen musste. Edith war Sozialistin. Aber ihre Überzeugung ging nicht so weit, ihre eigene Familie zu opfern. Sie hatte versucht, so etwas zu verhindern. Sie hatte es mit allem, was in ihrer Macht stand, versucht.

Edith schluchzte, hielt das Gesicht in der Hand, dann in beiden. Sie sackte auf ihrem Stuhl zusammen, kam dann auf die Füße und stolperte hinaus.

Dalus versuchte, sie aufzuhalten, aber sie stieß ihn von sich. Ihre Schritte eilten durch den Krankenraum, und die Tür fiel hinter ihr ins Schloss.

Dalus bemerkte, dass seine Schwester ihn ansah.

Er setzte sich auf den noch warmen Stuhl.

«Das ist furchtbar», sagte sie, und sie schwiegen.

«Du siehst schrecklich aus. Wie geht es dir?», fragte sie Dalus nach einer Zeit.

«Und dir?»

«Die Ärzte sagen, ich bin auf dem besten Weg. Die Schwester hat eine Stunde gebraucht, um meine Wunden zu reinigen.» Sie hob die Arme, die an den Handgelenken mit Mullbinden umwickelt waren. «Ich wollte dir für alles danken.»

Sie schaute ihn an. Sie trug eine Kopfbinde, hatte Prellungen und Schürfwunden an Stirn und Hals. Schürfwunden und schwere Fesselungsmale. Sie hatte Glück gehabt.

«Du hast mein Zeichen gesehen», sagte sie.

«Der kahle Baum. Unser Erkennungszeichen. Genau wie damals auf dem Hof», sagte Dalus. «Wie hast du …?»

«Jedes Mal, wenn sie mich zur Notdurft geführt haben …» Sie schwieg für einen Moment. «Ich habe Blätter von den Ästen gerissen. Jedes Mal, wenn ich draußen war.»

Sie lächelte schwach. Ihr Gesicht wirkte wieder lebhafter als gestern, als er sie gefunden hatte.

Hedwig drehte sich zur Seite und schloss die Augen. Für einen Moment dachte Dalus, sie würde zu weinen anfangen, aber sie schluckte, als wartete sie auf den richtigen Moment, um etwas zu sagen.

Dalus wusste, was jetzt kommen würde.

«Rossbach», begann sie.

Die Erlebnisse der letzten Stunden waren anstrengend gewesen. Leo Negt in seinem Blut. Der Fund der Beobachtungsprotokolle in dem Lkw. Er war seit Tagen auf den Beinen. Er war bloß ein Spielball gewesen. Plötzlich merkte Dalus, wie ein schwarzes Gefühl in ihm aufstieg.

Er öffnete den Mund, aber sie kam ihm zuvor.

«Ich bitte dich, hör mich an. Ich weiß nicht, wie lange ich wach bleiben kann.» Ihre Augen waren eindringlich.

«Ich will es nicht wissen», sagte er.

«Du verstehst nicht. Es ist eine globale –»

«Ja, ich weiß. Eine Verschwörung», sagte Dalus.

«Nicht nur gegen die Juden oder die Linken, sondern gegen uns alle!»

Seine Schwester starrte ihn mit funkelnden Augen an.

Er hatte das, was jetzt kommen würde, schon zu oft gehört. Das Unrecht. Die Faschisten. Die Arbeiter. Die Demokratie. Er kniff die Augen zusammen, um nicht in Lachen auszubrechen, vor lauter Abscheu, die er in diesem Moment empfand.

«Nur du kannst Rossbach identifizieren», setzte Hedwig, der das Sprechen jetzt schwerer fiel, erneut an. «Ich habe Jahre nach ihm gesucht.»

«Ist das der Grund, warum du deine Spitzel auf mich angesetzt hast?»

«Wovon redest du?»

«Glaubst du, ich weiß nicht, dass Leo Negt mich verfolgt hat?»

«Ich kann dir alles erklären. Es war nur zu deinem …»

«Du und deine politischen Aktionen waren auch der Grund, dass Dr. Kerst gestorben ist!»

«Dr. Kerst – er ist tot?»

«Ich hoffe, die Information war es wert», presste Dalus hervor und starrte ihr in die Augen. «Er hat dir den Plan der Faschisten in seinem Brief verraten. Darum hast du mir geschrieben und bist in die Stadt gekommen. Dafür musste er sterben.»

«Das wusste ich nicht.»

Ihre Stimme klang schwach.

«Warum hast du mich nicht gewarnt?» Plötzlich war die Wut da. «Du hast mir einen Brief geschrieben, mit diesem alten Foto.»

Er holte die Fotografie aus der Tasche und wedelte damit vor ihrem Gesicht.

«Kein Wort von einer Verschwörung. Nichts!»

«Du musst ein Trauma erlitten haben. Du solltest dich daran erinnern. An die Nacht im Gebirge, als du mich in der Hütte zurückgelassen hast. Deswegen das Foto. Ich wusste nicht, wie du reagieren würdest.»

«Und deswegen hast du Negt auf mich angesetzt? Anstatt mich vor den Mördern zu warnen, hast du mich im Dunkeln gelassen!»

«Du siehst das falsch, Johann!»

«Ich habe deine Protokolle gefunden!» Dalus schrie jetzt. «Du hast uns alle aufs Spiel gesetzt!»

«Du musst mir vertrauen, Johann, ich wollte dich nur schützen!» Ihre Stimme hatte jetzt etwas Flehendes: «Ich bitte dich, du musst mir zuhören …»

«Du hast dich geirrt!» Seine Stimme war plötzlich kühl. «Ich kann mich an nichts erinnern!»

Dalus erhob sich.

«Bitte, Johann!», beschwor ihn Hedwig, aber das Gesicht seiner Schwester war bereits wie in weiter Ferne. «Rossbach plant ein Attentat. Wir müssen um jeden Preis verhindern, dass er …»

«Um jeden Preis?» Er blickte auf sie herab und griff nach dem Vorhang.

«Ich kann dir nicht helfen, Schwester. Ich wüsste nicht, wie.»

Ihr Schreien klang panisch, als Dalus in Richtung Tür ging.

«Du weißt nicht, um wen es geht, Johann. Sie wollen ihn umbringen! Das Attentat. Es richtet sich …»

Dalus erreichte die Flügeltür am Ende des Krankensaales und ließ sie hinter sich zuklappen.

Berlin / Sonntag, 6. Juni 1920 / 8 Uhr 55 morgens

Mohrfels lag auf dem Hausdach im Sonnenschein, das Schnupftuch über den Kopf gebunden. Eine Pferdedecke lag unter ihm ausgebreitet, Stock und Taschenuhr daneben. Eine halbwegs angenehme Lage, wenn man sie einmal eingenommen hatte (und sie so bald nicht wieder aufgeben musste), wie er fand. Er hatte schon seit Jahren keine Dauerobservation mehr selbst durchgeführt, aber ihm war nichts Besseres eingefallen, als dahin zurückzukehren, wo die meisten der Stränge zusammenliefen. Er hatte es im Gefühl.

Er war auf die Spitze des Stülerbaus mit seiner hohen Kuppel geklettert, von wo er einen zugigen, aber weiten Blick über die Stadt hatte. Vor ihm breitete sich eine Häuserfront mit zwei Hinterhöfen aus. Der Tatort auf dem Industriegelände. Die Spuren zum Hotel. Die Männer auf Zimmer 49. Männer, die mit Rossbach, Dalus und Gott weiß wem in Verbindung standen – und Gott weiß was planten: Immer wieder kreuzten sich die Spuren bei dem Verein Neues Deutschland, dessen Hinterhof mit dem blauen Lkw er von seiner Position aus im Blick hatte.

Was hatte der junge Arzt über Rossbach gesagt? *Rossbach kommt nach Berlin. Am 6. Juni. Der Tag der Reichstagswahl.* Dieser Tag war heute.

Mohrfels griff nach dem Fernglas.

Der Hinterhof der Neudeutschen war ein staubiges Gelände mit einem Bretterzaun zur Straße. Das Ganze in unmittelbarer Nähe vom Schloss Charlottenburg – in kaisertreuer Lage sozusagen. Was Mohrfels jedoch zunehmend interessierte, waren die Nachbarn des Vereins auf dem nächsten Hof. Die Hundertschaft zur Besonderen Verwendung. Mohrfels erinnerte sich daran, wie die uniformierten Männer mit Hunden das Industriegelände durchkämmt hatten. Er hatte während seiner Dienstzeit schon so oft auf derartige Hilfe zurückgegriffen, dass es absurd schien, dass ihn der Suchtrupp gegen jeden Befehl hintergangen hatte.

Auf dem Kasernenhof herrschte Bewegung. Die Kompanie hatte Pferde, die hier gehalten wurden, Uniformierte liefen umher, und man veranstaltete Exerzierübungen. In Ermangelung einer Veränderung bei den Neudeutschen beobachtete Mohrfels das rege Treiben.

Gerade sah er einen Uniformierten aus einer der Türen kommen und sich eine Zigarette anstecken. Die Person war ihm inzwischen bekannt. Er behielt den Mann durch den Feldstecher im Blick. Er ließ ein paar Rauchwolken aufsteigen, machte ein verkniffenes Gesicht und ging dann zu einem Kellereingang auf der Nordseite des Hofes in Richtung des ersten Hinterhofs. Es handelte sich um denselben schlaksigen Kerl, einen Gefreiten, den Mohrfels schon gestern beobachtet hatte. Augenscheinlich gelangweilt, machte er sich an einer Kellertür zu schaffen, verschwand in dem weiter links gelegenen Gebäudeflügel, der die Kaserne vom Hof der Neudeutschen trennte, um einige Sekunden später in genau diesem Hof wieder aufzutauchen – er musste den Keller durchquert haben. Er trabte über den Hof zur Hintertür des Vereins, wurde eingelassen und verschwand.

Mohrfels prüfte die Uhrzeit. Punkt neun Uhr.

Gestern um neun war derselbe Gefreite schon einmal aufgetaucht und hatte dieselbe Route gemacht. Ein abgestimmter Vorgang, wie es Mohrfels schien. Eine interessante Routine für einen Verein, der sich laut Vereinsregister mit Stammtischen und Boxen beschäftigte.

Einige Minuten später tauchte der Soldat wieder auf und machte sich auf den Rückweg. Als er wieder über den Hof ging, bekam Mohrfels die Uniform des Knaben ein wenig besser in den Blick, aber das Namensschild war auf die Distanz nicht zu erkennen. Der Kerl nahm dieselbe Route für seinen Rückweg und war verschwunden.

Mohrfels stellte das Fernglas zur Seite und begann ein Ei zu pellen, das er aus seiner Sakkotasche gefischt hatte. Die Männer waren gefährlich, so viel stand fest. Er musste an die Vorhersage von Dalus bezüglich Rossbachs Ankunft denken. Obwohl er nichts von dunklen Prophezeiungen hielt, spürte er, dass ihm die Sache nicht gefiel.

Aber es war wie beim Fischen. Er musste nur warten.

Kein Arbeitstag wie jeder andere.

Die Inspektoren machten ihren Dienst. Leibesvisitation an dreißig Männern und zwölf Frauen. Auf dem Kachelboden, direkt vor den Umkleiden an der Treppe. Kolossales Gedränge.

Der Küchenchef stand die ganze Zeit und fluchte, während die Staatsbeamten Zigaretten rauchten und ihre Arbeit machten. Jeder Angestellte wurde vom Scheitel bis zur Sohle abgeklopft. Fleischige Hände gingen unter Kopfhauben, Strumpfbänder und Mieder.

Das Ganze sollte mit Tempo erfolgen. Alle hier hatten ein Pensum. Der oberste Staatspolizist ließ es sich nicht nehmen, die ganze Zeit über Sicherheit zu dozieren. Gewichtiger Typ, der mit einer Pfeife herumhantierte und sich selbst gern reden hörte. Hatte aber die Augen überall, war also insofern kein Idiot wie die Bohnenstange. Schien gedient zu haben, immerhin. Stand auch genau daneben, als man ihn abtastete. Gaffte ihn von der Seite an.

«Wie heißt dieser?», fragte der Leutnant.

«Oppel», sagte der Küchenchef und kam hinzu. «'n Neuer, mit Empfehlungen.»

Jetzt schauten beide. Fuller war ein Stück zurückgetreten, wie um ihn in Gänze in Augenschein zu nehmen.

«Warum war der noch nicht auf der Liste?», fragte Fuller.

«Wir hatten einen Ausfall wegen Krankheit.»

«Wo sind die Empfehlungsschreiben?»

«Liegen in der Direktion», erwiderte der Küchenchef.

«Dieser ist wohl ein ganz Schneidiger», sagte der Leutnant an ihn gerichtet. Wenn er die Schreiben durchlas, wäre es für einen Mann seines Formats möglich, dass er die Gesinnung der Unterzeichnenden erkannte.

Aber Fuller ließ es dabei bewenden und ließ ihn durchrücken. Er verzog keine Miene und passierte die Absperrung.

Über die Treppe ging's rauf in den Servierraum. Hier oben arbeitsame Stimmung. Keiner sprach. Sicherheitszone 3. Nur für verlesenes Personal. Er ging in den Serviersaal, schnappte sich ein Tablett mit Besteck und ging durch die Flügeltür in den Saal.

Zwölf runde Tafeln mit geplättetem Leinen. Die Bühne, auf der rechten Seite in einiger Höhe die Galerie, darüber der Kronleuchter. Bisher sah der Raum noch recht unfestlich aus. In der Ecke Handwerker, die Blumen aufstellten und über der Bühne ein rotes Spruchband aufhängten. Was man so festlich nannte.

Hier würden in wenigen Stunden die Gäste Platz nehmen. Er begann, an einem Tisch das Besteck einzudecken. Lehnte sich über das weiße Tischtuch. So nah würde er Einstein sein. Würde ihn mit dem Arm berühren können. Ganz in seiner Nähe, wenn nach der Consommé ein weiteres Getränk serviert würde. Er würde bei ihm stehen und ihm eine Entschuldigung ins Ohr murmeln, bevor er sein Glas füllte.

Nachdem er den Tisch eingedeckt hatte, ging er zurück in den Servierraum.

Die Waffe lag sicher und wartete auf ihn. Einzig den genauen Sitzplan hatte man ihm noch zukommen lassen wollen. Das wäre hilfreich gewesen. Aber auch das war jetzt Nebensache.

Alles war vorbereitet.

Er musste nur warten.

Berlin / Sonntag, 6. Juni 1920 / 10 Uhr 01 mittags

Dalus verließ eilig das Krankenhaus und entfernte sich in gerader Linie über den Vorplatz. Es war Vormittag. Die Straßen lagen augenscheinlich ruhig, die Sonne stand hinter einer Dunstschicht.

Er erreichte das Spreeufer, ging am gusseisernen Geländer entlang von der Friedrichstraße Richtung Tierpark und spürte, dass er dringend aus der Stadt musste.

Alle Figuren in diesem Spiel hatten nur ihren eigenen Vorteil im Sinn gehabt. Edith und der Dadaist mit ihren politischen Machenschaften. Mohrfels, der nur seinen Fall lösen wollte. Und allen voran seine Schwester. Jeder hatte den eigenen Interessen gedient. Dalus bemerkte, wie ihn dieser Gedanke ermüdete.

Einige Fußgänger kamen ihm entgegen. Auf einer Bank saß ein alter Mann und blickte die Balustrade hinab über das Grau der Wellen. Ein junges Paar ließ sich von einem Fotografen mit Kamera und Dreibein ablichten.

Dalus ging zum Geländer und holte das Kinderfoto seiner Schwester aus der Tasche. Er starrte für einige Zeit auf das Bild mit der Expedition an den Totenkopffelsen. Kerst und die anderen begeisterten Männer, daneben er. Er zerriss es glatt in zwei Hälften, dann in vier. Die Teile wurden von einer Böe erfasst und flatterten für einige Sekunden über den Wellen, bevor sie auf dem Wasser landeten und untergingen.

Jetzt wurde es Zeit, sich in eine andere Richtung zu orientieren.

Er verließ die sandige Promenade und bestieg einen Doppeldeckerbus am Platz der Republik. Er setzte sich ans geöffnete Fenster. Während der Fahrt blies ihm der Wind entgegen, und die aufragenden Miethäuser wurde seltener; mehr und mehr Himmel war zu sehen.

Er fuhr bis zur letzten Station in Spandau, stieg aus und ging weiter in Richtung Westen, wo die Felder anfingen. An einem

Kiosk kaufte er von einem alten Mann einen Krapfen und gab ihm gutes Trinkgeld. Dann blieben auch die letzten Ortschaften hinter ihm zurück.

Die Sonne strahlte jetzt ungehindert auf die Landschaft, und Dalus bemerkte, wie er sich entspannte. Hier gab es niemanden, vor dem er sich in Acht nehmen musste. Die Sonne schien näher gekommen zu sein und hing unbewegt über den Ginsterbüschen, wo die Luft flimmerte. Buchen, Korn und Feldwege, so weit das Auge reichte, darüber Stille. Und Blau. Es war früher Nachmittag. Die Hitze würde noch weiter zunehmen, aber Dalus kümmerte es nicht.

Er hatte das Sakko über die Schulter gehängt und krempelte die Ärmel seines Hemdes hoch. Hin und wieder spürte er eine Schweißperle, die von seiner Stirn glitt.

An einer Quelle machte er halt und trank. Schaute sich um, um sich zu orientieren.

Die Straße Richtung Ketzin führte am See entlang. Sein Nacken war noch immer geschwollen. Er ließ seine Finger über die Stelle gleiten und ging weiter am Schilf entlang. Er fühlte sich fiebrig, aber das konnte von der Sonne kommen. Seit seinem Krankenhausaufenthalt waren vielleicht zwei Tage vergangen. Er konnte sich nicht erinnern, ob er seither geschlafen hatte. Er war seit Tagen nicht mehr bei der Arbeit gewesen, die ihm so weit entfernt schien, dass es ihm inzwischen egal war.

Jeder Schritt brachte ihn weiter in Richtung Wasser, das in der Sonne glänzte. Über dem aufragenden Röhricht waren Drosseln zu sehen. Dalus erreichte den Uferweg und begann, den See zu umwandern. Die Sonne stand jetzt im Westen und strahlte seidig über das matte Grün der Gräser und auf seinen Nacken.

Als er die Auffahrt zum Seehaus erreichte, war kein Mensch in Sicht.

Dalus ging an dem kleinen Holzhaus vorbei zum Wasser.

Von irgendwo hörte man das Geräusch spielender Kinder bei den Nachbarn.

Unten am Steg sah Dalus eine bekannte Gestalt, die damit beschäftigt zu sein schien, etwas in vorgebeugter Haltung am Boot zu verrichten.

Er näherte sich dem Mann, der grüßend die Hand hob.

Dalus setzte sich auf die Bank, auf der er häufig mit Kerst gesessen hatte, und bemerkte, wie erschöpft er war. Wind wehte nach wie vor warme Seeluft über das Ufer und in Dalus' Gesicht. Die Gestalt erledigte noch ein paar Handgriffe, hob dann eine Netzstange über die Schulter und kam mit einem Werkzeugkasten in der anderen Hand auf ihn zu.

«Wie schön, Sie zu sehen, Herr Dr. Dalus!»

Dalus sah, dass der Mann eine Fischerhose und einen Anglerhut trug, darunter einen ausgeschnittenen Badeanzug, unter dem die grauen Brusthaare hervorlugten. Es handelte sich um Jost, den Gärtner des Anwesens, den Dalus von früheren Besuchen kannte.

Dalus grüßte zurück.

«Ich freue mich, dass Sie zu uns gekommen sind, so weit nach draußen. Kann ich Ihnen etwas anbieten? Einen Tee vielleicht?»

Dalus lehnte ab. Der Mann stellte das lange Fangnetz an einen Baum und schaute aufs Wasser.

«Ich und meine Frau, wir hatten keinen Besuch mehr seit, nun, seit dem tragischen Vorfall. Man kann kaum darüber reden, ohne den Mut zu verlieren.»

Jost schob seinen Hut in die Stirn und kratzte sich verlegen im Nacken. Dalus sprach ihm sein Beileid aus und sagte einige bedauernde Worte.

«War ein guter Herr, der Doktor. Hat sich immer um uns gekümmert. Zehn Jahre haben wir für ihn gearbeitet. Es ist in einer Weise beschämend, aber er hat uns alles hier vermacht, in seinem Testament. Wir haben zuerst gedacht, dass wir es nicht annehmen könnten, wissen Sie? Es ist nur, dass er ja niemand anderen hatte. Hier ist alles noch beim Alten geblieben, wie Sie es sehen. Ich würde Ihnen gerne die neuen Fischreusen zeigen. Aber Sie sehen nicht gut aus, Herr Dr. Dalus. Lassen Sie mich zuerst einen Tee bringen und etwas zu essen. Bleiben Sie sitzen, ich bitte Sie. Ich bin gleich wieder da.»

Dalus wollte widersprechen, aber der Mann hatte sich schon entfernt.

Er verfolgte für einen Moment ein paar Vögel über dem Wasser und genoss die Ruhe.

Schrammstein 1905

Der Junge rannte.

Um ihn war es dunkel.

Er musste Hilfe holen.

Er war ganz allein.

Er lief ziellos durch den Wald und rief.

Er wusste nicht, wo er war, und er würde niemanden finden. Hatte die Orientierung verloren. Wusste nicht, wohin. Er spürte Tränen. Um ihn war alles dunkel.

Er musste laufen. Der Junge lief, so schnell es ging.

Er stolperte, dabei blieb ein Fuß hängen. Er stürzte und fiel der Länge nach hin. Schlug hart auf Gesicht und Bauch. Es verschlug ihm den Atem. Er konnte nichts mehr erkennen, blinzelte, keuchte, schniefte und rang nach Luft.

Es war sinnlos. Er wusste nicht, wohin. Sie würde sterben. Er wusste, er würde sie nicht retten können.

Von irgendwo drangen Geräusche an sein Ohr. Er rappelte sich hoch. Rannte in diese Richtung. Rannte zurück.

Noch einmal hörte er es krachen.

Vielleicht waren dort die Erwachsenen.

Sie konnten ihm helfen. Ihm und seiner Schwester.

Blut und Dreck auf der Zunge. Salz und Metall. Sein Gesicht brannte.

Von irgendwo kamen Geräusche. Er war sich jetzt ganz sicher. Es wurde noch immer geschossen. Er folgte den Geräuschen.

Er erreichte eine Felswand. Es war inzwischen fast pechschwarz. Von irgendwo kam ein Schimmer. Licht, das aus einer Höhle drang. Er lief direkt darauf zu, in die Höhle hinein.

Endlich sah er eine Gestalt. Sie stand seitlich im Fackelschein. Trug eine Uniform, die der Junge kannte, blondes Haar unter der Offiziersmütze. Es war Rossbach. Er blickte nachdenklich zu Boden. Der Junge blieb im Schatten stehen, brachte keinen Ton heraus. Der Mann wirkte hilflos und wie gebrochen.

Dann hob Rossbach den Kopf. Es war, als würde er Haltung annehmen. Der Junge sah, wie sich sein Körper straffte und er den Blick auf etwas heftete, das der Junge nicht sehen konnte.

Der Junge trat einen Schritt vor in den Fackelschein.

Als Rossbach ihn bemerkte, zeigte sich auf seinem Gesicht ein Ausdruck grenzenlosen Erstaunens. Er öffnete den Mund, um etwas zu sagen, als ein Loch auf seiner Stirn entstand und ein roter Sprühregen aufflog.

Die Augen des Mannes öffneten sich ungläubig. Er streckte die Hand nach dem Jungen aus. Dann brachen seine Knie, und er fiel zu Boden.

Der Junge bemerkte etwas Warmes auf seinem Gesicht und auf seiner Hand.

Er hob den Arm und sah rote Tropfen auf seinen Händen.

Dann erst sah er den anderen Mann in der Höhle stehen, der ebenfalls ins Licht getreten war.

Es war sein Vater.

Er hatte die Schmeisser in der Hand.

Sein Gesicht sah ernst und maskenhaft aus. Langsam ließ er die Waffe sinken, als er plötzlich den Sohn sah.

Für einen Moment zeigte sich Betroffenheit auf seinem Gesicht. Kurz schien sich der Fackelschein in den Augen des Vaters zu spiegeln. Er stand für eine lange Sekunde so, dann schob er die Waffe zurück in den Holster und ging.

Der Junge blickte zu Boden. Rossbach lag in grotesker Haltung und rührte sich nicht. Der Junge taumelte zurück, aus der Höhle.

Von irgendwo kam Dr. Kerst. Seine Stimme kam wie aus weiter Ferne. *Verräter des Deutschen Vaterlands. Kaiserlose. Gerechte Bestrafung.* Der Junge wusste nicht, was er sagen sollte.

Sie kamen an eine Lichtung, wo im Fackelschein weitere Leichen aufgereiht lagen, darunter auch der verwahrloste Mann von der Lichtung und die Leichen von Kindern.

Dr. Kerst sprach in einem fort. Es sei ein historischer Tag gewesen. Der Verband der Alldeutschen. Der erste Einsatz. Bolschewiken auf deutschem Boden. Rossbach würde ein Held werden. Es sei gut, dass er diese Lektion jetzt lerne. Sie wären unwert gewesen. Er solle nicht weinen. Er sei jetzt ein Mann.

Er spürte Kersts Hand auf seinem Arm.

Da erst erinnerte sich der Junge an seine verletzte Schwester und begann zu schreien.

Berliner Umland / Sonntag, 6. Juni 1920 / 2 Uhr 59 nachmittags

Als Dalus erwachte, sah er den Himmel. Aber etwas stimmte nicht, da er nicht an derselben Stelle blieb, sondern hin- und herschaukelte.

«Sie haben geträumt.»

Dalus hörte zuerst die Stimme, bevor er das Gesicht des alten Mannes über sich auftauchen sah.

Er lag in der Waagerechten. Um ihn herum gluckste und gluckerte es. Wasser schwappte an eine harte Wand. In klaren Abständen kam Knarren.

Man hatte Dalus in ein Laken geschlagen wie ein Kind. Dennoch war ihm am ganzen Leibe klamm. Etwas Nasses lag auf seiner Stirn.

«Wo bin ich?», fragte Dalus und versuchte sich aufzurichten.

Jost über ihm drückte ihn beschwichtigend und mit leichter Geste an der Schulter herab, zurück auf den Bootsboden. Er saß in dem Kahn, in dem Dalus lag, hinter ihm, sodass sein Gesicht mit dem faltigen Kinn und dem Anglerhut wie ein knorriger, brauner Stamm von oben in seinem Gesichtsfeld auftauchte. «Sie waren weggetreten. Lange. Meine Frau sagt, Sie haben Fieber. So hoch, wie sie es noch nie erlebt hat. Und sie hat viel gesehen.» Er blickte nach vorn, zum Bug des Ruderbootes. «Wir fahren Sie über den See, zum Dorfarzt.»

Dalus wollte sich erneut aufsetzen, um über den Bug und die Reling zu sehen und festzustellen, in welche Richtung sich das Boot bewegte, bemerkte aber, dass ihm sein Körper kaum gehorchte.

«Ich habe mich an meine Kindheit erinnert», flüsterte er, wie zu sich.

«Wir haben versucht, Ihnen Suppe einzuflößen, aber Sie wollten nicht», sagte der Gärtner in fast strengem Ton. «Sie sind zusammengebrochen. Wir haben Sie ins Haus geschafft. Sie haben gerufen und hatten Fieberträume.»

«Ich habe mich erinnert», sagte Dalus. «Es war kein Traum. Die ganze Zeit nicht.»

«Ihre Halswunde hat zu nässen begonnen. Eine böse Entzündung», erwiderte der Alte.

Noch immer standen die Bilder aus der Höhle Dalus wie eingebrannt vor den Augen. Die Reise zum Schrammstein, der Sturz seiner Schwester, Rossbach – er hatte das alles völlig vergessen.

«Was soll ich jetzt tun?», fragte Dalus. Ihm fiel die Absurdität seiner Worte auf.

«Sie müssen zuerst einen Arzt sehen.»

«Ich bin Arzt», sagte Dalus schwach.

Er schaute für einige Zeit in den Himmel. Ein Habicht flog über ihnen. Blähte die Flügel geschickt, um an einer Stelle zu bleiben. Dalus fühlte Schwindel, obwohl er nicht versucht hatte, sich aufzurichten. Sein ganzer Körper schmerzte.

Er versuchte, einen klaren Gedanken zu fassen.

Berlin / Sonntag, 6. Juni 1920 / 4 Uhr nachmittags

Mohrfels war geduldig geblieben. Etwas hatte ihm gesagt, dass er warten musste. Aber allmählich begann er doch zu glauben, dass er auf der falschen Spur war.

Alles auf den Innenhöfen deutete auf sturen Alltag hin. Männer exerzierten und führten Übungen durch. Man wartete auf Ausrüstung, und der Kurier machte seine Gänge. Nichts deutete darauf hin, dass man etwas im Schilde führte.

Mohrfels kroch ein Stück weiter zum Dachrand und legte den Feldstecher an. Er brauchte etwas, das sein Gefühl bestätigte. Hier lag er mit schmerzenden Knochen und ließ seinen Anzug in der Sonne bleichen. Er hatte mehr als genug Zeit gehabt, sich das Konstrukt von allen Seiten durch den Kopf gehen zu lassen. Die Tat, das Opfer, den Tatort und die Verdächtigen. Er kam immer wieder zum selben Ergebnis. Es musste eine Verbindung geben! Wenn nicht, vergeudete er hier nur seine Zeit.

Er presste das Fernglas gegen seine Augen, als ob er dadurch würde besser sehen können. Etwas musste passieren. Er wusste nur noch nicht, was.

o

Der Wagen fuhr auf dem Spandauer Damm vor.

Eine schwarze Limousine. Mohrfels hätte auf Benz getippt, konnte aber lediglich das hochgestellte Heck des Fahrzeugs erkennen, das vorher die Allee unter ihm entlanggefahren war, um die Ecke fuhr und vor dem Büro der Neudeutschen hielt. Der Wagen war mit laufendem Motor stehen geblieben, und ein Bote war ausgestiegen, der sich eilig auf den Weg zum Vordereingang des Vereinshauses machte. Der Bote kehrte nach wenigen Minuten wieder zum Wagen zurück. Das Fahrzeug hupte, machte eilig kehrt, bog wieder in die Allee ein und fuhr mit zunehmender Geschwindigkeit zurück in Richtung Süden, ohne dass Mohrfels einen der Insassen hätte sehen können.

Er überlegte für einen Augenblick, was zu tun war, und griff dann nach der Taschenuhr, die er neben sich auf dem Sakko abgelegt hatte.

O

Zass drückte sich unter dem Rollladen hindurch, der hinter ihm wieder geschlossen wurde. Es gab keinen Zweifel. Mohrfels kannte das Gesicht aus der Akte, die sein Freund Winterberg ihm zugespielt hatte. Er trug einen Anzug, ein offenes Hemd, eine Melone – und schien es eilig zu haben. Mohrfels hatte entschieden, den Beobachtungsposten aufzugeben und das Dach zu verlassen. Er hatte anscheinend das Richtige getan.

Die scharfe Nase des jungen Mannes erschien im Profil, als er sich umsah. Mohrfels, der auf der anderen Seite der Straße stand und einen Hund streichelte, fühlte den Blick an sich vorbeiwandern. Vorsichtig hob er den Blick und heftete ihn auf den Rücken des Vereinsmanns, während er sich weiter dem Hund widmete. Noch einen Moment länger. Fast wäre er bereits losgegangen, als er den anderen Kerl bemerkte. Ein schlaksiger Bursche mit kariertem Sportsakko und Schiebermütze, der jetzt ebenfalls aus dem Vereinshaus aufbrach und Zass in einigem Abstand folgte – um ihn vor Verfolgern zu schützen.

Mohrfels wünschte sich in diesem Moment, Habig dabeizuhaben, der es lautlos fertiggebracht hätte, den zweiten Mann aus dem Verkehr zu räumen und seine Stelle einzunehmen. Keine schlechte Idee, wenn er länger darüber nachdachte. Aber heute musste er sich etwas anderes einfallen lassen, um nah genug an Zass heranzukommen. Ohne mit einer Kugel im Rücken auf dem Straßenboden zu enden.

Die beiden Männer bewegten sich konstant im Sicherheitsabstand. Ein Straßenballett, das sie nicht zum ersten Mal aufführten.

Zass hatte beim Blick in ein Schaufenster an seiner Weste herumgespielt, als vermisse er dort eine Uhr oder einen anderen Gegenstand, lief dann aber mit weitausholenden Schritten weiter die Kaiserin-Augusta-Allee entlang und machte mit seinem breiten Gang den Eindruck, jedes Hindernis einfach über den Haufen laufen zu wollen. Er schob sich zielstrebig durch den Verkehr, vorbei an Zeitungsverkäufern und Spaziergängern in Sonntagskleidung, während der Dünne seinen Abstand hielt und gekonnt die Lücken zwischen den Fußgängern ausnutzte, um alles im Auge zu behalten. Mohrfels blieb auf der anderen Straßenseite und tat sein Bestes, um sich von dem Gespann nicht abhängen zu lassen, bis Zass plötzlich in einiger Entfernung vor einem Gemischtwarenladen stehen blieb und sich die Auslage anschaute. Mohrfels machte ein paar eilige Schritte voran, um die Sache im Blick behalten zu können, und stellte sich dann ein paar Meter weiter in einen Hauseingang, von dem aus er durch einen parkenden Wagen hindurch Zass direkt beobachten konnte, ohne aufzufallen. Er wusste nach wie vor nicht, was die Männer vorhatten, und konnte unmöglich riskieren, etwas zu verpassen. Der Dünne nahm jetzt Fahrt auf, überholte und war einige Sekunden darauf hinter einer Straßenbahn verschwunden. Jetzt verließ auch Zass seine Position wieder und war plötzlich ebenfalls wie vom Erdboden verschluckt. Mohrfels überquerte rasch die Straße, wobei ein Fahrradfahrer ihn streifte und nur durch ein Manöver eine Kollision verhindern konnte. Der Fahrer, ein rothäutiger Mann mit Glatze, begann laut zu fluchen, und Mohrfels, der sich ohne Deckung mitten auf offener Straße befand, wusste, dass wenn das eine Falle gewesen war, er soeben hineingetappt sein musste. Denn wenn jemand die Straße im Auge behalten hatte, um eventuelle Verfolger auszumachen, hatte die Aktion genügt, um die Aufmerksamkeit auf sich zu ziehen. Er eilte zur anderen Straßenseite und erreichte sie gerade noch, bevor eine klingelnde Straßenbahn vorbeifuhr.

Nach wie vor war keine der beiden Gestalten zu entdecken. Mohrfels entschied, dass sie in einem der Hauseingänge verschwunden sein mussten, wählte auf gut Glück einen der ersten Torbogen, die vom Trottoir abgingen, und hastete hindurch auf einen Hinterhof. Er eilte an einer Gruppe spielender Kinder vorbei, die er nach zwei Männern fragte und die mit dem Finger in verschiedene Richtungen zeigten, eilte weiter und stellte erleichtert fest, dass der Hof wie vermutet über einen Hinterausgang verfügte. Als er nach einer Biegung einen weiteren Torbogen durchschritt, kam er auf einer weniger befahrenen Straße heraus und versuchte sich zu orientieren, als er neben einer Litfaßsäule den karierten Rücken des zweiten Mannes aufleuchten sah, der sich soeben umgedreht zu haben schien und sich schon wieder im Eilschritt befand. Mohrfels sandte ein Stoßgebet gen Himmel und tat sein Möglichstes aufzuholen. Aber wo war Zass geblieben?

Er verfiel in Laufschritt und bemerkte seinen Atem rasseln, bevor die Straßenecke erreicht war. Man musste kein Genie sein, um die Situation einzuschätzen. Dass sich Zass inzwischen irgendwo in Mohrfels' Rücken befand, war recht wahrscheinlich. Er verfolgte den Mann weiter in Richtung Norden. Immer wieder versuchte Mohrfels, durch schnelle Schulterblicke einen Überblick zu bekommen, musste aber alles daransetzen, den zweiten Mann vor sich im Blick zu behalten, der behände wie ein Wiesel an den Fußgängern vorbeiglitt und schließlich eine weitere Straße überquerte. Atemlos konnte Mohrfels sehen, wie die Gestalt mit dem karierten Sakko den Eingang zu einem Sportgelände betrat und verschwand.

Mohrfels fasste sich an die Seite, um das Seitenstechen zu besänftigen, während er so gemäßigten Schrittes wie möglich die Straße überquerte und sich noch einmal umblickte. Hinter ihm war kein Verfolger zu sehen.

Er passierte das Tor und lief auf einem betonierten Weg auf die Hinterseite der Tribüne zu, die sich vor ihm erhob. Man musste eine Art viereckigen Tunnel durchqueren, um auf das Licht zu, zur Aschebahn, zu gelangen. Am Ende des heller werdenden Gangs wartete ein Mann mit Fähnchen der Deutschnationalen Volkspartei, die er an die Besucher verteilen wollte.

«Nehmen Sie eine Fahne! Heute am Wahltag!», rief er Mohrfels laut entgegen, der sich freute, als er den Gang hinter sich lassen konnte und wieder ins Tageslicht trat. «Wählen Sie Deutschnational. Sie haben noch zwei Stunden, um das Richtige zu tun», rief ihm der Mann hinterher.

Auf der Anlage herrschte die leutselige Atmosphäre aller Fußballspiele. Ein paar rufende Männer am Feldrand, Kindergeschrei in der Luft und das dumpfe Bolzen des Balls, der zwischen den ackernden und fluchenden Spielern in einiger Entfernung hin und her geschickt wurde. Mohrfels schloss sich einer Familie an, die nach ihm durch den Tunnel gekommen war, und konnte so mehr oder weniger unauffällig auf die Tribüne klettern, wo der Vater seine vier Kinder auf mittlerer Höhe in die Sitzreihen dirigierte und Mohrfels sich unweit von ihnen ebenfalls setzte. Ein Leierkastenmann spielte. Mohrfels fühlte sich plötzlich in einen völlig anderen Tag versetzt, an dem Sonntag war, ein laues Lüftchen wehte und an dem keiner Fliege etwas zuleide getan werden konnte. In diesem Moment entdeckte er den Dünnen am unteren rechten Rand der Tribüne, nahe der Feldumrandung, fünf Reihen vor ihm. Er hatte es sich weit außen in der vordersten Reihe bequem gemacht, wo er mit vorgestreckten Füßen und hinter dem Kopf verschränkten Händen das Spiel verfolgte. Mohrfels erhob sich und rutschte zum Ende der Reihe, sodass der Mann direkt unter ihm saß. Rechts von ihm führten die Treppenstufen hinunter zum Feldrand. Mohrfels blickte sich um, konnte aber bis auf die rufenden Spieler und ein paar Zuschauer nichts entdecken. Auch Zass war nirgendwo zu sehen.

Als sich Mohrfels wieder nach vorn wandte, hatte sich ein weiterer Mann neben den Karierten gesetzt, den Mohrfels schon einmal gesehen hatte. Die Männer saßen scheinbar ungerührt nebeneinander, aber Mohrfels war es unmöglich festzustellen, ob sie miteinander sprachen.

Der Leierkastenmann stimmte eine neue Melodie an, die einem langsamen Schlaflied ähnelte.

Die Männer saßen nach wie vor und beobachteten das Spiel. Plötzlich merkte Mohrfels, dass zwischen den beiden etwas vor sich ging. Er sah es an ihrer Körperhaltung. Etwas, das jeden Moment vorbei sein konnte, wenn einer der Männer die Tribüne verließ. Der Dünne würde aufstehen, in seinen Verschlag zurückkehren, und Mohrfels würde nie wissen, was zwischen den beiden Männern vorgefallen war.

Er musste näher heran.

Er löste die Pistole aus seinem Holster und ließ die Waffe zwischen seine Knie sinken, wo er sie entsicherte. Er schaute sich noch einmal um und erhob sich. Die Pistole schaukelte für einen Moment in seiner Rechten, neben dem Hosenbein, bis er sie in der rechten Sakkotasche verschwinden ließ, Finger fest um das Eisen. Mohrfels wusste, dass er die gesamte Tribüne im Rücken haben würde, wenn er die Treppe hinabging – auf die beiden zu. Die Töne der Orgel kamen wie von fern an sein Ohr. Eine sich ewig wiederholende Melodie. Was wäre, wenn heute sein letzter Tag im Polizeidienst wäre?

Mohrfels versuchte, sich das vorzustellen. Ein schöner Sommertag. Ein Tag zum Sterben. Er erreichte das Ende der Sitzreihe und setzte den Fuß auf die abwärtsführenden Stufen. Er machte einen Schritt abwärts, dann noch einen. Die Konturen der beiden Männer kamen näher. Ein paar Schritte weiter, auf der Balustrade, bemerkte Mohrfels einen Buchfink, der mit ruckhaften Bewegungen das Spiel zu beobachten schien. Ein Junge rannte vorbei, und der Vogel flog auf.

Mohrfels erreichte die Reihe hinter den beiden. Er hatte jetzt seine Fassung wiedererlangt. Während er auf die Männer zuging, löste er die Hand von seiner Pistole und hakte sie an die Weste. Er hatte sich entschieden, dass er die Waffe nicht brauchen würde. Auf den Knien des einen erkannte er eine Zeichnung. Große und kleine Kreise, die er schon irgendwo einmal gesehen hatte. Für einen Moment wurde sein Herz starr, als er realisierte, worum es sich handelte. Auf den Beinen des Mannes lag das Motiv.

Das Motiv für die Morde an Daria Laurenz, Legner und Dr. Kerst. Jetzt wusste er auch, wo er den Mann neben Zass schon einmal gesehen hatte. Es passte alles zusammen.

In diesem Moment wandte sich der Mann mit dem karierten Sakko um und grinste. Mohrfels sah eine Bewegung am Rand seines Blickfelds.

Dann hörte er den Schuss und ging zu Boden.

Die Musik hatte zu spielen begonnen, und die Gäste betraten den Saal. Beleibte Herren in Begleitung jüngerer Damen. Er stand in der ersten Reihe bei den Servierern und musterte die Prozession.

Und da kam er schon. Albert Einstein. Wanderte einen halben Meter an ihm vorbei, wie in Zeitlupe. Zu weiter Anzug, wie eine große Puppe. Schnurrbart, hängende Bäckchen, Hundeaugen über blasser Haut. Ein Blick, der immer unter die Saaldecke strebte, dazu der Zinken und ein ergrauender Lockenschopf. Wie aus dem Bilderbuch.

Diesen Mann kannte jedes Kind, dachte er. Dieses Genie. Allein kaum überlebensfähig. Sichtbar an der Art, wie er über den Teppich driftete. Orientierungslos, in der Welt bloß zu Gast. Als könnte niemand ihm etwas anhaben. Das würde sich ändern, dachte er. Aber er war nicht hier, um Einstein leiden zu sehen. Er wollte nur seinen Auftrag ausführen. Bloß sichergehen, dass das Messer richtig steckte und er den Abend nicht überlebte. Er musste nur nah genug dran sein. Hinter oder neben ihm, wie es sich für den Servierer gehört.

Morgen würde es in der Zeitung stehen. Alle würden es sofort verstehen. Das große Wahlereignis: Das «Genie» war tot. Der Mann, der behauptet hatte, dass alles gleich war. Endlich würde allen klarwerden, dass diese Republik zum Scheitern verurteilt war. Und dieses Land inzwischen zu schwach, sich selbst zu schützen.

Er hatte sich überlegt, ob er noch etwas dazu sagen sollte.

«Herzlichen Glückwunsch zum Geburtstag» oder «Gratulation von Rossbach».

Würde unter Umständen gut ankommen. Er hatte sich dann aber dagegen entschieden. Er wollte seine Arbeit nicht kompromittieren. Lieber einen guten Schnitt setzen. Einstein legen. Kühl, wie es sich gehörte.

Um Rossbach zu ehren, den er bisher im Saal noch nicht erblickt hatte.

Sie servierten. Er hatte bei der Tischverteilung Glück gehabt. Sein Tisch war direkt neben Einstein. Keine fünf Meter lief er an ihm vorbei. Konnte ihn beim Essen beobachten.

Es wurde langsam Zeit. Er sollte zur Tat schreiten.

Er hatte fleißig seine Runden gemacht, während die Stimmung im Saal angeheizt wurde. Die SPD schien sich eines Wahlsieges keineswegs sicher zu sein. Kein Wunder also, dass immer mehr Wein in den Saal getragen wurde. Die Luft war stickig geworden, und man konnte sehen, wie sich die Leute betranken, ihre Bewegungen ungenau wurden und die Stimmen zu laut.

Zu seinem Tisch musste er links um den Saal herum, da der Tisch außen am Fenster stand. Dabei passierte er in bequemem Abstand zwei Wachleute, die an den Balkontüren standen. Wenn er seinen Tisch erreichte, konnte er sich rechts halten, um die äußere Tischhälfte zu bedienen oder nach links zwischen den Tischen hindurchgehen, wenn er auf die innere Seite des Tisches gelangen wollte. Auf dieser linken Route war der Einstein-Tisch der nächste in Richtung Saalmitte.

Jedes Mal konnte er Einsteins Gesicht sehen, den gebeugten Hals und den schiefen Kragen. Er hatte sich eine getupfte Fliege umgebunden, die schräg hing, was allerdings keinen an seinem Tisch zu stören schien. Jetzt hatte er den Stuhl zurückgeschoben, saß mit vornehm übergeschlagenen Beinen und wippte zur Musik. Zwischen den Tischen im Saal war üppiger Platz eingeräumt worden. Wenn er zu Einsteins Tisch wanderte, war der nächste Wachmann, der unter seinem Tschako gähnte, mehr als fünfzehn Meter von ihm entfernt. Es würde kein Problem sein, seine Route zu verlassen, ein Glas Champagner in der Linken, und neben Einstein zu treten. Dazu schien er jetzt in der Stimmung. Er würde überrascht sein – und lächeln.

Er hatte sich die Zeit genommen, die anderen Gäste an Einsteins Tisch zu mustern, die vielleicht zu einer Reaktion fähig waren. Zunächst mal saßen links und rechts zwei Weiber, dann ein abgehalfterter General, der schon seit Stunden Wein orderte. Als Nächstes ein schlaksiger Schreiber, der nicht ernst zu nehmen war. Und ein Hochgewachsener, der sogar etwas wie Überblick zu haben schien. Dieser saß allerdings knappe vier Meter vom Ziel entfernt, an der gegenüberliegenden Seite des Tisches. Sie würden kein Hindernis darstellen.

Er hatte heute Morgen gesehen, wie die Beamten den Saal auseinandergenommen hatten. Sie hatten jeden Tisch und jeden Stuhl geprüft. Hatten die Fahrstuhlschächte abgeklopft und die Fenstersimse kontrolliert. In alle Lampenschirme gesehen und in jeden Blumenkasten geschaut. Es hatte etwas Lächerliches gehabt.

Die Speisefahrstühle waren die einzige Verbindung und liefen auf Hochtouren, aber auch in der Küche wimmelte es von Sicherheitsagenten, die den Chefkoch und seine Gehilfen zum Wahnsinn trieben, ihre Nase in jeden Topf steckten und selbst die Champagnerkisten durchsuchten, bevor sie die einzelnen Flaschen in den Fahrstuhl stellen ließen. Eine schöne Vorstellung, die sie ablieferten.

Aber sie hatten so vieles aus dem Blick gelassen. Einen ganzen Gebäudetrakt zu sichern war letztlich unmöglich.

Er betrat die gekachelte Diensttoilette, in der es nach Schweiß und Zigaretten roch. Hinter sich verriegelte er die Tür mit dem Holzkeil, den er in der Toilette gelassen hatte, befreite die Waffe aus dem Abflussrohr des Waschbeckens. Er überprüfte die zweischneidige Klinge und schob sie vorsichtig schräg hinter seinen Gürtel. Dann befestigte er das Rohr wieder an seinem Platz.

Er betrachtete sein Gesicht im Spiegel und stellte fest, dass seine Haare immer noch so glatt lagen wie am Morgen.

Er würde jetzt hineingehen.

Er würde Champagner holen und in den Saal gehen.

Er würde die linke Route nehmen.

Berlin / Sonntag, 6. Juni 1920 / 6 Uhr 11 abends

Das Pfeifen. Er hörte nichts anderes.

Ich werde nie wieder etwas hören können, dachte Mohrfels und schaute auf den verschwommenen Verkehr, der hinter der Scheibe vorbeizog. Vielleicht gab es Schlimmeres.

Habig war wie aus dem Nichts auf dem Sportfeld aufgetaucht und hatte die Waffe gezogen. Es war sein Schuss dicht neben Mohrfels gewesen, der sein Trommelfell zerfetzt und ihn in die Knie hatte gehen lassen. Gleichzeitig hatte Zass aus seinem Versteck in der Tribüne geschossen. Er hatte Mohrfels allerdings verfehlt, da er selbst von der Kugel ins Brustbein getroffen worden war.

Es hatte ein Handgemenge gegeben, bei dem der Mann, den Mohrfels schon einmal in eine Livree gekleidet in Grubingers Büro gesehen hatte, entkommen war. Zass' Helfer mit dem karierten Sportsakko hatten sie festnehmen können. Sie hatten einen Krankenwagen rufen lassen. Und sie hatten die Gebäudepläne, die zwischen den Männern hatten übergeben werden sollen, sichergestellt.

Habig hatte Mohrfels das Leben gerettet. Damit war seine Unschuld an dem Komplott allerdings nicht bewiesen.

Mohrfels hörte ein gedämpftes Geräusch und wandte den Kopf.

«Ich habe Ihnen gesagt, Sie werden Hilfe brauchen», hörte er Habig leise.

«Fahren Sie schneller!», sagte Mohrfels.

Er wusste, dass er kurz davor war, seinen Fall zu lösen. Davon würde man ihn nicht mehr abhalten. Die Frage war nur, ob er noch rechtzeitig kommen würde, um Schlimmeres zu verhindern.

«Wir müssen zur Centralen Staatspolizei. Sie müssen uns sagen, wo die Wahlgala der SPD stattfindet», sagte er.

«Hotel Esplanade», sagte Habig.

Mohrfels starrte ihn verdutzt an.

«Lesen Sie keine Zeitung?», fragte Habig.

«Fahren Sie mich dorthin», sagte Mohrfels grimmig. «Sie haben mir nachspioniert», schob er hinterher, ohne eine Pause zu lassen.

«Ich war der Meinung, Sie könnten Unterstützung brauchen. Habe bei den Neudeutschen patrouilliert. Plötzlich sind Sie mir mitten vors Auto gelaufen.»

«Was haben Sie mit Koglins Männern zu schaffen?»

Das Grinsen in Habigs Gesicht verschwand.

«Ich habe Sie mit diesem Schläger gesehen, Habig. Sinnlos, es zu leugnen.»

«Ein paar kleine Geschäfte», sagte Habig nach einem Moment bedrückt. «Habe ein paar Waffen an sie verschoben. Alter Armeebestand.»

Mohrfels schüttelte den Kopf, ließ es aber dabei bewenden. Er würde erst den Fall abschließen müssen.

Die Gebäudepläne waren die Verbindung gewesen, nach der Mohrfels die ganze Zeit gesucht hatte. Es war ein Saalplan gewesen. Die gleiche Zeichnung, die Mohrfels schon einmal in Grubingers Büro gesehen hatte. Das war während der Besprechung mit Leutnant Fuller, dem Agenten der Centralen Staatspolizei, gewesen, die Mohrfels mit seinem Verhör unterbrochen hatte. Die Zeichnung war mit den Worten *Wahl-Gala, 6. Juni*, gekennzeichnet gewesen, also heute. Der Tag, an dem Rossbach in Berlin erwartet wurde. Niemand anders als Grubingers Dienstbote hatte sie am Fußballfeld überbracht.

Für Mohrfels reimte sich die ganze Geschichte zu einem quälenden Bild zusammen.

Der Saalplan unterlag zweifellos der höchsten Sicherheitsstufe und belastete den Generalsekretär schwer. Die Gala war eine Versammlung aller ranghöchsten Regierungsvertreter. Zu diesen Zeiten eine gefährdete Gruppe. Grubinger hatte die Sicherheitsvorkehrungen an eine Gruppe rechtsgerichteter Attentäter weitergegeben. Seinetwegen war Daria Laurenz ermordet worden. Das war der Punkt, an dem die Kreise sich schlossen.

Der Saalplan war ein Motiv. Und er war noch viel Schlimmeres. Als sie vor dem Hotel hielten, vermutete Mohrfels eine Katastrophe.

Ein roter Teppich war ausgerollt worden. Es herrschte Bewegung.

«Ich werde Ihre Dienste heute nicht mehr brauchen», sagte Mohrfels zu Habig.

Habig schenkte ihm einen starren Blick, dann stieg Mohrfels aus dem Wagen.

Der Inhalt der Gläser auf seinem Tablett sprudelte golden. Er setzte ein Lächeln auf und verließ den Servierraum, durch die Schwingtür an den Sicherheitsleuten vorbei, in den Saal. Er spürte, wie seine polierten Schuhe über den Teppich glitten. Er lächelte den Wachmann neben der Balkontür an, wie er es schon vorher getan hatte, passierte die Tischreihen und erreichte seinen Serviertisch, vor dem er abbremste und links an dem Tisch vorbeischwenkte, wobei die Gläser auf seinem Tablett eine weiche Kurve beschrieben.

Schon sah er den Wissenschaftler im Profil, wie er sich geistesabwesend unter der Fliege juckte und zu einem Gähnen ansetzte.

Während er die letzten zehn Schritte hinter sich brachte, wanderte seine Rechte, die während des Servierens am Rücken zu liegen hatte, unter die Livree zur Waffe. Schon konnte er das Heft und darüber den kühlen Stahl an den Fingern fühlen. Seine Hand wanderte hinauf, und er schloss die Finger um den stumpfen Griff, sodass er das Messer bloß herausziehen musste.

Noch zwei Meter trennten ihn von dem Opfer, das gelangweilt über den Tisch schaute. Kein Hindernis in Sicht. Er würde das Tablett abstellen und hinter ihn treten.

Sein Herz beschleunigte sich, und er zwang sich auszuatmen. Wie er es schon oft getan hatte. Ein entspanntes Gefühl stellte sich ein. Eine Stille.

Noch drei Schritte. Schon hoben sich die Augen des Juden in seine Richtung, und er blickte ihn fragend an.

Berlin / Sonntag, 6. Juni 1920 / 6 Uhr 30 abends

«Das sind schwere Anschuldigungen!»

Mohrfels saß im Büro, das sich Staatsagent Fuller im Hotel hatte einrichten lassen. Hinter der Tür hörte man gedämpft die Geräusche der Veranstaltung. Mohrfels hatte beide Hände auf dem Spazierstock abgestellt und blickte den Leutnant an. Er hatte nicht vor, sich abweisen zu lassen.

«Wir müssen den Generalsekretär selbst befragen», sagte Mohrfels, ohne mit der Wimper zu zucken.

«Das wird nicht möglich sein», widersprach Fuller. «Er ist zu einer Veranstaltung des Deutschen Industrieverbands in Potsdam eingeladen. Ein Mann mit vielen Verpflichtungen.»

Mohrfels fluchte lautlos. Wenn er Grubinger richtig einschätzte, hätte er ihn bei einem Verhör knacken können. Seine Abwesenheit machte es nicht leichter.

«Sie müssen die Veranstaltung abbrechen», wiederholte Mohrfels, ohne den Blick von dem Mann zu wenden. «Die Sicherheit kann nicht garantiert werden!»

Fuller seufzte, aber in seinem Gesicht blieben die Augen hart.

«Grubinger ist Opfer einer Erpressung», wiederholte Mohrfels. «Er hat Kontakt zu regierungsfeindlichen Personen gehabt. Der Saalplan ist aus seinem Büro in die falschen Hände geraten. Diese Männer haben in den letzten Tagen mindestens drei Menschen umgebracht, um ihre Aktion zu decken. Sie verfügen über Waffen und Sprengstoff. Denken Sie an die Sicherheit der Personen im Saal – lassen Sie den Saal räumen!»

Er starrte in das Gesicht des Staatsmannes, hinter dessen Augen er keine Regung erkennen konnte.

«Ich kann für die Sicherheit im Saal garantieren», sagte Fuller ungerührt und führte die Pfeife zu sich an den Mund.

«Was ist, wenn Sie es nicht können?», fragte Mohrfels.

«Sie kommen hierher und erwarten, dass ich meinen Ruf für Sie riskiere. Aber Sie haben nichts als Vermutungen», sagte er.

«Sie müssen mir vertrauen», sagte Mohrfels beschwörend.

O

Die Veranstaltung war in vollem Gange.

Mohrfels stand neben einem gelangweilten Sicherheitsmann auf der Balustrade und blickte in den Saal hinab. Seine Hände hatten das Geländer gepackt, wie um einen Sturz zu verhindern.

Hier ist ein Rätsel, das du nicht lösen kannst.

Hundertzwanzig Gäste im Saal. Und nicht viel mehr als ein Dutzend Beamte.

Mohrfels zählte die politischen Persönlichkeiten. Ebert und sein komplettes Kabinett. Erzberger, Tucholsky, ein Dutzend andere. Jeder Zweite im Raum war prominent. Jeder hatte Feinde. Mohrfels spürte, wie ihm Galle hochstieg. Sollte es das gewesen sein?

Die Musik spielte eilig. Die Stimmung im Saal schien angespannt. Mohrfels hatte sich mit den Wahlprognosen wenig beschäftigt, aber er wusste, dass die SPD mit einem hohen Stimmverlust zu rechnen hatte. Dementsprechend wurde viel getrunken. Ständig kam livriertes Personal durch die Schwingtür am rechten Saalende zu den Tischen. An den gegenüberliegenden Fenstern zählte Mohrfels fünf Männer in Uniform. Auf den Fluren hatte er noch mal fünf gezählt. Das machte insgesamt zehn.

Der Saalplan aus Grubingers Büro mit der Sitzordnung war der letzte Beweis. Grubinger, für die Planung der Gala verantwortlich, war unter Druck gesetzt worden. Man hatte seine Schwachstelle gefunden, und er hatte die geheimen Unterlagen weitergegeben. Man war über Leichen gegangen, um die Aktion zu vertuschen. Eine Aktion, die hier stattfinden würde. Ein Attentat. Mindestens drei Menschen hatten für die Vorbereitungen sterben müssen.

Wenn die Verbrecher aus dem Verein Neues Deutschland Einblick in den Sitzplan gehabt hatten, war davon auszugehen, dass sie auch die anderen Sicherheitsvorkehrungen kannten. Der Anschlag konnte sowohl aus dem Publikum kommen wie auch von der Dienerschaft. Und jeder konnte das Ziel sein.

Das war es, woran sie die ganze Zeit gearbeitet hatten.

Alles ist politisch, hatte Edith Negt gesagt. Und sie hatte recht gehabt.

Er blickte wieder in das Gewimmel.

Was waren seine Möglichkeiten? Runter in den Saal. Die Sicherheitsleute auf Trab bringen. Mit Friedrich Ebert sprechen. Der würde mit ihm zu Fuller gehen.

Auf die Bühne, den Cha-Cha-Cha unterbrechen und eine Warnung ins Mikrophon sprechen. Das war vielleicht keine üble Idee. Aber ein Vabanquespiel. Wenn man ihm nicht glaubte, würde man ihn des Saales verweisen. Er hatte hier keine Zuständigkeit. Und sein Renommee hatte in den letzten Tagen gelitten.

Mohrfels' Zähne knirschten. Er konnte hierbleiben und seine Pistole benutzen. Er entdeckte den gelangweilten Albert Einstein, der mit übergeschlagenen Beinen an einem Tisch saß und mit dem Kopf wippte. Weiter hinten Tilla Durieux. Ein Schuss von hier aus war ein zu großes Risiko.

Die Tat war angekündigt worden. Ein Datum und ein Verantwortlicher. Rossbach. Jeder in der Stadt wusste davon. Rossbach kommt!

Er musste sich hier im Saal befinden, dachte Mohrfels. Plötzlich fiel es ihm wie Schuppen von den Augen: Rossbach war hier. Er würde den Anschlag selber durchführen. Oder dabei zusehen. Angeblich kannte niemand sein Gesicht.

Sein Blick flog zwischen einzelnen Personen hin und her. Bärtige Männer, Offiziersuniformen, Männer mit Frack und Zylinder. Mohrfels spuckte aus.

Zwölf runde Tafeln in einem Saal.

Hatte er etwas übersehen?

Das Nitropenta.

Eine Bombe.

Er musste in den Servierraum gehen und sie suchen.

Berlin / Sonntag, 6. Juni 1920 / 6 Uhr 31 abends

Der Pferdewagen wurde am Potsdamer Platz von Schutzmännern aufgehalten, und Dalus wälzte sich von der Pritsche. Vor dem Hotel Esplanade war ein roter Teppich verlegt. Ein Uniformierter hielt ihn an der Absperrung zurück.

«Kein Zutritt», sagte der Mann.

Schaulustige hatten sich eingefunden. Ein Journalist ließ sein Blitzlicht aufleuchten, und ein paar Frauen kicherten.

«Meine Name ist Dr. Dalus. Ich muss den Sicherheitsbeauftragten sprechen», sagte Dalus schwach. «Ich habe äußerst wichtige Informationen. Es wird ein Attentat geben.»

Der Mann mit dem Silberstern lächelte freudlos und hielt den Stock wie einen Schlagbaum.

«Wir wissen Ihre Mühe zu schätzen», sagte er.

«Hören Sie! Es geht um Leben und Tod. Ich muss zu der Veranstaltung!»

Eine Hand zog Dalus zurück.

«Kommen Sie, junger Herr.» Es war der Jost, der Gärtner, der Dalus in die Stadt gefahren hatte. «Wir wollen nicht, dass Sie in Schwierigkeiten kommen.»

«Kommissar Mohrfels!», schoss Dalus ins Blaue. Er wusste selbst nicht, wie er auf den Gedanken gekommen war. «Ich muss mit ihm sprechen. Ich weiß, dass er hier ist. Holen Sie ihn aus dem Haus. Hier ist seine Visitenkarte!»

Der Beamte runzelte die Stirn. Er blickte auf Dalus, dessen Körper so zitterte, dass er sich kaum auf den Beinen halten konnte. Dann gab er die Karte an einen Kollegen weiter.

Dalus lehnte sich an die Hauswand und wartete.

Als die große Gestalt aus dem Haus trat, wusste er nicht, wie viel Zeit vergangen war.

«Sie sehen furchtbar aus», sagte Mohrfels.

Dalus versuchte zu lächeln.

«Warum habe ich geahnt, dass Sie hier auftauchen würden?»

«Sie könnten Hilfe gebrauchen.»

«Lassen Sie den Mann durch!», befahl Mohrfels barsch.

«Es wird einen Anschlag geben», sagte Dalus, während er an Mohrfels' Seite ins Hotel schwankte.

«Zu dem Schluss bin ich auch gekommen», sagte Mohrfels.

«Einstein», erklärte Dalus, «sie wollen Einstein töten.»

Mohrfels machte eine überraschend flinke Bewegung in Richtung Treppe.

«Und da ist noch etwas», rief Dalus dem breiten Rücken hinterher, der schon an der Treppe war. «Ich kann Ihnen sagen, wer Rossbach ist. Er ist auf der Veranstaltung.»

Als Dalus den nächsten Schritt machte, hielt das Bein nicht stand. Er stürzte der Länge nach auf den weichen Teppich.

Die Frau mit dem tiefen Ausschnitt war wie aus dem Nichts aufgetaucht und hatte Einstein in ein Gespräch verwickelt. Er hatte abdrehen müssen.

Er hatte eine Runde gemacht und war die Gläser losgeworden. War konzentriert geblieben. Hatte wie beim Jagen ruhig ein- und ausgeatmet und seinen Herzschlag beruhigt. Gewartet, bis der Schub vorbei war.

Geduld. Den richtigen Moment vor sich sehen. Nichts konnte ihn aufhalten.

Die Frau mit dem tiefen Ausschnitt hatte sich noch eine Weile mit Einstein unterhalten und hatte sich immer weiter vorgebeugt. Püppchengesicht mit einer Menge Schminke. Das schien auch Einstein so zu sehen und beendete das Gespräch. Fischte die Uhr aus der Tasche, um nach der Zeit zu sehen.

Er marschierte zurück in der Servierraum und besorgte ein paar neue Gläser Champagner vom Tresen, die er auf sein Tablett stellte.

Jetzt war es so weit. Das Messer steckte nach wie vor sicher im Hosenbund, wo es hingehörte. Er brauchte es erst zu ziehen, wenn er direkt hinter ihm stand. Er machte sich auf den Weg entlang seiner Route, durch die Schwingtür in den Saal, außen an den Balkonfenstern vorbei, wich noch nickend einem Kollegen aus und ging dann in die Mitte, zwischen den Tischen vorbei.

Wieder kam der Jude in sein Blickfeld. Diesmal stand niemand im Weg.

So ein Glück hat man nicht zweimal.

Er setzte sein Livriertenlächeln auf.

Berlin / Sonntag, 6. Juni / 6 Uhr 41 abends

Mohrfels beeilte sich, die Treppen hinauf zum Veranstaltungsraum zu kommen. Er hatte eine Abkürzung genommen. Der purpurne Teppich schluckte seine Schritte. Als er das Stockwerk erreicht hatte, lag der verlassene Hotelgang seltsam still vor ihm. Um ein Haar hätte er den Mann übersehen, der an einem Beistelltisch neben einer Jugendstillampe saß. Die gebeugte Gestalt erhob sich, als Mohrfels sich näherte. Es war Winterberg. Wie zufällig hielt er eine Pistole in der Hand, hatte sie aber auf den Boden gerichtet.

«Hans», sagte Mohrfels.

«Du kannst da jetzt nicht reingehen», sagte Winterberg und lächelte traurig.

«Du wirst mich nicht aufhalten, Hans», sagte Mohrfels und ging weiter.

Winterberg hob die Pistole.

«Zwing mich nicht dazu», sagte er. «Setz dich.» Er machte eine kleine Bewegung mit der Waffe. «In unserem Alter sollte man nicht mehr so lange stehen müssen.»

Mohrfels ging weiter auf seinen Freund zu, als die Pistole ein kaum hörbares «Plopp» machte und er in die Knie brach. Blut tropfte aus seinem Oberschenkel. Mohrfels umklammerte sein rechtes Bein und humpelte zu dem Tischchen.

Winterberg wirkte zufrieden, prüfte noch einmal beide Richtungen des Gangs und setzte sich neben ihn.

«Was hättest du gewollt? Dass wir einen Faustkampf austragen?», fragte Winterberg.

Mit dem Rücken zur Wand saßen die beiden Männer im Hotelgang, zwischen ihnen eine rötlich schimmernde Lampe. Mohrfels spürte, wie sein Schenkel schmerzhaft pulsierte. Er holte das Schnupftuch aus seinem Anzug und presste es auf die Fleischwunde. Winterberg hatte noch immer die Waffe auf ihn gerichtet. Mohrfels würde auf den richtigen Moment warten müssen.

«Ich hatte mir gewünscht, dass es eine andere Lösung gibt», ächzte er.

«Du hast es herausgefunden?», fragte Winterberg.

«Im Archiv fehlte eine Akte, die ausgeliehen worden war. Ich habe überprüft, wer sie vorher gehabt hat. Sie wurde in unsere Abteilung geschickt. Das hat mich auf die Idee gebracht. Woher haben du und der Verein gewusst, dass Grubinger eine Beziehung zu seiner Nichte Daria Laurenz hatte?»

«Der Mann hat auf dem Doktortisch das Maul nicht zugekriegt. Hat die ganze Zeit geplappert, während Dr. Kerst ihn untersuchte. Kerst war ein guter Informant. Hat der Bewegung wertvolle Dienste geleistet – bis er selbst zum Schmutzfink wurde.»

«Du bist der elende Verräter, Hans!», knurrte Mohrfels.

Winterberg hielt die Pistole weiterhin auf ihn gerichtet.

«Bleib lieber sitzen», sagte Winterberg boshaft. «Ich habe natürlich versucht zu verhindern, dass du mehr über Daria Laurenz herausfindest. Sie war der Schlüssel zu deinem Fall.»

«Die einzige Verbindung zu Grubingers Erpressung. Darum hast du die Befragung der Zeugen an ihrer Arbeitsstelle übernommen. Weil du Angst hattest, dass einer ihrer Kollegen von der Liaison gewusst hat.»

«Ich wusste, du würdest die Vermieterin Frau Iwanczyk übernehmen, um deine Nase möglichst nah an das Opfer heranzubekommen. So hast du es immer gemacht.»

«Wie ich euch und eure Methoden einschätze, habt ihr die alte Frau unter Druck gesetzt!», sagte Mohrfels.

«Wir haben dafür gesorgt, dass sie nicht redet», sagte Winterberg.

«Du hast die Spuren des Mordes verwischt. Hast eure Hundertschaft zur Durchsuchung bestellt, eine Einheit, die von vorn bis hinten korrupt ist. So konntet ihr den Tatort von der Landkarte verschwinden lassen. Das hat mich wirklich aus der Fassung gebracht, das muss ich sagen. Aber du bist nicht auf die Idee gekommen, dass Frau Iwanczyk ihrerseits den Generalsekretär erpressen könnte. Eine alte Frau, die euer feiges Komplott auffliegen lässt.»

Winterberg ließ sich nicht aus der Ruhe bringen.

«So bist du auf Grubinger gekommen?», fragte er.

Mohrfels nickte.

«Um ihn zu erpressen, habt ihr seine Geliebte entführt und kaltblütig umgebracht. Dann habt ihr sie nach Anleitung aus den alten Mordakten massakriert, damit sie wie eine Tote des ‹Schlitzers› aussieht. Als es so aussah, als ob die Geschichte nicht aufgehen würde, habt ihr Legner getötet und ihn als Sündenbock benutzt. Das sind schon zwei Leichen, für die du als Polizist persönlich verantwortlich bist. Wie kannst du damit leben, Hans?»

«Er war ein degeneriertes Schwein», stellte Winterberg sachlich fest.

«Wie Dr. Kerst sicher auch. Und Hedwig Dalus.»

«Sie hat sich mit den falschen Leuten angelegt.»

«Ihr habt zwei Männer von der Hundertschaft als Mörder abkommandiert, die Daria Laurenz gefangen und getötet haben. Sie haben die Sache von einem Hotel aus gemacht, wo auch Rossbach untergekommen ist. Ich würde mich nicht wundern, wenn du Rossbach wärst.»

«Rossbach ist nichts als ein alter Mann», sagte Winterberg.

«Ich wusste gar nicht, dass du selber Ambitionen hast, in dieser Mörderbande die Führung zu übernehmen.»

Winterbergs Blick ging zu seiner Taschenuhr, was Mohrfels schmerzlich daran erinnerte, dass ihm die Zeit davonlief. Winterberg, der seine Gedanken zu lesen schien, ließ den Hahn seiner Waffe zurückschnappen.

«Du hast mir Rossbach und Dalus bei unserem letzten Treffen im Kempinski auf dem Tablett serviert, um mich zu täuschen», sagte Mohrfels wütend. «Ich habe eine Zeit gebraucht, um das herauszufinden, dabei war es ganz einfach.»

Winterberg lächelte.

«Du hättest die Information sowieso erhalten», sagte er.

«Und die Reifenspuren gingen auch auf dein Konto. Du wolltest die Spur zum Verein verwischen.»

Winterberg schaute ihn an.

Mohrfels verweilte einen Augenblick und betrachtete sein Bein, aus dem nach wie vor Blut auf den Teppich tropfte.

«Es wird Zeit», sagte er und stemmte sich hoch. «Zeit, dass diese Farce ein Ende findet.»

«Dieses ganze Zeitalter ist nichts als eine dumme Farce», knurrte Winterberg und richtete seine Waffe noch sitzend auf Mohrfels' Kopf.

«Da bin ich mir sicher, Hans, dass du den Unterschied kennst, nach all den Jahren. Wie lange waren wir zusammen im Dienst?»

«Siebzehn Jahre, Mohrfels.»

Mohrfels spuckte ihm vor die Füße.

«Du hast nicht nur deine Dienstehre, sondern auch deinen Freund verraten. Das zeugt von wahrer Manneskraft», sagte er. Jetzt erhob sich auch Winterberg aus dem Stuhl.

«Das Einzige, was für dich wichtig war, waren deine Eitelkeit und deine Fälle! Dass es nach dem Krieg mit dem Reich zum Teufel ging, hat dich nicht interessiert!»

«Und das muss einer der genialsten Köpfe unserer Welt mit dem Leben bezahlen?»

Winterberg geriet jetzt gänzlich in Rage.

«Seine Relativitätstheorie ist ein Dreck, verstehst du das nicht?! Jeder kann sich seinen eigenen Reim darauf machen! Diese Bewegung führt in den gesellschaftlichen Verfall! Alles mit allem zu vermischen. Das ist einfach abartig, Ernst, da musst du mir recht geben! Darum muss dieser Jude sterben. Und er wird nicht der Letzte sein.» Sein Körper bebte für einen Moment so stark, dass die Waffe zur Seite schwang.

In diesem Moment riss Mohrfels seinen Stock nach oben, der plötzlich an der Unterseite eine scharfe Klinge hatte.

Jemand an seinem Tisch hatte gewunken, und er hatte Champagner servieren müssen. Dann konnte er endlich weiter.

Noch eine Handvoll Schritte trennte ihn von dem Juden. Dieser hob den Kopf und schaute ihn an. Seine Augenbrauen beschrieben erstaunte Bögen.

Er näherte sich bis an den Tisch, lächelte und setzte das Tablett ab. Nahm ein fein perlendes Glas und stellte es direkt vor ihn.

Einstein lächelte und nickte.

Er stand jetzt direkt neben seiner Schulter. Der Griff des Messers in der Rechten.

Einstein blickte zu ihm hoch, und sein Gesicht zeigte echte Freude.

Die Ruhe war in ihn zurückgekehrt. Er prüfte seelenruhig die Gesichter. Alle am Tisch lächelten. Niemand war in seiner Nähe.

Der Jude schaute ihn fragend an.

Warum geht der Kellner nicht, *schien seine Miene zu fragen.*

In Einsteins Augen spiegelten sich die Lichter des Kronleuchters.

Er nickte, ging einen Schritt zurück und stand jetzt hinter seinem Stuhl.

Er spürte Unruhe im Saal. Er führte die linke Hand unter Einsteins Kinn und zog mit der Rechten das Messer heraus. Riss den faltigen Hals nach oben. Der Jude starrte ihn mit geweiteten Augen an. Irgendwo im Saal war es plötzlich sehr laut.

Er sah sich selbst, wie er die Klinge durchzog. Er sah das Blut spritzen.

Plötzlich war alles still.

Berlin / Sonntag, 6. Juni 1920 / 7 Uhr 25 abends

Als Dalus halb durch den Saal war, sah er den Mann auf Einstein zukommen. Aus der anderen Richtung. Keine zehn Meter von ihm.

Eine schlanke Gestalt in Livree, mit sehr gerader Haltung, akkuratem schwarzem Haar und einem Tablett in der Hand.

Dalus sah, wie er sich einen Weg durch die Tische bahnte, lächelte und unaufhaltsam auf Einstein zuglitt, immer näher, fünf Meter, drei. Eine Hand am Tablett, die rechte Hand hinter dem Rücken. Stellte mit beiden Händen das Tablett ab. Dann glitt seine Hand nach hinten, zwischen die Rockschöße, in den Hosenbund, schien nach etwas zu greifen. Er stand jetzt direkt hinter ihm.

Er würde ihn umbringen.

Dalus fühlte sich schwach.

Ohne den Blick zu wenden, fasste er nach einer Tischdecke neben sich und riss sie samt Gläsern und Geschirr zu Boden. Gleichzeitig begann er zu rufen.

Er sah, wie der Mann hinter dem Physiker stand, als dieser das Glas hob und dann in einer gleitenden Bewegung Einstein mit der Linken von hinten am Kinn packte und es nach oben riss, während sich alle Köpfe zu Dalus wandten – nicht zum Opfer, wie sie es sollten! Niemand blickte auf Einstein, dessen Mund sich vor Schreck weitete, und auf den Attentäter, der ein Messer in der Faust hatte.

Dalus fühlte ein Flackern und war im Begriff, das Bewusstsein zu verlieren.

Da ertönte ein Knall, und am Kopf des Angreifers platzte eine rote Blume.

Der Attentäter erstarrte. Er blickte für eine Sekunde auf Dalus, als würde er nicht aufgeben wollen. Die Hand nach wie vor an dem weißen Hals. Ein roter Faden rann die Stirn hinab.

Dann rutschte das Messer aus seiner Hand.

Plötzlich waren die Männer da. Einstein wurde zur Seite gerissen, und die Szene geriet in Unordnung. Es bildete sich eine Traube von Menschen.

Dalus wandte den Kopf hinauf zur Balustrade, von wo der Schuss gefallen war, und erblickte Mohrfels mit einer Pistole in der ausgestreckten Rechten. Auch Mohrfels war blass geworden. Er ließ die Waffe langsam sinken, und ihre Blicke trafen sich.

Berlin / Sonntag, 6. Juni 1920 / 7 Uhr 28 abends

Mohrfels sah, wie die Sicherheitskräfte den Raum stürmten. Plötzlich war alles voll von Helmen, Trillerpfeifen und Staatsbeamten. Fuller war im Saal und gab Befehle. Man brachte den unverletzten Einstein hinaus. Niemand durfte das Hotel verlassen. Die Gäste wurden gebeten, wieder Platz zu nehmen, eine Order, der man nur widerwillig und teilweise entsprach. Die Herrschaften waren erschreckt und forderten Aufklärung. Man wusste nicht, ob die Gefahr gebannt war oder weitere Anschläge zu vermuten waren. Kurz darauf kam die Spurensicherung und kümmerte sich um die Leiche des Attentäters. Dabei fand man sein Messer, das ein besonderes Stück zu sein schien.

Dreißig Minuten später saß Mohrfels, dessen Wunde versorgt worden war, zusammen mit Dalus und Fuller in dessen Büro. Das Gesicht des Staatsbeamten hatte einen hohlen Ausdruck bekommen, und er hatte seine Pfeife aus der Hand gelegt. Er hatte Dalus sofort wiedererkannt und mit einem Nicken gegrüßt, während er sein Möglichstes versuchte, um die dramatische Situation unter Kontrolle zu halten. Alle waren sich des Ernstes der Lage bewusst.

Fuller wollte gerade damit beginnen, Dalus weiter zu befragen, als es an der Tür klopfte und der Reichspräsident hereinkam. Fuller erhob sich und versuchte, einen Stuhl heranzuziehen, aber Ebert winkte ab.

«Sagen Sie mir, was Sie von der Sache halten!», sagte er.

Die Falten in Fullers Gesicht wurden tiefer, und er setzte sich wieder.

«Wir gehen von einem politisch motivierten Anschlag aus. Organisiert durch ein Freikorps, zusammen mit einem Verein namens Neues Deutschland.»

«Warum wussten wir das nicht?!»

Fuller schwieg.

«Was sollen wir mit den Leuten machen?», fragte Ebert und deutete mit der Hand Richtung Saal.

«Wir gehen davon aus, dass ein weiterer Agitator im Publikum ist.» Fuller deutete auf Hedwigs Akte, die Dalus dem Staatsagenten übergeben hatte und die auf dem Tisch lag. «Dieser Mann sagt, er könne ihn identifizieren.»

«Ist das richtig?», fragte Ebert.

Dalus hob den Kopf und nickte.

Ebert fixierte ihn für ein paar Sekunden.

«Sei's drum», sagte Ebert und seufzte. «Ich möchte, dass die Sache so gesittet wie möglich vonstatten geht. Und dass meine Gäste so bald wie möglich nach Hause können.»

Fuller nickte.

«Was ist mit dem Attentäter?», wollte Ebert wissen.

«Seine Papiere waren gefälscht, aber wir haben die Belegschaft befragt und konnten seine Bleibe ausfindig machen.»

«Das höre ich gern», sagte Ebert und wandte sich zum Gehen. «Ich bin mir sicher, Sie arbeiten in der Sache gewissenhaft. Die Republik wird es Ihnen danken.»

«Da ist noch etwas», fügte Fuller hinzu. «Es gibt Anschuldigungen gegen Generalsekretär Grubinger. Er soll kollaboriert haben.»

Jetzt wurden Eberts Falten ein Stückchen tiefer. Er schaute

noch einmal in die Runde und ließ seinen Blick zu Mohrfels wandern.

«Wir müssen jedem Hinweis mit aller Entschlossenheit nachgehen. Ich werde veranlassen, dass er sofort hergeholt wird. Sonst noch was?»

Fuller verneinte.

Ebert machte eine bittere Miene.

«Diese Geschichte darf auf keinen Fall publik werden. Man würde es uns als Schwäche auslegen. Das werde ich auch meinen Gästen sagen. Und kein Wort an die Presse.»

Er tippte sich an die Stirn und verließ den Raum.

Mohrfels bemerkte, dass Dalus in seinem weißen Hemd in sich zusammengesunken war. Er wirkte grüblerisch, als läge auf seinen Schultern eine schwere Last.

«Wenn wir Rossbach heute zur Strecke bringen können, wäre das ein großer Fortschritt für uns alle», sagte Fuller und richtete seinen Blick auf Dalus, der ein Nicken andeutete.

Sie führten ihn auf die Galerie, von wo aus er die Gäste erneut taxierte und schließlich einen weißhaarigen Herrn in Schlips und Anzug identifizierte, der allein auf der Veranstaltung gewesen war.

«Sind Sie sich dessen ganz sicher?», fragte ihn Fuller.

«Ja», sagte Dalus.

Fuller und ein paar Schutzmänner bahnten sich einen Weg durch die Gäste und baten den Mann, sie zu einem gesonderten Verhör zu begleiten, was dieser vehement zurückwies. Man entschied, den Mann dennoch in Gewahrsam zu nehmen, bis der Sachverhalt genauer geprüft werden konnte.

«Das ist eine empörende Frechheit», zeterte der Mann außer sich vor Zorn, als sie ihn abführten. «Das wird ein gravierendes Nachspiel haben!»

Sie schafften den Mann unter den neugierigen Blicken der anderen Gäste aus dem Saal.

«Wir müssen Ihre Aussagen zu Protokoll nehmen, Herr Doktor Dalus», sagte Fuller zurück in seinem Büro und zog die Akte zu sich heran. Dalus gab zu Protokoll, den Attentäter selbst nicht gekannt zu haben, beschuldigte aber Georg Zass sowie eine Reihe anderer Männer aus dem Umfeld des Vereins, mit der Tat in Verbindung zu stehen.

Der Name Rossbach war bereits in der Vergangenheit vom Erkennungsdienst erfasst worden. Ein Mann dieses Namens, aber ohne Personenbeschreibung, wurde in sieben Ländern des Reiches wegen verschiedener Kapitaldelikte gesucht. Fuller sichtete die Akte und ordnete an, den Mann in Untersuchungshaft zu belassen, wenn auch seine Verbindung zu dem vorliegenden Tatverdacht noch bewiesen werden musste.

Dalus wirkte zunehmend erschöpft, und eine halbe Stunde später verabschiedete sich Mohrfels von dem Arzt, der es auf einmal eilig zu haben schien, eine Klinik aufzusuchen.

Auch die restlichen Saalgäste wurden jetzt entlassen, nachdem noch einmal alle Personalien aufgenommen worden waren. Jeder Beteiligte, einschließlich der Bediensteten, war zum Verhör ins Präsidium geladen worden. Die Spurensicherung arbeitete immer noch, als eine Stunde später eine Delegation von Beamten den hell erleuchteten Saal betrat, aus dem jede Festlichkeit gewichen war. Mohrfels erkannte sofort den großen Mann im knapp sitzenden Frack, dessen aufrechte Haltung seine tiefsitzende Müdigkeit nicht verbarg.

«Was sagt Ihnen der Name Ben Oppel?», fragte Mohrfels im Hinterzimmer.

Grubinger schwieg.

«Oppel hat sich als Kellner auf der SPD-Gala eingeschlichen, für deren Planung Sie persönlich verantwortlich waren. Vor wenigen Stunden hat er ein Attentat auf Albert Einstein verübt. Er wurde dabei erschossen. Aber wir haben sein Zimmer gefunden. Dort lagen detaillierte Unterlagen über die Veranstaltung, die ausnahmslos aus Ihrem Büro stammen. Auf den Akten und Umschlägen sind Fingerabdrücke.»

Er schaute Grubinger an.

«Auch beteiligt war Georg Zass, wohnhaft in der Rennbahnstraße 118. Er ist als Kontaktmann aufgetreten. Zass ist momentan im Krankenhaus. Aber er wird Sie belasten. Alles, was wir bei Zass und Oppel sicherstellen konnten, ging über Ihren Tisch.»

«Sie können mir nichts beweisen», sagte Grubinger, der seine gerade Haltung für keinen Moment aufgegeben hatte.

«Und da ist noch etwas», sagte Mohrfels ruhig. «Wir haben Ihre Fingerabdrücke auf Daria Laurenz' Leiche gefunden. Sie waren kurz vor ihrem Tode mit ihr zusammen.»

Grubinger blinzelte.

«Wollen Sie mit mir reden, oder soll ich Sie erst wegen Mordes anklagen?»

Der Generalsekretär schaute für einen Moment auf den Zylinder, den er vor sich auf den Tisch gelegt hatte, und schluckte. Mohrfels' Bluff schien gewirkt zu haben.

«Sie haben mich erpresst», sagte er dann.

«Wie?», fragte Mohrfels.

«Irgendwann hat mich Zass angesprochen. Sie hatten es herausgefunden; das mit mir und Daria. Erst wollten sie nur kleine Gefälligkeiten. Haben gedroht, es publik zu machen, wenn ich nicht kooperiere. Ich dachte, sie würden wieder damit aufhören.»

«Aber sie wollten mehr. Und jedes Mal hatten sie mehr gegen Sie in der Hand.»

«Wenn bekannt geworden wäre, dass ich gegen die eigenen Genossen intrigiere, wäre ich raus gewesen. Ich bin seit zehn Jahren in der Partei. Ich wollte mein Amt nicht aufs Spiel setzen. Aber als ich erfuhr, worum es ihnen letztlich ging, weigerte ich mich. Ein paar Tage später war Daria verschwunden.»

«Sie haben Akten veruntreut, in denen es um die Sicherheit der Veranstaltung ging …»

«Sie blieb immer länger verschwunden, und eines Abends habe ich ihr Bild in der Zeitung gesehen. Ich konnte nicht glauben, dass sie es wirklich getan hatten. Dann habe ich weitere Schreiben mit

Anweisungen bekommen. An dem Tag haben sie meine Tochter Elsa nach der Schule abgefangen. Sie kam erst vier Stunden später nach Hause. Wenn ich versucht hätte, in eine andere Stadt zu kommen – sie hätten mich immer ausfindig gemacht. Ich hatte niemanden, zu dem ich hätte gehen können.»

«Und Sie haben in Kauf genommen, dass es zu einem Attentat kommt.»

«Sie haben gesagt, sie wollen nur ein paar Leute erschrecken …»

«Sie hätten auch Friedrich Ebert umbringen können. Oder Scheidemann.»

Grubinger schluckte noch einmal.

«Sie werden sich den Konsequenzen stellen müssen», sagte Fuller.

«Das werde ich», gab Grubinger zurück. «Ja, das werde ich.»

Berlin / Sonntag, 6. Juni 1920 / 9 Uhr 18 abends

Als Dalus den Hotelausgang erreichte, war der Abend hereingebrochen, und Lichtschimmer lag auf den nassen Straßen. Es schien endlich geregnet zu haben.

Vor dem Hotel hatte sich eine Menschenmenge gebildet, die von der Polizei zurückgehalten wurde. Es gab eine Menge Journalisten, aber einige Menschen hielten Fackeln in die Luft, und Dalus hatte den Eindruck, dass sich Empörung unter ihnen breitgemacht hatte.

Er ließ sich hinausschleusen und nahm eine Position an einer Litfaßsäule seitlich vom roten Teppich ein, wo die Gäste aus dem Hotel gelassen wurden. Sein Herzschlag ging jetzt ruhig, und er hatte keine Sorgen mehr, dass sein Kreislauf einknicken würde. Er entdeckte Kersts alten Gärtner, der mit dem Fuhrwagen etwas abseits auf ihn gewartet hatte, bedankte sich und schickte ihn nach Hause, nachdem er ihm versprochen hatte, ihn und seine

Frau bald zu besuchen. Abgesehen von der Menschentraube an der Absperrung war jetzt nur noch er hier auf der Straße. Aber er wusste, dass noch jemand kommen würde.

Als der Mann erschien, spürte Dalus etwas Kaltes in sich aufsteigen. Unauffällig drängte sich die Person im Ulstermantel durch die wartenden Pressemenschen, setzte den Hut auf den kahlen Schädel und machte sich auf den Weg. Dalus machte einen Trupp Männer aus, die Anstalten machten, der Gestalt zu folgen, aber plötzlich von der demonstrierenden Menge zurückgedrängt wurden. Dalus hatte sich vorgenommen, dem Mann mit gebührendem Abstand zu folgen, bis der Trubel sich gelegt hatte. Als sie eine ruhige Straße erreicht hatten, schloss er auf.

«Rossbach!» Der Mann blieb stehen. Dalus drückte ihm die Pistole an die Wirbelsäule und deutete in eine Seitenstraße. Sie gingen, bis sie einen engen Platz an einem Kanal erreichten.

«Glaubst du, ich erkenne meinen eigenen Sohn nicht?»

Rossbach drehte sich um. Seine Stimme war kühl, und er blickte ihn aus kleinen, harten Augen an. Sein kantiges Gesicht hatte sich nicht verändert, aber sein Hals hatte tiefe Falten bekommen. Außerdem hatte er deutlich an Gewicht verloren und wirkte unter dem Ulstermantel klein und erschöpft, nicht mehr unzerbrechlich, wie als Dalus ihn das letzte Mal bei Kerst erlebt hatte.

«Willst du dein eigenes Gericht mit mir abhalten?», fragte der alte Mann höhnisch.

«Sie können von Glück reden», erwiderte Dalus.

«Deinen eigenen Vater in den Kanal schießen?» Der Mann ging uneingeschüchtert auf Dalus zu.

«Ich will Antworten!», sagte Dalus und hob die Waffe.

«Ich habe immer versucht, euch aus der Sache rauszuhalten», sagte der Vater trotzig.

«Du hast deine eigene Tochter entführen lassen», widersprach Dalus.

«Mein Befehl lautete ausdrücklich, ihr kein Haar zu krümmen.»

Dalus spuckte ihm vor die Füße.

«Du hast keine Ahnung», sagte er. «Sie ist fast verdurstet – abgesehen von den psychischen Schäden.» Er wusste nicht, wo er anfangen sollte. Die ganze Situation kam ihm abstoßend und grotesk vor.

«Ihr wolltet Einstein umbringen. Du bist extra angereist», sagte Dalus und bemerkte, wie ihn die innere Ruhe verließ. Abscheu und ohnmächtige Wut nahmen ihren Platz ein.

«Die Leute in der Regierung haben die politische Situation nie verstanden», sagte Rossbach.

«Und deswegen bist du zum Massenmörder geworden?», fragte Dalus.

«Wir konnten nicht zulassen, dass die Bolschewiki uns alles wegnehmen. Jemand musste Entscheidungen treffen. Du warst dabei, als wir die ersten Aufständischen zur Strecke gebracht haben. Damals am Schrammstein, erinnerst du dich?»

«Und du hast den Offizier Rossbach auf dem Gewissen.»

«Wir brauchten einen Märtyrer», sagte er, als würde er einem Gleichgesinnten die Politik erklären.

«Kaltblütig. Einen Mann aus der eigenen Truppe.»

«Ich bin nicht stolz darauf», erwiderte der Vater. «Aber Rossbach hatte zu viel Einfluss in der Bewegung, das konnte ich nicht zulassen. Wir haben später seinen Namen für das Freikorps gewählt. Es ist mein Kampfname geworden. Jedes große Ereignis braucht einen Mythos. Dass du es gesehen hast …» Er machte eine entschuldigende Geste.

«Ich kann gar nicht sagen, wie sehr ich dich verabscheue», sagte Dalus traurig. Er konnte für den störrischen alten Mann nichts mehr empfinden. «Man wird dich für deine Taten zur Rechenschaft ziehen. Dafür werde ich sorgen.»

«Ich habe das alles für euch getan. Viele haben es nicht so leicht gehabt wie du.»

Dalus hob müde seine Pistole.

«Was soll das?»

Die Stimme des alten Mannes wurde jetzt schärfer.

«Ich habe meine Entscheidung getroffen, Vater. Ich werde dich zur Polizei bringen», erklärte Dalus.

«Unsinn!», sagte Rossbach, ging einen Schritt auf ihn zu und fasste nach der Waffe. Ein Schuss knallte.

In dem Moment sah Dalus die Männer am Ende der Gasse auftauchen. Es waren fünf, einige von ihnen kamen Dalus aus dem Umfeld des Dadaisten Hausmann bekannt vor.

Rossbach hielt seine Seite umklammert.

«Damit werdet ihr nicht durchkommen», keuchte er und humpelte an Dalus vorbei.

Dalus hob die Pistole erneut und zielte auf Rossbachs Rücken.

Dann ließ er die Pistole sinken.

6. Juni 1920. Ein heißer Sommertag. Dämmerung über Berlin.

Ein Mann im Ulstermantel rennt über den Hinterhof. Er ist auf der Flucht. Die schwere Gestalt versucht, sich im Schatten zu verstecken. Läuft dann doch weiter. Durchquert eine Häuserschlucht. Erreicht einen Fußweg und biegt in die Hauptstraße ein.

Sein Hemd ist verschwitzt. Er hält sich die Seite. Reiht sich in die Fußgänger ein. Lässt sich mit dem Verkehr treiben. Autos knattern großäugig an ihm vorüber. Die Straßenlaternen wurden entzündet. Es herrscht Ausgehstimmung. Von überall kommt Musik. Charleston und Swing. Die Leute spazieren, hinken, tänzeln, schreiten. Abendkleider, Anzüge, Lumpen und Sakkos. Schiebermützen, Pickelhauben, Hüte und Offizierskappen. An der Ecke sitzt ein Mann ohne Beine. Ein Mann ohne Gesicht. Orden blinken an seiner Uniform.

Der Mann mit dem Ulstermantel ächzt. Er hält sich die Rippen. Unter seinem Sakko sammelt sich rote Flüssigkeit. Rot an seinen Händen.

Eine Frau mit Pailletten lächelt mit vollen Lippen. Ein Dienstmädchen schaut bestürzt.

Der Mann torkelt durch eine Herrengesellschaft. Weiße Handschuhe und Zylinder. Ein Nationaler, ein Industrieller und ein Spekulant. Jemand macht einen Witz, und alle lachen.

Neonröhren und Gaslichter flackern.

Der Körper des Mannes zittert, und vor ihm verschwimmt alles.

Autobusse, Straßenbahnen, ein Fuhrwerk – hätte ihn fast getroffen.

Sie sind hinter ihm. Von irgendwo müssen sie kommen.

Der Mann biegt in eine Seitengasse. Eine Frau im Halbdunkel hebt ihr Kleid. Man hört ein Kichern. Rotlicht und Blaulicht.

Der Mann starrt auf seine Seite. Der rote Fleck breitet sich aus. Wird immer größer, formt eine Figur. Sie bewegt sich. Der Mann glaubt seinen Augen nicht, blinzelt und blinzelt. Sein Atem geht schwer. Er sieht den roten Himmel über den Dächern.

Eine Alarmglocke geht los, irgendwo. Der Mann rennt. Und rennt.

Plötzlich steht er wieder in einer Menge. Sie tragen Fackeln diesmal. Hier war er schon. Von hier wollte er fliehen. Sie kommen auf ihn zu.

Trillerpfeifen. Die Polizei greift nicht ein. Ein Mann hebt eine Stange. Ein Mädchen hebt einen Stein.

Der Mann schleppt sich weg, nur weg. Zur Brücke.

Die gelben Vögel schwärmen aus, rote Ameisen wandern über den Himmel. Dunkel ächzt der Kanal.

Sie sind jetzt dicht hinter ihm.

Der Blutdruck steigt. Blut rinnt. Blut will fließen.

Am Ende der Brücke sinkt der Mann ein.

Jetzt sind sie bei ihm. Sie sind zu viele. Sie sind zu fünft.

Sie treffen seine Hoden. Treffen sein Gesicht. Treffen Zähne und Augen.

Klappmesser, Bleirohre, Absätze.

Sein Gesicht zerplatzt. Knochen brechen. Ein Zahn splittert.

Etwas fällt über die Mauer.

Etwas platscht.

Etwas schwimmt schwer im Spreekanal.

Menschen strömen über die Straße.

Darüber leuchtend, der Abendhimmel.

Markersdorf 1905

Als sie in die Hütte zurückkamen, war seine Schwester nicht mehr dort.

Sie durchsuchten alle Räume, und die Erwachsenen riefen lautstark, bis sie sie hinten auf der Veranda fanden, eingerollt in eine Decke, um den Kopf einen Verband aus Stoff.

Der Junge erinnerte sich, dass sie auf der Rückreise kaum miteinander sprachen. Die Truppe hielt an einer hohen Felsformation, die wie ein Totenkopf aussah, und man machte Fotos, aber Marie weigerte sich, aufgenommen zu werden. Der Totenkopf sei doch ein passendes Zeichen, sagte einer der Männer und lachte.

Als sie zu Hause waren, fragte sie ihn einmal, was in der Nacht geschehen sei.

Aber er antwortete nicht.

Sie fragte ihn noch mal – aber er wusste nicht, was er ihr sagen sollte, und spielte mit einem Stöckchen im Sand.

Keine zwei Wochen später war Marie eines Morgens verschwunden.

Der Junge erinnerte sich, dass er vor ihrer Kommode gestanden und eine lange Zeit in die oberste Schublade gestarrt hatte. Ein rechteckiger Verschlag aus Holz, in dem ihre Wäsche gelegen hatte. Ein rechteckiger Verschlag aus Holz.

Sie war nirgends zu finden gewesen.

Nirgendwo im Haus.

Nicht in der Küche und auch nicht an dem Esstisch, wo sie ihre Hausarbeiten gemacht hatten.

Sie war nicht an dem kahlen Baum gewesen, der immer ihr Zeichen gewesen war, und auch nicht auf dem Heuboden, wo sie Höhlen gebaut hatten.

Immer wieder hatte er nach ihrer Stimme gehorcht oder

gehofft, dass ihr blaues Kleid am Haus auftauchen würde, wenn er am Fluss spielte oder am Klavier saß.

Er hatte auf sie gewartet. Aber sie kam nicht.

Wenn er nachts aufwachte, war niemand da.

Einen Monat später eröffnete ihm der Vater, dass er ab September auf die Kadettenschule nahe Berlin würde gehen müssen.

Der Junge akzeptierte die Entscheidung ohne Widerspruch.

EPILOG

Berlin / Freitag, 20. August 1920 / 4 Uhr 10 nachmittags

Er hatte Mohrfels in einem Café am Alexanderplatz getroffen. Sie hatten Eistee bestellt und eine Weile das Treiben auf dem gepflasterten Platz beschaut, wo ein Straßenmusiker Geige spielte. Die Luft war angenehm warm, und der Himmel hatte etwas Strahlendes, wenn auch die Farben der Bäume bereits den nahenden Herbst ankündigten.

Dalus beobachtete den fülligen Kommissar, der die Karte studierte, um sich Kuchen zu bestellen.

«Wollen Sie auch? Sie sehen jetzt besser aus als noch vor zehn Wochen. Aber ein Stück würde Ihnen sicherlich trotzdem guttun», sagte Mohrfels lächelnd, aber Dalus winkte ab.

«Sie haben mir nie erzählt, was Ihnen in den Tagen wirklich passiert ist», sagte Mohrfels, nachdem er die Bestellung aufgegeben hatte.

«Man könnte vielleicht sagen, ich bin von meiner Vergangenheit verfolgt worden – und sie hat mich eingeholt», gab Dalus zurück.

«Ist Ihre Schwester heil aus der Sache rausgekommen?», fragte Mohrfels.

«Wenn Sie meinen, ob sie körperlich gesund ist, möchte ich meinen, ja. Aber sie wird noch eine Zeit brauchen, um mit den Folgen der Entführung zurechtzukommen. Das dauert gewöhnlich etwas länger, wenn es überhaupt je möglich ist. Und bei Ihnen? Ich habe in der Zeitung gelesen, Sie haben den Mörder von Daria Laurenz gefangen?»

«Wir haben den Verein und alle seine Dependancen durchsuchen lassen, so wie auch die Räume der Hundertschaft zur Besonderen Verwendung, und haben dabei tatsächlich im Spind eines der Soldaten die Mordwaffe gefunden, an der noch winzige Blutrückstände von Daria Laurenz klebten. Der Mann hatte sich von dem Messer offensichtlich nicht trennen wollen.» Diesmal musste Mohrfels grinsen. «Zass ist hinter Gitter gewandert, zusammen mit einer Reihe anderer. Fraglich ist allerdings, wie lange sie dort bleiben werden. Was Grubinger angeht …»

«Ich habe auch das in der Zeitung gelesen», sagte Dalus und erinnerte sich an den Artikel. Der Generalsekretär hatte sich nur wenige Tage später das Leben genommen, noch bevor die schwelende Affäre richtig ans Licht gekommen war. Dalus hatte das Bild des hageren Mannes studiert und Mitleid empfunden, vor allem für seine Familie.

«Eine tragische Geschichte.»

«Eine tragische Verfehlung.» Mohrfels schaute auf, als sein Kuchen kam, und begann zu essen.

«Das würde allerdings heißen …»

«Natürlich», sagte der Kommissar griesgrämig. «Das bedeutet, dass die vier Mädchenmorde, die Daria Laurenz vorangingen, noch nicht aufgeklärt worden sind. Der Täter läuft wahrscheinlich noch immer frei herum. Aber Sie können mir glauben, ich werde mich noch um ihn kümmern, Pensionierung hin oder her.» Er schenkte Dalus einen ernsten Blick und redete dann weiter, wie um von dem düsteren Thema abzulenken. «Übrigens: Ihre Anschuldigungen gegen den Herrn auf der Gala, Dr. Bebentraut hieß er, haben nichts ergeben. Die Materialsammlung über Rossbach war zwar immens, konnte aber nicht mit dem Mann in Verbindung gebracht werden. Wie sind Sie eigentlich auf ihn gekommen?»

«Wissen Sie, was ein Trauma ist, Mohrfels?»

«Sicher einer von diesen neumodischen psychologischen Begriffen», sagte Mohrfels.

«Ich will Sie nicht mit Freud langweilen», erwiderte Dalus. «Sagen wir, dass ich mich wegen eines einschneidenden Erlebnisses entschieden hatte, mich an bestimmte Dinge nicht mehr zu erinnern. Und das hat sich plötzlich geändert.»

«Sie haben sich also entschieden, sich wieder zu erinnern?»

«So einfach ist es nicht ganz, aber es trifft den Kern der Sache. Plötzlich konnte ich mich an Dinge erinnern, die ich vorher vergessen hatte.»

«In Bezug auf Rossbach keine besonders genaue Erinnerung, wie es scheint», sagte Mohrfels.

Dalus zucke die Schultern und schaute beiläufig auf den Platz.

«Woher wussten Sie, dass die Attentäter Einstein im Visier hatten?»

«Ich hatte im Vereinshaus einen Zeitungsausschnitt mit seinem Konterfei gesehen. Als ich mich daran erinnerte, war mir klar, dass das nichts Gutes bedeuten kann.»

Mohrfels nickte anerkennend, aß das letzte Stück seines Kuchens und tupfte sich mit der Serviette den Mund ab. Der Geigenspieler hatte ein neues Stück begonnen, das in schnellerem Rhythmus gespielt wurde.

«Haben Sie diese Edith eigentlich noch mal wiedergesehen?», fragte er dann.

«Um ehrlich zu sein, bin ich gerade auf dem Weg zu ihr», antwortete Dalus.

«Wissen Sie was, dann möchte ich Sie nicht aufhalten. Grüßen Sie die Bombenlegerin von mir, und halten Sie sich aus Ärger raus, Dalus. Sie wissen schon, wie ich das meine. Es war mir ein großes Vergnügen!»

«Das beruht auf Gegenseitigkeit», sagte Dalus, während er aufstand und Mohrfels die Hand reichte.

«Ich wünsche Ihnen für die weitere Arbeit alles Gute, und wenn Sie mal Hilfe brauchen – Sie wissen ja, wo Sie mich finden können», sagte Dalus.

«Die Klinik», vermutete Mohrfels.

«Da habe ich aufgehört. Habe jetzt eine Praxis in Kreuzberg aufgemacht.»

«Es freut mich, das zu hören. Darf man Sie dann jetzt Doktor nennen?»

«Ja, das dürfen Sie», sagte Dalus mit einem Lächeln. «Auf ein nächstes Mal, Mohrfels.»

«Machen Sie sich nicht zu große Hoffnungen, denn wenn nichts schiefgeht, bin ich ab demnächst erst einmal außer Dienst. Gehaben Sie sich wohl, lieber Dr. Dalus.»

Dalus grüßte erneut, wandte sich dann zum Platz und machte sich auf den Weg.

DANKSAGUNG

Mein erster, ganz besonderer Dank gilt meiner Frau und Erstleserin Anne-Holle sowie meinem Sohn Lasse. You are the best.

Auch danke ich meinem Vater Thomas sowie meiner Mutter Gisela und der restlichen Familie für die Anteilnahme und Unterstützung während des vierjährigen Schaffensprozesses.

Des Weiteren möchte ich meinen Vorablesern Manfred Roch sowie meinen Freunden für die vertrauensvolle Beratung und Hilfe danken.

Ein weiterer besonderer Dank gilt meinem Agenten Lars Schultze-Kossack sowie meiner Lektorin im Rowohlt Verlag, Frau Grusche Juncker. Auch danke ich allen Mitarbeitern im Verlag und in der Agentur, die dieses Buch durch ihre Tatkraft und ihren Einsatz möglich gemacht haben. Besonders hervorheben möchte ich auch die großartige Arbeit von Katharina Rottenbacher.

Ein weiterer Dank geht an die Kollegen bei audible, die für das Hörbuch verantwortlich sind, allen voran Anne Scharf und der wunderbare Uve Teschner.

Ein besonderer Dank gilt Dr. Christiane Reinecke von der Forschungsstelle für Zeitgeschichte in Hamburg, den Mitarbeitern des Landesarchivs Berlin und des Museums für Kommunikation in Berlin sowie den Mitarbeitern der Zentral- und Landesbibliothek Berlin.

Auch möchte ich mich bei Alexander Seeberg-Elverfeldt für seine Graphik-Beratung sowie bei Johannes C. Büttner für das Autorenfoto bedanken. Danke auch an Heike Fischer, Annegret Schenkel und Nadja Kossack.

Ein letzter und ganz besonderer Dank geht an Bernd Hanisch. Ohne euch wäre dieses Buch nicht möglich gewesen.

Der erste Fall für Adam Danowski

Im Hamburger Hafen läuft ein Kreuzfahrtschiff ein. An Bord: ein toter Passagier – verstorben an einem geheimnisvollen Virus. Kriminalkommissar Adam Danowski, der eigentlich am liebsten am Schreibtisch ermittelt, wird an Bord beordert. Er kommt einem Komplott auf die Spur, das noch viele Tote mehr zu fordern droht. Doch das unter Quarantäne gestellte «Pestschiff» darf keiner verlassen und Danowskis Gegner sorgen mit aller Macht dafür, dass dies so bleibt ...

rororo Polaris 26708

MIX
Papier aus verantwortungsvollen Quellen
FSC www.fsc.org FSC® C083411

Das für dieses Buch verwendete FSC®-zertifizierte Papier
Lux Cream liefert Stora Enso, Finnland.